Mouches Volantes

Die Leuchtstruktur des Bewusstseins

Floco Tausin

Leuchtstruktur Verlag

ISBN 3-033-00205-6

Herstellung: Books on Demand GmbH, Norderstedt

Für Kontakt und weitere Informationen zum Buch:
www.mouches-volantes.com und **www.bewusstsein.ws**

Inhalt

Vorwort

›Mouches volantes‹ bezeichnet in der Augenheilkunde frei schwebende Teilchen im Glaskörper, welche die Sicht des Betroffenen trüben. Solche Glaskörpertrübungen können verschiedene Ursachen haben, eher altersbedingte als krankhafte. Bei hellen Lichtverhältnissen werden die Schatten dieser Teilchen auf die lichtempfindliche Netzhaut geworfen und daher für den Betrachter als kleine Ringe, Punkte und Fädchen sichtbar, die entsprechend seinen Blickbewegungen im Gesichtsfeld ›fliegen‹. Mouches volantes sind weit verbreitet, an sich harmlos und mit unseren heutigen medizinischen Mittel nicht effektiv behandelbar.

Diese Erklärung der Mouches volantes leuchtet uns ein, selbst wenn wir keine Augenärzte sind. Und zwar deshalb, weil sie Teil unserer alltäglichen, mit dem Verstand zugänglichen Erfahrungswelt ist. Als ich zum ersten Mal auf die Mouches volantes aufmerksam wurde, geschah dies jedoch in einem Umfeld, das sich von demjenigen der alltäglichen Erfahrung wesentlich unterscheidet. Auf diese Weise wurde ich mit einer ganz anderen Interpretation der Punkte und Fäden vor meinen Augen konfrontiert.

Zu diesem Zeitpunkt hatte ich bereits während mehreren Jahren die Kunst der gezielten Bewusstseinsentwicklung bei einem Menschen erlernt, der in der hügeligen Abgeschiedenheit des Emmentals in der Schweiz lebt. Dieser Mensch, der sich Nestor nennt, sowie meine Erlebnisse im Umfeld des Quellgebiets der Emme lösten in mir eine Entwicklung aus, infolge derer ich meine Lebensgewohnheiten und meine Ansichten über die Welt radikal ändern musste. Im Zuge dieser alternativen Lebensweise veränderte sich schliesslich auch meine direkte Wahrnehmung: Ich begann eben jene Punkte und Fäden zu sehen und kennen zu lernen. Seither sind die Mouches volantes mein Studien- und Konzentrationsobjekt.

Es ist vollkommen verständlich, dass dieses Phänomen in einer Zeit, in welcher die Werte des Materialismus und der Rationalität dominieren, als ›Teilchen im Auge‹ gedeutet wird. Diesen Paradigmen setzt Nestor seine eigenen nicht alltäglichen Erfahrungen entgegen – Erfahrungen des Sehens der Mouches volantes. *Sehen* bedeutet in diesem Fall nicht das gewöhnliche sinnliche Wahrnehmen, sondern eine durch Ekstasetechniken hervorgerufene, unmittelbare Erkenntnis jenseits aller Gedanken, ein tiefer bewusster Einblick in den Ursprung dessen, was wir wie selbstverständlich ›unsere Welt‹ nennen. In diesem Sinne ist das Sehen unmittelbar mit den Mouches volantes verknüpft.

In diesem Umfeld versuchte ich zu ergründen, ob mehr hinter dem Phänomen der Mouches volantes steckt als ›Teilchen im Auge‹, ob es also möglich ist, dass die Hauptaussagen in der Lehre des Sehers Nestor zutreffen: Nämlich dass es sich bei den Mouches volantes um erste Teile einer leuchtenden, durch unser Bewusstsein gebildeten *Grundstruktur* handelt, die unsere alltägliche Wahrnehmung von Objekten in unserem Blickfeld ordnet und als sinnvoll erscheinen lässt; und dass das mystische Eingehen in eine Kugel dieser Struktur uns Menschen befähigt, unser Bewusstsein über den Tod hinaus zu behalten.

Die Diskrepanz zwischen ›Teilchen im Auge‹ und ›Leuchtstruktur des Bewusstseins‹ ist gross, so dass beide Erklärungen allenfalls im Denken, nicht aber im Fühlen und Handeln vereint werden können. Dies ist deshalb von Bedeutung, weil das Sehen, welches Erkenntnisse über die Mouches volantes bringen soll, eben nicht nur eine intellektuelle Übung ist, sondern eine entsprechende Lebensweise erfordert. Diese Geschichte basiert auf einer wahren Begebenheit und will einen Einblick in die Weltanschauung und Praxis jener mystischen Lebensweise vermitteln, in welcher der Gedanke an ›Teilchen im Auge‹ bestenfalls eine Ablenkung vom Sehen ist, vom direkten Sehen der Leuchtstruktur des Bewusstseins.

Einleitung

Die Suche nach einem alten, nicht mehr gebrauchten Möbel, das ich zu restaurieren und zu verkaufen beabsichtigte, führte mich in einem Sommer ins obere Berner Mittelland, in jene hügelige Landschaft, die das Flachland mit den Alpen verbindet. Dort im hintersten Teil des Emmentals, dem Ursprungsgebiet der Emme, hoffte ich ein solches zu finden, mochte es ein kleiner Schrank sein, eine Kommode, ein Tischlein, wie sie oft auf den Dachböden und in den Schuppen der verstreuten Einzelhöfe ungenutzt herumstehen.

Als ich an jenem Sonntag das Tal aufwärts fuhr, zu diesem abgelegenen Dörflein am Fusse des Hohgant, wo ich Halt machen und meine Suche beginnen wollte, so fiel mir als Erstes auf, dass die beiden Seiten der Emme ungleich erschlossen und besiedelt waren. Auf der rechten Seite der hier noch jungen Emme lag das Dorf, und der Hang war gerodet, um Platz für einzelne Höfe und die Weidewirtschaft zu schaffen. Das ansteigende Gebiet auf der anderen, linken Seite jedoch war beinahe unbesiedelt. Grosse Waldflächen deuteten auch eher auf eine forstwirtschaftliche Nutzung hin; nur vereinzelt stachen hellgrüne Flecken mit einem Holzbau in der Mitte aus dem dunklen Grün hervor.

Im Dorf selbst gab es nicht viel: eine Haltestelle für das Postauto, ein Coiffeur, ein kleiner Einkaufsladen, ein Sägewerk, ein Schulhaus mit einer Turnhalle und ein paar Bauernhäuser – alles dicht beieinander. Man konnte förmlich riechen, dass hier jeder den anderen kannte. Und wenn ich auf der Strasse einen Dorfbewohner der älteren Generation antraf, wurde ich sofort in ein lockeres Gespräch über Gott und die Welt verwickelt, worauf ich Bescheid wusste: Im Gegensatz zum Flachland kam hier der Winter früher, brachte mehr Schnee mit sich und blieb länger; und im Sommer war auf den Berghängen nur zweimal *Höiete*, man war nicht so verwöhnt wie diejenigen in den breiten Talböden, die das Heu drei- oder gar viermal holen konnten.

Manche der älteren Bewohner schienen die Ruhe in diesem abseits gelegenen Tal zu schätzen. Der grössere Teil der Anwohner nahm indes rege am Vereinsleben teil, wovon all die Pokale, Medaillen, Schnitzereien, Zinnbecher, Fotos von stolz posierenden Jodlern und Chorsängerinnen hinter den Glasvitrinen des einzigen Wirtshauses zeugten. Jenes suchte ich gegen Abend auf um mich umzuhören und herauszufinden, bei welchen Höfen ich am ehesten ein passendes, meinen Vorstellungen entsprechendes Möbel finden konnte. Dies, nachdem ich den ganzen Tag die verstreuten Höfe in der Nähe des Dorfes abgeklappert hatte, nur um auf vorsichtige Zurückhaltung und Misstrauen zu stossen. Entweder hatten die Leute keine Zeit, oder sie hatten kein Möbel, von dem sie sich trennen wollten, oder sie hatten weder das eine noch das andere.

An einem runden Tisch in der Ecke sassen die einzigen Besucher zu dieser frühen Abendzeit, vier ältere Herren, die zum Kartenspielen und Austauschen von Neuigkeiten zusammengekommen waren. Der Kontakt war schnell geknüpft, mein Anliegen schnell erklärt. Die Herren stellten mir ihr Wissen gerne zur Verfügung, doch zunächst gaben sie mir nur Höfe an, die ich bereits besucht hatte. Dies ging eine ganze Weile so, bis einer auf die Idee kam, ich solle mein Glück auf der anderen Seite der Emme versuchen. Alle vier lachten, so dass ich nachfragen musste, wie ernst dieser Tipp gemeint war.

»Dort drüben gibt es nur Wald und Steine und sumpfige Wiesen«, winkte einer mit lauter Stimme ab.

»Und Kobolde«, witzelte sein Nachbar, der von allen Hänsu genannt wurde.

Derjenige, der mir den Tipp gab, führte aus, dass es auf der anderen Seite schon ein paar Häuser gebe. »Es sind fünf Anwesen«, wusste er und zog an seiner dicken Zigarre. »Aber die Leute, die dort wohnen, lassen sich selten blicken. Das sind Städter, die nur im Sommer einige Wochenenden hier verbringen.«

Ein anderer, dessen Kopf sichtlich gerötet war, warf energisch seine Karte auf den Tisch und widersprach dem Ersteren: Er habe diese Leute auch schon im tiefsten Winter im Dorf gesehen. Er wusste auch, dass einer von ihnen ein Künstler war, der hin und wieder Bilder und Skulpturen in diesem und anderen Wirtshäusern der Region ausstellte.

»Jedenfalls gehört denen das ganze Land dort drüben«, brachte der hervor, der bisher nichts gesagt hatte. »Aber die machen nichts mit dem Land. Sie lassen es einfach brachliegen.« Er schien unsicher in seinen Worten und blickte während dem Sprechen zu demjenigen mit dem roten Kopf. Dieser biss an und erzürnte sich darüber, dass diese Leute nicht einmal ihren Wald aufräumen würden – worauf alle mitzogen und gegen die Respektlosigkeit und die Faulheit jener Leute auf der anderen Seite wetterten.

»Die starren wohl den ganzen Tag ins Blaue«, rief Hänsu zur Belustigung aller. Am Ende der kurzen Diskussion waren sich jedenfalls alle einig, dass dies ein *cheibe Züüg* mit solchen Touristen sei, und Hänsu, von den anderen daran erinnert, dass er an der Reihe war, bestellte vier Stangen Bier.

Am nächsten Tag entschloss ich mich, auf die andere Seite der Emme zu fahren und mein Glück dort zu versuchen. Vielleicht liess ich mich von Hänsus freilich nicht ernst gemeintem Spruch ermutigen, nämlich dass diese Leute auf der anderen Seite ihre Möbel bestimmt so ungenutzt stehen liessen wie ihr Land. Ich überquerte die Emme und fuhr eine Weile auf einer schmalen, ungeteerten Strasse durch den dichten Tannenwald. Der Weg führte mich schliesslich zu einem kleineren Bauernhaus, das sich von den Höfen auf der rechten Seite der Emme wesentlich unterschied: Keine offenen Türen und Tore waren zu sehen, keine Geräte standen herum, kein ordentlich gestapelter Misthaufen war zu riechen, keine Geranien schmückten die Fenster – das Anwesen machte einen ungewöhnlich leeren und verlassenen Eindruck. Dafür erstreckte sich eine grosse, nachträglich eingebaute Fensterscheibe nahezu über die ganze, dem Tal zugewandte Hauswand.

Ich klopfte an die Tür. Niemand öffnete. Ich spähte durch die getönte Fensterscheibe, konnte aber nur einen Schrank und ein Bett neben einem Kachelofen erkennen. Dann öffnete ich die Tür zum Stall und blickte mich um. Vieh war keines drin, dafür einige Ballen Stroh sowie eine Werkbank mit allerlei verstaubtem Werkzeug darauf. Ein eigenartig vertrauter Geruch stieg mir in die Nase – wohlriechend wie Parfum.

Als ich gehen wollte, fiel mein Blick auf etwas Dunkles, das sich hinter den Strohballen verbarg. Es waren die Umrisse irgendeines Gegenstandes, den ich aus der Distanz nicht näher zu bestimmen vermochte. Von unstillbarer Neugier erfasst, räumte ich die Strohballen zur Seite und brachte etwas zum Vorschein, das mich vom ersten Augenblick an in seinen Bann schlug: Es war tatsächlich ein altes, restaurationsbedürftiges Möbel. Doch es war derart ungewöhnlich, dass ich Mühe hatte zu bestimmen, was da genau vor mir stand.

Augenfällig war, dass der obere Teil des Möbels drei Stufen aufwies, alle abgerundet. Sie suggerierten das Bild einer auf vier Beinen stehenden, abgestuften Pyramide: Von unten nach oben verkürzten sich Länge und Breite mit jeder Stufe, während jedoch die Höhe zunahm; der oberste Teil war der höchste. Ganz oben auf der linken Seite wölbte sich eine geschnitzte grosse Kugel plastisch aus dem Holz und verlieh dem Möbel eine frappante Asymmetrie. Die Rückseite des Möbels war flach – eine Stufenpyramide, die im Längsschnitt halbiert wurde.

Der Form nach war es also am ehesten ein Sekretär: Man konnte sich daran setzten und den untersten Teil als Schreibfläche benutzen. Aber es gab auf den oberen Stufen keine kleinen Türen, keine Regale für Bücher, und das Möbel behielt ja auch seine Breite nach oben nicht. Dafür waren in jedem der drei Teile des Möbels je zwei nebeneinander liegende Schubladen eingebaut – es hätte also auch eine Art Kommode sein können. Merkwürdig war jedoch, dass an fünf Schubladen die Henkel zum Öffnen fehlten. Es fanden sich auch keine Anzeichen im Holz, dass hier jemals Henkel angebracht worden waren. Nur die Schublade ganz unten rechts verfügte über einen solchen, doch sie liess sich nicht öffnen. Auch die anderen Schubladen waren von Hand nicht herauszuziehen: Ich vermutete, dass sie einfach infolge des Alters klemmten.

Das Möbel bestand aus massivem Eichenholz. Und abgesehen von der feinen Einlegearbeit und den durch kunstvolle Schnitzereien verzierten Beinen, die offensichtlich später angebracht wurden, war es ein einziger Teil – es wurde aus dem Stamm einer riesigen Eiche angefertigt. Dies war ausgesprochen rar, und ich wusste, dass diese Rarität einen hohen Verkaufswert erzielen konnte. Praktischen Wert hatte das Möbel dagegen kaum: Eine Kommode mit sechs nach oben hin immer kleiner werdenden Schubladen, wovon nur eine zum Öffnen gedacht war, zeugte nicht gerade von der Absicht, den Verstauungsraum optimal auszunutzen. Nein, dieses Möbel war ausschliesslich ein Kunstgegenstand.

Der viele Staub und die Spinnfäden verrieten, dass das Möbel schon eine ganze Weile in dieser Ecke stand. Abgestellt und dann vergessen. Doch soweit ich dies beurteilen konnte, war es in einem recht guten Zustand: Hie und da fielen einige Löcher und Kratzer ins Auge, an den zwei rechten Beinen waren einige Stücke Holz der plastischen Schnitzereien abgebrochen, die Einlegearbeit war an einigen Stellen beschädigt, der einzige Schubladengriff rostete und musste ausgewechselt werden. Eine Arbeit von einer Woche, vielleicht zehn Tagen, schätzte ich.

Als ich mit meinen Händen über das Möbel fuhr, brachte ich unter dem Staub und Schmutz der untersten rechten Schublade den

Namen der einstigen Besitzerin sowie eine Jahrzahl zum Vorschein, geschrieben in dunkelgelber Frakturschrift, umgeben von aufwändigen Blütenornamenten:

Mari Egli 1888

Mein Herz begann zu pochen, ich war überzeugt, mit diesem aussergewöhnlichen Kunstwerk den Fund des Jahrhunderts gemacht zu haben. In Gedanken versunken bewegte ich mich zur Tür und bemerkte den Mann im Türrahmen erst, als ich unmittelbar vor ihm stand. Vor Schreck fuhr ich zusammen, was ihn zum Lachen brachte. In meiner peinlichen Verwirrung begann ich, Entschuldigungen für mein Eindringen daherzustammeln.

Der Mann schien sich nicht für meine Erklärungen zu interessieren. Stattdessen stellte er fest, dass ich Gefallen an dem Möbel hätte. Ich bestätigte dies und beeilte mich, die Vorzüge des schönen Stücks aufzuzählen – bis ich mich an den Grund meiner Anwesenheit erinnerte. Um also für den Fall einer Kaufsvereinbarung den Preis niedrig halten zu können, fügte ich auch alle Mängel an und relativierte gleichzeitig mein Interesse am Sekretär.

Der Mann schwieg. Einen Augenblick lang musterten wir einander. Er war mittleren Alters, schlank, machte aber einen kräftigen Eindruck. In seinem Gesicht fielen mir als Erstes seine ausgeprägte Nase, seine breiten Lippen und der Drei-Tage-Bart auf. Schwarze lockige Haare quollen unter seinem grau-braunen Filzhut hervor. Seine Kleidung unterschied sich von den alltäglichen Kragenhemden und Wollpullovern der hiesigen Bevölkerung. Er trug ein langärmliges weisses Leibchen, darüber eine dunkelgrüne, ärmellose Jacke. Seine Hände versteckte er in den Hosensäcken weisser Jeans. Und die schwarzen, mit Erde verschmierten Gummistiefel verrieten, dass er sich manchmal im sumpfigen Gelände bewegte.

Ich stellte mich vor, sagte ihm, dass ich in Bern leben und studieren würde. Nicht ohne Stolz fügte ich an, dass das Herrichten und der Verkauf von Möbeln zu meiner Zweitbeschäftigung gehöre. Er erwiderte, sein Name sei Nestor. Eine Weile sprachen wir ungezwungen über Möbel und deren Restauration. Infolge des Gesprächs stellte sich heraus, dass er der Hauseigentümer war und dass er sich ebenfalls mit der Restauration von Möbeln auskannte. Über Mari Egli und das Kunstwerk in seinem Stall schien er nicht viel zu wissen; es sei schon da gewesen, als er das Haus übernommen habe.

Schliesslich teilte ich Nestor mit, dass ich am Möbel interessiert war. Ich erwähnte absichtlich nichts von Kauf oder Bezahlung, denn ich wusste, dass die Leute es manchmal schätzten, wenn sie ihren Trödel kostenlos abschieben konnten. Nestor wollte das Möbel jedoch nicht hergeben. Er sagte, dass Mari Eglis Möbel zu diesem Ort gehöre und sonst nirgendwohin. Ich versuchte mit ihm darüber zu diskutieren, doch er blieb stur bei seiner Haltung. Als ich anfing, von Bezahlung zu reden, beendete er unser Gespräch abrupt, indem er mir einen schönen Abend wünschte und im Haus verschwand.

An diesem Tag fuhr ich mit leeren Händen ins Dorf zurück, übernachtete dort aber ein zweites Mal. Ich war zuversichtlich, Nestor doch noch zum Verkauf bewegen zu können, denn ich hatte den Eindruck, dass ihm nicht wirklich an dem Kunstwerk gelegen war, dass er einfach dazu neigte, an seinem Besitz zu haften – selbst wenn es sich um alten, unnützen Trödel handelte.

So begab ich mich tags darauf erneut auf die linke Seite der Emme, zu dem Möbel, das ich unbedingt haben wollte. Nestor lehnte jedoch ein zweites Mal ab.

»Ich verstehe deine Haltung nicht«, sagte ich zu ihm. »Du kannst davon profitieren.«

»Du verstehst tatsächlich nicht«, erwiderte er. »Dieses Möbel ist nicht so einfach zu restaurieren. Es braucht eine grosse Aufmerksamkeit, um damit richtig umzugehen. Wenn dir diese Aufmerksamkeit fehlt, würde das Möbel mehr Unheil anrichten als Nutzen bringen.«

»Ich werde das Möbel nicht beschädigen. Ich bin immer aufmerksam«, versicherte ich ihm. Nestor schwieg, und ich nutzte sein Schweigen um weiter auf ihn einzureden.

»Du brauchst dich ja nicht sofort zu entscheiden«, sagte ich schliesslich. »Ich kann auch später wiederkommen, wenn du dich entschieden hast. Ich kann warten, kein Problem.«

Nestor blickte mich prüfend an. »Kannst du das? Wie lange kannst du denn warten?«

Ich zuckte mit den Schultern, von seiner Frage überrascht.

»Sagen wir, bis zum Abend?« Ich malte mir aus, dass ich in dieser Zeit im Gasthof etwas essen und die Zeitung lesen würde.

»Das ist nicht sehr lange.« Nestor schüttelte den Kopf, dann sagte er, es sei Zeit für mich zu gehen.

Nestors Haltung provozierte mich. Ich wollte ihm zeigen, dass ich lange warten konnte. So fuhr ich eine Woche später erneut ins Emmental, um ihn nochmals um das Möbel zu bitten. Nestor war, glaubte ich, ein gerissener Geschäftemacher: Er liess mich zappeln, um den Wert des Möbels in die Höhe zu treiben. Er konnte es sich leisten, denn er hatte genau erkannt, wie viel mir an dem Möbel lag.

Nestor war denn auch nicht im Mindesten überrascht, mich nochmals anzutreffen. Ich versuchte ihn mit Argumenten zu überzeugen: Dramatisch führte ich aus, dass er das Möbel ja nicht mehr brauche und es hier nur vergammle, dass ich etwas daraus machen könne, dass ich gut bezahlen würde.

Und wie ich es erwartet hatte, lenkte er schliesslich ein. Wir einigten uns, den Kauf schriftlich zu fixieren. Nestor nannte aber ausdrücklich zwei Bedingungen dafür, dass er das Möbel an mich abtreten würde. Die erste Bedingung war unüblich und umständlich: Er wollte, dass die Restauration hier auf seinem Anwesen erfolgte. Erst wenn das Möbel fertig restauriert wäre, sollte ich frei darüber verfügen können. Er sagte zudem, dass kein anderer als ich selbst daran arbeiten dürfe. Ich wandte ein, dass es mir zu kostspielig und zu zeitaufwändig sei, jeden Tag von Bern ins Emmental zu fahren, aber Nestor bot mir während der Zeit der Restauration kostenlos ein Zimmer im oberen Stock seines Hauses an. Für mich war dies eine Unannehmlichkeit, die ich für das Möbel akzeptierte. Die zweite Bedingung hingegen überraschte mich kein bisschen: Barzahlung im Voraus.

1

Ein widerspenstiger Sekretär

Am Montag darauf begann ich mit der Restauration an Mari Eglis Möbel. Ich rechnete damit, den Sekretär innerhalb von zehn Tagen in einen einwandfreien und verkaufsreifen Zustand bringen zu können, was sich aber bald als unmöglich herausstellte.

Zu meinem Leidwesen griff Nestor gleich zu Beginn in meine Art zu restaurieren ein, ohne dass ich ihn darum gebeten hätte. Dies war nicht nur beleidigend, weil er damit meine Fähigkeiten in Frage stellte, sondern auch ärgerlich, weil es meinen gewohnten Rhythmus durcheinander brachte und die Arbeit verzögerte. Als ich versuchte, ihn von seiner Einflussnahme abzubringen, erinnerte er mich umgehend an die Bedingungen in der Kaufsvereinbarung: Bis zur Beendigung der Arbeit konnte er allein über das Möbel verfügen. Es blieb mir nichts anderes übrig, als mich seinen Richtlinien zu beugen. Zum Beispiel verbot er mir bereits am ersten Tag die Benützung meiner elektrischen Schleifmaschine. Nestor schien Wert darauf zu legen, dass ich das Möbel aus eigener Kraft restaurierte; er sagte, jede Energie, die ich in das Möbel investiere, müsse meine eigene Energie sein.

Der eigentliche Grund jedoch, weshalb die Restauration so verzögert wurde, war nicht Nestors Eingreifen, sondern es war ein Phänomen ganz anderer Art: Die Arbeit an diesem Möbel schien sich ungünstig auf meine körperliche Verfassung auszuwirken, so dass ich immer wieder gezwungen war, längere Pausen einzulegen.

Am ersten Tag, als ich die Lauge zur Entfernung von Schmutz und Farbe auf die eine Seite des Möbels auftrug, wurde ich von einer seltsamen Müdigkeit heimgesucht. Meine Hände wurden mit jedem Pinselstrich schwerer, die Bewegungen langsamer. Ich litt an einer Art Trägheit, wie ich sie manchmal nach einem üppigen Essen oder an einem langweiligen, regnerischen Sonntagnachmittag erlebte. Allzu oft verliess ich den Stall um mir die Beine zu vertreten oder mich auf die Bank vor dem Haus zu setzen. Dort suchte ich nach den Umständen, denen ich meinen flauen Zustand zuschreiben konnte und machte mir Vorwürfe, dass die Arbeit nicht vorwärts ging. Es ärgerte mich, dass ich das Möbel optimalerweise nicht in einem Zug ablaugen konnte: Wenn die Lauge zu lange trocknete, war das Wegspachteln mühsamer und dauerte länger.

Durch diese beharrlich wiederkehrende Trägheit brauchte ich den ganzen Tag, um die eine Seite des Möbels mit der weisslichen schmierigen Flüssigkeit stets von neuem einzustreichen, diese aber nur teilweise abzukratzen. Und als ich mich am Abend auf mein Zimmer zurückziehen wollte, ärgerte mich Nestors sicherlich gut gemeinte Frage, ob ich vorwärts gekommen sei. Auf dem Zimmer ass ich etwas von meinen mitgebrachten Lebensmitteln und ging früh zu Bett.

Am nächsten Morgen liess sich Nestor nicht blicken. Vielleicht war er irgendwo hingegangen, vielleicht schlief er auch nur lange. Aber eigentlich war es mir nur recht, dass ich mich gleich an die Arbeit machen konnte und keine Banalitäten austauschen musste.

Im Stall schickte ich mich an, den verbleibenden Rest der angefangenen Seite erneut mit Lauge einzustreichen und zu säubern. Anfängliche Erfolgserlebnisse liessen mich die Müdigkeitsanfälle des Vortags schon als Ausnahmezustand verbuchen. Dann aber bewirkte das Wegkratzen der Lauge mit Spachtel und feiner Stahlwolle plötzlich eine Zerstreuung meiner Konzentration. Die Gedanken fingen an zu fliessen und trugen mich immer weiter fort, so als wäre ich kurz vor dem Einschlafen. Als dies in mein Bewusstsein gelangte, wehrte ich mich mit aller Kraft dagegen und zwang mich erneut zur Konzentration. Doch beim weiteren Arbeiten erstreckte sich diese Unannehmlichkeit drastisch auf meinen Körper: Mein Puls erhöhte sich und veranlasste mich, schneller zu atmen. Meine Hände begannen zu zittern. Erschrocken lief ich aus dem Stall, wo das Zittern ebenso schnell nachliess, wie es gekommen war. Mein Atem beruhigte sich, mein Körper entspannte sich.

Was war geschehen? Dieses schnelle Ausser-Kontrolle-Geraten meiner körperlichen Funktionen war erschreckend. Ein Schwächeanfall wahrscheinlich, beruhigte ich mich, schliesslich frühstückte ich ja kaum. Da ohnehin bald Mittag war, beschloss ich, erst einmal etwas zu mir zu nehmen.

Nach dem Essen nahm ich die Arbeit wieder auf. Aber kaum hatte ich den Spachtel zur Hand, erfasste mich die nächste Welle jener seltsamen Unkontrolliertheit: Mein Körper erhitzte sich und begann zu beben. Überdreht torkelte ich nach draussen und stürzte ins Gras. Mein Atem ging so schnell, als wäre ich wie ein Verrückter stundenlang herumgerannt. Eine Weile blieb ich im Gras liegen um zu verschnaufen.

Dass Nestor zugegen war, merkte ich erst, als er sich über mich beugte. Er trug seinen Hut, und die Ledertasche, die er sich umgehängt hatte, war mit irgendetwas gefüllt. Er hob die Augenbrauen und blickte mich fragend an.

Ich setzte mich vorsichtig auf, war noch immer zittrig und nervös. Es war mir peinlich, dass er mich so im Gras liegend gefunden hatte. Ich sagte ihm, dass ich mich nicht besonders gut fühlte. Und weil ich fürchtete, ihn durch mein Verhalten zu beunruhigen, erklärte ich ihm mit einer für mich unüblichen Überzeugung, es sei alles in Ordnung, ich würde an einem Schwächeanfall leiden, das könne halt vorkommen.

Nestor legte die Tasche ab und ging in die Hocke. Er liess sich nicht durch meine Ausflüchte beirren, sondern wollte genau wissen, was passiert war.

»Das war kein Schwächeanfall«, widersprach er, nachdem ich ihm widerwillig die Symptome beschrieben hatte. »Ein Schwächeanfall ist, wenn dich die Kraft verlässt, wenn dir schwarz vor den Augen wird und du zusammensackst. Bei dir aber ist zu viel Kraft durch deinen Körper geflossen, mehr als dein Körper aushalten kann.«

»Wie kann es sein, dass zu viel Kraft durch meinen Körper fliesst?« fragte ich überrascht.

Er blickte nachdenklich zum Stall. »Vielleicht bekommt dir das Möbel nicht gut«, erwiderte er und lachte schliesslich.

Ich fand seinen Witz schlecht, musste ihm aber Recht geben, dass sich diese Angst erregenden Zustände tatsächlich beim Restaurieren eingestellt hatten. Ich raffte mich auf, versicherte Nestor, dass es nichts Ernstes sei und ging auf mein Zimmer. Dort legte ich mich hin und suchte nach Erklärungen für diese Anfälle, wobei ich mich an ähnliche Zustände zu erinnern glaubte, die Vorboten von Grippe oder anderen Krankheiten gewesen waren.

Die Zeit verstrich, aber die Symptome wiederholten sich nicht, und Fieber brach keines aus. Ich hatte keine Beschwerden mehr. Gegen Abend, verabschiedete ich mich von Nestor und fuhr vorsichtshalber nach Hause.

Nachdem ich die ganze darauf folgende Woche gesund und wohlauf war, fuhr ich am Wochenende zu Nestor um die Restauration fortzusetzen. Doch die Ernüchterung war gross: Nachdem ich die eine Seite erneut mit Lauge bestrichen hatte, hielten mich wieder dieselben Symptome davon ab, die weisse Masse am Sekretär wegzukratzen.

Angefangen mit der Beeinträchtigung meines Konzentrationsvermögens, dann der erhöhte Puls, der schnellere Atem, die Hitze in meinem Körper und das Zittern – all das liess mir nicht den Hauch einer Chance, die Arbeit weiterzuführen. Eine Zeit lang versuchte ich den körperlichen Anzeichen zu trotzen, aber ein plötzlich auftretender stechender Schmerz in meinem Unterleib verschlug mir beinahe den Atem und trieb mich gekrümmt aus dem Stall.

Vielleicht, so versuchte ich dieses Phänomen zu begreifen, hatte das mit Elektrotechnik zu tun. Vielleicht befand sich irgendein elektronisches Gerät im Stall, das die Quelle für meine Beschwerden war; ein Apparat, der etwas ausstrahlte, starke elektromagnetische Wellen wahrscheinlich, auf welche ich empfindlich reagierte. Ich suchte den Stall ab, einmal, zweimal, fand aber nichts. Um wirklich sicher zu sein, wollte ich den Sekretär nach draussen ins Freie schaffen, stellte jedoch fest, dass selbst das Bewegen des Möbels meinen Körper zum Streiken veranlasste. Und der Verdacht, das Gerät wäre im Möbel selbst zu finden, liess sich vorerst nicht erhärten. Denn die Schubladen klemmten alle, und aus Sorge, den Kunstgegenstand zu beschädigen und damit dessen Wert zu mindern oder gar zu vernichten, unterliess ich eine gewaltsame Öffnung. Aber diese Vorstellung von einem im Möbel installierten Gerät, das starke, für mich körperlich spürbare Schwingungen erzeugte, liess mich nicht mehr los und bekräftigte sich jedes Mal, wenn mein Körper an seine Grenzen stiess.

Ich verbrachte den restlichen Tag damit, diesen Körperempfindungen auf den Grund zu gehen. Dabei wehrte ich mich gegen den sich immer stärker aufdrängenden Gedanken, dass die Symptome durch das Arbeiten am Möbel verursacht wurden. Um dies zu widerlegen, probierte ich in einem wahnwitzigen Spiel alles Denkbare aus: Traten die unangenehmen Empfindungen wirklich jedes Mal auf, wenn ich am Möbel Arbeit verrichtete? Spielte es eine Rolle, an welcher Stelle des Möbels ich arbeitete? Wie schnell ich meine Bewegungen verrichtete? Welche Werkzeuge ich benutzte?

Nach etlichen Versuchen, konnte ich nicht mehr leugnen, dass mein Körper mit jedem Handanlegen am Sekretär reagierte: Wenn ich das Möbel einfach nur berührte, spürte ich nichts. Aber schon bei sanftem Druck und ein bisschen Bewegung auf der Holzoberfläche machte sich ein mulmiges Gefühl in meinem Körper bemerkbar, das sich schnell ins Unkontrollierbare steigern konnte. War es demnach überhaupt möglich, dass ein Gerät im Möbel dies bewirkte? Vielleicht strahlte das Gerät seine Wellen periodisch aus?

Ich fand keine Ruhe, ehe ich nicht genau wusste, wie weit ich gehen konnte: So verrückte ich das Möbel in kleinen Schritten, deckte es mit Plastikfolie ab, band den Pinsel an einen langen Stock und trug die Lauge aus grösserer Distanz auf, versuchte das Eingetrocknete wieder und wieder mit verschiedenen Werkzeugen wegzukratzen – es nützte alles nichts.

An diesem Abend musste ich mir eingestehen, dass mich die Arbeit an Mari Eglis Sekretär so beeinträchtigte und erschöpfte, dass eine Restauration praktisch unmöglich wurde. Als Grund konnte ich mir nichts anderes als das Einwirken von Strahlen oder Schwingungen vorstellen, auch wenn dies nur neue Fragen aufwarf, worauf ich keine Antwort kannte: War es überhaupt möglich, dass Schwingungen irgendwelcher Art auf solch drastische Weise auf einen Menschen einwirken können? Wenn ja, liess sich diese Leistung auf kleinstem Raum, in einem kleinen Apparat, unterbringen? Und wie kam so etwas in ein über hundertjähriges Möbel, dessen Schubladen sich nicht öffnen liessen?

Die vollkommene Restauration

Am Tag darauf, nachdem ich das Möbel kurz ausprobiert hatte, dann den ganzen Morgen rat- und tatenlos im Stall herumgesessen war, sah ich keinen anderen Ausweg als Nestor zu fragen, ob ich das Möbel zu mir nach Hause nehmen dürfe. Wenn es nämlich bei mir stehen würde, so war meine Idee, wäre es ein Leichtes herauszufinden, ob und wie das Möbel auf andere wirken würde. Ich brauchte bloss einen Freund zu bitten, mir bei der Restauration ein bisschen zur Hand zu gehen.

Natürlich hatte ich die schriftliche Vereinbarung zwischen Nestor und mir, nämlich dass die Restauration hier bei ihm erfolgen sollte, nicht vergessen. Aber ich traute es mir zu, ihn überzeugen zu können. Umso mehr, da es ja keinen offensichtlichen Grund für seine Forderung gab – ausser vielleicht, dass er als ehemaliger Restaurator mir bei der Arbeit über die Schulter schauen wollte, um sich durch Tipps und Forderungen einzubringen und wichtig zu machen. Ein gemeinsames Mittagessen schien mir der günstigste Zeitpunkt, um ihn zu fragen.

Nestor hatte Kartoffeln für uns beide gekocht. Er gab sie in einen Quarzglasteller, verkleinerte sie grob, würzte sie und verteilte geschnittene Käsewürfel und Kräuter darüber. Ich wollte meinerseits etwas Aufschnitt beisteuern, aber Nestor liess mich mit einem abschätzigen Kommentar über den Fleischkonsum wissen, dass er einer der hartnäckigeren Vegetarier war. Wir diskutierten also eine Weile über das Fleischessen, wobei er nicht einen Millimeter von seiner Meinung abwich, dass der Verzehr von Fleisch in einer Konsumgesellschaft wie der unseren ein grosser Irrtum sei, und dass bewusstere Menschen das Fleisch von ihrer Speiseliste gestrichen hätten. Und obwohl ich nicht die erste solche Diskussion führte und mich gegen die Vegetarier-Argumente gewappnet glaubte, schaffte er es doch irgendwie, mir ein schlechtes Gewissen einzujagen. Darauf entschloss ich mich, die Diskussion über den Heimtransport des Möbels auf den Abend zu verschieben.

Als ich das Mahl beendet hatte, fragte mich Nestor unerwartet nach dem Verlauf der Restauration.

»Es geht«, sagte ich halbherzig.

»Nur: es geht?«

»Ich brauche wohl länger als erwartet.«

»Dann macht dir Mari Eglis Möbel also Schwierigkeiten«, schloss er.

Ich zögerte mit der Antwort. Die Selbstverständlichkeit in seinen Worten liess mich ernsthaft in Erwägung ziehen, dass er genau wusste, wo mein Problem lag – entweder kannte er es, oder er war es selbst, der es verursachte.

»Ich bin einfach dieses Umfeld hier nicht gewohnt«, log ich.

Nestor blickte mich durchringend an. »Du willst also das Möbel mitnehmen«, folgerte er haarscharf.

Ich sagte ihm, ich könne mich hier nicht richtig konzentrieren und gab als mögliche Gründe die kühlere Temperatur und das feuchtere Klima an. »Ich könnte schneller bei mir zu Hause arbeiten«, fügte ich an.

»Es soll also schnell gehen«, stellte er nüchtern fest.

»Ich will doch nicht den Rest meines Lebens mit dieser Restauration verbringen«, rechtfertigte ich mich. Nestor lächelte und kratzte mit der Gabel die Resten am Tellerboden zusammen.

»Kann ich das Möbel nach Hause nehmen?« fragte ich endlich.

»Vergiss es.« Er blickte mich an, als hätte ich verbotenerweise heiligen Boden betreten. Mit seiner felsenfesten Stimme und seinem mahnenden Blick nahm er mir jegliche Hoffnung.

»Wir haben eine Abmachung getroffen«, erinnerte er mich. »Wenn der Sekretär restauriert ist, kannst du damit machen, was du willst.«

»Warum ist dir das eigentlich so wichtig?« fragte ich ihn nach einer Weile.

Nestor antwortete nicht, und in diesem Moment glaubte ich intuitiv zu wissen, weshalb er sich weigerte, mir das Möbel einfach zu überlassen: Bestimmt war er ein einsamer Mann, der sich hierhin zurückzog, vielleicht weil ihn das Leben und seine Erfahrungen mit den Menschen zu sehr enttäuscht hatten. Verständlicherweise sehnte er sich dennoch nach Gesellschaft. Und deshalb hatte er die Bedingungen für den Verkauf des Möbels bewusst so gewählt, dass ich gezwungen sein würde, ihn regelmässig zu besuchen. Er war ein listiger Fuchs.

Ich sagte ihm dies alles nicht direkt, sondern liess nur durchblicken, dass ich ihn trotzdem weiterhin besuchen käme, auch wenn das Möbel bei mir zu Hause stehen würde.

»*So gsehsch uus*«, erwiderte er lachend, legte seinen Teller weg und lehnte sich entspannt gegen die Wand. Dann aber schien sich Nestor zu besinnen.

»Denkst du denn«, fragte er, »du kannst das Möbel überhaupt ins Auto laden?«

»Wenn du mir hilfst, es zu heben – warum nicht?« fragte ich zurück, den Gedanken ignorierend, dass praktisch jeder Kontakt mit dem Möbel meinen Körper in diesen zittrigen Zustand versetzte. Ich durfte mir jetzt nichts anmerken lassen, nicht jetzt, wo er anfing, einzulenken.

»Also gut«, gab er nach. Sein plötzlicher Meinungswechsel machte mich ein wenig misstrauisch; ich glaubte aber, dass er die Unhaltbarkeit seiner Forderung eingesehen hatte. Als Geste der Freundschaft bot ich ihm Schokolade an, die er aber zurückwies.

Wir gingen in den Stall hinüber, wo sich Nestor das Möbel anschaute. Er strich mit der Hand über die getrocknete und ansatzweise zerkratzte Lauge.

»Das sieht ja aus wie auf einem Schlachtfeld«, fand er.

»Nicht mehr lange«, erwiderte ich mit erstarktem Selbstbewusstsein.

Nachdem ich das Auto unter das Dach des Schopfs gefahren hatte, möglichst nahe an die Stalltür heran, hoben wir das Kunstwerk und begannen uns langsam in Richtung Tür zu bewegen. Das Auto war nah, der Weg kurz und ich zuversichtlich. Meine Zuversicht wurde jedoch schon mit den ersten Schritten zunichte: Ein Unheil verkündendes Völlegefühl breitete sich in meinem Unterleib aus. Es war ein Druck, welcher rasch anstieg, so dass ich bald nur noch flach atmen konnte.

Ich liess mir nichts anmerken. Meinen Blick richtete ich starr auf die Oberfläche des Möbels, und ich versuchte, nichts zu fühlen, nur zu funktionieren. Aber meine Füsse wurden schwer wie Blei, und doch ging ich noch immer weiter: noch einen Schritt während mein Körper heiss lief; noch einen Schritt während meine Arme und Beine zu zittern anfingen; noch einen Schritt, während mich meine Kraft endgültig zu verlassen drohte.

»Es reicht.«

Wie aus weiter Ferne durchdrang Nestors Stimme den Nebel meiner Illusionen und bannte meinen Wahn, unempfindlich zu sein. Für einen Augenblick wusste ich nicht, ob er seinen Befehl an mich oder an das Möbel gerichtet hatte. Jedenfalls lösten seine Worte meine Fixierung auf das Möbel, wirkten wie eine Befreiung, hatten aber auch den bitteren Beigeschmack der Niederlage. Wir stellten den Sekretär vorsichtig ab – ich mit letzter Kraft.

Um Atem ringend setzte ich mich auf den Boden. Meine Gedanken kreisten wie wild. Es war mir unangenehm, dass er eingreifen musste; ich fühlte mich wie ein kleines Kind, dem man Grenzen setzen muss, weil es selbst nicht abwägen kann, wann etwas zu viel ist.

»Hast du das auch gespürt?« keuchte ich.

Nestor liess sich meine körperlichen Unannehmlichkeiten beschreiben, dann gab er zur Antwort, er habe nichts dergleichen gespürt. Ich fragte ein zweites Mal und versuchte ihn zum Sprechen zu bewegen. Denn ich konnte mir nicht vorstellen, dass diese Symptome auf mich beschränkt geblieben waren. Nestor antwortete aber, dass ihm die Knie bei einem *Houzmöbeli* noch lange nicht schlotterten.

»So wie es aussieht, ziehst du den Kürzeren gegenüber dem Möbel«, sagte er und setzte sich auf einen Strohballen. »Das Möbel fordert sehr viel von dir, mehr als du für eine Restauration zu geben gewohnt bist, und mehr als du in deinem jetzigen Zustand geben kannst. Das schafft den Konflikt, den du spürst. Deine Fähigkeiten sind für die Restauration dieses Möbels nicht ausreichend.«

»Es geht doch nicht um meine Fähigkeiten als Restaurator«, antwortete ich ärgerlich und überrascht wegen seiner Naivität. Ich versuchte ihm mit aller möglichen Geduld beizubringen, dass ich sehr wohl imstande war, mit Holz umzugehen und Möbel zu restaurieren. Wenn ich bei diesem Möbel versagte, so könne dies nichts mit mir zu tun haben. In diesem Zusammenhang sprach ich auch meine Vermutung aus, dass da ein elektronisches Gerät im Möbel drin sein musste, das hemmend auf meine Körperfunktionen wirkte.

»Elektronik in einem Möbel des 19. Jahrhunderts?« Nestor schüttelte ungläubig seinen Kopf.

»Irgendjemand wird es dort montiert haben.«

Er blickte mich skeptisch an. »Und du glaubst, ich hätte so etwas in dieses Möbel hineingetan?«

Ich schwieg.

»Vergiss es. Anstatt Verschwörungstheorien aufzustellen, solltest du dir besser überlegen, wie du mit diesem Druck umgehst, den das Möbel in dir erzeugt.«

»Einen Druck? Wie kann ein Möbel einen Druck in mir erzeugen? Das ist doch unmöglich«, brachte ich als verzweifelten Einwand hervor.

Nestor lachte, und sein Lachen machte mich wütend. Es entstand eine längere Diskussion zwischen uns. Ich warf ihm vor, dass er davon gewusst habe, und ich liess mich in meiner Wut sogar dazu verleiten, ihn der Körperverletzung zu bezichtigen. Ich versuchte ihn zu dem Geständnis zu bewegen, dass er etwas mit dem Möbel angestellt hatte – oder wenigstens, dass es eine Kraft war, die unabhängig von mir, von aussen auf mich einwirkte und mich daran hinderte, mit der Arbeit fortzufahren. Nestor dagegen blieb bei seiner Ansicht, dass das Gelingen der Restauration eine Frage meiner eigenen Kraft sei, mit welcher ich diesem Druck entgegentreten konnte. Es war offensichtlich, dass wir aneinander vorbei sprachen. Aber ich argwöhnte, dass er absichtlich um den heissen Brei herumredete.

Mitten in unserem Wortwechsel fiel mir auf, dass ich mit ihm stritt. Ich tat dies wie selbstverständlich, als würde ich ihn schon lange kennen. Sofort verstummte ich, es war mir peinlich.

»Ich verstehe einfach nicht, was da passiert«, sagte ich, nachdem ich mich beruhigt hatte. »Wenn du irgendetwas darüber weisst, Nestor, dann sag es mir, bitte.«

Nestor blickte mich ruhig an. »Im Grunde werden wir alle ständig mit uns selbst konfrontiert«, begann er zu philosophieren. »Aber weil wir das nicht erkennen, machen wir Unterschiede. Nur deshalb haben die einen Gegenstände oder Menschen einen grösseren Einfluss auf uns als andere. Bewusst oder unbewusst. Wenn du daher einen schönen Kunstgegenstand siehst, kann das Gefühle in dir auslösen. Oder wenn dein Lieblingsessen vor dir auf dem Teller herrlich duftet, dann werden auch ein paar Glückshormone ausgeschüttet und der Speichel beginnt zu fliessen. Genauso wie der Anblick eines attraktiven Menschen Glücksgefühle in deinem Körper auslösen kann.«

»Es geht nicht um die Ausschüttung von Glücksgefühlen. Dieses Ding macht, dass ich um Atem ringen muss und die Hände nicht mehr stillhalten kann«, stellte ich trocken fest.

»Dies kann dir beim Anblick eines schönen Menschen ebenfalls passieren«, sagte Nestor schmunzelnd. Dann aber räumte er ein, dass Mari Eglis Möbel tatsächlich sehr ungewöhnlich sei – die Art, wie es auf mich wirke, spreche dafür.

Ich hatte genug gehört. Nestor wollte mir anscheinend nicht helfen. Und irgendwie konnte er seinen Standpunkt, dass ich diese extremen körperlichen Zustände selbst verursachen würde, mit mehr Überzeugung vertreten, als ich den meinen. Ärgerlich verliess ich den

Stall und verbrachte die Zeit bis zum Abend auf meinem Zimmer, wo ich vernünftige Antworten auf das Vorgefallene suchte.

Am Abend sprach ich nochmals mit Nestor darüber. Er sass auf seinem Bett neben dem Ofen und blickte wie gebannt aus dem grossen Fenster. Über dem Tal herrschte Abendstimmung: Die sinkende Sonne brachte Himmel, Berg und Hügel gleichermassen zum Glühen.

Ich liess Nestor wissen, dass ich keine Verwendung für ein Möbel hatte, das ich weder restaurieren noch transportieren konnte. Ich forderte daher von ihm die sechshundert Franken zurück, die ich für das Möbel bezahlt hatte.

Nestor beklagte sich in einem Ton, den ich nicht ganz ernst nehmen konnte, dass er bei solchen Geschäftsbedingungen ja nie auf einen grünen Zweig käme. Ich war nicht zu Spässen aufgelegt und wiederholte meine Forderung.

»Du gibst zu früh auf«, sagte er sanft. »Es gibt schon eine Möglichkeit, Mari Eglis Möbel zu restaurieren.« Er legte ein geheimnisvolles Schweigen ein und blickte weiter aus dem Fenster. Dann begann er von einer Vorgehensweise zu sprechen, die mich befähigen sollte, das Handwerk auf eine vollkommene Art und Weise auszuüben. Dabei würde ich lernen, meine volle Konzentration auf das Möbel zu richten und dadurch mit dem Druck des Möbels umzugehen. Nestor betonte einige Male, ich müsse diese *vollkommene Restauration* ausüben, um Erfolg zu haben.

Ich zuckte mit den Achseln. Natürlich glaubte ich, dass jede Restauration, die ich bis dahin an einem Möbel durchgeführt hatte, vollkommen war.

»Das ist nicht dasselbe«, antwortete Nestor auf meine Auffassung. »Bei der vollkommenen Restauration geht es nicht nur darum, das Möbel abzulaugen, zu schleifen und Holzteile auszutauschen. Sondern sie fordert deine höchste Aufmerksamkeit in allem, was du tust.«

»Ich bin immer aufmerksam, wenn ich am Sekretär arbeite.«

»Du bist nicht aufmerksam genug«, konterte er. Jetzt wandte er sich mir zu und blickte mich durchdringend an. »Wärst du es, dann würdest du erkennen, wie dieser Druck, den du spürst, zustande kommt. Und dann würdest du auch anders an das Möbel herangehen.«

»Wie kommt dieser Druck zustande?«

»Du gibst deine Erwartungen und Vorstellungen in das Möbel hinein. Damit versuchst du etwas in diesem Möbel zu sehen, was es nicht ist. Das tust du immer, mit allen Gegenständen und auch mit Menschen. Mari Eglis Möbel aber ist wie ein Spiegel: Es strahlt die Energie deiner Vorstellungen direkt auf dich zurück.

Die Frage ist, was genau du in das Möbel gibst. Wenn du dies erkennst und veränderst, wird sich auch das ändern, was auf dich zurückwirkt. Die vollkommene Restauration auszuüben bedeutet, dass du dich ernsthaft mit dem Austausch zwischen dir und dem Möbel auseinander setzt.«

Ich war bestürzt. Was Nestor da erzählte, war purer Unsinn, bestenfalls Wochenend-Esoterik. Nach seinen Worten zu urteilen würde mich die ›vollkommene Restauration‹ wohl zu einem jener Freudeherrscht-Typen machen, die hauptsächlich damit beschäftigt waren, ihre positiven Energien an die Welt zu verteilen um damit Kriege und andere Katastrophen zu verhindern.

»Es ist mein Angebot an dich«, sagte Nestor auf mein irritiertes Schweigen hin. »Alles Weitere wirst du selbst herausfinden müssen.«

»Und worin besteht diese vollkommene Restauration konkret?«

»Es ist eine ganz andere Art und Weise an das Möbel heranzugehen und es zu restaurieren«, erwiderte er. »Mehr brauchst du noch nicht zu wissen.«

Diese Aussicht widerstrebte mir. Schliesslich wollte ich ein Möbel ausbessern und verkaufen – und nicht hier Ewigkeiten mit einer neuen und erst noch esoterischen Methode des Restaurierens verbringen.

»Wie wäre es«, wagte ich einen Vorstoss, »wenn du das Möbel restaurieren würdest. Ich stelle dir meine Werkzeuge zur Verfügung und kümmere mich anschliessend um den Verkauf. Wir machen halbehalbe, was denkst du? Das wäre doch für uns beide einfacher.«

Nestor schwieg einige Zeit und ich glaubte, er würde sich meinen Vorschlag sorgfältig überlegen. Dann aber erinnerte er mich daran, es sei mein Möbel, und ich müsse es allein restaurieren.

»Anstatt deine Gedanken daran zu verschwenden, wie viel du aus dem Möbel herausholen kannst, solltest du damit beginnen, die vollkommene Restauration auszuüben. Wenn deine volle Aufmerksamkeit allein dem Möbel zuteil wird, wirst du auch fähig, es zu restaurieren.«

Ich war misstrauisch. Ich musste erneut an die Möglichkeit denken, dass Nestor ein elektronisches Gerät im Möbel installiert hatte. Mir ging der Gedanke durch den Kopf, dass er mir jetzt einen Kurs über eine angeblich sichere Restaurationsmethode verkaufen wollte, die bestimmt Früchte tragen würde – nämlich genau dann, wenn er das Gerät ausschaltete.

»Woher weisst du von dieser vollkommenen Restauration?« fragte ich ihn skeptisch.

»Ich habe sie erlernt.«

»Hast du diese Methode nur gelernt oder selbst entwickelt?«

Nestor war nicht bereit, darüber zu sprechen. Er sagte, dass mir dieses Wissen bei der vollkommenen Restauration nicht weiterhelfe.

Darauf fragte ich ihn, was er dafür haben wolle, wenn er mich die vollkommene Restauration lehrte. Ich war in einer misslichen Situation, da ich keine Vorstellung davon hatte, wie viel ein solcher Kurs überhaupt wert war. Aber Nestor erwiderte, dass es in seinem Haushalt immer etwas zu tun gebe. Ich war unsicher. Als ich ihn wissen liess, dass ich erst einmal nach Hause fahren und darüber nachdenken würde, lächelte er.

»Komm bald wieder«, forderte er mich auf. »Wir haben bereits mit der vollkommenen Restauration begonnen.«

Die kleine Welt im Bild auflösen

Eigentlich hatte ich keine Wahl. Weder konnte ich dieses Möbel restaurieren, noch transportieren, noch sonst irgendetwas damit tun, solange es nicht mein Eigentum war. Und laut der vertraglichen Vereinbarung war es so lange nicht mein Eigentum, bis ich es fertig restauriert hätte. Es konnte keinen Zweifel daran geben, dass Nestor hinter allem steckte und dies geschickt eingefädelt hatte. Er liess mir nur zwei Möglichkeiten: Entweder die ganze Sache zu vergessen oder seine vollkommene Restauration zu wählen. Trotz allen Vorbehalten Nestor und seinem Verhalten gegenüber, entschloss ich mich, seine Methode wenigstens auszuprobieren: Sechshundert Franken war einfach nicht ein Betrag, den man so leicht in den Sand setzte.

Am Wochenende darauf erhielt ich einen ersten Einblick in das, was Nestor die ›vollkommene Restauration‹ nannte. Und was er mir schon am ersten Tag an einem Stück Holz zeigte, war bemerkenswert: Er bewies einen ausserordentlich geschickten Umgang mit Werkzeugen. Seine Bewegungen waren anders als meine, kräftiger, aber auch Kraft sparender, weil zielgerichteter. Säge, Feile und Schmirgelpapier – sie lagen locker in Nestors Händen, und trotzdem führte er sie mit Präzision. An diesem Nachmittag probierte ich die neuen Techniken aus, doch es bereitete mir mehr Mühe als erwartet, wie Nestor zu sägen, zu feilen und zu schleifen.

Abends beim Essen sprach ich ihm meine Hochachtung aus und gab mich zuversichtlich, dass sich Mari Eglis Möbel mit einer solchen Technik bestimmt schnell restaurieren lasse.

»Es geht nicht nur um die Technik«, erwiderte Nestor zu meiner Überraschung. »Das Handwerk am Möbel ist nur ein kleiner Teil der vollkommenen Restauration. Viel wichtiger ist, mit wie viel Aufmerksamkeit du die Arbeit verrichten kannst. Deine Bewegungen werden sich ändern, wenn du dich änderst.«

»Mich ändern? Du glaubst also wirklich, dass dieses Zittern und Herzklopfen aufhört, wenn ich mich ändere?«

»Ja.«

»Und wie sollte ich mich ändern?«

»Du solltest damit aufhören, das Letzte aus den Dingen herauszuholen, mit denen du dich beschäftigst. Und du dürftest ein bisschen freigiebiger werden«, fand er. Ich lachte, denn ich hielt Nestors Worte für Gerede. Er lachte auch.

»Willst du mich etwa zum *Samichlous* machen?« rief ich.

»Nein«, antwortete er. »Um das Möbel zu restaurieren, reicht es nicht, der *Samichlous* zu sein.«

Am nächsten Tag wollte Nestor mit mir im Wald Wurzelholz suchen gehen, um daraus einen Miniatursessel zu zimmern. Nach dem Frühstück besorgte er den Abwasch. Aus meiner beklemmenden Untätigkeit heraus bot ich an, ihm zu helfen und das abgewaschene Geschirr abzutrocknen, aber er winkte ab. Ich glaubte, er würde aus reiner Gastfreundlichkeit so handeln, doch als ich ihn darauf ansprach, zog er die Brauen zusammen. Abtrocknen, sagte er, sei unnötig, weil das Geschirr ja von selbst trockne.

Als Nestor fertig war, verliessen wir das Haus und folgten der Strasse weiter bergwärts. Diese endete bald vor einem Bachgraben, worauf wir den Hang hinaufstiegen und danach den dichten Tannenwald durchwanderten. Nestor, der anscheinend ein geübter Wanderer war, ging zügig voran. Und während des Gehens sprach er ohne Anstrengung zu mir, machte mich auf die eine oder die andere Besonderheit aufmerksam: ein merkwürdiger Pilz, ein schönes Gestein, ein Hirsch – wo ich nur bestätigend keuchen konnte.

Ich war erstaunt darüber, wie viel Nestor in der Natur erblickte, was ihm alles auffiel. Daneben kam ich mir vor wie einer, der mit geschlossenen Augen am Leben vorbeilief. Anderseits fand ich, dass Nestor einen Hang zum Übertreiben hatte. Jedenfalls war es mir schleierhaft, warum ihn gewisse Dinge so begeistern konnten. Darauf angesprochen, erwiderte er, dass die Wahrnehmung des Bildes von unserer *Kraft* oder *Energie* abhänge. Wenn wir Kraft in uns entwickeln würden, helfe uns diese, die Schönheit der Natur besser zu erkennen und zu schätzen.

Nachdem wir vielleicht eine Stunde lang gewandert waren und einige schön gewellte Wurzelholzstücke gesammelt hatten, erreichten wir einen Platz an einem Hang, der frei von Bäumen war. Wir setzten uns an eine sonnige Stelle am Rand des Waldes. Nestor nahm seinen Hut ab, packte verschiedene Feilen, mehrere Blätter Schmirgelpapier und eine Fuchsschwanzsäge aus und forderte mich auf, aus dem Holz einen kleinen Sitz zu zimmern. Er selbst nahm sich auch ein Stück, zeigte mir nochmals, worauf es ankäme, dann begannen wir zu arbeiten.

Für mich war das Ganze ein notwendiges Übel. Am liebsten hätte ich die vollkommene Restauration direkt am Sekretär durchgeführt. Ich sägte, feilte und schleifte also in aller Eile dieses Stück Holz, so dass es schlussendlich wie ein kleiner Sessel aussah. Als ich Nestor nach seiner Meinung dazu fragte, erteilte er mir eine Abfuhr: Er sagte, ich könne den Sessel noch viel besser ausarbeiten, er sei noch immer zu asymmetrisch und zu grob.

Ungeduldig feilte ich nochmals ein bisschen daran herum und zeigte ihm den Sessel erneut. Diesmal wurde er ärgerlich. Er zeigte mir alle Mängel an dem Stück Holz auf und unterstellte mir sogar, dass ich sie absichtlich übersehen hätte.

»Ich weiss, dass du dir grosse Mühe geben kannst«, sagte Nestor, als würde er mich seit Jahren kennen. »Aber dieses Wurzelholz hier scheint dir die Mühe nicht wert zu sein.«

Ich wollte mich rechtfertigen, ihn glauben machen, dass ich nun mal nicht so geschickt war wie er. Und dass dieses Holz hier doch nur zum Üben da war. Nestor liess meine Einwände nicht gelten.

»Siehst du, da liegt dein Problem«, holte er aus. »Du hast feste Vorstellungen davon, was Wert hat, und was nicht. So beurteilst du aber die Dinge im Bild falsch. Du willst Mari Eglis Möbel restaurieren, weil es wertvoll ist; das Wurzelholz dagegen hat für dich keinen Wert. Diese Haltung, das Überschätzen der einen Gegenstände, und das Verachten der anderen – die wirkt auf dich, wenn du am Möbel arbeitest.«

Ich glaubte nicht recht zu hören: Nestor nahm ein kleines Stück Holz zum Anlass, um meine Verhaltensweise in ihren Grundsätzen zu kritisieren. Bevor ich etwas erwidern konnte, fuhr er fort, dass alle diese Vorstellungen meine eigene kleine Welt seien. Und dass ich diese kleine Welt in das Bild bringen würde. Daher sei alles, was ich aus dem Bild erfahren und wahrnehmen könne, eben wertvolle oder wertlose Dinge.

»Ich habe Mühe mit deiner Sprache, Nestor. Was meinst du mit dem ›Bild‹?«

»Das ist das Bild«, antwortete er und wies mit der Hand auf die Umgebung. »Was wir jeden Augenblick wahrnehmen können, das ist das Bild. In diesem Fall sind es die Hügel, Wälder und Berge.«

»Du meinst also unsere Welt?«

»Nein, nicht die ganze Welt. Nur unser Blickfeld, das was wir jetzt gerade sehen. Ich nenne es *das Bild*.«

Ich scherzte, dass der Vergleich ein wenig hinke, da Bilder – ich dachte natürlich an gemalte Bilder oder Fotografien – normalerweise ziemlich flach seien, zweidimensional eben, und auch nicht bewegt. Nestor fand den Vergleich mit einer Fotografie passend. Er behauptete, im Moment sei unser Bild ebenfalls ziemlich flach und auch nicht bewegt.

Ich fragte ihn, wie er auf solche Gedanken komme. Er antwortete nicht direkt, sondern sagte, dass ich selbst sehen lernen müsse, was das Bild wirklich sei.

»Du kannst nicht sehen, was dein Bild im Grunde ist. Denn das, was du jetzt siehst, ist ein ausgeschmücktes Bild. Du schmückst dein Bild mit deinen Vorstellungen, Ideen, Gedanken. Du schmückst es also mit deiner *kleinen Welt* aus – und veränderst es dadurch fortlaufend.«

Nestor wies mich an, meinen Blick auf die Hügel in der Ferne zu richten. Zuerst, erläuterte er, sei das, was ich sähe, einfach nur ein reines Bild. Aber schon im nächsten Augenblick, und ohne dass ich es mir gewahr sei, brächte ich meine Gedanken, Vorstellungen und Wünsche in das Bild.

»Du gibst deine kleine Welt in das Bild«, führte er aus, »indem du es beurteilst, bewertest und dir überlegst, wie es sein sollte. Du vergleichst es mit Idealbildern schöner Orte und Begebenheiten aus deiner Erinnerung. Das meine ich, wenn ich sage, du bringst die Welt, deine eigene kleine Welt, ins Bild. So machst du das Bild zur Welt – aber im Grunde gibt es nur das Bild.«

Nestor lachte, als er sah, wie ich ihn fragend anblickte. Ich sagte ihm, dass er mich mit seinen Sprüchen nur verwirre.

Er fasste dies als Aufforderung auf, sich deutlicher auszudrücken. Die eigene kleine Welt, erklärte er geduldig, setze sich aus all unseren Vorstellungen zusammen, aus all unseren Kenntnissen und dem ganzen Wissen, das wir von der Welt hätten. Er sprach vom Wissen über alle menschlichen Errungenschaften, über den ganzen Planeten Erde, die Meere, die Kontinente, die Länder mit ihren politischen und kulturellen Grenzen und die Menschen darauf mit ihren verschiedenen Meinungen, Ansichten und Problemen. Unsere Kenntnis der Welt, legte er dar, beruhe auf Erinnerungen an Gehörtes, Gesehenes, Gefühltes. Aber das meiste von unserem Wissen sei nicht selbst Erfahrenes, sondern Gelerntes. Die kleine Welt sei also nicht einmal unsere eigene Welt, sie sei uns gelehrt worden und wir hätten sie übernommen.

»Das Ganze ist ein Teufelskreis«, fuhr er fort. »Das Bild, welches du durch deine kleine Welt veränderst, wirkt wieder auf dich ein. Es erneuert deine Vorstellungen von Berg und Tal, von hügeliger Landschaft, von Schönheit. Und diese neue, angepasste kleine Welt gibst du wiederum in das Bild.«

Ich zuckte mit den Achseln.

»Das ist doch normal. Das tut jeder. Jeder betrachtet das, was er sieht, auf seine eigene Weise.«

»Ja, richtig. Aber weil wir unsere kleine Welt in das Bild bringen, sind wir nicht in der Lage, zu sehen, was das Bild im Grunde ist, wie es aufgebaut ist, oder was dessen Ursache ist.«

Ich wurde ungeduldig. Ich hätte lieber über Restaurationstechniken gesprochen als über die menschliche Unfähigkeit, die Welt zu erkennen.

»Was hat das mit Mari Eglis Sekretär und der vollkommenen Restauration zu tun?« fragte ich ihn.

»Wenn du die vollkommene Restauration ausüben willst«, sagte er ernst, »dann musst du lernen, deine kleine Welt im Bild aufzulösen.«

Ich forschte in Nestors Gesicht, aber dort gab es nichts abzulesen, was meine Unsicherheit zerstreut hätte: Die Ernsthaftigkeit in seinen Worten und seinem Gesichtsausdruck überzeugte mich, dass er meinte, was er sagte; doch was er sagte, liess mich stark an dieser Ernsthaftigkeit zweifeln.

»Die kleine Welt im Bild auflösen – das klingt ja nicht sehr schwierig«, witzelte ich hilflos. Er schmunzelte.

»Die kleine Welt im Bild aufzulösen bedeutet zunächst, dass du dich um nichts anderes kümmerst, als um das Bild selbst. Wenn du jetzt dein Bild betrachtest, dann ist dieses zwar von deiner kleinen Welt ausgefüllt. Trotzdem ist die Konzentration auf das Bild der einzige Weg, um herauszufinden, was es ist. Du kannst zum Beispiel damit beginnen, beim Schmirgeln des Wurzelholzes deine volle Aufmerksamkeit auf das Schmirgeln zu richten, und auf nichts anderes.«

»Aber das tue ich doch bereits.«

»Nein, das tust du überhaupt nicht. In deinem Kopf geistert Mari Eglis Möbel herum, das du schon längst restauriert und verkauft haben willst. Auf diese Weise erneuerst du ständig deine kleine Welt im Bild.«

Ich wusste nicht, was ich antworten sollte.

»All dem musst du dir bewusst sein, wenn du an Mari Eglis Möbel arbeitest«, fuhr er fort. »Denn das Arbeiten an diesem Möbel ist eine

Situation, die dein gewohntes Denken und Handeln nicht zulässt. Das Möbel wirft deine kleine Welt auf dich zurück – in deinem Fall so stark, dass dir die Knie dabei schlottern.«

Wir schwiegen eine Weile. Nestor war ein sonderbarer Mensch, so wie auch das Möbel sonderbar war. Mir ging der alberne Gedanke durch den Kopf, dass die beiden aus demselben Holz geschnitzt waren.

»Woher weisst du eigentlich all diese Dinge?« fragte ich schliesslich.

Er sagte, er wisse viel über das Bild, weil er seine kleine Welt im Bild aufgelöst habe. Und er nutzte die Gelegenheit, um mich erneut daran zu erinnern, dass ich für die vollkommene Restauration dasselbe tun müsse.

»Das Bild ist wirklich, denn es ist im Moment da«, argumentierte er weiter. »Die kleine Welt dagegen ist flüchtig, wie warme Luft. Sie verändert sich dauernd, und sie geht weit über das hinaus, was wir im Moment wahrnehmen können.«

»Für dich beschränkt sich also die ganze Wirklichkeit darauf, was du im Moment wahrnehmen kannst?« fasste ich ungläubig zusammen.

»Genau so ist es. Wirklichkeit ist immer das, was ich in diesem Moment sehe.«

Ich musste unwillkürlich lachen. Dies bestätigte meinen Verdacht: Nestor war ein Hobbyphilosoph. Vermutlich hatte er einige Klassiker der Erkenntnistheorie gelesen und glaubte nun, über Gott und die Welt Bescheid zu wissen. Genüsslich erklärte ich ihm, dass er sich in Widersprüche verstrickt hatte: Einerseits war er der Ansicht, dass wir Menschen keinen Zugang zur Wirklichkeit haben, weil unsere Wahrnehmung durch die ›kleine Welt‹ getrübt sei; und jetzt behauptete er, die Wirklichkeit sei das, was wir im Moment erkennen könnten – also die unwirkliche kleine Welt.

Nestor überlegte eine Weile und erwiderte dann, dass beides richtig sei. »Je mehr es dir gelingt, dort zu sein, wo du hinblickst«, sagte er, »desto mehr löst du deine kleine Welt im Bild auf – und desto mehr wirst du finden, dass die einzige Wirklichkeit aus dem besteht, was du in jedem Moment wahrnehmen kannst. Das Wort hat es ja bereits in sich drin: Wahr-nehmen. Aus dem Bild nimmst du nur das Wahre, weil da letztendlich gar nichts Falsches ist, das du sehen könntest. Die Wahrheit des Bildes wird aber stärker, je mehr deine kleine Welt aus dem Bild verschwindet. Das Ausüben der vollkommenen Restauration bedeutet daher, das Möbel wahrer werden zu lassen.«

»Ich denke, das Möbel ist für mich schon wahr genug«, wandte ich ein.

»Mari Eglis Möbel ist für dich ein Stück Holz voller Wünsche und Träume«, widersprach er. »Es ist ein Teil deiner kleinen Welt. Deine kleine Welt setzt aber deinem Bewusstsein und deinem Körper Grenzen – so dass du mit dieser aussergewöhnlichen Situation, wo viel Kraft gefordert ist, nicht umzugehen vermagst.«

»Aber das ist es ja, was ich immer noch nicht verstehe: Wie kann es sein«, fragte ich, »dass ein Möbel so einen Einfluss auf mich ausüben kann? Ich meine, das ist doch gefährlich. Wo ist denn da die Grenze? Der Druck könnte ja auch stärker sein und mich irgendwann umbringen.«

»Dann pass besser auf«, gab er zurück. »Es ist letztlich nicht das Möbel, das dies tut. Das versuchte ich dir eben die ganze Zeit zu erklären: Es geht um dich selbst – es wirkt nur deine kleine Welt auf dich zurück, die du ins Bild hineingibst.«

Das Bild als ein Ganzes sehen

Am nächsten Tag, nach dem Frühstück, wollte ich Nestor zuvorkommen und das Geschirr abwaschen, wie er es am Tag zuvor getan hatte. Nestor fand aber, es sei nicht nötig, jeden Tag abzuwaschen, da ja genug Geschirr für zwei oder drei Tage zur Verfügung stehe. Ich scherzte, dass er wohl kaum etwas dagegen hätte, wenn ich nun trotzdem den Abwasch erledigen würde.

»Für mich spielt das keine Rolle«, erwiderte er. »Für dich aber schon. Die vollkommene Restauration ist nicht nur ein Gedankenspiel, sondern sie ist eine sehr praktische Sache. Sie erfasst auch dein tägliches Leben. Dabei geht es immer darum, deine Kraft nicht aufzuspalten und nicht zu vergeuden. Mit anderen Worten: Die vollkommene Restauration bedeutet das richtige Handeln, zur richtigen Zeit am richtigen Ort. Du solltest also in allen Angelegenheiten sorgfältig abwägen, wann du etwas tun musst, und wann es noch nicht an der Zeit ist, dies zu tun. So wird jeder Abwasch zum vollkommenen Abwasch.«

Er lachte über seinen Spruch, doch ich konnte seinen Humor nicht teilen. Auch wenn diese Bemerkung gewiss erbauend gemeint war, führte sie doch dazu, dass ich mich befangen fühlte. Nestor bewegte sich in einer ganz anderen, mir nicht vertrauten Welt. Und obwohl mein Interesse nicht seiner Lebensweise galt, verhielt er sich so, als müsste ich mich ernsthaft damit auseinander setzen – um einen Sekretär zu restaurieren.

Ich zog mich den Vormittag über zurück und arbeitete an meinem kleinen Holzsessel. Ich merkte, wie ich mir alle erdenkliche Mühe gab, um den Sessel perfekt zu machen. Nestor sollte nichts mehr daran aussetzen können. Gegen Mittag packte ich meine Sachen zusammen. Dann, bevor ich nach Bern zurückfuhr, zeigte ich ihm den Sessel.

Er betrachtete ihn aufmerksam. »Es sieht viel besser aus als gestern«, fand er. »Du hast gute Arbeit geleistet – wenn auch nicht wegen dem Sessel selbst.«

Seine Anspielung versetzte mich umgehend in eine Abwehrhaltung. »Ist es denn nicht gleichgültig, warum sich jemand Mühe gibt? Hauptsache, es kommt etwas Gutes dabei heraus«, argumentierte ich.

»Auf keinen Fall ist es gleichgültig, ob du beispielsweise aus Freude oder aus Pflichtgefühl oder aus Angst handelst«, gab er zur Antwort. »Du musst wissen, welches deine Motivationen sind, denn sie sind Teil deiner kleinen Welt und damit wichtig für die Ausübung der vollkommenen Restauration. Sobald es dir aber gelingt, deine kleine Welt im Bild aufzulösen, dann tust du die Dinge nicht aus Freude, nicht aus Pflichtgefühl und nicht aus Angst – du tust sie einfach, um sie zu tun. Und dabei entsteht erst die wahre Freude.«

Ich stöhnte und sagte ihm, seine Idee von der Auflösung der kleinen Welt im Bild sei illusorisch: So wie ich Nestor nämlich verstanden hatte, bedeutete sie, dass man nichts mehr denkt – etwas, das mir weder erstrebenswert noch möglich schien.

»Im Grunde sind es nicht nur Gedanken und Vorstellungen«, erwiderte Nestor darauf. »Auch deine tiefsten, meist unbewussten Gefühle gehören zu deiner kleinen Welt. Sie äussern sich in deinen festen Überzeugungen, wie diese Welt ist, und wie sie sein sollte. Solche Ansichten verfestigen sich seit deiner frühsten Kindheit. Natürlich kannst du das nicht einfach abschütteln, als wäre es Staub auf dem Jackenärmel. Und weil diese Gefühle und diese festen Überzeugungen zu deiner kleinen Welt gehören, kannst du die kleine Welt auch nicht einfach nur durch Gedanken und Vorstellungen auflösen.«

Nestor erklärte erneut, dass die Auflösung der kleinen Welt im Bild einzig durch die Konzentration auf das Bild erreicht werde – eine Konzentration, die alle Gefühle und Gedanken hinter sich lasse. Im Alltag bedeute dies, dass wir unsere volle Aufmerksamkeit auf die jeweiligen Handlungen lenkten. Daneben gebe es jedoch eine direktere Art, sich auf das Bild zu konzentrieren: das Sehen.

Nestor begann über das Sehen des Bildes zu sprechen, aber was er sagte, leuchtete mir zunächst überhaupt nicht ein. Erst allmählich begriff ich, dass er mit ›Sehen des Bildes‹ etwas ganz Bestimmtes meinte: Es war mehr als das blosse Anschauen dessen, was sich in unserem Blickfeld befand. ›Sehen‹ war für ihn eine Art konzentriertes Dahinterschauen.

»Du musst das Bild *sehen*«, sagte er. »Du musst es *als ein Ganzes sehen*, dann erst ist deine kleine Welt aufgelöst.«

»Wie meinst du das: das Bild als ein Ganzes sehen?«

»Das Bild als einen einzigen Teil, ein Ganzes eben, sehen.«

Ich warf ihm vor, er wolle mich veralbern. Schliesslich lag es auf der Hand, dass so etwas unmöglich war. Wer könne denn schon, so argumentierte ich, das Bild als einen einzigen Teil erkennen, wenn es doch aus vielen Gegenständen und Details bestehe?

Nestor erwiderte, dies sei eben eine Frage der Wahrnehmung, an welcher ein Mensch ganz gezielt und bewusst arbeiten könne.

»Für dich besteht das Bild jetzt aus vielen verschiedenen Teilen«, erläuterte er. »Das ist deshalb so, weil du deine Wahrnehmung immer auf diese Teile richtest und sie auseinander hältst. Es ist deine kleine Welt, welche die Unterschiede im Bild erzeugt. Aber sobald es dir gelingt, das Bild als ein Ganzes zu sehen, gibt es keine Unterschiede mehr. Dann hast du deine kleine Welt im Bild aufgelöst.«

Nestor erklärte, dass die Wahrnehmung der Details im Bild richtig und notwendig für unser Überleben in dieser Welt sei. Doch für die vollkommene Restauration sei es ebenso notwendig, das Bild als ein Ganzes sehen zu können. Er schlug mir vor, es gleich einmal auszuprobieren. Ich war skeptisch, aber auch neugierig, was nun kommen würde. Ich willigte ein, und wir setzten uns auf die Bank vor dem Haus.

An diesem sonnigen, nur leicht bewölkten Tag hatten wir klare Sicht ins Tal hinunter und auf die gegenüberliegende Hügelkette, aus welcher sich steil und majestätisch der Hohgant erhob.

Nestors Blick schweifte über die Landschaft. Er hiess mich, eine der Alphütten oder einen der Ställe unterhalb des Hohgant mit meinem Blick zu fixieren. Ich solle mir ruhig Zeit lassen, meinte er spassig, die Auswahl sei gross genug.

Die kleinen Holzgebäude auf der anderen Seite verteilten sich gleichmässig auf dem helleren Grün der Wiesenflächen, welche vom dunklen, sich den Gräben entlang schlängelnden Tannengrün in einzelne Segmente geteilt wurden. Mein Blick fiel auf eine Hütte, die höher lag als die anderen. Es führte auch keine Strasse dorthin, so dass ich annahm, es sei ein Stall.

Nestor wies mich an, meinen Blick auf diesen Stall zu richten und zu beobachten, was ich sehen könne. Ich fixierte den Stall. Er war so weit weg und klein, dass ich kaum Details ausmachen konnte. Das Dach und die Wände liessen sich voneinander unterscheiden, ansonsten war das Gebäude für mich einfach ein brauner Punkt auf einem grünen Hintergrund.

Die Umgebung jedenfalls schien recht friedlich, der Stall aber sah verlassen aus. Ich überlegte mir, ob er überhaupt noch genutzt wurde. Dann versuchte ich das Alter des Stalls zu schätzen, etwas, das auf diese Distanz natürlich problematisch war. Vermutlich war er sehr alt, denn ich wusste, dass es in dieser Gegend Holzbauten gab, die zweihundert Jahre und mehr zählten. Ich fand es faszinierend, dass ich die Möglichkeit hatte, ein Objekt mit meinen Händen zu berühren, das andere Menschen lange vor mir auch schon berührt hatten. Solche Bauten, wusste ich, hätten in der Tat viele Geschichten zu erzählen – wenn sie sprechen könnten. Da sie nicht sprechen konnten, mussten wir ihnen die Geschichten halt durch wissenschaftliche Analysen abringen.

Darauf wurde ich mir der Stille gewahr, der vermeintlichen Stille. Denn das unaufhörliche Rauschen eines Baches in der Nähe, das Pfeifen der Vögel und in der Ferne das schwache Dröhnen von landwirtschaftlichen Maschinen – das alles sorgte für eine nicht gerade lärmige, aber doch gut ausgefüllte Schallwelt.

Minute um Minute verging. Langsam wurde ich unruhig. Ich musste daran denken, dass ich eigentlich ein Möbel restaurieren wollte – stattdessen sass ich hier und glotzte irgendeinen Stall an. Und das nannte sich die ›vollkommene Restauration‹. Ich kam mir albern vor. Ich liess noch einen Augenblick verstreichen, dann fand ich die Zeit, die ich dagesessen und das Bild als ein Ganzes gesehen hatte, für genug. Ich blickte zu Nestor.

Er fragte mich, was ich denn gesehen hätte.

»Ja, den Stall natürlich. Was hätte ich sonst sehen sollen?« antwortete ich etwas gereizt.

Nestor lächelte. »Es ist nicht einfach, das Bild als ein Ganzes zu sehen. Das geht nicht von heute auf morgen«, sagte er sanft. »Aber solange du dich nicht vollkommen auf das Bild konzentrieren kannst und stattdessen weiterhin deine Gedanken und Gefühle hineinbringst, wirst du nicht mit der Restauration fortfahren können.«

Ich äusserte meine Zweifel daran, dass sich der Sekretär besser bearbeiten liesse, wenn ich hier in der Gegend herumgaffte. Darauf wiederholte Nestor unbeirrt, was er mir am Tag zuvor schon gesagt hatte:

»Das Bild als ein Ganzes zu sehen und so die kleine Welt aufzulösen ist ein wichtiger Zugang zur vollkommenen Restauration. Für dich mag dies eine ungewöhnliche Methode sein, ein Möbel zu restaurieren. Aber es ist eine, die hilft. Du wirst sehen.« Er lachte und wiederholte sich: »Du wirst sehen.«

Nestor ermunterte mich, es nochmals zu versuchen und dabei mit aller Aufmerksamkeit das Gebäude meiner Wahl zu sehen. Während ich diesmal meinen Blick auf den Stall gerichtet hielt, glaubte ich plötzlich zu verstehen, was er mit seiner Aufforderung, das Bild ›als ein Ganzes‹ zu sehen, gemeint hatte: Mir fiel nämlich auf, dass ich, obwohl ich meinen Blick auf einen einzigen Punkt im Bild gerichtet hielt, auch die Umgebung wahrnehmen konnte. Beispielsweise erkannte ich auch die wenigen hoch gewachsenen, spärlich bezweigten Tannen um den Stall. Oder ich konnte den Verlauf der Gräben oder andere Häuser wahrnehmen. So erhielt ich den Eindruck, ich könne alles im Bild gleichzeitig sehen.

Ich erzählte Nestor von meiner Wahrnehmung. Dieser fand, die Beobachtung sei gut, sie habe jedoch nichts mit Konzentration und dem Sehen des Bildes als ein Ganzes zu tun, nur mit Zerstreuung.

»Uns auf etwas im Bild konzentrieren zu wollen, ohne dass wir es direkt anschauen – das funktioniert nicht. Das beeinträchtigt nur unsere Aufmerksamkeit. Dies können wir daran sehen, dass wir von den Gegenständen, die wir am Rand unseres Blickfeldes wahrnehmen, keine Details sehen, nur die Farbe, vielleicht auch die ungefähre Form und ob es sich bewegt oder nicht.«

Ich machte Nestor auf einen Widerspruch aufmerksam: Einerseits verlangte er von mir, das Bild als ein Ganzes zu sehen. Um dies aber zu erreichen sollte ich mich auf einen einzigen Punkt im Bild konzentrieren. Ich verstand nicht, wie ich das unter einen Hut bringen sollte.

»Du kannst noch nicht sehen, was das Bild im Grunde ist«, erwiderte er darauf. »Du kannst nur die einzelnen Dinge im Bild anschauen. Es ist wie mit einem Spiegel: Wenn du nur oberflächlich in einen Spiegel blickst, dann siehst du nicht den Spiegel selbst, sondern die vielen Dinge, die sich darin spiegeln. Aber unsere einzige Chance, den Spiegel zu erkennen, ist eben doch aufmerksam hineinzublicken. Wenn du also das Bild als Ganzes sehen willst, musst du damit beginnen, einen Punkt im Bild immer konzentrierter zu sehen. Dadurch kommst du dem Ganzen des Bildes näher, weil du auf diese Weise deine kleine Welt auflöst.«

Nestor machte keinen Hehl daraus, dass das ›Auflösen der kleinen Welt im Bild‹ etwas sehr Schwieriges war, weil wir uns normalerweise gerne mit der kleinen Welt begnügten; wir begnügten uns mit dem Wissen, das wir durch oberflächliche Konzentration aus den einzelnen Gegenständen herausholen könnten. Er behauptete, die Menschen gingen in ihrer Konzentration deshalb nicht weiter, weil sie Angst vor dem Verlust ihrer kleinen Welt hätten. Daher würden sie sich dauernd mit irgendwelchen Gegenständen, Gefühlen und Ideen beschäftigen, die sie vom Sehen des Bildes als ein Ganzes ablenkten.

Ich wehrte mich gegen seine verallgemeinernde Aussage, die Menschen übten nur oberflächliche Konzentration aus. Als Gegenbeispiel nannte ich führende Wissenschaftler, denen man wohl kaum nur oberflächliche Konzentration nachsagen konnte. Nestor hielt dagegen, dass selbst diese Menschen, die vielleicht länger und konzentrierter über etwas nachdenken können, genauso unfähig seien, ein und denselben Punkt in ihrem Bild lange und konzentriert zu sehen. Dies deshalb, weil sie sich nicht in jener tiefen Konzentration übten.

»Was wir eigentlich den ganzen Tag tun«, erklärte er, »ist nichts weiter als unsere kleine Welt zu repetieren – um sie aufrechtzuerhalten.«

»Ich repetiere meine kleine Welt?«

»Natürlich. Du willst sie ja behalten. Das kannst du nur, indem du sie repetierst. Glaubst du, es ist ein natürlicher Zustand des Menschen, so viele Gedanken und Ideen im Kopf zu haben und das Bild in so viele verschiedene Gegenstände und Vorstellungen einzuteilen? Würdest du diese Anstrengung der Repetition unterlassen, dann würde deine kleine Welt allmählich aus dem Bild verblassen.«

Nestor hiess mich, weiterhin zu versuchen, mein Bild als ein Ganzes zu sehen. Ich konzentrierte mich noch einige weitere Male auf einen Punkt in meinem Blickfeld, doch meine Wahrnehmungen schienen nicht seinen Erwartungen zu entsprechen. Offensichtlich war es mir nicht gelungen, meine kleine Welt im Bild aufzulösen.

Ich stand auf und streckte meine Glieder. Meine Geduld war am Ende, und mein Hintern schmerzte vom langen Sitzen auf der harten Fläche.

»Glaubst du wirklich, dass es möglich ist, das Bild als Ganzes zu sehen und die kleine Welt aufzulösen?« fragte ich Nestor.

»Es ist möglich. Ich weiss es. Aber es braucht Zeit.«

»Weisst du es, weil du es selbst erlebt hast?«

»Ja.«

»Und was genau hast du erlebt?«

»Es hat keinen Sinn, jetzt darüber zu sprechen. Du wirst es selbst sehen müssen.«

Ich versuchte, Nestor umzustimmen, doch er liess nicht mit sich diskutieren.

»Dann soll ich dir einfach blind glauben«, stichelte ich.

»Sicher nicht blind. Ich sagte doch: Betrachte das Bild und werde dir gewahr, was du siehst.«

»Ich weiss nicht, ob es mir gelingen wird, das Bild als ein Ganzes zu sehen«, äusserte ich meine Bedenken.

Nestor schwieg.

»Was glaubst du, wie lange es dauert, bis ich am Möbel weiterarbeiten kann?« fragte ich schliesslich.

»Das hängt allein davon ab, wie schnell du beim Sehen des Bildes als ein Ganzes Fortschritte machst. Vielleicht dauert es Tage, bis du weiterarbeiten kannst, vielleicht Wochen, vielleicht Monate. Am besten, du übst jeden Tag.«

Ich glaubte, er mache Spass. Allein die Vorstellung, dass ich monatelang jeden Tag wie ein Trottel in die Ferne gaffen würde, liess mich lachen.

»Vielleicht auch Jahre?« fragte ich im Scherz, um noch eins draufzugeben. Nestor schaute mich nachdenklich an und rieb sich das Kinn. Dann lächelte er.

»Vielleicht. Vielleicht dauert es bei dir etwas länger.«

Die Anziehungskraft der Materie

In der folgenden Zeit, die ich im Emmental verbrachte, lehrte mich Nestor weiterhin die vollkommene Restauration. Wie er mir bereits klar gemacht hatte, bedeutete dies für ihn in erster Linie den gekonnten Umgang mit dem Bild, wozu ich mich regelmässig hinsetzen und das Bild konzentriert sehen sollte. Das Handwerk dagegen, der gekonnte Umgang mit den Werkzeugen, war etwas, das nur nebenbei zum Zuge kam: Eher selten liess mich Nestor an einem Stück Holz herumwerkeln, um meine Arbeitsweise zu verfeinern.

Allerdings gab ich mich immer wieder der Versuchung hin, direkt am Sekretär zu arbeiten, heimlich, in Nestors Abwesenheit. Jedes Mal spielte die Hoffnung mit, das Möbel doch noch fertig stellen zu können und damit die seltsame vollkommene Restauration zu umgehen. Die Quelle dieses unverbesserlichen Optimismus schien nicht versiegen zu wollen, aber all der Glaube und die Hoffnung konnten trotz allem nicht die für mich körperlich spürbare Wirklichkeit überdecken – eben dass ich dieses Möbel auf die herkömmliche Art und Weise einfach nicht zu restaurieren vermochte.

Wenn es sich so verhielt wie Nestor sagte, nämlich dass ich es war, der darüber entschied, ob und in welchem Masse das Möbel auf mich wirkte, dann reichte mein guter Wille und mein Optimismus offenbar nicht aus um den Sekretär auszubessern. Deshalb liess ich mir etwas anderes einfallen: Wenn das Möbel, wie ich nach wie vor vermutete, Energien elektromagnetischer Natur auf mich abstrahlte, brauchte ich es nur in das richtige Material einzukleiden, welches diese Energien abschwächen und absorbieren konnte. Ich versuchte es zunächst mit Alufolie, die ich zu diesem Zweck bei einem meiner Besuche im Herbst mitbrachte.

Es kam mir gelegen, dass Nestor an jenem bewölkten, kalten Herbsttag nicht anwesend war, als ich eintraf. Ich ging in den Stall und packte die Alufolie aus, nicht ohne jedoch ein flaues Gefühl im Magen. Ich wusste, dass Nestor mit meinen Absichten nicht einverstanden gewesen wäre. Aber der Weg, den er für die Restauration vorgeschlagen hatte, zeigte nun mal keine Wirkung.

Ich begann damit, das Möbel in die Alufolie einzuhüllen. Dies dauerte eine ganze Weile, da ich wegen des Drucks, den es in mir erzeugte, mehrmals zu Erholungspausen genötigt wurde. Schliesslich aber stand der Sekretär vollkommen in die silbern glänzende Folie eingewickelt vor mir; ich hatte ihn gleich mit einer doppelten Schicht umgeben, und dabei achtete ich peinlich genau darauf, dass auch wirklich alles abgedeckt war – mit Ausnahme einer kleinen Stelle, die ich ausgespart hatte, um versuchsweise ein wenig Lauge darüber zu streichen und anschliessend zu entfernen. Doch als ich an dieser Stelle herumzuspachteln begann, erhöhte sich wie gewohnt der Druck in meinem Unterleib und mein Körper reagierte mit denselben vertraut-verhassten Symptomen, die mich nach Luft japsend aus dem Stall jagten.

Ich gab nicht auf. Sobald ich mich erholt hatte, wickelte ich eine zweite Doppelschicht Alufolie um das Möbel und verkleinerte die Stelle, die ich bearbeiten wollte, auf die Hälfte. Aber auch dieser Versuch endete mit der unsanften Kapitulation meines Körpers. Die Alufolie schien nichts zu bewirken – es sei denn, dass der Unterschied zu klein und daher für mich nicht wahrzunehmen war. Um also ganz sicherzugehen, begann ich, eine dritte und gleich noch eine vierte doppelte Schicht um Mari Eglis Möbel zu wickeln.

Die Befürchtung, dass mein Vorhaben zum Scheitern verurteilt war, begann in mir zusätzlich Hitzewallungen zu erzeugen. Ich sank je länger je mehr in einen fiebernden Zustand, wo ich nichts anderes mehr wollte als mit diesem idiotischen Möbel fertig zu werden – ein Zustand, in welchem es mir unmöglich war, einfach aufzuhören und aufzugeben. Meine Ungeduld und Verzweiflung steigerten sich masslos, und die erzwungenen Pausen, die ich einlegen musste, trugen ihren Teil dazu bei. Ich war so in die Arbeit verbissen, dass ich nicht bemerkte, wie Nestor den Stall betrat.

»Was machst du denn da?« fragte dieser und jagte mir damit einen Schreck ein, der meine Fixierung auf das Möbel abrupt beendete. Er nahm seinen Hut vom Kopf, und ich sah, wie er ungläubig die Augenbrauen zusammenzog und dabei die Mundwinkel zu einem mitleidigen Lächeln verzog – eine Mimik, die mich in meinem überdrehten Zustand nur noch mehr provozierte. Es kostete mich alle Kraft, mich zurückzuhalten um ihm meine Frustration nicht ins Gesicht zu schreien. Ich zitterte vor Aufregung und Wut. Nestor begann laut zu lachen und fragte mich, ob ich mit dem Möbel auf eine Party gehen wolle. Ohne ihn anzusehen, ging ich an ihm vorbei und verliess den Stall.

Nachdem ich von einem wohltuenden Spaziergang im kühlen Wind zurückgekehrt war, hatte ich das Bedürfnis, mit Nestor über die Alufolie zu sprechen und ihm alles zu erzählen. Ich fand ihn in der Küche vor, von wo aus er den Ofen im Wohnzimmer anfeuerte.

Als er sich meine Idee angehört hatte, tippte er sich an die Stirn. »Du gibst wohl nie auf, he? Was kommt als Nächstes? Steckst du das Möbel in einen Eisenkäfig? Hüllst du es in einen Bleimantel?« nahm er mich hoch.

»Es war eine gute Idee«, verteidigte ich mich. »Es hätte funktionieren können.«

»Vergiss es«, sagte er scharf. »Das nützt alles nichts.« Dann setzte er ein freundlicheres Gesicht auf, behielt aber den eindringlichen Ton in seiner Stimme: »Du solltest wirklich aufhören, das Möbel wie einen Wertgegenstand zu behandeln.«

»Aber darum geht es ja gerade«, erklärte ich. »Das Möbel ist ein Wertgegenstand für mich. Ich will es ja restaurieren um es zu verkaufen.«

»Wenn du es einmal restauriert hast, wird es mehr Wert haben, als du dir vorstellen kannst«, versicherte er mir. »Aber bis dahin solltest du es als das betrachten, was es letztlich ist: ein Stück Holz.«

Nestors Worte stürzten mich plötzlich in Zweifel, was den tatsächlichen Wert des Möbels anbelangte. Wusste er etwas darüber, was mir entgangen war oder ich nicht wissen konnte? Ich fragte ihn danach, aber er schüttelte den Kopf.

»Wie ich eben sagte: Du fragst nicht nach dem Möbel, sondern nach dem Wert des Möbels. Um Mari Eglis Sekretär aber restaurieren zu können, musst du erst einmal aufhören, den *Stutz* darin zu sehen. Sonst klappt die vollkommene Restauration in hundert Jahren nicht.«

Nestor wiederholte, dass ich überhaupt die einzelnen Gegenstände im Bild zu sehr nach ihrem materiellen Wert beurteilen und behandeln würde. Meine Freude an den Dingen, sagte er, steige mit deren Wert. Und was viel Wert habe, das würde ich entsprechend behandeln. Als Beispiel nannte er mein immer schön glänzendes Auto, das wohl kaum ein billiges Modell sei. Oder die Kleider, die ich trug, auch diese leiste sich nicht jeder.

Ich protestierte und erklärte, dass ich längst nicht so materialistisch sei, wie er mich darzustellen versuchte. Zwar wolle ich mir einen gewissen Lebensstandard leisten. Doch der Wagen sei selbstverständlich Occasion gewesen und die Kleider hätte ich vom Ausverkauf.

Nestor erinnerte mich hingegen daran, wie ich mich, anlässlich einer Wanderung auf der anderen Seite der Emme, noch tagelang geärgert hatte, weil meine schöne Hose beim Übersteigen eines Kuhzaunes gerissen war. Und bei meinem letzten Besuch, wo wir einem Tierpfad durch dichtes Gestrüpp gefolgt waren, riss mein Goldkettchen und fiel in den Graben hinunter, wo ich es nicht mehr finden konnte. Auch dies hätte ich tagelang nicht verdaut – ganz zu schweigen von den ledernen Cowboy-Stiefeln, die ich aus Unwissenheit bereits auf einem der ersten Ausflüge auf den Sumpfwiesen ruiniert hätte.

»Du hängst zu sehr an manchen Gegenständen, und zwar an solchen, die viel materiellen Wert haben«, war Nestor überzeugt. »Du sagst: Dieses hat mehr Wert, jenes hat weniger Wert; dieses will ich, das andere will ich nicht. Mit diesem Blick gehst du durch die Welt, und das wirkt der Wahrnehmung des Bildes als ein Ganzes entgegen. Mit diesen Vorstellungen betrachtest du auch das Möbel. Das Möbel aber wirft deine Vorstellungen auf dich zurück. Und das spürst du mehr, als dir lieb ist.«

Ich warf ihm vor, er wolle mir die Freude am Leben nehmen, und machte ihm klar, dass ich nicht gewillt war, wie ein Asket zu leben. Nestor erwiderte, dass es nicht darum gehe, die Freude an irgendetwas wegzunehmen. Sondern die Absicht sei, die allzu grosse Aufmerksamkeit von den einzelnen Gegenständen abzuziehen und dem Bild als Ganzes zukommen zu lassen.

»In dem Moment, wo es dir gelingt, deine Aufmerksamkeit als Energie unterschiedslos in das ganze Bild fliessen zu lassen, kannst du erst die wahre Freude erleben«, behauptete er. »Und dann hast du auch aufgehört, Mari Eglis Möbel einen besonderen materiellen Wert zuzusprechen.«

»Ich glaube nicht, dass mir das jemals gelingen wird.«

»Du musst dich halt anstrengen. Den Willen dazu hast du ja: Ein anderer hätte sich schon lange aus dem Staub gemacht und sich sonst irgendein Möbel gesucht. Aber du bist immer noch hier und denkst dir alles Mögliche aus, um die verflixte Holzkiste doch noch herumzukriegen.«

»Ich habe sechshundert Franken investiert, Nestor«, relativierte ich.

Er rümpfte die Nase. »Solange du deinen Willen darauf konzentrierst, dieses Geld herauszuschlagen, wird dich das Möbel immer abweisen«, prophezeite er. »Genau dieser Wille wird dir aber dann helfen, wenn du ihn umzulenken vermagst – umzulenken auf das Bild als ein Ganzes. Tue dies durch die Übung, die ich dir gegeben habe. Das wird dir helfen, die Dinge im Bild als gleichwertig zu sehen und zu behandeln.«

Im Laufe des Spätherbstes besuchte ich Nestor nicht mehr regelmässig. Das Wintersemester hatte begonnen und ich musste mich auf das Studium konzentrieren. Wenn ich aber bei Nestor war, sprachen wir meistens über das Bild, das nach ihm letztlich ein Ganzes darstellte. Und er vermochte mich immer wieder zu bewegen, mich hinzusetzen, ein Objekt mit meinem Blick zu fixieren und es konzentriert zu sehen.

In dieser Zeit wurde ich mit der Umgebung um Nestors Haus vertrauter. Wenn das Wetter danach war, kam es vor, dass ich alleine loszog um die Plätze im Wald aufzusuchen, die mir Nestor als günstig für das Sehen des Bildes als ein Ganzes gezeigt hatte. Es waren helle, gut beleuchtete Orte draussen in der Natur: Lichtungen im Wald, sonnig gelegene Wiesen oder auch ein Platz irgendwo an der jungen Emme, wo es möglich war, sich einigermassen bequem und entspannt hinzusetzen und die Aufmerksamkeit einzig auf das Bild zu richten. Was den zu fixierenden Gegenstand betraf, so war dies einmal eine Holzhütte, ein andermal eine Tannenspitze, eine Baumrinde, ein Stein, ein Pilz, eine Wasserlache. Nestor hatte mehrmals betont, dass ich alles als Konzentrationsobjekt nehmen könne, sofern es gut von der Umgebung zu unterscheiden sei.

Durch diese zahlreichen Versuche, das Bild als ein Ganzes zu sehen, wurde ich mir allmählich meiner Unfähigkeit gewahr, meinen Blick kontinuierlich auf einen Punkt gerichtet zu halten: Durch ganz geringfügige Bewegungen meiner Augen richtete ich meinen Blick dauernd neu auf das Objekt aus. Diese feinen Augenbewegungen geschahen reflexartig, unabhängig von meinem Willen.

Meine Beobachtung überraschte Nestor nicht. Er bestätigte, dass wir mit jeder Augenbewegung unsere Aufmerksamkeit auf das Bild neu ausrichteten. Da unsere Aufmerksamkeit jedoch durch die kleine Welt getrübt sei, würden wir dabei nichts anderes tun, als unsere kleine Welt dauernd neu in das Bild hineinzugeben. Er forderte mich auf, meinen Blick willentlich nicht mehr neu auszurichten. Dabei sollte ich aufmerksam beobachten, was mit dem Bild passiere.

Tatsächlich verzweifelte ich beinahe bei diesem Versuch, da es ja ein Reflex war, den es zu überwinden galt. Es ging nicht nur darum, jede Bewegung der Augen zu unterbinden, sondern auch für eine gewisse Zeit nicht zu blinzeln. Denn jedes Blinzeln, so erklärte Nestor, sei ebenfalls eine Neuausrichtung des Blicks.

Nach vielen Anläufen konnte ich schliesslich feststellen, dass mein Blick bei Unterlassung aller Reflexe die Tendenz hatte, nach unten wegzudriften. Dies erkannte ich daran, dass ich nach einiger Zeit nicht mehr auf den anfänglich fixierten Punkt eines Gegenstandes schaute, sondern auf eine Stelle etwas unterhalb davon: Es war, als ob irgendetwas meinen Blick nach unten ziehen würde.

Nestor, dem ich dies mitteilte, sprach von der *Anziehungskraft der Materie*, die hier am Werk sei und auf unser Sehsystem einwirke. Ich fragte ihn, wie es denn sein könne, dass mein Blick von der Anziehungskraft nach unten gezogen werde. Darauf stellte er die ungeheuerliche Behauptung auf, es sei nicht der Blick, der von der Anziehungskraft angezogen werde, sondern das Bild, das ich mit meinem Blick nur noch nicht festhalten könne.

»Wenn du versuchst, das Bild als ein Ganzes zu sehen«, führte er aus, »dann versuchst du im Grunde das Bild festzuhalten. Aber sobald du es festhalten willst, verschwindet es.« Nestor gestikulierte, als ob er mit der Hand einen Gegenstand packen wollte, aber nur ins Leere griff. Er lachte, die Sache schien ihm grossen Spass zu machen.

»Warum sprichst du jetzt von ›festhalten‹?« fragte ich. »Wie könnte man das Bild überhaupt festhalten?«

»Ich habe dir gesagt, dass unser Bild flach und unbewegt ist – dies gilt für den Moment. In der Zeit dagegen haben wir es mit vielen Bildern zu tun, die in einem dauernden Fluss sind. Es ist wie ein Film: Was wir sehen ist ein Bilderfluss, eine Abfolge von einzelnen Bildern, die auf eine Art Leinwand projiziert werden und uns den Eindruck eines bewegten Bildes vermitteln. Und was wir als ›Konzentration‹ kennen, ist eigentlich der Versuch, das Bild, das wir im Moment sehen, *festzuhalten*.«

Die Vorstellung von einem Bilderfluss und dem Festhalten des Bildes war provokativ – nicht zuletzt durch die Selbstverständlichkeit, die in seinen Worten mitschwang. Ich wies ihn darauf hin, dass er versuchte, Spekulationen als Tatsachen hinzustellen.

»Ich spreche von Dingen, die ich selbst sehen kann«, gab er zur Antwort.

»Du kannst sehen, dass die Welt eine Abfolge von Einzelbildern ist?«

»Ja, das kann ich«, erwiderte Nestor ruhig. »Ich versuche dir aber etwas anderes zu erklären, nämlich warum sich dein Blick nach unten verschiebt, sobald du einen Punkt in deinem Bild fixieren willst. Und weil du dies noch nicht direkt sehen kannst, musst du dir für den Moment deine Vorstellungskraft zu Hilfe nehmen. Stell es dir so vor: Bei dem, was wir Menschen sehen, handelt es sich um mehrere Einzelbilder, die sich in einem ständigen Fluss befinden«, sagte er erneut. »Wir haben nun das Problem, dass wir die Dinge nie richtig sehen können; sie verschwinden, sobald wir uns darauf konzentrieren. Das heisst, diese Gegenstände verschwinden mit dem ganzen Bild – das Bild wird von der Anziehungskraft der Materie nach unten gezogen.«

»Ich kann nur erkennen, dass mein Blick anfänglich oben war, und dann nach unten gedriftet ist«, wandte ich ein.

»Du hattest vielleicht das Gefühl, dass dein Blick nach unten gezogen wird. Aber im Grunde bist du mit deinem Blick dem alten Bild, das sich nach unten wegbewegte, ein Stück weit gefolgt – eben weil du es noch nicht festhalten konntest.«

Ich begann mich gegen Nestors Behauptungen zu wehren. »Das Bild verschwindet doch nicht einfach. Ich kann schliesslich den ganzen Tag lang etwas anschauen – und es ist noch immer da.«

»Du hast den Eindruck, dass du immer auf dasselbe Bild schaust. Aber dein Eindruck täuscht: Mit jeder Blickbewegung, das heisst: mit jeder neuen Ausrichtung deiner Aufmerksamkeit, entsteht ein neues, verändertes Bild. Wenn du dich aber hinsetzt um das Bild als ein Ganzes zu sehen, dann übst du, dasselbe Bild für eine längere Zeit festzuhalten.«

Nestor erklärte weiter, dass uns üblicherweise der Wille zur Konzentration fehle, um dasselbe Bild festhalten und sehen zu können – was nicht weiter verwunderlich sei, da heutzutage ja der gegenteilige Vorgang, eben das dauernd neue Ausrichten der Aufmerksamkeit, geschürt werde: Dieses Immer-schneller-immer-mehr, seien es die Bilder im Fernsehen, die Flut an Informationen oder die Auswahl an Konsumartikeln – all das stumpfe die Menschen ab und mache sie süchtig nach noch mehr Bildern und Reizen in noch schnellerer Abfolge.

»Diese Überreizung nimmt den Menschen ihre Kraft und macht sie oberflächlich und unruhig«, sagte Nestor. »Und wenn die Reize plötzlich fehlen, werden die Menschen schnell aggressiv. Wer so lebt, wird nie dahinter kommen, was das Bild im Grunde ist.«

Gemäss Nestors Aufforderung versuchte ich den restlichen Tag herauszufinden, was tatsächlich mit dem Bild geschah, wenn ich meine Aufmerksamkeit nicht neu ausrichtete. Ich merkte wieder, wie schwer es mir fiel, mich ruhig hinzusetzen und einen Gegenstand in meinem Blickfeld konzentriert anzuschauen. Und so sehr ich mich bemühte, konnte ich letztlich doch nichts feststellen, was Nestors Behauptung bestätigt hätte: Nach wie vor sah es so aus, als ob mein Blick nach unten gezogen würde, während das Bild sich nicht vom Fleck rührte.

Abends war ich schlechter Laune, weil ich glaubte, den Tag vertrödelt zu haben. Nestor war sehr einfühlsam. Ohne dass ich etwas gesagt hätte, räumte er die Schwierigkeit meines Vorhabens ein, ermutigte mich aber auch, das Üben nicht zu vernachlässigen.

»Ich kann mir nicht vorstellen, dass das Bild einfach so nach unten gezogen werden kann«, erwiderte ich. »Das Bild blieb immer genau dort, wo es ist.«

»Das Bild bewegt sich«, versicherte er mir. »Dies erkennst du, wenn du deine Aufmerksamkeit längere Zeit nicht neu ausrichtest. Dann siehst du auch, was mit dem Bild eigentlich geschieht.«

»Was geschieht damit?« fragte ich.

»Es wird umgewandelt in ein komplementärfarbenes Nachbild. Wenn wir diese umgewandelten Bilder sehen, können wir erkennen, dass das Bild beweglich ist und von der Anziehungskraft nach unten gezogen wird. In dem Moment also, wo du merkst, dass dein Blick langsam sinkt, blickst du eigentlich nicht mehr auf die materielle Welt, sondern auf das Nachbild. Das ist es, was ich dir heute erklären wollte.«

»Mir ist aber nicht aufgefallen, dass ich auf ein Nachbild schaue«, wandte ich ein.

»Wenn dein Blick nach unten fliesst, folgst du dem umgewandelten Nachbild«, beharrte er. »Du warst nur nicht aufmerksam genug, um dies festzustellen.«

Ich ignorierte die Kritik in seinen Worten und fragte ihn stattdessen, wie es sein könne, dass die Anziehungskraft einen Einfluss auf diese Nachbilder habe.

»Die Anziehungskraft hat auf alles einen Einfluss«, war seine Antwort. »Sie wirkt im Bild und durch die einzelnen Bilder hindurch. Da auch wir ein Teil des Bildes sind, werden auch wir von ihr angezogen: unser Körper, aber auch unsere Konzentration, unsere Aufmerksamkeit, letztlich unser ganzes Bewusstsein. Und je schwächer der Wille zur Konzentration bei einem Menschen ist, desto stärker ist er der Anziehungskraft der Materie ausgeliefert – und desto materialistischer wiederum ist seine Haltung. Du siehst also, deine Vorliebe für glänzende Autos und trendige Hosen ist ein Grund und trägt dazu bei, dass deine Konzentration klein ist und dein Bild nach unten gezogen wird.«

Nestor führte aus, dass wir Menschen ein Leben lang gegen diese Kraft ankämpfen würden. Jede Form von Bewegung, auch das Denken und überhaupt jeder Versuch, wach und bewusst zu bleiben, sei im Grunde eine Anstrengung um die Anziehungskraft der Materie zu überwinden. Damit dies besser gelinge, würden die Menschen am liebsten auf äussere Energiequellen und Hilfsmittel zurückgreifen: Sie würden mit Autos umherfahren, durch die Lüfte fliegen und massenweise Aufputschmittel zu sich nehmen. Nur beim Einschlafen und schlussendlich beim Sterben kapitulierten wir notgedrungen, müssten den Körper und das Bewusstsein ganz der Anziehungskraft überlassen und würden dabei selig bewusstlos.

»Durch unser Sehsystem«, fuhr Nestor fort, »können wir den Kampf gegen die Anziehungskraft direkt sehen: Wir kämpfen unwillkürlich dagegen, indem wir versuchen, das Bild festzuhalten, das heisst: indem wir uns konzentrieren. Aber wir unterliegen sehr rasch der Anziehungskraft, können das Bild also nicht festhalten und richten unseren Blick umgehend auf ein neues Bild aus – dies ist die Entspannung.«

»Ich verstehe nicht, warum das Festhalten des Bildes eine Konzentration, und die Neuausrichtung des Blicks eine Entspannung sein soll«, sagte ich.

»Wenn wir wissen wollen, was das Bild im Grunde ist«, erläuterte er, »dann müssen wir es festhalten und in Ruhe sehen können. Festhalten ist aber eine Anstrengung, wobei du deine Kräfte zusammennehmen und auf dieses Ziel richten musst – eine *Konzentration* also. Die *Entspannung* erfolgt in dem Moment, wo du die Konzentration beendest und deine Aufmerksamkeit neu ausrichtest.

So gesehen mangelt es den meisten Menschen an der Fähigkeit, sich richtig zu konzentrieren. Wir können uns nicht lange genug konzentrieren, um das Bild festzuhalten. Also richten wir unsere Aufmerksamkeit jeden Moment wieder auf das neue Bild aus. Dieses aber können wir wieder nicht richtig sehen, denn es wird schon wieder von der Anziehungskraft nach unten gezogen. Und weil wir das Bild nicht richtig sehen können, legen wir es zum grössten Teil durch unsere Gedanken und Handlungen fest. Wir glauben also, dass wir in unserem Bild die Welt sehen, wie sie wirklich ist; aber in Wahrheit können wir immer nur die Oberfläche des Bildes wahrnehmen – nämlich unsere kleine Welt.«

Nestor schwieg einen Augenblick geheimnisvoll und blickte mich mit leuchtenden Augen an.

»Sobald es uns gelingt, mit der nötigen Konzentration das Bild länger festzuhalten, dann werden wir näher an den Punkt kommen, wo sich unsere kleine Welt auflöst, und wo wir das Bild als ein Ganzes sehen können. Und dann werden wir auch sehen, was es wirklich ist, auf das wir tagtäglich schauen.«

Auf den Geschmack gekommen

Der Winter trat rasch ein. In der Zeit, als im Emmental alles unter dem weissen kalten Schneeteppich ruhte, besuchte ich Nestor nur einmal. Es war weniger mein Studium, das mich von der Fahrt ins Emmental abhielt, als die Kälte.

Im Frühling darauf rief mir Nestor vieles in Erinnerung, was ich über den Winter vernachlässigt hatte. Durch seine Ermutigungen nahm ich die Übungen der vollkommenen Restauration schliesslich wieder auf.

Nestor begann zudem über einen seiner Nachbarn, einen Bauern, zu sprechen. Es war das erste Mal, dass er von einer weiteren Person in diesem Gebiet links der Emme sprach, zu welcher er Beziehungen pflegte. Er fand nur freundliche Worte für diesen Mann, beschrieb ihn als stillen arbeitsamen Burschen und schwärmte von seinen exquisiten Kochkünsten. Als Geste der Freundschaft, so erzählte Nestor, besuche er ihn ab und zu und bringe ihm dabei Esswaren mit. Er wollte, dass ich ihn das nächste Mal begleite und ihm helfe, einen Teil der Pilze und Beeren, die er im Herbst gesammelt und teils getrocknet, teils eingemacht hatte, zum Bauer zu bringen. Ich willigte sofort ein, denn ich war zuversichtlich, durch diesen Besuch mehr über Nestor und die vollkommene Restauration, vielleicht auch über Mari Egli oder ihr Möbel in Erfahrung zu bringen.

Der Tag, den Nestor dafür wählte, war ein wechselhafter Tag im Frühjahr; die zwei Mirabellenbäume vor seinem Haus trugen bereits Knospen und der Schnee auf dieser Höhe war grösstenteils geschmolzen. Nach dem Frühstück brachen wir auf, bepackt mit den Nahrungsmitteln. Ein schmaler Fusspfad führte uns längere Zeit durch einen dichten Wald. Dann, als wir eine kleine Wiese erreichten, liefen wir dem Waldrand entlang den Hang hinunter, in Richtung des Tals, wo die Emme floss.

Nach einer Weile Fussmarsch fiel mir auf, dass die Gegend zunehmend karger und lebloser wurde; wo vorher die ersten Frühlingsglocken ihre weissen und gelben Köpfe aus der Erde streckten und kleine schwarze Spinnen zu Hunderten über die abgestorbenen Pflanzen vom Vorjahr krabbelten, war der Boden jetzt hart und steinig. Diese Kargheit, zusammen mit der Stille, die hier herrschte, wirkte unheimlich und gab mir das Gefühl, dass es keinen anderen Ort auf der Welt gäbe, wo man einsamer war als hier.

Einmal jedoch, als ich mich kurz umsah, erkannte ich bei einer Gruppe kahler Tannen die Konturen eines Menschen. Dem flüchtigen Eindruck nach war es eine Frau gewesen, bekleidet mit einem langen Rock oder einer Schürze, die tief gebeugt über das Gelände wandelte, so als würde sie irgendetwas suchen. Sofort blickte ich zurück zur Baumgruppe, wo ich diese Frau gesehen zu haben glaubte: Da waren abgestorbene, ineinander verflochtene Tannen, aber keine Person.

Nestor, der vor mir ging, hatte sich nach mir umgedreht und blickte mich fragend an. Ich erzählte ihm von der gebeugten, suchenden Frau – eine Wahrnehmung, die er zunächst als Tagtraum abtat. Dann aber, nachdem wir schon eine Weile weitergewandert waren, blieb er plötzlich stehen.

»Du hast die Kohlefrau gesehen«, grinste er.

»Die Kohlefrau?«

»Hier irgendwo hat vor langer Zeit eine alte Frau gelebt, eine Heilerin«, begann er zu erzählen. »Ihre Heilkräfte waren hervorragend, doch sie war auch für ihre Gier bekannt. Eines Tages stiess sie im Wald auf ein verletztes Zwerglein. Die Frau wusste um den Reichtum der Zwerge, und sie witterte eine saftige Belohnung, wenn sie dieses Männchen heilen würde. Dies tat sie, und das vollkommen geheilte Männchen führte sie darauf zu einer riesigen Eiche im tiefsten Wald. Am Fusse dieser Eiche befand sich der Eingang zur unterirdischen Stadt der Zwerge, unsichtbar für Menschen und Tiere. Die Zwerge waren ausser sich vor Freude, als sie ihr seit Tagen vermisstes Männlein wiedersahen, und sie waren gerne bereit, die gute Tat der Frau zu belohnen. Sie begannen also, aus den Tiefen des Erdreichs Kohlestücke zu holen und der alten Frau in die Schürze zu legen – so viel wie sie nur tragen konnte.

Die Heilerin hatte natürlich nicht mit stinknormaler Kohle gerechnet. Was sollte sie mit dem schwarzen Haufen in ihrer Schürze anfangen? Enttäuscht und verärgert machte sie sich mit der unbegehrten Last auf den Weg. Dabei warf sie einen Teil der Kohle einfach weg und etliche Stücke fielen ihr beim Gehen aus der Schürze. Doch als sie zu Hause ankam und das restliche Häuflein Kohle auf ihren Tisch ausschüttete, lagen da reine Goldstücke.«

Nestor blickte mich belustigt an.

»Was denkst du, hat die Frau darauf getan?« fragte er mich.

»Sie ging die restlichen Kohlestücke suchen«, erwiderte ich spontan.

»Genau das hat sie getan«, lachte er. »Aber sie fand kein einziges Stück mehr.«

Nestor fand, dass die Alte falsch gehandelt hatte: Sie habe der Kohle keinen Wert zugestanden und sei deshalb fahrlässig damit umgegangen – eben weil sie nur ihre kleine Welt kannte und die Situation entsprechend bewertete. Wäre sie dagegen fähig gewesen, das Bild als ein Ganzes zu sehen, dann hätte sie nicht zwischen Gold und Kohle unterschieden.

»Hätte sie die Kohle dann genommen oder nicht?« wollte ich von ihm wissen.

»Das spielt keine Rolle. Wichtig ist, dass in jedem Fall nicht mehr der Wert der Dinge massgebend für ihre Entscheidung gewesen wäre.«

»Wenn das Sehen des Bildes als ein Ganzes einem Menschen in solchen Fragen die Urteilsfähigkeit raubt«, schloss ich, »dann war die Heilerin mit ihrer kleinen Welt vielleicht doch besser dran: Immerhin hat sie ein wenig Gold nach Hause gebracht, das sie brauchen konnte.«

»Sie konnte es eben nicht brauchen«, widersprach Nestor. »Ihr Geiz hat sie veranlasst, gleich wieder loszuziehen um die Kohle zu suchen. Und sie sucht noch heute – du hast die Frau ja selbst gesehen.«

Wir setzten unsere Wanderung fort und erreichten bald darauf den Ort, wo der Bauer wohnte. Es war eine grosse Hangterrasse am Fusse eines felsigen, steil ansteigenden Hügels, der sich zu unserer Linken erhob. Gegen die rechte Seite hin erhöhte sich die Terrasse zunächst leicht, wurde dann aber durch einen schroff abfallenden Hang begrenzt. Nahe an diesem Abgrund standen zwei Gebäude, auf die wir zusteuerten. Ich war überrascht, dass keines von beiden ein Bauernhaus war, wie ich erwartet hatte. Stattdessen standen da eine kleine Holzhütte und ein grösseres Steinhaus nahe beieinander. Und das Geröll und die Felsbrocken, die sich über die ganze Terrasse verteilten, verunmöglichten sowohl ein grossflächiges Anpflanzen von Feldfrüchten als auch eine ergiebige Weidewirtschaft – es war mir nicht begreifbar, was ein Bauer in dieser kargen Gegend verloren hatte.

Ich fragte Nestor, wo der Bauer sein Getreide oder Gemüse anpflanze und sein Vieh weiden lasse. Er erwiderte, der Mann sei heute nicht mehr als Bauer tätig, er pflanze nur noch Gemüse in seinem Garten an.

»Warum nennst du ihn dann ›Bauer‹?« fragte ich.

»Ich nenne ihn *den Bauern*, weil er als Bauer gearbeitet hat und dadurch die linke Seite erreicht hat.«

»Das verstehe ich nicht. Hat er denn keinen richtigen Namen?«

»Alle Namen werden unzureichend, sobald ein Mensch auf die linke Seite kommt. Sie erinnern dann nur noch an Vergangenes.«

Ich wollte von ihm wissen, ob er sich auf die linke Seite der Emme beziehe, und was daran so besonders sei. Er versicherte mir, dass wir ein andermal darüber sprechen würden.

Wir liefen zwischen grossen Steinen hindurch, an der kleineren Hütte, die vermutlich als Schuppen diente, vorbei und gelangten zum Wohnhaus des Bauern. Die Vorderseite des aus Steinen und Mörtel gebauten und mit einem Schieferdach versehenen Hauses war dem Berg zugewandt. Parallel zur Hausfront und in regelmässigen Abständen gesetzt, wuchsen Pflanzen mit dicken, fleischigen Blättern, deren rot gefärbten Spitzen in einem Stachel mündeten. Diese dicht am Boden sitzenden Blattrosetten bildeten auf diese Weise eine Linie, welche auch den Brunnen und den neben dem Haus angelegten Garten einschloss. Nestor erklärte, dass es sich bei den Pflanzen um Hauswurz handle.

»Sie schützen vor Steinschlag«, sagte er wie selbstverständlich und machte mich darauf aufmerksam, dass die Steine, die hin und wieder von einer Abbruchstelle am Berg auf die Terrasse herunterkrachten, teils sehr nahe an die Pflanzenlinie heranreichten, aber sie nirgends überschritten. So sehr ich mich bemühte, konnte ich jenseits dieser Linie kein einziges noch so kleines Steinchen finden. Es hatte tatsächlich den Anschein, als ob die fleischigen Pflanzen den Felsschutt auf eine magische Art und Weise abwehrten und das Haus dadurch schützten. Ich verdächtige aber eher den Bauern, den Schutt um das Haus weggeräumt zu haben.

Wir traten schliesslich in das Wohnhaus ein. Es gab nur einen einzigen Raum in dieser kleinen Hütte, und der war noch karger eingerichtet als Nestors Stube: Da stand ein grosser Holzschrank; da lag in einer Ecke eine Matratze am Boden, überhäuft mit braunen Wolldecken; in der Mitte des Raumes befand sich ein quadratischer Holztisch, worauf Nestor seinen Rucksack ablegte; da hingen geschwärzte Bratpfannen und Töpfe neben einem kleinen Kochherd.

Zwischen einem länglichen Holztisch mit verschiedenen Handwerkzeugen und einer imposanten Balkenwaage aus Messing darauf, und dem Kachelofen, auf dessen Vorderseite eine grosse alte Sense angebracht war, die durch einen leicht gebogenen und verzierten Holzgriff auffiel, stand das einzig bunte Möbel in diesem Raum: ein roter Ledersessel, auf welchem der Bauer sass. Der Körper des Mannes war ruhig und bewegungslos, so dass ich glaubte, er würde schlafen. Doch dann konnte ich erkennen, dass er die Augen leicht geöffnet hatte und Nestor und mich mit einer ausdruckslosen Miene beobachtete.

Nestor nahm keine Notiz von ihm. Seelenruhig begann er das Mitgebrachte auf dem Tisch auszupacken. Ich tat es ihm nach. Erst als wir fertig waren, wandte er sich an den Mann im Sessel, begrüsste ihn mit knappen Worten, zeigte auf mich und erklärte, ich hätte grossen Hunger und sei gekommen um zu essen.

»Wir nehmen das Fünf-Gang-Menu«, forderte Nestor.

Ich sah, wie sich der Mund des Bauern zu einem schwachen Lächeln verzog. Als der Mann seinen Blick auf mich richtete, nickte ich ihm freundlich zu und nutzte die Gelegenheit, um mich vorzustellen. Doch er reagierte nicht auf meine Geste.

»*Henusode!*« rief er stattdessen und erhob sich überraschend plötzlich aus seinem Sessel. Als er sich in seiner ganzen Länge streckte, so dass es einige Male laut knackte, kam er mir vor wie ein Riese. Er war grösser und stämmiger als Nestor.

Der stämmige Mann begann wortlos den Herd anzufeuern, während Nestor und ich Wasser vom Brunnen neben dem Haus holten. Nestor wiederholte dabei, dass der Bauer ein ausgezeichneter Koch sei, und dass ich heute seine höchsten Künste in fünf Gängen erleben würde. Für mich waren das alles grosse Worte; ich glaubte keinen Augenblick daran, dass uns der Bauer einen echten Fünfgänger auftischen würde.

Im Haus begann der Stämmige damit, verschiedenes Gemüse, das er auf dem Tisch ausgebreitet hatte, zu zerstückeln. Nestor setzte sich in den ledernen Sessel, nachdem er etwas von dem Wasser in den Topf auf dem Herd gefüllt hatte. Ich aber mochte seinem Verhalten nicht folgen und erkundigte mich höflich beim Bauern, ob ich ihm behilflich sein könne.

»Du kannst ihm nicht helfen«, antwortete mir Nestor an seiner Stelle. »Nur er allein kann das Essen so exzellent zubereiten.«

Ich setzte mich also und beobachtete den Stämmigen bei seiner Arbeit. Dabei fiel mir auf, dass er das Gemüse auf eine sehr eigentümliche Weise schnitt: Zuerst halbierte er ein Stück Kartoffel, Karotte oder Sellerie. Dann zerschnitt er jeweils die rechte Hälfte in viele kleine Stücke. Bei der linken Hälfte dagegen nahm er das Messer in die linke Hand und begnügte sich damit, nur wenige grobe Stücke zu schneiden. Nachdem er das Geschnittene in den Topf gegeben hatte, begann sein Ritual mit einem anderen Gemüse von vorn. Als alles Gemüse im Topf kochte, warf der Bauer einen kurzen prüfenden Blick auf die getrockneten Pilze, die wir ihm mitgebracht hatten. Er nahm einige der Scheiben und verkleinerte sie auf dieselbe Weise wie das Gemüse.

Ich wunderte mich nicht nur über seine seltsame Vorgehensweise, sondern auch darüber, wie sehr er in seine Arbeit vertieft war, so als wäre dieses Schneiden eine anstrengende Schwerstarbeit. Die ganze Zeit über sprach er auch kein einziges Wort, so wie auch Nestor und ich schwiegen. Diese andächtige Stimmung empfand ich als beklemmend und absurd zugleich.

Nach getaner Arbeit setzte sich der Bauer auf seine Matratze und lehnte sich mit dem Rücken an die Wand. Ich sah, wie er langsam und tief atmete.

Nestor brach als Erster das Schweigen. Er erzählte dem stämmigen Mann, ich hätte heute die Kohlefrau gesehen. Ich wandte ein, dass ich lediglich eine Frau in weiter Entfernung gesehen zu haben glaubte. Der Bauer indessen schien nachdenklich und massierte mit seiner Zunge das Zahnfleisch.

»Früher habe ich sie oft gesehen«, erinnerte er sich. Seine Worte fielen ruhig und langsam, seine Stimme klang monoton. »Ich habe sie oft gesehen. Aber das war nur, weil ich ihr ähnlich war. Ich habe auch immer den Unterschied zwischen Kohle und Gold gemacht. So habe ich gelebt und gehandelt.«

Nach einer schier unerträglich langen Pause fuhr er fort: »So wurde mein Hof, den ich zu dieser Zeit besass, immer grösser. Und das Land ringsherum wurde immer mehr. Und die Kühe immer fetter. Und ich machte es den Kühen nach.« Er lachte leise und blickte mich an. »Wenn du die Kohlefrau siehst, bedeutet das nur, dass du ihr ähnlich bist.«

»Aber das ist doch nur eine Geschichte«, versuchte ich das Gespräch auf eine vernünftige Basis zu heben. »Wie können Sie diese Frau gesehen haben?«

»Ich habe sie gesehen«, behauptete er stur und fest. »Sie ist die Gier in Person. Sie will Gold, und nicht Kohle. Ihr Leben ist elend, weil sie nur den besseren Teil sucht, und nicht das Ganze. Deshalb kann sie ihren Hunger nie stillen. Und deshalb siehst du sie heute noch auf den Wiesen und in den Wäldern.«

»Dann sehen Sie sie also auch ab und zu«, schloss ich, das naive Spiel mitspielend.

»Natürlich nicht«, erwiderte der Stämmige harsch. »Heute sehe ich sie nicht mehr. Ich bin nicht mehr wie sie. Heute lege ich keinen Wert mehr darauf, ob ich es mit Kohle oder mit Gold zu tun habe.«

»Und wie haben Sie das geschafft?« fragte ich skeptisch.

»Indem ich meinen Hof und mein Land und meine Kühe gegen diesen Flecken hier eingetauscht habe.«

Ich lachte. Zweifellos wollte er mich hochnehmen. Ich war überzeugt, dass kein Mensch mit Verstand einen ganzen Hof mitsamt Land und Vieh gegen diese wertlose steinige Terrasse hier eintauschen würde. Der Bauer blickte mich durchdringend an und massierte sich wieder sein Zahnfleisch.

»Es war ein guter Tausch«, erklärte er schliesslich. »Hier gelingt es mir immer mehr, meinen Hunger vollends zu stillen.«

»Ich glaube nicht, dass sich der Hunger überhaupt vollends stillen lässt. Solange wir leben, haben wir Bedürfnisse«, argumentierte ich.

»Mit den einzelnen Dingen im Bild lässt sich der Hunger nicht vollends stillen, nur zeitweise«, räumte Nestor ein. »Aber er lässt sich mit allem zusammen stillen, mit dem ganzen Bild. In dem Moment, wo es dir gelingt, das Bild als ein Ganzes zu sehen, wird es keinen Hunger mehr geben.«

Der Bauer nickte stumm, stand auf und ging zum Herd, wo er von der Suppe kostete. Scheinbar war er damit zufrieden, denn er stellte den Topf in die Mitte des Tisches. Dann holte er Suppenschalen aus dem Schrank, die er nicht einfach auf den Tisch legte, sondern er ging im Gegenuhrzeigersinn um den Tisch herum und legte auf jeder Seite eine dieser Schalen hin.

Der Umstand, dass er vier anstatt drei Schalen hinlegte, liess mich vermuten, es würde in Kürze eine weitere Person zu uns stossen. Aber als ich ihn danach fragte, verneinte er dies durch Kopfschütteln. Ich blickte zu Nestor, doch auch dieser hüllte sich in Schweigen. Die Stimmung hatte sich wieder merklich abgekühlt. Wir schwiegen auch weiterhin, als der Stämmige begann, alle vier Schalen aufzufüllen, und zwar in derselben Vorgehensweise und Reihenfolge, wie er sie hingelegt hatte. Für jede Schale schöpfte er eine volle Suppenkelle. Dann gab er mir einen Löffel in die Hand und zeigte auf die vier Schalen um den Topf.

»Das soll ich alles essen?« fragte ich verwirrt.

»Dieses Essen wird dir nicht nur den Hunger stillen, sondern auch zeigen, wie du deinen Hunger vollends stillen kannst«, erwiderte der Bauer geheimnisvoll. Dann forderte er mich auf, bei derjenigen Schale zu beginnen, in welche er zuletzt geschöpft hatte. Danach sollte ich im Uhrzeigersinn um den Tisch gehen, und aus jeder Schale so viel essen, wie ich mochte.

Der Umstand, dass diese Mahlzeit so sorgfältig arrangiert und instruiert war, brachte mich zum Lachen. Ich konnte mir die ganze Situation nicht anders erklären, als dass mich diese beiden sonderbaren Männer aus irgendeinem Grund veralbern wollten. Nestor und der Bauer blickten mich jedoch völlig ausdruckslos an. Und die Ernsthaftigkeit, die ich ihrem Verhalten entnahm, bewirkte, dass ich mich unwohl fühlte und mich für meine Lässigkeit zu rechtfertigen suchte. Ich sagte den beiden, dass ich keinen vernünftigen Grund für die absurde Inszenierung dieser Mahlzeit erkennen könne.

»Wirst schon auf den Geschmack kommen«, war die lakonische Antwort des Bauern.

Ich betrachtete die Suppe in der ersten Schale. Die grau-braune, trübe Flüssigkeit sah überhaupt nicht appetitanregend aus. Für eine bunte Abwechslung sorgten einzig die darin umherschwimmenden Stücke von Karotten und Kartoffeln. Ich nahm einen Löffel voll – und hätte die Flüssigkeit am liebsten ausgespien. Die Suppe war bitter!

Nestor und der Stämmige brachen in Gelächter aus. Letzterer ermahnte mich spöttisch, erst dann zur nächsten Schale zu gehen, wenn ich genug hätte. Aber ich war nicht bereit, ihr Spiel weiterhin mitzuspielen. Ich warf ihnen vor, sie wollten sich nur auf meine Kosten amüsieren. Die beiden versicherten mir mit unschuldigen Mienen, dass sie sich nicht über mich lustig machen wollten. Und Nestor betonte die Wichtigkeit, dass ich von allen vier Schalen wenigstens probieren müsse, um die *création* des Bauern zu begreifen.

Widerwillig ging ich zur nächsten Schale, wovon ich vorsichtshalber, in Erwartung der Bitterkeit, nur ganz wenig zu mir nahm. Umso grösser war die Überraschung, als ich feststellen musste, dass die Suppe diesmal überhaupt nicht bitter schmeckte – dafür aber säuerlich.

Noch bevor ich die saure Note zu beurteilen vermochte, fesselte mich die Frage, wie diese grundverschiedenen Geschmäcke zu erklären seien. Denn ich hatte selbst beobachtet, wie der Stämmige alle vier Schalen aus dem einen Topf in der Mitte gefüllt hatte. Ich fragte ihn danach, aber er machte auf mich den Eindruck, als wolle er nicht recht Auskunft geben: Er sagte, alles komme aus dem Einen in der Mitte und teile sich in vier Richtungen auf, in diesem Fall in vier Geschmacksrichtungen. Ich dagegen war eher der Auffassung, dass er heimlich Geschmacksstoffe in die Schalen hineingegeben hatte, schon bevor er die Suppe schöpfte.

Im Gegensatz zur bitteren war die saure Suppe nicht abstossend, sondern geschmacklich sogar interessant. Ich leerte die Schale bis zur Hälfte, doch dann fühlte ich, dass ich genug Saures gegessen hatte.

Nach einer weiteren Vierteldrehung um den Tisch stand ich vor der dritten Schale. Und wie ich vermutet hatte, schmeckte auch diese nochmals anders, nämlich würzig, so wie ich eine Suppe eigentlich erwartet hätte. Sie war auch gut gesalzen, aber nicht versalzen. Ich mochte den rezenten, rassigen Geschmack, der ein wenig auf der Zunge brannte. Mit jedem Löffel stieg mein Appetit und die unerwartete Gaumenfreude brachte meinen Unmut schnell zum Verschwinden. Ich ass die Schale beinahe leer, dann aber setzte mir das viele Gewürz zu.

Die Suppe in der letzten Schale hatte einen fruchtig-süsslichen Geschmack. Ich mochte das Süsse nicht besonders, ass weniger als die Hälfte davon. Dabei fiel mir auf, dass es in dieser letzten Schale nur wenige, dafür grosse Gemüsestücke gab, wogegen ich in der ersten Schale noch viele kleine Stücke umherschwimmen sah. Der Bauer musste beim Schöpfen peinlich genau auf die Verteilung des Gemüses geachtet haben.

Bevor ich ihn darauf ansprechen konnte, forderte mich der stämmige Mann auf, von der Suppe im Topf in der Mitte des Tisches zu kosten. Gespannt, auf welchen Geschmack ich nun treffen würde, folgte ich seiner Aufforderung. Zu meinem Erstaunen schmeckte die Suppe im Topf nach gar nichts. Ich nahm einen zweiten und einen dritten Löffel, da ich glaubte, mein Geschmackssinn wäre durch den vorhergehenden Genuss zu sehr beansprucht worden. Aber es schien, als ob die Flüssigkeit im Topf völlig geschmacksneutral wäre.

In dem Moment, als ich dies den beiden mitteilen und sie fragen wollte, wofür die ganze Übung nun gut war, machte sich eine sonderbare Empfindung in meiner Kieferregion bemerkbar. Ich verlor das Gefühl um meinen Mund, konnte bald nur noch im Bereich der hinteren Kiefer- und Wangenknochen empfinden. Sonst war ich im unteren Drittel meines Gesichts wie betäubt. Ich hätte nicht einmal sagen können, ob mein Mund geöffnet oder geschlossen war. Erschrocken blickte ich zu Nestor.

»Da bleibt dir der Mund offen, was?« meinte dieser.

Ich rieb meine Wangen und das Kinn. Dies schien zu helfen, und bald darauf kehrte das Gefühl um meinen Mund zurück – aber eine Entspanntheit blieb. Diese erstreckte sich bald von meinem Gesicht auf den ganzen Körper. Ich setzte mich in den gepolsterten Sessel.

Nestor und der Bauer achteten nicht weiter auf mich, sondern beredeten mit gedämpfter Stimme irgendwelche Dinge miteinander. Schliesslich setzten sie sich an den Tisch, wo sie sich die restliche Suppe im grossen Topf teilten. Manchmal warfen sie mir einen freundlichen Blick zu und lächelten, dann assen sie laut schlürfend weiter.

Eine eigentümliche Zufriedenheit hatte von mir Besitz ergriffen, vielleicht auch nur eine Benommenheit. Ich versuchte angestrengt, dem Gespräch der beiden zu folgen, doch es gelang mir nicht. Ich hörte nur die Worte der beiden, aber nicht, was sie sagten.

Irgendwann fiel mein Blick auf den Tisch neben mir. Um die majestätische Balkenwaage herum lagen Quarzkristalle verschiedener Grössen. Ich sah, dass der Bauer Schmuck daraus herstellte. Er schnitt und schliff die Steine und verarbeitete sie zusammen mit Gold und Silber zu Amuletten, Broschen und Fingerringen. Ich war kein Kenner dieses Handwerks, aber was da an fertigen Schmuckstücken herumlag, machte einen sehr feinen Eindruck. Ich glaubte sogar, einen dem Bauern eigenen Stil erkennen zu können: Die meisten der Schmuckstücke wiesen nämlich eine stets gerade Anzahl von rund geschliffenen Steinen auf, vier oder acht, welche um eine weitere, mittlere Quarzkugel, die etwas grösser als die anderen war, in ein Edelmetall hineingearbeitet wurden.

Diese Formen übten eine ungewöhnliche Faszination auf mich aus. Was der Stämmige produzierte, war eigentlich nichts Ausgefallenes, nichts Modernes, sondern das zugrunde liegende Prinzip war simpel, schon fast banal. Und doch fühlte ich, dass diese Schmuckstücke ›voll‹ und ›ganz‹ waren, und dass jedes Dazutun fatalerweise zu einer Abnahme geführt hätte.

Auf eine mir unbegreifliche Weise fühlte ich mich mit der Kunst des Bauern so verbunden, dass bald mein ganzes Denken und Fühlen davon vereinnahmt wurde. Ich bedauerte, dass die alltägliche Welt nicht so einfach und gleichzeitig so vollkommen sein konnte wie diese Schmuckstücke, fand aber Trost in dem Glauben, dass es diese Einfachheit dennoch gab und dass sie beständig wirkte, egal ob wahrnehmbar oder nicht. In dieser seligen Gewissheit fiel ich in einen tiefen Schlaf.

Nestor weckte mich auf. Er gab mir zu verstehen, dass wir zu seinem Haus zurückkehren würden. Es war bereits später Nachmittag. Ich war noch immer benommen. Und ich verspürte einen leichten Druck in meinem Magen. Als ich mich aufraffte, fiel mein Blick erneut auf die wunderbaren Schmuckstücke.

»Hübsch, nicht wahr?« meinte der Bauer, der sich inzwischen auf den Kachelofen gesetzt hatte. Ich bestätigte dies und der Stämmige erzählte mir, er habe zu Zeiten, als er noch Kohle von Gold unterschied, Dutzende dieser Quarze aus dem Gestein der Berge geschlagen und jahrelang gehortet. Heute stelle er Schmuck daraus her.

Spontan fragte ich ihn, ob er mir eines dieser Amulette verkaufen würde. Er erwiderte, dass er für alle diese Schmuckstücke hier bereits Kunden habe, und dass er mir stattdessen einen seiner unbearbeiteten Quarzkristalle schenken wolle. Und zwar den ersten, dessen Gewicht ich auf Anhieb erraten würde.

»Erraten?« rief ich verzweifelt. »Wie soll ich denn das Gewicht eines solchen Steines erraten?«

»Mit den Gewichtssteinen der Waage«, antwortete er und erläuterte, dass ich jeweils einen Quarzkristall in die eine Hand, und die Gewichtssteine in die andere Hand nehmen solle. Wenn ich fühlen würde, dass die beiden Gewichte ausgewogen seien, solle ich sie in die Schalen der Waage legen, um das Rätsel aufzulösen.

Ich erklärte mich einverstanden und versuchte mein Glück. Immer wieder wog ich in meinen Händen einen Quarzstein gegen Gewichtssteine ab und legte sie schliesslich, nach meinem Gutdünken ausgewogen, in die Messingschalen der Waage. Doch meine Schätzungen liessen mich schwer im Stich: Der Quarz vermochte die Gewichtssteine nie zu heben. Bei jedem neuen Kristall versuchte ich im Verhältnis immer weniger Gewichte in die andere Schale zu legen – und doch war jedes Mal der Quarz oben und die Gewichtssteine unten.

Der stämmige Mann genoss dieses Spiel sichtlich, während meine Ungeduld wuchs. Und als er mich nach einem erneuten Misserfolg aufforderte, weiterzumachen, erklärte ich verbittert, dass die Gewichtssteine allesamt zu schwer seien. Um meinen Unmut auszudrücken, wog ich den nächsten Quarzkristall nur gegen einen einzigen und erst noch den leichtesten aller Gewichtssteine ab. Es war völlig klar, dass dieser den Quarz niemals heben konnte, doch wider Erwarten balancierte die Waage aus und blieb im Gleichgewicht.

Erleichtert und ärgerlich zugleich warf ich dem Bauern vor, er habe die Waage irgendwie manipuliert. Er bestritt dies und behauptete stattdessen, dass ich in Wahrheit versucht hätte, Gold mit Kohle aufzuwiegen; dabei aber hätte ich dem Gold stets zu viel Gewicht beigemessen. Ich sei genau wie die Kohlefrau, und dies sei auch der Grund, weshalb ich sie heute zu Gesicht bekommen hätte. Dann nahm er den Quarz aus der Schale und reichte ihn mir.

»Das ist deiner«, sprach er und senkte dann seine Stimme. »Dieser Stein ist wertvoll, nicht weil er dir viel Gold einbringen kann, sondern weil seine Klarheit dir helfen wird, deine eigene Klarheit zu finden«, erläuterte er mit einer kaum ernst zu nehmenden Seriosität.

Nachdem wir uns verabschiedet hatten, schritten Nestor und ich schweigend auf dem schmalen Weg zu seinem Haus zurück. Noch immer etwas benommen grübelte ich über die Ereignisse im Haus des stämmigen Mannes nach. Insbesondere liess mir der Umstand, einfach eingeschlafen zu sein, keine Ruhe. Es war mir nicht recht.

Nestor, von dem ich wissen wollte, wie lange ich weggetreten war, spürte meine Bedenken und meinte dann, dass mir das Essen des Bauern wohl zu sehr auf den Magen geschlagen habe.

»Dieses Mahl sollte dir zeigen, dass es möglich ist, durch den bewussten Umgang mit dem Geschmackssinn zu mehr Energie zu kommen – so wie wir durch den bewussten Umgang mit all unseren Sinnen zu mehr Energie kommen können. Was dir das Essen aber tatsächlich gezeigt hat, ist, dass dein Geschmackssinn nicht ausgeglichen ist, und dass du deshalb Mühe hast, mit vermehrter Energie umzugehen.«

Es war nicht das erste Mal, dass Nestor von ›Energie‹ sprach. Aber erst jetzt begriff ich, dass er damit offenbar etwas Bestimmtes meinte, etwas, das ein Mensch durch das richtige Verhalten ansammeln konnte.

»Ein bewusster Umgang mit dem Geschmackssinn bedeutet, dass wir eine Ausgeglichenheit in den Geschmacksrichtungen herbeiführen«, sagte er und erläuterte, dass Menschen mit einem unverdorbenen Geschmackssinn beispielsweise Bitteres nicht in grossen Mengen essen könnten. Bitterer Geschmack sei mit Vorsicht zu geniessen; ein wenig bitter könne heilsam sein, doch Bitteres weise häufig auf die Giftigkeit einer Pflanze hin.

»Das Saure belebt«, fuhr er fort. »Ein wenig erfrischt, aber zu viel Saures zieht alles in dir zusammen und schliesslich wird auch dein Gemüt sauer. Manche Lebensmittel, die säuerlich schmecken, sind im Grunde schon verdorben.

Salziger und würziger Geschmack wiederum löst Aktivität aus und treibt dich an. Zu viel Salz und Würze allerdings erhitzen den Körper und trocknen ihn aus. Das drückt sich in Nervosität aus und kann sogar zu Aggressivität führen.«

Schliesslich lobte Nestor den süssen Geschmack, wovon wir am meisten essen könnten. Süsses entspanne den Menschen, vorausgesetzt, die Speise sei nicht unnatürlich süss, denn sonst mache sie uns nur dick und träge.

»Die Menschen der Naturvölker, die in Abgeschiedenheit leben«, sagte er weiter, »müssen sich manchmal auf ihren Geschmackssinn verlassen können, um zu beurteilen, ob eine Frucht oder eine Knolle geniessbar ist oder nicht. Wir aber vergewaltigen und verderben unseren Geschmackssinn mit jedem erdenklichen Blödsinn. Ganze Industriezweige leben von dem verdorbenen Geschmack der Menschen. Die Tatsache, dass etwas im Supermarkt erhältlich ist, reicht uns, um es als ›geniessbar‹ einzustufen.

Wenn dein Geschmackssinn nicht ausgeglichen ist, führt dies mit der Zeit zu Verstimmungen und körperlichen Beschwerden. Je natürlicher du dich aber ernährst, desto besser wird es dir gelingen, das richtige Verhältnis dieser vier Geschmacksrichtungen zu finden. Dies wirst du auch fühlen können – so wie du es heute fühlen konntest.«

»Wenn ich mich richtig ernähre, dann werde ich also dauernd einschlafen«, spottete ich.

Nestor fand dies komisch und lachte. Er wiederholte schliesslich, dass der richtige Umgang mit dem Geschmackssinn dazu führe, dass mehr Kraft oder Energie im Körper fliesse. Und er behauptete, ich könne noch nicht so viel Energie bewusst in meinem Körper erleben – daher sei ich eingeschlafen.

»Selbst wenn es so wäre«, sagte ich zu ihm, »warum erzählst du mir das?«

»Wenn du wirklich Mari Eglis Möbel restaurieren willst«, antwortete er, »wirst du viel Energie brauchen, so viel wie du nur aufzubringen vermagst. Einen Teil dieser Kraft wird dir zugänglich, wenn es dir gelingt, mit deinen Sinnen richtig umzugehen. Für den Geschmacksinn bedeutet dies, dass es eine grosse Rolle spielt, wie du dich ernährst.«

Nestor blieb stehen und blickte mich durchdringend an. »Du wirst deine Ernährungsgewohnheiten ändern müssen«, sprach er zu mir, als würde er ein Todesurteil verkünden. »Du kannst es dir in keiner Art und Weise leisten, dich weiterhin mit Blödsinn vollzustopfen.«

Das Nachbild des Sekretärs

Nestors Forderung, meine Essgewohnheiten zu ändern, verdaute ich nicht so leicht. Zum ersten Mal hatte er mir so direkt und unversöhnlich zu verstehen gegeben, dass meine Gewohnheiten diesbezüglich schlicht falsch seien. Meine Ernährung war vielleicht nicht gerade das, was immer wieder als ausgewogen und gesund empfohlen wurde – doch das war meine Sache. Nestor und der Bauer aber führten sich wie zwei missionierende Gesundheitsapostel auf, vielleicht weil sie glaubten, sämtliche Wahrheitskörnchen gepickt zu haben. Weil ich dieses Verhalten nicht einfach schlucken wollte, beschloss ich, bei meinem nächsten Besuch mit Nestor darüber zu reden.

Da ich ihn als harten Verhandlungspartner kannte, sprach ich bei dieser Gelegenheit zunächst meine Bewunderung für ihn aus, da er es offensichtlich schaffte, seine Ideale auch wirklich zu leben. Dann sicherte ich ihm meine grundsätzliche Bereitschaft zur weiteren Mitarbeit zu. Nach diesem Entgegenkommen glaubte ich mich nun in der Position, eine Forderung vorzubringen. Freundlich, aber bestimmt wies ich ihn darauf hin, dass unsere Zusammenarbeit darunter leide, wenn er mich in gewissen Belangen, wie eben in der Frage nach der Ernährung, zu bevormunden versuche. Nestor lachte darauf und behauptete, ich werde ohnehin von allen Seiten bevormundet.

»Das stimmt doch gar nicht«, verteidigte ich mich provoziert. Mit einem Schlag hatte er meine Förmlichkeit weggewischt.

»Natürlich«, beharrte er. »Bei all deinen Gedanken und Handlungen orientierst du dich an Idealen, die du dir zu Eigen gemacht hast. Und an die du dich gewöhnt hast. Der Geschmackssinn ist davon nicht ausgenommen. Er wurde die ganze Zeit über von den Gewohnheiten der Menschen um dich herum geprägt. So hast du deine Vorlieben und Abneigungen – unabhängig davon, was wirklich bekömmlich ist.«

»Und wer entscheidet, was bekömmlich ist und was nicht? Etwa du?«

»Wenn dein Geschmacksinn ausgeglichen und natürlich ist, wirst du selbst wissen, was dein Körper am besten verträgt. Solange er dies aber nicht ist, wirst du dich erst einmal so ernähren müssen, dass er es wird.«

Nestor wiederholte, es gehe darum, den Geschmackssinn natürlich zu machen, indem ich mir möglichst natürliche, unverarbeitete Nahrung zuführte. Und ausgleichen solle ich ihn dadurch, dass ich die verschiedenen Geschmacksrichtungen entsprechend berücksichtigen würde. Wenn ich mich aber vorwiegend von künstlichen, halb verdorbenen, zu salzigen und zu süssen Lebensmittel ernährte, dann sei ich weit davon entfernt, meinen Geschmack auszugleichen und natürlich zu machen.

»Der richtige Umgang mit deinem Geschmackssinn wird Energie in dir freisetzen«, sagte er wieder. »Du wirst es fühlen, wenn diese Energie durch deinen Körper fliesst. Und dann gelingt es dir auch eher, am Möbel weiterzuarbeiten.«

Dieses und weitere Gespräche über die Essgewohnheiten bewirkten schliesslich, dass ich mich aus Rücksicht auf Nestor und um des Friedens willen an seinen Menuplan anglich. Dies bedeutete, dass ich mich für die Zeit, die ich im Emmental verbrachte, von Gemüse, Brot, Käse, Nüssen, Früchten und Honig ernährte – alles natürlich und unverarbeitet.

Die Umstellung meiner Ernährung fiel mir zunächst schwer. Nicht nur, weil ich meinem Geschmackssinn die gewohnten Reize entzog, sondern auch, weil mein Einlenken ein Zugeständnis an Nestor war. Und wann immer ich meinen verletzten Stolz durch die eine Stimme in mir überdecken wollte, welche meine Friedfertigkeit und Anpassungsfähigkeit lobte, so drängte sich sogleich die andere Stimme auf, die fehlenden Kampfgeist und mangelndes Durchsetzungsvermögen beklagte. Die Anstrengung, mich ausgewogen zu ernähren, war für mich jedenfalls so gross, dass ich mich, kaum vom Emmental nach Bern zurückgekehrt, jeweils wie von Sinnen mit allem Möglichen und Unmöglichen vollstopfte – eine schlechte Angewohnheit, die ich nicht so schnell loswurde.

Der folgende Sommer war so ungewöhnlich heiss und trocken, dass sogar im Emmental mancherorts das Wasser knapp wurde. Ich genoss es, regelmässig in jene hügeligen Höhen zu fahren und dabei die Hitze in der Stadt hinter mir zu lassen. In dieser Zeit gelang mir endlich der erste Schritt der Restauration, das Ablaugen und Säubern des ganzen Möbels. Ob und wie stark die Ernährung damit zusammenhing, war allerdings eine Frage, die ich nicht beantworten konnte.

An jenem strahlend sonnigen Tag im Juli begleitete ich Nestor auf einer Wanderung entlang der Emme. Wir fuhren ins Tal hinunter, überquerten den Fluss und folgten diesem eine Weile in der Fliessrichtung. Nestor hiess mich dann in ein Seitensträsschen einzubiegen, welches uns zu einem abgelegenen traditionellen Bauernhaus direkt an der Emme führte. Von dort aus wanderten wir den Fluss aufwärts. Der Talboden war hier verhältnismässig weiträumig, das Flussbett breit und seicht. Nur das rechte, mit Steinen gesäumte Ufer war begehbar; links hingegen grenzte ein dichter Wald direkt an das Wasser.

Nestor ging von Anfang an barfuss. Ich dagegen zog es vor, die Schuhe an meinen Füssen zu tragen, und nicht in meinen Händen. Durch einen Misstritt aber, welcher mich die Trockenheit beider Schuhe und Socken kostete, änderte ich meine Meinung und ging ebenfalls barfuss. Doch meine Füsse waren die harten Steine nicht gewohnt, und als das flache Ufer zunehmend uneben wurde und die Steine in ihrer Grösse vermehrt variierten, wuchsen meine Schwierigkeiten, ohne Schuhe zu gehen.

Erst jetzt vermochte ich Nestors Leistung richtig zu beurteilen: Anscheinend war er ein geübter Steinegänger. Gewandt bewegte er sich in seinem gewohnten Lauftempo weiter, während ich immer wieder zurückblieb. Nach jedem Schritt musste ich nach dem nächsten Stein Ausschau halten, nach einem, den ich für trittfest genug befand um meinen Fuss hinzusetzen. Die dauernde Konzentration auf das Gehen erschöpfte mich, und ich war erleichtert, als wir endlich eine Pause einlegten und uns auf eine kleine Sandbank im Schatten von Laubbäumen setzten.

Ich machte eine witzig gemeinte Bemerkung über die Strapazen dieser Wanderung, doch Nestor nutzte die Gelegenheit, um mich auf meine mangelhafte Kondition hinzuweisen.

»Dann muss ich mich nicht nur gesund ernähren, sondern wohl auch noch meine Kondition verbessern, um die vollkommene Restauration auszuüben«, spottete ich.

»Eine gute Kondition ist ebenfalls ein Ausdruck von Kraft«, erwiderte Nestor unbeirrt. »Jeden Tag eine Stunde lang über diese Steine hier laufen – dann würde sich deine Ausdauer und damit deine Kraft sehr schnell erhöhen«, behauptete er und führte aus, das Steinelaufen sei tatsächlich wie die vollkommene Restauration: Beim Gehen müsse ich nämlich jeden Schritt bewusst tun, denn jeder Schritt sei wieder anders. Es gebe keine Wiederholungen, weil die Abstände zwischen den einzelnen Steinen unterschiedlich seien.

»Beim Steinelaufen kannst du nicht einfach in der Gegend herumträumen, sondern es fordert deine ganze Aufmerksamkeit im Bild«, erklärte er. »Hier ist schnelle Entscheidung gefragt, denn es gibt keinen Platz für Zweifel und Grübeleien. Wenn du zögerst, dann bleibst du immer zurück. Oder schlimmer: du trittst daneben.

Die vollkommene Restauration bedeutet ebenfalls, dass du deine Aufmerksamkeit auf das lenkst, was du gerade tust – denn auch das Bild erneuert sich in jedem Moment, und es gibt keine Wiederholungen. Geh so an Mari Eglis Möbel heran, und du wirst es schnell restauriert haben.«

Nestor verheimlichte nicht, dass nur Menschen mit sehr viel Energie das Bild als stets neu und ohne Wiederholungen erleben könnten. Menschen mit wenig Energie dagegen würden sich ewig gleiche Alltagsabläufe einrichten, mit deren Hilfe sie dem Bild nur ein Minimum an Aufmerksamkeit entgegenbringen müssten – nur damit sie sich in ihre Gedanken und Träumereien zurückziehen könnten. Letztere, sagte Nestor, seien die Egoisten.

Ich stiess mich daran, dass er die Routinen der Menschen, die sich in der Arbeitswelt zwangsläufig ergaben, so ins Lächerliche zog – und sich selbst davon ausschloss.

»Wir sind alle Egoisten«, wandte ich ein.

»Du auch?« fragte er.

»Ich auch. Du auch. Wir alle«, sagte ich ohne zu zögern.

Nestor blickte mich belustigt an. »Du findest dich doch gar nicht so egoistisch, wie du behauptest.«

»Natürlich«, gab ich ungeduldig zurück. »Weshalb sollte ich davon ausgenommen sein?«

»Was genau macht dich denn zum Egoisten?«

Diese Frage kam überraschend, und das Peinliche war, dass ich nichts Konkretes darauf zu erwidern wusste. Tatsächlich hatte ich mir nie richtig überlegt, was mich zu einem Egoisten machen könnte. Ausweichend teilte ich ihm mit, dass dies allein meine Sache sei und er sich nicht damit zu beschäftigen brauche. Nestor lachte. Er hatte meine missliche Lage haargenau erkannt.

»Dein Problem ist, dass du dich selbst nicht richtig kennst«, gab er mir zu verstehen. »Du solltest ernsthaft versuchen, dir deiner Gefühle und Vorstellungen bewusst zu werden, und das heisst: sie in Energie umzuwandeln. Dann erst wirst du dich richtig kennen. Bis dahin wird dein Eingeständnis, egoistisch zu sein, nur eine Alibiübung deines Verstandes bleiben.«

Ich protestierte und behauptete, er unterstelle mir dies. Aber es war zwecklos: Mein Protest prallte an Nestors Überzeugungskraft ab.

Und der Umstand, dass ich ihm insgeheim Recht geben musste, raubte meinem Aufbegehren auch noch das letzte bisschen Glaubwürdigkeit. Er hatte mich in beispielloser Weise ertappt.

Wir gingen weiter, er schneller, ich langsamer. Nestor wartete regelmässig auf mich und deutete dabei mehrmals auf Naturphänomene, an denen er sich erfreute: Er bewunderte die an erhöhten Stellen, zwischen Grasbüschel und niederen Büschen liegenden Steine, die anscheinend durch Algen oder Flechten einen rötlichen Farbton angenommen hatten. Dann staunte er wieder über die skurrilen Formen, welche der Schlamm sowie die herangespülten, ineinander verflochtenen Wurzeln und Äste zu erzeugen vermochten. Nestor fand auch Gefallen an den beinahe intakten Körperhüllen ausgeschlüpfter Wasserfliegen, welche häufig an den Steinen am Ufer klebten. Und einmal erblickte er einen massiven, vom Wasser angeschwemmten Baumstamm, der Schnitzereien von religiösen Symbolen verschiedener Kulturen aufwies. Anscheinend kannte er diesen bearbeiteten Stamm: Er berichtete von einem Platz in der Nähe der Quelle des Flusses, wo er gestanden habe.

Nestors Beobachtungen brachten mich in Zugzwang. Ich versuchte ebenfalls Ausschau nach Besonderheiten zu halten. Allerdings gelang es mir nicht, etwas Erwähnenswertes zu finden, und dies schob ich dem Umstand zu, mich so auf mein Gehen konzentrieren zu müssen. Ich beneidete Nestor um seine Fähigkeit, beim Steinelaufen noch Zeit zu finden um die Umgebung zu bewundern. Mein Neid, meine angeschlagene Kondition und meine schmerzenden Füsse bewirkten schliesslich, dass ich keine Lust mehr hatte, noch weiterzugehen.

»Die Steine sind dir eindeutig überlegen«, fand Nestor, als ich ihm vorschlug, eine Rast einzulegen. »Um dich zu schaffen brauchen sie nichts weiter zu tun als herumzuliegen.« Er selbst hatte aber auch nichts dagegen, zu rasten und etwas zu essen.

Nestor begann, das mitgebrachte Gemüse zuzubereiten. Mir trug er auf, fünf Steinplatten zu finden, mit denen ich eine Art Backofen bauen sollte. Seiner Erklärung zufolge war alles ganz einfach: Das Gemüse werde auf einen flachen Stein gelegt, vier Steinplatten müssten ringsherum aufgestellt und eine obendrauf gelegt werden. Dann werde er an jeder Seite des Backofens und auf der oberen Platte je ein Feuer entfachen – et voilà.

Ich wollte nicht unhöflich sein, liess Nestor aber wissen, dass ich am Erfolg dieses Unterfangens zweifelte. Und überhaupt sei so etwas viel zu aufwändig und koste zu viel Zeit. Nestor bestand jedoch auf der Notwendigkeit des Steinbackofens und begründete dies auf eine für mich unverständliche Weise: Er sagte, die Zeit müsse nicht unsere Sorge sein, jetzt, da mich die Steine schon so früh vom Weitergehen abgehalten hätten. Zwar war er der Ansicht, dass wir zu diesem Zeitpunkt noch nicht zur Quelle vorstossen konnten und auch nicht mussten. Um dies aber tun zu können, sei es unumgänglich, die Elemente zu überwinden. Als Erstes müsse ich mich mit den Steinen auseinander setzen und versuchen, etwas Kreatives mit ihnen anzufangen. Ob das Gemüse gar werde oder nicht, hänge also davon ab, ob ich ein *Händli* für die Steine hätte.

Zwar konnte ich nichts auf seine Worte geben. Aber irgendwie mochte ich die Art und Weise, wie er mich zum Bau dieses Backofens bewegen wollte. Er versuchte, mein Bewusstsein für eine geheimnisvolle Welt zu wecken, in welcher andere Denkweisen herrschten, die vernünftige Menschen vielleicht als ›irrational‹ bezeichnet hätten. In diesem Moment war mir danach, und ich war bereit, seine Fantasien mitzutragen und mitzuspielen – ein bisschen so, wie ein Erwachsener sich auf die Stufe des Kleinkindes begibt um mit ihm in eine magische Welt einzutauchen.

Die Magie verging mir aber, je länger ich mitspielte: Die Suche nach geeigneten Steinplatten war mühselig und die Öfen, die ich konstruierte, fielen entweder schnell in sich zusammen oder wiesen zu grosse Lücken auf, so dass jede Benützung zwecklos gewesen wäre. Nur mit viel Mühe und Nestors Hilfe gelang es mir schliesslich, fünf passende Platten zu finden und zu einem relativ kompakten Ofen zusammenzusetzen.

Als das Gemüse endlich im Steinofen lag und die Feuer brannten, sprach Nestor erneut seine Bewunderung für die Natur um uns herum aus. Diesmal hatte er sein Augenmerk auf die steil emporragende Felswand gerichtet, die das gegenüberliegende Ufer bildete. Er machte mich auf das merkwürdige Gestein aufmerksam: In einer Art porösen verfestigten Gesteinsmasse hafteten unzählige runde Steine verschiedener Farben und Grössen. Und das an manchen Stellen austretende und offenbar Mineralien auswaschende Wasser verfärbte die Nagelfluh, wie Nestor das Gestein zu bestimmen wusste, rötlich und gelblich. Er fand noch viele kleine Details an dieser Wand, die ihm gefielen, und die er gesprächig mitteilte.

Ich wurde ungeduldig. Ich sah mich in die gleiche Situation versetzt, die jedes Mal eintrat, wenn wir zusammen unterwegs waren:

Nestor hatte in meinen Augen einen Hang, alles, was er erblickte, übertrieben darzustellen. Er schwärmte geradezu von der Natur.

»Tja«, seufzte er, als von meiner Seite eine entsprechend distanzierte Reaktion kam, »vielleicht kann nur ich den Stein so schön sehen. Vielleicht ist die ganze Schönheit hier nur für mich da.« Er sagte dies freundlich, nachdenklich, während er mit einem Stecken sein Gemüse aus dem Backofen angelte.

Vielleicht war es die Art, wie er sprach; vielleicht war es der Umstand, dass er mich von der Schönheit praktisch ausschloss; vielleicht war es auch das Mass, das er überschritten hatte, denn es war an diesem Tag nicht das erste Mal, dass er solche Äusserungen hervorbrachte – jedenfalls wurde ich ärgerlich. Ich versuchte ihm zu erklären, wie überheblich es klang, wenn jemand behauptete, die Schönheit sei nur für ihn da, die Sonne scheine nur für ihn und die Wolken bewegten sich nur für ihn – kurz: das ganze Bild sei nur für ihn da. Für vernünftig denkende Menschen, zu denen ich mich selbst zählte, waren Äusserungen dieser Art absurdes Gerede.

»Wie kommst du überhaupt darauf, dass alles nur für dich da ist?« stritt ich. »Du bist ja nicht der einzige Mensch hier. Ich zum Beispiel bin auch noch da.«

»Du?« Nestor lachte. »Du gehörst zur Ausstattung meines Bildes. Du bist Tapete.«

Ich schwieg. Mein Ärger verhinderte ohnehin, dass ich etwas Vernünftiges hätte erwidern können. Nestor zeigte sich dann aber wieder versöhnlich, indem er relativierte, dass natürlich jeder Mensch sein eigenes Bild habe. Wir alle würden unser eigenes Bild sehen und dadurch auch beeinflussen. Und es hinge letztlich von unserer Energie ab, wie sich das Bild uns zeige.

Als wir assen mutmasste ich, dass er in diesem Fall so etwas wie ein Solipsist sei, einer, der die Welt nur als seine eigene Vorstellung betrachtete und ihr keine Existenz unabhängig von seinen Gedanken einräumte. Indem ich auf die solipsistische Philosophie verwies, wollte ich ihm auch klar machen, dass solche Ideen und Haltungen nicht neu waren.

Nestor schien diese Lehre nicht zu kennen. Dafür zeigte er eine kindliche Freude an dem Wort ›Solipsist‹. Unzählige Male wiederholte er es, stolperte in gespielter Ungeschicklichkeit über das im Dialekt scheinbar Zungen brechende *psischt* und nahm mich damit hoch, indem er sich selbst immer wieder als Solipsist bezeichnete. Für mich war sein Getue allerdings nur ein Vorwand um keine Farbe bekennen zu müssen.

»Wer sind denn sonst deine Vorbilder, wenn nicht die Solipsisten?« fragte ich ihn.

»Ich habe keine Vorbilder, ich habe nur das eine Bild, welches letztlich ein Ganzes ist«, erwiderte er und wies mit seiner Hand majestätisch auf die Umgebung. Seine gespielte Abgehobenheit brachte mich zum Lachen.

»Ach komm, irgendjemand muss dich doch gelehrt haben – direkt oder indirekt. Du behauptest doch nicht etwa, deine Philosophie neu erfunden zu haben?«

»Das ist keine Philosophie«, sagte er eindringlich. »Ich kümmere mich nicht um Philosophie. Philosophie bedeutet, dass du über das Bild nachdenkst und es dabei in verschiedene Teile zerlegst – du bringst also deine kleine Welt ins Bild. Bei der vollkommenen Restauration dagegen löst du die kleine Welt im Bild auf. Und dies hat mit Sehen zu tun, nicht mit Denken: Du lernst, das Bild als ein Ganzes zu sehen.«

An diesem Abend, nachdem wir von unserer Wanderung zurückgekehrt waren, setzte ich mich im Stall Mari Eglis Sekretär gegenüber. Ich wollte mich in dem Versuch üben, das Bild als ein Ganzes zu sehen, indem ich mich auf die Mitte des Möbels konzentrierte. Konzentration wollte aber keine aufkommen, denn meine Gedanken trugen mich weg zu den Geschehnissen der Wanderung an diesem Tag. Bruchstücke von Erinnerungen jagten einander und lösten in mir mal das eine, mal das andere Gefühl aus.

Zunächst beschäftigte mich, dass Nestor meinen Umgang mit den Steinen an der Emme zum Massstab genommen hatte, um meine Fortschritte in der vollkommenen Restauration zu beurteilen: Auf dem Rückweg hatte er mir eröffnet, dass meine liebe Mühe mit Steinen, eben das Steinelaufen und der Bau des Steinofens, bezeichnend für meine Schwierigkeiten mit dem Möbel seien. Er riet mir dringend, mehr und direkteren Kontakt zum Boden, zu Steinen und zur Erde herzustellen, so dass ich zusätzlich Energie aus dem Boden aufnehmen könne. Dies werde mich kraftvoller und aufmerksamer machen, was letztlich wieder der Restauration des Möbels zugute komme.

Mein Blick fiel auf die Einlegearbeit auf dem Möbel, die Ringe und Linien aufwies, welche sich teils über alle drei Abstufungen erstreckten, teils nur einzelne Schubladen schmückten.

Ich musste an den Rückweg denken, den ich ganz im Sinne von Nestors ›Kontakt zum Boden‹ erlebt hatte. Nestor und ich waren nicht den gleichen Weg zurückgegangen, sondern wir verliessen das Ufer der Emme, indem wir eine steile, mit Gräsern und kleinen Bäumen bewachsene Wand hinaufkletterten. Der Spass am Aufstieg endete abrupt, als ich auf halber Höhe nicht mehr vom Fleck kam und mich an Grasbüscheln und lockerer Erde festkrallen musste. Meine Kraft schwand, fast wäre ich abgestürzt. Nestor musste mich auf eine Wurzel unmittelbar neben mir aufmerksam machen, an der ich mich schliesslich hinaufziehen konnte. Dieser Mangel an Aufmerksamkeit hätte mich beinahe meine Unversehrtheit gekostet. Nestor hatte mich, so erkannte ich jetzt, auf der ganzen Wanderung stets von neuem auf diesen Mangel hingewiesen, indem er mir seine eigene Aufmerksamkeit im Bild vorführte.

Es gab zwei Linien auf dem Möbel: Die horizontale Zickzacklinie erstreckte sich über die beiden untersten Schubladen, während die vertikale Linie ziemlich gerade zwischen den sechs Schubladen emporstrebte.

Nestor vermochte tatsächlich eine aussergewöhnliche Aufmerksamkeit an den Tag zu legen. Diese liess ihn die Gegenstände in seinem Blickfeld nicht bloss wahrnehmen, sondern bewirkte auch, dass er sich mit ihnen auseinander setzte und auf diese Weise eine gefühlsmässige Verbindung schuf. Und jetzt, da ich eine Ahnung davon erhielt, wie sehr er ›im Bilde‹ sein konnte, wurde ich meinem eigenen Umgang mit dem Bild bewusster: Verglichen mit Nestor war mein Interesse an der konkreten, lebendigen Umwelt ziemlich kläglich; wo ich höchstens darauf schaute, konnte er dahinter sehen. Anderseits waren es doch kleine, unscheinbare, ja nichtige Dinge, für die er sich begeisterte: Formen, Muster und Farben auf Steinen und Pflanzen – wozu hätte ich mich damit auch auseinander setzen sollen? Für mich gab es weitaus Wichtigeres, Grösseres, Höheres als ein paar wuchernde Pflanzen und herumliegendes Geröll.

Punktartige Gebilde waren auf der mittleren und der obersten Schublade der linken Seite zu sehen.

Ich erwog, ob Nestor wirklich die Fähigkeit hatte, das Bild in jedem Augenblick wieder neu und frei von Wiederholungen zu erleben. In diesem Moment wurde ich mir gewahr, dass ich genau dies nicht tat: Ich sass im Stall und blickte auf den Sekretär – aber ich nahm ihn kaum wahr, weil mich ausschliesslich Dinge beschäftigten, die nicht hier und jetzt passierten. Mit erwachtem Eifer konzentrierte ich mich auf den Rumpf des Möbels und versuchte, bewusst dahinter zu schauen, und nicht nur darauf:

Die Einlegearbeit bestand aus drei verschiedenen Holzarten, die eine je eigene Farbtönung aufwiesen. Ein rötliches Braun bildete den Hintergrund, auf welchem die geheimnisvollen linien- und ringförmigen Gebilde aus gelblich hellem und dunkelbraunem Holz zu schweben schienen. Die grossflächigen Holzblätter wurden über alle drei runden Abstufungen gezogen. Dies war bemerkenswert, weil die Erbauerin oder der Erbauer das dünne Holz einer längeren und aufwändigen Anpassungsprozedur unterziehen musste. Wozu dieser Aufwand? Und warum gab es die Punkte nur auf den beiden oberen, linken Schubladen? Mir fiel auf, dass ich Nestor nie danach gefragt hatte.

Dahinter sehen, nicht nur darauf schauen. In Erwartung irgendeiner Idee, einer Antwort, einer Eingebung, welche mir den Sinn der Einlegearbeit enthüllen würde, konzentrierte ich mich auf die Mitte des Sekretärs.

Allmählich versiegten die Gedanken und verblassten die Erinnerungen in meinem Kopf.

Eine längere Zeit hatte ich meinen Blick auf das Möbel gerichtet, als ich plötzlich die Kreise und Linien der Einlegearbeit deutlich wahrnehmen konnte. Ihre Ränder hatten sich verfärbt und wurden jetzt intensiv leuchtend. Dieser hell leuchtende, grünlich-bläuliche Farbton an den Rändern liess die Einlegearbeit und damit das Möbel aus dem Bild hervorstechen.

Ich versuchte, meinen Blick konzentriert auf die Möbelmitte gerichtet zu halten und nur zu sehen, was im Bild passierte. Jede noch so kleine Neuausrichtung des Blicks schien das Leuchten der Einlegearbeit zu erneuern. Es sah auch so aus, als wären die Muster der Einlegearbeit in geringfügiger, aber stetiger Bewegung, so als wollten sie nach links oder rechts abdriften. Eine Neuausrichtung des Blicks beendete dieses Driften, bis es sich nach einer gewissen Zeit der Konzentration wiederholte.

Irgendwann schloss ich meine vom längeren Starren ermüdeten Augen – und sah die grünlich flimmernden Kreismuster als Nachbild. Die Augen wieder geöffnet, nahm ich das Nachbild an den Wänden des Stalls, an der Decke und am Boden, auf meinen Beinen und Händen wahr – überall, wo ich hinschaute. Es war so deutlich zu sehen, dass ich gar nicht anders konnte, als darauf zu schauen. Je länger ich es aber betrachtete, desto mehr schien sich das Gebilde meinem

Blick entziehen zu wollen. Selbst wenn ich meine Augen ruhig hielt, bewegte sich dieser leuchtende Fleck ständig, besonders nach unten.

Einmal beschlich mich das Gefühl, dass ich mit diesem Nachbild so etwas wie das innere Wesen von Mari Eglis Möbels sehen würde. Tatsächlich schien das Verhalten des Nachbildes auf dasjenige des Möbels hinzuweisen: So wie sich das Nachbild meiner Beobachtung entzog, so entzog sich das Möbel immer wieder meinem Zugriff. Dieser Gedanke löste in mir eine eigentümliche Heiterkeit aus: Mari Eglis Möbel entzog sich mir, ich konnte es nicht festhalten. Das Möbel hatte also Charakter, und den hatte ich ihm bisher abgesprochen und dagegen angekämpft. Mit aller Klarheit erkannte ich jetzt, dass ich mich mit dem Möbel würde arrangieren müssen, um es zu restaurieren – sonst würde es sich mir immer entziehen. Mari Eglis Möbel verlangte mir tatsächlich Respekt ab, und dafür begann ich es zu schätzen.

Als ich meine Aufmerksamkeit wieder auf das Nachbild richtete, erkannte ich, dass es sich nicht mehr so stark bewegte wie zuvor. Ich konnte es nun länger auf gleicher Höhe halten und daher besser sehen, ehe es langsam nach unten floss. Ohne zu zögern griff ich nach dem Pinsel und begann, die Lauge aufzutragen. Als diese am Trocknen war, starrte ich erneut auf die Möbelmitte, bis sich das Nachbild des Sekretärs einstellte. Ich spielte eine Weile damit, schob es über die Wände des Stalls und über das Möbel selbst, bis ich es nicht mehr sehen konnte.

Dann nahm ich den Spachtel und begann, den gelösten Schmutz wegzuschaben und die restlichen Rückstände mit Stahlwolle zu entfernen. Ich spürte zwar, wie sich der Druck in mir erhöht hatte und wie mein Herz pochte – aber bis auf ein Kribbeln im Unterleib blieb mein Körper ruhig. Vielmehr war ich erstaunt, mit welcher Leichtigkeit und Sicherheit sich meine Hände bewegten: Es war, als wüssten sie selbst, welche Bewegungen sie mit wie viel Druck ausführen mussten.

Diesen Vorgang wiederholte ich einige weitere Male, besserte danach mit grobem und feinem Schleifpapier kleine Schrammen und Unebenheiten aus und wischte schliesslich mit einem Lumpen den vom Schmirgeln zurückgebliebenen Holzstaub weg – bis das ganze Möbel vollkommen gereinigt war. Ich verrichtete die Arbeit wie selbstverständlich und in meinem gewohnten Tempo. Und als ich tief in der Nacht das Werkzeug niederlegte, hatte sich mein Verhältnis zu

Mari Eglis Möbel grundlegend geändert: Ich mochte das schöne Stück, es machte mir Spass.

2

Nachbilder

Am nächsten Morgen ging ich als Erstes in den Stall um das Möbel zu betrachten: Die Lauge war vollständig entfernt, Schrammen und Kratzer mit Schleifpapier beseitigt, Rückstände von Holzstaub mit dem Lumpen weggewischt. Die Arbeitsutensilien lagen noch immer verstreut neben dem Möbel.

Nie hätte ich mir erträumen lassen, dass ich mich über den Erfolg einer so banalen Arbeit wie das Ablaugen und Säubern eines Möbels dermassen kindisch freuen konnte. Da es keinen offensichtlichen Grund gab, warum mir die Arbeit gerade in der letzten Nacht ohne Schwierigkeiten gelungen war, nahm mich bald die Frage in Anspruch, ob und wie Nestors vollkommene Restauration mit diesem Erfolg zusammenhing: Waren die Konzentrationsübungen irgendwie ausschlaggebend? War es mir etwa gelungen, das Bild als ein Ganzes zu sehen? Löste ich danach, wie Nestor gesagt hätte, meine kleine Welt im Bild auf? Hatte die Ernährung einen Einfluss? War es ein Zusammenspiel von all dem?

Nestor steckte seinen Kopf durch die Stalltür und holte mich aus meinen Grübeleien. »Und wie geht es unserem Chef-Restaurator?« fragte er vergnügt, wartete meine Antwort aber nicht ab, sondern sah sich den Sekretär an. »Oh«, machte er und hob überrascht die Augenbrauen. »Du hast ja das Möbel abgelaugt und gereinigt.«

Stolz erzählte ich ihm, was passiert war und was ich geleistet hatte. Als ich das Nachbild des Möbels erwähnte, nickte er nachdenklich. Einen Moment schien es, als wollte er etwas sagen, liess es dann aber bleiben. Stattdessen strahlte er, als wäre es sein Erfolg, den es zu feiern galt.

»Du denkst bestimmt, dass die Übungen der vollkommenen Restauration für das Gelingen verantwortlich sind«, mutmasste ich.

»Was sollte es denn sonst sein?« fragte er zurück.

»Ich bin mir nicht sicher. Meinst du, ich habe es geschafft, meine kleine Welt im Bild aufzulösen?«

»Einen kleinen Teil davon.«

Ich wusste nicht, ob ich mich freuen oder ärgern sollte: Wenn Nestor Recht hatte, bewirkte die vollkommene Restauration tatsächlich etwas. Anderseits brauchte ich für diesen ›Triumph‹ ein ganzes Jahr – für eine sonst in zwei Tagen zu bewältigende Arbeit. Ich mochte gar nicht erst daran denken, was es bedeutet hätte, diese Zeitdimensionen auf die anstehenden Arbeiten am Möbel zu übertragen.

»Die kleine Welt vollständig im Bild aufzulösen wird längere Zeit in Anspruch nehmen«, traf Nestor meine Überlegungen. »Denn dafür wirst du sehr viel Energie brauchen. Und Energie ist nicht etwas, das du dir von heute auf morgen aneignen kannst. Aber du hast Fortschritte gemacht und bist dem Ziel näher gekommen – *judihui.*«

Nach dem Morgenessen half ich Nestor beim Sammeln von Waldbeeren. Wir verliessen das Haus, stiegen ein Stück weit den Hügel hinauf und gelangten in ein von Bachgräben zerfurchtes feuchtes Gebiet. Wir folgten den schmalen Waldstreifen, welche die Gräben säumten, und fanden kleine Erdbeeren und Himbeeren. Dann durchforsteten wir weiter oben grosse Waldflächen, die durch Wiesenabschnitte voneinander getrennt waren. Die Pflanzenwelt in dieser Gegend war wild und unberührt, schön anzusehen, aber nicht einfach zu durchdringen.

Nestor machte mich auf die prächtigen alten Bergahorne aufmerksam, die vereinzelt zu sehen waren. Er begann, nicht ohne Ironie, die Geschichte des Emmentals zu erzählen, wo einst herrliche Laubbäume die Urwälder dominiert und geschmückt hätten, wo aber mit der Besiedlung der Talböden alles abgeholzt worden sei, bis das Emmental durch die davon verursachten Erdrutsche und Überschwemmungen beinahe zum Flachland geworden wäre. Heute, so bedauerte er, raubten die sich für die Wiederaufforstung eignenden, weil schnell wachsenden Tannen in ihrer immergrünen Trostlosigkeit den Menschen des Emmentals jeglichen Sinn für die Schönheit.

Während Nestor erzählte, mehrten sich die Anzeichen für ein Gewitter. Noch gab es blaue Flecken am Himmel, doch um den Grat des Hohgant drohte bereits ein dunkler, schwerer Wolkenring. Und die aufgestaute Wolkendecke hinter der Schrattenfluh begann sich zwischen den zahlreichen Spitzen des Berges hindurchzuzwängen und sie dabei gespenstisch aufzulösen.

Nestor schätzte, dass wir es nicht rechtzeitig zu seinem Haus schaffen würden. Er wusste aber von einem leer stehenden Stall ganz in der Nähe, wo wir Unterschlupf finden könnten. Noch während wir durch den immer offener werdenden Wald in Richtung dieses Stalls eilten, fielen die ersten schweren Tropfen als Vorboten eines heftigen Gewitters. Und als wir die kleine Hütte erreicht hatten, stürzte die bis zuallerletzt zurückgehaltene Wasserlast der Wolken hemmungslos auf das hintere Emmental nieder.

Der Stall war ein relativ kleines Gebäude, zweistöckig gebaut und bot Platz für sechs oder acht Kühe. Einstige Besucher, die sich in der Holzwand neben dem Eingang verewigt hatten, verrieten das hohe Alter des Gebäudes:

I. B. 1955
E. L. Sch. 1874
M. E. 1882
F. von Gunten 1937
O. M. St. 1865

Durch ein Loch in der Decke, das am Rand des vorderen Stallteils ausgespart worden war, stiegen wir auf das obere Stockwerk. Nestor öffnete dort ein grosses Tor, welches dazu gedient hatte, das Heu in diese Tenne zu schaffen. Wir setzten uns an die entgegengesetzte Wand und lauschten für eine Weile dem Tosen des Gewitters.

Nestor nahm schliesslich seinen Hut vom Kopf und begann mich über das grünlich leuchtende Nachbild des Möbels auszufragen, welches ich letzte Nacht wahrgenommen hatte. Er erkundigte sich genau nach dessen Form und Farbe und wollte wissen, wie es mit meinen Augenbewegungen zusammenhing. Die erwartende Haltung, die er dabei einnahm, erweckte mein Misstrauen.

»War dies das Nachbild, welches entsteht, wenn ich meinen Blick längere Zeit nicht neu ausrichte?« fragte ich, seine Theorie über die Nachbilder aufgreifend.

»Genau. Dein Erfolg letzte Nacht hängt mit diesem Nachbild zusammen.«

Als ich einwenden wollte, ich könne dies nicht nachvollziehen, fiel mir ein, dass ich diese Verknüpfung selbst gemacht hatte: Ich hatte das Nachbild als eine Art Spiegelbild des Möbels aufgefasst und von dessen Verhalten auf die Restaurierbarkeit des Möbels geschlossen; als es mit der Zeit weniger stark nach unten floss und sich länger in der Schwebe halten liess, nahm ich wie selbstverständlich an, ich könne nun ohne Schwierigkeiten am Sekretär arbeiten – was kurioserweise auch zutraf. Ich erzählte Nestor davon, fügte aber auch an, dass die Analogie zwischen Nachbild und Möbel willkürlich gewesen sei und nur in meiner Vorstellung bestanden habe. Dies könne meinen gestrigen Erfolg unmöglich erklären.

»Das war mehr als eine Vorstellung«, widersprach Nestor entschieden. »Das war unmittelbares Sehen. Und aufgrund von diesem hast du auch richtig gehandelt. Letzte Nacht hast du etwas Grundlegendes erkannt: nämlich dass dein Vermögen, die Nachbilder festzuhalten, viel darüber aussagt, wie erfolgreich du am Möbel arbeiten kannst.«

»Aber die Verknüpfung von Möbel und Nachbild war unlogisch und unzulässig«, relativierte ich. »Zwischen einem Gegenstand und seinem Nachbild existiert ja keine direkte Beziehung.«

»Heute beurteilst du alles wieder aus der Perspektive deiner kleinen Welt«, setzte er entgegen. »Aber gestern, da hat deine kleine Welt geschwiegen und du hast dich nicht um Existenz oder Nichtexistenz von direkten Beziehungen kümmern müssen. Du hast nur gesehen und gehandelt.«

Nestor führte aus, dass es mir letzte Nacht gelungen sei, das Bild ein wenig länger festzuhalten, ohne meine Aufmerksamkeit dauernd neu auszurichten. Durch die vermehrte Aufmerksamkeit, mit welcher ich das Bild gesehen hätte, sei ich in der Lage gewesen, es energiereicher und damit weniger materiell zu machen. Und dies habe zur Wahrnehmung des Nachbildes geführt.

»Ich habe das Bild weniger materiell gemacht?« fragte ich nach.

»Wir Menschen haben diese Möglichkeit«, bestätigte er. »Wenn wir fähig sind, unsere Energie direkt dort hineinzugeben, wo wir hinschauen, dann wird unser Bild energiereicher. Ein energiereicheres Bild bedeutet, dass die Energie weniger in materiellen Gegenständen gebunden ist; das Bild ist damit weniger materiell. Gestern ist dir das gelungen, weil du eine gewisse Distanz zur materiellen Welt und ihren Werten hattest, weil du dich nicht so sehr um sie gekümmert hast. Du warst entspannter, gleichzeitig konntest du dich aber auch mehr konzentrieren. Du hast ganz im Sinne der vollkommenen Restauration gehandelt. Deshalb warst du fähig, das Bild länger festzuhalten und das Nachbild auf der inneren Leinwand deutlich wahrzunehmen.«

Ich war der Ansicht, dass Nestor diese Nachbilder überbewertete: Soviel ich wusste, entstanden sie ganz natürlich durch physikalische Reize im Auge selbst, das heisst beim Blinzeln in Lichtquellen oder bei längerer Betrachtung von Gegenständen. Er aber hob das Phänomen aus dem Zusammenhang alltäglicher Erfahrung heraus und platzierte es in das Umfeld seiner sehr eigenen Weltanschauung. Stossend für mich war insbesondere die Tatsache, dass ich selbst ein Teil dieser Erklärung war: Nestor nahm meine Erfahrung der letzten Nacht um seine Ansichten über die Wichtigkeit der Nachbilder zu bestätigen.

»Es ist nicht schwierig, Nachbilder zu erzeugen«, räumte er auf meinen Einwand ein. »Und es spielt auch keine Rolle, wie ein Nachbild zustande kommt, ob durch die kurze Betrachtung eines Lichts oder durch das längere Starren auf einen Gegenstand. Die Herausforderung ist aber, die Nachbilder auf der inneren Leinwand *festzuhalten* und länger zu *sehen*. Und dies solltest du üben.«

»Üben, die Nachbilder festzuhalten?«

»Ja. Das Sehen der Nachbilder ist für dich nun ein Bestandteil der vollkommenen Restauration«, sagte er entschlossen. »Als du Kraft hattest, da hast du für dich die innere Leinwand entdeckt. Nun entwickle diese innere Leinwand. Arbeite damit. Dass wir eine innere Leinwand zur Verfügung haben, womit wir bewusst arbeiten können – das ist etwas, was wir zuerst erfahren müssen. Denn wir haben von Anfang an nichts anderes gelernt, als unsere Aufmerksamkeit auf die äussere Leinwand, also die sinnlich-materielle Welt, zu richten. Indem du dich nun auf die Nachbilder konzentrierst, lernst du deine innere Leinwand kennen.«

»Was sind diese Leinwände?« fragte ich ihn.

Nestor liess sich Zeit mit der Antwort. Er spielte nachdenklich mit seinem Hut.

»Je mehr es dir gelingt, deine kleine Welt im Bild aufzulösen«, sagte er schliesslich, »desto mehr wirst du sehen, dass sich unser Bild im Grunde aus verschiedenen Projektionsflächen zusammensetzt. Ich kann dir nicht mehr über diese Flächen sagen, als dass wir unsere kleine Welt darauf projizieren. Diese Flächen nenne ich ›Leinwände‹, wobei es eine *äussere* und eine *innere Leinwand* gibt: Auf die äussere projizieren wir unsere materielle Welt, auf der inneren dagegen spielen sich unsere Gefühle und Gedanken ab.«

»Du sagst aber, dass ich meine innere Leinwand kennen lernen soll, indem ich mich auf die Nachbilder konzentriere?«

»Ja, die Nachbilder gehören zur inneren Leinwand, denn sie sind Erinnerungen an die materielle Welt; sie sind umgewandelte und auf diese Weise sichtbar gewordene Konglomerate aus Gefühlen und Gedanken.«

Ich ging nicht weiter darauf ein, sondern fragte ihn, ob er wirklich glaube, dass die Konzentration auf die Nachbilder helfen könne, das Möbel zu restaurieren.

»Wenn beim Sehen des Bildes als ein Ganzes Nachbilder entstehen, dann ist das ein erstes Anzeichen dafür, dass du angefangen hast, deine kleine Welt im Bild aufzulösen«, gab er sich überzeugt. »Wenn du dich direkt auf die Nachbilder konzentrierst, löst du deine Aufmerksamkeit von der materiellen Welt und verlagerst sie stattdessen nach innen. Und die Dauer der Zeit, in welcher du deine Nachbilder festhalten kannst, zeigt dir, wie gross deine Aufmerksamkeit, deine Energie bereits ist. Deshalb solltest du dich vermehrt auf deine innere Leinwand konzentrieren und dort versuchen, die Nachbilder festzuhalten.«

Ich schwieg und lauschte eine Weile dem Prasseln der Regentropfen, dessen Gleichmässigkeit nur gelegentlich von einem Donner übertönt wurde. Nestor schien noch immer nachdenklich, sein Blick schweifte über den trüben, verhangenen Landschaftsausschnitt.

»Deine vollkommene Restauration wird immer konfuser«, bemerkte ich schliesslich. »Sie entfernt sich immer weiter von meiner ursprünglichen Absicht, nämlich einfach ein Möbel zu restaurieren.«

»Du weisst selbst, dass deine ursprüngliche Absicht längst nicht nur die Restauration des Möbels war«, konterte er. »Wäre es nämlich so gewesen, dann hätte dir die Restauration keine Probleme bereitet. Aber deine Aufmerksamkeit galt nicht eigentlich Mari Eglis Möbel, sondern dem, was du da rausholen kannst. Die Konzentration auf die Erinnerungsbilder wird einer solchen Einstellung weiter entgegenwirken.«

Das Gewitter wurde heftiger. Nestor streckte seine Beine aus und stützte sich mit den Händen auf den Boden. Seine Bewegung löste in mir einen Reflex aus, ich tat es ihm nach. Einen Augenblick später kam mir zu Bewusstsein, dass ich ihn nachahmte. Ich zog mein rechtes Bein sofort wieder an den Körper.

»Warum hast du nicht von Anfang an gesagt, dass es bei der vollkommenen Restauration um die Nachbilder geht?« fragte ich ihn.

Nestor lächelte. »Wenn ich dir vorher davon erzählt hätte, hättest du dies noch weniger nachvollziehen können als die Konzentration auf die äussere Leinwand; du hättest es einfach als Spinnerei eines einsamen Mannes abgetan. Jetzt aber hattest du selbst ein Erfolgserlebnis mit diesen Nachbildern, und das wird dich motivieren, damit zu üben.«

»Da bin ich mir nicht so sicher«, wandte ich ein. »Ich finde noch immer, dass es Spinnerei ist.«

»Vielleicht. Aber jetzt, da du dieses Erlebnis hattest, ist es deine eigene Spinnerei.«

Nachdem der Regen am späteren Abend nachliess, kehrten wir zu Nestors Haus zurück, wo ich mich müde schlafen legte. In dieser Nacht erlebte ich den ersten einer Reihe von merkwürdig realen Träumen, die sich regelmässig wiederholten, doch nicht ohne sich jedes Mal ein wenig zu verändern.

Beim Schlafen wurde ich mir plötzlich bewusst, dass ich träumte. Aber ich konnte nicht aufwachen. Ich hatte das grosse Bedürfnis, mich frei zu bewegen, meinen Körper zu strecken, doch das war nicht möglich: Wollte ich etwa das Bein heben oder den Arm ausstrecken, so stiess ich auf einen Widerstand. Ein Gefühl der Ohnmacht, der Verzweiflung nahm von mir Besitz, welche aber bald in blinde Wut umschlug. In einem Versuch mich zu befreien, begann ich zu strampeln und schlug nach allen Seiten aus. Alle meine Anstrengungen waren jedoch vergebens: Ich blieb, wo ich war.

Erschöpft lag ich auf meinem Bauch und atmete hastig. Es war kalt und feucht. In einem Moment relativer Ruhe blickte ich mich um und erkannte, dass ich in einer Art Höhle steckte. Die Wände waren so nahe, dass sie mich an allen Seiten beinahe berührten. Ich begann langsam und vorsichtig vorwärts zu kriechen. Ein Stück weit klappte es recht gut, aber jede Bewegung kostete mich ungeheuer viel Kraft, so dass ich bald völlig ausgelaugt auf dem rauen Boden lag. Ich wollte mich umdrehen und zurückblicken, aber da war nicht genug Platz dafür. Und vor mir konnte ich kein Ende der Röhre erkennen, da die engen Wände bald in eine tiefe, alles verschlingende Dunkelheit übergingen. Ein zweites Mal raffte ich mich auf und kroch weiter vorwärts, doch wieder verliessen mich meine Kräfte allzu schnell.

Am Morgen darauf begann ich mit der Planung der weiteren Arbeiten am Sekretär. Es galt nun, die beschädigten Stellen am Möbel auszubessern. Von den drei Kreissymbolen auf der obersten Schublade links war die Einlegearbeit des rechten Kreises beschädigt. Da war ein Loch mit ausgefransten Rändern, das sich vom Kern der Kreisfigur über den Ring und schliesslich über die Figur hinaus erstreckte. Hier galt es der Einfachheit halber ein grosszügiges Dreieck wegzuschneiden, welches dieses Loch einbeschrieb. Verkompliziert wurde die Angelegenheit dadurch, dass das neue dreieckige Holzblättchen, das ich anstelle des Wegzuschneidenden einkleben würde, aus drei verschiedenen Holzarten zusammengesetzt werden musste: Ein Teil für den Kern der Figur, ein anderer für den Aussenring und den Rest für das, was ausserhalb der Kreisfigur war. Diese Arbeit wollte ich als Nächstes tun.

Nestor betrat den Stall, als ich damit beschäftigt war, die wegzuschneidende Stelle zu markieren und auszumessen. Ich erklärte ihm, was ich zu tun beabsichtigte. Eine Weile sass er auf einem Strohballen, während ich meine Arbeit fortführte.

»Du solltest dich nicht von deinem Erfolg blenden lassen und überstürzt vorgehen«, sagte er plötzlich. »Vor zwei Tagen waren die Umstände gut, deshalb hattest du Kraft. Diese Kraft hat ausgereicht, um das Möbel abzulaugen und zu reinigen. Was du jetzt vorhast, erfordert eine noch grössere Aufmerksamkeit. Du solltest zuerst mehr Energie ansammeln, indem du dich mit deiner inneren Leinwand beschäftigst.«

Es ärgerte mich, dass mich Nestor aus meinem Schwung herausholte und an mir zweifelte.

»Dann soll ich jetzt also versuchen, anstatt den Sekretär zu restaurieren nur dessen Nachbild anzuglotzen?« fragte ich spöttisch.

»Lass das Möbel für den Moment sein«, erwiderte er ruhig. »Ich weiss einen Ort, der für das Nachbildsehen besser geeignet ist: der Hühnerstall.«

Nestor führte mich zu einem kleinen Raum auf dem erhöhten Stockwerk unter der alten Heubühne. Dort öffnete er die kleine, niedere Tür, stieg geduckt hinein und verschwand im Dunkel. Ich blickte hinein, konnte aber nichts erkennen. Dafür stieg mir ein modriger Geruch in die Nase.

»Das soll ein Hühnerstall sein?« fragte ich skeptisch.

»Das ist der Hühnerstall«, tönte es drinnen. Dann fiel spärliches Licht in den Innenraum. Ich sah, dass Nestor eine Decke vor dem einzigen Fenster entfernt hatte.

Der ›Hühnerstall‹ war ein kleiner Raum von vielleicht drei Metern Länge und zwei Metern Breite. Er war vollkommen leer – abgesehen vom vielen Staub und den Spinnweben in den Ecken. Aber nichts wies darauf hin, dass dieser Raum einst als Hühnerstall benutzt wurde. Boden, Wände und Decke des Raumes waren schwarz angestrichen, und diese Schwärze schluckte viel von dem wenigen Licht, welches durch das runde tellergrosse Fenster an der Wand gegenüber des Eingangs in den Raum hineinfiel.

Das merkwürdige Fenster, das Nestor gerade von Spinnweben und Staub säuberte, zog mein Interesse auf sich: Es schien zweigeteilt in einen äusseren Kreisring und einen inneren Kern. Das Licht, welches durch den Aussenkreis in den Stall fiel, wirkte gegenüber dem inneren Teil verstärkt, fast unnatürlich hell, so dass ich zuerst eine künstliche Lichtquelle dahinter vermutete. Bei näherer Betrachtung allerdings fand ich, dass es sich tatsächlich um zwei, durch einen feinen Holzring voneinander getrennte Glasscheiben handelte, wobei das Glas des inneren Kerns leicht nach innen gewölbt war. Dieser innere Teil des Fensters wirkte wie eine Streulinse und begünstigte so den optischen Effekt eines hell leuchtenden äusseren Kreisrings.

Die Übung, die Nestor mir darauf erklärte, hörte sich nicht allzu schwierig an: Es schien lediglich darum zu gehen, den Blick für eine Weile konzentriert auf das Fenster zu richten, so als übte ich, das Bild als ein Ganzes zu sehen. Dann sollte ich das Nachbild des Fensters auf den schwarzen Wänden sehen, so lange, bis es ausgebleicht war – und das Ganze würde von vorn beginnen. Nestor forderte mich ohne weitere Umschweife auf, das Nachbildsehen zu versuchen.

Unmotiviert stellte ich mich gemäss seinen Anweisungen an die Rückwand und blickte auf das Fenster. Als ich nach einer Weile meinen Blick davon löste, sah ich nun deutlich dessen farbiges Nachbild, welches sich durch den dunklen Raum bewegte. Nachdem es seine Leuchtkraft verloren hatte und von der Dunkelheit ganz absorbiert war, konzentrierte ich mich erneut auf das Fenster und dann auf dessen Nachbild. Diesen Vorgang wiederholte ich noch zwei weitere Male, danach verlor ich die Geduld: Ich fand, ich hatte genug gesehen. Ich sagte zu Nestor, es sei überhaupt nicht schwierig, das Nachbild zu sehen.

Er schien ärgerlich über meine Feststellung und warf mir vor, dass ich nicht genau hingesehen hätte, dass ich nicht hinsehen wollte. »Es geht nicht darum, das Nachbild nur anzuschauen«, sagte er eindringlich. »Du musst es festhalten können um es richtig zu sehen. Du bist nicht wach genug.«

Mit diesen Worten verliess Nestor den Stall und kam bald darauf mit zwei gleichen Holzklötzen und einem schmalen Brett zurück. Er legte die beiden Klötze auf den Boden und setzte das Brett parallel zur Fensterwand darauf. Dann hiess er mich, auf das Brett zu steigen. Als ich dort oben stand, korrigierte er meine Haltung. Schliesslich standen meine Füsse parallel zueinander, die Knie leicht gebeugt, Arme und Hände liess ich entspannt hängen. Als Nestor mit meiner

Körperhaltung zufrieden war, trat er einen Schritt zurück und warf mir einen belustigten Blick zu.

»Wie der Gockel auf dem *Stängeli*«, sagte er und brachte uns damit beide zum Lachen. Tatsächlich war die Situation so absurd, dass es mir peinlich gewesen wäre, wenn mich jemand aus meinem Freundeskreis in diesem Moment gesehen hätte.

»Wenn dein Körper zu entspannt ist, dann wirst du schnell müde und schweifst in Gedanken ab«, begründete er die Notwendigkeit des Holzbretts. »Zugleich ist es aber wichtig, dass du dich nicht zu sehr anspannst. Diese Haltung hier verhindert die beiden Extreme. Damit sollte es dir gelingen, dem Bild genügend Aufmerksamkeit entgegenzubringen.«

Erneut blickte ich auf das Fenster und versuchte, dessen Nachbild festzuhalten um es gründlich anschauen und untersuchen zu können. Wie vor zwei Tagen bemerkte ich auch jetzt, dass das Nachbild die Tendenz hatte, nach unten wegzufliessen. Um es in meinem Gesichtsfeld zu behalten, musste ich meinen Blick dauernd neu ausrichten. Weil das Nachbild aber zu stark flimmerte und durch die Neuausrichtungen jedes Mal ein wenig verändert wurde, gelang es mir nicht, seine tatsächliche Form zu erfassen – soweit ich feststellen konnte, ähnelte die Form einer Anhäufung von vielen dieser runden Fenstern.

Nachdem ich Nestor davon erzählt hatte, erklärte er, dass ich das Nachbild nicht in reiner Form sehen könne, weil ich meinen Blick ja auch in den Momenten neu ausrichtete, in denen ich noch auf das Fenster blickte. Dadurch erneuere und überlagere sich nicht nur das Bild, sondern auch das Nachbild ständig. Um diesen Effekt zu vermeiden, so riet er mir, sollte ich jeweils nur kurz auf das Fenster schauen.

Nestors Rat half. Bei den nächsten Versuchen wollte ich nun die genaue Farbe des Nachbildes bestimmen, stellte aber fest, dass ich dazu nicht in der Lage war: Es schien eine Mischung aus gelb, grün und blau zu sein. Welche Farbe dominierte, hing von der Intensität des Nachbildes ab: Anfangs war es in schrillen Gelbtönen zu sehen; dann, mit der Zeit und mit abnehmender Leuchtkraft, wandelte sich die Farbe über grün zu blau, bis das Nachbild des runden Fensters so schwach wurde, dass es kaum noch wahrnehmbar war.

Nestor gab mir immer wieder Ratschläge, wie ich meinen Blick auf das Fenster richten sollte, und was mit dem Nachbild zu tun war. Seine Ermahnungen gingen stets in dieselbe Richtung: Um es möglichst lange im Blickfeld zu behalten, sollte ich das Nachbild sachte mit den Augen hin- und herschieben, oder aber das Nachbild an Ort und Stelle halten und den Kopf leicht hin- und herbewegen. Diese Bewegungen, ob mit den Augen oder dem Kopf, musste ich jeweils so lange ausführen, bis das Bild auf der inneren Leinwand sein Leuchten verlor und von der Dunkelheit absorbiert wurde.

Allmählich liess meine Konzentration nach und das Halten des Gleichgewichts auf dem schmalen Brett bereitete mir immer mehr Mühe. Stattdessen nahm mich ein anderer Umstand in Anspruch: Ich war erstaunt, wie gut sich die schwarz angestrichenen Wände des Raumes für diese Übung eigneten. Nicht nur wirkten sie als Kontrast zum Nachbild und liessen daher dessen Leuchten intensiver erscheinen, auch bot die gleichförmige Dunkelheit dem Blick keine Gelegenheit, irgendwo anzuhaften, so dass die Konzentration auf das Nachbild beeinträchtigt würde – ich begriff, dass dieser Raum eigens für den Zweck des Nachbildsehens eingerichtet wurde.

Nachdem mich Nestor die Übung abbrechen und vom Brett steigen liess, fragte ich ihn, ob er es war, der die Wände bemalt und dieses Fenster eingebaut hatte. Er antwortete, er habe den Raum so vorgefunden, als er hier eingezogen sei. Natürlich interessierte mich, wer ausser ihm ein solches Interesse an diesen Nachbildern hatte, dass er eigens einen Raum dafür einrichtet. Doch mit seiner knappen Antwort gab mir Nestor zu verstehen, dass ich ihn nicht weiter über den Hühnerstall ausfragen solle.

Schliesslich fragte ich, ob ich diese Übung nun doch an Mari Eglis Sekretär ausprobieren könne. Nestor riet mir aber davon ab. Er legte mir nahe, die Nachbilder zuerst richtig sehen zu lernen.

»Warum nicht am Möbel?« wollte ich wissen. »Glaubst du, ich könnte das Nachbild des Sekretärs nicht noch einmal erzeugen?«

»Doch, es wird dir bestimmt gelingen«, antwortete er. »Aber jetzt bist du voller Erwartungen. Du glaubst nun, dass du die Arbeit mühelos fortsetzen kannst. Das Sehen des Nachbildes wird durch diese Erwartungshaltung beeinträchtigt. Und damit verlierst du deine Distanziertheit von der äusseren Leinwand.«

»Wenn das geschieht, werde ich es schon merken«, sagte ich achselzuckend.

»Allerdings wirst du das. Du weisst ja, wie das Möbel dich wissen lässt, wenn du die Arbeit daran erzwingen willst«, mahnte er mich. Dann wiederholte er, dass ich erst mit meiner inneren Leinwand vertraut werden solle. Normalerweise, erklärte er, würden wir unsere

Absicht, unseren Willen in die materielle Welt hineinbringen. Denn wir hätten sie als die einzige Welt kennen gelernt, wo wir handeln könnten. In dem Moment aber, wo wir auf die Nachbilder achteten und sie festhalten lernten, würden wir unseren Willen aus der äusseren Leinwand abziehen und eine innere Welt mit neuen Möglichkeiten eröffne sich uns nach und nach.

Seine prophezeienden Worte liessen in mir den Gedanken heranreifen, dass Nestor die Nachbilder als eine Art Transportmittel betrachtete, durch welche ein Mensch dieser materiellen Welt entfliehen könne.

»Glaubst du, dass wir die materielle Welt verlassen können, indem wir die Nachbilder festhalten?« fragte ich ihn geradeheraus.

Meine Frage schien Nestor zu überraschen. Einen Moment schwieg er.

»Wir verlassen die Welt nicht«, sagte er schliesslich. »Aber wir lösen sie im Bild auf, indem wir das Bild mit unserem Blick festhalten und unsere Energie hineingeben. So finden wir heraus, was das Bild im Grunde ist. Und die Nachbilder sind dabei schon näher an der Wirklichkeit als die materielle Welt.«

Kreisfiguren mit Doppelmembran

Nestor brachte das Phänomen der Nachbilder mit meinem ersten Teilerfolg bei der Restauration des Möbels in Zusammenhang und verknüpfte es geschickt mit seinem System der vollkommenen Restauration. Die Tatsache, dass er diese Nachbilder bereits zuvor erwähnt, ja eigentlich angekündigt hatte, brachte mich zur Frage, ob es Zufall war, dass ich mich nun mit ihnen beschäftigen musste. Und weiter, ob es für die vollkommene Restauration überhaupt irgendwelche Regeln gab, an die sich Nestor hielt, ob es in seiner Welt Grenzen gab und wo die lagen; oder war er nur ein gewandter Redner, der alles Mögliche und Denkbare umständehalber in sein System aufnahm und die Erklärungen dazu einfach aus der Luft griff?

Denn wäre die vollkommene Restauration ein System von klar formulierbaren Regeln und Handlungsanweisungen, dann hätte dies, wenigstens was mich betraf, die Glaubwürdigkeit des Systems enorm gesteigert – allein schon dadurch, dass es eine wie auch immer beschaffene Rationalität aufwies, durchschaubar war und damit nicht von der Willkür eines einzelnen Menschen abhing.

Nüchtern betrachtet arbeitete ich also mit einem System, das ich mit meinem Verstand nicht durchschaute. Mein Fragen nach dem Wesen, der Vollumfänglichkeit und der Herkunft der vollkommenen Restauration beantwortete Nestor, wenn überhaupt, nur zögernd und ausweichend: Es gebe keine allgemein verpflichtenden Regeln, sagte er. Alles, was wir tun würden, ziele einzig darauf ab, uns über das Bild als ein Ganzes Klarheit zu verschaffen – für mich mit dem Resultat, dass ich Mari Eglis Sekretär restaurieren könne. Und wenn ich weiterbohrte, gab ihm dies nur Anlass, mir vorzuhalten, ich würde mich mit allem Möglichen im Bild beschäftigen, nur nicht mit dem Bild als Ganzes.

Wenn Nestor daher irgendwelche Umstände oder Erscheinungen im Sinne seiner vollkommenen Restauration interpretierte oder erklärte, hatte ich jeweils nur die beiden Möglichkeiten, seine Erklärungen zu glauben oder zu verwerfen, seine Übungen also zu beherzigen oder zu vernachlässigen. Und das war unbefriedigend, denn Nestor bewegte sich bei seinen Ausführungen auf einem Gebiet, über das ich praktisch nichts wusste und daher kaum etwas Konkretes entgegenhalten konnte. Gegen dieses Verhältnis begann ich mich aufzulehnen, als ich nach der rationalen, medizinischen Erklärung der Nachbilder zu suchen begann, mit welcher ich Nestor konfrontieren wollte. Es war meine Absicht, sein romantisch überzeichnetes Bild dieses optischen Phänomens zu relativieren und ihm eine realistischere Ansicht entgegenzusetzen.

Im folgenden Spätsommer kam der Tag, an dem ich mich mit meinen Unterlagen auf den Weg ins Emmental machte. Bei Nestor angekommen, dauerte es nicht lange, bis wir auf die Nachbilder zu sprechen kamen. Er verkündete nämlich, dass er ein stabileres *Hüenerständgeli* gezimmert habe, das ich für das Sehen der Nachbilder im Hühnerstall verwenden könne.

Die Chance packend, konterte ich sogleich, zog die Wirksamkeit des Nachbildsehens in Zweifel und begründete dies mit den Resultaten meiner Nachforschungen.

»Im menschlichen Auge gibt es zwei Arten von Sehzellen: die längeren Stäbchen und die kürzeren Zäpfchen«, las ich ihm aus meinen Notizen vor. »Bei den Zäpfchen werden wiederum drei Typen unterschieden, nämlich solche, die auf rote, auf blaue und auf grüne Farbwahrnehmungen ansprechen. Unser physiologisches Sehsystem beruht auf der additiven Farbmischung, das heisst, dass die verschiedenen Farben durch die unterschiedliche Anregung dieser drei Zäpfchenzellen zusammengesetzt werden: Blau sehen wir dann, wenn nur die blauen Zapfen angeregt werden; gelb sehen wir, wenn die roten und die grünen Zäpfchen zu gleichen Teilen angeregt werden. Wenn wir weiss sehen, werden alle Zäpfchen gleichermassen beansprucht. Aus rot, grün und blau werden alle Farben gemischt, die wir wahrnehmen können.

Wenn wir nun längere Zeit einen roten Gegenstand betrachten, zum Beispiel eine rote Tasse, so werden die roten Zäpfchen beansprucht. Mit der Zeit erschöpft sich aber deren Farbstoff, das heisst ihre Leistung verringert sich. Wenn wir daher nun auf eine weisse Fläche blicken, so fehlt die Leistung derjenigen Rotzäpfchen, welche wir vorher beansprucht haben, während die Zäpfchen Blau und Grün noch zu gleichen Teilen leistungsfähig sind. Daher sehen wir die Form der Tasse in der Farbmischung Blau und Grün, also in Türkis, welches somit die Komplementärfarbe zu Rot ist. Diese türkisfarbene Tasse wird als ›negatives Nachbild‹ bezeichnet.«

Ich blickte zu Nestor. Er zuckte defensiv mit der Achsel.

»Das ist Wissen, Nestor«, bekräftigte ich meine Ausführungen. »Das ist wissenschaftlich erhärtetes Wissen.«

»Es ist kein direktes Wissen«, erwiderte er. »Deshalb wird dich dieses Wissen bei der vollkommenen Restauration nicht weiterbringen. Wen interessiert schon, wie die Nachbilder zustande kommen? Um zu wissen, was sie wirklich sind, musst du sie sehen, nicht darüber lesen und nachdenken.«

»Nachbilder sind eine Leistungseinbusse der Augenrezeptoren. Das wurde nachgewiesen.«

Ich hielt ihm meine Unterlagen hin. Er nahm die Blätter und schaute sie an. Aber er las sie nicht, er überflog sie nur, und das verärgerte mich.

Nestor schüttelte den Kopf. »Und jetzt?« fragte er mich. Seine Stimme klang ernst, und sein Blick war streng.

»Du hast es gar nicht gelesen«, warf ich ihm vor.

»Ich brauche das nicht zu lesen. Ich weiss, was die Nachbilder sind«, behauptete er.

»Aber du verfälschst sie«, rief ich wütend. In diesem Moment fühlte ich einen stechenden Schmerz unterhalb des Nabels, worauf mein Herz zu pochen begann, so als wäre ich kilometerweit gerannt.

Mit zitternder Stimme versuchte ich, meinen Standpunkt zu verteidigen. »Du sprichst von den Nachbildern, als würde es sich dabei um eine reale Welt handeln, analog zu unserer Welt. Dabei geht es doch nur um physikalische Reize und biochemische Prozesse im Auge selbst.«

»Richtig«, bestätigte er ironisch. »So wie auch dein ganzes Leben aus physikalischen Reizen und biochemischen Prozessen besteht – da ist nichts weiter.« Nestor gab mir meine Unterlagen zurück.

»Sei nicht naiv«, sagte er sanft. »Such deinen Halt nicht in dem Gekritzel da. Die Nachbilder sind tatsächlich eine reale innere Welt. Eine Welt, die du erst mal richtig sehen lernen musst. Es geht hier nicht um das Wissen der physiologischen Vorgänge im Auge. Was auf deinen Zetteln steht, mag für die wissenschaftliche Welt zutreffen – aber es hat keinen Wert für uns. Für uns geht es darum, die Nachbilder wahrzunehmen und die innere Leinwand kennen zu lernen. Dazu musst du aber aufhören, deine Erlebnisse auf materielle Vorgänge zurückzuführen. Damit gibst du nur dauernd deine kleine Welt in das Bild, und das lenkt dich vom Wahrnehmen der inneren Leinwand ab.«

Mir wurde klar, dass ich nicht gegen Nestor ankam. Ich wollte ihn von meiner Sicht überzeugen, doch weder lenkte er ein, noch signalisierte er eine grundsätzliche Bereitschaft, Kompromisse einzugehen. Diese Erkenntnis bewirkte, dass ich mich verschloss und zurückzog. Ich sagte nichts. Ich fühlte, wie Nestors Blick auf mir ruhte, konnte ihm aber nicht in die Augen sehen.

»Es fällt dir schwer, das zu verstehen, he?« stellte er richtig fest. Seine Stimme war ruhig, doch ich glaubte darin eine Verzagtheit herauszuhören. »Es ist auch nicht einfach zu verstehen. Wenn du merkst, dass du an der Wirksamkeit des Nachbildsehens zweifelst«, riet er mir, »dann erinnere dich an deinen Erfolg mit dem Nachbild des Möbels. Das wird dich überzeugen, weiterzuüben.«

Wir schwiegen eine Weile. Um mich abzulenken, blickte ich durch Nestors grosse Fensterscheibe auf das Tal hinunter. Mittlerweile hatte die Abenddämmerung eingesetzt, und ich beobachtete, wie die einzelnen Häuser des Dorfes langsam im Dunkel verschwanden, bis nur noch Erde, Himmel und die Wolken unterscheidbar waren. Während sich das Bild allmählich in Dunkelheit hüllte und leer wurde, verringerte sich mein Herzschlag und ich beruhigte mich. In meinem Körper breitete sich ein angenehmes Gefühl aus, eine eigentümliche Zufriedenheit und Entspannung. Ich hatte den Eindruck, dass dieselbe Leere des Bildes sich auf meinen Körper erstreckt hatte.

Nestor brach die Stille und schlug vor, am nächsten Tag in ein entferntes Gebiet zu gehen, um Eierschwämme und die letzten Steinpilze dieser Saison zu sammeln. Ich wollte ihm zeigen, dass ich weder verärgert noch nachtragend war und willigte ein, ihn zu begleiten.

Als wir am nächsten Morgen Nestors Haus verliessen, war es viel zu früh und viel zu dunkel und viel zu kalt. Insgeheim schalt ich mich, weil ich mich auf diese Wanderung eingelassen hatte. Als wir aber den Waldhügel hochgestiegen waren und ins Tal hinunterblickten, vergass ich all die Unannehmlichkeiten des frühen Morgens. Die Szenerie, die sich vor meinen Augen abspielte, war überwältigend: Die Dämmerung hatte mittlerweile eingesetzt, und der abnehmende Mond stand knapp über dem Hohgant und leuchtete trotz der fortgeschrittenen Helligkeit noch immer in voller Kraft. Der Himmel war in einem tiefen, dunklen Blau gefärbt, und hie und da durchzog, in mildem Rot getüncht, eine zarte Zirruswolke das malerische Bild wie ein feiner Pinselstrich. Und im selben Rot glühten die bereits mit Schnee bedeckten Spitzen des Hohgant.

Nach vielleicht einer Stunde Fussmarsch über bewaldete Hügel und durch feuchte Gräben erreichten wir eine Stelle am Waldrand mit zwei riesigen umgestürzten Laubbäumen. Sie mussten da schon eine ganze Weile gelegen haben, denn sie waren morsch und bereits wuchsen Moose, Sträucher und selbst kleine Tannen darauf. An diesem Ort rasteten wir.

Als Zwischenverpflegung holte Nestor zwei Äpfel aus dem Rucksack und streckte mir beide zur Wahl hin. Derjenige links sah appetitlich aus. Seine Haut war glatt und das Licht spiegelte sich darin. Er schien frisch, reif und saftig. Der andere dagegen hatte einige dunkle Flecken und begann bereits zu schrumpfen.

Dies stürzte mich in einen Konflikt. Selbstverständlich fiel meine Wahl auf den schöneren Apfel. Da ich mich aber zu benehmen wusste, überliess ich Nestor die Wahl. Dieser zuckte mit den Achseln, nahm sich den schöneren Apfel und gab mir den älteren.

»Dieser sieht doch viel besser aus als der andere«, begründete er seine Wahl und lachte.

Wir assen. Nestor schien guter Dinge zu sein und lächelte mir jedes Mal zu, wenn sich unsere Blicke trafen. Er biss lustvoll in seinen Apfel und schmatzte laut, und hin und wieder nickte er und bestätigte mit einem kindischen *Gudi-gudi*, wie köstlich seine Wahl sei. Ich dagegen war die ganze Zeit damit beschäftigt, mir einzureden, dass es mir wirklich egal war, welchen Apfel ich ass. Mich ärgerte auch nicht so sehr die Tatsache, dass er den Schöneren essen durfte, sondern dass er hemmungslos den Besseren wählte – und dies noch herausstellte.

Als wir unser kleines Mahl beendet hatten, stellte ich Nestor die Frage, weshalb er den schöneren Apfel gewählt hatte, wenn für ihn doch das Bild ein Ganzes und daher alles gleichwertig sei. Er erwiderte, es sei Unsinn, darüber nachzudenken – ich hätte wählen sollen, als ich die Wahl hatte. Ich gestand dies ein, beharrte aber trotzdem auf einer Antwort.

»Welchen hättest du denn genommen?« fragte er mich.

»Den anderen«, log ich voreilig zur Verteidigung meines Ideals.

»Ja also, den hattest du ja.«

Es wurmte mich, dass ich mich so stümperhaft einfangen liess, und dies schien Nestor zu belustigen. Dann aber gab er mir zu verstehen, dass das Handeln im Leben und das Sehen des Bildes als ein Ganzes zwei vollkommen verschiedene Dinge seien.

»Du kannst nicht beides gleichzeitig tun. Wenn du das Bild als ein Ganzes sehen willst«, erklärte er, »dann übst du, keine Unterschiede zwischen den Gegenständen im Bild zu machen. Du versuchst, alles gleichwertig zu sehen. Und das hat nichts mit Gedanken, Gefühlen oder Handlungen zu tun, sondern mit unmittelbarem Sehen. Aber wenn du handelst, musst du schon Unterschiede machen.«

»Aber dann wirkt ja das Handeln dem Sehen des ganzen Bildes entgegen.«

»Nicht wenn wir so handeln, dass wir uns so oft als möglich hinsetzen und das Bild als ein Ganzes sehen können.«

»Was heisst denn das konkret?«

»Ich will dir nicht sagen, wie du in deinem Alltag handeln sollst, was du im Einzelnen tun sollst. Das ist dir selbst überlassen. Nur so viel: Wenn du dir das Ziel setzt, das Bild als ein Ganzes zu sehen, dann wirst du dich immer wieder entsprechend entscheiden müssen. Jede einzelne Entscheidung musst du im Hinblick auf dieses Ziel abwägen, und so gibt es für dich immer nur gute oder schlechte Entscheidungen; jeder Gedanke, jedes Gefühl, jede Handlung und überhaupt alles, was in irgendeiner Beziehung zu dir steht, wird gut oder schlecht.«

Ich widersprach vehement. Ich hielt Nestor entgegen, es sei zu stark vereinfacht, wenn man die Welt nur noch in ›gut‹ und ›schlecht‹ einteile. Die Vielfalt der Welt auf ›gut‹ und ›schlecht‹ zu reduzieren, so argumentierte ich, verzerre die Realität und sei daher nicht nur unzulässig, sondern auch höchst fragwürdig.

Nestor antwortete darauf, dass er meinen Einwand verstehe – er komme jedoch daher, dass ich die zwei absoluten Gegensätze nicht als solche im Bild zu erkennen vermöge. Was diese ›absoluten Gegensätze‹ sein sollten, erläuterte Nestor nicht. Nur dass meine Wirklichkeit aufgrund dieser Unfähigkeit von vielfältiger Qualität sei: In meinem Unterscheiden und Bewerten der Gegenstände, Menschen und Erlebnissen gebe es zwischen ›gut‹ und ›schlecht‹ unendlich viele Abstufungen. Deshalb sei meine Welt so kompliziert. Und dies halte mich vom Sehen des Bildes als ein Ganzes ab.

»Ich wollte dir aber etwas anderes erklären«, fuhr er fort. »Wenn du dieses eine richtige Ziel gefasst hast, nämlich das Bild als ein Ganzes zu sehen; und wenn du dir bei allen Handlungen deinem Ziel bewusst bist, dann widerspricht das Handeln nicht dem Sehen des ganzen Bildes – selbst wenn es Unterschiede schafft.«

Schon wieder störte ich mich an seinem verabsolutierenden Ton, der sich diesmal beim ›richtigen‹ Ziel eingeschlichen hatte.

»Es gibt so viele richtige Ziele wie es Menschen gibt, Nestor«, relativierte ich.

»Aber natürlich«, rief er lachend. »Komm, lassen wir das Blabla.« Er stand auf und streckte sich.

Dies überraschte mich. Es hatte den Anschein, als ob er von einem Moment auf den anderen all das fallen lassen wollte, was er eben noch so temperamentvoll verkündet hatte. Ich fragte ihn, ob er denn das, was er gesagt habe, nicht auch so meinte.

»Doch natürlich meine ich das, was ich sage«, erwiderte er, nahm seine Tasche auf und hängte sie sich um. »Aber gleichzeitig weiss ich auch, dass es letztlich gleichgültig ist, ob ich Recht habe oder ob du Recht hast oder ob überhaupt jemand Recht hat. Hier prallen bloss kleine Welten aufeinander. Und das hält uns vom Sehen des Bildes als ein Ganzes ab.«

»Wenn das deine Überzeugung ist, warum haben wir dann die ganze Zeit diskutiert?«

»Das ist es eben, was ich dir aufzeigen wollte: Wir sind nicht untätig, sondern wir handeln und machen dabei Unterschiede im Bild. Aber wenn wir zur Erreichung dieses Ziels handeln, also im Bewusstsein handeln, dass das Bild letztlich ein Ganzes ist, dann sind wir auch losgelöster und freier von dem, was wir tun – und wir sind wiederum offener, um das Bild als ein Ganzes zu sehen.«

»Ich muss also nur hin und wieder daran denken, dass das Bild ein Ganzes ist – und schon werde ich frei. Das klingt ja zu schön um wahr zu sein.«

»Ich sagte nicht, dass es genügt, hin und wieder daran zu denken. Sondern dass du in diesem Bewusstsein handeln sollst. Und dieses Bewusstsein stellt sich allmählich ein, je mehr es dir gelingt, das ganze Bild zu sehen. Es braucht also beides: das Handeln im alltäglichen Leben und das Sehen des Bildes als ein Ganzes.«

Nach längerem Wandern entlang von Waldrändern, wo wir eine ansehnliche Menge Steinpilze gefunden hatten, führte mich Nestor in eine relativ grosse und flache Mulde, weit hinten in einem breiten Graben. Das Gebiet war von Becken hohen, seerosenblättrigen Pflanzen überwuchert. Auf manchen Anhöhen nahe dem Waldrand wuchsen auf grosser Fläche Heidelbeerensträucher, und unter deren Geflecht von dünnen Ästen und kleinen Blättern, im Moos, versteckten sich nicht selten Eierschwämme von einer Grösse, die mich immer wieder erstaunte.

Später, auf dem Rückweg, gelangten wir zu einem kleinen, aber tiefen Graben, den wir irgendwo überqueren mussten. Es wäre kein Problem gewesen, in den Graben hinunter- und auf der anderen Seite wieder hinaufzusteigen. Doch Nestor entdeckte weiter bergwärts einen quer über den Graben gestürzten Baumstamm, über welchen er spielerisch und sicheren Schrittes balancierte.

Die Bewunderung, die ich in diesem Moment für ihn hegte, aber auch der Neid, brachten mich in Zugzwang. Zögerlich bestieg ich den Stamm. Ich war gespalten: Die eine Stimme riet von meinem Vorhaben ab und drängte zur Vernunft. Die andere forderte mehr Selbstvertrauen und Entschlossenheit. Aber wo war die Grenze zwischen realitätsferner Selbstüberschätzung und gesundem Selbstvertrauen?

Die ersten Schritte waren nicht schwierig – der Stamm war ja hier noch über dem Waldboden. Weitere Schritte folgten. Ich versuchte, optimistisch zu bleiben: Ja, warum nicht? Warum sollte das nicht funktionieren? War es denn nicht auch eine Frage des Glaubens an mich selbst? War es denn nicht immer diese Spiel verderbende Vernunftstimme, welche mir nur Angst einjagen wollte? Welche sich auf Alltagserfahrung, auf Gelerntes und Anerzogenes berief und mich damit nur einschränkte, festmachte und mir stets von neuem die Flügel stutzte?

Flügel hätte ich beinahe gebraucht: Für einen Moment glaubte ich, das Gleichgewicht zu verlieren – dabei hatte ich schon fast die Mitte erreicht. Ich balancierte vorsichtig aus und verharrte dann einen Moment in meiner Position, bis ich mich beruhigt hatte.

Natürlich war es leichtsinnig, so etwas zu tun. Denn es war ja absehbar, dass es nicht funktionieren würde. Dieser Stamm war so schmal, dass ich nicht einmal beide Füsse nebeneinander stellen konnte. Was sollte das? Musste ich mir etwas beweisen? Musste ich mich etwa noch immer ausleben wie ein Pubertierender? Ein bisschen extrem hier, ein wenig radikal dort? Selbstverständlich war ich für Abenteuer und Risiko zu haben – aber doch nicht ohne ein vernünftiges Mass an Sicherheit.

Die letzten Schritte ans andere Ufer verlangten mir eine ungeheure Konzentration ab: Nur mit Müh und Not brachte ich es fertig, die zweite Hälfte zu überqueren.

Am anderen Ende angelangt, glaubte ich ein paar lobende Worte von Nestor verdient zu haben. Immerhin hatte ich es in einem Stück auf die andere Seite geschafft. Stattdessen machte er mich darauf aufmerksam, dass ich beinahe gestürzt wäre und kritisierte mein mangelndes Gleichgewicht. Ich war nicht in der Stimmung, mir meine Mängel vorhalten zu lassen und sprach es ihm ab, dass er über mein Gleichgewicht urteilen könne.

»Du bist unausgeglichen«, beharrte Nestor. »Das sehe ich nicht nur daran, wie du über den Baumstamm balanciert bist – schon nur an deinem üblichen Gang fällt sofort auf, dass du unausgeglichen bist.«

»An meinem Gang?«

»Beobachte dich selbst: Dein linker Arm hängt beim Gehen stets schlaff hinunter, während du den rechten Arm wie verrückt hin- und herbewegst. Wo ist da das Gleichgewicht? Das ist doch kein entspannter Körper – das ist ein eingestresstes Verhaltensmuster.«

Die Kritik an meinem Körper verbitterte mich. Ich protestierte. Nestor ging aber nicht darauf ein, sondern zeigte mir eine Reihe von Körperbewegungen, welche mir mein Ungleichgewicht vor Augen führen und mich ausgeglichener machen sollten. Es waren symmetrische Bewegungen, welche zuerst die eine, dann die andere Körperseite beanspruchten. Er veranlasste mich, diese Bewegungen auszuführen. Ich gab mir alle erdenkliche Mühe, den Körper in beide Richtungen gleich weit zu dehnen. Trotzdem musste ich feststellen, dass die eine Körperhälfte tatsächlich weniger dehnbar war.

»Für die vollkommene Restauration musst du ausgeglichen sein, und zwar bei allem, was du tust«, erklärte Nestor. »Das Gleichgewicht fängt beim Körper an. Wenn dein Körper ausgeglichen ist, wirst du auch in deinem Bewusstsein ausgeglichener. Und dann kannst du das Gleichgewicht auch in dieser widersprüchlichen Welt besser halten, in dieser Welt, wo es immer zwei Seiten gibt, immer ein Dafür und ein Dagegen. Dies bedeutet, dass du dir dieser zwei Seiten vollkommen bewusst bist, ohne die Handlungsfähigkeit oder dein Ziel aus den Augen zu verlieren.«

Nestor sagte, dass viele Menschen nicht imstande seien, dieses Dilemma zu lösen: Sie würden sich gedanklich und emotional derjenigen Seite verpflichten, die ihnen entspreche; diese Seite hielten sie mit aller Kraft fest, während sie die andere verwerfen würden. Aber das sei wie in einem Boot mitten auf einem See zu sitzen und nur auf der einen Seite zu rudern. Deshalb bewegten sie sich im Kreis. Deshalb hätten sie Mühe, ihre festgefahrenen Meinungen aufzugeben. Und deshalb müssten sie auch immer wieder an denselben Problemen und Leiden nagen.

»Wenn du dich um ein körperliches, emotionales und gedankliches Gleichgewicht bemühst, ein Gleichgewicht auf der äusseren und der inneren Leinwand also, dann wirst du nicht nur beweglicher und konzentrierter in der vollkommenen Restauration, sondern auch im Alltag.«

Ich fand, dass sich Nestor hier eindeutig übernahm. Nicht nur klang es beinahe so, als hätte er die Lösung sämtlicher Probleme gefunden, die unsere Gesellschaft, ja sogar die Menschheit bedrängen. Darüber hinaus widersprach er sich selbst.

»Du sagtest vorhin, dass jede Handlung entweder richtig oder falsch sein kann – je nach dem Ziel, das wir haben.« Nestor bestätigte dies. »Jetzt aber sprichst du von Gleichgewicht: Du sagst, dass wir eine Ausgeglichenheit schaffen müssen, bei dem, was wir auf der äusseren und der inneren Leinwand tun. Worauf kommt es denn beim Handeln nun an: auf richtig und falsch oder auf das Gleichgewicht?«

»Das hängt beides zusammen«, erwiderte er. »Die Gegensätze ›richtig‹ und ›falsch‹ gibt es in der Zeit, wenn du im Hinblick auf ein Ziel handeln musst. Die Ausgeglichenheit dagegen gilt es im Moment zu halten. Je mehr du im Moment leben kannst, desto ausgeglichener bist du; im Moment gibt es kein ›Richtig‹ und ›Falsch‹.

Es ist wie mit dem Baumstamm vorhin: Wir haben das Ziel, zu meinem Haus zurückzukehren; dazu haben wir die richtige Entscheidung getroffen, über den Graben auf die andere Seite zu gelangen; und wir haben uns entschieden, dies direkt zu tun, indem wir über den Baumstamm balancieren. Aber in den einzelnen Momenten auf diesem Weg mussten wir ausgeglichen sein, weil wir sonst gestürzt wären und das Ziel nicht erreicht hätten.«

Am folgenden Tag schnitten wir die gesammelten Steinpilze in dünne Scheiben und legten sie zum Trocknen auf den Ofen. Nestor kam dabei auf den Vorgang des Nachbildsehens zu sprechen.

»Wenn du die Nachbilder sehen willst, dann werden dir zwei Hindernisse begegnen, die die Dauer deines Sehens verkürzen«, prophezeite er. »Die erste Herausforderung ist, dass die Leuchtkraft der Nachbilder abnimmt, bis jene so schwach sind, dass du sie nicht mehr wahrnehmen kannst. Und das andere Problem ist, dass du diese Nachbilder nicht festhalten kannst – sie schwimmen in deinem Blickfeld umher und verschwinden nach unten. Das heisst, sie unterliegen der Anziehungskraft.«

Das erste Hindernis, erklärte Nestor, brauche uns nicht speziell zu beschäftigen. Die Dauer des Glühens der Nachbilder verlängere sich, je besser ich Letztere festhalten könne. Darauf machte er mich mit einer Augenübung vertraut um die zweite Herausforderung zu meistern. Er sagte, ich könne die Nachbilder festhalten lernen, indem ich sie mit den Augen abwechselnd an mich heranzog und wieder losliess. Dazu sollte ich meinen Blick so lange konzentrieren, bis das Bild des linken und dasjenige des rechten Auges auseinander drifteten.

»Du willst, dass ich schiele?« fragte ich ihn.

»Es gibt zwei Arten, wie du doppelt, also zwei Bilder nebeneinander sehen kannst: Wenn deine Augen ermüdet sind und du in die Ferne starrst, dann ist das auch ein Doppeltsehen; aber es ist keine Aktivität darin, es ist ein Gehenlassen der Augen. Für das Festhalten der Nachbilder bringt dies nichts. Die andere Möglichkeit, doppelt zu sehen, erreichst du, wenn du deine Augen anspannst und deinen Blickpunkt bewusst an dich heranziehst, so dass die beiden Bilder auseinander gehen – das nenne ich *das Doppeln*. Es ist eine Konzentration, sowohl körperlich als auch geistig. Dazu ist Kraft und Wille erforderlich, genau das, was wir brauchen um die Nachbilder festzuhalten.«

Nestor hiess mich, das Doppeln zu versuchen. Er sagte, dass ich mich dazu auf irgendeinen Gegenstand konzentrieren solle. Von Vorteil sei allerdings etwas, das aus dem Bild heraussteche, vielleicht etwas, das leuchte. Ich suchte nach einem geeigneten Gegenstand und starrte schliesslich auf mein Teeglas, in welchem sich das Licht spiegelte. Nach einer Weile gab ich mein Vorhaben auf. Nichts tat sich. Das Bild verdoppelte sich nicht. Nestor krümmte sich vor Lachen. Nach seiner nachahmenden Mimik zu urteilen, riss ich nur die Augen auf, anstatt sie nach innen zu richten.

Er schlug mir vor, erst einmal auf meine Nasenspitze zu starren, denn das sei auch Doppeln. Dies gelang mir zwar relativ leicht, aber wenn ich dann meinen Blick von der Nasenspitze lösen und mit doppelnden Augen in die Ferne blicken wollte, zogen sich die beiden Bilder umgehend an und überlagerten sich wieder zu einem Einzigen.

Ich berichtete Nestor von meinem Problem. Er bestätigte, dass das Doppeln Kraft benötige, weil es sich eben um eine Konzentration handle. Darauf eröffnete er mir, es gebe einen Trick, wie ich das Doppeln besser üben könne.

Nachdem wir alle Steinpilze auf dem Ofen ausgebreitet hatten, trug mir Nestor auf, mit einem Bleistift zwei in Form und Grösse gleich beschaffene Kreisfiguren zu malen. Eine solche Figur setzte sich aus zwei konzentrischen Kreisen zusammen, die zwei Flächen zum Ausmalen boten: innen eine Scheibe, einen Kern; und aussen einen Kreisring um diesen Kern. Bei der Herstellung dieser Figuren sollte ich beachten, dass die Fläche des Kerns ebenso gross ist, wie die des Kreisrings.

Als ich soweit war, angelte Nestor aus dem Kachelofen ein Stück Kohle und trug mir auf, je eine Fläche dieser beiden Figuren damit auszufärben: Bei der einen Figur wurde der Ring geschwärzt, der Kern blieb weiss; bei der anderen Figur umgekehrt, der Kreisring blieb weiss, den Kern schwärzte ich mit dem Kohlestück. Kohle, so behauptete Nestor, eigne sich dafür besonders gut, denn die schwarz gefärbten Flächen seien nicht exakt gleichmässig schwarz, sondern es gebe hellere und dunklere Stellen darin. Dasselbe gelte für die weiss gelassenen Flächen, denn das Papierweiss sei ebenfalls kein gleichmässiges Weiss. Dies trage dazu bei, dass unsere Augen und damit unser Bewusstsein angeregt würden.

Nestor hiess mich schliesslich, die beiden Figuren nebeneinander an einer Wand aufzuhängen – die mit dem dunklen Kern links, die andere rechts – und das Doppeln daran zu üben. Die Idee war, dass sich diese Figuren von zwei auf vier verdoppelten, sobald ich die Bilder auseinander schob. Irgendwann sollten sich die zwei gedoppelten Figuren in der Mitte überlagern, so dass ich anstelle von vier nur noch drei sehen würde. Auf diese Weise könne ich meinen Blick auf der mittleren, überlagerten Kreisfigur ruhen lassen. Der Blick sei dann wie fixiert, und es koste mich keine zusätzliche Anstrengung, das Bild gedoppelt zu halten.

Nestor forderte mich auf, mit den Abständen zu experimentieren. Ich sollte selbst herausfinden, wie weit voneinander entfernt ich die Figuren aufhängen wollte, und wie nahe ich mich vor sie hinsetzte.

»Je grösser der Abstand zwischen den beiden Figuren ist, desto stärker wirst du dich konzentrieren müssen, um die Figuren übereinander zu bringen. Aber desto schneller wirst du auch müde und verlierst dich in Gedanken. Wenn du dagegen die Kreise näher zusammenhängst, übst du dich in weniger grosser Konzentration. Jedoch solltest du diese Kreise immer scharf wahrnehmen können. Denn nur wenn du sie scharf siehst, bedeutet das, dass du dort bist, dass du dort deine volle Aufmerksamkeit darauf richten kannst.«

»Wie kommst du gerade auf diese Figur?« wollte ich wissen.

»Es ist die einfachste Möglichkeit, zwei Gegensätze auszudrücken«, erwiderte er und führte aus, dass die Verschmelzung dieser beiden Gegensätze im überlagerten Mittelbild wiederum eine Ausgeglichenheit im Übenden entstehen lasse. Diese helfe dabei, die Nachbilder länger festzuhalten und das Bild als ein Ganzes zu sehen. Er sprach auch davon, dass ich mit dieser Übung die eigenen gegensätzlichen Augen kennen lernen und das Gleichgewicht zwischen ihnen finden würde.

»Diese Übung hilft dir, mehr präsent zu sein, mehr in der Gegenwart zu leben«, erklärte er. »Denn mit dem einen Auge schaust du stets in die Zukunft, mit dem anderen Auge aber in die gegensätzliche Richtung, die Vergangenheit. Du versuchst nun, diese zwei Zeiten zu überlagern und in der Mitte zur Gegenwart zu machen. Überhaupt stehen die beiden Kreisfiguren für alle Gegensätze, die wir kennen: Sonne und Mond zum Beispiel; oder das männliche und das weibliche Prinzip; oder Tag und Nacht; oder Gefühle wie lieben und hassen.«

Nestor kam richtig in Fahrt und suchte noch einige weitere Gegensatzpaare, die er den beiden Doppelkreisen zuordnen konnte. Die Sache schien ihn zu belustigen, und ich mutmasste, dass dies deshalb so war, weil er bemerkte, wie sich meine Geduld erschöpfte.

»Nimm diese Zuordnungen nicht so ernst«, sagte er versöhnlich, als Antwort auf meine Unmutsäusserung. »Das ist auch nur ›die kleine Welt ins Bild geben‹. Für dich geht es nur darum, das Doppeln zu lernen, damit du die Nachbilder länger festhalten und richtig sehen kannst.«

Wissen wollen

Um die Kreisfiguren durch das Doppeln übereinander zu bringen, benötigte ich lange Zeit. Anfangs schien mir diese konzentrierte Art von Doppeltsehen beinahe unmöglich. Ich vermochte meine Augen nicht willkürlich nach innen zu richten und gleichzeitig auf die Figuren zu schauen – es fehlte mir das Gefühl dafür.

Zunächst versuchte ich mich auf meine Nasenspitze zu konzentrieren und diese Augenstellung beizubehalten, während ich dann den Blick auf die Kreisfiguren im Hintergrund richtete. Aber in diesem Moment zog es mir die beiden Bilder jedes Mal wieder zu einem Einzigen zusammen. Schliesslich half ich mir damit, auf die Spitze meines Zeigefingers zu schauen, welchen ich vor mein Gesicht hielt. Dies hatte den Vorteil, dass ich, trotz der Konzentration auf meine Fingerspitze, die Kreisfiguren im Hintergrund sehen konnte. Und wenn ich meinen Zeigefinger zum Gesicht hin- oder davon wegbewegte, sah ich, wie sich die beiden gedoppelten Kreisfiguren im Hintergrund annäherten oder sich voneinander entfernten. Bei der richtigen Distanz zwischen Finger und Gesicht überlagerten sich die Figuren. Und nun war es nicht mehr allzu schwierig, den Blick von meinem Finger direkt auf diese zu richten.

Das Problem war nun, dass ich die Kreisfiguren nur verschwommen sehen konnte. Nestor hatte mir jedoch zu verstehen gegeben, dass die Übung nur dann von Nutzen sei, wenn ich die Figuren scharf wahrnehmen könne. Eine ganze Weile versuchte ich vergebens die beiden überlagerten Doppelkreise scharf zu sehen, bis ich merkte, dass die Schärfe des Bildes davon abhing, wie stark ich doppelte, beziehungsweise wie weit ich die beiden Bilder auseinander schob. Je stärker ich doppelte, desto unschärfer wurde das Bild. Also hängte ich die beiden Figuren näher zueinander, musste als Folge davon weniger stark doppeln und konnte die überlagerten Figuren nun recht scharf wahrnehmen.

Es war in dieser Zeit des Übens, als mir auffiel, dass die Kreisfiguren dasselbe Prinzip aufwiesen wie das Fenster im Hühnerstall: ein Kreis, dem ein weiterer, kleinerer Kreis einbeschrieben war. Ich mass dieser Tatsache nicht sofort eine Bedeutung zu. Aber dann wurde ich auf die Einlegearbeit aufmerksam, die Mari Eglis Sekretär zierte: Auch diese Kreise waren nach demselben Prinzip dargestellt: Eine

Scheibe als Kern war von einem Kreisring umgeben, wofür kontrastreiche Holzarten verwendet wurden. Die Erbauerin oder der Erbauer des Möbels hatte anscheinend Wert darauf gelegt, dass der Unterschied zwischen Aussenring und innerem Kern besonders zur Geltung kam.

Nun lag es nahe, diesen zweifarbigen Kreisfiguren eine tiefer gehende Bedeutung beizumessen – und zwar aufgrund der Tatsache, dass Nestor ein Symbol benutzte, das bereits vor mehr als hundert Jahren in Gebrauch war. Ob er sich von diesem Überbleibsel nur inspirieren liess und es nach seinen eigenen Ansichten interpretierte, oder ob er allenfalls in irgendeiner traditionellen Linie stand, die bis Mari Egli und vielleicht noch weiter zurückreichte, war eine Frage, die ich klären wollte.

An einem kalten verregneten Wochenende fuhr ich ein letztes Mal ins Emmental, bevor der Winter einbrach. Die Temperaturen waren rasch gefallen, doch der Schnee vermochte sich auf der Höhe von Nestors Haus noch nicht festzusetzen.

Ich fand Nestor beim Holzspalten vor. Er begrüsste mich mit einem Überschwang, dem ich entnahm, dass ihn mein Besuch freute. Gemeinsam zerkleinerten wir das Holz und stapelten die Scheite an der Aussenseite des Hauses, wo sie unter dem mächtigen Hausdach vor Regen und Schnee geschützt trocknen konnte. Unser Gesprächsthema fiel dabei auf die internationale Politik und die Weltwirtschaft. Es zeigte sich, dass Nestor an solchen Themen interessiert war, und ich war überrascht, wie gut er sich im Weltgeschehen auskannte, und mit wie viel Gespür und Scharfsinn er die denkbaren hintergründigen Absichten von politischen Handlungen erfasste. Die ironische Ausdrucksweise, in welche er seine Meinung kleidete, zeigte indessen, dass er dem Weltgeschehen kaum etwas Erfreuliches abgewinnen konnte.

Abends kamen wir erneut auf die Ernährungsgewohnheiten zu sprechen. Dies nachdem ich beobachtet hatte, wie Nestor eine Banane in Scheiben schnitt, sie mit Honig vermischte und eine Handvoll Weinbeeren und Nüsse dazu gab. Da ich mich in den Monaten zuvor intensiv mit verschiedenen Ernährungssystemen, darunter den thermischen Wirkungen von Nahrungsmitteln auseinander gesetzt hatte, wollte ich ihn über das, was er zu tun gedachte, aufklären: Ich wies darauf hin, dass es in der kälteren Jahreszeit nicht unproblematisch sei, eine Banane zu sich zu nehmen, denn diese habe eine stark kühlende Wirkung auf den ganzen Körper.

Nestor blickte mich mit zusammengezogenen Augenbrauen an und versicherte mir, ihm werde der Magen schon nicht einfrieren. Als er seinen Glasteller in den kleinen Innenraum des Kachelofens schob, beharrte ich, dass er damit, wenn auch ein kleines, so doch ein unnötiges Risiko auf sich nehme: nämlich eine Unausgeglichenheit seiner Körperenergien. Um diese abzuwenden, so argumentierte ich, reichten die thermisch neutralen Nüsse und der Honig nicht; es bringe auch nichts, wenn man die Banane warm oder sogar heiss genoss. Ich empfahl ihm, etwas Zimtpulver darüber zu streuen, das eine stark wärmende Wirkung habe.

»Was ist los mit dir?« rief Nestor ungläubig. »Du warst doch früher auch nicht so zimperlich.«

»Ich versuche nur, durch die richtige Ernährung ausgeglichener zu werden und meine Energie zu steigern«, verteidigte ich mich mit seinen eigenen Worten.

Nestor aber liess dies als Argument nicht gelten und fragte nochmals nach, wie ich zu solchen Ansichten gelangte. Ich erzählte ihm darauf, dass ich, angeregt durch ihn und den Bauern, seit einiger Zeit verschiedene Ernährungspraktiken ausprobierte. Dabei war es mir allerdings nicht genug, mich an Nestor zu orientieren. Ich fand, dass er zu wenig darauf achtete, welche Mengen von welchen Nahrungsmitteln er zu sich nahm. Er machte es sich sehr einfach: Vegetarisch, möglichst natürlich und im Mass – das war ja alles schön und gut, aber ich war der Meinung, dass ich durch eine gezielte Nahrungsaufnahme viel mehr rausholen konnte.

Ich schilderte Nestor, wie ich zuerst eine Weile streng von Rohkost, später von Trennkost gelebt hatte. Ich legte einmal in der Woche einen Fastentag ein, um meinen Körper zu entschlacken. Etwas aufwändig, aber dafür aufschlussreich wurde es, als ich zusätzlich die Kontrolle über die Kalorien haben wollte, die ich aufnahm – wofür ich stets eine Tabelle mit mir führte. Dann begann ich, die thermischen Wirkungen von Nahrungsmitteln zu studieren und danach zu kochen. Und ich mied Brot, weil ich hörte, dass der menschliche Magen von alters her zwar an Mammutfleisch und Wildbeeren gewöhnt sei, nicht aber an Brot. Ich trank erst am Schluss des Essens, weil ich las, dies sei der Verdauung förderlich. Ich mischte Gewürze, Samen, Kerne ins Essen, um die entsprechenden wohltuenden Wirkungen für meinen Körper zu erzielen – und fragte mich, wie ich vorher ohne diese gesund bleiben konnte. Dann hörte ich, dass man den Bauch zur Hälfte mit Nahrung, einen Viertel mit Flüssigkeit füllen, und den letzten Viertel zur Verdauung leer lassen sollte; um diese Regel befolgen zu können ermittelte ich die Aufnahmekapazität meines Magens und machte mir ein klares Bild über die Volumen meiner Mahlzeiten, indem ich sie fortan zu einem Brei mixte.

Ich glaubte, Nestor wäre mit meinen Bemühungen zufrieden, da eine bewusste Nahrungsaufnahme ja zum Programm der vollkommenen Restauration gehörte. Doch er hatte nur Gelächter dafür übrig.

»Es ist gut, wenn du dir nun Mühe gibst und auf deine Ernährung achtest«, meinte er versöhnlich. »Aber wenn du dich zu solchen Praktiken zwingst, tust du dir nichts Gutes – das führt nur immer wieder ins andere Extrem.« Nestor erklärte, dass dieses übermässige Hin und Her, in diesem Fall: die radikal disziplinierte Ernährungspraxis einerseits, und das masslose Hineinstopfen anderseits – dass dies auch zum Erlernen der vollkommenen Restauration gehöre. Das werde mich noch eine Weile begleiten, bis mein Geschmackssinn wieder gelernt habe, das Natürliche zu schätzen und das Mass zu halten, so dass ich mich praktisch nicht mehr falsch ernähren könne.

Nestors Treffsicherheit verblüffte mich: Tatsächlich hatte ich es nie geschafft, irgendeine dieser Esspraktiken ununterbrochen durchzuziehen. Ich erlebte regelmässig Ausschweifungen, wo ich mich quer durch den Kühlschrank frass – nur um mir später Vorwürfe zu machen. Uneinsichtig versuchte ich ihn dennoch vom Wert einer gezielten und disziplinierten Ernährung zu überzeugen, aber Nestor unterbrach mich.

»Wenn du so essen willst, dann tu das«, sagte er. »Aber verschon mich damit. Mein Geschmacksinn ist ausgeglichen, ich ernähre mich nach meinem Ermessen. Ich brauche weder Kalorien zu zählen, noch Körnchen zu picken, noch auf mein Bananen-Dessert zu verzichten, nur weil irgendjemand schreibt, dass es mir den Magen kaltstellen wird.«

Am nächsten Tag sprachen wir über das Doppeln. Ich erzählte Nestor, wie es mir letztendlich gelungen war, die beiden Kreisfiguren übereinander zu bringen. Dabei berichtete ich auch von einigen optischen Effekten, die mir während des Übens aufgefallen waren. Zum Beispiel schien es, dass die beiden gedoppelten Bilder kleiner werden, je weiter ich sie auseinander schob.

»Das Doppeln ist eine Konzentration«, begründete Nestor diese Wahrnehmung. »Und das, was du konzentrierst, wird immer kleiner, dafür aber intensiver.«

»Ich habe auch festgestellt, dass sich die beiden überlagerten Kreisfiguren in ihrer Dominanz ständig abwechseln«, erzählte ich weiter. »Entweder sticht die linke Figur hervor oder die rechte.«

»Die Augen wechseln sich in ihrem Sehen ab«, bestätigte er. »Am Anfang kannst du nur das eine oder das andere Bild wahrnehmen. Aber du solltest nicht einfach nur auf die Figuren blicken, sondern versuchen, das Bild als ein Ganzes zu sehen. Je besser dir das gelingt, desto eher wirst du nicht mehr zwei verschiedene überlagerte Figuren sehen, sondern nur noch eine, nämlich die Verschmelzung dieser beiden.«

Nestor riet mir, die beiden Figuren auch mal weiter auseinander zu hängen, an die Grenze heran, wo das gedoppelte überlagerte Mittelbild unscharf würde. Die Absicht war, dass ich auch dieses verschwommene Mittelbild mit der Zeit schärfer sehen sollte.

Dann lenkte ich das Gespräch auf die Symbolik der Kreisfiguren um herauszufinden, ob tatsächlich eine bestimmte esoterische oder philosophische Tradition dahinter stand, und was Nestor damit zu tun hatte.

»Warum muss ich gerade auf diese Kreisfiguren schauen, Nestor?« fragte ich.

»Du musst nicht diese Kreise nehmen, du kannst das Doppeln mit zwei beliebigen Gegenständen üben. Du kannst es auch mit nur einem Gegenstand üben, nur entfällt dann die Überlagerung von zwei gleichen Formen in der Mitte, die wie eine Verankerung wirkt. Deshalb eignet sich das Üben mit zwei gleich geformten Gegenständen besser.«

»Aber für das Üben mit zwei Gegenständen hast du mich diese Kreisfiguren zeichnen lassen – warum gerade diese und nicht andere?«

»Weil sie für das Doppeln gut geeignet sind.«

»Warum sind sie gut dafür geeignet?«

»Ich sagte dir schon, dass sie durch Form und Farbe die natürlichsten und einfachsten Gegensätze darstellen, die du beim Doppeln vereinigen kannst.«

»Hat Mari Egli diese Figuren auch gekannt?«

Nestor blickte mich überrascht an, dann setzte er ein wissendes Lächeln auf.

»Du meinst, weil sie das halbe Möbel mit solchen Kreisfiguren versehen hat?«

»Ja, und auch das runde Fenster im Hühnerstall hat diese Form. Das hängt doch alles zusammen?«

»Seit wann interessierst du dich denn für so etwas?« fragte er. »Ich denke, es geht dir nur darum, das Möbel zu restaurieren?«

»Darum geht es mir ja auch. Aber du verstehst doch sicher, dass ich gerne wissen möchte, woher dieses Symbol, diese Art zu denken und zu leben und diese Übungen stammen, die ich hier anwenden soll. Also: Hat Mari Egli dieselbe Bedeutung in den Kreisfiguren gesehen wie du?«

»Woher soll ich das wissen? Ich kannte Mari Egli ja nicht.«

»Aber wie kommt es, dass ihr beide dasselbe Symbol verwendet? Hast du das nicht von ihr übernommen?«

»Ich habe nichts übernommen. Ich habe die Doppelkreise schon gesehen, bevor ich in dieses Haus hier eingezogen bin.«

»Wo denn?«

»Auf der inneren Leinwand.«

»Ich meine: wo hast du sie in der materiellen Wirklichkeit gesehen?«

»Nirgendwo in der materiellen Wirklichkeit, nur auf der inneren Leinwand.«

Ich schwieg. Nestor wollte mich offensichtlich veralbern. Denn um diese Figuren als Nachbilder auf der inneren Leinwand sehen zu können, musste man sie ja zuerst in der materiellen Wirklichkeit eine Weile anstarren.

»Was willst du eigentlich wissen?« fragte er mich schliesslich.

Ich erzählte ihm von meiner Vermutung, dass es sich bei diesen Kreisfiguren um ein traditionelles Symbol handle, das für eine gewisse Gruppe von Menschen eine bestimmte, ihre Weltanschauung repräsentierende Bedeutung habe. Ein Symbol, das für diese Menschen Identität stiftend und verbindend wirken müsse.

Nestor überlegte eine Weile, als müsste er abwägen, was und wie viel er sagen sollte.

»Es ist richtig, dass diese Figuren eine Bedeutung für bestimmte Menschen haben«, erklärte er dann.

»Für welche Menschen?«

»Für jene, die auf der linken Seite und nahe bei der Quelle leben.«

Dass Nestor dieses Symbol und die Menschen, für welche es eine Bedeutung hatte, auf einen geografisch begrenzten Ort bezog, erstaunte mich sehr. Ich versuchte herauszufinden, wie stark diese Ortsgebundenheit tatsächlich war, ob die Figuren nicht auch irgendwo sonst Verbreitung finden konnten. Nestors Antworten gingen in die Richtung, dass die Zugehörigkeit zur linken Seite der Emme ausschlaggebend für das Verständnis der Bedeutung dieser Kreisfiguren war. Für Menschen der rechten Seite, wie er alle anderen nannte, sei es absolut notwendig, dass sie auf die linke Seite hinüberwechseln, um das Prinzip der Figuren wirklich zu verstehen.

»Was ist denn das Besondere an der linken Seite hier?« fragte ich ihn.

»Die linke Seite ist der Ort, wo die feste Ordnung der Menschen reduziert ist.«

»Was denn für eine Ordnung?«

»Die Ordnung der kleinen Welt. Die Ordnung, die das Denken, Fühlen und Handeln und somit das ganze Sein bestimmt: welche Gedanken sind richtig, welche sind falsch; in welchen Situationen sollte ich wie denken und fühlen und handeln; wie erfasse ich die Dinge, die um mich herum ablaufen; wie gehe ich an sie heran und wie wirken sie auf mich – all dies läuft bei uns Menschen nach bestimmten Mustern ab. Das ist diese vielfältige Ordnung, von der ich spreche.« Nestor lächelte böse. »Genau das tust du jetzt auch«, warf er ein. »Du versuchst das, was du hier erlebst, in die Ordnung deiner kleinen Welt zu integrieren.«

Ich scherzte, dass ich meine kleine Welt ziemlich erweitern und ausdehnen müsste, um dies alles noch unterzubringen. Nestor lachte und erwiderte, ich solle meine kleine Welt nicht ausdehnen, sondern im Bild auflösen.

»Du sagst also, dass sich die Menschen auf der rechten Seite von denjenigen auf der linken durch diese Ordnung unterscheiden? Die auf der rechten Seite haben eine Ordnung, die auf der linken haben keine?«

»Nicht ganz. Die Ordnung gibt es auch auf der linken Seite, und sie ist vom Prinzip her nicht verschieden von derjenigen der rechten Seite. Aber sie das Fundament, auf welchem die komplizierte, detaillierte und starre Ordnung der rechten Seite aufgebaut ist. Die Ordnung der linken Seite vereint alles in wenigen, grundlegenden Aspekten; sie ist die Essenz der rechtsseitigen Ordnung. Diese zwei Kreise mit Doppelmembran sind das Symbol für einen dieser Aspekte: nämlich für die Dualität. Das Sehen dieser absoluten Gegensätze – das ist eine Errungenschaft derjenigen Menschen, die auf der linken Seite leben.«

Ich wandte ein, dass die natürlichen Gegensätze des Lebens wie ›Mann‹ und ›Frau‹ oder ›Tag‹ und ›Nacht‹ etwas sei, das alle Menschen tagtäglich erfahren würden. Von der Wahrnehmung dieser Gegensätze als einer Errungenschaft der linksseitigen Menschen zu sprechen, schien mir unrealistisch. Nestor begegnete diesem Einwand, indem er behauptete, die Gegensätze wie ›Mann‹ und ›Frau‹, ›Tag‹ und ›Nacht‹, ›gut‹ und ›böse‹ seien nur mit Hilfe der rechtsseitigen Ordnung der kleinen Welt erkennbar. Die Kreisfiguren aber würden nicht nur diese vielfältigen, im Alltag bekannten Gegensätze symbolisieren, sondern vor allem die ursprüngliche *Dualität* repräsentieren, also die Gegensätze in ihrer absoluten und abstraktesten Form.

»Diese abstrakte Dualität ist der Ursprung aller Gegensätze«, erklärte er. »Ohne sie gäbe es weder Tag noch Nacht, weder Mann noch Frau, es gäbe schlicht gar nichts. Und diese Dualität können die Menschen der linken Seite auf ihrer inneren Leinwand sehen.«

»Als Nachbild?«

»Nachbilder sind nicht alles, was du auf deiner inneren Leinwand sehen kannst«, entgegnete er geheimnisvoll. Als ich aber nachfragte, winkte er ab und erwiderte, dass es zu diesem Zeitpunkt keinen Sinn mache, darüber zu sprechen.

Durch seine Zurückweisung gekränkt, verstummte ich. Schliesslich war es Nestor, der das Gespräch wieder aufnahm. Er gab eine sehr allgemeine theoretische Erklärung darüber, wie es kam, dass die linksseitigen Menschen diese angebliche ›abstrakte Dualität‹ auf ihrer inneren Leinwand sehen konnten: Er sagte, dass normale Menschen, durch ihre Lebensumstände bedingt, sich eine unendliche Quantität dieser Dualität schaffen würden, indem sie diese eine Dualität qualitativ immer wieder anders beurteilten. So würden sie sich nicht nur ihre ganze kleine Welt mit ›Tag‹ und ›Nacht‹, ›Mann‹ und ›Frau‹, ›gut‹ und ›böse‹ schaffen; sie entfernten sich damit auch immer weiter von der einen abstrakten Dualität. Die Menschen auf der linken Seite dagegen hätten diesen Vorgang wieder umgedreht: Sie hätten aufgehört, die Dualität zu beurteilen und dadurch zu vervielfältigen. Und dies täten sie so konsequent, dass sie die Dualität auf der inneren Leinwand eben sehen könnten.

Ich wollte Nestors Aussagen nicht beurteilen. Für mich waren dies Ideen, die zu Idealen wurden. Und ich konnte mir nicht vorstellen, wie sich das im konkreten Lebensalltag auswirken sollte.

»Was bringt es denn, diese Dualität auf der inneren Leinwand zu sehen?« fragte ich ihn.

»Die Dualität zu sehen ist nicht das, was wir anstreben. Wir versuchen, das Bild als ein Ganzes zu sehen – aber dazu kommen wir nicht an der Dualität vorbei. Also bleibt uns nur, die Dualität, diese absoluten Gegensätze, im Gleichgewicht zu halten und dadurch zu überwinden. Das ist die Art, nach Ganzheit zu streben.«

Ich sagte Nestor, dass ich dies alles nicht ganz nachvollziehen könne. Er antwortete, dies sei deshalb so, weil ich nicht auf der linken Seite lebte.

»Das heisst also, ich brauche mich nur auf der linken Seite niederzulassen, und schon verstehe ich die Bedeutung der Kreisfiguren und kann die Dualität auf meiner inneren Leinwand sehen?« neckte ich.

»Es ist nicht einfach, die linke Seite zu erreichen, geschweige denn hier zu leben.«

»Aber das ist nicht wahr«, widersprach ich. »Ich bin jetzt auch hier, und ich lebe und wohne in deinem Haus. Warum sollte das so schwierig sein, auf der linken Seite zu leben?«

»Mit deinem Körper bist du da. Aber mit deinen Gefühlen und Gedanken bist du noch immer auf der rechten Seite. Erst wenn du ständig hier lebtest, würdest du dich allmählich ändern. Könntest du dir wirklich vorstellen, hier zu leben?«

Ich wollte diese Frage bejahen, doch im selben Moment fiel mir ein, dass es mir tatsächlich häufig schwer fiel, bei Nestor zu verweilen. Ich beobachtete mehrere Male, dass ich Gefühle wie Freude, Zuneigung, Zufriedenheit, aber auch Ärger, Widerwillen und Traurigkeit hier viel intensiver erlebte als in Bern. Hinzu kam, dass diese Gefühle viel unbeständiger waren und ins Gegenteil wechselten, wenn ich es am wenigsten erwartete. Diese Unbeständigkeit meiner Gemütsverfassung war unheimlich, weil sie mich dazu brachte, meinen Gefühlen zu misstrauen, ja sogar an mir selbst zu zweifeln. Ich gab der Umgebung, der Stille, dem Ort hier die Schuld an meinen Zuständen – und auch Nestor: Obwohl ich ihn gut leiden konnte, empfand ich es stets als eine gewisse Erleichterung, gar Erlösung, wenn ich mich von ihm verabschiedete und diesen Ort verliess. Allein die Aussicht auf das Möbel vermochte mich immer wieder hierher zu bringen.

»Dann ist das Leben auf der linken Seite also deshalb anspruchsvoller, weil hier die menschliche Ordnung ausser Kraft gesetzt wird?« versuchte ich Nestors Kernaussage zu erfassen.

»Nicht ausser Kraft gesetzt, sondern auf wenige Grundsätze reduziert. Hier wird die Vielfalt unter der Dualität vereint. Diejenigen, die auf dieser Seite des Flusses leben, können dies direkt sehen. Und wer dies sehen kann, strebt nach Ganzheit. Das ist es, was ich hier tue.«

Ich machte Nestor darauf aufmerksam, dass dies, so weit ich mich erinnern konnte, das erste Mal war, dass er so freimütig Auskunft über sein Tun gab. Für ihn indessen war das offenbar nichts Besonderes: Er erwiderte, dass er mir genau dies dauernd zu erklären versuche, nur sei ich selten offen genug, auch nur zuzuhören, geschweige denn, mir solches zu verinnerlichen.

Den folgenden Winter verbrachte ich erneut in Bern. Der Gedanke aber, dass Nestor ein Anhänger einer hundertjährigen Tradition von Suchenden im Emmental sein könnte, liess nicht von mir ab. Je länger ich darüber nachdachte, desto mehr war ich überzeugt, dass er ein Verfechter eines Glaubenssystems war; eines Glaubenssystems mit eigenen Begriffen, Ritualen, Symbolen, mit einer auf die erweiterte Wahrnehmung des Einzelnen ausgerichtete Weltbeschreibung und mit dem mystischen Ziel, die Dualität zu überwinden und das Bild als ein Ganzes zu sehen.

Ich versuchte mehr über diese mystische Tradition herauszufinden, deren Anhänger die Kreisfiguren als gemeinsames Symbol und als Übungsobjekt benutzten. Der Name Mari Egli, das Jahr 1888, der Ort sowie die zweifarbigen Doppelkreise selbst dienten mir als Ausgangslage für die Nachforschungen.

Ich brachte bald in Erfahrung, dass das Emmental einen beachtlichen Reichtum an religiösen Gruppierungen und Sekten aufwies und auch heute noch aufweist – darunter auch solche, die im Emmental selbst entstanden sind. Die Abgeschiedenheit der Landschaft und die ungünstigen sozialen und wirtschaftlichen Bedingungen der hiesigen Bevölkerung waren jahrhundertelang der Nährboden für religiöse Aktivitäten ausserhalb der Gemeindekirchen. Dies galt insbesondere für das neunzehnte Jahrhundert: Wirtschaftliche Notlagen und technologische Umwälzungen in der Industrie und der Landwirtschaft führten zur Abwanderung von Arbeitskräften, zu Arbeitslosigkeit und Armut. In solchen unsicheren Zeiten waren die Menschen empfänglicher für ausserkirchliche religiöse Betätigungen, und dazu gehörten gerade auch innerlich-mystische Bewegungen. Es war also durchaus denkbar, dass die mystische Erlösungslehre, die Nestor vertrat, ihre Wurzeln im protestantischen Emmental des neunzehnten Jahrhunderts hatte – vielleicht war sie sogar durch Mari Egli ins Leben gerufen worden.

Meine Suche nach ausserchristlichen Gruppierungen, Sekten, Mystikern im hinteren Emmental schlug jedoch fehl: Soviel ich in Erfahrung bringen konnte, gab es in der neuzeitlichen Geschichte des Emmentals keine religiösen Bewegungen ausserhalb des Christentums. Erst ab der Mitte des zwanzigsten Jahrhunderts begannen andere religiöse Gruppierungen, hier ihr Gedankengut zu verbreiten. Nestors Lehre wollte aber auch nicht ins Bild der hier tief verwurzelten und durch die Kirchen bekämpften Volksreligiosität passen, denn deren Praktiken zielten auf weltliches Heil: Man versuchte mittels magisch gedachter Gegenstände und Zeichendeuterei Unglück in Form von Geistern, Naturkatastrophen, Krankheit und Tod abzuwehren sowie Wohlstand und Fruchtbarkeit des Ackers zu garantieren – nicht aber eine mystische Überwindung von Dualität herbeizuführen. Der Name Mari Egli half ebenfalls nicht weiter: Ich vermochte höchstens einige Lebensdaten und Namen von Familienangehörigen zusammenzutragen. Da ich aber Maris Heimatort nicht kannte, war nicht einmal klar, um welche der in Frage kommenden Mari Eglis es sich nun wirklich handelte.

Allerdings bedeuteten diese Fehlschläge noch nicht, dass es wirklich keine religiösen Bewegungen neben dem Christentum gab. Vielleicht wurde die Gruppe um Mari Egli nie dokumentiert, weil sie klein genug war, um nicht aufzufallen. Vielleicht gaben sich die Anhänger ganz bewusst nie zu erkennen und verbargen ihre Denkweise. Und vielleicht hatten sie allen Grund dazu, wenn man bedenkt, dass Andersgläubige und Ausserkirchliche auch im Emmental verfolgt wurden, wie das Beispiel der Religionsgemeinschaft der Täufer in der nachreformatorischen Zeit zeigt – und diese beriefen sich immerhin auf die Bibel und verstanden sich als Christen. Das alles blieb aber Spekulation.

Im Frühling darauf sprach ich mit Nestor über meine Nachforschungen. Es war ein kalter, bewölkter Dienstag im April, als ich ihn wissen liess, dass ich nach Informationen über Mari Egli und die Tradition auf der linken Seite der Emme gesucht hatte. Meine Bemühungen schienen ihn zu überraschen. Er lächelte und meinte, er hätte nicht geglaubt, dass ich so viel Energie aufwenden würde um den Kreisfiguren auf den Grund zu gehen.

Ich ignorierte seine Anspielung und unterrichtete ihn vom Misserfolg meiner Suche. Dann stellte ich die Vermutung auf, dass es sich bei dieser Tradition um eine bislang unentdeckt gebliebene mystische Strömung handelte. Ich hoffte, Nestor würde darauf eingehen und mir Einzelheiten über Mari Egli und die Suchenden der linken Seite der Emme offenbaren.

»Warum willst du hier eine Tradition finden?«, fragte er stattdessen. »Brauchst du das als Bestätigung für die Übungen, die du hier ausführst?« Er schmunzelte breit und fügte in seiner üblichen Ironie an: »Jaja, je älter die Übungen und je grösser die Zahl derer, die sie ausüben, desto wirksamer sind sie, he?«

»Du sagtest, es gebe eine Tradition von Emmentalern, die die zweifarbigen Kreisfiguren als Symbol verwenden«, verteidigte ich mein Forschen unbeirrt.

»Ich habe nichts von Emmentalern und auch nichts von einer Tradition gesagt«, bestritt er vehement. »Ich sagte, dass es hier einige Leute gibt, die nach Ganzheit streben. Die Kreisfiguren mit der Doppelmembran sind dabei eines von mehreren Hilfsmitteln zu diesem Zweck. Und sie symbolisieren die absoluten Gegensätze. Ich habe dich diese Figuren aber deshalb malen lassen, damit du sie anschaust und das Doppeln übst, nicht damit du über sie nachgrübelst.«

»Aber offensichtlich hat es doch früher schon Menschen gegeben, die auch nach der Vereinigung der Gegensätze strebten, vielleicht mit eben diesem Symbol, das ja auch heute noch verwendet wird«, beharrte ich. »Vielleicht war ja gerade Mari Egli ein solcher Mensch.«

»Es hat überall und zu allen Zeiten Menschen gegeben, die nach Ganzheit, nach der Vereinigung der Gegensätze strebten«, erwiderte er ausweichend.

»Aber hier, Nestor. Hier auf der linken Seite der Emme, wie du immer sagst. Diese Kreisfiguren deuten doch auf eine gewisse Tradition hin.«

»Ich gebe nichts auf die Tradition«, winkte er ab. »Tradition schafft Grenzen: Sie macht aus dem Ganzen zwei voneinander getrennte Teile. Entweder du gehörst ihr an, oder du stehst ausserhalb von ihr; entweder bist du dafür oder dagegen. Tradition ist also etwas, das Gegensätze schafft und bestehen lässt, und nichts zu ihrer Vereinigung beiträgt.«

Nestor sprach noch weiter über die Nachteile einer Tradition, doch ich hörte nicht mehr zu. Für mich war offensichtlich, dass er nicht auf meine Frage, ob es hier eine traditionelle mystische Glaubensgemeinschaft gegeben hat und noch immer gibt, eingehen wollte. Ich fragte mich, was das Motiv für sein Schweigen sein könnte: War diese Tradition tatsächlich so geheim, dass Aussenstehende nicht nur keinen Zugang, sondern auch keine Kenntnis davon haben durften? Oder erfolgte der Zugang weitgehend ohne das Wissen des Lehrlings, sondern nur über die Praxis? War ich in diesem Sinne schon Schüler?

Jedenfalls war ich nach wie vor überzeugt, dass diese Übungen und dieses Symbol Geschichte hatten und für ein System mit klaren Zielen und eigenen Mitteln sprachen. Sollte es sich so verhalten, und sollte Nestor, aus welchen Gründen auch immer, weiterhin über diese Tradition schweigen, so bestand der einzige Weg um etwas Handfestes herauszufinden darin, dass ich mich weiterhin mit der vollkommenen Restauration vertraut machte.

Am späteren Nachmittag verliess Nestor das Haus. Ich versuchte, mich in einen Text zu vertiefen, den ich als Vorbereitung auf eine Seminarsitzung bearbeiten musste. Doch meine Gedanken kreisten weiterhin um die vermutete Tradition der linken Seite. Und der Frust, keine Bestätigung für meine Recherchen erhalten zu haben, machte die Situation unerträglich. Ich verfiel in ein zielloses, unbefriedigendes Grübeln: Warum schwieg Nestor? Was verbarg sich wirklich hinter der vollkommenen Restauration?

Als es mir gelang, meine Aufmerksamkeit mehr nach aussen, auf das Bild zu verlagern, begann ich mich an meiner Umgebung zu stören. Plötzlich fand ich die Stille hier nicht zum Aushalten. Und Nestors Stube engte mich ein. Mein Sitz war zu weich, meine Fussstütze zu hart. Ich war durstig, mochte aber nichts trinken. Ich konnte nicht ruhig sitzen, mochte mich aber nicht bewegen. Dann merkte ich wieder, dass mir vieles durch den Kopf ging, konnte aber keinen klaren Gedanken fassen.

Schliesslich ging ich doch nach draussen. Es war wie eine kleine Befreiung, die aber nicht lange andauerte. Die Unzufriedenheit folgte mir wie ein Schatten. Ich atmete frische Luft und musste dabei an die alltägliche städtische Duftmischung aus Abgasen, Zigarettenrauch und reizendem Parfüm denken, die ich unter normalen Umständen verabscheute, die mir in diesem Moment aber fast lieber gewesen wäre.

Ich blickte mich um. Vor mir lag die Weite des Tals. Zur Linken erhob sich der Hohgant. Das einzige Geräusch, das ich hörte, war das nie verstummende Rauschen der Bäche, die in den Gräben um Nestors Haus flossen. Es schien, als sei niemand sonst auf der Welt.

Ich stieg in den Hühnerstall um die Nachbilder zu sehen. Doch die Konzentration wollte mir auch hier nicht gelingen. Stattdessen brütete ich weiter über dem Symbol der Doppelkreise. In meinem fiebernden Zustand kam mir die Idee, diese Kreise auszumessen und miteinander zu vergleichen, um jeden Zufall ausschliessen zu können. Ich berechnete also das Verhältnis der Kern- zu den Kreisringflächen sowohl des Glasfensters im Hühnerstall, als auch der Figuren auf dem Sekretär. Das Resultat bekräftigte nur erneut, dass es sich tatsächlich um dieselben Doppelkreise handelte: In jedem Fall waren die Flächen von Kern und Aussenkreis identisch.

Frustriert setzte ich mich dem Möbel gegenüber und starrte es an. Ich hätte zu gerne gewusst, wer dieses seltsame Kunstwerk gebaut hatte und was er oder sie über die Kreisfiguren zu sagen hätte, die sich – jetzt fiel es mir erstmals auf – nicht einfach zufällig über die Schubladen verteilten: Immer zwei zusammen bildeten eine Gruppe. Auf der mittleren linken Schublade gab es vier solche Zweiergruppen, die in gleichen Abständen um einen mittleren, etwas grösseren konzentrischen Kreis angeordnet waren. Auf der obersten Schublade links war es noch eine solche Zweiergruppe, wieder mit dem grösseren Kreis in der Mitte. Nur die oberste, plastisch aus dem Holz herausgearbeitete Kugel fiel aus der Reihe, und zwar in zweifacher Hinsicht: Weder war sie Teil einer Zweiergruppe noch war sie von einer solchen umgeben; zudem wies sie in ihrem Inneren nicht nur einen Kern auf, sondern mehrere Kreisringe. Auf die Mitte des Möbels starrend versuchte ich, die Absicht hinter der Anordnung dieser Kreisfiguren zu erfassen.

Wie sehr ich mich auf das Möbel konzentriert hatte, wurde mir erst nach einer Weile bewusst, als plötzlich die Kontraste zwischen dunkel und hell deutlich hervortraten und Teile des Bildes langsam ineinander zu fliessen und auseinander zu driften begannen. Dann konnte ich an den leuchtenden Rändern des Möbels erkennen, dass dessen Nachbild entstanden war. Ich löste meinen Blick und schob dieses mit den Augen über die hintere Stallwand. Dass ich es sehen konnte, fasste ich sofort als Hinweis auf, am Möbel weiterarbeiten zu können. Die Vorfreude liess ich mir auch nicht durch den Umstand trüben, dass es mir nicht gelingen wollte, das Nachbild an Ort und Stelle zu halten – es driftete immer wieder nach unten.

Aufgeregt nahm ich das Eisenlineal und das Messer zur Hand und begann, das Dreieck, das ich auf dem beschädigten Holzblatt der oberen linken Schublade eingezeichnet hatte, auszuschneiden. Aber meine Ernüchterung war gross, als sich mein Puls umgehend zu beschleunigen begann und die üblichen körperlichen Symptome bald darauf einsetzten. Ich nahm mich zusammen und schaffte es gerade, der ersten Linie mit dem Messer entlang zu schneiden, ehe mein Körper unwillkürlich zu zucken begann.

Das war kein Grund, aufzugeben: Nach einer Ruhepause setzte ich mich erneut vor das Möbel hin und versuchte, das Bild als ein Ganzes zu sehen. Die Konzentration wollte nicht richtig gelingen, musste ich doch dauernd daran denken, dass diese Arbeit eine grosse Präzision erforderte. Denn wenn ich meine Hände nicht ruhig halten konnte, hätte dies möglicherweise die Beschädigung der Einlegearbeit zur Folge gehabt.

Es dauerte einige Zeit, bis sich das Nachbild einstellte, welches ich wieder vergeblich festzuhalten versuchte. Nachdem es verblasst war, setzte ich das Lineal erneut an und schnitt die zweite Linie; dies gelang mir in kurzer Zeit und ohne grossen Kraftaufwand, da der Maserungsverlauf des Holzblattes mit der Schnittrichtung übereinstimmte.

Ich wiederholte den Prozess noch ein letztes Mal, aber bei dieser dritten Linie wurde der Druck unterhalb meines Nabels ungewöhnlich stark: Als ich mit dem Messer in der Mitte der Linie angelangt war, begann mein Körper zu zittern. In meinem Übereifer ignorierte ich dieses Zittern, doch dann geschah, was nicht hätte geschehen sollen: Meine Hände verselbständigten sich, und mir fehlte die Kraft, um das Lineal ans Möbel gedrückt zu halten. Dabei riss ich mit dem Messer ein kleines Stück der Einlegearbeit auf.

Ärgerlich liess ich die Werkzeuge fallen und torkelte vom Möbel weg. Aber der Ärger wich einem tiefen Schrecken als ich feststellen musste, dass die unangenehmen Empfindungen nicht abklingen wollten. Ich ging nach draussen ins Freie um frische Luft zu schnappen, doch dies bewirkte ebenfalls keine Linderung – im Gegenteil: Der unerträgliche Druck unterhalb der Nabelgegend steigerte sich sogar noch und verschlug mir den Atem. In meiner Brust hämmerte das Herz schneller denn je, und als ich um Atem ringen musste, ergriff mich eine panische Angst, die mich ins Haus zurücktrieb. Überall sah ich das Nachbild des Möbels, jetzt deutlicher als je zuvor.

Ich legte mich aufs Sofa. Eine schier endlose Zeit lag ich da und harrte aus, zitterte, atmete schnell und oberflächlich und wünschte, dieser Zustand möge aufhören. Irgendwann wurde ich mir gewahr, dass ich nicht mehr zitterte, sondern kleine, unwillkürliche Bewegungen ausführte: Ich spielte mit meinen Händen, kreiste immer wieder die Schultern, öffnete und schloss den Mund, drehte den Kopf nach links und nach rechts – mein Körper liess sich nicht ruhig halten.

Ich stand auf und begann, meine ganze Aufmerksamkeit auf diese Bewegungen zu richten. Sie erfolgten nicht gleichzeitig, sondern einzeln, in einem gewissen Rhythmus. Und ich merkte, dass sie sich meinem Herzschlag angeglichen hatten. Ich hatte den merkwürdigen Eindruck, diese Bewegungen zu ›wissen‹, Augenblicke bevor sie von meinem Körper ausgeführt wurden. Doch wenn ich versuchte, eine Bewegung willentlich auszuführen oder zu unterbinden, ergab sich umgehend so etwas wie eine Störung oder eine Disharmonie, die sich darin ausdrückte, dass ich wieder unkontrolliert zu zittern begann.

Dann fühlte ich, wie sich etwas in mir löste. Als wären sie lange aufgestaut worden, flossen fremde, sonderbare, absurde, aber koordinierte, harmonische Bewegungen durch meinen Körper. Ich tanzte. Ich tanzte so sicher und mit einer solchen Leichtigkeit, als hätte ich mich schon immer auf diese Weise bewegt. Dieses Tanzen löste in mir intensive Gefühle aus: Diese tiefe Ruhe mitten in der Bewegung; diese grosse Entspannung mitten in der Anspannung – sie versetzten mich in einen euphorischen Zustand.

Es mochte viel oder auch wenig Zeit vergangen sein, als ich mir gewahr wurde, dass meine Bewegungen nicht mehr so leicht und entspannt waren, sondern dass ich sie immer mehr erzwingen musste. Ich merkte, wie erschöpft ich war, und wie sehr ich mich erhitzt hatte. Wieder wurde mir das übersteigerte Pochen des Herzens bewusst, wieder spürte ich den Puls in den Schläfen und das Blut durch meinen Körper schiessen. Angst, Kleinmut, Sorge und Zweifel verdrängten jede Euphorie.

Ich ging auf mein Zimmer und legte mich in mein Bett, in der Hoffnung, schnell einzuschlafen. Doch meine Augen blieben offen, so wie die Holzaugen an der Decke und an den Wänden, die mich zwischen den tanzenden Linien der Maserung traurig, böse, gütig, gleichgültig anblickten.

Einmal sah ich Nestors Augen. Sie blickten freundlich und gaben mir das Gefühl, es sei alles in Ordnung. Die Augen blickten mich noch lange an, auch wenn ich die meinen schloss. Diese zwei purpurfarben leuchtenden Kreise wollten nicht verblassen, aber sie begannen andere Gestalten anzunehmen: Sie verformten sich zu ganzen Gesichtern und zu menschenähnlichen Körpern, die sich bewegten, die tanzten.

Danach wurde ich mir der zunehmenden Dunkelheit gewahr. Sie verliess ihre Domänen, drang aus dem Schrank, kroch unter dem Bett hervor und stieg aus den Schubladen, um sich allmählich auszubreiten. Die Dunkelheit machte mir Angst, denn sie verschlang alle klaren Linien und Grenzen zwischen den Gegenständen, sie vernichtete jede Distanz. Es gab keine Orientierung und keine Ordnung mehr. Decke, Boden, Tür, Kommode, Schrank, Kamin, Bett – durch die Dunkelheit konnten diese Dinge überall und nirgends sein, sie waren beweglich geworden, waren miteinander vermengt. Sie alle lösten sich in einem allumfassenden dunklen Nichts auf. Das Bild schien ein Ganzes zu sein.

Diese Dunkelheit war bedrohlich, nicht nur weil sie grenzenlos war, sondern weil sie mich gleichzeitig dermassen einengte, dass ich sie um mich herum fühlen konnte – ja, sie wurde hart und starr und raubte mir die Bewegungsfreiheit. In einem verzweifelten Versuch, mich zu befreien, wollte ich um mich schlagen, stiess aber überall an kühle feuchte Wände.

Wasser tropfte auf meinen Körper. Ich blickte mich um. Es war nicht mehr so dunkel wie zu Beginn. Ich hatte den Eindruck, dass die Helligkeit von meiner körperlichen Tätigkeit abhing: Wenn ich ruhig blieb, schien das Bild ein wenig heller zu sein, und ich konnte weiter in die Dunkelheit sehen, als wenn ich mich bewegte.

Ich erkannte mein Umfeld: Es war ein enger Höhlengang. So behutsam wie möglich begann ich auf allen Vieren den Gang entlang zu kriechen. Lange Zeit folgte ich dieser Röhre, die keine Kurven beschrieb, immer eben und gleich eng war und scheinbar ins Endlose führte.

Ganz unerwartet tauchte plötzlich eine Wand aus dem Nichts auf, die jedes Fortschreiten verunmöglichte. Ratlos kauerte ich mich hin. Umkehren konnte ich nicht, höchstens rückwärts kriechen. In meiner Verzweiflung hämmerte ich gegen diese Wand – und erschrak: Ausgehend von der Berührungsstelle breiteten sich Wellen in alle Richtungen aus, als hätte ich auf eine Wasserfläche eingeschlagen. Als diese Wellen verklungen waren, berührte ich die Wand behutsam mit meiner Handfläche, was eine sonderbare Empfindung auslöste: Ich spürte ein Kribbeln, zuerst in den Fingerbeeren, dann in der ganzen

Hand. Fasziniert von diesem Gefühl gab ich einen sanften Druck auf das Gestein, worauf meine Finger in die Wandoberfläche eintauchten. Was ich als Stein wähnte, fühlte sich wie eine zähflüssige Masse an. Ich gab noch mehr Druck, aber der Widerstand wurde stärker, je weiter ich meine Hand, dann auch meinen Arm durch die Masse stiess. Trotzdem versuchte ich, die Wand mit meinem ganzen Körper zu durchdringen – die Hände und dann den Kopf voran. Doch der Widerstand erschöpfte meine Kräfte zu rasch und die Wand spie mich wieder aus. Ich kam nicht weiter.

Der innere Druck und das Fliessen der Energie

Am Morgen darauf fuhr ich nach Bern zurück, ohne mit Nestor gesprochen zu haben. Ich war wütend über ihn, einfach weil das, was nicht möglich sein durfte, hier bei ihm möglich war. Und ich wollte ihn gar nicht erst zu Wort kommen lassen, weil ich ahnte, dass er mir die Halluzinationen des vergangenen Tages gleich wieder überzeugend und plausibel im Rahmen seiner vollkommenen Restauration erklären würde.

Ich mied das Emmental während den folgenden zwei Monaten. Ich brauchte Zeit, um das Erlebte zu ordnen und abzuwägen, wie viel mir die Restauration des Möbels wert war, ob ich dafür meine körperliche und psychische Unversehrtheit aufs Spiel setzen wollte. Ich entschied mich schliesslich, damit aufzuhören. Vielleicht, so sagte ich mir, war ich einfach nicht dafür geeignet, vielleicht war kein vernünftiger Mensch für so etwas Halsbrecherisches geeignet.

Für mich war jedenfalls klar, dass Sicherheit und Wohlbefinden bei allen Tätigkeiten oberste Priorität haben sollten. Aber genau dies war bei der vollkommenen Restauration offenbar nicht der Fall: Diese entpuppte sich als ein Spiel mit der Gesundheit. Und ein Spiel mit der Gesundheit, das brauchte ich nicht. Da ich nach wie vor keine rationale Erklärung für diese extremen Zustände hatte, konnte ich auch nicht abschätzen, wie intensiv die offenbar durch das Möbel verursachten Symptome überhaupt werden konnten; ob es genauso gut hätte sein können, dass mein Körper gänzlich versagt hätte, oder, vielleicht noch schlimmer, dass mein Verstand irgendwo zwischen zwei Welten hängen geblieben wäre. Nein, so etwas brauchte ich wirklich nicht. Sechshundert Franken hin oder her.

An einem stark bewölkten, aber trockenen Wochenendtag im Frühsommer fuhr ich zu Nestor, um ihm meinen Entschluss mitzuteilen und meine Werkzeuge zu holen. Er war draussen vor dem Haus damit beschäftigt, Äste zu Holzbündeln zusammenzubinden. Als er mich sah, lächelte er und liess von seiner Arbeit ab. Er bemerkte, dass ich lange nicht mehr gekommen sei, und dass er das Möbel beinahe weiterverkauft hätte.

Ich ging nicht darauf ein, teilte ihm nur knapp meinen Entschluss mit, dass ich mit der vollkommenen Restauration aufhören würde.

Zuerst versuchte ich ihm glaubhaft zu machen, ich sei nicht länger an Mari Eglis Sekretär interessiert, weil ich ein anderes, schneller restaurierbares und einträglicheres Möbel gefunden hätte. Nestor aber lachte nur und meinte, dass ich mich nicht hinter Ausreden zu verstecken brauche.

»Als du das letzte Mal hier warst, da hast du ziemlich *dr Gack i de Hose ghaa*, he?« spielte er auf meine Angst an, die ich während dieses intensiveren Zustandes erlebte.

Die ungehobelte und direkte Art, wie er das Thema auf den Punkt brachte, provozierte mich. Ich vergass meinen Vorwand und erklärte ihm, dass seine Übungen und überhaupt die ganze vollkommene Restauration unverantwortlich und gefährlich seien, wenn sie solche körperlichen Extremzustände hervorrufen würden.

»Ja, gut«, beruhigte er mich. »Dann binde mal diese Äste hier zu *Wedelis* zusammen. Das ist ganz sicher nicht gefährlich. Ich gehe inzwischen eine weitere Ladung Holz holen.« Er setzte seinen Hut auf und zog einen Leiterwagen über einen kleinen Fusspfad in den Wald hinauf.

Es ärgerte mich, dass er mich so einfach abfertigte. Aber als er später aus dem Wald zurückkehrte, war mein Unmut verraucht. Das Zusammenbinden der Äste hatte mich abgelenkt und entspannt. Nestor stellte sich neben mich und gemeinsam setzten wir die Arbeit fort.

»Ich habe dir mit meinem Zustand letztes Mal wohl einen gehörigen Schrecken eingejagt«, mutmasste ich, um das Gespräch wieder aufzunehmen.

Nestor antwortete nicht direkt darauf. Er erzählte stattdessen, wie er an jenem Tag bei Einbruch der Dunkelheit vom Einkauf im Dorf zum Haus zurückgekehrt sei. Er habe mich als Erstes im Stall gesucht. Als er aber die beschädigte Einlegearbeit am Möbel und die umherliegenden Werkzeuge gesehen habe, sei für ihn klar gewesen, was geschehen sei.

Nestor wollte dann von mir wissen, was ich erlebt hatte. Ich erzählte ihm ausführlich, woran ich mich noch erinnern konnte.

»Du sprichst von deinem Erlebnis, als hättest du eine Krankheit durchgemacht«, stellte er schliesslich fest.

»Ich habe halluziniert, habe Dinge gesehen, die es nicht gibt. Das ist nicht normal, so etwas kann nicht gesund sein«, versuchte ich ihm beizubringen. »Tut mir leid, aber ich habe kein Interesse, mich weiterhin solchen Einflüssen auszusetzen.«

»Du hattest gesteigerte Sinneswahrnehmungen«, deutete Nestor. »Es waren Wahrnehmungen, die für dich in diesem Moment dieselbe Wirklichkeit besassen, wie das, was du jetzt siehst. Du solltest sie nicht mit medizinischen oder psychologischen Begriffen abwerten.«

»Ich weiss, was ich gesehen habe, Nestor«, beharrte ich. »Es waren Halluzinationen. Und das hat nichts mit der Wirklichkeit zu tun.«

»Halluzinationen«, imitierte er mich mit einem ironischen Unterton. »Ja, wenn das Halluzinationen waren, dann solltest du dich wirklich vorsehen: Halluzinationen bedrohen die Fähigkeit, die Welt geordnet und richtig wahrzunehmen. Und das ist gefährlich, denn stell dir vor, jeder würde die Welt auf seine ganz eigene Weise wahrnehmen – das gäbe ein Chaos. Wenn die Halluzinationen also nicht verschwinden, müssen sie psychiatrisch behandelt werden. Es gibt Medikamente dagegen. Und die Krankenkassen bezahlen das.

Wenn wir aber konsequent sein wollen, dürften wir auch nicht mehr träumen«, fuhr er fort. »Denn wenn wir uns abends hinlegen und einschlafen, dann laufen auf unserer inneren Leinwand auch nur Halluzinationen ab. Aber in diesem Fall ist das wohl in Ordnung, weil es nicht in unserem Tagesbewusstsein geschieht, und weil wir es in der Schublade ›Schlaf und Traum‹ versorgen können. Sieht jemand aber im Alltag plötzlich Dinge, die andere nicht sehen, dann hat er hat ein Problem.«

»Was willst du damit sagen?« fragte ich ihn, provoziert durch seinen zynischen Äusserungen. »Dass ich die Vision des Jahrhunderts hatte?«

Er blickte mich aufmerksam an. »Natürlich geht es auch nicht darum, solche gesteigerten Sinneswahrnehmungen hochzuspielen«, erwiderte er. »Was du gesehen hast, gehörte immer noch zu deiner kleinen Welt, und es ist nicht schwierig, Wahrnehmungen dieser Art zu erzeugen. Es gibt Menschen, die schaffen es sogar, ihre Wahrnehmungen als prophetische Visionen zu verkaufen. Manchmal ergeben sich daraus grosse Religionen, meistens aber können selbsternannte Propheten nur wenigen Anhängern das Geld aus der Tasche ziehen – aber entweder bleiben sie Gefangene ihrer eigenen Spinnereien oder sie belügen die Leute absichtlich. Die Lösung ist nicht, diese Wahrnehmungen als Krankheit abzutun, und auch nicht, sie als göttliche Vision aufzublasen: Sieh stattdessen eine Chance darin.«

»Eine Chance wofür?«

»Eine Chance, von dem Irrtum freizuwerden, dass es nur eine richtige Art und Weise gibt, das Bild zu sehen«, sagte er bestimmt.

»Eine Chance, den Wert der inneren Leinwand zu erkennen und ernsthaft damit zu üben.«

Ich liess Nestor wissen, dass ich meilenweit davon entfernt sei zu glauben, es gäbe nur eine einzige richtige Art, das Bild zu sehen. Und ausserdem sei ich mit meiner Welt voll und ganz zufrieden, daher sei es für mich sinnlos, mich in eine andere Wirklichkeit zu flüchten, ganz gleich wie diese zustande komme. Er setzte dem entgegen, dass ich vielleicht offen genug sei, um verschieden über das Bild nachzudenken, aber nicht offen genug, um das Bild verschieden zu sehen. Deshalb mache die Konzentration auf die innere Leinwand für mich mehr Sinn, als ich selbst wahrhaben wolle.

Ich wurde wütend. Es war diese Ekel erregende Art, mit welcher er mich von oben herab beurteilte. Und ich verabscheute ihn für die Sicherheit, die dabei stets mitschwang. Ich beschwor ihn richtiggehend, dass er kaum etwas von mir wusste und sich daher auch nicht sicher sein konnte, wenn er über mein Leben sprach.

»Das ist also der Grund, weshalb du so wenig von dir erzählst«, meinte er schmunzelnd. »Du willst dich nicht festlegen. Du willst nicht beurteilt und nicht durchschaut werden. Warum nicht? Wovor hast du Angst?«

»Ich habe keine Angst.«

»Aber du schweigst vieles in dich hinein.«

Ich fuhr ihn an, er solle aufhören. Es stehe ihm nicht zu, über mich zu urteilen und mir solchen Blödsinn anzuhängen. Als ich verstummte, war ich ganz erschöpft. Nestor lächelte und sagte sanft, es sei erstaunlich, mit wie viel Engagement ich meine kleine Welt verteidigen würde.

Ich erkannte, dass es keinen Sinn hatte, mit ihm zu diskutieren. Es gab ohnehin keine Diskussion, wie ich sie mir gewohnt war: wo jeder versuchte, seinen Standpunkt sachlich darzulegen und schliesslich einen Kompromiss zu finden. Denn Nestor sprach nicht mit mir über seine Ansicht der Welt, sondern er integrierte mich direkt in seine Welt. Das Einzige, was ich ihm entgegenhalten konnte, war stiller Trotz.

Wir schwiegen eine Weile. Ich band die Äste enger zusammen, zog die Knoten fester an. Nach und nach verrauchte meine Wut und wich einer seltsamen Traurigkeit: Ich sah mich in die Ohnmacht zurückversetzt, die ich in diesem kürzlich erlebten, extremen Zustand gegenüber jener Kraft verspürt hatte, die in mir wirkte und mich fühlen liess, dass ich ein Nichts war.

»Ich hatte höllische Angst«, entfuhr es mir so spontan, dass es mich selbst überraschte.

Nestor zuckte mit der Achsel. »Du bist zum ersten Mal an die Grenzen deines Tagesbewusstseins gestossen«, meinte er wie selbstverständlich. »Du bist dorthin gelangt, wo sich deine kleine Welt, die für dich immer so sicher und so fest war, als wackeliges Kartenhaus entpuppte. Du warst plötzlich mit anderen Wahrnehmungen konfrontiert. Und du wusstest nicht, wie du mit dieser umgehen solltest; du konntest nicht mehr unterscheiden, was wirklich war, und was nicht – das hat dir natürlich eine Höllenangst eingejagt.«

Ich musste ihm beipflichten. Es schien, als wusste er ganz genau, wie es mir ergangen war.

»Aber es ist gerade die Konfrontation mit der Angst, die unsere feste Weltanschauung lockert und uns zwingt, die Wahrnehmung des Bildes neu zu interpretieren und unser Bewusstsein weiterzuentwickeln«, fügte er an. »Betrachte es deshalb als eine Chance.«

»Diese ›Chance‹ hätte mich beinahe umgebracht«, erwiderte ich. »Ich glaubte, mein Herz würde aus meinem Brustkasten springen.«

»Du hattest Angst vor dem Tod«, brachte Nestor das Gespräch auf den Punkt. Damit weckte er vollends meine Erinnerung an den extremen körperlichen Zustand. Ich fühlte die Präsenz jenes Schreckens, den ich erlebt hatte, als mein Herz hämmerte und ich um Atem ringen musste; als sich die Strukturen im Bild scheinbar auflösten und ich nicht mehr richtig erfassen konnte, was sich vor meinen Augen abspielte. Da verspürte ich zum ersten Mal in meinem Leben echte Todesangst, begleitet von den Gefühlen des Widerwillens und der Reue darüber, dass es überhaupt so weit gekommen war.

Ich schwächte meine Erfahrung ab, indem ich die pauschale Bemerkung machte, dass sich wohl alle Menschen vor dem Tod fürchteten.

»Nein«, widersprach Nestor bestimmt. »Die meisten Menschen fürchten sich nicht vor dem Tod. Vielleicht beunruhigt sie hin und wieder die Vorstellung, dass sie eines Tages sterben und nicht mehr auf dieser Erde wandeln werden. Aber richtig Angst vor dem Tod, das haben die meisten nicht – dazu fehlt ihnen die Erfahrung der Todesangst an ihrem eigenen Körper.«

Nestor begann, über den Tod zu sprechen: Begegnungen mit dem Tod seien erschreckend, weil wir dabei am eindrücklichsten erfahren würden, dass er eine unvorstellbare Veränderung mit sich bringe;

dass unser Tod wie ein unausweichliches schwarzes Loch sei, welches alles verschlinge, alles was uns wichtig sei, alles woran wir glaubten.

Seine Worte bewirkten, dass ich nervös wurde. Ich sagte ihm, ich sähe keinen Sinn in diesem Gespräch, da sich über den Tod ohnehin nichts Sicheres sagen lasse. Und dass er eintrete, wisse ja jeder selbst.

»Jeder weiss es, genau«, erwiderte er scharf. »Und dies ist wohl der Vorwand dafür, dass wir uns nicht näher mit unserem Tod auseinander setzen, sondern ihn verdrängen. Jeder weiss es – warum sich also mit etwas beschäftigen, das bekannt ist, und das in jedem Fall und ohne unser Zutun eintreten wird? Warum also dem eigenen Tod auf den Zahn fühlen?«

Ich liess mich nicht von seiner Ironie einfangen: »Ja, warum? Ich weiss es nicht.«

»Weil wir dadurch unsere Ängste überwinden können«, antwortete er. »Die extremste Auseinandersetzung mit dem Tod ist die Erfahrung der Todesangst an unserem eigenen Körper. Gerade solche Erfahrungen stärken uns, weil wir daraus lernen können. Betrachte dein Erlebnis deshalb als eine Bereicherung.«

Ich liess Nestor wissen, dass seine Lobeshymnen auf die Angst und den Tod beinahe so klingen würden, als ob ich die Konfrontation mit dem Tod bewusst suchen sollte – in meinen Ohren eine direkte Aufforderung zum Verzicht auf die Lebensfreude.

»Es ist unnötig und leichtsinnig, den Tod direkt zu suchen«, sagte er ruhig. »Doch wenn wir die vollkommene Restauration ausüben, dann können wir der Konfrontation mit unseren Ängsten, auch mit der Todesangst, nicht ausweichen. Und wenn sich solche Erlebnisse einstellen, sollte das für uns kein Grund sein, aufzugeben und wegzulaufen – sondern künftig mit mehr Lebensfreude durch die Welt zu gehen.«

Nestor wiederholte, dass meine Begegnung mit dem Tod ein gutes Erlebnis war. Er sprach von einem Fortschritt in der vollkommenen Restauration, der dank meinem regelmässigen Üben möglich wurde. Er erinnerte mich sogleich daran, die Übungen nicht zu vernachlässigen und kündigte an, es gebe etwas Weiteres, das ich wissen sollte.

An diesem Punkt sah ich mich gezwungen, ihm die ursprüngliche Absicht meines Besuches zu wiederholen, nämlich die Werkzeuge einzupacken, und mich endgültig zu verabschieden. Ich führte aus, seine vollkommene Restauration habe erschreckende Ausmasse angenommen, und ich sähe mich nicht in der Lage, auf diese Weise zu leben, wie er es anscheinend konnte.

Nestor stellte seine Arbeit ein. Er schien zu überlegen und liess sich Zeit mit seiner Antwort. Je länger er schwieg, desto nervöser wurde ich. Der Gedanke, dass ich ihn enttäuschen könnte, machte mich ganz elend.

»Die vollkommene Restauration ist keine leichte Arbeit«, sagte er dann. »Es ist das Schwierigste, das es gibt. Aber es ist auch das Einzige in dieser Welt, das ein angstfreies, bewusstes und erkenntnisreiches Leben bieten, also wirklich befreien kann. Dazu braucht es sehr viel Energie und Wille, wir müssen uns anstrengen und immer etwas dafür tun. Von alleine passiert gar nichts.

Dann es braucht es viel Geduld: Rückschläge sind an der Tagesordnung; Fortschritte sind mühsam zu erzielen und können von anderen Menschen kaum beurteilt werden. Und obwohl jeder Mensch dazu befähigt ist, sind es nur wenige, die diese Chance erhalten. Von denen wiederum sind es noch weniger, die dies aus freien Stücken und mit aufrichtigem Verlangen auf sich nehmen. Vielleicht bist du einer dieser Menschen. Vielleicht auch nicht. Diese Entscheidung kann dir niemand abnehmen.« Er stand auf und ging ins Haus.

Ich blieb sitzen. Seine Worte hatten in mir etwas Unvorhergesehenes bewirkt: Es wurmte mich, dass mir Nestor so einfach die Wahl überliess. Ich war überzeugt gewesen, dass er mit allen Mitteln versuchen würde, mich zum Bleiben und Weitermachen zu bewegen – aber nach seinem Verhalten zu schliessen war es ihm egal, ob ich blieb oder ging. Doch was ich zunächst als bodenlose Frechheit empfand, brachte mich schon bald zum Lachen: Ich argwöhnte nämlich, dass dies ein geschickter Schachzug von ihm war, um mich zu provozieren und eben doch zum Bleiben zu bewegen. Der Gedanke, seine Strategie durchschaut zu haben, heiterte mich auf.

Ich begann, die restlichen Äste zu Bündel zusammenzubinden, und als kein Ast mehr übrig war, fühlte ich mich glücklich. Ich beschloss, über Nacht zu bleiben.

Nach dem Essen sassen wir eine Weile schweigend in Nestors Stube. Die ganze Zeit verharrte er regungslos auf seinem Bett neben dem Ofen und blickte aus dem Fenster. Er schien irgendetwas in der einbrechenden Dunkelheit aufmerksam zu beobachten.

»Als du in deinem intensiven Zustand zu tanzen begonnen hast«, fing Nestor plötzlich zu sprechen an, »da hast du intuitiv richtig gehandelt. Durch die Bewegungen hast du die erhöhte Energie in dir zum Fliessen gebracht und dadurch Blockaden in deinem Körper beseitigt. Und dies hat dir wiederum geholfen, besser zu tanzen. Auf diese Weise ist es dir gelungen, mit deinem inneren Druck umzugehen.«

»Was ist dieser ›innere Druck‹, von dem du sprichst?«

»Die Energie in deinem Körper erzeugt einen *inneren Druck*«, antwortete er und blickte mich prüfend an. »Wenn Mari Eglis Möbel auf dich wirkt, so wie es das letzte Mal geschah, dann bedeutet das im Grunde, dass eine sehr grosse Kraft auf deinen Körper und in deinem Körper wirkt. Du konntest mit dieser Energie aber nichts anfangen, weil du blockiert warst. Deshalb stieg dein innerer Druck rasch an, bis du ihn durch dein Tanzen in den Griff bekommen hast.«

Nestor erläuterte, für die vollkommene Restauration sei es unumgänglich, mit dem inneren Druck umgehen zu können. Blockaden im Körper und stockende Energie würden mich zwingen, tätig zu sein und den inneren Druck durch unbewusste nervöse Bewegungen und Gedanken abzuleiten. Brächte ich die Energie dagegen zum Fliessen, dann sei ich fähig, mit einer erhöhten Intensität ruhig und konzentriert meiner Arbeit nachzugehen. Genau in diesem Zustand hätte ich es damals auch geschafft, das Möbel abzulaugen und zu reinigen.

»Und wie soll ich diese Energie zum Fliessen bringen? Durch das Tanzen?« fragte ich.

»Durch Bewegungsübungen wie Kraftübungen, Dehnungsübungen, Tanzen – durch irgendwelche Leibesübungen halt. Es kommt nicht darauf an, was es ist. Wesentlich ist nur, dass du deine Bewegungen bewusst und kraftvoll ausführst. Je mehr du deinen Körper trainierst, desto leichter wird es dir gelingen, die Energie zum Fliessen zu bringen. Und das führt dazu, dass du stärker wirst, dass du mit noch mehr Energie kreativ arbeiten kannst, ohne dass sich dein Körper dabei auf eine unangenehme Weise verselbständigt. Und ohne dass Visionen auftreten und du dich zu verlieren glaubst, oder – in einer noch extremeren Situation – das Bewusstsein wirklich verlierst. Am besten übst du dieses Tanzen«, riet Nestor.

»Ich glaube kaum, dass ich je wieder auf diese Weise werde tanzen können. Das Erlebnis dieses Tanzens war zu einzigartig.«

»Lass es einzigartig, aber nicht einmalig bleiben«, sagte Nestor eindringlich. »Lerne tanzen und bring die Energie zum Fliessen.«

Die Aussicht auf dieses Tanzen war zugegebenermassen sehr verlockend. Doch der Aufwand, den mir Nestor nahe legte, stank mir gewaltig. Ich liess durchblicken, dass ich überhaupt nicht beweglich sei, dass ich tatsächlich nie viel mit Sport und Leichtathletik anfangen konnte.

Nestor fand, dass meine äussere Erscheinung genau dies auch zeige. »Atem- und Leibesübungen machen Menschen kräftiger und schöner«, behauptete er. »Aber du, du bist schmächtig, du bist ja nur Haut und Knochen; du bist bleich und hast keinen natürlichen Glanz im Gesicht – wo ist da die Energie in deinem Körper? Dir fehlt ein gewisser innerer Druck. Und das bisschen Energie in dir kann nicht fliessen. Wie willst du denn mit einem solchen Körper den Druck des Möbels aushalten können?«

»Dann muss ich für das Möbel auch noch tanzen?« fragte ich gereizt. Seine Kritik an meinem Körper beleidigte mich.

»Nicht nur tanzen. Die Energie zum Fliessen bringen ist zwar notwendig, um mit dem inneren Druck umgehen zu können. Aber gleichzeitig musst du gezielt deinen inneren Druck aufbauen, damit überhaupt mehr Energie da ist, die du zum Fliessen bringen kannst. Und dies tust du durch Atemübungen. Achte so oft als möglich auf deinen Atem und versuche tiefer zu atmen. Denn du atmest normalerweise zu flach und zu oft. Atme tief und bewusst.«

Dann begann Nestor über Atemübungen zu sprechen, die ihm zufolge so einfach wie möglich sein sollten: »Tief einatmen, den Atem anhalten, langsam wieder ausatmen, und wenn du willst, legst du eine kleine Atempause ein, bevor du von vorn beginnst – mehr braucht es gar nicht.«

»Und wie lange soll ich den Atem anhalten?«

»So lange, bis du spürst, dass es genug ist. Es ist nicht nötig, die Zeit zu messen oder abzuzählen. Es ist auch nicht nötig, auf Rhythmus oder Zahl der Atemzüge zu achten. Das Wesentliche ist das Atmen selbst, dass du bewusst auf den Atem achtest, bewusst einatmest, bewusst ausatmest. Bewusst atmen heisst nichts anderes, als sich mehr anzuspannen und sich mehr zu entspannen. Und darum geht es: Wir Menschen bewegen uns immer zwischen diesen zwei Gegensätzen. Energiereich zu sein bedeutet, sich mehr anspannen und sich mehr entspannen zu können.«

Nestor behauptete, dass die erhöhte Anspannung und Entspannung sogar im Bild sichtbar werde. Er führte sein tiefes Atmen einige Male vor.

»Fühle den Atem, wie er durch die Nase strömt«, erklärte er darauf. »Fühle, wie dein Bauch und dann deine Brust sich ausdehnen, wie der Druck sich in dir erhöht. Wenn du tief einatmest und dich anspannst, wirst du gross, und das Bild wird klein, denn du nimmst die ganze Energie daraus.«

»Das Bild wird klein?«

»So ist es. Wenn du gross bist, ist das Bild kein. Du atmest also ein und hältst den Atem an, und in diesem Moment ist das Bild nicht nur klein, sondern es steht still. Aber in dir drin, da bewegt sich alles. Da ist die ganze Spannung, alles wird belebt und gereinigt: Das Herz schlägt schneller und das Blut schiesst durch deinen Körper. Halte diese Spannung, diesen Druck eine Weile aus, bis du spürst, dass es genug ist.

Mit dem Ausatmen schliesslich kommt die grosse Entspannung. Du selbst wirst klein und gibst das Leben zurück in das Bild, machst es wieder gross. Atmen ist eine Kommunikation mit dem Bild: Du nimmst Energie aus dem Bild, wandelst sie um und gibst sie wieder zurück ins Bild.«

»Du kannst doch das Bild nicht wirklich klein und gross machen, oder?«

»Was denkst du denn?« rief er. »Jeder auf der linken Seite kann das.« Nestor atmete tief ein, blickte angestrengt in die Ferne und tat so, als würde er dort etwas erspähen, das er kaum erkennen konnte. Darauf atmete er aus, warf seinen Kopf in den Nacken und riss die Augen auf, um damit die urplötzlich eintretende, überwältigende Grösse des Geschauten zu demonstrieren. Seine komische Gebärde brachte uns beide zum Lachen.

Nestor wiederholte dann, dass ich richtig tanzen und atmen solle, um meinen eigenen inneren Druck aufzubauen und die Energie zum Fliessen zu bringen. Dies beseitige die Energieblockaden in meinem Körper und erlaube mir, meine Energie kreativ zu nutzen.

»Sind diese Blockaden tatsächliche materielle Hindernisse im Körper, oder meinst du damit eher eine psychische Verklemmtheit?« fragte ich.

»Das eine lässt sich nicht vom anderen trennen«, erwiderte er. »Es sind Verunreinigungen im Körper, die durch die falsche Lebensweise, durch falsche Gewohnheiten entstehen und deinen Energiefluss hemmen. Und das wirkt sich sowohl auf der äusseren wie der inneren Leinwand aus: Auf der inneren Leinwand bedeutet es, dass du verklemmt bist und über Dinge nachgrübeln und Gefühlsausbrüche durchleben musst, die dir die Ruhe rauben; aussen passiert es, dass dein Körper dem Druck nicht gewachsen ist und nervös zu bewegen oder zu zittern beginnt. Ausserdem wirst du öfter und schneller krank, wenn deine Energie stockt. Aber wenn dein innerer Druck gross ist und die Kraft frei fliessen kann, wirst du vielmehr fähig sein, dem Druck um dich herum, auch dem Druck des Möbels, standzuhalten.«

Am nächsten Morgen ging ich in den Stall um mir das Ausmass des Schadens an der Einlegearbeit anzusehen. Nestor hatte offenbar dieselbe Idee: Er war bereits im Stall und kauerte vor dem Sekretär. Er schien ihn peinlich genau zu untersuchen.

Ich blieb im Türrahmen stehen. Nestor drehte sich nach mir um und zeigte auf die beschädigte Einlegearbeit an der obersten linken Schublade – die Stelle, die ich restaurieren wollte, als mein Körper anfing, verrückt zu spielen.

»Dieses Stück wolltest du wohl wegschneiden?« Er schnalzte mit der Zunge und schüttelte den Kopf. Ich hatte plötzlich nicht mehr das Bedürfnis, mir die Schublade anzuschauen. Zweifellos erweckte sie den Anschein von Pfuscherei.

»Wie kommst du überhaupt darauf«, fragte er mich nachdenklich, wieder dem Möbel zugewandt, »mit der eigentlichen Restauration oben links zu beginnen?«

Ich zuckte mit den Achseln. »Ich beginne immer oben links.«

»Er beginnt immer oben links«, wandte sich Nestor beissend an einen imaginären Zuhörer. »Einfach so, aus Gewohnheit. So wie er auch oben links zu schreiben und zu lesen beginnt.«

Dann stand er auf. »Wenn du an dieses Möbel herantrittst, so musst du jegliche Gewohnheiten zurücklassen. Deine kleine Welt hat bei der vollkommenen Restauration nichts zu suchen.«

»An welcher Stelle hättest denn du weitergearbeitet?«, fragte ich, verärgert durch seine Zurechtweisung.

»Schau dir das Nachbild des Möbels an«, sagte er wie selbstverständlich. »Es wird dir zeigen, an welcher Stelle du die Restauration fortsetzen solltest.«

Seine Antwort überraschte mich. Damit gestand er dem Nachbild erstmals eine für mich nachvollziehbare praktische Funktion zu – allerdings konnte ich mir nicht vorstellen, wie das Nachbild hier konkret hätte helfen können. Nestor schlug mir vor, es jetzt gleich herauszufinden. Durch seine verdächtige Zuversicht neugierig geworden, setzte ich mich dem Möbel gegenüber.

Es bereitete mir keine Schwierigkeiten, das Nachbild von Mari Eglis Sekretär zu erzeugen: Mit meinem Blick fixierte ich dessen Mitte, und schon bald begannen sich die Ränder der kontrastreichen Figuren auf der Einlegearbeit zu verfärben, und der Effekt des Nachbildes trat ein.

Das Nachbild des Möbels leuchtete in den gleichen grünlichbläulichen Farben wie immer. Es wurde von der Anziehungskraft nach unten gezogen, und ich versuchte es festzuhalten, möglichst ohne meine Aufmerksamkeit neu auszurichten. Dann, in einer plötzlichen Eingebung, beugte ich meinen Oberkörper nach vorn und blickte nach unten, zum Boden – und als ich von oben auf das Nachbild hinunterblickte, floss es nirgends mehr hin.

Aufgeregt teilte ich Nestor mit, dass das Nachbild auf diese Weise nicht mehr wegfliesse. Er erwiderte, dies sei vollkommen verständlich.

»Ja, es fliesst nicht mehr weg, weil du in die Richtung der Anziehungskraft blickst«, erklärte er. »Aber die Anziehungskraft überwindest du nicht, indem du in deren Richtung schaust; sondern indem du das Nachbild festhältst, während du es auf deine übliche Weise siehst – nämlich mit dem Gesicht nach vorn, sitzend oder stehend.«

Nestor hiess mich, das Nachbild erneut zu sehen. Nach einigen weiteren Versuchen konnte ich einen jeweils kurzen, aber besonderen Zustand des farbigen Flecks feststellen, der sich von den üblichen Eindrücken unterschied: Es gab Momente, wo das Nachbild ganz deutlich aus dem Hintergrund hervorstach. Sein Leuchten verlor jede Unregelmässigkeit, jedes Flimmern, und wurde stattdessen so gleichmässig und kräftig, dass ich den Eindruck erhielt, es sei zu einer stetigen, intensiv leuchtenden Masse geworden und hätte Substanz. Die Wahrnehmung war aber nur von kurzer Dauer, denn sobald ich versuchte, das Nachbild auf derselben Höhe zu halten, setzte das Flimmern wieder ein.

Nestor sagte zu dieser Wahrnehmung, dass das Flimmern durch die ständige Neuausrichtung meiner Aufmerksamkeit entstehe: »Du betrachtest das Nachbild, das von der Anziehungskraft auf der inneren Leinwand nach unten gezogen wird. Weil du es aber auf der Höhe halten und sehen möchtest, richtest du deine Aufmerksamkeit immer wieder neu aus – ein neues Bild entsteht. Und noch eines, und noch eines. Diese Überlagerungen rufen den Effekt des Flimmerns hervor. Es verhält sich genau gleich wie bei der Betrachtung des Bildes auf der äusseren Leinwand. Dort warst du auch gezwungen, deine

Aufmerksamkeit dauernd neu auszurichten, wenn du einen einzigen Punkt anschauen und festhalten wolltest. Dieses wiederholte Ausrichten der Aufmerksamkeit kannst du bei den Nachbildern optisch als Flimmern wahrnehmen.

Wenn du dagegen deine Aufmerksamkeit nicht neu ausrichtest, flimmert das Nachbild nicht, weil du für eine Weile dasselbe Bild siehst. Da deine Konzentration aber noch zu wenig gross ist, zwingt dich die Anziehungskraft dem Nachbild mit deinem Blick nach unten zu folgen. Das gibt den Effekt eines stetig leuchtenden Nachbildes in den Momenten, in denen du seinen Bewegungen folgst.« Nestor riet mir, meine Aufmerksamkeit so gut und so lange als möglich auf das stetig leuchtende Nachbild zu lenken.

Ich wandte mich erneut dem Möbel zu. Mit der Zeit gelang es mir recht gut, das Nachbild als intensiv leuchtende Masse wahrzunehmen. Es brauchte ein gewisses Feingefühl in den Augen: Mit einem präzisen und kraftvollen, aber knappen Blick nach oben hob ich das Nachbild in mein oberes Blickfeld. Dann, im Versuch es festzuhalten, folgte ihm nach unten. Doch während diesen paar Sekunden des Hinunterfliessens schien alles intensiver zu sein. Nicht nur waren die schillernden Farben des Nachbildes kräftiger; auch die Dunkelheit, die jenes umgab, war tiefer. Es waren jeweils diese Momente, in denen meine Gedanken stillzustehen schienen, in denen ich beinahe die Umstände meines Tuns vergass.

Bei diesem Sehen des Nachbildes fiel mir plötzlich auf, dass seine Leuchtkraft nicht überall gleich stark war. In mehreren weiteren Versuchen bestätigte sich dieser Eindruck: Auf der linken Seite war das Möbelnachbild intensiver, vor allem in der oberen Hälfte. In Richtung der unteren rechten Hälfte verlor es dagegen an Leuchtkraft, nicht viel, aber doch deutlich wahrnehmbar. Die Beine des Möbels konnte ich auf der inneren Leinwand nur noch als ein schwächliches Schimmern wahrnehmen.

Ich teilte Nestor mit, was ich sah. Er schien zufrieden mit meiner Feststellung und sagte, ich solle dort am Möbel mit der Restauration fortfahren, wo das Leuchten des Nachbildes am schwächsten sei – bei den Beinen und an der unteren rechten Seite.

»Du meinst, dort wird das Möbel keinen Druck auf mich ausüben?« fragte ich.

»Er wird gewiss nicht so stark sein wie oben links.«

Das reichte mir nicht. Der Gedanke daran, dass sich ein solch extremer Zustand wie derjenige vor zwei Monaten wiederholen könnte, beunruhigte mich. Ich liess Nestor wissen, dass ich mich diesem Einfluss wirklich nicht mehr aussetzen mochte. Solange das Möbel einen Druck auf mich ausübte, würde ich keinesfalls daran weiterarbeiten.

Nestor zog die Brauen zusammen und machte eine abschätzige Gebärde. Offensichtlich war er über meine Äusserung verärgert. »Du wirst das Möbel nicht restaurieren können, wenn du dich dauernd zurückziehst. Ich habe dir gesagt, was du tun musst, um den Druck zu überwinden: deinen eigenen inneren Druck aufbauen und die Energie zum Fliessen bringen. Jetzt bist du an der Reihe.«

Die Autorität in seinen Worten empörte mich. Ich warf ihm vor, seine vollkommene Restauration sei eine einzige Willkür, und er wolle mich dauernd mit irgendwelchen Übungen zum Narren halten. Zuerst ging es darum, das Bild als ein Ganzes zu sehen; dann sollte ich mich in der Konzentration üben um das Bild festzuhalten; darauf rückte das Nachbildsehen und zu dessen Unterstützung das Gaffen auf die Kreisfiguren mit den Doppelmembranen ins Zentrum – und jetzt hing das Gelingen der vollkommenen Restauration offenbar vom inneren Druck und dem Fliessen der Energie ab. Was folgte als Nächstes?

Nestor liess mich meinen Standpunkt darlegen ohne mich zu unterbrechen, aber sein Blick war so durchdringend, dass ich das Gefühl hatte, ich würde einzig gegen diesen Blick anreden. Als mir die Worte ausgingen, spürte ich mein Herz pochen, und ich zitterte leicht. Beinahe war es so, als hätte ich törichterweise am Möbel gewerkelt, wo ich nicht sollte; es war, als ob auch das Streiten mit Nestor meinen inneren Druck rasch ansteigen liess.

»Von Anfang an hast du nichts anderes getan, als deinen inneren Druck aufzubauen«, erklärte Nestor. Seine Stimme war ruhig und er schien gelassen. »All die Übungen und Ratschläge, die ich dir gegeben habe, zielen darauf, diesen Druck in dir zu erhöhen. Du kannst den inneren Druck erhöhen, indem du dich ruhig hinsetzt und dich auf einen Punkt der äusseren Leinwand konzentrierst, oder indem du die Nachbilder betrachtest. Und vor allem, indem du richtig atmest.«

Das Haushalten mit der eigenen Energie, sagte er weiter, sei aber der Kern der vollkommenen Restauration. Dazu müssten wir uns bewusst sein, dass wir als menschliche Wesen in einem ständigen Austausch mit dem Bild seien, in dem wir Kraft oder Energie aufnehmen und wieder abgeben würden.

»In Form von Nahrung, von Atem und von Sonnenlicht nehmen wir Energie aus dem Bild auf«, erläuterte er. »Zuerst habe ich dich darauf hingewiesen, dass es auf die Qualität dieser Energie ankommt. Wir sollten darauf achten, möglichst unverbrauchte, natürliche Energie aufzunehmen, sei es bei der Nahrung, sei es beim Atmen – bei allem, was wir zu uns nehmen. Die Frage ist jetzt, was wir mit dieser Energie anfangen.« Nestor blickte mich an. »Was denkst du, was können wir damit anfangen?«

»Alles Mögliche. Jeder gebraucht seine Energie auf seine eigene Weise«, war ich überzeugt.

»Wir haben nur zwei Möglichkeiten«, behauptete er. »Entweder wir brauchen unsere Energie dazu, um unsere kleine Welt in Gang zu halten. Dazu gehören alle Handlungen, bei denen wir das Bild unterscheiden und beurteilen. Dies ist beispielsweise die Jagd nach materiellen Gütern; dies ist auch das ständige Repetieren unserer Ansichten über diese Welt, wie sie ist, wie sie sein sollte – einschliesslich den Vorstellungen über unser Selbstbild, über unsere Persönlichkeit, die wir hegen und pflegen. Damit binden wir unsere Lebensenergie in materiellen Gegenständen, in Gefühlen und Vorstellungen und zerlegen unser Bild in viele Teile. Mit anderen Worten: wir schaffen uns unsere kleine Welt.

Die andere Möglichkeit dagegen ist die der vollkommenen Restauration: Durch die richtige Lebensweise holen wir unsere gebundene Energie zurück, erhöhen den inneren Druck, bringen die Energie zum Fliessen und beseitigen die Energieblockaden. Dadurch lösen wir unsere kleine Welt im Bild auf. Und wenn das geschieht, dann werden wir fähig, unsere Energie unterschiedslos in das Bild als ein Ganzes zu geben.«

Ich fragte Nestor, was es konkret bedeute, ›gebundene‹ Energie zurückzuholen. Er sagte, dass wir uns besser kennen lernen und unsere Gefühle und Vorstellungen bewusst machen müssten. Da wir unsere gebundene Energie zunächst aus den materiellen Gegenständen lösen sollten, müssten wir unsere Gefühle und Vorstellungen in Bezug auf jene Gegenstände aufarbeiten.

»Menschen mit grossem Besitzanspruch haben den längsten und mühsamsten Weg in der vollkommenen Restauration«, erklärte Nestor. »Was sie als Erstes tun müssen, ist, weniger Energie für das Erreichen von materiellen Gegenständen aufzuwenden. Sie müssen lernen, nur das zu nehmen, was sie für ihren Unterhalt brauchen, und nicht mehr. Keine Gier und keine Masslosigkeiten.

Dann müssen sie lernen, zu geben. Sie können ihre Energie aber noch nicht direkt in das Bild als ein Ganzes geben, weil sie noch in den materiellen Gütern gebunden ist. Also müssen Menschen, die an ihrem Besitz hängen, diese Energie aus ihrem Besitzanspruch herauslösen. Das äussert sich darin, dass sie ihren Besitz nicht mehr eifersüchtig hüten, dass sie losgelöster davon sind; dass sie ihn anderen vielleicht leichter und unentgeltlich zur Verfügung stellen oder übermässigen Besitz sogar verschenken. Mit der freigewordenen Energie erhöht sich allmählich ihr innerer Druck, und diese Energie müssen sie durch die entsprechenden Übungen in ihrem Körper zum Fliessen bringen. So werden sie eines Tages ihre Energie direkt ins Bild geben können, und dabei werden sie frei. Dies würde nebenbei eine Menge der Probleme auf diesem Planeten lösen.«

»Die Idee ist gut, Nestor. Ich glaube, es nennt sich eine Utopie«, stichelte ich.

»Lass das Gequatsche mit der Utopie«, erwiderte er scharf. »Das sind Ausreden, mehr nicht. Für den Einzelnen, der nach der vollkommenen Restauration lebt und handelt, gibt es keine Utopien. Indem er seine Energie unterschiedslos in das Bild als ein Ganzes gibt, verändert er es auch.«

Ich fragte Nestor, wie es denn möglich sei, die eigene Energie unterschiedslos abzugeben. Ich erinnerte ihn an seine eigenen Worte, wonach jedes Handeln ein Unterscheiden des Bildes bedeute.

»Wenn du deine Energie direkt in das Bild als ein Ganzes gibst, dann ist das nicht wie das Handeln im Leben. Es ist auch keine Konzentration. Es ist nicht etwas, das du tust, sondern es ist etwas, das geschieht. Und das kannst du fühlen.«

»Was ist das für ein Gefühl?«

»Es ist Energie, die aus dem Körper fliesst«, antwortete er. »Du wirst sie als ein *Prickeln* wahrnehmen. An diesem Gefühl wirst du die Stärke deines inneren Drucks erahnen können: Je mehr innerer Druck du hast, desto häufiger und stärker wird dir das Prickeln passieren. Und je intensiver es wird, desto mehr Energie gibst du in das Bild als ein Ganzes.«

»Und wozu soll das letztlich gut sein, die eigene Energie auf diese Weise abzugeben?« fragte ich.

»Wozu?« Nestor warf mir einen ungläubigen Blick zu. »Weil du das Bild damit belebst: Es wird in jeder Hinsicht intensiver, farbiger, leuchtender, bewusster. Und dieses prickelnde Gefühl von Energie, die aus deinem Körper ausströmt – *das isch dr füdleblutt Wahnsinn*.«

Die Entwicklung des Gefühlskörpers

Nestor hatte Recht. Das Nachbild von Mari Eglis Möbel erwies sich tatsächlich als eine zuverlässige Anleitung für die Reihenfolge, in der die beschädigten Stellen restauriert werden mussten. Im Laufe des darauf folgenden Herbstes gelang es mir daher, die im Nachbild schwach leuchtenden Beine des Möbels auszubessern.

Ich staunte, welchen Aufwand die Künstlerin oder der Künstler in die Ausarbeitung dieser Beine gesteckt hatte: Kunstvolle, unglaublich detaillierte Schnitzereien mit Motiven der unbelebten und belebten Natur erstreckten sich reliefartig und plastisch über die ganze Länge aller vier Beine. Es waren nicht mehr Verzierungen an den Beinen, sondern jedes Bein war selbst eine einzige Zierde.

So liess das hintere Bein der rechten Seite feine Schnitzereien in Form von Bergkristallen, Schiefer und miniaturisierten Gebirgszügen erkennen. Um das vordere, rechte Bein rankte sich Efeu empor, und eine Vielzahl mir bekannter und unbekannter Blüten, Pilze und Flechten drängten sich zwischen die Blätter der Kletterpflanze. Am linken vorderen Bein waren Tiere, Tieraugen, Tiergesichter die Themen, wobei Körperteile der unterschiedlichsten Tierarten zu erkennen waren: Schnecken, Würmer, Fische, Schafe, Katzen, Füchse und am oberen Ende ein Adler, dessen ausgebreitete Flügel aus dem Möbelbein herausragten. Menschliche Gestalten, Gesichter, Münder, Augen, Nasen bildeten das vierte Bein hinten links. Männer und Frauen, sofern sie ganz zu sehen waren, wurden zum Teil nackt und in sexueller Vereinigung dargestellt – etwas, das nicht gerade ins kulturelle Repertoire des Emmentals um neunzehnhundert gehörte.

Die beiden linken Beine waren soweit intakt, aber rechts mussten verschiedene Teile erneuert werden: Am hinteren Bein war die Spitze eines herausragenden Bergkristalls abgebrochen. Und am Pflanzenbein fehlte ein grosses Stück Holz, welches den Efeu um einige seiner Blätter brachte. Auch für diese Arbeit brauchte ich länger als unter normalen Umständen. Denn obwohl der Druck bei der Restauration der Beine tatsächlich weniger stark auf mich einwirkte als bei den Arbeiten an anderen Stellen, war ich doch peinlich darauf bedacht, das rechte Mass zu halten. Und das hiess für mich: lieber zu wenig, als zu viel daran arbeiten. Wenn sich mein Puls zu beschleunigen begann, wenn ich schneller atmen musste und sich in meinen Handflächen

Schweiss bildete, dann liess ich alles stehen und liegen und entfernte mich unverzüglich vom Möbel.

Nestor sah in dieser Verzögerung eine Nachlässigkeit meinerseits. Er kritisierte, dass ich jetzt ins Gegenteil gefallen sei und das Möbel nur noch mit Samthandschuhen anfassen würde um ja nichts zu übertreiben. Ich könne mir ruhig erlauben, etwas länger am Sekretär dranzubleiben, ohne mich schon durch die kleinste körperliche Reaktion abschrecken zu lassen. Doch seinen Beteuerungen zum Trotz behielt ich meine Vorsicht bei und beendete – langsam, aber sicher – die Arbeiten in jenem Herbst.

Entsprechend der Erkenntnis, dass ich mich bei der Restauration des Möbels von unten rechts nach oben links hinaufarbeiten musste, richtete ich mein Augenmerk als Nächstes auf den einzigen Henkel des Möbels, der an der untersten rechten Schublade hing. Wie vieles an diesem Kunstwerk war auch der Griff recht sonderbar: Es handelte sich um einen zierlichen Messinghenkel, welcher in seiner Länge zwei ungleiche Bögen beschrieb. Während das untere Ende nicht befestigt war, mündete der obere Teil in eine Kugel, die in eine entsprechende, am Möbel festgeschraubte Metallform eingelassen war. Der Henkel liess sich bis zu einem bestimmten Winkel von unten nach oben links drehen, nicht aber nach rechts.

Da dieser Griff an einigen Stellen korrodierte, musste er ausgewechselt werden. In einem Antiquitätenladen in Bern kaufte ich für gutes Geld einen Ersatz, den ich für das Möbel passend fand. Es handelte sich um einen kunstvoll verzierten, vergoldeten Kommodenhenkel aus ungefähr derselben Zeit. Doch der neue Henkel liess sich nicht an der Schublade anbringen. Der Druck in mir stieg so rasch an, dass es mir nicht möglich war, meine Hände ruhig zu halten und die Arbeit zu verrichten. Im Sinne der vollkommenen Restauration nahm ich an, dass mein innerer Druck noch nicht gross genug war und meine Energie zu wenig fliessen konnte, um im Bereich dieser Schublade arbeiten zu können. Zu meiner Überraschung aber führte Nestor meine Schwierigkeiten diesmal nicht auf körperlich-energetische oder psychosomatische Umstände zurück, sondern auf den Henkel.

»Du glaubst wohl, du könntest irgendein Stück Metall an Mari Eglis Möbel heften?« rief er sichtlich belustigt, nachdem ich ihm den neuen Henkel gezeigt hatte.

»Macht das denn einen Unterschied? Es geht doch nur um einen Henkel.«

»Es geht nicht nur um einen Henkel«, widersprach er. »Alles am Möbel hat seinen Platz und gehört zu einem Ganzen. Du kannst diesen Henkel nicht einfach so durch einen x-beliebigen ersetzen, ohne eine tief greifende Veränderung am ganzen Werk herbeizuführen.«

»Dann bin ich also deshalb nicht fähig, den Henkel anzubringen, weil das Möbel keine tief greifenden Veränderungen an sich duldet«, stellte ich trocken fest.

»Nein«, widersprach er, »du kannst den Henkel deshalb nicht anbringen, weil du nicht im Sinne der vollkommenen Restauration handelst. Denn diese zielt immer darauf ab, Grenzen zu überwinden, zu verbinden und aus den Teilen ein Ganzes zu machen. Mit diesem Henkel aber würde die Einheit des Möbels verloren gehen.«

Dann sagte er weiter, dass er mir keinen Vorwurf mache. Denn um zu beurteilen, ob ein Henkel der Richtige sei, müsste ich das Prinzip, das Mari Eglis Möbel zugrunde liegt, sehr genau kennen; wenn ich dieses aber kennen würde, so hätte ich keine Probleme mit der Restauration.

Dass Nestor so selbstverständlich von einem dem Möbel zugrunde liegenden Prinzip sprach, festigte einmal mehr meine Ansicht, dass er über ein altes tradiertes Wissen verfügte. Natürlich wollte ich mehr über dieses Prinzip und dessen Auswirkung auf die Wahl des Henkels erfahren; auch hätte mich interessiert, wie es kam, dass Nestor von all dem Kenntnis hatte.

»Wir können nicht einfach so über dieses Prinzip sprechen«, erwiderte er auf meine Fragen. »Denn es lässt sich nicht durch Worte allein beschreiben. Aber keine Angst, das kommt alles zu seiner Zeit. Jetzt gilt es, den richtigen Henkel zu finden.«

Gegen Mittag verliessen wir das Haus. Nestor wollte mich mit einer Frau bekannt machen, die hier in diesem Gebiet wohnte. Der Gedanke an diese angeblich exzentrische Frau brachte ihn immer wieder zum Lachen – anscheinend freute er sich sie zu sehen. Er nannte sie *die Tänzerin*, weil das Tanzen viele Jahre lang ihre Art gewesen sei, nach Ganzheit zu streben. Nestor fand, dass ich gute Chancen hätte, bei dieser Frau den richtigen Henkel zu finden; auf ihrem Dachboden finde sich so ziemlich alles, was Menschen ansammeln könnten.

Wir folgten eine Weile dem Weg, der den Hügel hinauf in den Wald führte. Durch das kürzlich niedergegangene Gewitter war der Boden noch immer weich und feucht, und die kleinen Bachgräben waren gefüllt mit modrigen Ästen, Zweigen, Wurzeln und Geröll, welche durch die Wassermassen den Hang hinuntergespült wurden.

Oben auf dem Hügel angekommen setzten wir uns hin, rasteten eine Weile und genossen die imposante Aussicht: Die links und rechts angrenzenden Täler waren von einem dichten Nebel bedeckt. Wie zwei gewaltige Ströme flossen die beiden Nebeldecken an der Spitze der *Egg* träge zusammen und bahnten sich ihren Weg weiter in Richtung des Flachlandes. Aus diesem Nebelmeer erhob sich gespenstisch der gegenüberliegende Hügel – schmal wie eine dunkelgrüne, nur gelegentlich mit gelben und roten Farbtupfern gesprenkelte Rückenflosse eines Meersäugers.

Nestor machte eine Bemerkung über meine Kondition. Er fand, diese habe sich im Vergleich zu früheren Wanderungen verbessert; er vermutete, dass dies von meinen Atem- und Leibesübungen herrührte. Hier konnte ich guten Gewissens bestätigen, dass ich diese regelmässig ausführte. Anfangs fiel es mir zwar schwer, meinen gewohnten Arbeitsrhythmus für die Übungen zu unterbrechen, doch mittlerweile fand ich Spass daran. Das Bewegen erfrischte mich und bewirkte, dass ich mich jeweils konzentrierter meinen Aufgaben zuwenden konnte.

Wir schwiegen eine Weile. Feuchter Wind fegte über unseren Hügel hinweg, in Richtung des Tals. Dort strich er über die Nebeldecke und veranlasste, dass sich einzelne Schwaden daraus lösten und träge in den Himmel aufstiegen. Die Sonne durchbrach gelegentlich die obere Wolkenschicht und sandte ihre herbstlich milde Wärme auf die sich aus dem Nebelmeer erhebenden Schwaden, welche sich aufzulösen begannen und dabei wundersame Formen und Gestalten erzeugten.

Nestor kam plötzlich auf das Träumen zu sprechen. Er sagte, dass die Leibesübungen mit der Zeit auch meine Träume beeinflussen würden.

»Du wirst deine Träume bewusster erleben, sie werden klarer und wirklicher«, prophezeite er. »Das gehört dazu, denn du übst ja, dich besser in deinen Körper zu fühlen; dieses Gefühl wirkt bis in deine Träume hinein. Anderseits richtest du deine Aufmerksamkeit regelmässig auf die innere Leinwand. Auch dies fördert das bewusstere Träumen. Denn die innere Leinwand ist nicht nur der Ort der Nachbilder, sondern auch die Projektionsfläche deiner Träume während du schläfst. Daher wirst du je länger je mehr bewussteren Umgang mit deinem *Gefühlskörper* haben.«

Auf meine Frage hin begann Nestor zu erklären, was er unter dem Gefühlskörper verstand. Dieser Körper sei feiner und beweglicher als der physische Körper. Und er sei nicht nur in unseren Träumen aktiv, sondern auch in unserem Tagesbewusstsein: Im Gefühlskörper würden wir Gefühle erzeugen und erleben.

»Aber erst wenn wir schlafen«, fuhr er fort, »das heisst: erst wenn sich unser Bewusstsein aus dem materiellen Körper zurückgezogen hat, kann der Gefühlskörper seine volle Aktivität entfalten – das können wir allerdings nur dann erfahren, wenn wir unser Bewusstsein im Gefühlskörper aufrechterhalten können. Wenn sich unser Bewusstsein noch weiter zurückzieht und wir in den Tiefschlaf fallen, streifen wir auch diesen Gefühlskörper ab und verweilen im *Gedankenkörper*.«

»Ist es ein Unterschied, ob wir im Gefühlskörper oder im Gedankenkörper träumen?«

»Normalerweise träumen die Menschen nicht im Gedankenkörper, weil sie ihn nicht genügend entwickelt haben und ihr Bewusstsein im Tiefschlaf nicht aufrechterhalten können«, erwiderte er. »Nur Menschen auf der linken Seite können bewusst in diesem Körper verweilen, und dies gibt ihnen schliesslich die Möglichkeit, das Bewusstsein zu erfahren, das ohne die drei Körper sein kann. Wir werden ein anderes Mal über den Gedankenkörper sprechen. Für dich geht es zunächst darum, deinem Gefühlskörper bewusster zu werden.«

Nestor führte aus, dass das Vermögen, bewusst mit dem Gefühlskörper umzugehen, Aufschluss über den Fortschritt in der vollkommenen Restauration geben könne. Kleine Kinder hätten es am einfachsten, in ihrem Gefühlskörper zu handeln, denn ihr Bewusstsein werde noch nicht völlig von der äusseren Leinwand beansprucht. Wenn ein Mensch aber gemäss den Idealen, die in unserer Gesellschaft vorherrschend seien, seine kleine Welt aufzubauen und aufrechtzuerhalten beginne, dann verliere er allmählich die Kraft um der Anziehungskraft auf der inneren Leinwand entgegenzuwirken – und damit verliere er auch die Fähigkeit, bewusst in seinem Gefühlskörper zu verweilen.

»Die Folge ist, dass die meisten Menschen in ihren Träumen beispielsweise nicht mehr fliegen können, so wie es Kinder oft noch tun. Falls die Menschen überhaupt träumen, erleben sie eher Situationen, in denen sie nicht von der Stelle kommen, wo jeder Schritt nach vorn mühsam und anstrengend ist; sie versumpfen, versinken, versteinern in ihren Angstträumen – und wachen schweissgebadet auf.

Wenn wir jedoch durch Leibesübungen unsere Energie wieder zum Fliessen bringen, die nicht nur unseren materiellen Körper, sondern auch unseren Gefühlskörper bewusster macht; und wenn wir unsere Aufmerksamkeit immer wieder auf die innere Leinwand richten, dann können wir uns der Fähigkeiten des Gefühlskörpers erneut bewusst werden.«

»Dann werden wir in unseren Träumen fliegen können?« fragte ich.

»Das Fliegen ist eine der fortgeschrittenen Fähigkeiten des Gefühlskörpers. Er kann sich auch schneller bewegen und höher springen als der materielle Körper. Er ist leichter, beweglicher, formbarer als jener. Der Gefühlskörper hat zudem die Fähigkeit, sich ständig zu erneuern. Und er kann unter Wasser atmen und sogar durch Wände gehen.«

Für Nestor war anscheinend gerade diese letztgenannte Fähigkeit Zeugnis dafür, wie sehr der Gefühlskörper bereits entwickelt war. Derjenige, so erklärte er, welcher in seinen Träumen durch die Materie, durch Wände, Türen und Felsen gehen könne, der habe in diesem Moment die Vorstellung von der Festigkeit und Beständigkeit der sinnlich-materiellen Welt überwunden. Nestor machte keinen Hehl daraus, dass dies etwas vom Schwierigsten sei, das ein Mensch mit seinem Gefühlskörper tun könne.

Seine Worte weckten mein Interesse. Ich erzählte ihm von jenem Traum, in welchem ich in einer Höhle steckte und vergeblich versuchte, eine dickflüssige Wand zu durchdringen.

»Deine kleine Welt hat hier noch zu stark gewirkt«, interpretierte er. »Du bist der Illusion erlegen, dass dein Körper eigentlich keine Wände durchdringen kann – so wie du es eben aus dem Alltag kennst. Dennoch war es ein guter Traum, da du gemerkt hast, dass die Festigkeit der Wand eben nicht absolut war. Wärst du in deinem Gefühlskörper bewusst genug gewesen, dann hättest du deiner kleinen Welt einen *Gingg* verpassen können, indem du durch diese Wand hindurch gegangen wärst.

Dazu fehlt dir aber noch die Energie. So erlebst du jetzt zwar zunehmend Träume, wo sich die Fähigkeiten deines Gefühlskörpers teilweise offenbaren. Aber in vielen anderen Träumen kannst du der Anziehungskraft zu wenig entgegensetzen und bist nicht bewusst genug. Dort bewegst du dich immer noch an der Grenze vom Gefühlskörper zum materiellen Körper. Das kann soweit gehen, dass dein materieller Körper reagiert wenn du träumst: Dann redest du im Schlaf, du bewegst dich, du strampelst; das kann auch bedeuten, dass dein Körper sich erhitzt, dass du schweissgebadet vor Angst aufwachst, oder« – er zwinkerte mir zu – »dass ein Traum auch mal in die Hose gehen kann.«

Ich wollte von Nestor wissen, wie ich den Gefühlskörper in meinen Träumen erwecken könne. Er antwortete, dass ich nicht vom Träumen ausgehen solle. Denn wir hätten kaum einen bewussten Einfluss auf unsere Träume. So sei es auch schwierig, mit einem bewusst gewordenen Gefühlskörper während des Träumens zu handeln ohne dabei gleich aufzuwachen.

»Wenn wir unsere *Gefühlswelt* erschliessen wollen«, sagte er, »dann müssen wir vor allem von der materiellen Welt, von unserem Tagesbewusstsein ausgehen. Denn da haben wir den grössten Einfluss, da können wir auf der inneren und äusseren Leinwand üben und etwas bewirken. Im Grunde geht es ja auch nicht um die Träume selbst, sondern darum, auch im Tagesbewusstsein Zugriff auf die Gefühlswelt und den Gefühlskörper zu haben. Deine Träume können dir dabei zeigen, wie sehr dies bereits der Fall ist: Je bewusster du träumst, desto wacher ist dein Gefühlskörper auch im Alltag.«

Nestor stand auf und zeigte in die Richtung, in welcher wir anschliessend weitergingen. Der Weg führte uns vom Hügel hinunter in ein kleines, von Pflanzen überwuchertes Tälchen. Alle Arten von hohen Gräsern und Pflanzen mit grossen seerosenartigen Blättern schmückten den Weg und belebten das kleine Tal. An dessen Ende erreichten wir eine ungewohnt grosse und flache Moorlandschaft.

Ich blieb einen Moment stehen und liess den Blick über die dominierenden rot und orange leuchtenden Gräser und Moose schweifen. Eine eigentümliche Faszination ging von diesem Gebiet aus, doch es gelang mir nicht zu erfassen, was es war: Meine Gefühle blieben genauso schwammig wie der weiche und feuchte Boden, der bei jedem Schritt gurgelnd nachgab. Alles, was hier noch fest und hart war, schien gleichsam in Zeitlosigkeit erstarrt, so wie die vereinzelten niedrigen und kahlen Birken, die geduldig in dieser Einsamkeit ausharrten.

Dann erkannte ich zwischen den weissen Laubbäumen eine Frau, die gebückt über das Moor wandelte. Sie schien keine Notiz von dem zu nehmen, was um sie herum geschah, sondern war ganz in die Suche nach irgendetwas vertieft. Hin und wieder blieb sie stehen und nahm etwas vom Boden auf, das sie in einem Korb verstaute. Ich glaubte, die Kohlefrau ein zweites Mal angetroffen zu haben, aber dann fielen mir ihre Bewegungen auf: Es waren einfache Geh-, Beuge- und Auflesebewegungen, doch die Art, wie sich diese Frau bewegte, war so anmutig, dass ich meinen Blick nicht mehr von ihr abwenden konnte. Ich war mir sicher, dass es sich um eine junge Frau, um ein Mädchen handeln musste.

Nestor war inzwischen weitergegangen und steuerte direkt auf sie zu. Ich folgte ihm, ohne sie aus den Augen zu verlieren. Mit jedem Schritt in ihre Richtung steigerte sich meine Nervosität. Um sie zu überdecken, begann ich Nestor über die Frau auszufragen. Er bestätigte, dass dies die Frau sei, die wir besuchen würden, liess sich aber nichts weiter über sie entlocken.

»Wir werden schon sehen, ob sie dich riechen kann«, meinte er schmunzelnd.

Als wir näher kamen, verrieten ihre langen, silbern glänzenden und zu einem Zopf geflochtenen Haare, dass die Frau fortgeschrittenen Alters war. Jetzt schien mir die graziöse Art, wie sie ihren schlanken Körper über die Wiese bewegte, umso erstaunlicher.

Erst als Nestor vor ihr stand, blickte sie auf – und erschreckte mich: Ihr Gesichtsausdruck wirkte hart, ihre Augen blickten streng und durchdringend. Es schien, als freute sie sich überhaupt nicht, uns zu sehen. Ohne ein Wort der Begrüssung zu verlieren, wandte sie sich mir zu.

»Er steht auf dem weissen Moos«, sagte sie drohend und blickte mich dabei an, als hätte ich etwas verbrochen.

»Wer?« fragte ich verwirrt.

»Er!« rief sie.

Nestor fing an zu lachen und drehte sich nach mir um. »Sie meint dich«, erklärte er.

Ich blickte zu Boden und sah, dass die Stelle, worauf ich stand, mit einer weissfarbenen, niedrig wachsenden Pflanze zwischen den sonst grünen, roten und orangen Gräsern und Moosen überdeckt war. Ich stimmte in Nestors Lachen ein, da ich glaubte, die Frau mache nur Spass. Diese aber bewegte sich plötzlich mit einer solchen Geschwindigkeit und Entschlossenheit auf mich zu, dass ich reflexartig zur Seite sprang. Sie kauerte vor der Stelle, wo ich gestanden hatte und untersuchte sie sorgfältig. Nachdem sie anscheinend nicht gefunden hatte, wonach sie suchte, ging sie wortlos weiter und liess uns stehen.

»Was ist denn mit dieser Frau los?« fragte ich Nestor leise.

»Ich sagte dir doch, dass sie exzentrisch ist«, erwiderte er. »Komm, wir helfen ihr suchen.«

Er schritt über die Wiese und blickte sich um. Zweimal hob er etwas auf und rief mich dann zu sich. Er zeigte mir, was die Tänzerin suchte: Es waren kleine, ineinander verflochtene weisse Mooszweige, von denen manche so etwas wie winzige Knöpfe trugen; diese verströmten einen wohlriechenden, erfrischend süsslichen, beinahe fruchtigen Duft.

Dieser Geruch löste in mir ein unbestimmtes Gefühl aus. Ich war sicher, ihn irgendwoher zu kennen, aber mir fehlten die konkreten Erinnerungen dazu. Ich wollte diesem Gefühl näher auf den Grund zu gehen, doch Nestor begann die duftenden Zweige zu suchen und einzusammeln, und er forderte mich auf, dies ebenfalls zu tun.

Nachdem wir eine ansehnliche Menge dieser Knöpfe gesammelt hatten, machten wir uns auf den Weg zum Haus der alten Tänzerin. Nestor und die Alte gingen voran. Sie pflegten einen recht unbefangenen Umgang miteinander, sie redeten, kicherten und lachten unablässig. Es schien, als wären die beiden ein Herz und eine Seele.

Das Heim der Tänzerin, ein grosses Bauernhaus, stand in einem breiten Tälchen, zwischen einem Wald mit einem vorgelagerten orangefarbenen Farnfeld und einer leicht ansteigenden Wiese, von welcher Wasserdampf emporstieg. Ein kleiner Bach trennte Wald und Wiese voneinander, und entlang dieses Baches führte ein Fusspfad zum Haus. Ich sah, dass die Alte ihren eigenen Strom produzierte: Die Leitungen an ihrem Haus führten zu einer kleinen, mit einem Wasserrad ausgestatteten Hütte direkt am Bach, wo offenbar ein Generator mit Wasserkraft angetrieben wurde.

Wir traten in das Haus ein, dessen Frontseite von auffallend viel Moos und Flechten besetzt war. Mit der Bitte an mich, den Kachelofen anzufeuern, zogen sich Nestor und die alte Frau in das Wohnzimmer zurück, wo sie, wie ich erspähen konnte, die Moosknöpfe aussortierten. Sie reinigten sie und legten sie entweder auf Papier zum Trocknen aus, oder gaben sie in ein rundes, mit irgendeiner Flüssigkeit gefülltes Glasgefäss.

Die Strapazen der Wanderung und der Suche nach den Moosknöpfen hatten mich so erschöpft, dass ich es nach dem Essen kaum noch schaffte, die Augen offen zu halten. Auf meinen Wunsch hin führte mich die Alte in ein Zimmer im angebauten Schopf. Ich legte mich auf das quietschende Bett und schlief sofort ein.

Als ich am nächsten Morgen die Küche betrat, war Nestor nirgends zu sehen, dafür sass die Tänzerin am Holztisch und frühstückte.

»He, he, da ist ja das Büblein!« rief sie mir gut gelaunt zu, als sie mich erblickte. Ich stellte mich vor und erklärte ihr höflich, dass sie nicht ›Büblein‹ zu sagen brauche, sondern mich bei meinem Namen nennen könne. Dann erkundigte ich mich nach ihrem Namen. Sie erwiderte, sie habe keinen Namen. Ich stellte laut fest, dass auch der Bauer keinen echten Namen trage, und fragte sie, ob die Gründe hierfür dieselben seien.

»Menschen auf der rechten Seite haben Namen«, stellte sie klar. »Deshalb leben sie ja auf der rechten Seite – weil sie Namen haben. Auf der linken Seite hingegen gibt es keine Namen mehr. Die Namen sind alle verfeuert.«

Ich machte sie kleinlaut darauf aufmerksam, dass Nestor auf der linken Seite lebte und trotzdem einen Namen besass. Die Alte behauptete, Nestor habe keinen Namen, egal wie ich ihn nennen würde.

»Ist der Bube hungrig?« wechselte sie plötzlich das Thema. »Es hat süsse *Pflüümli*.« Sie zeigte auf die Speisen, forderte mich auf, zuzugreifen und wandte sich wieder ihrem Essen zu.

Auf dem Tisch lag der vielseitig angeschnittene Brotlaib vom letzten Abend, daneben eine Flasche Sirup, ein Schälchen Milch und ein kleiner Topf mit Honig, einige Walnüsse und ein gutes Dutzend frisch gepflückter Mirabellen. Alles lag verstreut auf dem Tisch herum. Ich suchte vergebens nach leeren Schalen, Teller, Besteck – es gab nur ein Messer zum Brotschneiden. Ich schnitt mir ein kleines Stück davon ab und füllte mir ein Glas mit Kräutersirup.

Während ich mein Brot ass, beobachtete ich, heimlich und mit einer Mischung aus Abscheu und Faszination, die Alte bei der Nahrungsaufnahme: Sie schnitt jeweils ein kleines Stück vom Brotlaib ab, das sie mit dem Küchenmesser aufspiesste; sie tunkte es zuerst in den Honig, dann in die Milch und steckte es sich in den Mund, kaute schmatzend darauf herum, um es schliesslich mit einem Schluck Sirup hinunterzuspülen. Ich spekulierte, dass sie das harte Brot in der Milch aufweichte, um ihr Gebiss zu schonen. Doch das war weit gefehlt: Ab und zu knackte sie mit ihren Backenzähnen die Schale einer Walnuss, so dass es mir heiss und kalt den Rücken hinunterlief. Danach entfernte sie die zerbrochene Schale und befreite den Kern geschickt von den hölzernen Zwischenstücken. Soweit ich beobachten konnte, schaffte sie es jedes Mal, die Nuss als Ganzes aus der Schale zu holen.

»Wissen Sie, wer Mari Egli war?« fragte ich. Ich packte die Gelegenheit, um etwas über die von mir vermutete Tradition in Erfahrung zu bringen. Die Alte wohnte auf der linken Seite der Emme, und dies liess den Schluss zu, dass sie wie Nestor und der Bauer eine Anhängerin dieser mystischen Lehre war.

»Warum fragt er mich nach Mari Egli?«

Ich erklärte der Tänzerin, dass ich Mari Eglis Sekretär zu restaurieren beabsichtigte und gerne etwas über die einstige Besitzerin gewusst hätte. Als sie dies hörte, begann sie so sehr zu lachen, dass sie an ihrem Bissen Brot beinahe erstickt wäre und einige Male kräftig hustete.

Ich liess mich durch ihr Verhalten nicht irritieren. Als sie sich erholt hatte, fragte ich sie erneut nach Mari Egli.

»Sie war verrückt«, erwiderte sie schmatzend. Eigentümlicherweise konnte ich in ihren Worten keine Geringschätzung heraushören. Eher klang es so, als würde sie Mari Egli für ihre Verrücktheit bewundern.

»Wie meinen Sie das?« fragte ich nach.

»Schau er sich doch ihr Schreibtisch an. Glaubt er denn, dass der von einer normalen Person gebaut worden ist? Wer so ein Möbel baut, kann nur verrückt sein.«

»Inwiefern war sie verrückt?«

Die Alte lachte höhnisch. »Sie war in ihrem Bewusstsein verrückt. Ver-rückt. Kann das Büblein das verstehen? Sie hat beim Bauen ihres Schreibtisches einen Sprung in ihrem Bewusstsein gemacht. Und von da an war sie verrückt.«

»Dann sind Sie also der Meinung, dass Mari Egli dieses Möbel gebaut hatte?« schloss ich.

»Wer sollte es denn sonst gebaut haben, hä?«

Ich zuckte mit den Achseln.

»Jemand aus der Familie. Oder ein Bekannter vielleicht.«

»Unsinn. Da steht ja ihr Name drauf.«

Vorsichtig und möglichst ohne den Eindruck zu erwecken, ich könnte sie belehren, versuchte ich ihr klar zu machen, dass vielleicht auch jemand anderes den Namen Mari Egli dorthin geschrieben haben könnte. Die Alte imitierte die Seriosität und Eindringlichkeit in meiner Gestik, mit welcher ich sie anscheinend überzeugen wollte.

»Der Bube sollte wissen, dass der Name Mari Egli bedeutungslos ist«, erläuterte sie dann. »Um das Möbel zu bauen hat sie ihn auf der rechten unteren Hälfte zurückgelassen und ist auf die linke obere Seite verrückt, hin zu den Leuchtkugeln.«

Die Tänzerin überraschte mich mit ihrer Kenntnis des Möbels. Sie wusste ganz genau, was wo zu finden war. Dass sie dagegen die Kreisfiguren der Einlegearbeit als ›Leuchtkugeln‹ bezeichnete, war für mich nicht weiter verwunderlich: Wie Nestor tendierte auch sie dazu, ihre Wahrnehmungen mystisch zu überhöhen. Diese Tendenz war bestimmt eine Frage ihres Charakters sowie der Abgeschiedenheit, in welcher sie lebte. Nicht unerheblich schien mir hier zudem die Tatsache zu sein, dass sie keine höhere Bildung genoss. Für mich war jedenfalls klar, dass sich die alte Tänzerin mit der Symbolik auf Mari Eglis Möbel auseinander gesetzt hatte und bestens damit vertraut war, was hier auf der linken Seite ablief.

Sie starrte mich erwartungsvoll an, während sie ihr Brot kaute. Ermutigt durch ihr Schweigen begann ich von den Übungen zu erzählen, die mich Nestor zwecks besserer Wahrnehmung der Nachbilder auf der inneren Leinwand ausführen liess.

»Nestor sagte mir, dass die Zeitdauer, in welcher ich meine Nachbilder auf der inneren Leinwand festhalten kann, darüber Auskunft gibt, wie viel Energie ich zum Restaurieren von Mari Eglis Schreibtisch zur Verfügung habe« – auch wenn es mir schwer fiel, gebrauchte ich ihre Bezeichnung ›Schreibtisch‹, da ich dadurch mehr zu erreichen hoffte.

»Nestor wird schon wissen, warum er das sagt«, gab sie gleichgültig zurück.

»Dann kennen Sie also die innere Leinwand?«

»Wie das Büblein sein Schwänzlein.«

Ich ignorierte ihre Derbheit und fragte sie, woher sie von der inneren Leinwand wisse.

»Wenn ich darauf schaue, dann ist sie da«, erklärte sie lapidar.

»Ich meine: Wer hat Ihnen gesagt, dass es die innere Leinwand gibt und dass Sie darauf schauen sollen?«

In diesem Moment ging die Haustür auf und Nestor trat herein. Die Tänzerin wandte sich an ihn. »Du lässt das Büblein also wirklich an Eglis Schreibtisch herummachen?« rief sie ungläubig.

»Sicher«, erwiderte dieser, nahm seinen Hut vom Kopf und legte ihn auf ein Regal, wo drei geflochtene Weidenkörbe standen. »Er hat für das Möbel bezahlt.«

Die beiden brachen in Gelächter aus und die Frau schlug mit der Handfläche auf den Tisch. Dann tasteten mich ihre Augen ab.

»Wie's aussieht, bezahlt er noch immer: Was wunderts, dass der so mager ist! Der Schreibtisch zehrt wohl an ihm wie die Katze an der Maus, hä?«

»Er ist nicht gerade der geborene Schwinger«, stimmte Nestor zu.

»Er muss aufpassen, dass er *nid vom Stängeli gheit*«, gab sie mit gespielter Besorgnis von sich.

»Ja, damit hat er schon im Hühnerstall Mühe«, scherzte er und schilderte, wie ich im Hühnerstall auf dem schmalen Brett um Ausgleich bemüht war, während ich das Nachbild des runden Glasfensters betrachtete. Die Alte wollte sich kaum noch erholen vor Lachen.

Die beiden liessen sich Zeit, Sprüche über meine Körperstatur zu klopfen. Jeder gab noch einen drauf, und sie versuchten sich gegenseitig mit absurden Bildern und Ideen zu übertrumpfen.

Mir gelang es nicht, mich an ihrer Heiterkeit zu beteiligen. Nur weil ich etwas kleiner und leichter als die meisten jungen Erwachsenen war, stand den beiden deswegen noch kein Recht zu, mich damit so unverschämt aufzuziehen.

Nestor goss sich Sirup in ein Glas und setzte sich. Schliesslich berichtete er der Alten, ich würde jetzt Leibesübungen machen, um dem Druck des Möbels besser gewachsen zu sein.

»Ein bisschen Bewegung tut ihm sicher gut«, bestätigte die Tänzerin. »Aber um den Schreibtisch von der alten Egli wieder herzurichten – da brauchts mehr.«

Am Ende meiner Geduld angelangt, korrigierte ich die Alte kleinmütig: Bei Mari Eglis Möbel, erklärte ich, handle es sich um einen Sekretär, vielleicht um eine Kommode, aber gewiss nicht um einen Schreibtisch.

Da stoppte sie ihr Lachen abrupt und blickte mich feindselig an. Auch Nestor verstummte. Die Stimmung hatte sich von einem Augenblick auf den anderen derart abgekühlt, dass mir angst und bange wurde.

Wortlos stand die Tänzerin auf. Sie streckte sich und machte skurrile Verrenkungen, wobei sämtliche ihrer Knochen knackten. Dann begann sie sich im Raum zu bewegen. Sie tat dies sehr langsam und anmutig: Ihre nackten Füsse bewegte sie sanft, aber kraftvoll; und mit ihren Armen und Händen vollzog sie schön anzusehende, wellenartige Bewegungen. Die Alte legte eine verblüffende Körperbeherrschung an den Tag; sie war in der Tat eine wahre Tänzerin.

Sie kam auf mich zugetänzelt. Ihr Gesicht blieb dabei ausdruckslos, und ihr starrer Blick war auf mich gerichtet, so als würde sie mich nicht an-, sondern durch mich hindurchsehen. Der ganze Ernst der Situation und die immense Konzentration, die in ihren Bewegungen lag, hatten etwas erschreckend Absurdes. Ich sass wie gelähmt und hilflos auf meinem Stuhl. Weder wusste ich, was das jetzt zu bedeuten hatte, noch wie ich auf so etwas reagieren sollte. Hilfe suchend blickte ich zu Nestor, doch ihm schien das Ganze noch Spass zu machen. Er hob die Augenbrauen und forderte mich mit einem Kopfnicken auf, wieder auf die Frau zu schauen.

Jetzt dicht neben mir stehend drehte die Tänzerin langsam ihren Kopf in meine Richtung. Sie bewegte ihre Nasenflügel und tat so, als würde sie etwas wittern. Ich selbst roch nichts.

»Was soll das?« fragte ich beleidigt. »Stinke ich etwa?« Ich schaute erneut zu Nestor um seine Meinung zu erfahren, aber sein Gesicht zeigte keinen Ausdruck.

Noch einmal schnupperte die Alte in meiner Richtung. Darauf begann sie in vollkommener Überzeugung zu sprechen:

»Unter des Buben Säfte überwiegt eindeutig der Schleim. Er möchte den Eindruck vermitteln, er sei offen, weltgewandt und unternehmungslustig. Aber eigentlich ist er still und langweilig und zieht sich gerne zurück.« Sie blickte mich an, vielleicht um meine Reaktion zu sehen.

Ich spürte den Unmut in mir aufsteigen. Die Alte war dabei, etwas zu tun, das ich seit jeher gehasst hatte: Sie war dabei, über mich zu urteilen und mir meinen Charakter unter die Nase zu reiben.

Die Tänzerin schnüffelte weiter an mir. »Er könnte ganze Zeitalter in seinem Schneckenhäuschen verharren. Gelegentlich streckt er seine Fühler aus dem Loch – aber richtig hervorkriechen tut er nur dann, wenn er sicher ist, dass es draussen ruhig ist. Oder noch lieber: wenn ihm die Leute draussen zujubeln.« Einige Male zog sie tief durch die Nase ein und schnaubte.

»Aha«, schrie die Alte plötzlich so laut, dass ich zusammenzuckte. »Wir haben da ein Büblein, dem die Frauen vertrauen sollen.« Nestor schmunzelte. »Dazu gibt er sich alle erdenkliche Mühe um zärtlich und einfühlsam zu wirken. Er macht ein wenig auf schüchtern, aber genau das wirkt doch geheimnisvoll und soll ihn auch begehrlich machen. Denn wer weiss, was sich hinter dem schüchternen, ruhigen Buben noch alles verbergen könnte? Vielleicht eine ganze Ladung explosiver Romantik, hä?« Sie lachte mich blöde an.

Ich versuchte, so ruhig wie möglich zu bleiben. Selbstverständlich hatte ich eine solche Behandlung nicht verdient. Da aber dieser Frau offenbar nicht mit vernünftigen Worten beizukommen war, fand ich es angebracht, sie gewähren zu lassen, das Ganze einfach still über mich ergehen zu lassen – der Gescheitere gab ja schliesslich nach.

Dann aber kam mir schlagartig zu Bewusstsein, dass sich das Gerede der Alten über meine Strategie, einfach die Augen zu verschliessen bis alles vorbei war, gerade jetzt bewahrheiteten. Hitzewallungen durchströmten meinen Körper. Ich spürte mein Blut in den Schläfen pochen und begann zu schwitzen. Ich wollte aufstehen und meinem Ärger Luft machen. Doch in diesem Moment stampfte die Alte energisch auf den Boden und klatschte wie verrückt in die Hände. Damit erstickte sie mein Vorhaben im Keim.

Einen Augenblick war es absolut still. Mein Ärger war weg, dafür fühlte ich mich elend und auch schuldig.

»Man muss den Buben anspornen«, sagte sie schliesslich. Es klang, als sei sie selbst überrascht. Sie entspannte ihren Körper, wandte sich von mir ab und nahm wieder auf ihrem Stuhl Platz. Nestor und die Alte blickten sich an.

»In Wahrheit«, erklärte sie kalt, »fehlt dem Büblein hier eine Menge Kraft.« Sie zuckte mit den Achseln und meinte wie beiläufig: »Er ist ein Schlappschwanz.«

Mir blieb der Mund offen. Empört blickte ich zu Nestor, um mich seiner Hilfe zu vergewissern, aber dieser pflichtete ihr nur nachdenklich nickend bei.

»Du solltest das Büblein in den Kochtopf stecken«, riet die Tänzerin.

»Auch wenn kaum etwas dran ist?« fragte er.

»Bis er gar ist«, beharrte sie, worauf die beiden wieder ausgiebig lachten. Ich stand auf und verliess das Haus. Ich musste weg von diesen Menschen, weg von diesem Irrsinn.

Draussen war es angenehm kühl, aber trostlos bewölkt. Ich lief stromaufwärts zur Hütte mit dem Wasserrad und weiter, bis ich zu einem kleinen, am rechten Ufer des Baches wachsenden Weidenbaum gelangte, der meine Aufmerksamkeit auf sich zog.

Sein niedriger, mit Moos und Flechten besetzter Stamm verzweigte sich in zwei dicke bogenförmige Äste. Der rechte Bogen war lang gestreckt, dafür nicht so hoch. Der andere war höher, aber enger gefasst. Letzterer strebte über das Bächlein dem anderen Ufer entgegen. Aus der Oberseite der beiden Bögen ragten in regelmässigen Abständen Erhebungen, die wie Buckeln aussahen. Aus jedem dieser Buckeln wuchsen lange dünne orange-braune Zweige, die sich alle nach oben krümmten. Ich vermutete, dass die Alte diese äusserst dehnbaren Zweige regelmässig schnitt, um daraus solche Körbe zu flechten, wie ich sie bei ihr gesehen hatte.

Damit hatte sich die Tänzerin schon wieder in meine Gedanken eingeschlichen. Ich setzte mich unter den Baum auf einen der wenigen Steine, die relativ trocken waren. Das friedliche Plätschern des Wassers entspannte mich und veranlasste mich, meine Gedanken zu ordnen.

Dummerweise musste ich mir eingestehen, dass ich mich in dem Bild, welches die Alte von mir gezeichnet hatte, erstaunlich gut wiedererkannte. Vielleicht war mein Inneres tatsächlich stets ein Ort der Zuflucht für mich gewesen, um Konflikten so häufig wie möglich aus dem Weg zu gehen. Aber indem sie dies so schonungslos offen legte, raubte sie mir jegliches Gefühl von Geborgenheit, so dass ich mich nackt und hilflos fühlte. Und dafür verabscheute ich sie.

Das Bächlein rieselte gleichgültig an mir vorbei. Ich beneidete das Wasser: Man konnte es beschimpfen, man konnte es loben – es liess sich nicht zu emotionalen Ausschreitungen hinreissen. Es blieb immer kühl und floss weiter, als wäre nichts geschehen.

Nestor kam auf mich zugeschlendert. Er setzte sich mir schweigend gegenüber auf die linke Seite des Bächleins, das er eine Weile aufmerksam betrachtete. Ich glaubte, dass er gekommen war, um sich zu entschuldigen und sich mit mir zu versöhnen.

»Du bist wie das Wasser«, sagte er stattdessen und weckte damit meine Aufmerksamkeit. »Das Wasser fliesst dort entlang, wo es am wenigsten Widerstand erfährt. Ohne zusätzlichen Druck bleibt es aber in seinen vorgegebenen Bahnen. Es kann sich nicht daraus befreien, es kann keine neuen Wege gehen. Dies ist genau deine Situation. Und die Tänzerin hat das erkannt.« Sein Blick ruhte auf mir.

»Die Alte ist definitiv durchgeknallt«, murmelte ich.

Nestor ging nicht darauf ein sondern erläuterte, dass sie mich auf ein grosses Problem hingewiesen habe, auf etwas, das eine entscheidende Rolle beim Aufbau des inneren Drucks und überhaupt bei der vollkommenen Restauration spiele.

»Du gehst zu sorglos mit deiner sexuellen Kraft um«, brachte Nestor das Thema unverwandt auf den Punkt.

»Was meinst du?« fragte ich, mehr überrascht als unwissend.

»Du weisst genau, was ich meine«, sagte er ernst. »Wir haben bis jetzt noch nicht darüber gesprochen. Aber der richtige Umgang mit der sexuellen Kraft ist der zentrale Punkt bei jedem Menschen, der sich darum bemüht, den inneren Druck aufzubauen und die Energie zum Fliessen zu bringen.«

Nestor begann über Enthaltsamkeit zu sprechen, die, wenn konsequent und mit dem richtigen Wissen ausgeübt, den Druckaufbau erheblich beschleunige, wenn nicht erst ermögliche. Er verglich die sexuelle Kraft mit dem fliessenden Bach, aus welchem ich die Energie nehmen müsse, so wie die Tänzerin es mit ihrem Wasserrad tat.

Er erklärte, dass ein grosser Teil der Energie, die dem Menschen zur Verfügung stehe, im Fortpflanzungstrieb gebunden sei: Der menschliche Körper wende Unmengen von Energie auf, um Geschlechtszellen herzustellen. Wenn wir diese sexuelle Kraft nun nicht vergeudeten, sondern zurückhielten, helfe uns dies am besten, bewusster zu werden. Er sagte, die Unachtsamkeit, die ich dieser Kraft entgegenbringen würde, sei der Grund, weshalb ich nur sehr langsam Fortschritte in der vollkommenen Restauration erzielte, und weshalb mich das Möbel immer noch so schnell erschöpfe. Dann riet er mir, auf jede bewusste sexuelle Aktivität so weit als möglich zu verzichten.

Ich wich seinem Blick aus. Ich konnte nicht glauben, dass er mir Ratschläge für mein Sexualleben geben wollte. Ich weigerte mich einfach zu akzeptieren, dass er oder die Alte über meine sexuelle Kraft und Aktivität urteilen konnten.

»Die Tänzerin hat dich gerochen. Und sie weiss mehr, als du dir vorstellen kannst«, entgegnete Nestor unerbittlich, als hätte er meine Gedanken gelesen.

Vorsichtig äusserte ich die Befürchtung, dass mich die Enthaltsamkeit langweilig und spiessig machen würde. Nestor erwiderte lächelnd, ich sei bereits langweilig und spiessig, eben weil mir eine Menge Energie fehle, die ich mir durch Enthaltsamkeit zurückholen könne. Verzweifelt versuchte ich ihm daraufhin zu erklären, dass eine aufgestaute sexuelle Kraft einen Menschen nervös und aggressiv machen könne, dass sie sich sogar schädigend auf sein körperliches Wohlbefinden auswirke.

»Glaubst du etwa, dass dir dein bestes Teil explodieren wird?« lachte er laut heraus. »Keine Angst, es ist ja nicht so, dass du die sexuelle Kraft einfach nur aufstaust, das wäre tatsächlich sinnlos. Sondern du tust etwas damit: Du holst dir die Energie zurück, die zum Zweck der Fortpflanzung materiell gebunden ist – und zwar durch körperliche und geistige Arbeit, wie eben die Arbeit der vollkommenen Restauration. Damit wandelst du die sexuelle Kraft in Bewusstsein um.«

Später am Nachmittag, als wir beim Essen waren, erzählte Nestor der Tänzerin, dass ich einen Henkel für Mari Eglis Sekretär suchen würde. Seine Bemerkung kam für mich überraschend, hatte ich doch aufgrund der aufwühlenden Ereignisse den eigentlichen Grund unseres Besuches völlig vergessen.

Ich bestätigte Nestors Worte und wollte der Alten die Sache mit dem Henkel schildern. Doch sie machte nur die Bemerkung, dass das Gerümpel auf dem Dachboden sei.

»Wenn er was findet«, sagte sie, »kann er es mitnehmen.«

Ich hatte zwar mein Mahl beendet, blieb aber noch sitzen. Meine Absicht war es, mit Nestor, der noch am Essen war, gemeinsam nach dem Henkel zu suchen. Die Alte erklärte mir indes, wie ich auf den Dachboden gelangte, und als ich dann immer noch sitzen blieb, trichterte sie mir ein, dass *dr cheibe Grümpu* nicht von alleine nach unten komme und sich wie an einem Schönheitswettbewerb präsentiere – was ich als eine ernst gemeinte Aufforderung auffasste, jetzt gleich zu gehen.

Ich verliess also die Küche und suchte den Schopf auf, wo ich die Leiter auf den Dachboden hinaufstieg. Dort sah es schlimmer aus, als ich es mir vorgestellt hatte. Gerümpel bedeckte Gerümpel und es gab kaum ein Durchkommen durch all diese alten, ausgedienten, teils noch intakten, oft aber kaum noch brauchbaren Gegenstände. Was da alles dem Verstauben und Vergammeln preisgegeben war, konnte niemals die Tänzerin allein angesammelt haben, da arbeiteten mindestens drei Generationen daran.

Ich begann mich zwischen den braunen Papiersäcken und Plastikeimern hindurchzukämpfen, die gefüllt waren mit verrostetem Alteisen, Ketten, Nägel, grossen Muttern, Schrauben, Stahlbürsten, Zahnrädern; in anderen wiederum fand ich Werkzeuge oder abgenutztes Geschirr, Besteck, Schwingbesen, Kellen. Da war ein Haufen mit Veloteilen, Schutzblech, Lampen, Speichen und Rädern, Velopumpen, einzelnen Pedalen, daneben ein Sack mit alten metallenen Velonummernschildchen.

In einer hölzernen Karrette lag ein vorsintflutlicher Plattenspieler, und darauf ein kleines Schmuckkästchen, das mein Interesse auf sich zog. Ich öffnete es und fand darin ein vergilbtes schwarz-weisses Foto von einem begehbaren Felsen, der zwei Seiten einer tiefen schmalen Schlucht miteinander verband. Ich fragte mich, wie es kam, dass diese eine Fotografie so verloren in diesem Kästchen herumlag.

Während dem Suchen und Durchstöbern musste ich immer wieder an die Lächerlichkeit denken, dass Nestor und die alte Frau mir mein Verhalten gegenüber der sexuellen Kraft vorschreiben wollten. Dass ich einen inneren Druck in mir aufbauen sollte, um einem äusseren Druck standzuhalten, das konnte ich mittlerweile gut nachvollziehen. Aber wer garantierte mir denn, dass gerade durch das Zurückhalten der sexuellen Kraft der Aufbau des inneren Drucks beschleunigt werden konnte? Und welche Ahnung hatte denn die Alte schon von männlicher Potenz? Schliesslich war sie eine Frau.

Gedankenversunken wühlte ich weiter in Holzkisten mit leeren Glasflaschen, kaputten Glühbirnen, Benzinkanistern, Farbtöpfen; ich fand Teile zerbrochener Tonfigürchen, ein uralter Staubsauger, eine verrostete offene Werkzeugkiste, gefüllt mit Spiegelscherben, Feilen und Stahlwolle.

Ich brütete darüber, ob die alte Tänzerin wirklich eine so ausgeprägte Nase hatte, dass sie Menschen durchschauen, oder besser: ›durchriechen‹ konnte. Ich glaubte allerdings lieber, dass Nestor, der mich besser kannte, in meiner Abwesenheit mehr als nur einmal mit der Alten über mich gesprochen hatte.

An der Wand hingen zwei Pferdegeschirre, gleich darunter stand ein ungedeckter Pferdeschlitten in kitschig hellem Rosa und Blau – wie um alles in der Welt ist der hier hineingekommen? – beladen mit alten, schweren Skiern und Skistöcken. An der anderen Wand hingen braune, teilweise durchlöcherte Jutesäcke, vergilbte Leintücher und Wolldecken.

Nestor hatte Recht: Die Alte war durch und durch exzentrisch in ihrer Art. Ihr impulsives Auftreten, ihr zierlicher, aber kräftiger Körper, ihre faszinierenden Bewegungen, ihre abscheuliche Schnüfflerei, ihre bewundernswerte, aber widerliche Selbstsicherheit – all das machte sie zu einem geheimnisvollen Menschen, über den ich gerne mehr gewusst hätte: Wie sie auf die linke Seite der Emme kam; wie sie zu Mari Eglis Tradition stand; was sie über die vollkommene Restauration wusste – und auch, wofür sie diese weissen Moosknöpfe brauchte.

Der Gedanke an das Moos holte meine Erinnerung an den erfrischenden, süsslichen Duft zurück, der mir vertraut war, den ich aber nicht einzuordnen vermochte. Ich hielt einen Moment inne und versuchte mir diesen Duft vorzustellen. Vage, unfassbare Gefühle beschlichen mich, begleitet von einem Kribbeln in meinem Unterleib. Doch die gewünschten, klaren Bilder blieben aus.

Dann aber hatte ich den Eindruck, den fruchtigen Duft tatsächlich zu riechen, zuerst nur mild, dann immer stärker. Es musste sich um eine Halluzination handeln: Meine Vorstellung war zu lebhaft geworden und gaukelte mir diese Sinnesempfindung vor. Oder war es vielleicht umgekehrt, dass meine Gedanken um den Geruch kreisten, weil ich ihn tatsächlich riechen konnte?

Ich verwarf diese Vorstellungen und wandte mich wieder der Henkelsuche zu. Doch der Duft blieb und drang immer stärker in mein Bewusstsein, so stark, dass ich schliesslich glaubte, die Alte hätte hier irgendwo einen Sack mit diesen Moosknöpfen verstaut. Ich folgte dem Geruch durch all das Gerümpel, ging einen Schritt voran, prüfte, ob der Duft schwächer wurde, ging manchmal etwas zurück und weiter in eine andere Richtung. Nach einem längeren Warm-und-kalt-Spiel stand ich wieder vor der Luke, durch die ich auf den Dachboden gestiegen war. Der Duft des weissen Mooses schien von unten zu kommen.

Um meine Neugier zu befriedigen, stieg ich in den Schopf hinunter. Ich ging dort eine Weile hin und her, bevor ich schliesslich eine Falltür im Boden entdeckte. Beim Öffnen der Tür nebelte mich eine Wolke dieses süsslichen Duftes ein. Ich kletterte nach unten und befand mich kurz darauf in einem Labor: Da standen Porzellanmörser herum, mehrere mit Korkstopfen verschlossene Glasflaschen mit verschiedenen Chemikalien, verschiedenfarbige Kolben, ein alter Destillationsapparat mit gewundenen Glasröhren und durchsichtigen Plastikschläuchen, ein Gaskocher, Filter, kleine Becher mit Masseinheiten, Reagenzgläser, Thermometer – die Alte war ausgerüstet.

Auf einem niederen Tisch erblickte ich jenes Glasgefäss, in welches Nestor und die Tänzerin tags zuvor die Moosknöpfe eingelegt hatten. Obwohl der runde Kolben mit einem Glasstopfen verschlossen war, entwich genug von diesem offenbar sehr flüchtigen und starken Geruch, so dass er im ganzen Schopf zu riechen war. Um diese Flasche herum standen vier weitere, etwas kleinere Rundkolben aus braunem Glas. Und an allen fünf waren merkwürdige Aufschriften in Latein angebracht: *terra fugax*, *aqua sicca*, *ignis umidus*, *aer rigidus* und auf dem Gefäss in der Mitte *odor aureus*.

Über die Verwendung jener Duftknöpfe nachsinnend, verliess ich das Labor. Nachdem ich aber die Falltür geschlossen hatte, bemerkte ich, dass der Duft jetzt noch kräftiger war als im Labor unten. Es musste noch eine andere Quelle geben. Erneut ging ich im Schopf hin und her, schnüffelte auch in meinem Zimmer nebenan, aber dann führte mich meine Nase nach draussen ins Freie. Ich begann, dem Bächlein entlang stromaufwärts zu gehen, an der Mühle vorbei, am Weidenbaum vorbei, die offene Wiese hinauf.

Mittlerweile war Nebel aufgezogen, und er wurde bald so dicht, dass ich keine fünf Meter weit sehen konnte. Mich in einem mir unbekannten Gebiet bei so schlechten Sichtverhältnissen zu bewegen war nicht nur unvernünftig, sondern schlicht idiotisch. Doch meine Besessenheit, die Quelle des fruchtig süsslichen Duftes zu finden, wischte alle Vernunft weg und erstickte jegliche Unsicherheit. Bald dachte ich an nichts anderes mehr und konnte mich ganz auf das Riechen konzentrieren.

Ich ging weiter und weiter, über sumpfige Wiesen, durch feuchte Gräben, entlang der Waldränder, immer diesem betörenden Duft der weissen Moosknöpfe nach. Der Nebel verdichtete sich noch mehr. Bald gab es keinen Wald mehr, nur noch hohe, mit Moos und Flechten bedeckte Tannen, die plötzlich aus dem Nichts auftauchten; da waren keine Hügel und Gräben mehr, nur noch das Hinaufsteigen und das Abwärtsgehen, die sich ganz unerwartet ablösten.

Und ebenso plötzlich und unerwartet drang ein seltsames, befremdliches Gefühl in mein Bewusstsein, nämlich dass ich nicht irgendwo draussen, sondern vielmehr drinnen war. In einem Haus, in einem Zimmer. Einen Moment blieb ich stehen, um die Herkunft dieses Eindrucks zu ergründen. Mir kam aber nur dessen Absurdität zu Bewusstsein, worauf ich mich wieder auf den süsslichen Duft konzentrierte und weiterging.

Dieser schien stärker zu werden. Bilder stiegen in mir auf, unbestimmte Bilder, die mit dem Duft auf eine ungeklärte Art zusammenhingen. Es waren Ahnungen von Situationen, die mir vertraut waren, an die ich mich aber lange Zeit nicht erinnert hatte. Und während diese Bilder in mir aufstiegen und immer lebendigere Formen annahmen, drängte sich erneut die gespenstische Ahnung auf, dass ich in Wirklichkeit irgendwo im Innern eines Raumes war, geborgen an der Wärme. Doch anstatt dass diese abstruse Idee wieder im Nebel verschwand, so wie alles andere auch, wurde sie im Gegenteil stärker.

Mit aller Kraft begann ich gegen jene Vorstellung, gegen jenes Gefühl anzukämpfen. Stets von neuem rief ich mir ins Gedächtnis, dass ich durch einen Wald lief. Etwas anderes anzunehmen wäre absurd gewesen. Schliesslich sah ich ja den Waldboden, die Pilze, das spärliche Laub, die flechtenüberwucherten abgestorbenen Zweige; ich sah die Bäume, die im Nebel schnell erschienen und ebenso schnell wieder verschwanden; ich sah meine Arme, Hände und Beine und spürte, wie sie sich bewegten. Und noch etwas konnte ich deutlich erkennen: einen intensiven, tiefblau leuchtenden Fleck auf der inneren Leinwand.

Ich konnte nicht sagen, wie lange mich dieses Nachbild schon begleitete. Einen Augenblick richtete ich meine Aufmerksamkeit darauf: Es war ein stetig leuchtender Fleck, mehr breit als lang, links rund und nach rechts in die Länge gezogen; er bewegte sich kaum, stach aber immer deutlicher aus der sich langsam in Dunkelheit hüllenden Umgebung heraus.

Ich ging schnell weiter. Die Dämmerung hatte bereits eingesetzt, und ich wollte noch vor Einbruch der Dunkelheit zurück sein. Aber dann begann ich zu zweifeln, ob ich mich überhaupt bewegte. Ich spürte ganz deutlich einen Druck auf der rechten Körperhälfte, auf der Schläfe und Backe, dem Rumpf und den Beinen. Dieses Gefühl, dass ich irgendwo auf der Seite liegen würde, liess mich nicht mehr los.

Die Angst stieg mir in den Nacken. In einem Versuch, mich abzulenken, begann ich mit mir selbst zu sprechen – und erschrak gleich darauf umso heftiger: Was da aus mir herauskam, war nicht meine Stimme, sondern es hörte sich an wie das Schreien eines kleinen Kindes. Immer wieder versuchte ich, meine Stimme zu vernehmen, aber stattdessen hörte ich nur dieses Schreien.

Jetzt packte mich die Angst vollends. Ich schrie aus voller Kehle. Um die Kontrolle nicht ganz zu verlieren, versuchte ich mich zu bewegen und meinen Körper zu erkennen. Aber um mich herum war es mittlerweile so dunkel, dass ich kaum noch die Hand vor den Augen sehen konnte.

Das Einzige, was deutlich aus dem Dunkel hervorstach, war dieser breite gelb-weisse Fleck, welcher in einiger Entfernung vor meinen Augen leuchtete. Dieser beruhigte mich umgehend, denn ich wusste: Wenn ich ihn sehen konnte, dann würde sie gleich kommen und mir die Angst vertreiben. Trotzdem bannte ich nochmals die Stille und schrie in die Dunkelheit hinein.

Und dann ging endlich die Tür auf. Das gelb-weisse Licht von draussen drang in das Zimmer und erhellte es spärlich. Eine Frau trat herein und suchte sofort meinen Blick. Sie war nicht sehr gross, hatte schulterlanges gewelltes Haar und trug ein langes orange-blaues Kleid, von dem ich wusste, dass es angenehm zu berühren war.

Sie redete mit mir, es klang müde. Sie trat an mein kleines Bett, hob mich auf. Und wie ich in ihren Armen lag, fühlte ich wieder jene Geborgenheit, nach der ich so verlangt hatte. Sie liebkoste mich, strich mir zärtlich über den Kopf. Dann kam sie so nahe zu mir, dass ihre Stirn und ihre Nase die meinen berührten. Ich mochte sie. Und ich mochte diesen erfrischenden süsslichen Duft, den sie verströmte.

Eine Zeit lang hielt sie mich in ihren Armen und wiegte mich hin und her. Schliesslich küsste sie mich auf die Stirn und legte mich zurück ins Bett. Sie deckte mich zu und blickte mich liebevoll an. Wieder sagte sie etwas, ihre Stimme war leise, aber voller Wärme. Darauf verliess sie das Zimmer und schloss behutsam die Tür.

Das verrückte Tanzen

Ein gelblicher Fleck glühte in einiger Entfernung vor meinen Augen. Ich erkannte, dass es ein einzelner Sonnenstrahl war, welcher durch einen kleinen Spalt der geschlossenen Fensterläden drang und den Raum spärlich beleuchtete. Kleine Staubfäden schwebten beinahe schwerelos in ihm.

Ich schlug die Decke zurück und sah, dass ich in meinen Kleidern geschlafen hatte. Es war beinahe Mittag. Draussen fiel leichter Regen, doch gleichzeitig vermochte sich die Sonne gegen die Wolken durchzusetzen und liess die herbstliche Farbenpracht der Wiese und des Waldes um das Haus herum aufleuchten. Ich verliess mein Zimmer und suchte Nestor und die alte Tänzerin in der Küche auf.

»Soso, das Büblein beehrt uns wieder«, rief die Alte zum Gruss. Nestor lächelte mir zu.

Ich setzte mich zu ihnen und war im Begriff, den beiden von meinem Traum der letzten Nacht zu erzählen; diesen hatte ich als so wirklich empfunden, dass mich interessierte, wie sehr mein Gefühlskörper dabei aktiv gewesen war.

»Lab er sich erst einmal«, forderte mich die Alte auf, bevor ich zu Wort kam. Ich hatte tatsächlich einen grossen Hunger. Wie die Alte tags zuvor tunkte ich Brot im Honig und in der Milch, stopfte mich mit Mirabellen voll und spülte alles mit diesem köstlichen aromatischen Sirup hinunter. Nur die Baumnüsse mied ich. Ich war erstaunt, wie sehr mir dieses einfache Frühstück schmeckte.

Wir waren alle bester Laune. Eine Weile sprachen wir über Nebensächlichkeiten. Schliesslich erkundigte sich Nestor beiläufig, ob ich nun einen Henkel gefunden hätte. Diese Frage versetzte mich in eine eigenartige Nervosität. Die Geschehnisse des letzten Tages drängten wieder in den Vordergrund. Mit aller Deutlichkeit offenbarte sich mir jetzt eine Ungereimtheit, die ich bisher nicht richtig zur Kenntnis genommen hatte: Zwar deutete ich die Wanderung durch den Wald und die Begegnung mit der duftenden Frau als Traum. Aber ich konnte mich nicht mehr erinnern, wann ich die Suche nach dem Henkel eingestellt und mich schlafen gelegt hatte.

Ich sagte ihnen, ich hätte den Henkel noch nicht gefunden; ich hätte die Suche vorher abgebrochen, weil ich zu müde gewesen sei.

Die beiden blickten einander an und begannen zu kichern.

»Wenn er so müde war«, fragte mich die Alte mit einem boshaften Lächeln, »warum hat er dann noch so einen ausgedehnten Spaziergang gemacht?« Sie beschrieb die Richtung, in welche ich angeblich gelaufen war – es war dieselbe Richtung, die mit meiner Erinnerung an den Traum übereinstimmte.

Etwas in mir begann sich heftig gegen die Vorstellung zu wehren, dass ich tatsächlich da draussen im Wald gewesen war. Ich kannte mich als einen vernünftigen und realistischen Menschen, der abschätzen konnte, was er sich zutrauen durfte und was nicht. Bei einbrechender Dunkelheit und aufziehendem Nebel in einem mir unbekannten Wald herumzuwandern, ohne Taschenlampe, dafür mit einem dürftigen Orientierungssinn – das gehörte nicht zu den Dingen, die ich mir zutraute.

Ich versuchte, das Gespräch zu meinen Gunsten zu wenden, indem ich vehement bestritt, noch ausser Haus gewesen zu sein. Mit einer Überzeugung, die mich selbst erstaunte, versuchte ich den beiden stattdessen klar zu machen, ich sei auf mein Zimmer gegangen und eingeschlafen. Dann erzählte ich ihnen von meinem Traum, soweit ich mich erinnern konnte.

Die beiden hörten mir zu und blickten sich hin und wieder belustigt an.

»Wie niedlich«, rief die Alte schliesslich. »Das Büblein hat von seiner duftenden Mami geträumt.«

»Ja, das ist dufte«, stimmte Nestor ein und fügte verschmitzt an: »Er muss den Duft wirklich mögen, dass er so eine Wanderung auf sich nimmt.«

»Was wunderts«, kicherte sie, »wo's danach riecht, da gibts Streicheleinheiten. Vermutlich wird er sein ganzes Leben lang diesem Duft nachrennen.«

»Und was immer danach riecht, wird er wie von Sinnen an sich reissen wollen«, setzte er darauf.

»Bestimmt. Ich würde mich nicht wundern, wenn der Schreibtisch der alten Egli auch nach diesem Zeugs stinkt, sonst wäre das Muttersöhnchen wohl kaum so wild drauf.«

Schlagartig kam mir zu Bewusstsein, dass Mari Eglis Sekretär tatsächlich diesen süsslichen Duft verströmte, wenn auch nur sehr schwach. Der Duft war mir sofort aufgefallen, als ich das Möbel zum ersten Mal untersucht hatte, aber damals wusste ich ihn nicht einzuordnen. Und mittlerweile nahm ich ihn kaum noch wahr. Es war möglich, dass der Lack solche Duftstoffe verströmt hatte, oder dass in einer der Schubladen irgendein Gegenstand steckte, der entsprechend roch. Aber dass meine Faszination für Mari Eglis Kunstwerk von diesem Duft herrühren sollte, den ich angeblich seit meiner Kindheit mit Glücksgefühlen und Geborgenheit assoziierte – dies bestritt ich vehement.

»Ich habe dieses Möbel gewählt, weil es mir gefällt. Weil es ein Kunstwerk ist, und weil ich dachte, ich könnte es für gutes Geld verkaufen«, rechtfertigte ich mich.

»Weil es nach *Schmüüsele* riecht«, widersprach die Tänzerin singend. Sie lachten beide.

Meine gute Laune war vorüber. Verbissen versuchte ich Nestor und die Alte von meiner Ansicht zu überzeugen. Ein Duft, so argumentierte ich, könne in mir vielleicht Gefühle wecken, aber mich bestimmt nicht zu Handlungen bewegen, die mich eine Menge Geld kosteten.

»Er sollte die Düfte nicht unterschätzen«, wandte die Tänzerin ein. »Immerhin ist er einem solchen durchs halbe Emmental gefolgt.«

»Aber das war doch alles nur geträumt«, rief ich verzweifelt. »Der Duft, den ich gerochen habe, kam von Ihrem Keller her, aber bestimmt nicht vom Wald. Wie hätte ich ihn denn über so grosse Distanzen überhaupt riechen können?«

»Das war kein Traum«, erwiderte Nestor. »Du hast den Duft gerochen und bist ihm gefolgt. Als du durch den Wald gelaufen bist, da war dein Gefühlskörper wacher, und durch ihn hast du gehandelt. Dein Bewusstsein hat sich in die Gefühlswelt verlagert, ohne dass du vorher eingeschlafen bist. Deshalb war es kein Traum. Als dein Bewusstsein aber noch weiter in die Gefühlswelt vorgedrungen ist, hast du zu visionieren begonnen: Du hast dich als kleines, verängstigtes Kind erlebt, das nach seiner Mutter schrie.«

Nestor führte aus, ich müsse diese Vision unter zwei Gesichtspunkten interpretieren: Einerseits sei sie nötig gewesen, da sie etwas in mir aufgelöst und bewusst gemacht habe. Ich wisse nun um diesen Geruch, um dessen Bedeutung und Wirkung auf mich. Und dies werde mir bei der vollkommenen Restauration nützlich sein. Anderseits zeuge eine Vision immer davon, dass ich den Bezug zur äusseren Leinwand verloren hätte. Das dürfe in intensiveren Zuständen jedoch nicht passieren, denn es könne zum Verlust meines Bewusstseins, zur Ohnmacht führen – und genau dies sei schliesslich geschehen.

»Die Kontrolle zu verlieren und Visionen zu haben ist nichts Besonderes«, wandte die Alte ein. »Wichtig war nur seine Wanderung durch den Wald: Hat der Bube da nicht mehr genommen und mehr gegeben? Hat er die Welt nicht leuchtender und deutlicher gesehen?«

Sie blickte mich ungeduldig an. Ich blickte Hilfe suchend zu Nestor.

»Die Tänzerin spricht deinen intensiveren Zustand an«, erklärte dieser. »Bei der Verlagerung deines Bewusstseins in die Gefühlswelt ist mehr Energie zwischen dir und dem Bild geflossen. Wenn du dabei aufmerksam genug bleiben konntest, hätte dies eigentlich zur Wahrnehmung eines klareren, schärferen und helleren Bildes führen sollen, bevor die Vision auftrat.«

Ich sagte den beiden, dass mir so etwas nicht aufgefallen sei. Nestor verlangte von mir, dass ich mich genau erinnere, um wirklich sicher zu sein. Er wiederholte, was die Tänzerin zuvor gesagt hatte: Von Bedeutung sei letztlich nur die Wahrnehmung eines intensiveren Bildes, und nicht die Vision; Letztere sei nur kleine Welt. Ich versuchte mich zu erinnern, ob ich das Bild so wie von Nestor beschrieben wahrgenommen hatte. Aber ich konnte dergleichen beim besten Willen nicht bestätigen.

»Jede Kuh wäre sensibler«, murmelte die Alte und winkte angewidert ab. »Kein Wunder, dass er den Rückweg nicht mehr geschafft hat.« Damit wies mich die Tänzerin auf etwas hin, worüber ich mir noch gar keine Gedanken machen konnte.

»Wenn ich tatsächlich dort draussen im Wald war und mein Bewusstsein verloren habe«, argumentierte ich, »wie bin ich dann wieder zurückgekommen? Davon weiss ich ja überhaupt nichts.«

»Oh«, sagte Nestor und deutete schmunzelnd auf die Tänzerin. »Sie hat dich heimgetragen.«

Die Alte grinste und machte eine Gebärde, als würde sie ein kleines Kind in ihren Armen liebkosen und hin- und herwiegen. Die Vorstellung, wie ein Kind in ihren Armen gelegen zu haben, war einfach absurd. Aber alle Einwände meinerseits waren umsonst. Die beiden amüsierten sich darüber, wie ich träumte, in den Armen meiner Mutter zu liegen, während es die alte Tänzerin war, die mich zum Haus zurücktrug.

»Das ist doch Blödsinn«, brachte ich heiser hervor, und die beiden lachten aus vollem Hals.

»Sie kann mich doch nicht die ganze Distanz bis hierher getragen haben«, rief ich ins Gelächter, an ihre Vernunft appellierend.

»Sie ist eine sehr kräftige Frau«, grinste Nestor, »und du bist ein Fliegengewicht.«

»Aber sie wusste ja gar nicht, wo ich war. Wie hätte sie mich überhaupt finden können?«

»Immer der Nase nach, Büblein«, prustete die Alte, »immer der Nase nach.« Dann wackelte sie mit den Nasenflügeln.

In diesem Moment fühlte ich ein Kribbeln in meinem Unterbauch, unter dem Nabel. Ich begriff, dass ich mich in einer unangenehmen Situation befand, in der ich mich nicht vollständig auf meine Erinnerungen verlassen konnte. Gleichzeitig war ich mehr denn je davon überzeugt, dass mich die beiden zum Narren halten wollten. Aber eigentümlicherweise störte es mich plötzlich nicht mehr. Ich fühlte mich leicht und beschwingt, und es war, als wäre eine grosse Last von mir genommen worden – die Last, mich unbedingt verteidigen zu müssen.

»Wie konnte es denn überhaupt passieren«, fragte ich die beiden versöhnlich, »dass ich in einen intensiveren Zustand gelangt bin und mit meinem Gefühlskörper gehandelt habe? Ich habe doch gar nicht am Möbel gearbeitet.«

»Es war der Duft des Mooses«, wusste Nestor. »Er hat einiges in dir ausgelöst. Das ist übrigens auch der Grund, warum die Tänzerin Parfüm daraus herstellt. Und sie ist sehr erfolgreich damit: Ihre *création* ist so verführerisch, dass noch mancher davon ins Träumen geraten könnte.«

Nachdem ich auch nach zweimaliger Suche auf dem Dachboden der Tänzerin keinen einzigen Henkel gefunden hatte, hielt es Nestor für das Beste, selbst einen herzustellen, und zwar nach dem Vorbild des alten.

Mit dem kommenden Winter und Frühling folgte daher eine Zeit, in welcher ich einige Male den Bauern aufsuchte, der sich in der Schmiedekunst auskannte, die Ausrüstung dafür besass und mir bei meinem Problem freundlicherweise zur Verfügung stand. Mit der Hilfe des Stämmigen schaffte ich es zwar, neue Henkel aus demselben Metall und mit derselben Form zu schmieden; doch so sehr ich mich bemühte, den alten Henkel originalgetreu nachzubilden, vermochte ich keinen dieser neuen am Möbel anzubringen.

Schliesslich fertigte ich unter der Anleitung des Bauern sogar eine Gussform aus Gips an, wobei ich den alten Henkel als Modell verwendete. Ich goss flüssiges Messing in die Form und erschuf auf diese Weise einen Henkel, der mit dem alten beinahe identisch war – es noch besser hinzukriegen war ein Ding der Unmöglichkeit. Doch der Aufwand war vergebens: Auch der gegossene Henkel liess sich nicht anbringen, da mein Körper erneut streikte.

Nestor wechselte darauf die Taktik: Er riet mir, die Sache mit dem Henkel vorerst ruhen zu lassen, da ich dieser Energie, die dabei auf mich wirkte, anscheinend noch nicht gewachsen war. Er hiess mich aber, weiterhin meinen inneren Druck aufzubauen und die Energie zum Fliessen zu bringen. Auf diese Weise würde ich fähig, denselben intensiveren Bewusstseinszustand öfter herbeizuführen, in dem ich während meines Waldausflugs oder auch während des erfolgreichen Ablaugens des Möbels gehandelt hatte. Nestor war der Ansicht, dass ich gerade in diesem Zustand die besten Chancen hätte, erfolgreich am Möbel zu arbeiten – und zwar deshalb, weil ich da mit den Eigenschaften und Fähigkeiten des Gefühlskörpers handeln könne, und das im Tagesbewusstsein.

Neben den Atem- und Leibesübungen ermutigte mich Nestor zum Tanzen. Gerade das Tanzen, fand er, sei für mich die richtige Art, um mein Bewusstsein in die Gefühlswelt, beziehungsweise auf die innere Leinwand zu verlagern und das Möbel zu restaurieren. Er erinnerte mich mehrere Male an jene Situation im vergangenen Frühling, als ich in einem höchst energiereichen Zustand getanzt hatte. Dass Nestor die Sache mit dem Tanzen wichtig war, zeigte sich darin, dass er aktiv etwas unternahm, um mich auch wirklich zum Tanzen zu bringen.

Dies geschah im nächsten Sommer. Als ich ihn an einem heissen und wolkenlosen Wochenende besuchte, eröffnete er mir amüsiert, er sei zu einem Fest eingeladen. Damit überraschte er mich. In den nun fast drei Jahren, in denen ich ihn besuchte, hatte er nie von einem Fest, einer Party oder sonst irgendwelchen Feierlichkeiten oder Anlässen erzählt, an denen er teilgenommen hätte. Nestor verkörperte für mich den Idealtypen eines Menschen, welcher der Welt den Rücken gekehrt hatte und nichts mehr von gesellschaftlichen Anlässen hielt.

Er sagte, er habe versprochen, teilzunehmen. Und er wollte, dass ich ihn begleite.

»Was ist es für ein Fest?« fragte ich ihn.

Nestor ging ins Haus und kehrte mit einem auffällig bunten Zettel zurück, den er mir hinstreckte. Es war ein Flugblatt für eine Goa-Trance-Party! Ich fragte ihn erstaunt, wie er zu diesem Zettel komme.

Meine Verwunderung brachte ihn zum Lachen. Er erwiderte, dass er eine Frau kenne, die gelegentlich mithalf, solche Anlässe zu organisieren. Sie sei es auch gewesen, die dieses Flugblatt kreiert habe. Und sie habe ihn eingeladen.

»Wir sollten zusammen hingehen«, fand er und erklärte, dass die Party hier in der Nähe stattfinde, auf einer Alp auf der anderen Seite der Emme.

»Du willst also wirklich dorthin gehen?« fragte ich ihn vorsichtig.

»Ja.«

»Gefällt dir denn diese Musik?«

Er lächelte. »Wer sagt denn, dass es nur um mich geht? Es geht vor allem um dich. Es geht darum, dass du dich tüchtig bewegst. Und dafür ist diese Musik genau richtig.«

»Aber ich bewege mich doch schon.«

»Ja, du bewegst dich. Aber du bewegst dich noch nicht intensiv genug. Jetzt hast du die Chance, einmal richtig lange zu tanzen.«

»Ist es denn wirklich notwendig für die vollkommene Restauration, dass ich tanze?« fragte ich.

Nestor lachte. Er sagte, es sei typisch für mich, dass ich zwar alles tun würde, um ein Ziel zu erreichen, das ich mir gesteckt hätte – aber was zur Erreichung dieses Ziels nicht unbedingt notwendig sei, interessiere mich *hinge u voore* nicht.

Dann erklärte er mir mit einer gespielten Seriosität, das Tanzen sei absolut notwendig. Denn es sei eine Mischung aus Atmen und körperlichen Bewegungen und helfe mir, meinen Gefühlskörper zu entwickeln; und all dies wiederum sei entscheidend bei der Restauration des Möbels. Dann blickte er mich schelmisch an.

»Ist das Grund genug für dich?«

Gegen Abend erreichten wir den Ort. Der Anlass fand auf einer Alpwiese in einer grossen und relativ ebenen Mulde statt. Auf der einen Seite stieg der Berg weiter an, auf der anderen erhob sich nur leicht ein kleiner Hügel, bevor die Wiese steil abfiel. Schon von weitem waren die periodischen dumpfen Schläge zu hören, die nur gelegentlich und für eine verschwindend kurze Zeit verstummten, um gleich darauf die Herzen der Tanzenden erneut anzusporen.

Auf dem Weg zur Tanzfläche passierten wir etliche Campingzelte, vor welchen junge Leute sassen, tanzten, lachten, rauchten. Andernorts waren die vorwiegend bunt gekleideten Frauen und Männer damit beschäftigt, ihre Zelte aufzustellen. Die Stimmung war allgemein ausgelassen und erwartungsvoll. Einzig die in unmittelbarer Nähe grasenden Kühe beobachteten das sonderbare Treiben mit mässigem Interesse.

Wir richteten unser Lager etwas abseits der Szenerie ein, wo wir die Musik nur noch schwach hörten. Nestor fand, dass er zu alt sei, um sich dieses ›Bumbum‹ die ganze Nacht anzuhören.

Der Hauptplatz mit der Bühne, der Tanzfläche und den dekorativen Elementen mutete wie ein futuristischer UFO-Landeplatz an. Die Boxentürme und die Gerüste mit der Lichtanlage waren in bemalte Tücher eingekleidet. Diese Tücher, die teilweise auch an Schnüren in dreieckiger Segelform aufgehängt waren, wiesen stets dieselben typischen leuchtenden Farben auf: Gelb, Orange, Pink, Blau, Grün und Violett, die meist auf schwarzen Hintergrund gemalt wurden. Die Motive reichten von simplen Mustern wie Spiralen, Kreisen, Dreiecken über dreidimensionale unkenntliche Formen zu religiösen Symbolen alter Hochkulturen oder futuristischen Themen wie Ausserirdischen und Marslandschaften. Zur Dekoration gehörten auch Fäden in den geläufigen fluoreszierenden Farben, die zahlreich und in immer anderen Winkel gespannt wurden, so dass sich daraus Sternenmuster oder geometrische Figuren wie Kreise, Kurven, dreidimensionale Dreiecke und Pyramiden ergaben.

Nachdem mich Nestor erneut zum Tanzen ermutigt hatte und dann seine eigenen Wege gegangen war, stand ich eine ganze Weile am Rand der Tanzfläche, beobachtete die wilde Menschenmenge und lauschte der Goa-Musik.

Letztere klang zunächst wenig anspruchsvoll: Da waren die schnellen, regelmässigen Schläge, welche den Takt angaben, begleitet von tiefen durchdringenden Basstönen. Er brachte Herz und Mensch zum Rasen. Diese Schläge zogen sich über eine längere Zeit mit einigen Veränderungen hin. Die Variationen betrafen die Intensität und allerlei rhythmische und melodiöse Einwürfe.

Ich wusste von früheren Situationen her, dass ich mich nie wirklich dazu überwinden konnte, meinen Körper auf der Tanzfläche zu bewegen. Wenn ich mit Kollegen eine Disco besuchte, dann nur um etwas zu trinken und andere zu beobachten. In meinen Augen war das Tanzen eine Art Wettbewerb, um nicht zu sagen Hahnenkampf, wo jeder versuchte, den anderen zu übertrumpfen und ihm die Show zu stehlen. So etwas Kindisches brauchte ich natürlich nicht.

Der Takt der Musik wurde nur gelegentlich und für kurze Zeit unterbrochen. Manchmal trat an dessen Stelle ein melodiöses Zwischenspiel, das von einem Rhythmus in einen anderen überleitete; oder dann waren es formlose, diffuse Klänge, bei denen viele nicht so recht wussten, wie sie sich dazu bewegen sollten.

Gegenüber früheren Discoausflügen war die Situation jetzt aber völlig anders: Mein bevorstehendes Tun hatte ja nichts mit Vergnügen oder Wettbewerb zu tun, sondern es ging schlicht darum, Fortschritte in der vollkommenen Restauration zu machen. Ich hatte also einen handfesten Grund zu tanzen. Und ausserdem waren meine Kollegen ja nicht hier.

Mir fiel auf, dass Melodien recht selten waren. Die synthetisierten Klänge, die teilweise konventionellen Instrumente und auch der häufig orientalische Harmonien aufweisende Gesang waren elektronisch oft bis zur Unkenntlichkeit bearbeitet; sie fungierten als einmalige Einlagen, öfters wiederkehrende Themen oder Zwischensequenzen.

Zögerlich betrat ich die Tanzfläche, bewegte mich ein wenig, hielt es jedoch nicht lange aus. Ich war zu nervös und fühlte mich unwohl. Ein weiteres Mal versuchte ich es, liess es dann aber bleiben und suchte Nestor an unserem vereinbarten Ort auf. Er hatte sich auf einer Anhöhe installiert: Dort lehnte er sich bequem an einen Felsen und konnte von da die ganze Tanzfläche überblicken.

»Tanzen macht Spass«, kommentierte Nestor das wilde Treiben um die Lautsprecher. Ich setzte mich zu ihm. »Es erhöht die Intensität im Körper. Das Herz schlägt schneller, das Atmen ist intensiver. Die Leute haben mehr Energie und werden ein bisschen offener und ausgelassener.«

»Warum tanzt du nicht?« fragte ich ihn.

Er vertraute mir an, er habe in seinen jüngeren Jahren genug getanzt. Sein Körper sei durch das Tanzen offen geworden, so dass seine überschüssige Energie direkt ins ganze Bild fliesse. Deshalb brauche er nicht mehr so viel Bewegung. Ich musste innerlich lachen. Seine weise klingenden Worte, glaubte ich, sollten verhüllen, dass er einfach infolge seines fortgeschrittenen Alters diese Leistung nicht mehr erbringen konnte.

Schweigend blickten wir auf die tanzende Menge hinunter. Dann machte Nestor überraschend eine Bemerkung zu meinem Tanzen, welches er anscheinend beobachtet hatte.

»Deine Arme«, erklärte er, »bewegst du schon recht gut. Deine Beine dagegen scheinen schwer wie Blei. Die könntest du ruhig mehr bewegen.«

»Wie kommt es, dass du mich sehen konntest?« wunderte ich mich. »Von hier oben kann man die Leute ja kaum unterscheiden.«

»Ich sehe sehr gut, weil alles im Bild für mich klar und gross ist«, erwiderte er und fügte geheimnisvoll an, dass dies eine Folge seiner Lebensweise auf der linken Seite sei. Darauf wiederholte er die Kritik an meinen Tanzversuchen.

»Dies ist wohl einfach meine Art zu tanzen«, verteidigte ich meine Bewegungen.

»Es geht nicht einfach nur ums Tanzen«, widersprach er. »Deine Körperbewegungen drücken dein Bewusstsein aus. Und durch bewusste Bewegungen kannst du dich selbst verändern. Das ist es, worauf ich hinaus will.«

»Dann kennst du jetzt also mein Bewusstsein«, spottete ich.

Nestor blickte mich an. »Ja. Du bist ein bodenständiger Mensch, träge und verklemmt. Du bleibst gern, wo du bist, körperlich und geistig. Du willst das beibehalten, was du kennst. Und für etwas Neues bist du nur schwerlich zu begeistern – ausser es zahlt sich ganz sicher aus. All dies wird ersichtlich, wenn du tanzt.«

Im ersten Moment leuchteten mir seine Worte unmittelbar ein. Es war, als wäre ein dunkler, trüber Fleck in meinem Innern plötzlich hell erleuchtet worden, und ich konnte mich im Gesagten problemlos wieder erkennen. Als ich aber weiter darüber nachdachte, setzte meine vertraute kritische Distanziertheit ein, und wenn ich auch seine Worte nicht gleich verwarf, so waren diese für mich doch nicht mehr als eine einzelne Interpretation unter vielen möglichen.

Nestor führte indessen aus, dass die Lebensumstände, insbesondere die Erziehung in frühen Jahren, in einem Menschen eine Verstocktheit bewirken könnten, die sich eben auch in den Körperbewegungen niederschlage.

»Solche Leute haben grosse Schwierigkeiten, aus sich herauszukommen und sich richtig zu bewegen. Ihnen sind buchstäblich Hände und Füsse gebunden. Ihr Körper ist zu wenig offen, die Energie kann nicht fliessen. Aber gerade hier kann das Tanzen helfen. Das Entdecken und Bewegen der Körperglieder, das allmähliche Hineinfühlen in den Körper, also die Bewusstwerdung des Körpers – das ist eine grosse Befreiung.

Je besser du dich in deinen Körper hineinfühlen kannst, desto eher begreifst du, dass du nicht nur Arme und Beine bist, sondern auch Finger, Füsse, Becken, Oberkörper und Kopf – und die wollen auch bewegt sein. Wenn du alle deine Körperteile bewegst, leitest du die Energie durch den ganzen Körper. Und dann wirst du auch entdecken, dass du nicht nur einzelne Körperglieder bist, sondern ein bewegendes Ganzes.« Richtiges Tanzen, fügte er an, sei eine Auseinandersetzung mit sich selbst. Der Tanzende lerne sich selbst kennen, indem er sich bewege und sich seinen Bewegungen bewusst werde.

Dass Nestor mein Tanzen kritisierte, stiess mich vor den Kopf und machte mich unfähig, etwas Passendes zu erwidern. Ich war der Ansicht, dass es beim Tanzen kein Besser und Schlechter gab, nur individuelle Bewegungen.

Aber in der weiteren Zeit, die ich in dieser Nacht auf der Tanzfläche verbrachte, versuchte ich trotzdem, Nestors Ratschlag umzusetzen – nicht nur, weil ich glaubte, er könnte mich beobachten. Inzwischen hatte ich seine Haltung begriffen, nämlich dass es eine Entwicklung in allen Bereichen menschlicher Existenz gab, so auch im Tanzen. Und auch, dass ich dafür meinen ganzen Körper bewusst einbeziehen musste. ›Besser‹ oder ›schlechter‹ bedeutete in Nestors Denken einfach ›bewusster‹ oder ›weniger bewusst‹.

Dabei achtete ich auch darauf, wie die anderen sich bewegten: Die einen legten mehr Gewicht auf eine solide Beinarbeit, während andere vorwiegend mit ihren Armen irgendwelche Bewegungen ausführten. Aber es gab doch einige, die mit dem ganzen Körper tanzten. Besonders fiel mir eine junge Frau auf, die mit Fingern, Armen und Oberkörper faszinierende Wellenbewegungen ausführte, ähnlich wie die alte Tänzerin es vermochte. Sie bewegte sich entspannt, scheinbar ohne jede Anstrengung. Nur wenige tanzten auf diese Weise; andere Tanzende zogen zwar den ganzen Körper mit ein, aber ihre Bewegungen wirkten lächerlich und grotesk. Sie waren zu schnell, zu zackig, zu nervös.

Meine eigenen Versuche, mit dem ganzen Körper zu tanzen, wollten ebenfalls nicht recht gelingen. Zwar bewegte ich bewusst alle meine Körperglieder, doch ich hatte Mühe damit, meine Bewegungen schön aufeinander abzustimmen. Das Resultat war eher eine erzwungene Abfolge verschiedener Bewegungen, als ein harmonisch tanzender Körper.

Den nächsten Tag hindurch mied ich die Hitze und tanzte nicht. Stattdessen besichtigte ich die grossen Zelte um die Tanzfläche herum. Dort gab es alles, was irgendwie zum Anlass passte: Neben exotischen Getränken und Süssigkeiten konnten die Besucher auch die typische Kleidung, sowie Stofftücher und Bilder in den leuchtenden Goa-Farben erwerben. Daneben wiederum gab es Zelte mit Rauchwaren und Zubehör: Tabak und Tabakdosen, Räucherstäbchen sowie schön verzierte Holzschachteln und Halter für die Stäbchen. Auf dem ganzen Gelände lag eine Duftmischung aus süsslichem Räucherwerk und würzigem Essen von verschiedenen Ständen.

Später traf ich Nestor in einem Zelt, wo indischer Gewürztee ausgeschenkt wurde. Er war in ein Gespräch mit einer Frau vertieft. Ich setzte mich zu ihnen, in eines der grossen weichen Kissen, die am Boden um mehrere tiefe Tische herumlagen. Kaum hatte ich mich gesetzt, erhob sich die Frau und ging hinter die Theke. Ich beobachtete, wie sie den Tee aus einem grossen Topf in drei Thermoskrüge abfüllte. Kaum hatte sie dies getan, waren auch schon mehrere junge Leute zur Stelle, die scheinbar auf den Tee gewartet hatten.

Diese Frau gefiel mir auf Anhieb. Sie hatte kräftige rote Locken und jede Menge Sommersprossen in ihrem feinen Gesicht. Ihre grünen Katzenaugen blickten durchdringend, beinahe hypnotisierend.

Als der Andrang vorüber war, setzte sich die Frau zu uns und nahm das Gespräch mit Nestor wieder auf. Ich bemerkte, dass er mit ihr denselben ungezwungenen Umgang wie mit der alten Tänzerin pflegte: Sie lachten, scherzten und gestikulierten dabei. Ich bewunderte und beneidete Nestors einnehmende Art, seine Spontanität und seinen Humor.

Die beiden machten sich über die Tanzenden lustig. Dabei stellte sich heraus, dass die Frau genauso bissig sein konnte, wie Nestor es manchmal war. Sie verglich die Tanzenden mit einer Herde Kühe, welche immer in dieselbe Richtung starrten – wo auch immer sich die Leitkuh hinwandte.

Die Rothaarige spielte darauf an, dass die meisten Tanzenden sich nach vorn, zur Bühne mit den DJs richteten, weil dort eben die Show ablief. Mir war dies beim Tanzen nicht aufgefallen, vielleicht, weil ich es den anderen nachtat. Als Reaktion auf ihre anstössige Rede versuchte ich, die Tanzenden und damit mich selbst zu verteidigen. Ich sagte den beiden, dass mich die Ausrichtung der Leute auf der Tanzbühne nicht störe, dass jeder so tanzen solle, wie er es für richtig halte.

»Die meisten tanzen aber nicht so, wie sie es für richtig halten«, widersprach die Frau bestimmt. »Sondern sie wenden sich gedankenlos in die Richtung, in der sie am meisten behämmert werden. Wenn die Leute dagegen genug Selbstbewusstsein hätten, könnten sie sich von allen äusseren Reizen befreien.« Sie erhob sich, da sie an der Theke verlangt wurde.

»Lässt sich bestimmt nicht leicht verwirklichen«, wandte ich lässig ein, in der Gewissheit, dass diese Frau keine Ahnung von den Härten des Energieerwerbs durch die vollkommene Restauration hatte.

»Du kannst zum Beispiel damit anfangen, dass du alle vier Himmelsrichtungen bewusst in dein Tanzen mit einbeziehst, nicht nur eine«, gab sie lächelnd zurück. Ihre Schlagfertigkeit und ihr Katzenblick liessen mich reflexartig wegschauen und mit gespieltem Interesse eine Gruppe von Wasserpfeife rauchenden Halbwüchsigen am Tisch nebenan betrachten. Als ich erneut zu ihr hinblicken wollte, stand sie bereits hinter der Theke.

Bei meinen Tanzversuchen der folgenden Nacht achtete ich darauf, mich bewusst in alle Richtungen zu drehen. Was die junge Frau zu mir gesagt hatte, forderte mich heraus, denn ich fasste es als persönliche Kritik auf: Ich musste mich vergewissern, dass ich nicht zu den ›Kühen‹ gehörte, die sich nur ›behämmern‹ liessen.

Anfangs fiel es mir schwer, mich den übrigen Tanzenden zuzuwenden. Ich hatte das unangenehme Gefühl, dass alle Blicke nun auf mir ruhten. Aber als sich dies als nicht zutreffend erwies, konnte ich mich bald einmal überwinden und fand Freude daran, mich überall hin zu drehen. Ich empfand dies tatsächlich als eine kleine Befreiung.

Etwas anderes machte mir mehr zu schaffen: meine Ausdauer. Eine gute Ausdauer war für mich ganz klar eine Frage des langen Trainings. Doch Nestor, mit dem ich darüber sprach, war der Ansicht, dass ich meinen Körper seit mehr als einem Jahr trainierte und daher genügend Ausdauer haben sollte. Die jeweils kurze Dauer meines Tanzens komme eher davon, dass ich nicht richtig atmete, nämlich zu schnell und zu flach. Er empfahl mir daher, möglichst tief und langsam zu atmen.

»Das ist unmöglich«, wandte ich ein. »Wenn ich mich bewege, dann erhöht sich der Puls, und deshalb bin ich auch gezwungen, schneller zu atmen.«

»Das ist so, weil dein Atem noch an den Herzschlag gebunden ist«, antwortete er. »Aber durch die Atemübungen, die ich dich gelehrt habe, wird es dir immer besser gelingen, Atem und Puls voneinander zu trennen. Auf diese Weise wirst du fähig sein, trotz schnellem Herzschlag tiefer und ruhiger zu atmen. Und das heisst auch, dass du die Leistung viel länger erbringen kannst.«

Nestor sagte weiter, dass vollendete Tänzer durch ihr Tanzen sogar die Fähigkeit erlangt hätten, nicht nur bei ruhigem Atem, sondern auch bei ruhigem Herzschlag intensiver zu sein. Dies sei die höchste Form von Intensitätssteigerung, die nicht mehr durch Körperbewegungen herbeigeführt werden müsse.

Durch Nestor ermutigt, versuchte ich beim Tanzen auf meinen Atem zu achten, hatte aber erhebliche Schwierigkeiten damit. Nicht nur war es ausserordentlich schwierig, mich gleichzeitig auf meinen Körper und das Atmen zu konzentrieren; auch wenn ich auf den Atem achtete und diesen bewusst zu zügeln versuchte, gelang mir das nur für einige wenige Atemzüge. Zu schnell stellte sich die Atemnot ein, und zu stark war das Verlangen, diese durch schnelleres Atmen zu beenden.

Gegen Morgen legte ich mich auf mein Lager, um mich auszuruhen. Ich merkte, dass ich ungewöhnlich entspannt und zufrieden war ohne eigentlich müde oder schläfrig zu sein. Das Tanzen hatte mir Spass gemacht, und jetzt genoss ich es, einfach dazuliegen und in den klaren Sternenhimmel zu schauen.

Plötzlich begannen einzelne Muskeln meines Körpers unwillkürlich zu zucken. Es waren Muskeln der Oberarme, Oberschenkel, Finger und des Halses, die sich teils in regelmässigen, teils in unregelmässigen Abständen für die Dauer von Sekundenbruchteilen kontraktierten und dann wieder entspannten.

Dieses Körperzucken war etwas, das ich in diesem Ausmass nicht kannte. Tief beunruhigt versuchte ich eine Erklärung dafür zu finden: Es würde daher rühren, dass ich die entsprechenden Muskeln überanstrengt hatte; es käme davon, dass ich nicht genügend getrunken hatte.

Ich wandte mich an Nestor, und es gelang mir nicht, meine Furcht zu verbergen. Als er hörte, was mir Sorgen bereitete, beruhigte er mich. Für ihn schien das Zucken ein positives Zeichen zu sein.

»Endlich tut sich in deinem Körper mal was«, sagte er.

»Ist das nicht schädlich?« fragte ich nach.

»Unsinn. Dein Körper entwickelt sich, das ist alles.«

»Was bedeutet das?«

»Das bedeutet, dass du begonnen hast, den inneren Druck aufzubauen, und dass innere Blockaden langsam beseitigt werden. Mach dir keine Gedanken deswegen. Das vergeht wieder.«

In der dritten und letzten Nacht kamen Nestor und ich auf die Rhythmik zu sprechen, die parallel zum Grundtakt lief. Er fand, dass diese Musik viele interessante und anspruchsvolle rhythmische Möglichkeiten biete, sich zu bewegen – wenn ich sie bemerken würde und zu nutzen wisse.

»Du bist zu sehr an den Grundtakt gebunden«, fand er. »So wie die meisten Leute hier. Sie haben gar keine andere Möglichkeit, als diese Grundschläge mitzumachen, mitzuhüpfen. Dies solltest du aber bewusst überwinden. Denn dem Takt verhaftet zu sein, ist ein Ausdruck von Unbeweglichkeit und Unfreiheit. Es ist keine Herausforderung, etwas, das schon in Gang ist, zu übernehmen und beizubehalten. Hingegen erfordert es eine grosse Kraft, aus diesem Takt auszubrechen und mit ihm zu spielen, sich mal langsamer, mal schneller zu bewegen und den Rhythmen oder Melodien zu folgen.«

Nestor machte mich auf einen jungen Mann aufmerksam, der auf diese Weise tanzte. Tatsächlich liess sich dieser Mann nicht von den Grundschlägen mitreissen, wie viele andere es taten. Im Gegenteil: Der Rhythmus der Musik gehörte dem Tänzer. Er ging spielerisch damit um, hüpfte nicht zu jedem einzelnen Schlag plump von einem Bein auf das andere, sondern löste sich zuweilen von den Schlägen. Dann führte er seine eigenen Schritte und Bewegungen aus, ohne jedoch den Grundtakt zu verlieren.

Mich beeindruckte vor allem dieser plötzliche extreme Wechsel von einem sehr schnellen Tanzen zu sehr langsamen kraftvollen Bewegungen, auf die unversehens wieder die schnellen folgten. Nestor fand, solche plötzlichen Wechsel würden faszinieren, weil sie ein Ausdruck von Kraft seien. Denn je schneller der Übergang von einem Extrem ins andere, desto mehr Kraft müsse dafür aufgewendet werden. Junge Menschen seien allgemein begabter für diese Wechsel, nicht nur im Tanzen, sondern auch im Denken und Handeln – weil sie eben über viel ungebundene Energie verfügten.

»Wer so tanzen kann, ist sehr beweglich«, erklärte er. »Nicht nur körperlich, sondern in seinem ganzen Wesen. Beweglich zu sein heisst auch, bewusst und frei zu sein. Versuche deshalb, auf diese Weise zu tanzen.«

Später betrat ich noch einmal die Tanzfläche mit der Absicht, solche kraftvollen Wechsel in mein Tanzen zu integrieren. Während ich mich bewegte, kam mir zu Bewusstsein, dass ich durch Nestors Einfluss innerhalb dieser zwei Tagen nicht nur meine Vorbehalte gegenüber dem Tanzen verlor, sondern geradezu Spass daran fand. Es ist ihm auch gelungen, meinen Ehrgeiz zu wecken, so dass ich bemüht war, Mängel in meinen Bewegungen zu beseitigen und seine Anregungen umzusetzen. Ich tanzte nicht mehr, um das Möbel zu restaurieren, sondern aus Freude, neue Möglichkeiten der Bewegung zu entdecken.

Ohnehin gelang es Nestor, mich immer wieder für spannende und interessante Dinge zu motivieren, denen ich zunächst keinen Sinn abringen konnte. Ich begann zu ergründen, wie er dies bewerkstelligte, aber dann realisierte ich auf einmal, dass ich tiefer und langsamer atmete, obwohl ich mich heftig bewegte und mein Herzschlag beschleunigt war. Meine Gedanken versiegten, und ich tanzte ununterbrochen, eine ganze Weile.

Eine merkwürdige, nicht unangenehme Empfindung erfasste mich. Es fühlte sich so an, als hätte in meinem Körper etwas zu fliessen begonnen, das vorher blockiert gewesen war. Augenblicklich war ich mir nicht nur allen meinen Körpergliedern vollkommen bewusst, sondern fühlte unmittelbar die Ganzheit meines Körpers.

Dieser Zustand dauerte nur kurz. Doch in dieser Zeit hatte ich wieder jene klaren Einsichten, wie ich sie vom ersten Mal her kannte, als ich unfreiwillig auf diese Weise getanzt hatte: Ich begriff, dass ich nicht eine Person war, welche die Kontrolle über meine Körperglieder ausübte und sie bewegte, sondern ich war die Körperbewegungen, ich war der Tanz selbst. Ganz Körper und Bewegung zu sein, bedeutete, dass ich bereits alles wusste. Ich wusste das Gleichgewicht tadellos zu halten; und ich kannte Bewegungen, die ich nie gelernt und ausgeführt hatte. Alle meine Bewegungen waren nun flüssig, harmonisch, koordiniert, einfach perfekt.

Tausend Lichter blitzten plötzlich auf und leuchteten in meinem Gesichtsfeld: weisse, blaue, grüne, rote – immer wieder erloschen sie und blitzten erneut auf, begleitet von gewaltigen Knallen und dem Läuten von Glocken. Um mich herum kreischten und jubelten die Menschen wie von Sinnen. Ich verspürte eine unbeschreibliche Freude und tanzte schneller, kraftvoller. Ich war ganz Bewegung, unmittelbare Bewegung jenseits jeglichen Zweifels.

Sehr bald fand ich mich am Rand der Tanzfläche stehend wieder. Erst allmählich begriff ich, dass die Leute das Feuerwerk bejubelten, das mitten in der Nacht gezündet wurde; und das laute Knallen hatte anscheinend die Kühe auf der Weide aufgeschreckt. Darauf spürte ich, wie schwer ich atmete und wie schnell mein Puls ging. Der Gedanke daran, erneut in Visionen zu fallen, erschreckte mich und liess mich von der Tanzbühne taumeln. Etwas abseits setzte ich mich ins Gras, wo ich unablässig meinen Zustand und das Bild um mich herum überprüfte. Um mich nicht zu verlieren, bewegte ich mich, meinen Kopf, meine Hände, meine Schultern.

Puls und Atem nahmen bald ihren gewohnten Rhythmus an, ich beruhigte mich, doch an meinen Körpergliedern blieb ein nicht unangenehmes Gefühl des Kribbelns zurück. Eine Zeit lang blieb ich im Gras liegen. Meine Gedanken waren nun klar und ich fühlte mich wacher als zuvor. Eine Weile beobachtete ich eine Frau, die sich im Feuerspeien übte. Wenn sie ihren feurigen Atem in den Nachthimmel blies, war das ganze Gelände für eine kurze Zeit hell beleuchtet. Eine Welle der Zuneigung ergriff mich, und als ich die Schönheit in ihrem Tun und Sein bewunderte, spürte ich ein starkes Prickeln in meinen Beinen. Es wirkte entspannend auf den ganzen Körper. Ich fühlte mich erleichtert und wohl.

Es dämmerte bereits, als ich mich aufrichtete um Nestor zu suchen. Ich fand ihn an unserem vereinbarten Ort. Unverzüglich erzählte ich, was mir passiert war.

»Du warst verrückt«, meinte Nestor.

»Was?«

»Wie ich sagte: du warst verrückt. Ver-rückt.« Ich hörte die alte Tänzerin aus seinem Mund sprechen. Ich blickte ihn fragend an.

»Du meinst, ich war auf dieselbe Weise verrückt wie Mari Egli angeblich verrückt war, als sie das Möbel baute?«

»Nein, so verrückt warst du natürlich nicht«, lachte er. »Aber dein innerer Druck ist dennoch stark angestiegen, der Energiefluss war erhöht und einige der Blockaden beseitigt. Dein Bewusstsein hat sich in die Gefühlswelt verrückt: Deine Bewegungen wurden gefühlvoller und damit leichter und fliessender. Dein Gefühlskörper war wacher. Dies war das verrückte Tanzen.«

Nestor begann darauf über die Gefühle des Kribbelns und Prickelns zu sprechen, die ich erlebt hatte. Er sagte, ein *Kribbeln* im Körper verweise stets auf verstärkten Energiefluss. Aber erst wenn ich ein *prickelndes Gefühl* verspürte, bei dem sich die Körperhärchen an der entsprechenden Stelle sträubten, öffne sich mein Körper, und die überschüssige Energie fliesse in das Bild als ein Ganzes.

»Der Körper öffnet sich? Wie meinst du das?«

»Der Körper öffnet sich, wenn genug innerer Druck da ist, und wenn die Energie nicht durch Blockaden stockt. Wenn du ein Prickeln spürst, hat sich dein Körper ein wenig geöffnet.«

»Ich verstehe dieses Öffnen immer noch nicht. Meinst du, die Poren meiner Haut öffnen sich?«

»Was sich an deinem Körper genau öffnet ist unwichtig. Wichtig ist das Gefühl des Prickelns. Es bedeutet, dass Energie aus deinem Körper direkt in das Bild als ein Ganzes fliesst.«

Der Gedanke, dass Energie aus meinem Körper entwichen sein soll, missfiel mir. Dies stand, so rechtfertigte ich meine Skepsis, in einem offensichtlichen Widerspruch zur eigentlichen Absicht der vollkommenen Restauration.

»Wenn es bei der vollkommenen Restauration doch darum geht, den inneren Druck aufzubauen«, argumentierte ich, »wäre es dann nicht besser, die Energie im Körper zu behalten, anstatt sie wegzugeben?«

»Ich sagte dir doch: Wir alle sind dazu gezwungen, unsere Energie wieder abzugeben. Die Frage ist nur, auf welche Art das geschieht, und was wir mit dieser Energie tun. Dieses Prickeln ist die richtige Art, die Energie abzugeben. Und du spürtest es deshalb, weil dein innerer Druck gross genug war. Mach dir keine Sorgen, du hast heute Nacht viel gelernt.«

Ich fragte nach, was ich genau gelernt hatte und wie dies in Verbindung zur vollkommenen Restauration stand. Er erklärte, ich hätte die Möglichkeit erfahren, Energie auf eine direkte Weise in das Bild als ein Ganzes zu geben, ohne in diesem Moment handeln zu müssen. Je mehr ich meine Energie auf diese Weise abgeben könne, desto mehr löse sich meine kleine Welt auf, und desto lebendiger und intensiver werde mein Bild. Auf diese Weise gelinge es mir auch, mit einem erhöhten inneren Druck umzugehen.

»Meinst du, ich könnte jetzt das Möbel restaurieren?« fragte ich ihn schliesslich.

Nestor lächelte. »Du bist jetzt hellwach, he?« Er betrachtete mich aufmerksam und ich erwiderte seinen Blick. Ich fühlte mich tatsächlich ungewöhnlich wach und stark.

»Möchtest du denn jetzt am Möbel arbeiten?«

Ich zuckte mit den Schultern und erforschte meine Gefühle. In diesem Moment verspürte ich nicht das Verlangen, am Möbel zu werkeln. Ich stellte die Frage mehr aus Gewohnheit, wie ich es meistens tat, wenn Nestor bei mir einen Fortschritt in der vollkommenen Restauration feststellte.

Nestor deutete auf die Leute, die scheinbar in Aufbruchsstimmung waren. Sie liefen den Hügel hoch und suchten sich gute Plätze, um die Sonne willkommen zu tanzen – ein Ritual, das ich bereits am Tag zuvor beobachtete, und das sich an solchen Anlässen offenbar ständig wiederholte.

»Komm, gehen wir«, sagte er unverwandt.

»Schauen wir uns den Sonnenaufgang an?« wollte ich wissen.

»Nein, wir schauen uns das Bild an«, erwiderte er.

Wir stiegen den Hügel hinauf, wo wir uns mit Blick in Richtung der schneebedeckten Alpen hinsetzten. Der Himmel war klar und wolkenlos. Es war erfrischend kühl, aber ich fror nicht. Die ersten Sonnenstrahlen brachten den Tau zum Glänzen, das Gras zum Leuchten und die Leute zum Jubeln und Toben.

Nestor hiess mich, das noch schwache Sonnenlicht zu nutzen, um Erinnerungsbilder zu erzeugen und auf der inneren Leinwand umherzuschieben. Ich blickte kurz nach links in die aufgehende Sonne, wandte mich dann ab und konzentrierte mich auf die Nachbilder. Ich lenkte meinen Blick kraftvoll nach oben um das Erinnerungsbild so weit oben als möglich festzuhalten.

In diesem Moment sah ich etwas im Bild von unten nach oben vorbeischnellen. Es ging so rasch, dass ich nicht viel mehr als einen dunklen Fleck erkennen konnte. Ich wiederholte dieselbe Augenbewegung und konnte dieses Ding erneut über das Bild huschen sehen. Es war dunkel, aber doch transparent, wie eine Trübung. Und es hing offensichtlich mit meinen Augenbewegungen zusammen.

Ich blinzelte einige Male und rieb meine Augen, da ich glaubte, es sei etwas auf den Augen. Daraufhin wiederholte ich die Übung. Auch dieses Mal geriet mir die Trübung ins Blickfeld: Als ich das Nachbild der Sonne hin- und herschob, schwang ein dunkler Fleck mit, sank dabei aber stetig, bis er unten aus meinem Blickfeld verschwunden war.

Ich erzählte Nestor von dieser Trübung. Er gab sich ungewöhnlich interessiert und stellte mir allerlei Fragen, etwa, ob das Ding eher hell oder eher dunkel sei; welche Form es habe; ob ich nur einen einzigen, oder ob ich mehrere solcher Flecken sehen würde. Ich beschrieb ihm so gut als möglich, was ich wahrgenommen hatte.

»Ist dieser Fleck ständig im Fluss?« fragte er weiter.

»Ich bin mir nicht sicher, aber ich glaube schon.«

»Glauben bringt uns hier nicht weiter«, sagte er scharf. »Wenn du es nicht weisst, dann schau den Fleck eben an.«

»Warum? Ist das irgendwie wichtig?« fragte ich, gereizt wegen seiner Zurechtweisung.

»Es könnte dein Leben verändern«, gab er zur Antwort.

Seine Worte hatten etwas Bedrohliches an sich. Nichts hätte ich in diesem Moment lieber getan, als die Situation zu klären, ihn zu fragen, wie er das genau gemeint habe. Nestor aber drängte mich, die Trübung weiterhin anzuschauen.

Ich schaute erneut in die aufgehende Sonne und versuchte mich anschliessend ganz auf das Nachbild zu konzentrieren. Als ich es über den Himmel schob, schwang bald darauf auch jener Fleck wieder mit. Sofort versuchte ich diesen anzuschauen, doch das funktionierte nicht, denn gerade in dem Moment floss er aus meinem Blickfeld. Ich versuchte es noch einige Male, aber ich verzweifelte beinahe bei diesen Versuchen. Es hatte den Anschein, als ob ich selbst jene Trübung mit meinen Augen wegwischen würde, sobald ich sie anschauen wollte.

»Ich kann die Trübung nicht richtig sehen, Nestor. Sie geht dauernd weg.«

»Versuche sie wie die Nachbilder festzuhalten«, riet er. »Schiebe sie kraftvoll nach oben. Wenn du sie siehst, dann schiebe sie hin und her, so dass sie möglichst lange in deinem Blickfeld bleibt. Beobachte, wie sie fliesst.«

Allmählich konnte ich die Trübung länger in meinem Blickfeld sehen. Dabei stellte ich fest, dass es sich um eine Überlagerung von Ringen und Punkten verschiedener Grössen handelte, teils verschwommen, teils etwas schärfer. Erkennen konnte ich diese nur dank ihren mehr oder weniger deutlichen Konturen, denn sie waren farblos und völlig durchsichtig.

Ich teilte Nestor meine Erkenntnis mit. Er schien zufrieden und lächelte. Er fand, dies sei wirklich eine kleine Bewusstwerdung und forderte mich auf, meine Konzentration ab jetzt auf jene Punkte zu richten.

»Aber was ist es?« fragte ich ihn.

Er schwieg sich genüsslich aus, bevor er antwortete.

»Was du gesehen hast«, erklärte er geheimnisvoll, »ist ein kleiner Ausschnitt aus der Grundstruktur des Bildes.«

»Grundstruktur?«

»Grundstruktur«, rief er lachend und imitierte mein verblüfftes Gesicht. »Das Gerüst eben, auf welchem die ganze Kulisse hier aufgezogen ist.«

3

Mouches volantes

Die Bedeutung, die Nestor diesen im Blickfeld gleitenden Trübungen zumass, war mir zwar unverständlich. Aber dass ich mich darauf konzentrieren sollte, war nicht ungewöhnlicher als etwa das Betrachten des Bildes als ein Ganzes oder das Nachbildsehen – eigentlich passten die Trübungen ganz gut in die Sammlung von Konzentrationsobjekten, die er für die Ausübung der vollkommenen Restauration bereithielt. Sie anzuschauen fasste ich daher einfach als einen weiteren Schritt auf diesem Weg auf.

Während den kommenden Herbst- und Winterwochen versuchte ich also ab und zu auf die Trübungen zu schauen – mit mässigem Erfolg. Sie waren nicht immer sichtbar, und wenn, dann waren sie recht dunkel, kaum wahrnehmbar und verschwanden schnell wieder aus meinem Blickfeld. Schliesslich liess ich diese Übung beiseite, und da ich mich in dieser Zeit vermehrt auf andere Angelegenheiten konzentrieren musste, vergass ich die Trübungen recht schnell. Aber nicht für lange.

Sie begannen jetzt ohne mein Zutun in meinem Blickfeld aufzutauchen, zuerst nur sporadisch, so dass ich ihre Erscheinung gut ignorieren konnte. Dann aber sah ich sie immer häufiger, und zwar an Orten und unter Bedingungen, die ganz verschieden von denjenigen waren, die mir Nestor als günstig für die Konzentration auf die äussere und die innere Leinwand beschrieben hatte. Sie traten auf, ohne dass ich mich ruhig hingesetzt und konzentriert hätte, ohne dass ich vorher das Bild als ein Ganzes oder die Nachbilder zu sehen geübt hätte. Dieses Phänomen schien demnach nicht an solche Bedingungen gebunden zu sein, sondern hatte so etwas wie ein Eigenleben: Es trat auf, wenn ich es am wenigsten erwartete, und wenn ich dann versuchte, es anzuschauen, verschwand es ebenso schnell wieder. Immerhin konnte ich erneut feststellen, dass es sich bei diesen Trübungen meist um transparente Ringe und Fäden verschiedener Grössen handelte.

Ich erlebte sie manchmal als amüsante Ablenkung, als Zeitvertrieb, etwa wenn ich bei längerer Zugfahrt aus dem Fenster schaute. Oft waren sie aber lästig, zum Beispiel wenn sie über die Seiten eines Buches huschten und mich so von der Lektüre ablenkten. Die Ablenkung durch die Trübungen empfand ich auch als gefährlich, gerade bei Tätigkeiten, wo Konzentration zur Sicherheit anderer und zu meiner eigenen Sicherheit gefordert war – beispielsweise beim Autofahren.

Aber ob amüsant, lästig oder gefährlich – ein Gedanke, der immer stärker in mein Bewusstsein drang und nicht mehr von mir weichen wollte, beunruhigte mich zutiefst: nämlich dass das vermehrte Auftreten dieser Augentrübungen von einer erst kürzlich erworbenen Verletzung, einer Fehlfunktion oder einer Krankheit in meinen Augen herrühren könnte; dass es eine Abnormität war, die möglicherweise zur Erblindung führte. Und je länger, je mehr war ich geneigt, die Trübungen mit der übermässigen Beanspruchung, ja Belastung meiner Augen durch Nestors Wahrnehmungsübungen in Verbindung zu bringen.

Ich beschloss deshalb, ihn zur Rede zu stellen. Nicht nur, weil er mich diese übertriebenen Augenübungen ausführen liess, sondern auch, weil er offensichtlich mehr über das Phänomen wusste.

Ich besuchte Nestor an einem kalten Nachmittag, mitten im Januar. Als ich aus dem Auto stieg, sah ich eine rothaarige, auf dem Rücken weiss gestreifte Katze auf einem Fensterbrett sitzen. Ihre grünen Augen musterten mich aufmerksam, und als hätte sie um meine Absicht gewusst, sprang sie vom Brett und stellte sich wartend vor die Tür. Ich öffnete sie und die Katze schlüpfte flink in die Küche, wo Nestor gerade am Kochen war.

Er begrüsste die Katze freudig. Diese liess sich gerne von ihm den Nacken kraulen und sich etwas Milch und Brot in ein Schälchen geben. Dann wandte er sich mir zu.

»Alle kommen nur zum essen«, jammerte er, lachte schliesslich und warf einige Kartoffeln zusätzlich in den Topf.

Ich stellte meinen Rucksack auf den Tisch und begann die Mitbringsel auszupacken. Danach setzten wir uns in die angenehm warme Stube und sprachen beiläufig über die Katze, die angeblich wild lebte, Nestor aber manchmal besuchen kam und bei ihm überwinterte. Als sich das Tier hinsetzte und sich abzulecken begann, stellte er unumwunden fest, dass ich einen wichtigen Grund haben müsse, wenn ich ihn mitten im Winter, an einem düsteren verschneiten Tag besuchen käme.

Ich erzählte Nestor von meinen Wahrnehmungen und verschwieg auch meine Befürchtungen nicht. Er beruhigte mich mit seiner üblichen Überzeugungskraft und bestätigte, dass er eine ganze Menge über das Phänomen wisse. Er sagte, er sehe es jeden Tag, seit Jahren.

»Und was tust du dagegen?« fragte ich.

»Dagegen tun?«

»Ja. Stören dich diese Dinger in deinem Blickfeld nicht?«

Nestor kratzte sich verständnislos am Kopf. »Wie könnten sie mich stören? Ich will sie ja sehen.«

»Dann sind die Trübungen also doch ein Teil der vollkommenen Restauration«, vermutete ich.

»Sie sind der Schlüssel zur vollkommenen Restauration«, korrigierte er. »Du solltest sie bewusst sehen üben. So wie du das Nachbild sehen übst.« Nestor ging in die Küche und setzte Teewasser auf.

»Ich bin mir nicht sicher. Ich habe das Gefühl, dass ich sie vermehre, indem ich auf sie schaue.«

»Ja, es werden mehr von diesen Punkten und Fäden sichtbar, je öfter du dich darauf konzentrierst«, bestätigte Nestor. Anscheinend beunruhigte ihn dieser Gedanke nicht, mehr noch: dem Klang seiner Stimme entnahm ich, dass es sogar erstrebenswert sei, sie sichtbar zu machen und zu vermehren.

»Ich will aber nicht, dass sich ihre Zahl vermehrt«, wehrte ich mich. »Ich will sie nur weghaben: Sie schränken meine Sicht ein, sie lenken mich von der Wahrnehmung der Welt ab – vielleicht rauben sie mir letztlich sogar das Augenlicht.«

Nestor zog die Brauen zusammen und verneinte, so als hätte ich etwas Törichtes gesagt. Er erwiderte, die Punkte und Fäden würden niemandem das Augenlicht nehmen.

»Sie sind das Grundgerüst des Bildes«, wusste er. »Das, was bleibt, wenn sich deine kleine Welt im Bild aufgelöst hat.«

»Ein paar Trübungen in den Augen nennst du das Grundgerüst des Bildes?« rief ich, fassungslos wegen seiner Naivität.

»Es sind keine Trübungen in den Augen«, konterte er. »Es sind Punkte und Fäden, die leuchten. Nur bist du noch zu weit davon entfernt um das Licht in ihnen wahrzunehmen. Das kommt noch.«

Beim Essen setzten wir unser Gespräch über die Punkte und Fäden fort. Es stellte sich heraus, dass Nestor tatsächlich die ungeheuerliche Auffassung vertrat, diese Dinger in den Augen würden unser Bild strukturieren, so dass wir es als sinnvoll erleben könnten. Ich versuchte herauszufinden, wie er auf eine solche Idee kam, aber er wollte nichts weiter dazu sagen. Für einen Menschen, der erst zu sehen begonnen habe, sagte Nestor, sei es unmöglich dies zu begreifen.

»Du solltest diese Punkte und Fäden als Fortschritt in der vollkommenen Restauration betrachten und dich auf sie konzentrieren«, fuhr er fort. »Denn für dich ist es keine Selbstverständlichkeit, dass du sie siehst. Du hast dich darum bemüht.«

»Wie meinst du das: ich habe mich darum bemüht?«

»Du bist hier mit einer Lebensweise vertraut geworden, wie sie für die vollkommene Restauration nötig ist: Du hast gelernt, einen Teil deiner Energie in das Bild als ein Ganzes zu geben; und du hast gelernt, dich auf die innere Leinwand zu konzentrieren. Das Ergebnis ist, dass du jetzt auch diese Punkte und Fäden vermehrt sehen wirst, die sich ebenfalls auf deiner inneren Leinwand befinden.«

»Aber es war nie meine Absicht, diese Punkte und Fäden zu sehen«, rief ich verzweifelt.

»Sie gehören zur vollkommenen Restauration wie das Salz in die Suppe«, erwiderte er. »Du solltest dich freuen, sie zu sehen.«

»Eigentlich wollte ich doch nur ein Möbel restaurieren«, klagte ich wehmütig.

»Du wirst das Möbel restaurieren, vollkommen restaurieren. Deine Arbeit ist noch nicht zu Ende.« Nestor schwieg eine Weile und wandte sich der Katze zu, die auf seinen Schoss gesprungen war. Die beiden hatten sich anscheinend sehr aneinander gewöhnt: Immer wieder liess sich das Katzenweibchen von ihm kraulen, und er nahm sie behutsam auf den Arm oder neckte sie mit einem Deckenzipfel oder mit einem Bleistift.

»Es ist gut, dass du die Punkte und Fäden endlich siehst«, sagte er schliesslich. »Es hat eine lange Zeit gedauert, aber Hauptsache, du kannst sie nun als Konzentrationsobjekt benutzen.«

Nach dem Essen machten wir einen kurzen Spaziergang durch den Schnee. Ich fragte ihn erneut, ob ihn diese Punkte und Fäden nicht störten. Schliesslich lenkten sie ja von der Wahrnehmung der äusseren Leinwand ab.

»Wenn ich mich auf die äussere Leinwand konzentrieren will, dann schaue ich auf die äussere Leinwand«, antwortete er. »Wenn ich die Punkte und Fäden sehen will, sehe ich sie auf der inneren Leinwand. Du kannst dich nicht auf die innere und die äussere Leinwand gleichzeitig konzentrieren. Du wirst lernen, damit umzugehen. Dann wirst du sie nicht mehr als störend empfinden.«

Nestor begann mir anschliessend das Wesen der Punkte und Fäden zu erläutern. Das Wichtigste war für ihn, dass wir lernen können, einen Einfluss auf sie auszuüben.

»Anfangs fliessen die Punkte und Fäden unwillkürlich in deinem Bild, und es scheint beinahe unmöglich, sie richtig zu sehen. Wenn wir unsere Aufmerksamkeit auf sie richten wollen, müssen wir deshalb ein feines Gefühl in den Augen entwickeln, so dass wir sie in unserem Bild umherschieben können, ohne sie gleich wieder zu verlieren. Wie beim Sehen des Bildes und der Nachbilder geht es letztlich darum, sie *festzuhalten* um zu erkennen, was sie im Grunde sind.«

Nestor erklärte weiter, dass die Lichtverhältnisse dabei eine grosse Rolle spielten. Es sei schwieriger, die Punkte zu sehen, wenn der Himmel grau und trüb ist. Und in der Nacht könne ich sie höchstens im Licht einer Kerze oder einer Glühbirne sehen. In dieser Schneelandschaft dagegen seien sie sehr gut sichtbar, denn der Schnee reflektiere das Licht, so dass alles hell und klar werde. Schliesslich riet er mir, sie bei Tageslicht sehen zu üben, am besten wenn ich in den blauen Himmel blicke.

Für mich war nun klar, dass Nestor seine Erfahrungen mit diesem Phänomen gemacht hatte, und dass er sich von seinen Ansichten darüber nicht so leicht abbringen lassen würde. Ich selbst war verunsichert. Eben noch war ich überzeugt, dass es sich hier um ein Augenleiden handelt. Nestor dagegen behauptete, dass es die Frucht meiner Anstrengungen sei.

Ich begnügte mich zunächst damit, diese Punkte – was immer sie auch sein oder bewirken mochten – als Übungsobjekt aufzufassen. Vielleicht, so rückte ich mir zurecht, war ich deshalb skeptisch, weil es sich wieder einmal um etwas Neues handelte, um etwas mir Fremdes; und weil Nestor diesen Trübungen eine überragende Bedeutung zumass, die ich nicht nachvollziehen konnte. Ich erinnerte mich an meine anfänglichen Schwierigkeiten, die Nachbilder als Teil der vollkommenen Restauration zu akzeptieren und damit zu üben. Dieses Mal wollte ich vorsichtiger sein: Wenn diese Punkte und Fäden wie die Nachbilder Mittel zum Zweck sein sollten, dann, so sagte ich mir, würde ich fähig sein, damit zu arbeiten – unabhängig von den mystischen Bedeutungen, die Nestor ihnen zuwies.

Zurück in meiner gewohnten Umgebung aber, wo alles seine rationale Erklärung hatte und haben musste, verflüchtigten sich meine Vorsätze und Einsichten schnell einmal. Ich musste wissen, was es wirklich war, das sich da vor meinen Augen hin- und herbewegte und das ich anstarren sollte – um eventuelle Risiken auszuschliessen.

Ich liess daher meine Augen von einem Augenarzt untersuchen. Der beruhigte mich und teilte mir mit, dass es sich bei diesen Trübungen um abgesonderte Teilchen im Glaskörper handle. Er nannte sie *mouches volantes*, ein lästiges und weit verbreitetes, aber harmloses Phänomen. Behandelbar sei es nicht, ich müsse lernen, damit zu leben. Er riet mir, am besten gar nicht darauf zu achten.

Ich musste es aber genauer wissen und begann mich über die Trübungen zu informieren. ›Mouches volantes‹, fand ich heraus, ist sowohl in der französischen als auch in der deutschsprachigen Augenheilkunde die allgemeine Bezeichnung für dieses Phänomen. Der geläufige deutsche Ausdruck lautet ›Glaskörpertrübungen‹ oder auch ›fliegende Mücken‹ und ›Mückensehen‹. Im angelsächsischen Raum sind die Punkte und Fäden als *floaters* bekannt. Weiter gibt es eine Vielzahl von umschreibenden Bezeichnungen: dunkle Flecken, Schlieren, dünne Haare, kleine schwarze Fuseln, Flusen, Staubfussel, Würmchen, Ringlein, Flitterchen, Spinnennetze, Fasern, Kreise und längliche Ketten – nebst Punkten und Fäden samt ihrer verniedlichten Form.

Mouches volantes werden als ›entoptische Erscheinung‹ klassifiziert. Dies sind Wahrnehmungen von Objekten, die der Betrachter zwar ausserhalb von sich zu sehen glaubt, die aber in Wirklichkeit innerhalb seines Auges liegen. Mouches volantes werden gegen andere solche Erscheinungen abgegrenzt, beispielsweise gegen Purkinjes Gefässschattenfigur, also die Wahrnehmung von Äderchen der Augenwand bei seitlicher Lichteinstrahlung in die Augen; oder gegen die ›Sternchen‹, blitzartig aufleuchtende, sich in gewundenen Bahnen bewegende Kügelchen, die auf niedrigen Blutdruck zurückzuführen sind. Hinter dem Begriff der Mouches volantes verbirgt sich jedoch eine Vielzahl von unterschiedlichen Auffassungen und Erklärungen, sowohl was die Natur der flottierenden Partikel betrifft als auch deren Ursachen und genaue Lokalität im Auge.

Zunächst ein Exkurs in die Geschichte: Mouches volantes sind keineswegs eine neuzeitliche Erscheinung. Verschiedene, teils sehr alte medizinische Werke der griechischen, römischen, arabischen und europäischen Kultur erwähnen das Phänomen und versuchen es entsprechend dem Wissensstand der jeweiligen Zeit zu erklären. Historisch aufgearbeitet wurden die Glaskörpertrübungen zuletzt vom deutschen Augenarzt Hubertus Plange.

Bereits in vorchristlichen Jahrhunderten verlegten die Hippokratiker, die Nachfolger des griechischen Arztes Hippokrates, die Ursache für die Wahrnehmung dieser Punkte und Fäden in das Auge selbst. Sie erklärten, dass die Teilchen aufgrund ihrer grossen Beweglichkeit in einer Feuchtigkeit oder Flüssigkeit anzusiedeln seien, und zwar im Bereich der Pupille. Galen von Pergamon, ein weiterer bedeutender Arzt der Antike, führte diese Erscheinung auf eine Verdichtung des Kammerwassers zurück, welches sich gleich hinter der Hornhaut befindet. Die Lokalität der Trübungen wurde allgemein vor der Linse angenommen, da diese als Hauptelement des Sehens galt. Schon Galen brauchte als Umschreibung für das Phänomen den Ausdruck ›fliegende‹ oder ›schwebende Mücken‹.

Die galenische Sehtheorie wirkte bis in die Renaissance und darüber hinaus, wurde dem europäischen Abendland aber vorwiegend durch die arabische Medizin überliefert. Hier ist Avicenna, mit arabischem Namen Ibn Sina, zu nennen, welcher das galenische Konzept weiter ausgearbeitet und verfeinert hatte. Er unterschied verschiedene Arten von Mouches volantes, je nach ihrer Grösse, Lage und Gestalt, und nannte entsprechende Ursachen.

Die Vorstellung von der Linse als zentrales Organ für das Sehen wurde im 16. Jahrhundert zugunsten von neu entdeckten anatomischen und optischen Tatsachen aufgegeben. Felix Platter, Professor der Medizin und Stadtarzt von Basel, erklärte erstmals, dass der Ort des eigentlichen Sehens nicht die Linse sei, sondern die Netzhaut, die lichtempfindliche hintere Innenschicht des Augapfels. Als Ort der Mouches volantes nahm er aber gleichwohl das Kammerwasser vor der Linse und der Pupille an.

Im 17. Jahrhundert fand der französische Jesuit und Professor der Physik Claudius F. M. Dechales heraus, dass Teilchen im vorderen Auge, also auf oder in der Hornhaut, der Pupille, der Linse und des vorderen Glaskörpers, keine Schatten auf die Netzhaut werfen könnten. Der Ort der Mouches volantes war für ihn dicht vor der Netzhaut. Seine Erklärung der Trübungen war folgenreich: Mouches volantes konnte für Dechales nämlich sowohl durch Objekte vor der Netzhaut verursacht sein, als auch durch eine beschädigte Netzhaut. Damit machte er erstmals einen Bezug zwischen Mouches volantes und Netzhautschäden. Die sichtbaren schwarzen Flecken, die von Netzhautblutungen herrühren, werden heute aber ›Skotome‹ genannt und fallen, theoretisch, nicht unter die Bezeichnung ›Mouches volantes‹.

Einige Jahre später unterschied der französische Mathematiker Philippe de la Hire zwei Arten von Flecken: diejenigen, welche in der Netzhaut lokalisiert werden können und bei Bewegung der Augen ihren Platz beibehalten, das sind die heutigen Skotome; und die anderen, die ihren Platz dauernd ändern – die *muscae volitantes*. Allerdings kam für ihn der Glaskörper als Ort der Mouches volantes nicht in Frage, da dieser nicht flüssig genug sei, um eine solche Beweglichkeit zu erklären. Stattdessen glaubte er, die Mouches volantes würden im Kammerwasser schwimmen.

Der Göttinger Professor Albert L. F. Meister beschrieb in der Mitte des 18. Jahrhunderts die Mouches volantes als Röhrchen, die Kügelchen enthielten. Er spekulierte über lymphatische Gefässe mit darin stecken gebliebenen Blutkügelchen. Interessant ist, dass er auch nach vierundzwanzig Jahren der Beobachtung kaum eine Veränderung der Erscheinung feststellen konnte.

Der tschechische Physiologe Jan Evangelista Purkinje schliesslich erklärte das Phänomen der Mouches volantes im 19. Jahrhundert als Schatten von Teilchen, die bei Lichteinstrahlung auf die Netzhaut geworfen werden. Die Teilchen schweben frei im Glaskörper, mehr oder weniger nahe bei der Netzhaut – daher werden die Punkte und Fäden schärfer oder weniger scharf wahrgenommen. Mit dieser Beschreibung kommt Purkinje bis heute das Verdienst zu, das Wesen der Mouches volantes richtig zusammengefasst zu haben. Heutige Augenärzte sind sich weitgehend einig, dass es sich bei den Mouches volantes um Trübungen im Glaskörper handelt.

Über die Ursachen gibt es jedoch verschiedene Ansichten. Oft wird diese entoptische Erscheinung als altersbedingte Glaskörpertrübung behandelt: Der Glaskörper, die ursprünglich klare geleeartige Masse, die den Hohlraum des Augapfels ausfüllt, verliert im Laufe der Zeit an Festigkeit. Es kommt zu Verflüssigungen einerseits, und an anderen Stellen zu Verdichtungen. Mouches volantes sind nun verklumpte Strukturen, die sich während dieses Vorgangs bilden; durch Lichteinfall werfen sie Schatten auf die Netzhaut. In diesem Zusammenhang wird auch erwähnt, dass kurzsichtige Menschen eher Mouches volantes entwickeln, weil sich ihr Glaskörper früher verflüssigt.

In dieselbe Richtung geht auch die Erklärung, dass der Glaskörper im Laufe des Lebens ein wenig schrumpft und sich von der hinteren Augenwand abhebt. Einige der feinen kollagenhaltigen Fasern, die das Gerüst für die geleeartige Masse bilden, lösen sich und tauchen als fliegende Mücken in unserem Blickfeld auf.

Neben dem Verflüssigen oder Schrumpfen des Glaskörpers gibt es weitere Erklärungen für die Ursachen der fliegenden Mücken: Deplazierte, eingelagerte Unreinheiten im Glaskörper, namentlich verklumpte Proteine und Cholesterinkristalle; pilzähnliche Infiltrate; weisse verklumpte Blutkörperchen als Folge von Entzündungen; ferner rote Blutzellen und abgestorbene Zellen sowohl im Glaskörper, aber auch zwischen diesem und der Netzhaut – um nur einige zu nennen. Sie alle bilden sich bei Lichteinfall auf der Netzhaut ab und schwimmen bei Blickbewegungen in der trägen Masse des Glaskörpers mit.

Gerade mit den Letztgenannten, den Zellen, befasst sich eine neuere medizinische Abhandlung. Der Autor dieser Arbeit, der japanische Professor Shin-ichi Matsumoto, hat die Mouches volantes über zwei Jahrzehnte lang an sich selbst erforscht. Für ihn sind sie epitheliale Zellketten, die jedoch keine aktive Vitalität aufweisen und daher persistent sind, das heisst, weder zu Aufspaltung noch zu Degeneration neigen. Er spekuliert über Ursache und Heilmittel dieses Augenleidens, beschreibt und unterscheidet kubische sowie runde aneinander gekettete Zellen, teils deutlich pigmentiert, teils kaum wahrnehmbar. Das Einzige, was er am Schluss mit Sicherheit gemäss seinen eigenen Erfahrungen feststellen kann, ist die praktische Unwandelbarkeit der Mouches volantes über einen längeren Zeitraum – so wie sie Albert L. F. Meister zweihundert Jahre vor ihm festgestellt hat. Daher ist für Matsumoto neben den gewöhnlich genannten Ursachen wie mechanische Störungen, chronische Entzündungen und Senilität der Augenwand noch eine weitere Variante denkbar: Er vermutet, dass diese Zellketten angeboren sind; es könnten ursprünglich durchsichtige Zellresten embryogenetischer Natur sein, die mit der Zeit an Pigmentgehalt zugenommen hätten, so dass sie schliesslich sichtbar wurden.

Im Allgemeinen gelten Mouches volantes als harmlos. Sie werden als Schönheitsfehler betrachtet, der mit den Jahren auftritt und zu unserem Leben gehört, wie beispielsweise die Falten im Gesicht oder die Altersflecken auf Händen und Armen. Die Trübungen können grundsätzlich nicht behandelt werden, und in vielen Artikeln wird geraten, einfach nicht darauf zu achten. Häufig werden die Leute vertröstet, dass die Störenfriede im Laufe der Zeit von selbst wieder verschwinden würden, entweder aufgrund der fortschreitenden Verflüssigung des Glaskörpers, wodurch die Partikel langsam absinken und seltener wahrgenommen werden; oder dadurch, dass sie unschärfer und schwächer werden, je mehr sich der Glaskörper von der Netzhaut abhebt und entfernt. Anderseits gibt es Berichte von Betroffenen, die besagen, dass die Mouches volantes im Alter deutlicher und ausgeprägter werden, dass sie an der Zahl zunehmen. Sollten die fliegenden Mücken aber binnen kurzer Zeit stärker, grösser, dichter werden, und zusammen mit anderen Erscheinungen wie grossflächigen Verdunklungen oder grellen Lichtblitzen auftreten, so wird geraten, den Augenarzt zu konsultieren. Dann nämlich besteht der Verdacht auf Netzhautablösung, die zur Erblindung führen könnte.

Manchmal wird die Vitrektomie als Mittel genannt, um die Mouches volantes loszuwerden. Es handelt sich dabei um einen operativen Eingriff, bei dem der ganze Glaskörper oder ein Teil davon abgesaugt und durch Wasser, Gas oder Silikonöl ersetzt wird. Diese Operation wird aber normalerweise nur bei schweren Netzhaut- und Glaskörperschäden durchgeführt, denn sie kann gravierende Nachwirkungen mit sich bringen, in den meisten Fällen den grauen Star sowie weitere Netzhautablösungen – in manchen Fällen führt sie mittel- oder langfristig zur Erblindung des Auges. Die meisten Ärzte erachten die Mouches volantes als zu harmlos, als dass hier eine Entfernung des Glaskörpers angebracht wäre. Es gibt auch die Ansicht, dass die Vitrektomie keine sichere Methode gegen die fliegenden Mücken ist, da immer einzelne Glaskörperfasern im Auge verbleiben, die wiederum Schatten auf die Netzhaut werfen können. In der jüngsten Vergangenheit hat sich die Operationstechnik allerdings weiterentwickelt, so dass heute der Einsatz der Vitrektomie einzig zur Entfernung der Mouches volantes unter Augenärzten kontrovers diskutiert wird: Die Befürworter verweisen auf das verbesserte Sehvermögen und die somit gesteigerte Lebensqualität der Patienten, welche durch die Beseitigung der störenden Trübungen erzielt werden könnten, wobei die Operation meistens ohne Komplikationen verlaufe. Die Gegner befürchten, dass die Vitrektomie in absehbarer Zukunft als Lifestyle-Chirurgie kostengünstig und ambulant auf Wunsch des Patienten durchgeführt würde.

Letzteres scheint bei der einzigen Alternative zur Vitrektomie weniger der Fall zur sein: dem Verdampfen der Glaskörpertrübungen durch den so genannten Neodym-YAG-Laser. Die Methode wurde erstmals 1978 in der Schweiz getestet und hat sich anscheinend nicht richtig durchgesetzt. Heute gibt es weltweit gerade drei oder vier Augenärzte, die sich auf diese Operation spezialisiert haben. Die Voraussetzungen, die Leute mit Mouches volantes für eine erfolgreiche Behandlung erfüllen müssen, sind so streng, dass nur wenige dafür in Betracht kommen: Beispielsweise können gewisse Arten von Trübungen von vornherein nicht behandelt werden, etwa wenn sie durch Netzhautschäden verursacht sind; weiter darf die Zahl der flottierenden Partikel nicht zu gross sein; und sie müssen einen genügend grossen Abstand zur Linse und zur Netzhaut aufweisen. Auch bei der Laserbehandlung sind Nebenwirkungen bekannt, Blutungen beispielsweise, daneben auch Fälle, in denen Patienten aufgrund der Behandlung neue Mouches volantes in ihrem Blickfeld wahrgenommen haben.

Ich glaubte nun, genug über die Mouches volantes zu wissen. Was Nestor verklärt-romantisch als ›Grundgerüst des Bildes‹ und notwendig für die vollkommene Restauration erklärte, war nichts weiter als ein physiologisches Augenphänomen, sei es nun embryogenetisch bedingt, durch eine Fehlfunktion im Auge verursacht oder einfach auf das Alter zurückzuführen. Nestors Behauptung, diese Punkte und Fäden sehen gelernt zu haben, war also absurd, wenn nicht zynisch; es war etwa dasselbe, als würde ein Mensch in hohem Alter verkünden, er habe jahrelang trainiert um die Runzeln auf seiner Haut zu kriegen – ganz zu schweigen von der Altersdemenz.

Ende Januar besuchte ich Nestor, um ihn an meinen Erkenntnissen teilhaben zu lassen. Ich hatte nicht die Absicht, ihn zu bekehren – an diese Möglichkeit glaubte ich gar nicht. Aber ich war der Ansicht, dass er die wissenschaftlichen Erklärungen wenigstens kennen sollte.

»Was ich sehe, wird ›Mouches volantes‹ genannt«, referierte ich. »Es handelt sich dabei um eine Degeneration des Glaskörpers im Auge.«

»Mouches volantes. Degeneration«, wiederholte er, als müsste er sich diese Begriffe mühsam einprägen. Ich sah, wie er ein Lachen unterdrückte.

»›Fliegende Mücken‹ auf Deutsch«, ergänzte ich.

»Und auf Englisch?« wollte er wissen.

»*Floaters.*«

»Und Italienisch?«

Ich blätterte in meinen Unterlagen. »*Mosche volanti.*«

Zuvorkommend trug ich ihm den Begriff auch in Latein, *muscae volitantes*, und in Spanisch und Portugiesisch vor: *moscas volantes* oder *flocos*.

»*Flocos*«, rief er mit kindlicher Stimme.

Ich setzte meinen Vortrag fort, aber Nestor machte sich immer wieder über die Begriffe ›Mouches volantes‹, *flocos* und andere lustig, so dass ich meine Notizen schliesslich entnervt niederlegte.

»Es scheint dich nicht zu interessieren, was ich zu sagen habe«, hielt ich ihm vor. Anstatt zu antworten, quakte er einige Male. Ich verstand ihn nicht.

»Ich weiss, was du tust«, sagte er, jetzt plötzlich seriös geworden, gerade als ich zu bereuen anfing, überhaupt gekommen zu sein. »Du willst unbedingt eine Erklärung finden, die du verstehen kannst. Du versuchst, deine Punkte und Fäden in die Ordnung deiner kleinen Welt zu integrieren – anstatt deine kleine Welt aufzulösen.«

»Ich versuche dir mitzuteilen«, konterte ich, »dass deine Erklärung dieser entoptischen Erscheinung völlig an der Realität vorbeigeht.«

»An welcher Realität denn?« lachte er und blickte sich um, als suchte er eine Realität. Dann fügte er an, es sei tatsächlich eine Frage, welche Erklärung hier an welcher Realität vorbeigehe.

Auf seine ausweichende Äusserung hin versuchte ich ihm aufzuzeigen, dass seine Auffassung der Mouches volantes sich nicht mit der empirischen Wirklichkeit deckte. Als Beispiel nannte ich einen offensichtlichen Widerspruch:

»Du sagtest, ich hätte mir die Erscheinung der Mouches volantes durch die Übungen der vollkommenen Restauration erarbeitet.« Nestor zuckte defensiv mit der Schulter und stimmte mit einem schrägen Kopfnicken zu. Ich holte genüsslich zu meinem Schlag aus: »Aber wie kann das sein, wenn doch viele Menschen diese Erscheinung im Laufe ihres Lebens kennen lernen? Wir sprechen hier über etwas, das sich unabhängig von unserer Lebensführung entwickeln kann. So wie jeder Falten und graue Haare kriegt, unabhängig von unseren Ansichten über die Welt, unabhängig davon, ob er den inneren Druck in sich aufbaut oder sonst irgendetwas übt oder auch gar nichts macht.«

»Nichts am Menschen entwickelt sich unabhängig von seiner Lebensführung. Weder die grauen Haare, noch die Falten, noch die Punkte und Fäden«, erwiderte er. »Wenn viele Menschen diese Punkte und Fäden wahrnehmen können, dann bedeutet das eben, dass sie bereits einen gewissen inneren Druck in sich entwickelt haben. Vielleicht haben sie das nicht bewusst und gezielt getan. Aber wer einigermassen natürlich lebt und seine Kräfte nicht völlig idiotisch verpufft, bei dem wird sich der innere Druck im Laufe seines Lebens ein wenig erhöhen. Dazu kommt, dass manche Menschen von Geburt an über mehr inneren Druck und ungebundene Energie verfügen als andere. Das ist der Grund, warum einige Leute die Punkte und Fäden zum Teil schon in ihrer Jugend sehen können – wenn sie darauf achten.

Bei dir aber war das nicht der Fall. Als du hierher kamst, da fehlte dir jeglicher innerer Druck. Vielleicht hättest du die Punkte erst im Alter von sechzig oder siebzig Jahren gesehen – wenn überhaupt. Durch die Übungen jedoch ist es dir gelungen, diese Entwicklung innerhalb weniger Jahre zu durchleben.«

»Wenn ich gewusst hätte, dass mir deine vollkommene Restauration solche Teilchen im Auge beschert, hätte ich mich auf keinen Fall darauf eingelassen«, höhnte ich.

»Betrachte sie nicht als Teilchen im Auge«, gab er zurück. »Das ist die Erklärung von Menschen mit einer materialistischen Weltanschauung. Natürlich kommen die auf nichts anderes als auf Teilchen im Auge. Betrachte deine Punkte und Fäden stattdessen als Ausdruck des Bewusstseins.«

»Bewusstsein? Letztes Mal sagtest du, die Mouches volantes seien das Grundgerüst des Bildes.«

»Das sind sie auch: Die Punkte und Fäden sind Ausschnitte eines Gerüstes, oder besser: einer Struktur. Und diese Struktur ist das Bild ohne die kleine Welt, sozusagen das nackte Bild – deshalb nenne ich sie *Grundstruktur*; was wir *kleine Welt* nennen, entsteht und vergeht an den Rändern dieser Struktur.

Aber letztlich ist es das Bewusstsein, welches diese Grundstruktur bildet. Wenn du sie also kennst, so kennst du nicht nur den Aufbau des Bildes und damit auch den Ursprung aller Dinge in deiner kleinen Welt; sondern du wirst auch das Bewusstsein, also dich selbst besser verstehen.«

»Wie kommst du darauf, die Mouches volantes mit Bewusstsein in Zusammenhang zu bringen?«

»Weil sie immer dann aufleuchten, und weil ich sie immer dann am besten sehen kann, wenn ich bewusster bin. Bewusstsein bedeutet die Fähigkeit, *bewusst sein* zu können – und diese Fähigkeit ist nicht verschieden von der Fähigkeit, die Punkte und Fäden zu *sehen* und zum Leuchten zu bringen.«

Ich begann mit ihm zu streiten. Ich beharrte darauf, dass es irgendwelche Partikel im Glaskörper seien, die nichts mit Bewusstsein zu tun hätten. Als Argument erwähnte ich die Tatsache, dass Laserspezialisten und Chirurgen mit ihren Verfahren etliche Leute von Mouches volantes befreit hätten. Ich legte Zeugenberichte vor, die dies bestätigten.

Nestor sagte nichts. Ich glaubte ihn mit den vernünftigeren Argumenten endlich zur Einsicht gebracht zu haben. Allerdings konnte ich meinen kleinen Triumph nicht richtig auskosten, da ich in meinem Eifer Informationen zurückgehalten hatte, die teilweise gegen Mouches volantes als Teilchen im Auge hätten sprechen können. Weil ich ja im Gegensatz zu Nestor differenziert argumentieren wollte, fügte ich, etwas weniger enthusiastisch, auch den Rest an:

Tatsächlich funktionieren diese medizinischen Verfahren sehr schlecht: Die Bedingungen für eine erfolgreiche Behandlung der Mouches volantes sind so streng, dass dafür praktisch nur solche Patienten in Betracht kommen, die an irgendwelchen gravierenden Schäden im Auge leiden. Patienten jedoch, die lediglich harmlose Glaskörpertrübungen aufweisen, werden von seriösen Ärzten meist abgewiesen. Das gilt insbesondere für die Laserbehandlung: Denn oft kann das, was üblicherweise mit dem Namen ›Mouches volantes‹ in Verbindung gebracht wird, von den Augenärzten objektiv gar nicht festgestellt, also nicht gesehen und nicht fotografiert werden. Mit dem Laser lassen sich aber nur solche Partikel im Auge verdampfen, die von den Spezialisten auch festgestellt und lokalisiert werden können. Im Falle der Vitrektomie liegen die Dinge anders: Hier spielt das Feststellen der Mouches volantes keine Rolle, da ohnehin der ganze Glaskörper oder ein Teil in der Sehachse entfernt wird.

Ich sagte zu Nestor, unsere Medizintechnik sei einfach noch zu wenig ausgereift, um alle Arten von Mouches volantes festzustellen und effektiv und risikolos zu behandeln; aber dies sei trotzdem kein Beleg dafür, dass es sich bei den fliegenden Mücken um etwas anderes handle als um Partikel im Auge.

Dann machte ich ihn auf ein zweites Problem aufmerksam, das mit dem der Feststellung und Behandlung eng verknüpft war: die inhaltliche Bedeutung des Begriffs ›Mouches volantes‹. Nicht nur in den Köpfen der Betroffenen, sondern auch in der Fachliteratur schien mir dieser Begriff zu wenig gegen solche Erscheinungen abgegrenzt zu sein, die auf ernst zu nehmende Netzhautschäden verwiesen.

Wenn von ›Mouches volantes‹, oder mehr noch im angelsächsischen Raum von *floaters* gesprochen wird, dann schwingen gleichzeitig all die Erkrankungen und Verletzungen der Netzhaut mit – obwohl diese in ihrer Erscheinung ganz anders beschrieben werden, als die einzelnen Pünktchen und Fädchen: nämlich als unbewegliche flächendeckende Verdunklungen des Blickfeldes, ›Skotome‹ genannt, die bisweilen als Russ oder Russregen charakterisiert werden; dazu tritt die Wahrnehmung von hellen Lichtblitzen, bekannt als ›Photome‹; schliesslich gehören auch die Wahrnehmungen von gelblichen oder rötlichen Flecken dazu – durch Augenkrankheiten verursachte Einlagerungen im Glaskörper.

Dies wird wohl der Grund sein, warum diese in der Mehrzahl harmlosen und transparenten Punkte und Fäden, wenn sie als ›Mouches volantes‹ oder *floaters* betitelt werden, manchen Menschen als beunruhigend oder sogar gefährlich erscheinen, so dass sie sie um jeden Preis weghaben wollen. Hier hätte man argumentieren können, dass ein Mensch, der durch eine erfolgreiche Laserbehandlung oder Vitrektomie von seinen Mouches volantes oder *floaters* befreit wurde, tatsächlich irgendwelche Teilchen im Auge hatte – aber nicht jene Punkte und Fäden, die Nestor als ›Grundstruktur des Bildes‹ beschrieb.

Als ich geendet hatte, schwiegen wir eine Weile. Ich war sicher, Nestor Vorschub geleistet zu haben. Denn mit diesen Argumenten wäre es möglich gewesen, die materielle Existenz der Punkte und Fäden einfach wegzuerklären – alles eine Frage der Definition der Mouches volantes. Und ich war überzeugt, dass er dies hemmungslos ausschöpfen würde.

Doch Nestor ging nicht darauf ein. »Denk nicht zu viel darüber nach«, meinte er nur. »Aber sieh sie dir genau an. Und keine Angst: Die fliegenden Mücken stechen wirklich nicht.«

»Habe ich denn eine Wahl? So wie es aussieht, werde ich den Rest meines Lebens mit den Mouches volantes verbringen müssen«, sagte ich verbittert.

Er verneinte. »Wenn du so denkst und dich mit diesen Erklärungen zufrieden gibst, dann hast du zu wenig weit gesucht.«

Nestors gleichgültige Haltung meinen Bemühungen gegenüber bewirkte, dass ich die Suche nach Informationen zu den Mouches volantes fortsetzte. Was mich antrieb war Nestors erstaunliche und provozierende Mystifizierung derselben sowie seine anmassende Behauptung, ich hätte zu wenig weit gesucht. Es ging mir darum, seine Meinung in beiden Fällen zu ändern.

Im Internet fand ich jede Menge Einträge über die Mouches volantes. Auf zahlreichen medizinischen und privaten Websites, sowie in eigens zu diesem Thema eingerichteten Foren wird informiert und aufgeklärt sowie Gedanken und Meinungen über das entoptische Phänomen ausgetauscht.

Eine interessante Erkenntnis war, dass die Mouches volantes auch als Symptome bei psychischen Leiden aufgeführt werden, und zwar bei Depressionen. In einem Bericht steht, dass die fliegenden Mücken erst durch eine depressive Stimmungslage als störend oder beängstigend empfunden werden, auch wenn der Patient sie schon länger kennt. Die Angst rührt in solchen Fällen von der Vorstellung her, dass diese Glaskörpertrübungen zunehmen und zu einer eventuellen Erblindung führen könnten. Mouches volantes stehen also teilweise auch mit Stress, Alltagsproblemen und persönlichen Krisen in Zusammenhang, die von den Patienten häufig als Ursache der fliegenden Mücken betrachtet werden.

Die Leidensgeschichten mancher Betroffener bestätigen dies: Sie berichten von Stress, von psychischen Belastungen, die teils begleitet sind von körperlichen Symptomen wie Schwindel, Benommenheit und Gefühlen des Kribbelns und der Taubheit in einzelnen Körpergliedern. Manche legen zudem eine Verbindung von Mouches volantes und Tinnitus nahe, wenn sie berichten, dass die fliegenden Mücken und das Ohrensausen beziehungsweise Ohrenklingeln etwa zur selben Zeit aufgetreten sind. Zwar gehen nach Aussagen von Betroffenen zu schliessen solche Situationen und Empfindungen der Wahrnehmung von Mouches volantes voraus; ob sie aber tatsächlich die Ursache für die Entwicklung von Glaskörpertrübungen sein könnten, fand ich von medizinischer Seite nirgends bestätigt.

Für die meisten Betroffenen, die darüber schreiben, stellen die fliegenden Mücken ein Problem dar. Die Sorgen und Ängste, die ein zunehmend getrübtes Blickfeld mit sich bringt, waren für mich vollkommen verständlich. Die Verzagtheit dieser Menschen wird aber durch den gegenseitigen Austausch und Trost nur bedingt gelindert, denn es ist allgemein bekannt, dass nichts gegen die lästigen Dinger im Auge getan werden kann – abgesehen von einer risikoreichen Operation. Diese Ohnmacht führt bisweilen zu Wut, die sich auch indirekt äussert: Eine Gruppe amerikanischer Betroffener erwägt etwa, ihre Ärzteschaft zu verklagen, weil diese keine Behandlung gegen das Augenleiden kennt. Andere wiederum fordern die Einführung eines neuen medizinischen Begriffs, der dieser Krankheit gerecht würde: *vitreous opacity syndrome*, auf Deutsch etwa: ›Glaskörpertrübungs-Syndrom‹.

Einige der Betroffenen jedoch haben einen kreativen Weg zwischen Selbsthilfe und Kunst gefunden, um mit den Mouches volantes umzugehen: Sie haben Zeichnungen von ihren Punkten und Fäden angefertigt und stellen sie in *floaters galleries* im Internet aus. Die Zeichnungen geben häufig die alltägliche Wahrnehmung der Punkte und Fäden der Betroffenen wieder, aber anderseits finden sich auch richtige Kunstwerke, wo mit allerlei Farben und Verzierungen gearbeitet wurde. Andere wiederum haben *floaters*-Simulatoren entwickelt, Programme, mit denen sich Aussehen der Punkte und Fäden sowie ihr Verhalten bei den Augenbewegungen optisch darstellen lassen.

Aber allen ernüchternden medizinischen Tatsachen zum Trotz, versuchen sich einige Betroffene dadurch zu helfen, dass sie über die Ursachen der Mouches volantes spekulieren und sich selbst behandeln. Entsprechend gross ist die Menge an guten Tipps und Rezepten, die unter diesen Betroffenen kursieren und ausprobiert werden: So sei es möglich, die Zahl der Mouches volantes durch Entspannungsübungen und Ruhe zu vermindern oder sie ganz wegzubringen. Im Bereich der Ernährung wird auf Vitamine verwiesen oder Rohkost empfohlen, mit der Absicht, den Stoffwechselprozess positiv zu beeinflussen; zu vermeiden sei auf jeden Fall Fabrikzucker, Emulgatoren, Milch, Margarine und Drogen jeglicher Art. In dieselbe Richtung geht der Rat, den Cholesterinspiegel zu senken. Und eine Frau berichtet, dass ihre fliegenden Mücken verschwunden sind, nachdem sie aufgehört habe, Kaffee zu trinken.

Verbreitet sind auch alternative und pseudomedizinische Heilsversprechen gegen Mouches volantes: Während beispielsweise die Homöopathie Augentropfen gegen die lästigen Mücken im Auge anbietet, sehen Vertreter der Traditionellen Chinesischen Medizin Störungen in Niere, Leber und Dickdarm als Ursache der fliegenden Mücken und empfehlen natürliche Kräutermischungen wie Mariendistel- und Löwenzahnpräparate sowie Akupunktur. Und eine Firma wirbt mit Sonnenbrillen, die UV-Strahlen zu hundert Prozent absorbieren und dadurch der Vermehrung der Mouches volantes entgegenwirken sollen.

Als ich mit all diesen guten Ratschlägen zu Nestor fuhr, war der Schnee in der Region Bern fast verschwunden. Im hinteren Emmental dagegen leuchtete dem Besucher an diesem sonnigen Tag noch beinahe alles weiss entgegen.

Nestor war offen für meine weiteren Nachforschungen und hörte sich die Ergebnisse aufmerksam an. Allerdings zeigte er sich irritiert über die Bemühungen, welche die Betroffenen in Kauf nehmen, um ihre fliegenden Mücken loszuwerden.

»Atemübungen gegen Mouches volantes; Augentropfen gegen Mouches volantes; Körnchenpicken gegen Mouches volantes; Sonnenbrillen gegen Mouches volantes«, grinste er und schlug die Hände über dem Kopf zusammen. Dann wurde er ernst. »Vergiss den Blödsinn, den du da angeschleppt hast. Die Welt muss nicht von den Mouches volantes geheilt werden, sondern von den Unwissenden und Nicht-Sehenden.«

»Wo ist der Unterschied, Nestor?« wandte ich ein. »Wo liegt der Unterschied zwischen denen, die homöopathische Präparate, Akupunktur und Sonnenbrillen gegen Mouches volantes anbieten, und dem, was du über sie erzählst? Die anderen nehmen das Phänomen wenigstens als Problem ernst und sind dabei halbwegs wissenschaftlich, während du Dinge über die Mouches volantes erzählst, die jenseits von Gut und Böse liegen.«

»Die anderen versuchen dir beizubringen, dass du an einer Augenkrankheit leidest«, hielt er entgegen. »Ich dagegen sage dir, dass diese Punkte und Fäden erste Erscheinungen deines Bewusstseins sind, welches eine leuchtende Struktur bildet – das ist der Unterschied. Jetzt liegt es an dir, ob du lieber an einem Augenleiden verzweifelst oder dich aufraffst, um dein Bewusstsein zu entwickeln und die Struktur deines Bildes zu erkennen.«

»Das klingt zu einfach, so als ob wir eine Entscheidung hätten. Für viele Betroffene ist es aber nicht so einfach. Sie leiden darunter«, gab ich zu bedenken und machte ihn mit den Berichten von Betroffenen sowie dem psychologischen Ansatz vertraut, dass die vermehrte Beschäftigung mit den Mouches volantes infolge einer Depression zu einem Problem werden könne, insbesondere wenn das Resultat eine verstärkte Angst vor den scheinbar zunehmenden Glaskörpertrübungen sei. Diesen Gedanken weiterführend mutmasste ich, dass umgekehrt, in einer eher manischen Stimmungslage, der Betroffene diese Punkte und Fäden als etwas Wünschenswertes und Sensationelles mystifizieren würde, vielleicht um die befürchteten verheerenden Folgen für die Augen zu verdrängen.

Ich blickte zu Nestor um seine Reaktion zu sehen. Er blieb still. Wohl weil ich sein Schweigen als Zustimmung wertete, begann ich ihn über die Möglichkeiten aufzuklären, wie jemand die Mouches volantes aus seinem Leben verbannen konnte. Dazu las ich ihm einen Bericht von einem Betroffenen vor, dessen Augen seit drei Jahrzehnten massiv durch Mouches volantes getrübt waren. Im Gegensatz zu anderen Betroffenen hatte er aber damit leben gelernt – und hat sich seinen Alltag entsprechend eingerichtet:

»Zunächst geht es darum, sich das Beobachten der Mouches volantes abzugewöhnen«, trug ich vor. »Anfangs wird jeder immer wieder den Drang verspüren, darauf zu schauen. Hier hilft es, sich Ablenkung zu verschaffen. Mit der Zeit wird man sie nicht mehr bewusst wahrnehmen, weil das Gehirn lernt, sie zu ignorieren. An hellen Tagen, bei Sonnenlicht, Schnee oder Nebel empfiehlt es sich, eine Sonnenbrille mit polarisierenden Gläsern zu tragen. Dann sollten die Innenwände der eigenen Wohnung nicht knallweiss gestrichen sein, dagegen eignen sich solche Tapeten besonders gut, die Muster, Strukturen oder Gegenstände als Motive haben. Überhaupt sollte man die Wohnung mit dekorativen Gegenständen wie Blumen, Vasen, Bücherregalen und Bildern ausstatten. Allen, die oft am Computer arbeiten oder lange fernsehen, ist geraten, die Helligkeit des Bildschirms zurückzustellen.«

Als ich geendet hatte, schüttelte Nestor ungläubig den Kopf. »Was du da erzählst, das ist unglaublich naiv. Sich ablenken, wegsehen, den Schirm zumachen und das Licht aus dem Bild verbannen – das ist also die Lösung? Was kommt als Nächstes? Sich Beruhigungsmittel verschreiben lassen? Vergiss das, du wirst das Licht brauchen, denn nur so kannst du erkennen, was die Mouches volantes wirklich sind. Und anstatt den Leuten zu raten, nicht darauf zu schauen, sollten sie sie im Gegenteil richtig sehen lernen, um selber beurteilen zu können, was sie sind.«

»Für die Betroffenen sind die Mouches volantes ein Fluch«, versuchte ich ihm zu erklären. »Sie wollen sie ja eben möglichst nicht anschauen müssen.«

»Die Mouches volantes sind nur ein Fluch, wenn du nicht weisst, wo das Problem wirklich liegt – die Angst vor ihnen geht nämlich sehr tief: Menschen, die daran leiden, haben im Grunde Angst vor der Veränderung ihrer Persönlichkeit. Du hast es selbst erwähnt: Viele berichten ja von psychischen und körperlichen Beschwerden in der Zeit, in welcher die Punkte und Fäden auftauchen. Von daher hat die Verbindung von Mouches volantes und Depressionen etwas für sich. Depressiv zu sein bedeutet nichts anderes als sehr stark zu fühlen, dass etwas im eigenen Leben nicht stimmt. Und dies ist immer auch eine Chance, denn es kann ein Anstoss zur Bewusstseinsentwicklung sein.

Wer die Punkte und Fäden sieht, sollte sie als Ausdruck einer persönlichen Veränderung akzeptieren, nicht als Ursache seines Unglücks verfluchen. Es reicht nicht, die eigenen Ängste einfach auf die Punkte und Fäden zu projizieren und zu glauben, die Welt käme wieder in Ordnung, sobald sie weg sind. Wem die Punkte und Fäden Angst machen, der soll sie so lange sehen, bis seine Angst verschwunden ist; wer wissen will, was sie sind, soll sich so lange auf sie konzentrieren, bis er weiss, was sie wirklich sind.«

Ich ging nicht darauf ein. Frustriert legte ich meine Blätter beiseite und teilte ihm mit, dass dies alles war, das ich gefunden hatte.

»Du sagtest, ich solle nach den Mouches volantes suchen, aber ich habe nirgendwo Hinweise darauf gefunden, dass sie mehr sein könnten als eine degenerative altersabhängige Erscheinung, die durch persönliche Probleme zum ernsthaften Ärgernis werden kann.«

»Du hast mir nicht zugehört«, sagte er geduldig. »Ich versuche dir zu erklären, dass du über diesen Papierkram hier hinausgehen und bei dir selbst ansetzen musst: Hast du dir überhaupt einmal Zeit genommen, um wirklich darauf zu achten? Um zu sehen, welche Formen deine Fäden annehmen? Und wie sie sich bewegen?«

»Ich habe sie einige Male angeschaut«, konnte ich entgegenhalten.

»Du hast auf sie geschaut, um deine Nachforschungen zu bestätigen«, behauptete er, womit er nicht ganz Unrecht hatte. »Du solltest sie aber sehen und festhalten lernen um zu wissen, was sie wirklich sind. Nach all der Zeit, die du hier verbracht hast, in welcher du geübt hast, das Bild als ein Ganzes und dessen Nachbilder zu sehen, glaubte ich, du würdest von alleine darauf kommen. Aber du bist noch immer schwer von Begriff. Du rennst wie ein *Löu* in die nächste Bibliothek und verstrickst dich in irgendwelchen Erklärungen, die dich nicht weiterbringen.«

»Aber es hat mich doch weitergebracht«, beharrte ich. »Ich weiss jetzt, dass diese Trübungen Mouches volantes sind, dass sie harmlos sind. Das war für mich eine wichtige Erkenntnis.«

»Mouches volantes – dieser Begriff steht für ein Augenleiden, für einen Fehler in der Sehfunktion des Auges, bestenfalls für eine Alterserscheinung. Ich sagte dir schon, dass solche Ideen herauskommen, wenn du mit einer materialistischen Weltanschauung an diese Sache herangehst und sie von aussen her untersuchen willst.«

Ich warf ihm vor, er wolle einfach nicht zugeben, dass die Mouches volantes nichts weiter seien als Partikel im Glaskörper. Zu meiner Überraschung erwiderte Nestor, er streite nicht ab, dass es sich dabei um Partikel im Auge handle – von einer materialistischen Perspektive aus gesehen. Und wenn er mich jetzt ermutige, meine Punkte und Fäden als erste Teile der Bewusstseinsstruktur zu betrachten und sehen zu lernen, so bedeute dies auch nicht, dass die materialistische und wissenschaftliche Erklärung falsch sei – aber dass sie zu wenig weit greife.

»Wenn du deine Punkte und Fäden im wissenschaftlichen Rahmen untersuchen willst, dann kommt eben nicht viel mehr heraus, als dass irgendetwas mit deinen Augen nicht stimmt; einzig der Japaner, den du das letzte Mal erwähnt hast, ist ein wenig weiter gegangen und hat immerhin zwanzig Jahre investiert, um seine eigenen Punkte und Fäden zu beobachten. Aber da er ebenso seinen wissenschaftlichen Vorannahmen verpflichtet war, konnte er am Schluss nur feststellen, dass seine Punkte sich in dieser langen Zeit kaum verändert haben.« Nestor begann plötzlich laut zu lachen. »Stell dir vor, den haben sie bezahlt, damit er ein bisschen ins Blaue starrt.«

»Dann ist eben alles gesagt«, fand ich. »Die Wissenschaft hat das Rätsel gelöst – nur ein effektives Heilmittel hat sie noch nicht.«

»Falsch. Das Problem ist, dass die Methoden der Wissenschaft hier nur einen verschwindend kleinen Aspekt dieser Mouches volantes abdecken können. Solange Menschen nur darüber nachdenken und mit irgendwelchen Apparaten irgendwelche Teilchen im Auge festzustellen versuchen, beschreiben sie nur die Wirkung. Aber sie werden nicht zur Ursache vordringen, wenn sie die Punkte und Fäden nicht selbst sehen lernen.«

»Ich kann meine Mouches volantes sehen, und weiss trotzdem nicht, wie du auf solche Gedanken kommst.«

»Du sagtest doch selbst, dass sie immer in Bewegung sind. Sie fliessen weg, wenn du sie anschauen willst, oder? Du bist also gar nicht fähig, sie richtig zu sehen. Denn wie willst du etwas in aller Ruhe sehen, wenn es dauernd wegfliesst?«

»Kannst du sie denn in aller Ruhe sehen?«

»Ja, das kann ich. Ich habe gelernt, sie zu sehen, sie an Ort und Stelle zu halten. Ich kann das, weil ich meinen inneren Sinn ausgebildet habe.«

»Deinen inneren Sinn?«

»Ja. Um zu erkennen, was diese Struktur wirklich ist, braucht es mehr als nur die körperlichen Augen: Es braucht den *inneren Sinn*«, erklärte er. »Der innere Sinn ist wie ein inneres Auge. Ein Mensch, der seinen inneren Sinn vollständig ausgebildet hat, ist ein *Seher.* Er hat seinen inneren Sinn ausgebildet, indem er sich immer wieder auf seine Grundstruktur konzentriert hat; denn in dem Augenblick, wo er sich vollkommen auf diese konzentriert, zieht er die Energie aus seinen äusseren Sinnen ab und leitet sie in den inneren Sinn.«

»Du erzählst mir zum ersten Mal von diesem inneren Sinn«, stellte ich fest.

»Mag sein. Aber deinen inneren Sinn bildest du schon längere Zeit aus«, erwiderte er. »Seit du begonnen hast, auf die innere Leinwand zu schauen.«

Der Emmentaler Kochtopf

Meine Besessenheit, in Nestor und seinen Gleichgesinnten Anhänger und Pfleger einer alten mystischen Tradition zu sehen, flammte wieder auf.

Nun war mehr als ein Jahr vergangen, seit ich nach Zeugnissen einer nichtchristlichen Gruppierung oder sogar Bewegung im Emmental gesucht hatte, deren Mitglieder, wie Nestor es ausdrückte, nach der Vereinigung der Gegensätze strebten. Aber die Suche war ein Misserfolg, und auch Nestor und seinen Nachbarn liess sich nichts über eine solche Tradition entlocken, das meine Fragen beantwortet hätte. Ich gab es schliesslich auf danach zu suchen und konzentrierte mich stattdessen, Nestors Rat folgend, auf die vollkommene Restauration des Möbels.

Jetzt aber war die Situation eine andere. Die weiteren Gespräche, die ich mit Nestor über die Mouches volantes führte, mündeten nämlich immer wieder in Dialoge darüber, wer Nestor und seine Nachbarn waren und was sie hier auf der linken Seite der Emme taten: dass sie über die Dualität hinaus nach der Ursache und dem Aufbau des Bildes forschten; dass sie dazu in ihrem eigenen Bewusstsein suchten; und dass sie als Resultat ihrer Bemühungen eine so genannte ›Grundstruktur‹ enthüllt hatten und mit ihrem ›inneren Sinn‹ wahrnahmen. Pikant: Diese Grundstruktur sei nicht etwas völlig Abgehobenes und Unzugängliches, sondern erste Erscheinungen könnten von vielen, wenn nicht von den meisten Menschen wahrgenommen werden – die Augenheilkunde erklärt sie als Partikel in den Augen und wirft sie in den Sammeltopf ›Mouches volantes‹.

Das Enthüllen und Wahrnehmen der Grundstruktur war ein Vorgang, den Nestor ›sehen‹ nannte. Und er bezeichnete die Leute auf der linken Seite, sich selbst eingeschlossen, als ›Seher‹. Es zeigte sich rasch, dass dieser Begriff, den ich zunächst als spontane Eingebung wähnte und mit Betätigungsfeldern wie ›Prophezeiung‹, ›Magie‹ und ›Okkultismus‹ assoziierte, zum festen Vokabular von Nestor gehörte. Wenn er von ›Sehern‹ sprach, dann bezog er sich nicht nur auf die Tätigkeit und das damit verbundene Wissen jener linksseitigen Menschen, sondern er gebrauchte das Wort auch als Abgrenzung zu denjenigen, welche die Punkte und Fäden nicht als die durch das Bewusstsein entstandene Grundstruktur des Bildes erkennen konnten.

Da ich also mit meinem Versuch, Nestor über die Mouches volantes aufzuklären, keinen Erfolg hatte, änderte ich die Taktik. Nun sollten die Leute auf der linken Seite erneut Studienobjekt sein. Ich wollte ihr Wissen und ihre Ansichten über die Mouches volantes in Erfahrung bringen.

Im Frühjahr fuhr ich wieder regelmässig zu Nestor. An einem warmen Tag im April erzählte ich ihm von meinen Bemühungen, die Punkte und Fäden festzuhalten und von deren Eigenschaften, die mir dabei aufgefallen waren. Ich berichtete ihm, dass ich sie nun jederzeit sehen könne, und auch, dass ich durch meine Bewegungen der Augen einen gewissen Einfluss auf sie auszuüben vermochte; zum Beispiel konnte ich sie in meinem Blickfeld hin- und herschieben. Weiter fiel mir auf, dass die wenigsten Fäden einfach leer waren: Vielmehr handelte es sich um kleine, mit Pünktchen gefüllte Schläuche.

»Du hast gesagt, dass ich die Mouches volantes festhalten soll«, erinnerte ich ihn schliesslich. »Aber das gelingt mir nicht. Es gelingt mir auch nicht, nur einen einzelnen Faden oder einen einzelnen Punkt festzuhalten, denn es sieht so aus, als wäre alles miteinander verknüpft: Wenn ich einen Punkt verliere, verliere ich das Ganze. Ist es wirklich möglich, diese Punkte und Fäden festzuhalten?«

»Es ist möglich. Die Punkte und Fäden sind dein Spiegelbild«, sagte er. »Sie bewegen sich, weil du dich bewegst. Entspann dich, dann werden sie auch ruhiger.«

»Aber ich bin entspannt und ruhig, wenn ich sie anschaue.«

»Du bist nicht ruhig genug. Selbst wenn sich dein Körper nicht bewegt, bist du aktiv – in deinen Gedanken und Gefühlen.«

»Das kann doch nicht die Erklärung dafür sein, dass die Punkte alle nach unten fliessen«, zweifelte ich.

Nestor zuckte gleichgültig seine Achseln. »Was erwartest du denn? Wenn fliegende Fliegen fliegenden Fliegen nachfliegen, dann fliegen fliegende Fliegen eben fliegenden Fliegen nach«, nahm er mich hoch. Er sagte dies mit einer solchen Seriosität, dass ich lachen musste.

»Du bist hier mit derselben starken Kraft konfrontiert, die dich auch an der richtigen Wahrnehmung des Bildes als ein Ganzes und der Nachbilder hindert«, erklärte er darauf. »Es ist die Anziehungskraft, die deine Punkte und Fäden nach unten zieht. Diese Fäden sind wie kleine Zweige, die du in die Luft wirfst: Sie werden von der grösseren Masse des Bodens angezogen. So schleuderst du auch deine

Punkte und Fäden durch Augenbewegungen immer wieder nach oben, wobei diese von der grösseren Masse der Grundstruktur angezogen werden.«

»Es gibt eine grössere Masse der Grundstruktur?«

»Ja, sie befindet sich unterhalb von dem Ausschnitt der Struktur, den du sehen kannst.«

»Woher weißt du, dass es unterhalb von meinen Punkten und Fäden noch eine viel grössere Masse davon gibt?«

»Ich weiss das aufgrund meines Sehens«, erwiderte er. Er überlegte eine Weile und sagte dann, dass ich mir diese ganze Grundstruktur beispielsweise in der Form eines Wassertropfens vorstellen solle. Dabei könnten wir nie die ganze Form sehen, sondern immer nur einen Ausschnitt im oberen Teil, in der Spitze des Tropfens.

»Warum in der Spitze?« fragte ich.

»Alle Lebewesen legen einen Weg in der Grundstruktur zurück, aber nicht alle Lebewesen nehmen sie wahr. Dazu braucht es gewisse Voraussetzungen, was das Bewusstsein anbelangt. Der Mensch ist in der Lage, seinen inneren Sinn zu entwickeln und damit diese Struktur bewusst wahrzunehmen. Und wenn er seine Punkte und Fäden sieht, dann hat er bereits eine gewisse Strecke in der Grundstruktur zurückgelegt und befindet sich in der oberen Region dieses Wassertropfens.«

Ich fragte Nestor nach dem inneren Sinn, mit dem wir angeblich die Mouches volantes wahrnehmen würden. Ich wollte wissen, ob es sich dabei um einen sechsten Sinn handle, der latent in jedem Menschen vorhanden sei. Nestor verneinte dies und erklärte, der innere Sinn sei der weiterentwickelte Tastsinn. Dieser Sinn manifestiere sich sowohl auf der äusseren wie der inneren Leinwand: Während er auf der äusseren Leinwand seine Funktion als Tasten und Fühlen der Materie erfülle, könnten wir ihn auf der inneren Leinwand als Fühlen von Emotionen und Gedanken erleben. Die höchste Entwicklung des Tastsinns sei aber das Fühlen des ganzen Bildes mit den Augen, also das Sehen der Grundstruktur. Die Konzentration auf die Grundstruktur bedeute, die fünf Sinne von der äusseren Leinwand abzuziehen und deren Energie zu bündeln; der innere Sinn sei also nicht nur der höher entwickelte Tastsinn, sondern auch die Zusammenfassung aller fünf Sinne.

Nestor kam wieder auf die Anziehungskraft zu sprechen. Er sagte, jene könne ich nur mit einem stark entwickelten inneren Sinn überwinden.

»Am Anfang fliessen die Punkte und Fäden schnell nach unten; dein innerer Sinn ist schwach. Aber je mehr du deinen inneren Sinn ausbildest, das heisst: je mehr du deinen inneren Druck in dir erhöhst, und je mehr du dich in der alltäglichen Welt bemühst, nicht den Sinnen verhaftet zu sein und sie befriedigen zu wollen, desto besser wirst du diese Punkte und Fäden festhalten können. Jedes Mal, wenn du dich hinsetzt und deine Aufmerksamkeit auf die Punkte richtest, löst du dich von der äusseren Leinwand und bildest deinen inneren Sinn aus. So übst du, die Anziehungskraft allmählich zu überwinden, bis du die Punkte und Fäden eines Tages festhalten und dann erst richtig sehen kannst. Dabei wirst du auch erkennen, dass die Grundstruktur die erste Wirkung des Bewusstseins ist; bevor irgendetwas anderes entstehen kann, spaltet sich das Bewusstsein durch diese Struktur in Licht und Materie auf.«

Ich beschrieb Nestor, wie die ›erste Wirkung des Bewusstseins‹ bei mir aussah: Wenn meine Punkte und Fäden gross und unscharf waren, erinnerten sie mich eher an dunkle Flecken, die meine Klarsicht trübten. Dann gab es kleinere, schärfere und durchsichtige Punkte und Fäden, manchmal vereinzelt, manchmal in Gruppen.

»Ich kann mir gut vorstellen, dass die Punkte und Fäden den Anschein einer Struktur machen, wenn sie sich vermehren«, sagte ich. »Und ich kann mir sogar vorstellen, dass du sie leuchten siehst. Aber mir ist absolut nicht klar, wie du auf die Idee kommst, dass diese kleinen Dinger die ›erste Wirkung des Bewusstseins‹ sind – das ist doch einfach deine eigene Interpretation der Mouches volantes.«

»Wie gesagt: Dein innerer Sinn ist schwach und du bist kein Seher. Deshalb ist es für dich schwierig, dies nachzuvollziehen«, räumte er ein. »Und es braucht für dich jetzt auch nicht relevant zu sein. Es geht zunächst darum zu verstehen, dass das Sehen dieser Punkte und Fäden sehr viel tiefer geht, als allgemein angenommen wird. Dass die Punkte und Fäden Teile einer Struktur sind, an deren Rändern unsere kleine Welt entsteht und vergeht – das ist das direkte Wissen eines Sehers, das dir jetzt unbegreiflich scheint.«

»Das heisst also, dass du aus einem Wissen schöpfst, zu dem nur Seher Zugang haben?«

»Ja. Das *direkte Wissen* ist jenes Wissen, das durch das Sehen der Grundstruktur zustande kommt, und zwar dann, wenn der Seher in einem höheren, intensiveren Zustand ist. Das direkte Wissen kannst du dir nicht wie das normale Wissen unabhängig vom Sehen aneignen.«

»Aber wenn du mir jetzt von Dingen erzählst, die deinem direkten Wissen entspringen, eigne ich mir dies ja trotzdem an.«

»Wenn du willst. Nur ist es dann nicht mehr ein direktes Wissen und hat deshalb nur noch bedingten Wert. Sobald ein Seher dies mit Worten weitergeben will, verliert es seinen direkten Charakter und wirkt verworren und irritierend. Daher weisst du jetzt nicht recht, was du mit diesem Wissen, die Punkte und Fäden würden das Bild strukturieren und somit die kleine Welt erzeugen, anfangen sollst.«

»Es fällt mir tatsächlich schwer, dies zu glauben, Nestor.«

»Niemand sagt, dass du dies einfach glauben sollst«, antwortete er. »Entwickle dich weiter, dann wird sich dein innerer Sinn ausbilden und die Grundstruktur enthüllen.«

Um etwas entgegenhalten zu können, suchte ich nach Einwänden. Schliesslich überlegte ich Folgendes: Angenommen, er hätte Recht, was seine Auffassung der Punkte anbelangte, dann stellte sich doch die Frage, warum nichts davon in der Welt bekannt war. Gerade in einer Zeit, in welcher so viele Menschen lebten, die so viele Möglichkeiten des Informationsaustausches hatten; in einer Zeit, in welcher es die Technik ermöglichte, alte Weisheiten und neue Ideen in einem Wahnsinnstempo massenweise und in mundgerechten Häppchen um den Globus zu jagen – wie konnte da ein Wissen, das Nestor zufolge so elementar und universell war, der Welt nicht bekannt sein?

Ich fragte Nestor danach, und er erwiderte, das Problem liege nicht an der Zahl der Menschen, nicht an dem angehäuften Wissen und auch nicht an den Kommunikationsmöglichkeiten – sondern schlicht an der Tatsache, dass die allermeisten Menschen keine Seher seien und sich auch nicht darum bemühten, selbst wenn sie die Möglichkeit dazu hätten. Dies bedeute aber nicht, dass es im Wissensschatz der Menschheit keine Hinweise auf die Grundstruktur gebe: Da diese das Bild im weitesten Sinne aufbaue, enthüllten die modernen Wissenschaften, in ihrem Streben nach Erkenntnis des Ursprungs und der Gesetze aller Erscheinungen, das Prinzip der Struktur immer wieder.

»Gerade in den Naturwissenschaften wie der Physik, der Chemie und der Biologie wurden die materiellen Grundlagen unseres Lebens oder des Universums entdeckt und beschrieben. Und diese sind ihrem Prinzip nach identisch mit dem Aufbau der Grundstruktur des Bewusstseins, welcher sich einem Seher in seinem Sehen offenbart.«

Ich wurde hellhörig. Nestor war gerade dabei, sich auf Glatteis zu begeben: er versuchte, die Erkenntnisse der Naturwissenschaften zur

Bestätigung seines Systems anzuführen. Ich forderte ihn auf, mir dieses angeblich übereinstimmende Prinzip näher zu erläutern, doch bezeichnenderweise wollte er nicht weiter darüber sprechen. Er liess durchblicken, dass die Hinweise nie direkt zugänglich seien, sondern immer aus wissenschaftlichen Formeln, Tabellen, Grafiken und Beschreibungen herausgelesen werden müssten. Um die Beziehungen zur Grundstruktur zu verstehen, müsse ich Seher sein und über das direkte Wissen verfügen.

»Das Prinzip der Grundstruktur lässt sich aber nicht nur im Aufbau der Natur feststellen, sondern auch im Denken der Menschen selbst«, fuhr Nestor fort. »Ein Seher kann in vielen Sagen und Mythen Hinweise darauf erkennen. Am Anfang von Religionen standen oft Seher, deren direktes Wissen über diese Welt in Geschichten verpackt und dadurch verändert wurde.«

»Aber wozu sollte man das gemacht haben? Wenn doch das, was du behauptest, die universelle Wahrheit ist: Warum steht es in diesen Mythen und heiligen Texten dann nicht genauso geschrieben, wie ein Seher dies sehen kann?«

Nestor bewegte müssig seinen Kopf. »Weil die Menschen eben keine Seher sind«, erwiderte er. »Das Sehen ist zwar eine konkrete Sache, aber was du sehen und anderen mitteilen kannst, ist sehr abstrakt: Punkte und Fäden – wer kann schon mit solch banalen Dingen etwas anfangen? Die Leute wollen lieber Farben, komplexere Formen und Gestalten und natürlich Namen. Die Menschen suchen ihr Glück und Heil bei etwas, das ihnen ähnlich ist. Sie wollen Geschichten, Fantasien, Vorstellungen, die sie nachvollziehen können. Deshalb wurde das Prinzip der Grundstruktur seit jeher in Geschichten und Bildern verpackt, überliefert, verändert – bis nicht mehr eindeutig war, was all dem eigentlich zugrunde lag.« Er zwinkerte mir zu und strahlte über das ganze Gesicht.

Längere Zeit schwiegen wir. Nestor sass mir direkt gegenüber, doch ich fühlte mich Lichtjahre von ihm entfernt. Zwar wusste ich, dass seine Welterklärungsversuche undifferenziert und spekulativ waren, umso mehr, da er noch nicht einmal konkret wurde. Aber irgendwie beneidete ich ihn um die Ungezwungenheit und Bedenkenlosigkeit, mit denen er sich seine Welt zurechtrückte.

»Selbst wenn sich alles so verhalten würde, wie du behauptest«, sagte ich schliesslich. »Was bringt es mir, die Grundstruktur des Bildes zu sehen?«

Nestor lächelte. Er blickte aus seiner Fensterscheibe zum Hohgant hinüber, welcher in der Abenddämmerung plötzlich rot zu glühen begann. Lange Zeit sass er regungslos, sein Blick schien ebenfalls erstarrt. Auf meine Frage ging er nicht ein.

Am kühlen, aber strahlend sonnigen Morgen darauf bereitete ich mir das Frühstück zu, als Nestor die Küche betrat. Er war zum Scherzen aufgelegt und machte eine Bemerkung zu den Getreideflocken, die ich mir gerade in eine Schale leerte. Beim Anblick der Flocken war ihm die spanische und portugiesische Bezeichnung für die Mouches volantes in den Sinn gekommen: *flocos*. Erneut zeigte er eine kindliche Freude an dem Wort und meinte, wenn ich weiterhin so viele Flocos essen würde, sähe ich bald nur noch Flocos. Dann machte er sich einen Spass daraus, mich immer wieder Floco zu nennen.

Als ich nach dem Frühstück schon routinemässig den Hühnerstall aufsuchen wollte um die Wahrnehmung der Nachbilder zu üben, sagte Nestor wie beiläufig, dass dies für mich nicht mehr nötig sei. Denn das Sehen der Nachbilder wie auch die Konzentration auf die äussere Leinwand seien eigentlich Vorbereitungen für das Sehen der Punkte und Fäden.

»Jetzt, wo Floco die Flocos sieht, sollte Floco sich direkt auf die Flocos konzentrieren«, meinte er scherzend. »Denn sie sind der wichtigste Teil der vollkommenen Restauration. Die Nachbilder befinden sich zwar auch auf der inneren Leinwand, aber sie sind noch nicht die Grundstruktur des Bildes. Die Punkte und Fäden dagegen strukturieren das Bild – sowohl das Denken, wie auch die Gefühlswelt mit den Nachbildern und die materielle Welt.«

Darauf wechselte er abrupt das Thema und fragte mich, wie ich mit der Umwandlung meiner sexuellen Kraft zurechtkäme. Dies kam überraschend für mich, und ich hatte einige Anfangsschwierigkeiten darüber zu sprechen. Nicht nur war mir das Thema an sich unangenehm, sondern es kostete mich auch Überwindung, zuzugeben, dass ich auf Nestors Rat hin tatsächlich für eine Weile enthaltsam zu leben versuchte. Aber ich stellte schnell einmal fest, dass dies nichts für mich war. Denn trotz grosser Anstrengungen gelang es mir nicht, die sexuelle Kraft vollständig zurückzuhalten.

Nestor liess mich geduldig meine Worte suchen und meine Sätze formulieren. Dann räumte er ein, dass es nicht einfach sei, enthaltsam zu leben. Allerdings habe er mir bereits gesagt, dass es auch nicht darum gehe, die sexuelle Kraft vollständig zurückzuhalten.

»Du kannst deine Sexualität nicht einfach ausschalten als hättest du es mit einer Maschine zu tun. Wenn du versuchst, sie zu unterdrücken, dann wird sich dein Körper nur mit umso grösserer Kraft dagegen wehren. Denn dein Körper hat seine natürlichen Gewohnheiten. Und dazu gehört eben auch die Sexualität.«

»Warum dann überhaupt dagegen ankämpfen, wenn wir sie doch nicht bezwingen können?«

»Wir kämpfen ja nicht dagegen an. Wir arbeiten mit ihr. Es geht darum, so viel sexuelle Kraft wie möglich umzuwandeln, eben durch kreative Arbeit.«

»Ich weiss nicht, ob ich das kann. Bisher ist es mir nicht gelungen.«

»Du solltest nicht schon jetzt aufgeben«, sagte er. »In all den Jahren hast du dich daran gewöhnt, dich durch den Energieausbruch des Orgasmus zu entspannen. Und dein Körper hat sich an diese kleinen vergänglichen Freuden gewöhnt. Nun braucht es eine gewisse Zeit, damit er sich umstellt und lernt, seine Energie auf eine andere kreativere Weise abzugeben.«

»Ist das denn wirklich notwendig?« fragte ich kleinlaut.

»Menschen, die ihr Bewusstsein entwickeln wollen, sollten unbedingt eine Zeit lang enthaltsam leben. Es sollte kein Zwang sein, und wenn es halt doch mal nicht klappt, ist das keinen weiteren Gedanken wert. Wichtig ist, dass wir es stets von neuem versuchen, dass wir uns nicht einfach masslos gehen lassen, uns nicht künstlich aufpeitschen. Wichtig ist auch, dass wir mit der aufgesparten Kraft immer etwas für die eigene Kreativität tun. Dann wird sich unser Bewusstsein höher entwickeln.«

Nestor begann darauf, die Umwandlung der sexuellen Kraft mit den Metaphern Wasser und Feuer zu beschreiben. Wasser und Feuer, erklärte er, gebe es neben den anderen Grundelementen in jedem Körper. Normalerweise sickere das Wasser nach unten in die Erde, das Feuer aber lodere nach oben in die Luft – deshalb sei in unserem Körper das Wasser unter dem Feuer. Wenn ein Mensch sich nicht um die Umwandlung seiner sexuellen Kraft bemühe, so versickere sie wie das Wasser; gleichzeitig brenne oben sein Lebensfeuer langsam aus.

»Ein Mensch dagegen, der seine sexuelle Kraft umzuwandeln beginnt, dreht die Reihenfolge dieser beiden Elemente um: Durch die richtige Lebensführung zieht er das Wasser über das Feuer. Das heisst, er braucht sein Lebensfeuer nun um das Wasser zu verdampfen, um also seine sexuelle Kraft umzuwandeln. Auf diese Weise steigt der innere Druck in seinem Körper an, und in Kombination mit den Leibes- und Atemübungen gelingt es ihm immer mehr, seinen Körper zu öffnen und die umgewandelte Energie direkt in das Bild als ein Ganzes zu geben.«

Ich zuckte gleichgültig mit den Achseln. Ich war es gewohnt, dass Nestor hin und wieder Metaphern gebrauchte, um seine Ideen zu veranschaulichen. Ich fand aber, dass seine Wasser- und Feuermetapher im Zusammenhang mit der sexuellen Kraft etwas gesucht war. Zudem konnte ich nichts damit anfangen, ich konnte den Bezug zu mir nicht herstellen.

Nestor bemerkte meine Haltung. In aller Deutlichkeit beharrte er, dass das Gelingen der vollkommenen Restauration sehr davon abhänge, wo im Körper das Feuer und wo das Wasser sei. Er behauptete, jeder Mensch habe das Feuer und das Wasser auf die eine oder die andere Weise arrangiert, und entsprechend entwickle sich auch sein Bewusstsein.

»Du glaubst wohl, dass ich Feuer und Wasser eben aus der Luft gegriffen und aus der Erde gestampft habe?« fragte er und sein eigenes Wortspiel brachte ihn zum Lachen, so dass ich nichts darauf erwidern mochte. Dann verkündete er geheimnisvoll, er kenne einen Ort, wo Feuer und Wasser ausserhalb meines Körpers mir zeigen würden, wie Feuer und Wasser innerhalb meines Körpers wirkten. Er wollte, dass ich ihn zu diesem Ort begleite.

Kurz nach Mittag verliessen wir das Haus und gingen in die Richtung, wo die Schrattenfluh am Morgen die Sonne freigab. Nach einer längeren und ereignislosen Wanderung erreichten wir eine ebene Stelle an einem Waldrand.

»Da sind wir«, verkündete Nestor. Ich blickte mich um: Wir standen auf einer Terrasse, die nach vorne hin in einen Graben abfiel. Hier wuchsen keine Bäume mehr, nur hie und da wucherten niederes Gebüsch und Moose. Überall lagen zudem Laub und kleine Äste herum.

»Und was machen wir jetzt?«

»Geduld«, sagte er und ging auf eine Stelle mitten auf der Terrasse zu. Dort rückte er das Gebüsch zur Seite und reinigte mit einem Tannenzweig eine runde Fläche zwischen dem Gestrüpp. Ich staunte, als unter Erde, Laub und Ästen ein grosser runder Holzdeckel zum

Vorschein kam, der offenbar den Eingang zu einer Art Höhle verdeckte.

»Was ist das?« fragte ich.

Nestor antwortete nicht, hiess mich aber, beim Deckel mit anzupacken. Wir trugen ihn gemeinsam zur Seite und legten ein Loch von vielleicht anderthalb Metern Durchmesser und zweieinhalb Metern Tiefe frei. Die feuchte runde Steinwand erzeugte zuerst den Eindruck, dass es sich hier um einen kleinen Brunnen handelte, bei dem sich die Wand gegen unten trichterförmig verengte. Zuunterst konnte ich eine glatte Oberfläche erkennen, die das Licht reflektierte. Als ich aber ein Steinchen in das vermeintliche Wasser warf, schlug dieses in einem unerwartet gläsernen Klang unten auf. Der Boden musste eine Art Glasscheibe sein.

»Das ist der Emmentaler Kochtopf«, verkündete Nestor feierlich.

»Der Emmentaler Kochtopf« wiederholte ich wie hypnotisiert. Ich erinnerte mich daran, dass die alte Tänzerin etwas von einem Kochtopf gefaselt hatte, in den sie mich stecken wollte. Der Gedanke, dass sich ihre Worte jetzt erfüllten, beunruhigte mich zutiefst.

Nestor verkündete, dass wir die Rinne säubern müssten, die das Wasser von einem Bächlein ganz in der Nähe zum Kochtopf leitete. Zusammen legten wir einen kleinen steinernen Kanal frei, der sehr sorgfältig in den Boden eingemeisselt wurde. Unter all der Erde, Geröll und Pflanzenresten versteckt, war er für einen Wanderer oder Spaziergänger kaum wahrnehmbar. Der Eingang des Kanals war mit Eisenstäben in kleinen Abständen versehen, die vom Bach mitgeführtes Laub und Holz fernhalten sollten. Gleich dahinter regelte eine Stahlschleuse die Wasserzufuhr in den Kanal. Beim Kochtopf verzweigte sich der Kanal in vier Rinnen, die das Wasser durch vier mit feinen Eisengittern versehenen Öffnungen in den Topf führten.

»Hast du das alles gebaut?« fragte ich Nestor, nachdem der Kanal von Erde, Laub und Steinen befreit war.

»Der Emmentaler Kochtopf wurde von Sehern entworfen und gebaut«, antwortete er. »Und nein, ich weiss nicht, wer genau dieses Konstrukt wann genau gebaut hat«, fügte er geistesgegenwärtig an.

»Aber natürlich spielt dieses Wissen für unsere Zwecke auch keine Rolle«, erwiderte ich in seinem Sinne und erwirkte in uns beiden ein herzhaftes Lachen.

»Wichtig ist, dass der Kochtopf dir helfen wird zu verstehen, wie sich dein Umgang mit der sexuellen Kraft im Laufe der Zeit auf dich auswirken wird«, sagte Nestor darauf.

»Und dazu wird Wasser in das Loch geleitet?«

»Das Wasser fliesst nicht einfach so in den Kochtopf, sondern in verschiedene Kanäle in seiner Innenwand.« Er erklärte, dass in der Wand Steinrinnen eingebaut seien, die das Wasser spiralförmig nach unten kanalisierten. Das Wasser werde normalerweise in einem Kupferkessel gesammelt, der in einem kleinen Raum unterhalb der Glasscheibe stehe. Unter dem Kessel brenne ein Feuer, welcher das Wasser verdampfe.

»Heute aber kehren wir Feuer und Wasser um«, sagte er. »Wir nehmen den Kessel aus dem unterirdischen Raum, hängen ihn in die Öffnung des Emmentaler Kochtopfs und entfachen darin ein Feuer. Das Wasser wird dann unten in der Erde versickern. Auf diese Weise wirst du hautnah erleben, was es bedeutet, mit Feuer oben und Wasser unten zu leben, also deine sexuelle Kraft für die Bewusstseinsentwicklung ungenutzt versickern zu lassen.«

»Was genau werde ich erleben?« fragte ich zweifelnd.

»Das kann ich nicht sagen. Das hängt von dir selbst ab.«

»Und alles, was wir dafür tun müssen, ist Wasser hineinlaufen zu lassen und oben ein Feuer zu machen?«

»Ich mache das Feuer im Kessel«, betonte er. »Und ich werde das Wasser in den Emmentaler Kochtopf leiten. Du selbst wirst darin gar gekocht.« Er schmunzelte.

Dass ich in dieses Loch hinuntersteigen sollte, das hatte ich befürchtet. Aber diese Idee gefiel mir überhaupt nicht: Der Gedanke an den modrigen Geruch und die Feuchtigkeit sowie die Vorstellung, was sich da unten alles an Dreck angesammelt und an Viechereien eingenistet haben könnte, liessen mich eine Diskussion anreissen.

»Das kann doch gar nicht funktionieren«, argumentierte ich. »Ein bisschen Feuer, ein bisschen Wasser – und das soll reichen um zu erfahren, wie sich mein Umgang mit der sexuellen Kraft auf mich auswirken wird? Wo gibt es denn so etwas?«

»Es wird funktionieren«, konterte Nestor entschieden. »Der Emmentaler Kochtopf ist nicht einfach irgendein Loch. Er wurde von Sehern gebaut, und zwar nach den elementaren Prinzipien der Grundstruktur. Und das ist es, was dem Kochtopf seine Wirksamkeit verleiht. Genauso wie Mari Eglis Möbel auch von einem oder vielleicht auch von mehreren Sehern gebaut wurde.«

Dieses Argument wirkte. Wenn der Sekretär schon so einen Druck auf mich ausüben konnte, wie mächtig würde dann dieser Apparat hier sein? Was ich vorhin noch lächerlich und unangenehm fand, erzeugte jetzt Unbehagen in mir. Ich spürte, wie sich der bescheidene Mensch hervortat, der sich beschränken konnte und weder etwas brauchte, noch unbedingt etwas erleben musste: Man konnte es ja auch sein lassen, man war ja zufrieden und alles war wunderbar.

Um Zeit zu gewinnen, wollte ich von Nestor wissen, was dies für Prinzipien seien, die die Seher in ihrem Sehen wahrnehmen würden, und die dem Kochtopf zugrunde lagen. Wie am Tag zuvor aber fand er, es sei zu früh um darüber zu sprechen.

»Gibt es keine andere Möglichkeit, zu erfahren, wie sich der Umgang mit der sexuellen Kraft auf mich auswirkt?« fragte ich dann.

»Doch«, lachte Nestor, »zwanzig oder dreissig Jahre die kleinen Vergnügen erleben – wenn du gut bist, reichen vielleicht auch zehn Jahre.«

»Ich glaube nicht, dass ich das hier und jetzt erleben muss«, verlautete ich schliesslich. »Wozu? Ich werde ja selbst erfahren, wie sich die sexuelle Kraft auf mich auswirkt.«

Nestor setzte sich demonstrativ auf einen umgestürzten Baumstamm, als wollte er signalisieren, dass er Zeit hätte, die Sache mit mir auszudiskutieren. Ich fühlte, dass ich ihn verärgert hatte.

Er machte mir klar, dass ich mich selbst überschätzen würde. Jetzt sei ich jung und hätte kaum Beschwerden. Es gehe mir gut – nicht zuletzt wegen der Energie, die ich durch die Übungen der vollkommenen Restauration schon angesammelt hätte. Dies lasse mich glauben, die sexuelle Kraft sei etwas Unerschöpfliches.

»Natürlich ist es für dich nicht einfach, den Sinn der Umwandlung deiner sexuellen Kraft einzusehen, wenn du nicht am eigenen Körper erlebt hast, wie zerstörerisch der zu grosse Verlust dieser Kraft sein kann. Wenn wir jetzt ein solches Erlebnis herbeiführen, dann wird dich das motivieren, das Verdampfen deiner sexuellen Kraft voranzutreiben.«

Nestors Worte waren ruhig, aber felsenfest, so dass mir letztlich nichts anderes übrig blieb, als dem Kochtopf eine Chance zu geben.

Nestor sprang voller Tatendrang auf und sagte, dass wir zuerst den Kessel in der Höhle unter der Glasscheibe holen müssten. In diesen Raum gelangten wir durch einen Stollen am abfallenden Hang. Er bot gerade genug Platz, damit ein Mensch sich kauernd zum Raum unter der Glasscheibe bewegten konnte. Bald darauf befanden wir uns in einem kleinen Raum von vielleicht zwei auf zwei Metern, in dem wir aufrecht stehen konnten. Der Boden und die Wände waren mit Steinen gepflastert, die Decke wurde mit massiven Holzbalken an den Wänden gestützt. Der Raum war recht gut beleuchtet, da das Tageslicht von oben durch die Glasplatte drang.

Am Boden, direkt unter der Glasscheibe, war ein breiter stumpfer Kegel installiert, auf welchem ein Kessel stand; die beiden kupfernen Gegenstände waren so sorgfältig aufeinander abgestimmt, dass die Öffnung des Kegels den unteren Teil des Kessels exakt fasste. Nestor erklärte, dass sich die Feuerstelle innerhalb dieses Kegels befinde, und er zeigte mir eine Tür im Metall, welche den Zugang zur Feuerstelle frei machte. Auf diese Weise könne der Rauch nicht in den oberen Raum dringen, sondern werde durch Rohre abgeleitet.

Dann zeigte er nach oben. Ich erkannte vier Steinrinnen, je eine an jeder Wand. Sie ragten weit genug in den Raum hinein, damit die gelegentlichen Wassertropfen geräuschvoll in den überfüllten Kessel plumpsten. Das Wasser, das zu viel war, rann über den Kessel und den Kegel und verschwand durch einen Rost, welcher kreisförmig um den Kegel in den Boden gebaut war. Ich staunte über die Perfektion, die dieser Raum aufwies.

Wir nahmen den Kessel von der stumpfen Kupferform und leerten ihn. Nestor bedeckte die Feuerstelle mit einem kreisförmigen Stück Metall, welches genau in das Loch des Kegels passte. Schliesslich schafften wir den Kessel mühsam aus dem Stollen und nach oben auf die Terrasse. Dort hiess mich Nestor, in den Kochtopf hinunterzusteigen, und dabei die Steinrinnen als Leiter zu benutzen.

Es kostete mich grosse Überwindung, seinen Worten Folge zu leisten, aber die Angst vor der Schmach, die jetzt ein Rückzieher mit sich gebracht hätte, war grösser. Vorsichtig stieg ich also in das Loch hinunter und stand bald darauf verloren auf der nassen und glitschigen Glasplatte.

Noch während ich mich von den verhassten Spinnweben zu befreien suchte – behutsam, damit ich die feuchte enge Wand um mich herum nicht streifte – hängte Nestor oben den Kupferkessel in die Öffnung des Kochtopfs, so dass die vier Bolzen an dessen oberen Rand genau in die dafür vorgesehenen Vorrichtungen an der Höhlenwand passten. Es wurde dunkel, aber nicht ganz dunkel: Der lichte Ring, der um den halbkugelförmigen Boden des Kessels schimmerte, erhellte die Höhle spärlich.

Minuten vergingen. Es war feucht und roch nach Erde. Ich glaubte zu wissen, wie sich eine Schnecke in ihrem engen Haus fühlte. Um mich abzulenken untersuchte ich die Steinrinnen, die ich als Stufen benutzt hatte. Es waren offene, in die Wand eingemeisselte Kanäle;

und wie ich mich selbst überzeugen konnte, gab es vier Kanäle, die vielleicht zwei Finger breit waren. Das Wasser würde in diesen vier Rinnen in etwa drei Umdrehungen spiralförmig nach unten fliessen, um schliesslich irgendwo in der Wand zu verschwinden.

Darauf vernahm ich, wie Nestor das Feuer im Kupferkessel vorbereitete. Holz wurde gebrochen und in den Kessel gelegt. Dann war das erste Knistern zu vernehmen, und etwas Rauch stieg in meine Nase. Als das Feuer ordentlich brannte, geschah wieder eine Zeit lang nichts. Schliesslich begann das Wasser in den Wandrinnen zu plätschern.

Ich wartete. Lange Minuten verstrichen. Ich hätte mich gerne hingesetzt; das sanfte monotone Plätschern in den Rinnen um mich herum wirkte einschläfernd. Ich begann, mit dem Wasser zu spielen, versuchte es mit den Fingern zu stauen. Dann wurde es ruhig. Nur ab und zu hörte ich Nestor noch am Feuer hantieren, damit es nicht erlosch.

Die Zeit verging langsam. Wieder kam mir die Absurdität der Situation zu Bewusstsein: Ich stand irgendwo in einem Emmentaler Wald in einem feuchten, unangenehm riechenden Loch um zu erfahren, wie sich ein fehlbarer Umgang mit der sexuellen Kraft bei mir auswirken könnte. Ich ärgerte mich, dass ich diesen Blödsinn überhaupt mitmachte. Wie konnte ich mich nur so leicht dazu bewegen lassen, in dieses idiotische Loch hinunterzusteigen? Es schmerzte mich einmal mehr, dass ich mich bei Nestor kaum durchzusetzen vermochte. Ich fühlte mich ausgeliefert, wie die Beute in der Falle.

Diese Gedanken lösten Unmut in mir aus. Ich wollte Nestor zeigen, dass er Unrecht hatte, dass sein Emmentaler Kochtopf nicht funktionierte. Was wollte er mich erfahren lassen? Die negativen Konsequenzen eines verschwenderischen Sexuallebens? Wenn es das war, so dachte ich, dann fühlte ich mich den Umständen entsprechend gut. Wie sollte ich mich denn schon fühlen? Ich fühlte mich wie immer. Alles war in Ordnung. Ich triumphierte über den Kochtopf, der keine Wirkung auf mich hatte.

Ich rief nach oben, ich hätte die Übung begriffen und wir könnten sie abbrechen, erhielt aber keine Antwort. Ich rief nochmals nach oben, diesmal lauter. Ich wusste, dass mich Nestor ignorierte. Für mich war offensichtlich, dass er dies tat, um mich zu provozieren – um mir damit zu beweisen, dass sein Kochtopf mehr war als ein stinkiges Loch. Aber selbstverständlich würde ich nicht in seine plumpe Falle tappen.

Ich fand, dass Nestor ohnehin ein bemitleidenswerter Mensch war. Er musste sich mit Hokuspokus umgeben um Aufmerksamkeit zu erlangen. Denn sonst hatte er ja nichts. In der Gesellschaft war er ein Nichts, ein Versager. Er hatte nichts bis auf sein schäbiges Haus. Er hatte mir gegenüber auch nie erwähnt, was er eigentlich arbeitete. Vermutlich war er zu faul für eine richtige Arbeit und gönnte sich ein Leben auf Kosten der Gesellschaft. Gut möglich, dass er einer dieser Scheininvaliden war.

In diesem Moment verstummte das Plätschern in den Steinrinnen. Ich rief zu Nestor, dass er den Kessel wegnehmen solle, doch der Kessel blieb. Ich merkte, wie unwohl ich mich in meiner Haut fühlte, wie erhitzt ich war. Dauernd juckte es mich am Oberarm. Ich kratzte, aber es juckte weiter. Ich konnte die genaue Stelle nicht finden, was mich rasend vor Wut machte. Ich kratzte mich nervös am ganzen Oberarm, war aber sicher, die Stelle nicht erwischt zu haben – und tatsächlich juckte es wieder, diesmal stärker, wie ein Mückenstich. Die Hitze des Kessels war beinahe unerträglich. Ich schrie zu Nestor, er solle den verdammten Kessel endlich wegnehmen.

Gerade als ich glaubte, es nicht mehr auszuhalten, hörte ich, wie das Feuer oben gelöscht wurde. Und schliesslich, endlich, schaffte Nestor den Kessel beiseite. Ich blinzelte nach oben in das unerträglich helle Tageslicht, wo Nestor stand.

»Bist du gar?« fragte er mich und setzte ein breites Lächeln auf.

Mir war nicht nach Scherzen zumute. Ich versuchte so schnell wie möglich aus diesem Loch hinauszuklettern, was nicht einfach war. Oben angekommen, musste ich erst einmal verschnaufen. Ich fühlte mich ausgezehrt, völlig kraftlos. Das dauernde Stehen hatte mich erschöpft.

»Wie siehst du denn aus?« rief Nestor und zeigte auf meine Hände und Arme. Erschrocken stellte ich fest, dass die Haut völlig ausgetrocknet und nicht mehr so straff war.

»Du bist älter geworden«, sagte er.

Der Rückweg sollte sich als regelrechte Prüfung herausstellen. Nestor machte mich wie so oft auf verschiedene Besonderheiten aufmerksam, die ihm während des Gehens auffielen. Dies konnten Tiere sein, Pflanzen, Pilze, Moose, Steine, Formen und Farben. Alles, was irgendwie ungewöhnlich, lustig, schön anzusehen und eben nicht alltäglich war, teilte er gerne mit.

Zu dem Zeitpunkt war mir aber weder nach Sprechen, noch nach Staunen und schon gar nicht nach Belehrungen zumute; ich war gleichgültig dem Bild gegenüber. Trotzdem stellte Nestor wie immer hohe Anforderungen an meine Aufmerksamkeit, was ich ihm übel nahm. Denn ich glaubte eine Ruhepause verdient zu haben, nachdem ich mich zuvor schon so überwunden hatte.

Einmal rief mir Nestor etwas zu, doch ich mochte nicht auf ihn reagieren. Er wiederholte darauf, was er gesagt hatte. Ich ignorierte ihn abermals und versuchte mich weiter auf mein Gehen zu konzentrieren, was mir aber nicht mehr richtig gelang. Stattdessen suchte ich nach Rechtfertigungen für meine abweisende Haltung, welche ich Nestor anlastete: Warum musste er mich jetzt gerade stören, wo er doch zweifellos wusste, dass ich mich nicht danach fühlte? Ganz offensichtlich mangelte es ihm an Sensibilität. Und dass er dauernd meine Aufmerksamkeit erheischen wollte, fand ich einfach widerlich und unentschuldbar.

Ich schwieg. Darin erkannte ich jetzt meine Stärke: Ich konnte ziemlich lange an mich halten. Aber irgendwann, das wusste ich, würde sogar bei mir der Punkt kommen, wo all mein guter Wille nicht mehr ausreichte um mich zu beherrschen und zurückzuhalten. Nestor allein hatte es in der Hand.

Und als hätte er es darauf ankommen lassen wollen, deutete er wenig später fasziniert auf zwei Rehe hin, die verspielt um einen Baum rannten und einander nachjagten. Meine Frustration entlud sich umgehend in einer beschämenden Art und Weise. Ich warf ihm Dinge vor, die ich später weder nachvollziehen, noch rechtfertigen konnte, ja, an die ich mich gar nicht mehr erinnern wollte. Meine Wut aber vermochte Nestor nicht zu durchdringen. Er lachte über meinen Ausbruch und meinte, ich würde ja noch immer kochen.

Die Erkenntnis, dass ich nichts zu bewirken vermochte, liess meine Stimmung in Selbstmitleid umschlagen. Ich bereute. Ich bereute, etwas getan zu haben, das ich nicht wollte. Ich bereute, den Umständen ausgeliefert zu sein und nicht mit der Situation umgehen zu können. Ich bereute, mich elend zu fühlen. Ich bereute, dass ich bereute. Ich war nicht mehr fähig, an irgendetwas Lust zu empfinden; noch war ich fähig, an irgendetwas Lust empfinden zu wollen. Es kam mir so vor, als hätte ich dieses Loch, den Emmentaler Kochtopf, gar nicht verlassen. Schweigend traten wir den weiteren Rückweg an.

Meine schlechte Laune sollte noch den restlichen Tag andauern, und meine Gleichgültigkeit bewirkte, dass ich mich auf nichts konzentrieren konnte. Ich fühlte mich wie in Watte gehüllt, fern von allem, blind und taub für das Leben um mich herum. Ich zog mich auf mein Zimmer zurück, doch ein unstillbares Verlangen zu konsumieren, mich mit irgendetwas vollzustopfen, liess mich beinahe die Wände hochgehen: Schokolade, Fernsehen, idiotische Computerspiele und hirnverbrannte Lifestyle-Magazine – alles wäre gut genug gewesen um ein bisschen ›weg‹ zu sein.

Bei meinen Versuchen, mich abzulenken, setzte ich mich sogar einmal hin, um die Punkte und Fäden anzuschauen. Aber ich gab es bald wieder auf. Nicht nur waren sie kaum wahrnehmbar, zu trübe, zu dunkel; auch konnte ich sie kaum festhalten. Sie wurden so stark von der Anziehungskraft angezogen, dass sie sofort aus dem Bild verschwanden.

Die ganze Zeit über war ich bestrebt, Nestor so gut als möglich aus dem Weg zu gehen. Da ich ihm meine Begierden und meine abweisende Haltung jedoch nicht eingestehen wollte, versuchte ich mich im Umgang mit ihm höflich zu verhalten, ihn also nicht zu ignorieren, sondern ihm wenigstens kurz zu antworten. Aber auch dies konnte ich nicht längere Zeit durchhalten, da ich mich doch eigentlich zurückziehen und meine Ruhe haben wollte.

Zu einer zweiten Konfrontation kam es daher wieder wegen einer Bagatelle. Als sich beim Essen einmal unsere Blicke kreuzten, sah ich, wie Nestor mit den Ohren wackelte, wie er es ab und zu tat. Ich interpretierte diese Geste stets als eine perfide Art, auf sich aufmerksam zu machen, ohne es direkt zu sagen. In diesem Moment aber provozierte mich sein Ohrenwackeln nicht nur, sondern es machte mich richtiggehend sauer.

Ich fuhr ihn an, warum er mit den Ohren wackeln müsse und mir nicht direkt sagen könne, was er von mir wolle. Er blickte mich überrascht an, dann verzog er seine Mundwinkel zu einem Lächeln.

»Du nimmst dich zu wichtig«, sagte er freundlich, aber bestimmt. »Wenn ich mit den Ohren wackele, hat das nichts mit dir zu tun. Ich wackele mit den Ohren, um Energie in den Kopf zu ziehen. Das solltest du ebenfalls tun.«

Kein Wort des Ärgers, keine Zurechtweisung. Dass ich ihm erneut Unrecht getan hatte, machte mich ganz elend. Mir war danach, wegzugehen, Nestor zu verlassen und nie mehr wiederzukommen. Denn ich fand, dass ich es nicht wert sei, mit einem Menschen wie ihm zusammen zu sein, der sich so beherrschen konnte und so verständnisvoll war. Nur mit grosser Mühe gelang es mir, meine Tränen zurückzuhalten.

Nestor indessen schien sich nicht um meinen Gemütszustand zu kümmern. Er begann mir zu erklären, weshalb es wichtig sei, die Energie in den Kopf zu ziehen.

»Wenn du deine Kraft, das heisst, deine sexuelle Kraft, über die Wirbelsäule in den Kopf ziehst, dann tust du damit nichts anderes, als das Wasser über das Feuer zu ziehen. Du verdampfst damit deine sexuelle Kraft und erhöhst den inneren Druck in dir. So bedienst du deinen inneren Emmentaler Kochtopf.«

Dann zeigte er mir, wie ich meine sexuelle Kraft ›verdampfen‹ sollte. Es handelte sich dabei um eine Atemübung, die mit Muskelanspannungen kombiniert wurde: Während dem langsamen tiefen Einatmen sollte ich nacheinander die Muskeln von Gesäss, Rücken und Kopf anspannen. Die Idee war, dass ich durch die Kontraktionen allmählich ein Bewusstsein in der hinteren Körperregion, vom Becken entlang der Wirbelsäule bis zur Schädeldecke, entwickelte. Dies sollte es mir ermöglichen, die sexuelle Kraft durch die Wirbelsäule in den Kopf hinauf zu ›fühlen‹. Schliesslich sollte ich, sobald ich die Kraft unter der Schädeldecke, im Scheitel spürte, langsam ausatmen und sie auf diese Weise in das Bild geben.

Nestor ermutigte mich, es gleich zu versuchen. Halbherzig atmete ich einige Male ein, hatte aber mit der Anspannung der Muskeln Mühe: Es fehlte mir das Gespür in den Rücken- und Kopfmuskeln. Nestor riet mir darauf, nur weiterhin meine Leibesübungen auszuführen.

»Wenn das Bewusstsein in deinem Körper wächst«, erklärte er, »dann wirst du bald einmal neue Muskeln spüren lernen – auch die Rückenmuskeln sowie diejenigen, die du brauchst, um mit den Ohren zu wackeln.«

Mein Versagen setzte mir derart zu, dass ich in einem Anfall von Selbstmitleid Nestor eingestand, wie schlecht und ohnmächtig ich mich fühlte, wie schwierig und sinnlos mir all diese Übungen schienen. Und wie sehr ich es leid war, mich entsprechend meiner Neigung wie eine Schnecke ins Haus zurückzuziehen, sobald es schwierig wurde.

Dieser Vergleich brachte ihn zum Lachen. »Nun«, sagte er einfühlsam, »es ist ja nicht so schl...«

»Schlimm?« fuhr ich ihm ins Wort.

»... schleimig wie bei einer Schnecke«, führte er den Satz zu Ende.

Sein Humor heiterte mich auf. Tatsächlich konnte ich das Ganze plötzlich nicht mehr so schwarz sehen. Es war ein Gemütszustand, eine Laune, die wieder vergehen würde. Fast kam ich mir ein bisschen blöd vor, ihm gegenüber überhaupt solches geäussert zu haben.

In diesem Moment ging ein Schauder über meinen Körper, und entwickelte sich für eine kurze Zeit zu einem fast unmerklichen Zittern. Aufmerksam und feinfühlig im Beobachten des Bildes wie Nestor war, konnte ihm dies nicht entgehen.

»Dein Körper hat sich ein wenig geöffnet um Energie in das Bild als ein Ganzes zu geben«, deutete er das Zittern an meinem Körper. »Aber in deinem momentanen Zustand ist das kaum möglich. Du hast nur wenig Energie, der Emmentaler Kochtopf hat dir das meiste genommen. Der Druck im Bild ist grösser als die Gegenkraft in dir. Wenn sich dein Körper nun ein wenig öffnet, fehlt es dir an Energie um das Kräfteverhältnis zwischen dir und dem Bild auszugleichen. Dein Körper bereitet durch das Zittern zusätzliche Energie auf.

Dazu kommt, dass deine wenige Energie nicht fliessen kann. Sie stockt in deinem Körper. Deshalb bist du auch gezwungen, sie als negative Gefühle zu erleben – als Angst, Aggression und Selbstmitleid. Hättest du genug Energie, und könntest du sie zum Fliessen bringen, dann müsstest du weder emotional sein noch am Körper zittern – dann hättest du ein Kribbeln oder Prickeln verspürt, ein Gefühl der Entspannung und der Zufriedenheit.«

Nestor meinte, das Bild müsse für mich jetzt entsprechend trübe und farblos sein, so dass mir die Lust an allem fehle. Er erkannte meine missliche Lage genau und beschrieb mir mein unerträgliches Gefühl, in einem Sumpf aus Unmut und Selbstmitleid zu stecken und die Situation zwar zu erkennen, aber doch machtlos dagegen zu sein.

»Dir fehlt die Energie, die du ins Bild als ein Ganzes geben solltest, um Gefallen an deiner Umgebung zu finden«, sagte er. »In einen solchen Zustand gerät ein Mensch allmählich, wenn er seine Kraft für die kleinen Vergnügen verschwendet. Und aus einem solchen Zustand kann sich ein Mensch befreien, wenn er seinen inneren Druck aufbaut und die Energie zum Fliessen bringt. Die Energie und den Willen, die es dazu braucht, ziehen wir aus der richtigen Lebensführung, zum grössten Teil aus dem Höherziehen und Verdampfen der sexuellen Kraft. Dann wirst du deine Energie in das Bild als ein Ganzes geben können. Dieses wird für dich schöner und farbiger werden, und du wirst die Punkte und Fäden immer deutlicher wahrnehmen. Schliesslich wird der Moment kommen, wo du diese Punkte und Fäden als die leuchtende Struktur deines eigenen Bewusstseins erkennst, welches diese Welt hier erzeugt.«

Die Schichten des Bewusstseins

Noch am selben Abend fuhr ich nach Bern zurück, aber meine Hoffnung, mit dem Emmental auch meinen Zustand der Ohnmacht und der Gereiztheit hinter mir zu lassen, erfüllte sich nicht. Erst nach zwei weiteren Tagen und Nächten begann ich mein Umfeld wieder wie gewohnt wahrzunehmen.

Zuerst tendierte ich dazu, diese Erfahrung mit meinen früheren Erlebnissen, wo der Gefühlskörper wacher und energiereicher war, in einen Topf zu werfen. Bei näherer Betrachtung jedoch konnte ich feststellen, dass dies zwei grundverschiedene Zustände waren: Wenn sich, wie Nestor es ausdrückte, mein Tagesbewusstsein in die Gefühlswelt verlagerte, fühlte ich mich überhaupt nicht müde oder schlapp wie in den letzten Tagen. Ich nahm die Welt sehr viel intensiver wahr als in meinem normalen Zustand – so intensiv, dass ich es manchmal kaum aushielt. Ich war auch nicht reizbar oder nachtragend und erlebte keine negativen Gefühle, mit Ausnahme der Angst um meinen Körper, die sich zuweilen einstellte, wenn der Puls alle Rekorde zu brechen drohte. In solchen Zuständen hatte ich jeweils das Gefühl, den Boden unter den Füssen zu verlieren.

Beim Erlebnis der letzten Tage hingegen fühlte ich mich eher am Boden angeklebt, kraftlos, lustlos. Es fehlte mir jegliches Gefühl für den Umgang mit Situationen, wo mehr als nur gewohnheitsmässiges Handeln gefragt war. Ich zog mich infolgedessen soweit als möglich zurück und hielt das Leben um mich herum auf Distanz. Doch die Anforderungen des täglichen Lebens hinderten mich, mein auf Mechanik reduziertes Rollenspiel ständig aufrechtzuerhalten. Kleine Reibereien oder Kritik reichten, um mich Minderwertigkeitsgefühlen oder aber einer ungewohnten und unverhältnismässigen Aggressivität auszuliefern. Auch in den Betrachtungen über die Ereignisse kam ich nicht vom Fleck: Meine Gedanken kreisten immer um dieselbe Sache, nämlich wem oder welchem Umstand ich die Schuld an meinem bemitleidenswerten und unverdienten Zustand geben konnte.

Mit diesen verschiedenartigen aussergewöhnlichen Bewusstseinszuständen liess mich Nestor am eigenen Leib erfahren, dass die Art, wie wir Menschen üblicherweise unser Bild erkennen, unsere kleine Welt also, offensichtlich nur ein kleiner Teil auf einer breiten Skala der Wahrnehmung ist. Vielleicht, so erwog ich nun, hat der Mensch tatsächlich die Möglichkeit, sich in die eine oder die andere Richtung zu entwickeln. In diesem Zusammenhang erschien die vollkommene Restauration in einem neuen Licht: nämlich als Methode, um das eigene Bewusstsein in die intensivere Richtung zu entwickeln, wo der innere Druck höher und der Mensch offener und kreativer ist. Dass das Auftauchen der Mouches volantes tatsächlich mit dieser Entwicklung zusammenhing, zog ich nun ernsthaft in Betracht, nachdem ich erlebt hatte, um wie viel schwieriger die Wahrnehmung der Punkte und Fäden in einem ohnmächtigen Zustand der Frustration und des Selbstmitleides war.

In der Zeit bis zum Herbst blieb ich dem Emmental aus verschiedenen Gründen fern, setzte aber die Übungen der vollkommenen Restauration, vor allem das Sehen der Punkte und Fäden, fort. Dabei konnte ich mich vergewissern, dass es jedes Mal dieselben Punkte und Fäden waren, die ich sah. Zwar veränderten die meisten Fäden bei jeder Augenbewegung ihre Form und die Punkte ihre Stellung – doch das waren vergleichsweise kleine Bewegungen und Verschiebungen. Die Fäden und Punkte hatten im Verhältnis zueinander ihren mehr oder weniger festen Platz in diesem Gebilde. Das ging soweit, dass einige der Fäden in den Randregionen, die ich, um sie zu sehen, mit heftigen Augenbewegungen nach oben links schleudern musste, gleich darauf wieder nach unten rechts gezogen wurden – anstatt dass sie gemäss den physikalischen Gesetzen einen linksgerichteten Bogen beschrieben und schliesslich links aus dem Blickfeld verschwanden. Genauso gab es Fäden, die ich von der linken Seite nach oben rechts schnellen liess, und die gleich wieder in der unteren linken Gesichthälfte verschwanden. Es hatte den Anschein, als wären diese Fäden an einer Art Gummiband befestigt, welches zusätzlich zur Anziehungskraft wirkte und sie an ihren Ausgangsort zurückzog.

Diese Beobachtung sprach dafür, dass Mouches volantes nicht einfach frei im Glaskörper herumschwimmende Teilchen waren, sondern es musste sich dabei um bewegliche Schwenker handeln, die irgendwo befestigt waren, vielleicht hinten an der Netzhaut. Allerdings waren viele der Fäden auf mein Blickfeld begrenzt, so dass ihre vermutete Verbindung zur Netzhaut unsichtbar blieb. Eine zweite denkbare Erklärung für die relativ gegebene Anordnung der Punkte und Fäden war ihre Einbettung in die gallertartige Masse des Glaskörpers; dessen Dickflüssigkeit würde die Konstellation nur geringfügig und nicht dauerhaft verändern. Diese Erklärung vertrug sich allerdings nicht mit der Tatsache, dass Mouches volantes nicht träge, sondern sehr schnell und leicht über das Blickfeld glitten.

Jedenfalls ergab sich daraus, dass die Struktur einerseits beweglich war, was mit jeder Augenbewegung sowie mit dem selbständigen Absinken der Punkte und Fäden ersichtlich wurde. Aber gleichzeitig war sie fest und gegeben, denn auch mit den heftigsten Augenbewegungen konnte ich die Anordnung der Punkte und Fäden nicht vollständig und auf Dauer verändern. Ich lernte meine Mouches volantes also bald einmal aufgrund ihrer Formen sowie ihrer Konstellationen kennen.

Erstmals fiel mir auch auf, dass von den Punkten und Fäden, die ich sah, ein Teil im linken, der andere im rechten Auge schwebte. Ich konnte das deutlich wahrnehmen, wenn ich das eine oder das andere Auge schloss – auch wenn es sich manchmal bei sehr hellen Lichtverhältnissen ergab, dass Fäden oder Punkte durch das geschlossene Augenlid hindurch sichtbar waren. Für mich bedurfte dieser Umstand keiner weiteren Erklärung: Mouches volantes hatten sich halt sowohl im rechten wie im linken Auge gebildet.

Im Verlauf des folgenden Herbstes kamen Nestor und ich auf diese Rechts-Links-Trennung zu sprechen. Und es zeigte sich schnell, dass er dieser Tatsache eine ganz besondere Bedeutung beimass, die für das Verständnis der vollkommenen Restauration grundlegend war: Nestor sprach von zwei ›Bewusstseinshälften‹, die wir in unserem Sehen wahrnehmen könnten.

»Du hast Punkte und Fäden in der *linken* und solche in der *rechten Bewusstseinshälfte*«, erklärte er bei dieser Gelegenheit. »Welche Punkte und Fäden welcher Hälfte zugehörig sind, kannst du am Anfang wirklich nur herausfinden, wenn du abwechselnd das eine oder das andere Auge schliesst. Wenn du deine Punkte und Fäden im Laufe der Zeit aber besser kennen lernst, wirst du direkt sehen, ob sie Teil der linken oder der rechten Bewusstseinshälfte sind.«

Ich konnte mir die Frage nicht verkneifen, ob es denn nicht nur um verschiedene Punkte und Fäden im linken und im rechten Auge gehe. Nestor erwiderte, dass es sich erneut um dieselbe Grundsatzfrage handle: nämlich ob ich die Ursache des Lebens auf Materie oder auf Bewusstsein zurückführen wolle.

»Wer das Materielle sehen will, wird Materie erkennen«, sagte er. »Wer dagegen konsequent das Bewusstsein sucht, wird in allem das Bewusstsein sehen. Du musst dich entscheiden und danach leben.«

Nestor argumentierte häufig auf diese Art. Mittlerweile stimmte ich mit ihm überein, dass wir es grundsätzlich selbst in der Hand hätten, uns die eine oder die andere Weltanschauung anzueignen und entsprechend zu leben. Er schien allerdings ausser Acht zu lassen, dass wir durch unser gesellschaftliches Leben bereits extrem vorgeprägt waren; wir konnten also unsere Weltanschauung und damit unseren Lebenswandel nicht einfach so wechseln als wären es Kleider.

»Für dich ist die Welt vorwiegend materiell, weil du wie alle anderen gelernt hast, die Welt so wahrzunehmen, und weil du das auch heute noch dauernd lernst. Du bist so tief in dieser Anschauung verankert, dass es für dich schwierig ist, dich davon loszulösen«, räumte er auf meinen Einwand ein. »Aber du unterschätzt auch den menschlichen Willen. Wenn ein Mensch an einen Punkt kommt, wo er nichts anderes mehr will als das, was er sieht, vollkommen zu verstehen – dann wird er fähig, seine Weltanschauung von einem Moment auf den anderen zu ändern.

Das ist es auch, was die Seher getan haben. Sie haben eine Weltanschauung angenommen, die es ihnen ermöglicht hat, ihre Prägungen als kleine Welt zu entlarven. Das Ändern der Weltanschauung kann, wenn die Umstände stimmen, sehr schnell und spontan vor sich gehen; aber die Arbeit, die darauf folgt, die Auflösung der eigenen kleinen Welt, ist ein Prozess, der jahre- und jahrzehntelang dauert. Am Ende dieses Prozesses steht die Fähigkeit, das Bild als das zu sehen, was es ist – und um dies zu beschreiben, eignet sich das Wort *Bewusstsein* in der heutigen Zeit am besten. Deshalb sage ich, dass die Punkte und Fäden, die ein Mensch sieht, sein eigenes Bewusstsein sind, und dass diese Bewusstseinsstruktur aus zwei Hälften besteht – einer linken und einer rechten Bewusstseinshälfte.«

Nestor lenkte das Gespräch wieder auf die Bewusstseinshälften. Er hiess mich, ihre Wahrnehmung in meiner Grundstruktur gezielt zu üben. Ich solle mir die beiden Hälften bewusst machen, indem ich meine Punkte und Fäden so gut kennen lernte, dass ich von jedem Punkt und jedem Faden sagen könne, welcher Seite er angehöre. Dann solle ich meine Aufmerksamkeit abwechselnd auf die linke und auf die rechte Bewusstseinshälfte richten.

»Diese zwei Seiten sind von grösster Bedeutung«, fuhr Nestor fort. »Auch auf der äusseren Leinwand erkennen und erfahren wir immer diese zwei Seiten, die sich zu einem grossen Teil ergänzen: Der menschliche Körper zum Beispiel hat diese zwei Seiten; so haben wir auch zwei Augen, zwei Ohren, zwei Hirnhälften – ohnehin scheint die Natur Freude an der Symmetrie zu haben. Hast du dich einmal gefragt, warum das so ist?«

»Der Seher weiss die Antwort sicher«, gab ich mich überzeugt.

»Der Seher sieht die Antwort«, korrigierte Nestor. »Symmetrien sind in unserem Leben vorherrschend, weil es diese zwei Seiten in der Grundstruktur gibt. Die Struktur ist das Grundgerüst des Bildes, und so gibt es die zwei Seiten bei allen Erscheinungen im Bild.

Auf der äusseren Leinwand können wir aber feststellen, dass es keine absoluten Symmetrien gibt«, fuhr er fort. »An unserem Körper können wir das am besten erkennen: Er ist fast symmetrisch, aber eben nicht ganz. Eine Hälfte ist immer dominierend, ist stärker, feinfühliger, beweglicher, was auch immer. Die Tatsache, dass es Asymmetrien gibt, rührt wiederum von den Bewusstseinshälften her: Auch dort dominiert die eine oder die andere Hälfte. Die Seher sagen nun, dass ein Mensch derjenigen Seite angehört, die bei ihm dominiert, also entweder der linken oder der rechten Bewusstseinshälfte.«

Ich fragte ihn, was es bedeute, der linken oder der rechten Bewusstseinshälfte anzugehören. Er antwortete, rechtsseitige Menschen seien keine Seher, sondern normale Menschen mit den Freuden und Leiden ihrer kleinen Welt. Sie hätten keine Möglichkeit, die Dualität zu überwinden und das Bild als ein Ganzes zu sehen.

»Menschen im linksseitigen Bewusstsein dagegen haben die rechte Seite durchlebt und überwunden. Sie sind zu Sehern geworden, und alle ihre Handlungen zielen einzig darauf ab, die Bewusstseinsstruktur zu enthüllen und über die Dualität hinaus zu gelangen. Bewusstseinsentwicklung ist also ein Weg, der von der rechten Seite in die linke Seite des Bewusstseins führt. Welcher Seite du angehörst, kannst du durch dein eigenes Sehen erkennen.«

»Wie kann ich das erkennen?«

»Sieh deine Punkte und Fäden. Die in der linken Seite unterscheiden sich von denjenigen in der rechten Seite. Die eine Seite ist dominierend – entsprechend unserem eigenen Bewusstsein.«

»Was heisst denn das: dominierend?«

Nestor lächelte gewinnend. »Sieh selbst.«

Die nächsten zwei Tage war ich grösstenteils damit beschäftigt, herauszufinden, welche Hälfte bei mir ›dominierend‹ war. So gut als möglich verglich ich meine Punkte und Fäden des linken mit denjenigen des rechten Auges. Gänzlich unvoreingenommen konnte ich dabei nicht sein: Einerseits ergab sich aus Nestors Worten, dass ich als

Nicht-Seher der rechten Bewusstseinsseite angehören musste; und anderseits ertappte ich mich mehrmals dabei, wie ich in den Punkten der linken, angeblich erstrebenswerteren Seite eben doch etwas Dominierendes suchte. Dennoch konnte ich letztlich keine Eigenschaften finden, die spezifisch für die eine oder die andere Seite hätten gelten können: Im rechten wie im linken Auge hatte ich Punkte und Fäden, grössere und kleinere, die ich schärfer oder weniger scharf wahrnahm. Ich kam zum Schluss, dass jeder Punkt und jeder Faden individuell war, und dass es keinen Sinn machte, von Unterschieden oder Gemeinsamkeiten der Mouches volantes in der rechten und der linken Seite zu sprechen.

Am letzten Abend bevor ich nach Bern zurückfuhr, berichtete ich Nestor von meinen Beobachtungen. Für ihn war klar, dass ich meine Punkte und Fäden zu wenig aufmerksam gesehen hätte, sonst wäre mir der Unterschied aufgefallen. Ich sei zweifellos in der rechten Bewusstseinshälfte fixiert, so wie alle, die keine Seher sind. Dann aber räumte er ein, dass der Unterschied zwischen rechter und linker Bewusstseinshälfte im Sehen umso deutlicher werde, je weiter ich auf dem Weg innerhalb meiner Grundstruktur fortschreiten würde.

Die Wendung ›innerhalb meiner Grundstruktur‹ liess mich aufhorchen. Nestor sprach hin und wieder von einem ›Weg in der Grundstruktur‹, was ich stets im übertragenen Sinn aufgefasst hatte, einfach als Synonym für den Fortschritt in der Bewusstseinsentwicklung. Die Variation mit ›innerhalb‹ klang aber so, als sei dieser Weg als ein tatsächliches Voranschreiten in der Struktur selbst zu verstehen. Nestor, den ich danach fragte, bestätigte dies. Mit zunehmendem Fortschritt könne der Übende selbst feststellen, dass er eine Strecke innerhalb dieser Struktur zurücklege.

»Aber das ist doch absurd. Dann müssten die Punkte und Fäden ja näher kommen und grösser werden, wenn ich mich durch die Grundstruktur bewege«, folgerte ich überrascht.

»Was bist du nur für ein Klugscheisser«, rief Nestor ganz unerwartet, worauf wir beide lachen mussten. Schliesslich bekräftigte er aber meine Folgerung, indem er mich wissen liess, dass es nicht genüge, dies nur mit dem Verstand begriffen zu haben, sondern ich müsse es in meiner Struktur sehen können.

»Die Punkte und Fäden können also wirklich näher kommen und grösser werden?«

»Das ist es, was ein Seher sehen kann.«

»Aber bei manchen Menschen bilden sich die Mouches volantes ja auch zurück«, wandte ich ein.

»Dann tun diese Leute eben nichts für ihr Bewusstsein und gehen den Weg in der Grundstruktur rückwärts«, erwiderte er abwinkend. »Wenn du nur der Materie und dem Genuss nachrennst und deine Energie auf diese idiotische Weise bindest, wirst du dich von den Punkten und Fäden immer weiter entfernen, bis du sie nicht mehr sehen kannst. Lebst du dagegen richtig und wandelst deine gebundene Energie um, dann wirst du dich auf dem Weg in der Grundstruktur vorwärts bewegen. In dieser Struktur gibt es also ein Vorwärts und ein Rückwärts; aber es gibt nur ein einziges Ziel, welches dort ist, wo immer wir hinblicken. Wir können uns auf dem Weg in der Grundstruktur also nicht umdrehen, wir können uns nur dem Ziel nähern oder uns davon entfernen. Wenn wir uns dem Ziel nähern, dann werden die Punkte grösser – so gross, dass es nicht mehr Punkte und Fäden sind, die wir sehen, sondern grosse Kugeln und Röhren.«

»Und wie soll das gehen?« fragte ich skeptisch. »Ich kann doch nicht einfach auf sie zugehen.«

»Doch, das kannst du«, antwortete er. »Nicht mit deinem Körper. Aber in deinem Bewusstsein.« Auf meinen fragenden Blick hin meinte Nestor, dies sei nicht einfach zu verstehen; er wolle mir aber trotzdem erklären, was ich durch mein eigenes Sehen erfahren werde.

»Wenn du deine Punkte und Fäden siehst, so wirst du feststellen, dass die einen grösser als die anderen scheinen. In Wahrheit aber bedeutet dies, dass die einen näher bei dir sind, und die anderen weiter entfernt. Die Punkte und Fäden befinden sich also in einem Raum, und zwar in verschiedenen *Schichten* in diesem Raum.«

»Schichten? Was für Schichten?«

Nestor überlegte längere Zeit. Dann antwortete er, dass er nicht mehr sagen könne, als dass wir unser Bild, sowohl die innere wie die äussere Leinwand, unendlich viele Male auf diese unendlich vielen Schichten projizierten. Doch um jene überhaupt wahrzunehmen, müsse ein Mensch sehr bewusst sein können, also sehr viel Energie in umgewandelter Form in das Bild als ein Ganzes geben. Denn nur so offenbare sich ihm die wahre Natur des Bildes.

Er erklärte weiter, dass Seher diese Schichten in ihrem Bewusstsein durchdringen würden. Das Durchdringen der Schichten sei es schliesslich, was im Sehen einen bezeichnenden Effekt erzeuge: nämlich den Effekt von sprunghaft näher kommenden Punkten und Fäden.

Nestor blickte mich an und wartete. Ich schwieg. Wieder einmal hatte er mich in unbekanntes Gewässer manövriert, wo ich weder begründet beipflichten noch widersprechen konnte. Er deutete daraufhin auf meine Teetasse und führte aus:

»Für dich ist diese Tasse immer gleich weit entfernt. Du könntest ein Leben lang hier sitzen und auf diese Tasse starren – sie käme dir immer gleich weit entfernt vor. Das ist so, weil dein Bewusstsein in einer bestimmten Schicht sehr *stabil* ist. Diese Stabilität wird uns allen aufgezwungen, und zwar durch die Erziehung, durch die Vermittlung von Werten, Ansichten und Denkweisen. Dank dieser Stabilität nehmen wir alle Gegenstände im Bild immer gleich entfernt wahr. Und deshalb sehen wir auch immer denselben Ausschnitt aus der Struktur, wobei die Punkte und Fäden immer ungefähr dieselben Positionen und dieselben Grössen haben.«

Froh, endlich einen Anknüpfungspunkt gefunden zu haben, wies ich darauf hin, dass die Gegenstände im Bild nicht immer gleich weit entfernt seien, dass man die räumliche Entfernung in der materiellen Welt ja überwinden könne – im Gegensatz zu den Punkten und Fäden.

»Wenn ich auf diese Tasse hier zugehe oder sie an mich heranziehe«, argumentierte ich, »dann verringere ich doch die Entfernung ihr gegenüber.« Ich nahm das Trinkgefäss und hielt es dicht vor meinen Kopf, um Nestor zu demonstrieren, wie sich die Distanz zwischen mir und der Tasse verkürzt hatte.

Er lachte. »Ja, gut, du verringerst die Distanz in der sinnlich-materiellen Welt. Dazu hast du aber körperliche Energie aufwenden müssen, also deinen Körper bewegen müssen. Dies ist die einzige Möglichkeit für Menschen, die nicht Seher sind, einem Gegenstand näher zu kommen. Aber wirklich näher, das heisst in deinem Bewusstsein näher, bist du der Tasse nicht. Denn du projizierst sie auf die immer gleiche Schicht, in welcher du stabil bist. Und weil du mit deiner Energie nur diese eine Bewusstseinsschicht beleuchten kannst, siehst du die Tasse und überhaupt die ganze kleine Welt nur einmal – obwohl es sie im Grunde unzählige Male gibt, nämlich auf jeder dieser unendlich vielen Schichten.«

Nestor hielt inne, vielleicht um mir Zeit zu geben, das Gesagte zu verstehen. Ich spürte Unmut in mir, weil ich ihm nicht recht folgen konnte.

»Stell dir vor«, machte er einen erneuten Anlauf, »der Raum zwischen dir und der Tasse besteht aus unendlich vielen Schichten. Das Heranziehen der Tasse bedeutet nun nicht, dass du diese Schichten durchdringst, du drückst sie nur zusammen, du komprimierst sie. Auch wenn du die Tasse gegen deine Stirn presst – es sind immer noch gleich viele Schichten dazwischen. Deshalb sage ich, dass du der Tasse in deinem Bewusstsein nicht näher kommen kannst, wenn du körperliche Energie aufwendest.«

Nestor nahm einen Schluck Tee. »Der Mensch möchte sich mit dem, was er sieht, von Natur aus vereinigen. Das Kleinkind nimmt alles in den Mund und will sich damit vereinigen. Menschen suchen Partner, um sich mit ihnen zu vereinigen. Viele Leute essen zu viel: Sie leben den Drang, sich zu vereinigen, durch das Essen aus. Menschen schliessen sich zusammen zu Gruppen, Vereinen, Parteien – auch das ist ein Ausdruck vom menschlichen Verlangen nach Einheit.

Als Seher aber weiss ich, dass eine Verschmelzung, ein Einswerden mit dem ersehnten Gegenstand, der ersehnten Person oder Gruppe nicht möglich ist. Denn egal wie nahe wir dem Ersehnten kommen, wir werden es nie vollständig und dauerhaft erreichen – nicht solange wir nicht die Schichten in der Grundstruktur durchdrungen haben.«

Nach längerem Schweigen fuhr Nestor fort: »Das Gehen auf dem Weg innerhalb der Grundstruktur bedeutet, unsere Stabilität, die uns in einer bestimmten Schicht festhält, aufzuheben und die Bewusstseinsschichten zu durchdringen«, sagte er. »Wir durchdringen die Schichten und nähern uns unseren Kugeln und Fäden. Da jene aber die Ursache der kleinen Welt sind, nähern wir uns dabei auch den materiellen Gegenständen in unserem Bild.«

»Woher weisst du das alles, Nestor?« fragte ich, beeindruckt über seine Kenntnisse.

»Ich weiss das, weil ich das sehen kann.«

»Du kannst sehen, dass die Gegenstände um dich herum näher kommen?«

»Ja. Die Inhalte des Bildes kommen näher und werden intensiver, wenn ich meine Energie in das Bild als ein Ganzes gebe. Eines Tages wird alles um mich herum so nahe sein, dass die innere und die äussere Leinwand eins werden und ich in das Bild eingehen kann, in das Bild als ein Ganzes. Dies ist das Ziel des Weges in der Grundstruktur.«

Ich sagte nichts. Zwar konnte ich Nestors Worte nicht annehmen. Die mystische Vereinigung, die er hier mit den Mouches volantes in Verbindung brachte, war vielleicht die Konsequenz seiner ungewöhnlichen Hochschätzung dieser Punkte und Fäden; aber für mich war sie zu weit von der mir bekannten Realität entfernt. Anderseits mochte ich Nestor nicht widersprechen. Denn er hatte mich überzeugt, dass er fest an diese Möglichkeit des Eingehens in das Bild mittels der Mouches volantes glaubte, dass dies sein höchstes Ziel war, das er innig anstrebte.

»Du glaubst nicht, was ich sage, nicht wahr?« traf er den Grund meines Schweigens. Ich bestätigte dies und führte an, dass ich derartiges schliesslich weder sehen könne, noch jemals zuvor davon gehört oder gelesen hätte.

Er wiederholte, er habe gelernt, den grössten Teil seiner umgewandelten Energie in die Struktur und daher in das Bild als ein Ganzes hineinzugeben. Dadurch sei es ihm gelungen, seine Stabilität in einer Schicht aufzuheben und durch die Schichten hindurch beweglich zu sein.

»Du hingegen hast gelernt, den grössten Teil deiner Energie zu verwenden, um deine kleine Welt aufrechtzuerhalten«, fuhr er fort. »Dabei stabilisierst und konservierst du dich in einer einzigen Bewusstseinsschicht. Aber das ist idiotisch. Für dich gibt es nur die Möglichkeit, dass du umlernst und deine Energie in die Grundstruktur gibst. Und das tust du eben auch dadurch, indem du dich hinsetzt und diese Kugeln und Fäden konzentriert siehst.«

Mir gefiel sein Ton nicht. Die Behauptung, dass ich keine andere Wahl hätte als eben dies zu lernen, stiess mich ab und schaltete mich auf Widerstand. Ich glaubte, seine Überheblichkeit und sein ekelhaft Besitz ergreifendes Wesen zu erkennen. Ich sagte ihm, dass ich nicht sein Schüler sei, und dass ich mir andere Dinge in meinem Leben vorstellen könne, als ums Verrecken ins Bild einzugehen.

»Mein junger Freund«, erwiderte er ruhig, aber mit Nachdruck. »Was du ›dein Leben‹ nennst, ist nicht mehr und auch nicht weniger als eine ungeheure Anstrengung um die Inhalte in deinem Bild auf Distanz zu halten. Würdest du diese Anstrengung auch nur für einen Augenblick vollkommen unterlassen, dann könntest du klar sehen, was diese Welt ist – falls dir dabei nicht Hören und Sehen vergehen.«

Bevor ich am nächsten Morgen abfuhr, kam Nestor nochmals auf die Bewusstseinsschichten zu sprechen. Er wiederholte, dass ich in meiner Bewusstseinsschicht zu stabil sei, und dies verhindere, dass ich meine *Fixation* in der rechten Seite lösen und in die linke Bewusstseinshälfte wechseln könne. Das bedeute allerdings nicht, dass ich gänzlich unbeweglich sei und ein Wechsel der Schichten unmöglich wäre: Bereits das allmähliche Fortschreiten auf dem Weg in der Grundstruktur führe dazu, dass ich mich von Schicht zu Schicht fortbewegen würde – nur geschehe dies so langsam und in so kleinen Sprüngen, dass ich mir dem gar nicht gewahr werden könne.

»Seher hingegen sind nicht mehr in der rechten Bewusstseinshälfte fixiert. Sie sind so beweglich, dass sie durch grosse Sprünge bewusst in höhere, intensivere Schichten wechseln, um das Bild in seiner Ursache wahrzunehmen. Dass solche Wechsel möglich sind, musst du aber selbst erleben. Nur so kannst du die Tragweite des Sehens der Grundstruktur wenigstens erahnen.«

Nestors Rede von der Aufhebung der Stabilität und dem Wechseln der Bewusstseinsschichten klang in meinen Ohren zutiefst beunruhigend – zumal ich das erschreckende Erlebnis mit dem Emmentaler Kochtopf noch immer in lebhafter Erinnerung hatte.

»Habe ich denn das Wechseln der Bewusstseinsschichten nicht bereits erfahren, als ich an Mari Eglis Sekretär arbeitete? Oder beim Tanzen? Oder im Emmentaler Kochtopf?«

»Nicht vollständig. Bei diesen Erlebnissen ist es dir zwar gelungen, die Stabilität in einer Bewusstseinsschicht teilweise aufzuheben. Aber mit deinem Bewusstseinslicht vermochtest du es nicht, eine neue Schicht vollkommen zu beleuchten – sonst hättest du die Inhalte im Bild grösser und intensiver wahrgenommen. Weil du aber weder in der alten noch in einer neuen Schicht vollkommen bewusst sein konntest, fehlte dir die Klarheit und Eindeutigkeit des Bildes. Deshalb warst du anfällig für starke Gefühlsregungen und Wahrnehmungen, die keinen unmittelbaren Bezug zur äusseren Leinwand hatten.

Dennoch wären diese Situationen für einen vollkommenen Wechsel günstig gewesen. Denn solche Wechsel finden stets unter Umständen statt, in denen Menschen intensiver sind, in denen sie also einen verstärkten Energiefluss haben. Auch Menschen, die den Weg in der Grundstruktur nicht bewusst gehen, erleben manchmal einen Sprung in ihren Bewusstseinsschichten – ausgelöst durch plötzliche, unerwartete, aber einschneidende Ereignisse.«

»Dann müssten diese Leute also die Punkte und Fäden näher und grösser sehen?« schloss ich.

»Eben nicht«, gab er zur Antwort. »Normale Menschen können keine zusätzliche Energie in das Bild als ein Ganzes geben und für das Sehen gebrauchen. Bei ihnen bleiben diese Wechsel ebenso unvollständig und äussern sich genauso als stark emotionale Momente, als Angstzustände, Depressionen, Hysterie oder auch als Euphorie, teilweise begleitet von so genannten Halluzinationen und Visionen. Und wenn zu viel Energie fliesst, verlieren sie das Bewusstsein. Das ist, weil sie nicht geübt haben, mit dem inneren Druck umzugehen, ihre Energie zum Fliessen zu bringen und damit den Körper zu öffnen.

Bei einem Seher dagegen sind derartige Wechsel der Bewusstseinsschichten vollkommen, bewusst und daher kontrolliert«, fuhr er fort. »Er ist fähig, die freigewordene Energie direkt in die Grundstruktur zu geben, anstatt sie emotional und durch Handlungen ausleben zu müssen. Auf diese Weise kommt die seherische Wahrnehmung zustande, dass die Punkte und Fäden sprunghaft grösser werden.«

Ich fragte ihn, wie ein Seher einen Wechsel der Bewusstseinsschichten herbeiführen könne. Der Wechsel an sich, antwortete Nestor, sei nicht willkürlich. Aber die Seher würden ihre Handlungen so wählen, dass ein Wechsel immer wieder möglich werde. Es brauche zwei Dinge: eine günstige Situation, wo ein verstärkter Energiefluss herrsche; und der Körper müsse mit dieser Energie umgehen können, also offen genug sein.

»Die Zeit des Vollmonds beispielsweise ist für ein solches Vorhaben günstig«, erklärte er. »Je voller der Mond wird, desto höher zieht er das Wasser, also auch die sexuelle Kraft, im Körper des Menschen: In den zwei Wochen von Neumond bis Vollmond steigt daher der innere Druck in dir, bis er am Vollmondtag seinen Höhepunkt erreicht hat.«

Nestor sprach noch eine Weile über die Besonderheiten des Vollmonds, aber ich hörte ihm nur teilweise zu. Ich fand, dass er die angebliche Kraft des Mondes überbewertete. Denn wenigstens was meine Erfahrung betraf, waren dessen angeblichen Auswirkungen auf Mensch und Tier reines Gerede.

»In drei Tagen ist Vollmond«, sagte er plötzlich, nachdem wir eine längere Zeit geschwiegen hatten. »In drei Tagen solltest du hier sein. Vielleicht kannst du erfahren, was es bedeutet, von einer Bewusstseinsschicht direkt und bewusst in eine intensivere zu wechseln.«

»Was hast du vor?« fragte ich ihn kleinmütig.

»Ich kann jetzt nicht sagen, was im Einzelnen geschehen wird. Nur so viel, dass alle Umstände stimmen müssen. Dann kann es geschehen, dass du mit der Energie, die durch diese Umstände zum Fliessen gebracht wird, eine neue Bewusstseinsschicht zu beleuchten vermagst.«

»Ich war auch schon in anderen Vollmondnächten unterwegs, ohne dass so etwas wie ein Wechsel der Bewusstseinsschichten geschehen wäre«, wandte ich ein. »Warum sollten die Umstände gerade beim nächsten Vollmond stimmen?«

»Weil ein Seher das Ereignis inszeniert«, erwiderte er geheimnisvoll.

Am nächsten Vollmondtag, es war ein Mittwoch, fuhr ich mit gemischten Gefühlen ins Emmental. Mein Stolz verbot mir, einen Rückzieher zu machen: Ich musste Nestor zeigen, dass ich dieser Herausforderung gewachsen war – was es auch sein mochte. Anderseits versetzte mich der Gedanke daran, was mir alles bevorstehen könnte, in eine solche Aufregung, dass ich zeitweise am ganzen Körper nervös zitterte. Jedenfalls nahm ich mir vor, peinlich genau auf alles Ungewöhnliche zu achten, damit ich vorbereitet war.

Als ich bei Nestor ankam und in das Haus eintrat, wollte ich ihn als Erstes über das erwartete Ereignis ausfragen. Nestor aber rief mir von der Stube aus entgegen, dass ich die Tür auf keinen Fall offen lassen solle. Erschrocken wegen der Dringlichkeit in seiner Stimme schloss ich sie gleich wieder. Ich sah, dass er damit beschäftigt war, die Fliegen in seiner Stube mit blossen Händen einzufangen und aus dem Fenster zu werfen.

Eine Weile beobachtete ich Nestor beim Fliegenfangen. Er war sehr geschickt darin, ich staunte über seine schnellen und präzisen Bewegungen. Hatte er eine Fliege erwischt, fing er mit der anderen Hand eine zweite – manchmal sogar zwei oder drei aufs Mal, wenn sie sich dicht genug zueinander gesetzt hatten. Er fing die Fliegen an allen möglichen und unmöglichen Stellen, an der niederen Decke, an den Wänden, auf den Gegenständen.

Ich machte eine Bemerkung zu seiner Geschicklichkeit, worauf er erklärte, es bedürfe sowohl der Geduld als auch der Schnelligkeit im richtigen Moment, um erfolgreich zu sein. Er nahm dies als Gelegenheit wahr, um mich aufzufordern, ebenfalls das Fliegenfangen zu üben und dabei diese Qualitäten zu entwickeln.

»Geduld und Schnelligkeit im richtigen Moment«, sagte er, »das ist es auch, was ein Mensch braucht, um den Weg in der Grundstruktur zu gehen. Es ist nichts anderes als sich in grösserer Entspannung und grösserer Konzentration zu üben. Je geschickter du im Fliegenfangen wirst, desto besser wird es dir auch gelingen, die Punkte und Fäden festzuhalten«, behauptete er.

Dann hiess mich Nestor, die restlichen Fliegen zu fangen, um dabei Geduld und Schnelligkeit zu üben. Er setzte sich vor das Haus und überliess mich den Fliegen sowie meinen Zweifeln daran, dass es wirklich ernst zu nehmende Parallelen zwischen dem Fliegenfangen und dem Festhalten der Mouches volantes gab.

Nach einer Zeit des Ausprobierens gab ich das Fliegenfangen auf. Es fehlte mir das Gefühl in den Händen, so dass ich die Insekten höchstens zerdrückte, wenn ich einmal schnell genug war um sie zu erwischen. Später sagte Nestor dazu, dass ich zuviel denken würde, wo ich einfach nur handeln sollte; das sei auch der Grund für meine Unfähigkeit, die Punkte und Fäden festzuhalten.

Den restlichen Nachmittag verbrachte ich damit, Nestor so gut als möglich zu beobachten. Ich musste wissen, was er tat, ob er nicht irgendetwas für die ›richtigen Umstände‹ vorbereitete. Aber sein Handeln war in keiner Weise ungewöhnlich oder verschieden von dem, was er sonst auch machte – nämlich nicht viel: Er pflegte irgendwelche Kräuter oder Pilze, verrichtete Hausarbeiten, hackte Holz und feuerte den Ofen an. Dann kümmerte er sich um die Katze, die um das Haus herumstreifte. Und dazwischen sass er immer wieder vor dem Haus und blickte in den Himmel.

Einmal ging er in den Wald, was zwar ebenfalls nicht ungewöhnlich war, was mich aber gleich in Aufregung versetzte. Nachdem er zurückgekehrt war, versuchte ich herauszufinden, was er im Wald getrieben hatte, ob er das erwartete grosse Ereignis vorbereitet hatte.

Meine Gedanken schienen Nestor zu wundern. Zu meiner Überraschung erwiderte er, dass es von ihm aus schon lange losgehen könne, dass er die ganze Zeit auf mich warte.

»Was meinst du damit?« fragte ich.

»Heute ist Vollmond«, erklärte er. »Das kann dir beim Wechseln der Bewusstseinsschichten helfen. Ich selbst inszeniere die Umstände. Auch dies wird dir helfen. Was brauchst du denn noch? Alles Weitere liegt an dir, an der Offenheit deines Körpers.«

»Aber was genau hast du denn inszeniert?«

»Darüber brauchst du dir jetzt keine Sorgen zu machen«, sagte er und lächelte verschmitzt.

»Und was soll ich tun?«

»Ich kann dir wirklich nicht sagen, was du tun sollst. Nur dass du es tun sollst.«

Die Situation schien Nestor Spass zu machen. Ich selbst war verzweifelt. Ich hatte keine Ahnung, was er von mir erwartete und bat ihn inständig, mir wenigstens einen Hinweis zu geben. Nestor lachte nur und rätselte, ob es der Vollmond sei oder seine Inszenierung, die hier bereits wirke. Aber als ich nicht locker liess, riet er mir, die restlichen Fliegen in seiner Stube zu fangen.

Es war später Nachmittag, als mich das Miauen der Katze aus meinen ziellosen Grübeleien holte. Sie sass in der Küche und verlangte ungeniert nach Nahrung. Ich stand auf, um für Nestor, mich und die Katze Kartoffeln und Karotten zu kochen, sah aber, dass die Lebensmittel knapp waren und für eine volle Mahlzeit nicht mehr reichen würden. Darauf angesprochen, schlug Nestor vor, im Dorfladen für die nächsten Tage Lebensmittel einzukaufen.

An sich war es üblich, dass Nestor erst einkaufen ging, wenn es in seiner Küche wirklich nichts Essbares mehr zu finden gab. Doch auch hier glaubte ich seine ›Inszenierung der Umstände‹ zu entlarven.

»Wird der Einkauf bewirken, dass ich die Bewusstseinsschichten wechsle?« fragte ich ihn aufgeregt.

»Der Einkauf wird auf jeden Fall bewirken, dass du nicht hungrig schlafen gehen musst«, entgegnete er scharf. Er schien meine Nervosität leid zu sein. Dann räumte er aber ein, dass unter der richtigen Voraussetzung das Wechseln der Bewusstseinsschichten überall geschehen könne.

Als wir unten im Dorf zum Einkaufsladen liefen, konnten wir den letzten Teil eines festlichen Alpabzugs miterleben. Übergrosse Glocken und Blumenkränze schmückten übergrosse Kühe. Jene wurden von Bauern, die in Trachten gekleidet waren, mit Stöcken und *Hoihoi*-Rufen vorangetrieben. Als plötzlich eine Kuh aus der Reihe ausbrach und auf die Wiese neben der Strasse lief, folgten ihr andere Kühe, und bald erfreuten sich vielleicht ein Dutzend der gemächlichen Huftiere an dem saftigen Wiesengras.

»*Heiland Tonnerwätter!*« Ein junger Bauer versuchte mit Flüchen und Schlägen, unterstützt vom Gebell des Hundes, die Kühe wieder auf die Strasse zu treiben, was ihm erst nach einiger Zeit und mit viel Mühe gelang.

»Ein bisschen Stress gibt ganz bestimmt gutes Fleisch«, kommentierte Nestor ironisch die Szene im Vorbeigehen: Es war ein perfektes Beispiel, aus welchem er umgehend Kapital für seine Position als Vegetarier schlug. »Hier siehst du, dass die Menschen letztlich ihre eigene Aggressivität fressen.«

»Es gibt auch Bauern, die liebevoll und artgerecht mit den Tieren umgehen«, relativierte ich.

»Natürlich«, erwiderte er ohne auch nur ein bisschen von seiner Bissigkeit eingebüsst zu haben. »Und am Schluss wird den Tieren liebevoll und artgerecht einen Bolzen durchs Gehirn gejagt.« Nestor wiederholte darauf, dass es an der Zeit sei, mit dem Fleischkonsum aufzuhören, wo immer möglich. Wir könnten damit sehr viel für unser Bewusstsein und unsere körperliche Gesundheit tun.

Im Laden erledigten wir den Einkauf. In einem Regal entdeckte ich kleine Kunststoffbüchsen mit der Aufschrift:

Vliegenvanger
Gifvrij en geurloos

Ich zeigte Nestor die holländischen Fliegenfänger und bot ihm an, einige dieser Büchsen zu kaufen, um das Problem mit den Fliegen in seiner Stube zu lösen.

»*Vliegenvanger*«, las er und hob überrascht die Augenbrauen. Dann lachte er und meinte, es sei typisch für mich, dass ich Probleme gerne auf die bequeme Art lösen wolle. Er sagte, die *Vliegen*, die mir auf dem Weg in der Grundstruktur begegneten, müsse ich aus eigener Kraft *vangen*. Nachdem wir aber bezahlt hatten und aus dem Laden hinaustraten, meinte er seufzend, dass er gar nicht an die vielen *Vliegen* denken mochte, die sich schon wieder in seiner Stube tummelten.

Nestors Unmut löste in mir eine schäbige Freude aus: Hatte ich ihm nicht meine Hilfe angeboten? Und hatte er diese nicht etwas voreilig ausgeschlagen? Als ich aber meine Schadenfreude bemerkte, versuchte ich mich umgehend davon zu lösen, indem ich mich mit Nestor solidarisierte. Einer Eingebung folgend schlug ich ihm vor, das *Vliegenvangen* auf später zu verschieben und erst einmal etwas trinken zu gehen. Nestor war einverstanden.

Im Gasthof angelangt, setzten wir uns an einen schweren dunklen Holztisch an der hinteren Wand, gegen dessen Kahlheit auch das bunte Arrangement aus getrockneten Weihnachtsgewürzen kaum aufzukommen vermochte. Während wir auf unsere Getränke warteten, blickte ich mich in der Gaststube um, in welcher ich mich in all den Jahren erst das zweite Mal aufhielt.

Der grosse Raum machte einen düsteren Eindruck, obwohl auf drei Seiten kleine Fenster aneinander gereiht waren. An der Holzdecke hingen Petroleumlampen aus weissem Porzellanglas, wo aber anstelle des Dochtes eine Sparlampe leuchtete. An den längs und quer verlaufenden Deckenbalken war noch immer die Weihnachtsdekoration vom letzten Jahr angebracht, welche den grossen Raum jedoch nur spärlich zu schmücken vermochte. Ein älterer Mann und eine junge Frau sassen am Tisch nebenan und sprachen, soweit ich ihr Gespräch mitverfolgen konnte, über den Konflikt von ethnischen und erzwungenen politischen Grenzen. An einem anderen Tisch *jassten* vier ältere und beleibte Herren, vielleicht dieselben, die ich hier schon einmal getroffen hatte. Wie immer gehörte Bier in hohen Gläsern dazu, und der Rauch ihrer dicken Zigarren verteilte sich im ganzen Raum. Sie warfen ihre Karten ebenso temperamentvoll in die Runde, wie ihre Argumente für oder gegen bundespolitische Beschlüsse, für oder gegen die Politik der Berner Regierung.

»Jetzt ist es wieder passiert«, murmelte Nestor plötzlich, der die ganze Zeit geschwiegen hatte.

Seine Worte versetzten mich in einen hellwachen Zustand. Angestrengt blickte ich in die Richtung, wo er hinschaute, konnte aber nichts Besonderes erkennen.

»Was ist passiert?« fragte ich nach einer Weile.

»Die Umgebung ist lauter geworden.«

»Lauter? Wie meinst du das?«

»Lauter, geräuschvoller. Der Lärmpegel hier drin ist sprunghaft angestiegen.«

Ich sagte ihm, mir sei nichts dergleichen aufgefallen. Er erwiderte, dass er stets dasselbe erlebe: Der Lärmpegel sei beim Hereinkommen in einen Raum nie allzu laut. Dann aber, wenn er sich hinsetze und sich entspanne, passiere eine Verlagerung der Energie. Die Energie, die er sonst zur Bewegung seines Körpers brauche, fliesse nun in das Bild als ein Ganzes. Und wenn das geschehe, sei es auf einmal viel lauter um ihn herum, die Leute seien fröhlicher, würden mehr lachen, ja manchmal beinahe brüllen.

Ich versuchte Nestors Behauptung als rein subjektive, wohl auch ein bisschen gewollte Empfindung zu tolerieren. Doch er blieb dabei, dass sich die Lautstärke deutlich wahrnehmbar erhöht habe, vergleichbar mit dem Aufdrehen der Lautstärke bei einer Stereoanlage.

»Ach komm, wenn das wahr wäre, hättest du mir das doch schon lange erzählt«, versuchte ich ihn verunsichert zum Einlenken zu bewegen.

»Ich erzähle dir das erst jetzt, weil jetzt die Umstände stimmen«, erklärte er. »Für einen Seher ist dies Wirklichkeit. Dass es sich so verhält, wie ich sage, hängt wiederum mit den Schichten des Bewusstseins zusammen: Die meisten Menschen können nicht wahrnehmen, dass ihre Umwelt lauter wird, wenn sie sich hinsetzen und sich entspannen. Das ist so, weil sie in einer bestimmten Schicht zu stabil sind. Wenn sie sich daher nach einer Tätigkeit entspannen wollen, können sie ihre Energie nicht direkt in das ganze Bild geben und dabei die Bewusstseinsschichten wechseln, sondern sie sind gezwungen, herumzuzappeln, dauernd ihre Füsse oder Hände zu bewegen. Und selbst wenn sie einmal stillsitzen könnten, würden sich ihre Gefühle und Gedanken verstärken.«

Wir unterbrachen das Gespräch, als die Getränke serviert wurden.

»Wenn ich sage, dass normale Menschen in ihrer Bewusstseinsschicht stabil sind und ihre Energie nicht in das Bild als ein Ganzes geben können«, fuhr Nestor fort, »so gilt dies nicht für einen Seher. Ein Seher ist durch seinen erhöhten Energiefluss fähig, die Stabilität in seiner Bewusstseinsschicht aufzuheben und mehrere Schichten zu durchdringen.«

»Und ein Seher tut das einfach dadurch, dass er einen Raum betritt und sich hinsetzt?«

»Nicht dadurch, dass er sich hinsetzt; aber dadurch, dass er seinen Energiefluss durch seine erweiterte Fähigkeit der *Konzentration* und *Entspannung* reguliert. Mit anderen Worten: je nach seiner Tätigkeit verändert er seinen Energiefluss und damit das Bild um ihn herum.

Für normale Menschen sieht das Bild immer gleich aus, egal, ob sie sich konzentrieren oder entspannen. Wenn sich ein Seher konzentriert, dann zieht er sehr viel Energie vom Bild ab, er macht die Inhalte klein und hält sie auf Distanz. Das kann er direkt sehen. Bei der Entspannung passiert das Gegenteil: Die Energie fliesst vermehrt ins Bild, und das Bild wird dabei intensiver – eben lauter, zum Beispiel.«

Nestor verstummte. Seine Worte leuchteten mir ein, doch gleichzeitig wehrte ich mich dagegen. Es war genau dieses Wissen, das über die wissenschaftliche Erkenntnis hinausging, welches mich faszinierte, aber gegen welches ich mich auch immer wieder zur Wehr setzte. Und dieses Dilemma kam mir jetzt mit aller Deutlichkeit zu Bewusstsein: Was Nestor erzählte, war erstaunlich und verblüffend, und ich verspürte den Wunsch, herauszufinden, ob er damit Recht hatte. Der Haken an der Sache war nur, dass ich an Nestor und seine Lehren glauben musste; dass ich ihnen bereits im Voraus ein fast uneingeschränktes Vertrauen entgegenbringen musste, damit ich entsprechend uneingeschränkt üben, handeln und leben konnte. Die Legitimität dieses Vertrauens stellte ich aber stets von neuem in Frage, nämlich dann, wenn ich fürchtete, es könnte nicht nur ausstehende Erlebnisse und fehlende Einsichten überbrücken, sondern auch fehlende Vernunft. Die vollkommene Restauration war für mich zu einer Gratwanderung geworden.

Ich versuchte mich abzulenken. Die Leute am Tisch nebenan hatten bezahlt und waren gegangen. Die vier älteren Herren warfen nach wie vor ihre Karten in die Runde. Das Radio brachte Staumeldungen im Abendverkehr. Aber der Geräuschpegel blieb unverändert. Anscheinend hatten sich die Umstände in der Person geirrt: Anstatt dass ich ein Wechsel der Bewusstseinsschichten erlebte, tat es Nestor.

Gelangweilt suchte ich die Toilette auf. Im Gang zum stillen Örtchen hingen vier seltsame holzgerahmte Tuschezeichnungen. Seltsam mutete zunächst an, dass diese Bilder nicht nebeneinander, sondern übereinander aufgehängt wurden, wobei das obere Bild gegenüber dem unteren jeweils leicht nach links verschoben war: Als einzige Dekoration an der langen leeren Wand machten die Zeichnungen einen etwas verlorenen Eindruck.

Die Bilder waren alle im gleichen Stil gezeichnet, beinhalteten aber verschiedenartige Themen, die offenbar keinen Bezug zueinander hatten. Auf den ersten Blick schienen es einigermassen realistische Motive zu sein, die aber durch ein befremdendes, manchmal sogar unheimliches Element in ihrer Harmonie gestört wurden.

Das oberste Bild zeigte eine Frau und einen Mann, die auf einer Bergkuppe einander zugewandt standen. Es war nicht klar ersichtlich, ob sie eher miteinander tanzten oder kämpften. Die Frau hatte ein feines Gesicht und helles, über den ganzen Rücken nieder wallendes Haar; befremdlich war, dass sie in die Tracht der Jäger gekleidet war, ausgerüstet mit Stiefel, Horn, Hut und Jagdflinte. Auf dem Haupt des bärtigen Mannes dagegen sass eine Haube, und er trug ein langes schwarzes Gewand und ein Schultertuch – die typische Bekleidung der Nonnen. Der Vollmond, welcher so gross war, dass er die beiden

Schwingenden oder Tanzenden beinahe einbeschrieb, schien zudem die Frau zu überdecken, wenn auch transparent; der Mann dagegen stand klar vor der leuchtenden Scheibe.

Auf dem Bild darunter war ein Ausschnitt aus einer Felswand zu sehen. Noch weniger als beim obersten Bild, erkannte ich hier etwas Besonderes. Erst als ich einen Schritt zurücktrat, bemerkte ich, dass der Künstler die Falten und Schattierungen dieser Felswand so gezeichnet hatte, dass vier menschliche Gesichter darin zum Vorschein kamen. Jene waren durch Wirbel, die von den Augen ausgingen, miteinander zu einem Kreuz verbunden.

Auf der dritten Zeichnung stachen zwei Motive deutlich hervor: Eine Art doppelbogige Brücke ohne Stützpfeiler, die über eine enge Schlucht führte; und ein Mensch im Profil, der über diese Brücke auf die linke Seite sprang, beide Füsse in der Luft. Der Springende drückte Zuversicht aus und schien sich nicht daran zu stören, dass die Brücke letzten Endes nicht passierbar war – es fehlte nämlich der verbindende Teil am linken Ende der Brücke. Seltsam war überdies, dass die zwei Brückenbögen das Bild von zwei Meeresbuchten mit Sandstränden aus der Vogelperspektive vermittelten.

Das unterste Bild war das lebhafteste und zugleich das unwirklichste. Es zeigte einen Senner in einer misslichen Lage: Er stand bis zur Brust in einem Erdloch, aus welchem er sich zu befreien versuchte. Vier kleine mythische Gestalten machten sich an seinem Körper unter der Erdoberfläche zu schaffen: Die unterste Figur war ein Dämon mit Brille und Stock, der dem Älpler herzhaft in den Hintern biss. Die zweite Figur, ein fies grinsender, mit grossen scharfen Zähnen versehener Kobold, riss ihm Stücke des Unterleibs weg. Im Magen des Älplers sass ein sympathisch lachendes Zwergenfräulein, welches freudig die halbverdaute Nahrung aufass. Und zuoberst schnitt ein mit Gabel und Messer ausgerüstetes Kind einen Teil seines Herzens weg.

Noch als ich ganz absorbiert auf diese Bilder blickte, um weitere versteckte Details zu erkennen, öffnete jemand die Tür zur Toilette. Durch das unerwartete Geräusch wie aus einem Traum gerissen, wandte ich mich von den Bildern ab, um selbst mein Geschäft zu erledigen. Ich erblickte eine junge Frau, welche die Damentoilette am Ende des Ganges verliess – es war dieselbe Frau, die an der Technoparty indischen Gewürztee ausgeschenkt und mit Nestor und mir gesprochen hatte. Sie hier wieder zu treffen war für mich so unerwartet, dass ich auf der Stelle stehen blieb. Die Rothaarige mit den Katzenaugen kam gemütlichen Schrittes auf mich zu.

»Gefallen sie dir?« sprach sie mich an.

»Was gefällt mir?« fragte ich, irritiert durch ihre Direktheit.

Sie lehnte sich lässig an die Wand und wies mit einem Kopfnicken auf die vier Bilder. Entschuldigend erklärte ich, dass ich diese Bilder schlecht beurteilen könne, da ich nicht Kunst studiert hätte. Sie lächelte, und mit ihrem Lächeln erstrahlte ihre ganze Schönheit und Sympathie. Um den Verdacht nicht zu erwecken, ich könnte sie anstarren, wich ich ihrem Blick aus.

»Trotzdem hast du sie betrachtet«, stellte sie fest. Ich war um Worte verlegen und konnte nur bestätigend nicken. Mir fiel der sanfte Klang in ihrer Stimme auf: Sie sprach sicher und verständlich, aber nicht laut. Ich versuchte, ihr Alter zu schätzen und gab ihr dreissig Jahre.

Einen Augenblick, der mir wie Ewigkeiten erschien, musterte sie mich. »Du warst doch letztes Jahr mit Nestor am Goa-Openair «, erinnerte sie sich.

Ich bestätigte dies mit getrübter Freude: Sie hatte sich an mich erinnert – aber ich wurde bloss als Nestors Begleitung zur Kenntnis genommen. Ich sah mich in frühere Situationen zurückversetzt, in denen ich verschiedenen Menschen gegenüber verschiedene, oft widersprüchliche Rollen einnahm. Peinlich wurde es immer dann, wenn die Leute, die ich voneinander fernhalten wollte, aufeinander trafen. So widersprachen sich auch die Rolle, die ich gerne bei dieser sympathischen Frau gespielt hätte, und diejenige, die ich gewollt und ungewollt bei Nestor einnahm: Auf der einen Seite jemand, der sich gerne erfahren, selbständig und selbstsicher gab; auf der anderen Seite der Lehrling, der sich unter Anleitung in einer ihm unbekannten Welt behutsam vortasten musste, weil ihm die Erfahrung und das Gefühl für das richtige Mass fehlte.

»Nestor hat von dir erzählt«, fuhr sie fort. »Du besuchst ihn regelmässig um dieses Möbel zu restaurieren.«

»Ich weiss nicht, ob ich mit der Restauration noch in diesem Leben fertig werde«, witzelte ich. Anstatt zu lachen pflichtete sie mir bei, dass dies gewiss eine schwierige Aufgabe sei.

»Du ahnst gar nicht, wie Recht du hast«, prahlte ich. »Dieses Möbel ist von einem besonderen Menschen erbaut worden, von dem ich nur allzu gern wüsste, wer er war und was er in seinem Leben getan hat.«

Sie war der Ansicht, dass bereits das aufmerksame Betrachten eines Gegenstandes Aufschluss über den Erbauer und über das geben könne, was ihm in seinem Leben wichtig gewesen sei. Ich widersprach, dass es sich bei dieser Art ›Aufschluss‹ nur um Interpretationen handle. Um wirklich etwas über den Erbauer zu erfahren, müsse man methodisch vorgehen. Ich schilderte ihr, wie ich dem Namen auf dem Möbel nachgegangen war und die Emmentaler Geschichte des 19. Jahrhunderts aufgearbeitet hatte um die gewünschten Antworten zu erhalten.

Dann kam ich schnell auf Nestor und die vollkommene Restauration zu sprechen. Ich wurde richtig gesprächig und begann von den schwierigen Übungen zu schwärmen, die Nestor und ich zum Zwecke der vollkommenen Restauration ausführen würden. Ich erzählte ihr auch von den Mouches volantes, die Partikel des Grundgerüstes unserer materiellen Welt seien. Durch eine strenge, disziplinierte Lebensweise könnten wir sie in uns entwickeln, vergrössern und damit – unglaublich, aber wahr – als erste Wirkung unseres Bewusstseins erkennen. Abenteuerlich deutete ich an, dass es sich bei Nestor, mir und unseren Nachbarn auf der linken Seite der Emme um eine Art Geheimbund handle, eine uralte mystische Gemeinschaft, die nach der Überwindung der Dualität und nach Vollkommenheit strebte.

»Die Restauration dieses Möbels«, sagte ich schliesslich überspitzt, »ist für Nestor und mich der Schlüssel zum Verständnis dessen, wer der Erbauer oder die Erbauerin war und wie diese Person nach Vollkommenheit gestrebt hat.«

Ich fühlte mich erschöpft. Eigenartigerweise hatte mir das Sprechen eine ungewohnt hohe Konzentration abgefordert. Es war, als hätte ich gegen eine erdrückende Kraft ansprechen müssen, um die junge Frau überhaupt erreichen und überzeugen zu können. Jene stand noch immer an die Wand gelehnt. Die ganze Zeit hatte sie geschwiegen und mir zugehört.

»Ja, die Restauration von Mari Eglis Möbel wird dir sicher weiterhin eine erlebnisreiche Zeit bescheren«, meinte sie lapidar.

Beim Namen ›Mari Egli‹ horchte ich auf: Woher wusste die Rothaarige, dass dieser Name auf dem Möbel stand? Ich hatte ihn vorhin nämlich nicht erwähnt.

»Weisst du von Nestor, dass dieses Möbel einer Mari Egli gehörte?«

»Nein«, erwiderte sie kindlich. »Ich habe das Möbel selbst gesehen. Viele Male. Ich bin ja hin und wieder bei Nestor.«

»Du bist hin und wieder bei Nestor?« fragte ich verwirrt.

»Klar. Wir sind Nachbarn. Mein Haus steht oberhalb von seinem.« Sie schmunzelte.

Mir schoss das Blut in den Kopf und mein Puls erhöhte sich. Die ganze Zeit war ich davon ausgegangen, dass sie und Nestor sich per Zufall auf der Party kennen gelernt hatten und ihre Bekanntschaft nur flüchtig war, dass die junge Frau also nichts von Mouches volantes, Sehern und vollkommener Restauration wusste. Nestor hatte aber mehr als einmal erwähnt, dass nur Seher auf der linken Seite der Emme ständig leben könnten. Diese Frau war demnach eine Seherin und wusste über alles genau Bescheid! Ich wagte mich kaum zu erinnern, was ich ihr eben alles vorgeprahlt hatte. Die Rothaarige hatte mich eiskalt in eine Falle tappen lassen.

Ich versuchte ruhig zu bleiben und mit Sprüchen von der peinlichen Situation abzulenken. Der Wille aber unterlag dem Körper: Zu schnell war mein Herzschlag, zu unregelmässig mein Atem und daher zu zittrig meine Stimme. Die Schande liess mich schliesslich in ein blockiertes Schweigen fallen. Ich suchte im Gesicht der jungen Frau nach einem klärenden Ausdruck, mit dem sie sich ihres Triumphes versicherte und mich in die Schranken verwies. Aber ich suchte vergeblich – da war überhaupt kein Ausdruck in ihren Augen und ihrem Gesicht. Das gab mir endgültig die Gewissheit, dass die Rothaarige eine Seherin war, eine Frau, die ihre Energie in das Bild als ein Ganzes geben konnte und daher fähig war, mit ihrer vollen Aufmerksamkeit im Bild präsent zu sein, ohne darüber zu urteilen oder etwas daran verändern zu wollen. In diesem Moment fühlte ich denselben unüberwindbaren Graben zwischen uns, wie ich ihn mehrere Male zwischen Nestor und mir gefühlt hatte.

Dann begann die junge Frau über die Zeichnungen an der Wand zu sprechen. Ich war froh um diesen Themenwechsel, versuchte mich zu beruhigen und ihr zuzuhören. Doch schon nach einer kurzen Zeit fühlte ich, wie meine Aufmerksamkeit nachliess. Eine geistige Trägheit lähmte mich, so dass ich letztlich nicht mehr fähig war, den Gedanken der Seherin zu folgen. Ich vermochte nur noch bestätigend zu nicken, wusste aber nicht mehr, worüber sie eigentlich sprach.

Diese Erkenntnis liess meinen Puls erneut in die Höhe schnellen. Als alle meine verzweifelten Versuche, den Faden wieder zu finden und mich auf das Gespräch zu konzentrieren, scheiterten, erkannte ich nur noch die Flucht als einzigen Ausweg. Ich ergriff ihre nächste

Redepause als Gelegenheit, mich hastig zu verabschieden und mich von ihr abzuwenden. Ich liess ihr nicht einmal mehr die Möglichkeit, etwas zu sagen. Mit gesenktem Blick und schnellen Schrittes ging ich auf die Herrentoilette zu.

»He«, rief sie mir nach, als ich die Tür aufstiess. Ich blieb im Rahmen stehen und blickte gebannt zu ihr. Ich erwartete, dass sie etwas zu dieser für mich unangenehmen Situation sagen würde.

»Es ist schade, dass die Bilder hier hängen und nicht an einem Ort, wo mehr Leute sie sehen könnten. Ich habe mit dem Besitzer des Gasthofes darüber gesprochen, aber es scheint ihn nicht zu kümmern.«

Die Frau blickte mich an und schien auf eine Reaktion zu warten. Ich wusste nichts zu erwidern.

»Die sind von mir«, verkündete sie schliesslich, strahlte und zeigte auf die vier gerahmten Tuschezeichnungen. Ich brachte noch über die Lippen, dass ich ihre Zeichnungen sehr schön fände. Dann verschwand ich in der Toilette.

Mein Körper zitterte und hatte sich so erhitzt, dass ich das starke Bedürfnis verspürte, ins Freie zu gehen und mich abzukühlen. Um eine zweite Begegnung mit der katzenäugigen Seherin auszuschliessen, stieg ich durchs Fenster und stand darauf auf der Hinterseite des Gasthofs, verborgen hinter hohen Büschen. Unterdessen war es dunkel geworden und die Luft hatte sich merklich abgekühlt – für mich eine Wohltat. Durch sanfte Bewegungen gelang es mir, meinen Körper zu beruhigen.

Nachdem meine Sinne und mein gewohntes Denken zurückgekehrt waren, setzte ich mich an die Hauswand und versuchte das Vorgefallene zu erfassen. Natürlich hatte ich schon oft peinliche Augenblicke erlebt, aber hier war die Reaktion meines Körpers eindeutig übertrieben, fast so, als hätte ich die Arbeit an Mari Eglis Möbel erzwingen wollen. Dies führte mich zur Überzeugung, dass die richtigen Umstände doch noch eingetreten waren, und dass ich die Schichten des Bewusstseins gewechselt hatte.

Durch die Blätter der Büsche erblickte ich den Vollmond, jene tiefgelbe runde Scheibe, die eben aufgegangen war und nun knapp über der Schrattenfluh stand.

Dem Rauschen lauschen

Erst am nächsten Tag war ich bereit, Nestor von meinem Erlebnis zu erzählen. Er stritt rundweg ab, etwas von der jungen Seherin gewusst zu haben. Wenn sie im Gasthof gewesen sei, sagte er, so habe er nichts damit zu tun gehabt. Er bedauerte sogar, sie nicht getroffen zu haben.

Damit wies er meine Unterstellung zurück, er habe die junge Frau während seines Waldspaziergangs am Nachmittag besucht und ihr aufgetragen, mir im Dorf abzupassen. So unglaubwürdig dies klingen mochte, war es doch das Einzige, das ich mir als ›Inszenierung‹ im Hinblick auf meinen Wechsel der Bewusstseinsschichten vorstellen konnte.

Nestor lachte über meine Vermutung. »Wenn ich gewusst hätte, dass du deine Stabilität in einer Bewusstseinsschicht wegen dieser Frau so mühelos lockerst, hätte ich dies vielleicht tatsächlich veranlasst.«

Dann aber erklärte er, die *Inszenierung* eines Sehers bestehe nicht darin, irgendwelche Leute auftreten zu lassen. Sondern sie bedeute, dass der Seher seine Energie in das Bild als ein Ganzes gebe und die Intensität im Bild vergrössere. Wenn die Umstände stimmten, dann bewirke diese Energie in anderen Menschen gewisse Reaktionen, die sie veranlassten zu handeln und dadurch günstige Umstände für einen Wechsel der Bewusstseinsschichten zu schaffen. Welcher Art diese Reaktionen und Handlungen seien, darauf habe der Seher keinen Einfluss. Inszenierung sei also einerseits nur unter den richtigen Umständen möglich, anderseits schaffe sie die richtigen Umstände.

»Gestern haben dich die Umstände und die Inszenierung von mir dazu geführt, mich in den Gasthof einzuladen und diese Frau zu treffen; diese neuen Umstände sowie die Inszenierung der jungen Seherin haben dich schliesslich dazu bewegt, vor ihr zu Prahlen.« Nestor setzte sein breites Lächeln auf und meinte, ich hätte doch tatsächlich um eine Seherin gescharwenzelt.

Ich wehrte mich dagegen, dass Nestor diese Begegnung als eine triebbedingte alltägliche Erfahrung hinunterspielte. Das Zusammentreffen mit der Seherin sei für mich harte Arbeit gewesen, versuchte ich ihm klar zu machen. Er lachte so sehr, dass ihm die Tränen in die Augen traten. Letzten Endes musste ich selbst lachen.

»Aber es ist doch so«, beharrte ich, als wir uns beruhigt hatten. »Immerhin habe ich dabei meine Bewusstseinsschicht gewechselt.«

Nestor machte eine verneinende Geste. »Du warst nicht mehr so stabil in deiner Schicht, aber gewechselt hast du sie nicht – und du hast schon gar nicht die Fixation in der rechten Bewusstseinshälfte gelöst. Sonst hättest du bestimmt keinen Rückzieher durchs Toilettenfenster machen müssen.« Dieser Gedanke brachte ihn erneut zum Lachen.

»Aber du hättest die Möglichkeit dazu gehabt«, fuhr er dann fort. »Die Umstände und die Inszenierung waren beinahe perfekt – nur dein Körper hat gestreikt: Diesmal nicht, weil du zu offen warst und nicht genug Energie zur Verfügung hattest, sondern weil du sehr viel Energie hattest, die aber nicht fliessen konnte. Dein Körper war nicht offen genug, und du warst blockiert, unfähig zu irgendeiner vernünftigen Handlung. Diese Frau hat dich zwar heiss gemacht, aber dummerweise konntest du die Hitze nicht als Energie in das Bild als ein Ganzes abgeben.«

Das Thema war mir unangenehm. Um es zu wechseln gab ich mich über das junge Alter der Seherin verwundert. Denn Nestor und die anderen Seher, die ich auf der linken Seite getroffen hatte, waren mindestens zehn, zwanzig oder sogar dreissig Jahre älter als sie.

»Dem Sehen sind keine Altersgrenzen gesetzt«, antwortete Nestor. Dann räumte er aber ein, dass diese Frau eine Ausnahme sei. Sie habe früh begriffen, was es bedeute, die eigenen Möglichkeiten im Leben voll auszuschöpfen, erklärte er. Sie habe den Weg in der Grundstruktur von Anfang an mit Herz beschritten, sei also in ihrem Willen stark und in ihren Handlungen stets konsequent gewesen. Jetzt sei sie eine Seherin.

»Gibt es viele Seher hier auf der linken Seite?« fragte ich nach einer längeren Pause. Diese Frage kam für Nestor anscheinend überraschend, vielleicht ungelegen. Jedenfalls war seine Antwort eher ausweichend.

»Es sind einige. Manchmal verreist jemand, manchmal kommt jemand dazu.«

»Manchmal kommen Seher hierhin? Einfach so?«

»Der innere Sinn bringt einen Seher immer wieder an Orte, die seinem Sehen entsprechen. Das Quellgebiet der Emme ist ein solcher Ort: Es widerspiegelt ziemlich genau das, was ein Seher sieht.«

Ich blickte mich um, aber Nestor lachte und meinte, dass dies natürlich nicht auf einen Blick ersichtlich sei. Schon gar nicht für einen Nicht-Seher.

»Ich möchte die Seher hier alle kennen lernen«, sagte ich ihm.

»Damit du das nächste Mal vorbereitet bist, wenn du einem begegnest?«

»Damit ich von ihnen lernen kann«, wollte ich ihm glaubhaft machen. Nestor setzte ein Lächeln auf und zog gleichzeitig die Brauen zusammen. Dies war seine Skepsis äussernde Miene, die er zu Recht auflegte. Tatsächlich war meine Überlegung, dass mir so ein Schnitzer wie der gestrige nicht ein zweites Mal passieren könne, wenn ich die Seher hier alle kennen gelernt hätte. Denn wenn ich von einem Menschen wusste, dass sie oder er Seherin oder Seher war, verhielt ich mich ganz anders als gegenüber einem gewöhnlichen Menschen – nämlich passiver, zurückhaltender, vorsichtiger.

Nestor versicherte mir, dass ich die Seher hier schon noch zu Gesicht bekäme, wenn auch nicht sofort. Als vertraute er mir ein Geheimnis an, sagte er leise, Seher seien sehr beschäftigte Menschen, deren Zeit ein knappes Gut sei. Dazu komme, dass Seher manchmal schwer zugänglich seien – manchmal könne man sie wochen- oder sogar monatelang nicht erreichen, nicht einmal übers *Handy*.

Die seriöse Art, wie Nestor die Seher zu wichtigen Menschen machte, brachte mich zum Lachen. Ich verstand jedenfalls, dass ich warten musste.

Es dauerte beinahe ein Jahr, bis eine Begegnung mit einem weiteren Seher zustande kam. Bis zu diesem nächsten Sommer war ich auch kaum im Emmental, da mich meine sonstigen Verpflichtungen den ganzen Winter und Frühling über beschäftigten. Nur unregelmässig stattete ich Nestor Besuche ab.

In dieser Zeit jedoch mahnte er mich nicht nur unermüdlich, die Punkte und Fäden zu sehen und meinen inneren Sinn auszubilden, sondern er hiess mich auch, die Arbeiten am Möbel wieder aufzunehmen. Tatsächlich hatte ich die Restauration eine ganze Weile schon vernachlässigt – die Restauration des Möbels, die ich grossartig als Schlüssel zum Verständnis der mystischen Lehren der Künstlerin oder des Künstlers bezeichnet hatte. Die Auseinandersetzung mit den Mouches volantes und den Lehren der Seher hatte mich zu sehr beansprucht.

Was ich in besagter Zeit für das Möbel leistete, waren vorbereitende Arbeiten wie das Beschaffen von biegsamen Holzblättern, welche ich für die Reparatur der Einlegearbeit benötigte. Nestor half mir, die entsprechenden Hölzer zu bestimmen: Für den dunklen Teil der kreisartigen Gebilde war es Nussbaum, für den hellen Teil Ahorn. Als Hintergrund wirkte das rötliche Birnbaumholz.

Die Einlegearbeit war an verschiedenen Orten beschädigt. Gemäss dem Möbelnachbild kam für mich aber nur die Ausbesserung des Lochs auf der untersten rechten und noch immer henkellosen Schublade in Frage. Allerdings hatte ich nicht viel Hoffnung auf Erfolg: Nicht nur, weil dieses Loch besonders aufwändig zu restaurieren war, da es sich, genau wie das Loch auf der obersten linken Schublade, an einer Stelle befand, wo alle drei Holzarten aufeinander trafen. Sondern auch, weil ich vor einiger Zeit bereits am Henkel kläglich gescheitert war.

Eines Abends im Sommer war ich schlechter Laune, weil mich das Möbel das einzulegende Holzmuster bereits seit Tagen nicht einbauen liess. Schon das genaue Massnehmen stellte sich als eine mühsame Arbeit heraus: Irgendwo an dieser herausgebrochenen Stelle befand sich die rechte Spitze der Zickzacklinie, welche horizontal über das ganze Möbel verlief; vor dem Messen war also erst eine genaue Nachzeichnung vonnöten – wobei sich meine Hände nur schwer ruhig halten liessen. Das alles in vielen Anläufen gemacht, stellte es sich heraus, dass das Hineinkleben der einzelnen Teile des Musters einfach nicht gelingen wollte. In meinen tollpatschig anmutenden Versuchen verletzte ich im besten Fall das Holz der einzulegenden Blättchen, im schlimmsten Fall aber das Holz des ebenfalls in vielen Anläufen zurechtgeschnittenen Lochrandes auf der Schublade – und das Messen und Schneiden ging von vorne los.

An jenem Abend verlor ich derart die Geduld, dass ich alles hinwarf und laut über das Möbel fluchte. Auch in Nestors Gegenwart blieb ich gereizt, knallte die Türen, hantierte laut und achtlos mit Töpfen und Gläsern und fluchte immer wieder über Mari Eglis ewige Baustelle. Nestor reagierte auf meinen Unmut mit einem genäselten Quaklaut, den er in kindlicher Manier von sich gab. Er tat dies ab und zu, offensichtlich immer dann, wenn ich reizbar, ungeduldig, wütend oder auch beleidigt war. Obwohl ich diesen Laut abstossend kindisch fand, bewirkte er stets, dass ich mich wieder besann und meine Gefühle hinterfragte – so auch dieses Mal.

»Du bist emotionaler geworden seit du angefangen hast, deinen Gefühlskörper zu entwickeln«, stellte Nestor fest, als ich mich beruhigt hatte. »Das ist gut, es zeugt von mehr Kraft. Du weisst aber, dass dir deine emotionale Energie bei der vollkommenen Restauration nicht helfen wird, wenn du sie gegen einzelne Dinge im Bild schleuderst – egal, ob es Freude oder Ärger ist.«

»Ich weiss, ich weiss. Ich sollte meine Gefühle in Energie umwandeln, indem ich mich besser kennen lerne und mir meine Beweggründe bewusst mache«, repetierte ich seine Auffassung, was den Umgang mit Gefühlen betraf.

»Schön auswendig gelernt«, lächelte er böse. »Aber damit hast du deine Gefühle noch nicht umgewandelt.«

»Ich wende das auch an«, verteidigte ich mich. »Ich beobachte mich schon längere Zeit und lerne mich immer besser kennen.«

Nestor kicherte demonstrativ. »Wenn aber nur Floco Floco betrachtet, dann ist Floco so, wie Floco schaut. Das reicht vielleicht für ein Leben in der kleinen Welt. Aber für die vollkommene Restauration brauchen wir einen Spezialisten, der dir hilft.«

»Was für einen Spezialisten?« fragte ich überrascht.

»Einen echten Denker«, erwiderte er. »Er ist einer der Seher hier auf der linken Seite.«

»Und wobei soll er mir helfen?«

»Er wird dir helfen, in dein Inneres zu horchen – damit du erkennst, was Gefühle wirklich sind.«

Dies passte mir nicht. Ich glaubte, meine Gefühle und mich selbst gut genug zu kennen. Und wenn es etwas an mir bewusst zu machen galt, so wollte ich dies selbst bewerkstelligen. Meine Gefühle gingen schliesslich nur mich etwas an.

»Kann man denn die eigenen Gefühle nicht auch ohne einen Spezialisten erkennen?« fragte ich.

»Du jedenfalls nicht«, antwortete er darauf. »Sonst wärst du nicht hier.«

Am folgenden Tag unternahmen wir die Wanderung zu jenem Ort, wo sich der ›Denker‹ aufhielt. Nestor verriet nicht mehr über ihn, als dass er in dieser Jahreszeit seine Schafe auf den Wiesen um sein Haus weiden lasse. Um dieses Haus zu erreichen, welches höher lag als das von Nestor, folgten wir zunächst einem kleinen Weg durch eine trockene, steinige Gegend, die den Reiz eines Steinbruchs hatte und mir vertraut vorkam: Hier irgendwo hatten wir den Bauern besucht. Der

Weg stieg insgesamt an, fiel aber etwas ab, nachdem wir die Gipfel zweier felsiger Hügel passiert hatten.

Schon bald durchwanderten wir für eine längere Zeit einen Tannenwald, entlang einem ansteigenden Hügelgrat. Der Schatten des Waldes war an diesem heissen Sommertag eine Wohltat. Den Wald hinter uns gelassen, stiegen wir eine Wiese hinauf und gelangten in feuchteres Gebiet. Ich erkannte es sofort, als mein Blick auf eine Stelle fiel, wo ich jene Blumen mit den seerosenartigen Blättern ausmachen konnte: Wo die wuchsen, da gurgelte der Boden. Der Weg führte uns durch eine breite Mulde, an einem kleinen Teich voller Wasserläufer und Kaulquappen vorbei, dann wanderten wir einem Bach entlang nach unten. Das felsige Bett dieses durch Heidelbeersträucher und hoch gewachsene Wildrosen gesäumten Baches fiel durch eine faszinierende orange-bräunliche Farbtönung auf, die Nestor zufolge von der Eisenhaltigkeit des Gesteins herrührte.

Danach entfernten wir uns vom Bachbett. Der Weg führte uns wieder steil in die Höhe, wo wir ein grünes Hochtal erreichten. Hier auf einer friedlichen, mit gelben Blumen gepuderten Wiese waren Vogelgezwitscher und das entfernte Summen von Dutzenden Insekten die einzigen Geräusche, die von Leben und Aktivität zeugten. Wir gingen weiter, auf die zwei Gebäude zu, die ich nun am hinteren Rand der Wiese erkannte. Das eine war so klein, dass niemand darin wohnen konnte. Als wir näher kamen, sah ich, dass es ein Bienenhaus war, an dessen fensterlosen Frontseite unablässig Bienen durch schmale Spalten im Holz hinein- und hinauskrabbelten.

Schliesslich erreichten wir das andere Gebäude, ein durch die Sonne geschwärztes hübsches Holzhaus, das in einigem Abstand zum Bienenhäuschen auf relativ freiem Gelände stand, umgeben von spärlichen Waldflecken. Von der anderen Seite führte ein breiter befahrbarer Naturweg zum Haus. Und an dessen Ende überraschte mich ein gelbes Cabriolet, zu welchem Nestor nur sagte, der Denker liebe gelb.

Der Denker war nicht zu Hause. Während Nestor den Herd anfeuerte und Gemüse zu kochen begann, nutzte ich die Gelegenheit, um mir in aller Ruhe das Haus anzuschauen.

Im Grundriss wies das Heim des Denkers die Form einer dreiteilig abgestuften Pyramide auf. Von diesen drei Teilen interessierte mich vor allem der kleine quadratische Raum zuvorderst: Es war die Bibliothek des Denkers, in welcher sich vorwiegend alte Bücher auftürmten. Soweit ich dies sehen konnte, hatte sich der Denker mit Literatur aus allen Teilen der Welt eingedeckt. Die meisten Bücher kannte ich nicht, viele waren in mir unverständlichen Sprachen geschrieben. Nicht recht ins Bild einer Bibliothek wollten die Zielscheibe und der daran anlehnende grosse hölzerne Pfeilbogen passen, die in einer Ecke in diesem Raum standen.

An die Bibliothek schloss sich der Mittelteil des Hauses an: der Aufenthaltsraum und gleichzeitig die Küche mit einem kleinen Vorratsraum. Der hinterste rechteckige Teil schliesslich, der leere Stall, war der grösste. Die niedrigen Türen und Decken verrieten, dass hier nur Kleinvieh genügend Platz fand. Das Stockwerk über dem Stall war zweigeteilt: In einem Teil lagerten Stroh und Heu. Der andere Teil war ein Raum mit einem liebevoll eingerichteten Strohlager.

Später, Nestor und ich waren bereits beim Essen, erklang plötzlich lauter werdendes Geblöke von Schafen. Ich hörte, wie die Tiere in den Stall geführt wurden, wo sie sich allmählich beruhigten. Daraufhin trat ein hagerer Mann in die Wohnung. Er war älter als Nestor, auffallend braungebrannt und trug mit Erde verschmierte Wanderschuhe, Latzhosen und ein offenes Hemd.

Als er uns sah, leuchteten seine Augen auf. Er lachte und begrüsste uns herzlich. Nestor erwiderte den Gruss, und stellte mir den Mann als *den Denker* vor. Dieser tippte sich amüsiert auf die Stirn. Dann wusch er sich Hände und Gesicht, setzte sich zu uns, füllte seinen Teller und begann zu essen. Nestor und der Denker sprachen unaufhörlich über alles Mögliche und klopften Sprüche über Leute, die ich nicht kannte und über die Schafe des Denkers. Der hagere Mann beeindruckte mich durch seine Einfachheit und seine freudige, genügsame Art.

Schliesslich wandte sich der Denker an mich und wollte von mir wissen, warum ich ihn besuchen käme. Ich erwiderte, dass ich auf Nestors Initiative hier sei, weil ich über meine Gefühle Bescheid wissen sollte.

»Und glaubst du, ich kann dir dabei helfen?« fragte der Denker.

»Nach allem, was ich hier auf der linken Seite erfahren habe, möchte ich dies nicht ausschliessen.«

Die beiden lachten.

»Du bist sehr anständig«, fand der Hagere. »Aber du zweifelst. Warum?«

Ich sagte ihm, ich könne mir nicht vorstellen, wie er mir Erkenntnisse über meine Gefühle beibringen wolle. Zudem, setzte ich witzelnd drauf, sei für diese Arbeit doch ein ›Fühler‹ eher angebracht als ein ›Denker‹. Ich als Student sei schliesslich selbst ein Denker.

»Du bist kein richtiger Denker«, widersprach der Hagere bestimmt. »Richtig denken kannst du nur, wenn du deine Gefühle kennst und sie in Energie aufgelöst hast. Erst dann wirst du mit deinen Gedanken ins Schwarze treffen – wo immer du auch hinzielst.«

Ich wehrte mich gegen die Vorstellung, dass jemand seine Gefühle loswerden müsse, um richtig denken zu können. Gesprächig wies ich den Denker darauf hin, dass, meiner Erfahrung gemäss, Gefühle das Denken eher beflügeln als behindern würden. Dies gelte selbst für das wissenschaftliche Umfeld, obwohl dort natürlich gewisse Regeln und Grundsätze herrschten, was den Umgang mit Gefühlen anbelangte: Gefühle hätten in Arbeiten, die allgemeine Gültigkeit beanspruchten, nichts zu suchen, da solche Arbeiten sonst nicht mehr das Kriterium der allgemeinen Nachvollziehbarkeit erfüllen würden.

»Das ist alles sehr allgemein«, gab Nestor schmunzelnd zu bedenken.

»Das ist ja das Gemeine an allem«, warf der Denker lachend ein.

»Die Denker in der Wissenschaft sind also durch ihre Gefühle angetrieben, können aber damit umgehen, weil sie fähig sind, die Gefühle zurückzuhalten«, schloss ich, ihre Sprüche ignorierend.

»Es geht aber nicht darum, die Gefühle zurückzuhalten. Es geht darum, sie kennen zu lernen und in Energie aufzulösen«, widersprach der Denker. »Wissenschaftler, die so tun, als wären sie über ihre Gefühle erhaben, sind nicht nur schlechte Denker, sondern auch Heuchler.«

Ich fand, dass seine harsche Kritik fehl am Platz war. Dies umso mehr, als er den wissenschaftlichen Betrieb offensichtlich nicht kannte.

»Der Denker weiss, wovon er spricht«, wandte Nestor ein. »Er hat viele Jahre studiert. Er war sogar Doktor.«

»Ich hüte zwar heute die Schafe, aber Doktor bin ich immer noch«, korrigierte der Denker und erklärte geheimnisvoll, dass er Sprachkritiker sei. Die beiden fielen in ein hysterisches Lachen. Ich konnte ihnen nicht glauben.

»Es ist wahr«, versicherte mir Nestor. »Wir haben hier einen waschechten Doktor vor uns.«

»Und warum hüten Sie heute die Schafe?« fragte ich den Denker.

»Weil er nicht nur ein guter Sprachkritiker ist, sondern auch ein konsequenter«, erwiderte Nestor an seiner Stelle und erzählte, dass der Denker als junger Student davon besessen gewesen sei, die Wirklichkeit zu erfassen. Zuerst habe er geglaubt, er hätte es mit einer Wirklichkeit zu tun, die unabhängig von den Menschen fest gegeben und durch Gesetze beschreibbar wäre. Mit der Zeit sei er zur Einsicht gelangt, dass die Wirklichkeit, wie wir sie kennen würden, eine konstruierte Wirklichkeit war.

Nestor hielt seinen Löffel vor sich hin und erläuterte, was mit einer ›konstruierten Wirklichkeit‹ gemeint war: »Wenn wir das Ding hier betrachten, dann sind wir uns einig, dass es ›Löffel‹ heisst; wir sind uns auch einig, welche Form und welche Farbe es hat und wofür wir es brauchen können. Dass wir in diesem Ding einen metallfarbenen Löffel sehen, den wir zum Essen brauchen, ist keine Selbstverständlichkeit – wir haben das gelernt, es ist unsere kleine Welt.

Wenn ich mit diesem Löffel nun in deinem Essen herumrühre, wirst du wütend, und nicht etwa traurig oder ängstlich. Auch diese Reaktion ist nicht von Natur aus gegeben. Sondern du hast im Laufe deines Lebens gelernt, dass das Herumrühren in fremdem Essen etwas ist, das man nicht tut. Und du hast gelernt, darauf mit Ärger zu reagieren, um deine Weltanschauung zu verteidigen – und natürlich auch dein Essen. Auf diese Weise schaffen wir uns unsere alltägliche Wirklichkeit«

Er machte eine Pause. Ich zuckte mit den Achseln. Was Nestor so schön erklärte, war an sich nichts Neues: Das Problem der Konstruktion von Wirklichkeit war in den kulturwissenschaftlichen Disziplinen seit längerer Zeit bekannt. Der Denker lachte indessen und fuchtelte kindisch mit seinem Löffel herum. Danach blickte er gespannt zu Nestor, welcher fortfuhr:

»Nachdem der Denker also akzeptiert hatte, dass unsere Alltagswirklichkeit nichts vom Menschen Unabhängiges war, sondern dass die Menschen sie konstruieren, begann er nach dem Prinzip zu suchen, welches dieser Konstruktion zugrunde liegt. Deshalb hat er begonnen, die Sprache zu studieren. Denn er war der Ansicht, dass wir unsere Wirklichkeit konstruieren, indem wir die Dinge in unserem Bild immer wieder benennen und ihnen im selben Moment gewisse Vorstellungen zuordnen.«

»Damit waren Sie Sprachwissenschaftler, aber noch kein Sprachkritiker«, wandte ich mich zum Denker.

»Nein«, erwiderte wieder Nestor. »Das Problem war, dass auch die Sprache nicht dieses Prinzip sein konnte, da sie ja ebenfalls nicht absolut, sondern von Menschen konstruiert war. Er suchte also weiter nach einem Prinzip, das der Sprache zugrunde liegt.«

»Und hat er es gefunden?« fragte ich Nestor.

»Nicht sofort«, antwortete jetzt der Denker. »Ich habe die Sprachen verglichen, habe ihre geschichtliche Entwicklung und ihre Lautgesetze studiert. Aber das wirkliche Grundprinzip der Sprache konnte ich nicht finden – weil ich mich ja der Sprache bedienen musste, um sie zu erforschen.« Der Denker gestikulierte übertrieben ungeschickt mit seinem Löffel und meinte, durch die Sprache hinter die Sprache zu gelangen sei etwa so, wie den Löffel mit dem Löffel auslöffeln zu wollen. Nestor lachte.

»Und was haben Sie dann gemacht?« fragte ich.

»Er musste einen Weg finden, um hinter die Sprache zu gelangen«, fuhr Nestor fort. »Seine Schwierigkeit dabei war, dass er sich durch seine ganzen Studien eine sehr vielfältige und komplizierte Wirklichkeit geschaffen hatte. Und die konnte er nicht einfach so auflösen – obwohl er mit seinem Verstand begriff, dass sie ja nur konstruiert war. Denn durch all das Lernen, Repetieren, Anwenden des Gelernten und Erweitern des Wortschatzes hat er über Jahre hinweg seine körperliche und emotionale Kraft in diese gedankliche Wirklichkeit gegeben – so dass diese Wirklichkeit letzten Endes wirklich wirklich wurde.«

Ich blickte zum Hageren. Er lächelte mir zu und wackelte mit den Ohren.

»Der Denker musste also die gebundene Energie aus seinen zahlreichen Worten und Begriffen herauslösen.«

»Aus Worten lässt sich doch keine Energie herauslösen«, hielt ich dagegen.

»Aber ganz sicher«, flammte der Denker auf. »Ich sog sie aus den Wörtern, indem ich jeden einzelnen Begriff zuerst im Sprechen, dann im Denken unzählige Male wiederholte. Und zwar so lange, bis alle Vorstellungen und Gefühle in diesen Begriffen als Energie freigeworden waren – und nur noch die Worthüllen zurückblieben, also die Worte ohne Bedeutungen.«

»Und wie konnten Sie denn beurteilen, ob alle Vorstellungen und Gefühle aus einem Wort herausgelöst waren?«

»Ich hörte es.«

Ich blickte ihn überrascht an und fragte, was genau er gehört habe. Er erwiderte, dass es ein Rauschen war, welches umso deutlicher hervortrat, je mehr die Bedeutungen der Begriffe verblichen. Mit der

Zeit habe er nur noch diesem Rauschen gelauscht, in dessen Strom Vorstellungen und Gefühle unbedeutend geworden seien, das ihm aber eine tiefe Zufriedenheit bescherte. So habe er es nach Jahren des Denkens, Sprechens und Debattierens geschafft, still zu werden und zuzuhören.

»Es war das Rauschen der Bewusstseinsstruktur, das er vernommen hat«, erklärte Nestor.

»Die Struktur kann man auch hören?« fragte ich stutzig.

»Natürlich«, behauptete der Hagere. »Durch das Lauschen gelingt es mir, die Wirklichkeit zu dekonstruieren und mit der freigewordenen Energie die Unmittelbarkeit des Bildes zu steigern. Und je mehr mir dies gelingt, desto mehr tritt das in Erscheinung, was hinter dem Denken und der Sprache und unserer konstruierten Wirklichkeit liegt: ein leuchtendes Netz aus Kugeln und Fäden.«

Ich hatte einen Verdacht und fragte ihn, ob es sich bei diesem Rauschen nicht eher um ein Ohrensausen oder Ohrenklingeln handle.

»Wenn du das so nennen willst«, erwiderte der Denker achselzuckend. »So wie das Wasser im Bach ein Geräusch des Rauschens erzeugt, so hören wir die Energie in der Struktur fliessen. Je stiller du werden kannst, desto stärker wirst du das Rauschen der Grundstruktur wahrnehmen.«

»Aber dieses Ohrensausen ist physiologisch bedingt, die Ursachen sind bereits nachgewiesen«, informierte ich ihn. Natürlich dachte ich dabei an das Ohrenleiden Tinnitus, das bei manchen Menschen, die Mouches volantes sehen, ebenfalls aufgetreten war. Sollten die beiden Phänomene irgendwie zusammenhängen, hätte es durchaus Sinn ergeben, wenn der Denker behauptete, dieses Geräusch verstärkt wahrzunehmen.

»Wieder die alte Frage«, warf Nestor bissig ein. »Ist es nun eine Störung in den Ohren, oder ist es die Fähigkeit, das Bild bewusster wahrzunehmen? Ist die Welt nun Bewusstsein oder ist sie Materie?«

»Materie«, schrie der Denker ironisch und stampfte energisch mit dem Fuss auf den Boden. »Ich spüre ja die Festigkeit aller Dinge.«

»Die Festigkeit aller Dinge ist eine Frage des Bewusstseins, das heisst der Energie, die du in das Bild als ein Ganzes geben kannst«, antwortete Nestor darauf. »Je weiter du dein Bewusstsein in die Gefühlswelt verlagerst, desto mehr löst sich diese Festigkeit auf. Floco zum Beispiel hat bereits damit angefangen, in seinen Träumen durch die Wände zu gehen – auch wenn diese Wände plötzlich wieder so wirklich und fest werden, dass er einfach mitten drin hängen bleibt.« Die beiden fanden das so komisch, dass sie laut herauslachten.

Darauf tönte der Hagere an, dass er mir ein Angebot zu machen habe. Er räusperte sich in gespieltem Ernst und erklärte feierlich, es sei egal, ob ich nun die Wände in meinen Träumen, die Bewusstseinsschichten oder das Wesen meiner Gefühle durchdringen wolle – der Schlüssel zu all dem sei die Steigerung meiner Intensität. Es gebe viele Hilfsmittel, die sich zu diesem Zweck eignen würden, doch wolle er mir vorschlagen, mich hierfür auf mein eigenes inneres Rauschen zu konzentrieren.

»Ich werde es versuchen«, versicherte ich ihm.

»Da bin ich ganz sicher. Doch würde mir der Herr grosszügigst, untertänigst gestatten, ihm meine Hilfe bei dem Vorhaben anbieten zu dürfen?« Der Denker machte eine übertrieben galante Bewegung und verkündete sogleich, dass er im Besitz eines sehr seltenen Instrumentes sei, welches mir dabei helfen würde, meinem Rauschen besonders gut zu lauschen. Er stand auf und verschwand in seine Bibliothek. Ich blickte zu Nestor, der meinen neugierigen und zugleich misstrauischen Gesichtausdruck imitierte. Gleich darauf kam der Denker zurück und wickelte mit grosser Sorgfalt einen Gegenstand aus einem Stück Stoff. Es war ein mit Schnitzereien verziertes Horn.

»Das hier«, verkündete er geheimnisvoll, »ist das Widderhorn des grundstruktürlichen Rauschens.« Nestor verkniff sich sichtbar ein Lachen.

»Nestor glaubt nicht so sehr an den Nutzen des Lauschens«, kommentierte der Denker Nestors Verhalten. »Das ist, weil sein Weg nicht so sehr mit dem Hören verbunden ist – tatsächlich ist er nicht musikalisch. Lassen wir ihn also. Ich aber sage dir: Wer auch fähig ist, richtig durch dieses Horn zu blasen, wird damit einen Ton erzeugen, der die Intensität und damit das Rauschen im Bild steigert.«

Ich kam gar nicht dazu, die Wirksamkeit dieses Hornes in Frage zu stellen – mein Körper reagierte vor meinem Verstand. Allein das Wissen, dass ein Seher eine Erhöhung der Intensität in mir erwirken wollte, liess mich nach Ausflüchten suchen. Denn ich wusste, was dies bedeuten würde: Ein höherer Druck im Körper, Herzklopfen und schnellerer Atem. Und diese extremen körperlichen Zustände waren stets mit der Angst verbunden, mich selbst zu verlieren.

»Heute Nacht wirst du erfahren, was es bedeutet, dem Rauschen zu lauschen. Was sagst du dazu?«

Ich spürte, wie die Kraft in meinen Beinen nachliess. »Werde ich in einen Traum fallen?« fragte ich besorgt.

»Du bist schon in einem Traum«, erwiderten beide wie aus einem Mund.

Es war etwa zwei Uhr nachts, als wir, ausgestattet mit Decken und Taschenlampen, das Haus verliessen. Wir hatten deshalb so lange gewartet, weil der Denker der Meinung war, dass der Hörsinn in der tiefsten Nacht viel aktiver sei als der Sehsinn. Und dies sei bei unserem Vorhaben von grösster Bedeutung.

Der Mond war eben aufgegangen, wurde aber bald von Wolkenfeldern überdeckt. Wir liefen etwas weiter, den Hang hinauf. Kühle und feuchte Luft wehte uns beim Aufstieg entgegen. In regelmässigen Abständen erhellten weit entfernte kurze Blitze den Himmel, doch es war kein Donner zu hören.

Wir liefen nicht lange, vielleicht eine Viertelstunde, bis wir unseren Bestimmungsort am Fusse einer steil aufsteigenden Felswand erreichten. Der Denker führte uns zwischen niederem Gestrüpp hindurch in eine tiefere Einbuchtung im Fels. Es war nicht gerade eine Höhle, aber doch eine so grosse Aushöhlung, dass hier mehrere Personen Schutz vor Wind und Regen finden konnten. Dass hier tatsächlich schon Leute verweilten, davon zeugte die Feuerstelle in der Mitte des ebenen Platzes.

Während der Hagere den Platz reinigte, suchten Nestor und ich nach Brennholz. Wir entfachten ein Feuer. Dabei schwiegen wir, denn der Denker hatte verlangt, dass absolute Stille herrschen müsse. So hatten wir im Voraus besprochen, was zu tun sei.

Nachdem wir eine längere Zeit um das Feuer gesessen waren und uns gesammelt hatten, stand der Denker plötzlich auf und stellte sich vor uns hin. Voller Spannung achtete ich auf alle seine Bewegungen. Langsam und ehrfürchtig nahm er das Horn, das an einer Schnur um seinen Oberkörper hing. Und mit derselben Feierlichkeit befeuchtete er mit seinen Lippen das Mundteil. Dreimal nippte er daran. Darauf gab er mir das Zeichen, meine Augen zu schliessen.

Ich horchte aufmerksam. Eine schier endlose Weile hörte ich nur das Feuer knistern. Dann schien der hagere Mann tief einzuatmen. Und tatsächlich blies er kurz darauf kraftvoll in sein Instrument – doch anstatt dem schrillen Ton, den ich erwartet hatte, hörte ich nur die Luft durch das Horn furzen. Der Ton war total misslungen. Nestor und der Denker brachen in Gelächter aus.

Verwirrt öffnete ich meine Augen. Bevor ich reagieren konnte, nahm der Denker einen zweiten Anlauf, aber auch diesmal klappte das Vorhaben nicht. Nestor erhob sich, nahm dem Denker das Horn ab und blies ebenfalls mehrere Male hinein – immer mit demselben obszönen Klang. Die beiden lachten Tränen und stritten sich wie die Kinder, wer nun in das Horn hineinblasen durfte. Sie konkurrierten regelrecht darum, wer den Klang noch grotesker, furzender, kindischer zustande brachte.

Es war klar, dass sie gar nicht die Absicht hatten, in mir die Intensität zu steigern und mich in irgendetwas einzuweihen. Keine Spur von dem Rauschen in der Grundstruktur – sie hatten mich einfach veralbert.

Ich wollte meinem Missmut Ausdruck geben, war aber wie blockiert. Ich wusste gar nicht recht, was ich für die beiden empfinden sollte: Wut und Ärger? Das hatten sie bestimmt verdient, doch die Situation war so lächerlich, dass ich gar nicht richtig wütend werden konnte. Enttäuschung? Sicher schmerzte es mich, dass die beiden mit mir spielten; aber gerade weil ich wusste, dass es spielende Kindsköpfe waren, konnte und durfte ich ihre Streiche nicht ernst nehmen.

Ratlos wandte ich mich von ihnen ab. Ich hatte keine Ahnung, wie ich auf so etwas reagieren sollte. Ich konnte den beiden nicht einfach Recht geben, konnte ihnen auch nicht widersprechen; ich hatte ganz einfach kein Rezept, und ich glaubte, dass sie mich deswegen auslachten: Weil ich nicht fähig war, in solchen Situationen Farbe zu bekennen.

In diesem Augenblick erfasste mich eine enorme Wut gegen meine Ohnmacht und gegen mich selbst. Ich wurde rasend und konnte meinen Körper kaum ruhig halten. Mein Herzschlag beschleunigte sich so stark, dass ich schneller atmen musste. Bald fing ich an zu schwitzen. Dann spürte ich, wie der Druck im oberen Teil meines Bauches anstieg, was bewirkte, dass ich nur noch flach atmen konnte. Panikerfüllt blickte ich zu den beiden Männern, die sich inzwischen wieder gesetzt hatten. Sie erwiderten meinen Blick aufmerksam.

»Schliess deine Augen«, befahl Nestor mit solcher Autorität, dass ich reflexartig gehorchte.

»Lausche«, hörte ich den Denker flüstern.

Die Angst, ausgelöst durch den intensiven körperlichen Zustand, hatte mich fest im Griff. Ich merkte, wie ich dauernd meinen Zustand überprüfte; wie ich meine Muskeln anspannte um mich zu spüren. Am liebsten wäre ich herumgerannt.

»Lausche!« schrie der Hagere. Sein Schrei kam völlig unerwartet, durchdrang jede Zelle meines Körpers und bewirkte ein Prickeln an meinen Beinen und am Rücken. Dieses Prickeln hatte eine tief greifende läuternde Wirkung auf meine Verfassung. Von einem Augenblick auf den anderen war ich ruhig und entspannt, und ich vermochte die Geräusche der Umgebung nun klar und deutlich zu hören.

Allmählich wurde meine Aufmerksamkeit ganz vom dominierenden monotonen Zirpen einer Heuschrecke absorbiert, die sich hier in unmittelbarer Nähe von uns aufhielt. Das Geräusch war beständig, aber nicht kontinuierlich: Gelegentlich gönnte sich die Heuschrecke eine Ruhepause von einem Bruchteil einer Sekunde, nur um ihre Präsenz darauf erneut in die Nacht zu zirpen.

Die einzelnen, von diesem Insekt hervorgebrachten Töne folgten sehr schnell aufeinander, doch es bereitete mir keine Mühe ihnen zu folgen. Jeden Ton der Heuschrecke konnte ich deutlich wahrnehmen. Ich fühlte, dass sich mein Herzschlag auf ihre Geschwindigkeit und ihren Rhythmus eingestellt hatte: So schlug mein Herz nach immer derselben Anzahl von Zirptönen und teilte das Zirpen in gleich lange Takte ein. In gleicher Weise wirkte auch mein inzwischen tiefes und regelmässiges Atmen mit den zarten Tönen zusammen. Mehr noch: Es schien, dass sich die Zirplaute auf meinen Atemrhythmus einstellten, wenn ich diesen änderte. Die Erkenntnis, dass mein Körper mit diesem Tier harmonisierte, bereitete mir eine tiefe unbeschreibbare Freude. Ich glaubte, die Heuschrecke unmittelbar zu verstehen.

Plötzlich wurde das Zirpen unnatürlich schneller, die Töne selbst höher. Ehe ich mir klar werden konnte, was geschah, hatten sie sich so weit beschleunigt, dass sie nun als ununterbrochener stechender Klang, oder eher als ein hohes Rauschen zu vernehmen waren. Dieses Rauschen erzeugte in mir ein Gefühl von tiefer Losgelöstheit; ich empfand es als eine Art Mitfliessen in einem stetigen Fluss, während alle anderen Wahrnehmungen ausgeschaltet schienen.

Nach einer schier endlosen Zeit bemerkte ich, dass das Rauschen nicht gleichmässig war, sondern verschieden stark betont wurde. Auf diese Weise ergab sich ein ständig wiederholendes rhythmisches Muster, das sich entwickelte und vielfältiger wurde. Bald darauf erhielten die einzelnen Schläge klangliche Qualitäten, ich konnte nun verschiedene Töne unterscheiden. Daraus entstand eine zunächst simple, aber bezaubernd schöne Melodie, die sich endlos in meinen Ohren abspielte. Ich vermochte die Entwicklung dieser Melodie nicht zu stoppen, selbst wenn ich es gewollt hätte: Es war wie ein ungeheurer

Zwang, ein unwiderstehliches Verlangen, dass diese Klänge weitergehen mögen. Und dann glaubte ich Worte aus der Musik herauszuhören, dumpfe, unverständliche Worte. Auch diese wandelten sich, bis ich eine klare Stimme vernahm – eine tiefe, nie zuvor gehörte Männerstimme, welche nicht im Dialekt, sondern in hochdeutscher Sprache deutliche Worte sprach:

»Gib dich hin.«

Die Wahrnehmung dieser Stimme erzeugte in meinem Körper einen Ruck, so dass ich erschrocken die Augen aufriss, meinen Kopf wild hin und her bewegte und mit Armen und Füssen ausschlug.

»Was ist los mit dir?« fragte Nestor. Ich fasste mich wieder. Mein Puls war noch immer beschleunigt. Ich horchte: Das Rauschen, die Rhythmik und die Melodie waren verschwunden, ich hörte nur die Geräusche der Nacht, das Zirpen der Heuschrecken und das Lodern des Feuers. Nestor und der Denker, die noch immer gegenüber sassen, blickten mich an.

»Ich habe eine Stimme gehört. Sie sagte: Gib dich hin«, erzählte ich.

Die beiden warfen sich einen flüchtigen Blick zu, und Nestor verkündete, dass es Zeit sei, zurückzukehren. Natürlich wollte ich wissen, was diese Stimme zu bedeuten hatte, aber weder Nestor noch der Denker waren gewillt, darüber zu sprechen.

Es dämmerte bereits, als wir das Haus des Denkers erreichten. Ich legte mich im Raum über dem Stall erschöpft auf mein Lager und schlief sofort ein.

Als ich einige Stunden später aufwachte, war es heller Tag. Nestor bereitete sich in der Küche einen Milchkaffee mit Honig. Ich tat es ihm nach und wollte ihn schliesslich nach den Begebenheiten der letzten Nacht fragen. Aber er legte seinen Finger an den Mund und zeigte in Richtung der kleinen Bibliothek, dessen Tür offen stand. Überrascht erblickte ich eine junge Frau, die dort am Tisch sass und konzentriert in einem Buch las. Sie hielt ihren Kopf in beide Hände gestützt und machte auch nicht die geringste Bewegung.

»Komm, gehen wir nach draussen«, flüsterte Nestor. Ich versuchte einen weiteren Augenschein von ihr zu erhaschen, aber Nestor stellte sich vor mich hin und drängte mich buchstäblich zur Tür hinaus. Wir setzten uns vor das Haus, wo sich der Denker bereits aufhielt.

»Was tut diese Frau hier?« fragte ich geradeheraus.

»Sie liest«, erwiderte der Denker wie selbstverständlich.

»Ich meine: Warum ist sie hier? Übt sie die vollkommene Restauration?«

»Sie hat mir ein Buch zurückgebracht. Und jetzt sucht sie sich ein neues aus, das sie mitnehmen will. Sie ist eine Leseratte.«

Ich war ganz durcheinander. Der Gedanke, dass sie eine Suchende sein könnte, die von den Sehern lernt, so wie ich es tat – dieser Gedanke versetzte mich in einen aufgeregten Zustand. Nichts hätte ich lieber getan, als mit dieser Frau über die Seher, die vollkommene Restauration und die Mouches volantes zu sprechen.

Bevor ich weiterfragen konnte, versuchte der Denker meine Erinnerung an die letzte Nacht zu wecken. Er musste mich mehrere Male danach fragen, ehe ich mich zusammennehmen und ihnen antworten konnte.

Ich schilderte ihnen, dass ich zuerst glaubte, sie wollten mich nur veralbern und hätten gar nicht die Absicht gehabt, mich das Rauschen hören zu lehren.

»Wir mussten das tun«, beteuerte Nestor. »Wir konnten dich ja nicht einfach lieb und nett darum bitten, intensiver zu werden.«

»Dann war es gar nicht das Horn, das in mir diesen Zustand ausgelöst hat?« fragte ich.

»Doch, natürlich war es das Horn«, erhob der Denker Einspruch. »Es war das Widderhorn des grundstruktürlichen Rauschens. Glaubst du etwa, ohne das Horn wäre letzte Nacht irgendetwas gelaufen?«

Nestor lachte und meinte, der Denker mache nur Spass. Das Horn sei wichtig gewesen, aber genauso wichtig war die Inszenierung, also die Energie der Seher. Mit dieser Energie wäre jedes Horn zum Horn des grundstruktürlichen Rauschens geworden. Der Denker verzog beleidigt sein Gesicht.

Dann forderte mich Nestor auf, ihnen genau zu beschreiben, was ich erlebt hatte. Die beiden hörten aufmerksam zu, Nestor konzentriert, der Denker mit einem freundlichen Lächeln. Als ich geendet hatte, ergriff der Denker das Wort. Er fand es witzig, dass die ganze Sache beinahe schief gegangen wäre – wegen meiner Besserwisserei. Ich hätte mich gegen die Intensität meiner Gefühle verschlossen und geglaubt, die Situation durch Denken lösen zu können. Nur dadurch, dass ich die ganze Kraft meiner Gefühle schliesslich gegen mich selbst gerichtet hätte, sei mir die erhöhte Intensität doch noch zuteil geworden. Im stillen Kämmerlein, schloss der Denker, hätte ich offensichtlich keine Hemmungen, emotional zu sein.

Nestor war derselben Meinung und fand, dass genau diese Neigung, alles für mich zu behalten, mich an der Öffnung meines Körpers gehindert habe – und mich immer wieder hindere. Und genau hier habe der Denker eingreifen müssen, damit ich die Energie von meinen Gefühlen lösen und für das Rauschen-Lauschen brauchen konnte.

»Ich habe viel mehr gehört als nur ein Rauschen«, versuchte ich von diesem für mich unangenehmen Thema abzulenken. Ich begann von den Melodien und vor allem von der Stimme zu schwärmen, die ich zuletzt noch vernommen hatte.

»Diese Stimme war so wirklich«, erzählte ich tief beeindruck. »Es klang so, als würde jemand in meiner unmittelbaren Nähe, oder besser in meinem Innern, die Worte sagen: Gib dich hin.«

Nestor zog die Brauen zusammen. »Du bist vom Rauschen abgewichen«, deutete er meine Wahrnehmung, beinahe vorwurfsvoll.

»Das war deine feine kleine Welt«, reimte der Denker.

»So ist es. Wenn du bei so hoher Intensität von diesem Ton abweichst, verlierst du schnell den Bezug zur äusseren Leinwand und beginnst Blödsinn zu hören.«

»Aber diese Stimme hat vielleicht eine Bedeutung?« verteidigte ich mich.

Nestor schien ärgerlich. »Wen interessiert schon die Stimme, die du gehört hast? Letzte Nacht ging es darum, die Kraft deiner Gefühle zu nutzen um das Rauschen zu erzeugen und deine Stabilität in einer Schicht aufzuheben. Das ist keine leichte Sache, es erfordert deine ganze Aufmerksamkeit. Das Gequatsche aus dem Nichts bedeutete einzig, dass deine Aufmerksamkeit bereits stark nachgelassen hatte.«

»Ja, halt!« rief der Hagere. »Vielleicht hat diese Stimme ja wirklich eine Bedeutung? Gib dich hin – die Botschaft ist unmissverständlich und ich schlage vor, dass wir sie ernst nehmen: Also, Floco: Gib dich hin.«

»Gib dich hin«, wiederholte ich, froh, endlich einen Verbündeten gefunden zu haben – und stutzte sogleich: »Aber an was soll ich mich hingeben?«

»Wie wärs mit dem Geschirrspülen in meinem Haus?« schlug der Denker vor.

»Dein Dach könnte neue Schindeln vertragen«, wandte sich Nestor an ihn.

»Stimmt. Und der Stall muss noch ausgemistet werden.«

Die beiden krümmten sich vor Lachen und überboten sich geradezu mit Aufgaben, an die ich mich ›hingeben‹ sollte. Dann wurde Nestor ernst.

»Du konntest nicht aufmerksam genug bleiben«, sagte er. »Du hättest genauso gut irgendwelche Bilder sehen können, die keinen unmittelbaren Bezug zur äusseren Leinwand haben – Halluzinationen, wie du sie nennen würdest. Wenn wir aber unsere Intensität erhöhen und gesteigerte Sinneswahrnehmungen haben, dann geht es eben darum, nicht abzuheben, sondern den Bezug zur äusseren Leinwand behalten zu können – um zu erkennen, was unser Bild im Grunde ist.«

»Was du hörst, hängt von deinem Bewusstsein ab«, konkretisierte der Hagere. »Menschen, die zu wenig bewusst sind, fallen bei erhöhter Energie schnell in Tagträume und hören vielleicht Melodien oder sogar Stimmen. Dann glauben sie, göttliche Wesen oder Engel oder Dämonen hätten zu ihnen gesprochen. Wenn ein Mensch aber bewusster wird, wenn er seine Energie besser durch den Körper zu leiten vermag, so lauscht er dem Rauschen in der Grundstruktur.«

Dann erklärte der Hagere, dass ich mit zunehmendem Fortschritt die Wahrnehmung des Rauschens noch weiter verfeinern könne. Er zum Beispiel höre nicht einfach nur ein Rauschen, sondern er könne verschiedene Töne in diesem Rauschen unterscheiden: Es gebe eindeutig eine Grundschwingung und acht Obertöne, die alle verschiedene Intensitäten hätten.

»Und ich bin nicht einmal fähig, diesem einen Rauschen eine längere Zeit zu lauschen«, seufzte ich resigniert.

»Das hat nur am Rande mit deiner Fähigkeit zu tun«, widersprach der Denker. »Du hast dich geweigert, richtig zu lauschen. Weil du Angst vor dem Rauschen hattest.«

»Angst? Warum sollte ich Angst vor dem Rauschen haben?«

»Weil es eine Leere in dir erzeugt, die im Gegensatz zur dir als Person steht. Du kannst nicht gleichzeitig auf das Rauschen und auf dich achten«, antwortete er. »Wenn du dich daher ganz auf das innere Rauschen konzentrierst, dann hörst du damit auf, deine Person und die Welt dauernd wiederzukäuen. Und je mehr du damit aufhörst, desto intensiver wird das Rauschen, und desto grösser auch die alles verschlingende Leere. Dauernd auf dieses Rauschen zu achten, würde bedeuten, die eigene Persönlichkeit zu vergessen, die eigene Identität zu verlieren.«

»Genau«, stimmte Nestor zu. »Deshalb brauchtest du all die Rhythmen und Melodien und den ›Gib dich hin‹ – als Schutzschild gegen die Leere des Rauschens.«

Ich war der Ansicht, dass ich in diesem Fall das einzig Richtige getan hätte. Schliesslich sei ich in keiner Weise daran interessiert, in irgendeine Leere zu fallen und mich dabei selbst zu vergessen. Die beiden lachten laut heraus und der Hagere wackelte immer wieder mit den Ohren; er verfügte offenbar über ein derart feines Gespür in den hinteren Kopfmuskeln, dass er seine Ohren einzeln bewegen konnte. Dann meinte er aufmunternd, ich bräuchte mich nicht zu rechtfertigen.

»Deine Reaktion war natürlich«, sagte er sanft. »Was du gestern versucht hast, ist das Schwierigste, das es überhaupt gibt: Du hast versucht, dich selbst zu vergessen – wer will das schon? Wer gibt sich schon freiwillig auf?«

»Aber wozu sollte das auch jemand wollen?« fragte ich zurück.

»Es ist die einzige Möglichkeit, die Fixation in der rechten Bewusstseinshälfte zu lösen und frei zu werden«, erwiderte Nestor. »Es spielt keine Rolle, ob du dies durch das Rauschen-Lauschen tust oder durch irgendeine andere Übung der vollkommenen Restauration: Immer geht es darum, deine kleine Welt aufzulösen, also das zu vergessen, was du zu sein glaubst – um das zu erkennen, was du bist.«

Nach einem einfachen Mittagessen verliess uns Nestor, um in den Wald zu gehen. Ich dagegen half dem Hageren, seine neun Schafe auf eine nahe gelegene Wiese zu treiben. Dabei erklärte er mir allerlei über die Schafhaltung, über den richtigen Umgang mit den Tieren, über ihre Pflege, ihre bevorzugte Nahrung, ihr Verhalten und was der Hirte mit der Milch und der Wolle alles tun konnte. Bei dieser Gelegenheit erwähnte er auch, dass die Tiere Bewusstsein hätten; sie hätten Vorlieben und Abneigungen und Gefühle, so wie Menschen auch.

Vielleicht in einem Anflug von Romantik enthüllte ich dem Denker, dass ich mir eine Welt wünschte, wo das Ideal der Gleichheit verwirklicht sei, wo die Menschen sich selbst und alle anderen Lebewesen gleichwertig behandeln würden.

Dies brachte ihn zum Lachen. »Tiere werden nie gleich sein, wie der Mensch«, entgegnete er. »Und auch unter den Menschen gibt es keine Gleichheit. So etwas anzunehmen wäre naiv.«

Seine Worte erschraken mich. Ich fragte ihn, ob denn nicht gerade Seher die Gleichheit in allem sehen und damit gegen konstruierte Hierarchien und soziale Ungerechtigkeiten ankämpfen müssten. Er bestätigte, dass Seher die Gleichheit aller Dinge sehen. Alles entspringe dem Bewusstsein und ist Teil davon, oder mit anderen Worten: aus der einen letzten Kugel, die zu erreichen das Ziel der Seher sei, würden wiederum Kugeln entspringen.

»Aber das Sehen enthüllt auch, dass es Hierarchien gibt«, fuhr er fort. »Es gibt eben nicht nur die eine Kugel, sondern es gibt auch die vielen Kugeln; um die eine Kugel zu erreichen, musst du durch die vielen Kugeln und Fäden hindurch. Hierarchie ist also im Bewusstsein bereits angelegt. Ein Schaf ist weiter von dieser einen Kugel entfernt als ein Mensch, deshalb steht das Schaf in der Hierarchie der Leuchtstruktur unter einem Menschen, so wie ein gewöhnlicher Mensch unter einem Seher steht. Es sind eben nicht alle gleich bewusst.«

Ich verteidigte meinen Standpunkt: Hierarchien, so war ich überzeugt, könnten auf Dauer nichts zum Frieden in einer Gemeinschaft oder Gesellschaft beitragen. Denn wo es Hierarchien gebe, gebe es ungleich verteilte Macht – wobei nicht nur die Macht, sondern auch die Gefahr des Machtmissbrauchs nach oben hin zunehme. Soziale Ungleichheiten seien somit vorprogrammiert.

Der Denker erwiderte, dass ich von einer Hierarchie ausgehe, die nach Geld und Besitz organisiert sei. Bei einer solchen könne tatsächlich nur aufsteigen, wer seinen Konkurrenten die Energie in Form von Geld und Besitz abziehe um selbst gross und mächtig zu werden. In der Bewusstseinshierarchie dagegen sei es undenkbar, tiefer stehende Wesen schlecht zu behandeln oder sogar auszubeuten, ihnen also die Energie abzujagen. Dies widerspreche dem Streben nach mehr Bewusstsein. Denn ein Aufstieg in der Bewusstseinshierarchie sei nur dadurch möglich, dass ein Mensch seine eigene Energie in das Bild abgebe. Im Gegensatz zu einer Geld- und Besitzhierarchie könne es hier nicht passieren, dass die Verantwortung für Menschen, Tiere und Umwelt in den Händen irgendwelcher Idioten liege, die in ihrem Bewusstsein kaum höher stünden als diese Schafe hier.

Nachdem wir die Schafe auf die Wiese gebracht hatten, wo sie sich an dem saftigen Gras erfreuten, setzten wir uns in den Schatten einer grossen Linde, von wo aus wir eine gute Übersicht über die Tiere hatten.

Ich fand die Gelegenheit günstig um den hageren Mann über die vollkommene Restauration auszufragen. Ich wollte seine Version zur Bewusstseinsentwicklung, zu den Mouches volantes und dem Weg in der Grundstruktur hören. Dabei erhoffte ich mir, aus den augenfälligsten Übereinstimmungen näher an ein verbindliches Muster heranzukommen, näher zum Kern der Tradition der Seher. Ich wollte dies dadurch erreichen, dass ich dem Denker die wichtigsten Punkte, die ich von Nestor über das Sehen vernommen hatte, darlegte, so dass er Stellung dazu nehmen und seine eigene Sicht einbringen konnte. Dazu hatte ich ein kleines Papier mit den wichtigsten Merkmalen der vollkommenen Restauration vorbereitet.

Zusammenfassend beschrieb ich dem Denker die vollkommene Restauration als ein System von körperlichen und psychischen Übungen, welche auf den Aufbau des inneren Drucks sowie einen besseren Umgang mit erhöhter Energie abzielten. Dies führe wiederum zu einer erweiterten Wahrnehmung des Bildes und, damit verbunden, zur Auflösung der kleinen Welt im Bild – die Aufhebung der Stabilität in einer Bewusstseinsschicht und der Wechsel von der rechten in die linke Bewusstseinshälfte eingeschlossen. Die überschüssige, freigewordene Energie müsse direkt durch den Körper als prickelndes Gefühl in das ganze Bild gegeben werden. Dies münde in der immer besseren Wahrnehmung der Punkte und Fäden, die in der Augenheilkunde als ›Mouches volantes‹ bekannt waren. Diese Wahrnehmung werde als ›Sehen‹ bezeichnet. Das Sehen der Punkte und Fäden, die allmählich näher kommen und zu grossen Kugeln und Röhren werden, sollte letztlich zur Überwindung der Dualität und zur Erkenntnis des eigenen Bewusstseins, beziehungsweise des Bildes als ein Ganzes führen. Und dies sei das mystische Ziel derjenigen Menschen, die hier auf der linken Seite der Emme wohnen und sich ›Seher‹ nennen.

Ich selbst fand diese Darstellung gut gelungen. Der Denker aber belächelte meine Bemühungen.

»Nimm diese Begriffe und Definitionen nicht so ernst«, mahnte er mich.

»Warum nicht?«

»Weil ein Mensch wie du eben dazu neigt, Begriffe und Wörter mit emotionalem Inhalt aufzufüllen, Inhalt, den du entweder begehrst oder verwünschst – umso mehr bei solchen Begriffen, mit denen du dich sehr stark auseinander setzt. Aber wenn du wissen willst, was Gefühle sind, musst du damit aufhören, sie in Begriffen zu binden.«

»Und was sind Gefühle?«

Der Denker zog demonstrativ an seinem Ohrläppchen und meinte, dass ich dies in meinem intensiveren Zustand gestern hätte erkennen sollen. »Gefühle sind Energie«, sagte er schliesslich. »Gefühle sind interpretierte, von deiner Persönlichkeit durchwobene Energie. Sie sind Teil deiner konstruierten kleinen Welt. Gestern vermochtest du es, die Energie deiner Gefühle zum Lauschen zu gebrauchen – zumindest für eine Weile. Gelingt es dir aber, deine Gefühle vollständig umzuwandeln, dann wirst du diese Energie direkt und in purer Form an alle und alles verteilen und damit das Bewusstseinsnetz aufleuchten lassen. Der Preis dafür ist, dass du alle diese Denksysteme und Begriffe eines Tages über den Haufen werfen musst.«

»Erzählen Sie dasselbe auch der Frau, die in Ihrer Bibliothek Bücher wälzt?«

»Sie ist nicht so wie du«, erwiderte er. »Sie hat eine ganz andere Beziehung zu Worten und Begriffen. Du bist ein ordentlicher Mensch, und du fühlst dich sicherer, wenn du die Dinge benennen kannst, die dir widerfahren. Daher fällt es dir leichter, die Bewusstseinsentwicklung durch ein festes System mit klaren Begriffen voranzutreiben. Nestor hat das erkannt und dich mit dem Begriffssystem der Seher vertraut gemacht – auf die Gefahr hin, dass du dabei hängen bleibst. Und ich denke, dies ist bei dir wahrscheinlich.«

»Ich hänge bestimmt nicht mehr an diesen Begriffen als Nestor selbst«, verteidigte ich mich.

»Du täuschst dich«, gab der Denker zurück. »Nestor ist ein Seher, und als solcher kümmert er sich keinen Deut um irgendwelche Denksysteme. Das widerspricht nur dem Sein im Hier und Jetzt, es widerspricht dem Sehen des Netzes.«

Ich wehrte mich gegen die Behauptung des Hageren. Mit Nachdruck erklärte ich ihm, Nestor gebrauche diese Ausdrücke und dieses Denksystem ständig, und er vertrete es mit viel Konsequenz und Überzeugung. Daher sei es für mich unvorstellbar, dass er sich ›keinen Deut‹ darum kümmere.

»Das ist es, was ich meine«, sagte der Denker unbeirrt. »Du kämpfst dagegen an, wenn jemand die Gültigkeit deiner Begriffswelt angreift. Das war bei mir genauso. Aber das ist nur, weil du so viel Kraft in Form von Gefühlen in diese Wörter gepumpt hast und weil du jetzt an diese Ausdrücke glaubst. Du wirst das tun müssen, was jeder Seher getan hat: nämlich die Gefühle aus der Sprache herauslösen. Für mich beispielsweise haben die Wörter, wenn überhaupt, nur noch einen gedanklichen, aber keinen emotionalen Inhalt mehr. Ich erlebe meine Gefühle als ekstatische Energie, die mich dem inneren Rauschen lauschen lässt und mein Bewusstseinsnetz zum Leuchten bringt. Und genau darauf zielt das Denksystem der Seher letztlich ab.«

Den herrlichen Sommerabend verbrachten Nestor und ich allein auf der Wiese vor dem Haus. Die Frau in der Bibliothek war verschwunden, und der Denker hatte uns verlassen um durch die Wälder zu streifen.

Nachdem wir eine Weile mit Pfeil und Bogen aus der Bibliothek des Denkers geübt hatten, erzählte ich Nestor von meinem Gespräch mit dem Hageren. Insbesondere interessierte mich, ob Nestor tatsächlich nichts auf das Begriffssystem der Seher gab. Das Gespräch verlief harzig. Er schien nicht geneigt, sich auf dieses Thema voll einzulassen. Er wiederholte nur, was der Denker über die Notwendigkeit der Auflösung der Gefühle in den Begriffen gesagt hatte; und er war der Meinung, dass die Begriffe in diesem System alle austauschbar und daher nicht so wichtig seien. Als Beispiel nannte er gerade den Denker, der die Grundstruktur hin und wieder als *Netz* oder *Bewusstseinsnetz* bezeichne.

Ich versuchte Nestor klar zu machen, dass verschiedene Begriffe verschiedene subtilere Bedeutungen hätten, die jeweils mitschwingen würden, und dass man Begriffe daher nicht einfach so austauschen könne. Ein ›Netz‹ sei nun einmal keine ›Struktur‹. Darauf lachte Nestor, und meinte, ich sei wohl schon etwas konservativ.

Diese Behauptung, ich sei konservativ, liess mich sofort eine abwehrende Haltung einnehmen. Denn nicht nur politisch, sondern auch menschlich glaubte ich mich grosszügig, fortschrittlich und offen für Neues. Dramatisch versuchte ich Nestor zu überzeugen, dass ich gerade nicht sei, was er behauptete. Aber er brachte mich mit mehreren Quaklauten zum Schweigen.

Eine Weile sagte keiner von uns etwas. Ich war verärgert. Und weil ich ihn meinen Ärger spüren lassen wollte, warf ich ihm schliesslich vor, er sei gleichgültig – gleichgültig, was die Gefühle anderer betraf. Er stritt dies nicht einmal ab, sondern erwiderte, dass jeder, der auf dem Weg in der Grundstruktur weiterkommen wolle, lernen müsse, den Inhalten im Bild die gleiche Gültigkeit beizumessen. Oder mit anderen Worten: das Bild als ein Ganzes zu sehen. Das Sehen der gleichen Gültigkeit aller Dinge sei letztendlich das Ziel.

»Und wenn alles gleichgültig wäre, dann würde überhaupt niemand mehr etwas tun oder anstreben«, spottete ich verbittert.

»Das Aufhören des Tuns führt unweigerlich zum Dasein«, hielt er entgegen. »Aber wir haben diese Dinge schon besprochen. Du solltest den Rat des Denkers unbedingt befolgen: Löse deine Gefühle aus den Wörtern und gib sie als Energie ins ganze Bild. Dann erst bist du in der Lage, den Wörtern wie ›konservativ‹ oder ›Gleichgültigkeit‹ die gleiche Gültigkeit zuzumessen und sie als das zu betrachten, was sie sind: eben Worte.«

Ich wusste nichts mehr zu erwidern. Irgendwie erwischte ich Nestor nie richtig. Es war, als wäre er gar nicht da – oder besser: zu sehr da, zu sehr präsent, schneller und gewiefter als jeder andere. Und es war, als würde er wie ein Spiegel nur das zurückgeben, was jemand hineingab – nur gab er in einem viel intensiveren Mass zurück, aber dennoch frei von Emotionen. Ich kam nicht gegen ihn an, und das brachte mich nicht nur beinahe um den Verstand, sondern liess auch mein Herz pochen und meine Hände zittern.

Ich verfiel einem unbefriedigenden Grübeln über ihn und darüber, ob seine Angriffe gegen mich gerechtfertigt waren. Dabei kam mir zu Bewusstsein, dass sich im Menschen Nestor mehrere Persönlichkeiten verbargen – Persönlichkeiten, die er scheinbar in den entsprechenden Situationen zu seinem Vorteil ausspielte. Mit diesem schnellen und häufigen Wechseln seiner Persönlichkeit veränderte er auch meine Gefühle für ihn.

Nestor konnte beispielsweise die banalsten und alltäglichsten Gegenstände und Situationen komisch finden und sich daran erfreuen, was ich manchmal als beneidenswert kindlich empfand, oft aber als unnachvollziehbar kindisch. Dabei brauchte er immer meine Aufmerksamkeit und die Bestätigung von meiner Seite, was in mir nur allzu oft Widerstand weckte. Auch wenn er sich nicht kindisch verhielt, konnte er mir vermitteln, dass das Leben schön und lebenswert war – bis ich vor lauter Sehnsucht und erfolglosem Nacheifern ganz melancholisch wurde. Dann konnte er wieder bissig und verletzend sein. Dabei deckte er die hässliche Seite im Tun und Lassen der Menschen auf und zog alles Streben ins Lächerliche. Nestor konnte aber auch von tiefstem Ernst durchdrungen sein und mit der grössten Überzeugung schwer nachvollziehbare Übungen erläutern, die mir bei der vollkommenen Restauration helfen würden. Und wenn ich schwer von Begriff war, dann zögerte er nicht, mir seine Sichtweise ruhig aber praktisch ohne Möglichkeit zum Widerspruch verständlich zu machen – genau das, was er vorhin getan hatte.

Mein Ärger gärte. Ich warf Nestor verstohlene Blicke zu. Ich fand ihn ekelhaft, wie er im Gras sass, die Beine ausgestreckt, die Arme und Hände schlaff von ihm hängend; wie er die Zehen seiner grotesk übergrossen nackten Füsse bewegte; sein Lachen, das wie ein hämisches Grinsen klang und eine Reihe grosser abscheulicher und gelblicher Zähne zeigte – an allem nahm ich Anstoss. Und je schweigsamer und verbitterter ich wurde, desto lebendiger und ekelhafter schien er zu werden, so als würde ihn meine abweisende Haltung nähren.

Als ich erneut zu Nestor hinblickte, erstarrte ich vor Schreck. Sein Anblick schien meine Gedanken zu bestätigen: Hatte er denn nicht ungewöhnlich behaarte Hände und Füsse? Hatte sein aufgestelltes schwarzes Haar nicht in Wirklichkeit die Dichte und Länge einer Löwenmähne? Und sein linkes Ohr, dessen oberer Teil zwischen dem Haar hervortrat, hatte das nicht den Anschein oben in einem Spitz auszulaufen, wenn auch unscheinbar? Glichen seine Finger nicht eher Klauen? War er nicht jenes abscheuliche Wesen, das mit meinen Gefühlen spielte und sich von ihnen ernährte?

Wie betäubt wandte ich meinen Blick von ihm ab. Ich wusste, dass ich nicht recht bei Sinnen war, dass ich mich in meiner Wut masslos gehen liess.

Der Abend war fortgeschritten. Zu unserer Linken stand die Sonne knapp über dem Wald des gegenüberliegenden Hügels und liess mit ihren letzten Strahlen die ganze Umgebung rot aufglühen.

Nestor begann plötzlich zu lachen und raffte sich hoch. »Schau«, rief er mit der Unschuld eines kleinen Kindes. »Fliegende Mücken.«

Ich glaubte, er wolle mich mit dieser Aufforderung zum Narren halten; er wolle mir seine Punkte und Fäden zeigen – etwas, das ja nicht funktionieren konnte. Ich schaute absichtlich nicht hin. Ich ekelte mich vor seinem billigen Versuch, meine Aufmerksamkeit auf sich zu ziehen. Nestor aber klopfte auf meinen Arm, etwas, das er noch nie getan hatte.

»Da sind fliegende Mücken«, beharrte er und zeigte in die Richtung des jungen Ahornbaumes, der unmittelbar neben dem Haus des Denkers wuchs. Widerwillig drehte ich den Kopf – und erblickte tatsächlich etliche kleinste Mücklein, die im Abendrot tanzten. In kleinen Schwärmen schwebten sie dicht über den Baumzweigen, wo sie in einem unaufhörlichen Kreisen anstiegen und sich wieder fallen liessen. Der Anblick dieser tanzenden Insekten war so friedlich und anmutig – das war vollkommene Schönheit.

In diesem Moment stürzte das ganze Gewicht meiner Unzulänglichkeit auf mich nieder: Meine Unfähigkeit, Worte Worte sein zu lassen und stattdessen die Schönheit des Bildes zu geniessen; die Erbärmlichkeit meiner Grabenkämpfe gegen Nestor und die Erklärungen der Seher; die Lächerlichkeit und Nichtigkeit meiner kleinen Welt und meiner Persönlichkeit, die ich immer und immer wieder verteidigen musste – eine Last, die so niederschmetternd war, dass mir die Tränen über die Wangen liefen.

Wie eine kleine Erlösung empfand ich daher das kurze, aber entspannende Prickeln, das in diesem Augenblick durch meine Glieder strömte.

Das Leuchten der Grundstruktur

Am nächsten Tag begleiteten wir den Denker mit seinen Schafen auf eine andere Wiese in diesem Hochtal. Von dort aus wollten wir zu Nestors Haus zurückkehren. Da es Nestor aber nicht eilig hatte, setzten wir uns noch eine Weile zum Hageren.

Im Gespräch mit dem Denker fiel mir erneut auf, dass er hin und wieder seine Ohren hochzog. Ich fragte ihn, ob er auf diese Weise Energie in den Kopf ziehe – so wie Nestor das Ohrenwackeln erklärt hatte. Der Denker blickte mich erstaunt an, dann lachte er laut heraus.

»Ich ziehe nicht die Ohren hoch, ich spitze die Ohren – um besser Hören zu können. So wie wir alle dauernd unsere Aufmerksamkeit im Sehen neu ausrichten, so richte ich auch mein Hören neu aus. Das Spitzen der Ohren ist wie das Blinzeln mit den Augen.«

Nestor lachte. Der Denker kam nahe an mich heran und senkte seine Stimme: »Wenn Nestor glaubt, er ziehe damit Energie in den Kopf, dann lass ihn das glauben. Aber in Wahrheit spitzt du damit deine Ohren.«

»Jedenfalls gibst du auf diese Art mehr Bewusstsein in den Kopf und in dein Gehör – egal ob du es nun das ›Hochziehen der Ohren‹, das ›Wackeln mit den Ohren‹ oder das ›Spitzen der Ohren‹ nennst«, meinte Nestor.

»Wieder einmal die Unzulänglichkeit der Sprache«, rief der Denker. »Sie benennt die gleichen Dinge immer wieder anders. Befreien wir uns also von der Sprache.«

»Die Sprache mag ja Mängel haben«, wandte ich ein. »Trotzdem ist sie das wichtigste Kommunikationsmittel, das uns Menschen zur Verfügung steht.«

»Diese Kommunikation ist aber sehr begrenzt«, beharrte der Denker. »Sie ermöglicht einen Austausch nur mit einem Teil der Welt, nämlich mit den Menschen. Hinzu kommt, dass die sprachliche Ausdrucksweise immer vielfältiger und komplizierter wird, entsprechend der Entwicklung in unserer Gesellschaft. Deshalb ist eine tief gehende sprachliche Verständigung auch nicht mit allen Menschen möglich, sondern nur mit einer bestimmten Gruppe von Menschen. Sprache spaltet. Sie schliesst ein und grenzt aus.«

Ich fand, die Sprache könne an sich immer Differenzen überbrücken und Verständigung herstellen, da sie wandelbar und anpassungsfähig sei – bis zu einem gewissen Grad erlaube sie sogar eine Kommunikation zwischen Mensch und Tier. Dem hielt Nestor entgegen, dass diese Kommunikation trotzdem immer nur mit einem Teil des Bildes möglich sei – egal, wie viele Menschen und Tiere und Pflanzen und Steine uns verstehen würden.

»Es gibt aber eine Kommunikationsform, die eine vollkommene Verständigung mit allen Inhalten des Bildes erlaubt«, behauptete er. »Das ist der Austausch von Energie mit dem ganzen Bild. Wenn ich Energie in das Bild als ein Ganzes gebe, so sehe ich direkt, was darin eigentlich abläuft. Das Sehen bringt also das direkte Wissen mit sich.

Die Seher sprechen bei diesen Bewusstsein steigernden Empfindungen von *Sensationen*. Sensationen sind sehr individuell, weil ihre Stärke und ihre Dauer davon abhängen, wie gross dein innerer Druck und wie offen dein Körper ist.«

»Die Sensation – das ist die Sensation!« rief der Denker ironisch aus.

Nestor erwiderte darauf, es sei tatsächlich eine Sensation, wenn ein Mensch erkenne, dass er sich durch seine Sensationen mit dem ganzen Bild austauschen und dieses verstehen könne. Zu Beginn aber, so erklärte er, seien die Sensationen noch von sehr kurzer Dauer und vielleicht noch mit einem Frösteln oder Zittern verbunden – was eben darauf hinweise, dass zu wenig Energie zur Verfügung stehe, oder dass die Energie noch im Körper blockiert sei.

»Wenn ein Mensch aber durch die richtige Lebensführung zu mehr Energie kommt, wird sich dies bei ihm durch zunehmende Sensationen ausdrücken. Er wird die Sensationen vermehrt als Prickeln fühlen, bei dem sich sämtliche Körperhärchen sträuben. Mit der Zeit wird dieses Prickeln immer grössere Körperteile durchströmen, manchmal auch den ganzen Körper. Wenn jemand genug Energie hat, dann wird er das Prickeln längere Zeit fühlen und als angenehm und entspannend empfinden – das Zittern und Frösteln bleibt schliesslich aus. Die Sensationen, die du seit einiger Zeit vermehrt fühlst, sind also Anzeichen dafür, dass du auf dem Weg bist, deinen Körper vollständig zu öffnen.«

Nestor erklärte weiter, dass diese direkte Art der Energieabgabe bei einem Seher regelmässig passiere. Die Sensationen eines Sehers nannte er nicht mehr ›Prickeln‹, sondern er sprach hier von ›Ekstasen‹. Eine Ekstase unterscheide sich von einem Prickeln dadurch, dass sie sehr viel länger und intensiver sei; zudem könne sie am ganzen Körper erlebt werden, von den Zehenspitzen bis zum Scheitel.

Das Prickeln empfand ich stets als ein angenehmes erfrischendes Gefühl, kannte es jedoch nur für die kurze Dauer von einigen Sekunden. Der Gedanke, dieses Gefühl für eine viel längere Zeit erleben zu können, interessierte mich.

»Wird sich das Prickeln wirklich verstärken und verlängern, wenn ich den inneren Druck aufbaue und meinen Körper öffne?« fragte ich.

»Da kannst du sicher sein«, erwiderte Nestor. »Die *Ekstase* ist die Wonne eines Sehers.«

»Eine Ekstase ist der nackte Wahnsinn«, schwärmte der Hagere.

»Sensationell«, fand Nestor.

»Einfach ekstatisch«, rief der Denker.

»Unendlich viel mehr als nur prickelnd«, wusste Nestor. »Allerdings gibt es Menschen, die hassen dieses Gefühl. Das sind die Egoisten, die nicht nur ihr Haus mit Alarmanlage und Stacheldraht ausstatten, sondern auch ihren Körper am liebsten hermetisch abschotten würden, um ja keine Energie verschenken zu müssen. Aber genau das ist es, was bei einem Prickeln oder einer Ekstase passiert; und das ist es auch, was die Seher im Grunde tun: Sie verschenken ihre überschüssige, emotional freigewordene Energie an das Bild als ein Ganzes, lösen damit die kleine Welt im Bild auf und bringen die Grundstruktur zum Leuchten.«

»Sensationen entspannen und bringen die Ruhe«, erzählte der Denker. »Ich kann sitzen bleiben und meine Energie regelmässig als Ekstase in die Welt geben. Wenn du hingegen kein Seher bist und dein Körper ›zu‹ ist, dann musst du immer kämpfen um deine Energie abzugeben. Dann musst du herumrennen, auf Berge klettern oder den Doktor machen – oder alles zusammen. Du musst schuften und schwitzen, du musst dich freuen und dich aufregen. Und du machst Liebe damit. Aber das sind alles nur kleine *Höpperlis*. Gib deine Kraft so weg, und du wirst immer unruhig bleiben und nie restlos befriedigt sein. Einfach deshalb, weil du deine Kraft auf diese Weise in bestimmten Absichten, Gefühlen, Menschen und Gegenständen bindest, die ausbleichen und alt und grau werden. Und auch du bleichst dabei aus und wirst alt und grau und stirbst – ohne erfahren zu haben, was es bedeutet, mit deiner Energie das Bewusstseinsnetz aufleuchten zu lassen und dich mit allem besser zu verstehen.«

Nestor wiederholte, dass die Ekstase tatsächlich die einzig wahre und umfassende Kommunikationsform sei, weil sie sich an das ganze Bild richte. Die menschliche, zweckgebundene und emotional gefärbte Sprache dagegen sei zu wenig energiereich und nichts weiter als eine Ablenkung von dieser direkten Kommunikation.

»Befreien wir uns also von der Sprache«, rief der Denker wieder. »Wozu brauchen wir überhaupt ein ganzes Alphabet voller Zeichen, um miteinander zu sprechen? Es ist doch Blödsinn, so viele Buchstaben zu haben und sich damit so schlecht ausdrücken zu können. Um alle unsere Empfindungen auszudrücken, würde es ja auch reichen, wenn wir nur die Vokale gebrauchten.«

Seine Worte brachten mich unwillkürlich zum Lachen. Ich sagte ihnen, dass es nicht auszudenken wäre, was es in einer Informationsgesellschaft wie der unseren für ein Chaos gäbe, wenn jeder nur noch mit Vokalen kommunizieren würde. Der Hagere schien es aber ernst zu meinen.

»Wenn ich zum Beispiel entsetzt oder angewidert bin«, erklärte er, »sage ich einfach iii.«

Nestor lachte und zog mit: »Und wenn ich etwas unangenehm oder fehl am Platz finde, sage ich eee.«

»Aaa sage ich sanft, wenn ich entspannt bin und es mir gut geht. Wenn ich aber aaa schreie, dann tut mir etwas weh oder ich habe Angst«, fiel dem Denker ein.

»Um meine Bewunderung und Anteilnahme auszudrücken, sage ich ooo mit steigender Stimme; ooo mit fallender Stimme hingegen brauche ich, wenn ich jemanden ironisch bemitleiden will.«

»Uuu bedeutet eine unangenehme Empfindung wie Unwohlsein, Übelkeit, aber auch Angst, die ich auf eine lustige Art ausdrücken will.«

Die beiden kicherten und kommunizierten eine Weile in kindischer Weise durch diese Vokale. Danach wandten sie sich an mich, aber als ich ihr Spiel nicht mitmachen mochte, liessen sie mit einem verständnislosen E-e und mit einem bemitleidenden Ooo von mir ab.

»Warum können wir uns nicht einfach wie normale, zivilisierte Menschen benehmen?« setzte ich provoziert an ihrem Verhalten aus.

»Menschen?« beendete der Denker endlich das unvernünftige Spiel. Dann blickte er scheinbar erstaunt um sich. »Es gibt hier aber keine Menschen. Es gibt hier nur Schafe und Seher«, meinte er und zeigte dabei auf die Schafe und auf uns.

Ich liess mir nichts anmerken, doch insgeheim freute es mich, dass der Denker auch mich zu den Sehern rechnete. Allerdings, so war ich überzeugt, war dies eine reine Freundschaftsgeste – zweifellos wusste er, dass ich kein Seher war. Bescheiden gab ich also zu bedenken, dass ich die Bewusstseinsschicht des Sehers noch nicht erreicht hätte.

»Du hast auch die Schicht des Menschen noch nicht erreicht«, ergänzte der Denker lachend. »*Du bisch o es Schaaf.*«

»Aber wie kann ich denn die Schicht des Menschen nicht erreicht haben, wenn ich doch ein Mensch bin?« verteidigte ich mich.

»Deinem Körper nach bist du ein Mensch«, erläuterte Nestor. »Aber deinem jetzigen Bewusstsein nach bist du kein Mensch. Ein bewusster Mensch zu sein bedeutet für einen Seher, dass du gewisse Fortschritte im Sehen erzielt hast. Dein Sehen aber ist praktisch nicht entwickelt. Und dein Wissen leitet sich nicht vom Sehen ab, sondern von dem, was du gelernt hast.«

»*Du bisch o es Schaaf*«, rief der Denker erneut. Er fand das offensichtlich so komisch, dass er es dauernd wiederholen musste. Ich erklärte den beiden, ihre Definition von ›Mensch‹ sei doch recht eigen – und auch unangebracht, denn demnach gäbe es ja sozusagen nur Schafe auf diesem Planeten. Sie fanden dies spassig und der Hagere fuhr fort, mich als Schaf zu bezeichnen.

»*Du bisch o es Schaaf. Du bisch o es Schaa-aaf*«, sang er. Nestor jauchzte.

Natürlich war klar, dass sie mich wieder ärgern wollten, wie vor zwei Tagen. Ich liess mich aber nicht ärgern, ich ignorierte sie.

»*Du bisch o es Schaaf*«, redete der Denker weiter auf mich ein.

Warum tat er das? Wollte er mich testen? Aber was war das doch für ein plumper, kindischer Test. Bilder aus meinem Kindesalter zogen an mir vorbei; Bilder aus einer Zeit, als ich mich noch ernsthaft mit solchen ungerechtfertigten und schwachsinnigen Sprüchen auseinander setzen musste, um meine Integrität zu bewahren. Aber waren wir solchen Dingen unterdessen nicht entwachsen, erwachsen? Ich liess Nestor und den Denker wissen, dass sich ihr kindisches Verhalten mit ihrem Anspruch, geistig vollkommen zu sein, in keiner Weise vertrage. Doch sie wollten mich nicht zur Kenntnis nehmen.

»*Du bisch o es Schaaf. Du bisch o es Schaaf*«, wiederholte der Denker immer wieder, immer eindringlicher. Er regte mich auf. Hatte ich das nötig? Hatte ich das verdient? Es war absehbar, dass seine Ausdauer, diesen Blödsinn zu wiederholen, meine Ausdauer im Zurückhalten meines Ärgers übertreffen würde. Als einzige Lösung sah ich die Flucht. Aber in dem Moment, als ich mich erheben und weggehen wollte, erhöhte sich mein Puls so plötzlich, als hätte ich eben eine grosse Anstrengung gemacht.

»*Du bisch o es Schaaf.*« Die Stimme des Denkers vernahm ich nun deutlicher, klarer und lauter als zuvor, so als würde er mir den Satz direkt ins Ohr sprechen. Allerdings schien es jetzt, als hätte der Spruch seine Bedeutung verloren. Tatsächlich klang das, was der Denker zu mir sagte, so befremdlich, dass ich seinen Sinn nicht mehr verstand. Meine Aufmerksamkeit hatte sich stattdessen auf den Klang der Worte verlagert, die vom Denker in verschiedenen Höhen betont wurden: Nach einem anfänglichen Sinken erhöhten sich die Silben, und die Letzte schloss den Kreis, indem sie dieselbe Höhe aufwies wie die Erste.

Dann begann sich diese Melodie allmählich zu verflachen. Die Höhen und Tiefen glichen sich einander an, bis die Abfolge vollkommen monoton war. Jetzt stach dafür die Rhythmik umso mehr heraus; ich achtete auf die Geschwindigkeit und die Länge der Worte. Aber auch diese glichen sich einander an, bis ich nur noch lange monotone, beinahe hypnotische Vokale hörte, die der Denker in einer für den Berner Dialekt ungewohnt sauberen Art und Weise betonte.

»... uu ... ii ... oo ... ee ... aaaa ...« Dieser nicht abbrechen wollende Strom von Vokalen drang so intensiv in mich ein, dass ich die einzelnen Vokale an verschiedenen Stellen meines Körpers zu spüren begann: In der vertrauten Empfindung eines starken Kribbelns fühlte ich das U unten in der Lendengegend; das I vibrierte kaum wahrnehmbar in meinem Kopf; den o-Vokal spürte ich deutlich in der Bauchgegend, unter dem Nabel; das E löste eine milde Sensation im Bereich des Kehlkopfs aus; und der a-Laut schliesslich vibrierte in meiner Brust.

Ich empfand diese Sensationen als angenehm und wohltuend, sie steigerten meine Aufmerksamkeit in den entsprechenden Körperstellen. Am meisten galt das für den o-Laut, hinter dem alle anderen Vokale an Intensität nach und nach zurücktraten, bis ich nur noch dieses O fühlte und hörte. Allerdings büsste der Vokal mit jedem erneuten Erklingen etwas von seiner sprachlichen Qualität ein; schon bald erlebte ich das Gehörte nicht mehr als Laut, sondern als fühlbarer Impuls, welcher ein allmählich in den Vordergrund tretendes durchgängiges Rauschen erzeugte.

Nachdem dieses Rauschen gleichmässig geworden war und meine Aufmerksamkeit bereits eine ganze Weile absorbiert hatte, realisierte ich, dass es sich von meinem Bauch und überhaupt von meinem Körper gelöst hatte – und dass ich mich mit dem Rauschen ebenfalls von meinem Körper gelöst hatte: Ich fühlte nicht mehr, wo ich begann und wo ich aufhörte, wo innen und aussen war; ich konnte nicht einmal feststellen, ob ich überhaupt noch atmete. Bei diesem Gedanken wurde ich von Panik ergriffen, die mich reflexartig aufspringen und in die nächstbeste Richtung wegrennen liess.

Wenig später erreichte ich den Rand eines kleinen Wäldchens, wo ich mich ausgelaugt ins weiche Moos fallen liess. Mein gewohntes Körperempfinden kehrte langsam zurück. Das Rauschen verschwand und ich konnte die Geräusche der Umgebung wieder wie gewohnt wahrnehmen: Das Summen der Insekten, das Blöken der Schafe und das schallende Gelächter von zwei kindlichen Gemütern, die sich ›Seher‹ nannten. Ich war nicht in der Lage, mir Klarheit über das Vorgefallene zu verschaffen. Zu gross war mein Ärger über Nestor und den Denker, zu gross auch die Scham, weil ich wie ein Feigling die Flucht ergriffen hatte.

Bevor ich mich richtig beruhigen konnte, beobachtete ich, wie sich Nestor erhob und etwas zum Denker sprach, welcher sich nach mir umdrehte, mir zuwinkte und sich schliesslich ins Gras legte. Nestor kam auf mich zugelaufen, und als er in einiger Entfernung an mir vorüberging, sagte er, dass wir zu seinem Haus zurückkehren würden. Sichtlich amüsiert fügte er an, ich könne es ja kaum abwarten.

Ich folgte ihm, erwiderte aber aus Protest nichts. Den ganzen Rückweg legten wir schweigend zurück. Nestor schien sich an meiner Trotzreaktion jedoch nicht zu stören – im Gegenteil: Ich hatte den Eindruck, dass er es sogar genoss, nicht mit mir sprechen zu müssen.

Abends setzte ich mich zu Nestor vor das Haus. Mir war danach, die Sache zu klären. Ich schilderte ihm, wie ich mich zuerst tödlich über den Spruch des Denkers aufgeregt hätte, und wie im nächsten Moment nur die Melodie und die Rhythmik der Worte, dann die Vokale in meine Ohren gedrungen seien. Schliesslich hätte ich nur noch ein Rauschen vernommen, während die Worte längst jegliche Bedeutung verloren hatten.

»Du hast den Worten gelauscht, ohne weiter darüber nachzudenken«, interpretierte Nestor. »Deshalb klangen sie auch ganz anders. Wichtig ist, dass du die Gefühle, die in den Worten gebunden waren, in Energie umgewandelt hast – und damit verlor der Spruch des Denkers seine Aussagekraft. Du hättest diese freigewordene Energie in das Bild als ein Ganzes geben können. Aber dafür warst du wieder nicht offen genug, so musstest du sie ableiten, indem du wie ein Verrückter herumranntest.«

Darauf erzählte ich ihm von den verschiedenen Vokalen, die ich an verschiedenen Stellen in meinem Körper gespürt hatte.

Nestor lächelte wissend. »Der Denker hatte die Gelegenheit genutzt und wollte dir zeigen, dass jeder Vokal eine Schwingung erzeugt, die im Körper spürbar ist. Aber das ist noch nicht alles. Die Stellen im Körper entsprechen auch bestimmten Schichten des Bewusstseins. Mit anderen Worten: Der Denker will dich dazu motivieren, diese Schwingungen bewusst in deinem Körper zu erzeugen und so zu versuchen, die entsprechenden Schichten deines Bewusstsein anzuregen.«

Mir war nicht klar, wie man einen Bezug von den Körperstellen zu den Bewusstseinsschichten machen konnte. Nestor beantwortete die Frage, indem er behauptete, dass die Seher diesen Bezug spüren könnten: Beim Sehen spürten sie die Sensation eines Kribbelns in den entsprechenden Körperregionen, je nachdem auf welche Kugeln und Fäden sie ihre Aufmerksamkeit lenkten.

»Du sagtest doch, dass es unzählige Schichten gibt«, wandte ich ein. »Die Vibrationen der Vokale spürte ich aber nur an wenigen Körperstellen.«

»Es gibt wirklich unzählige Schichten. Doch um die ganze Geschichte zu vereinfachen haben die Seher aufgrund ihres Sehens die Schichten zu acht Hauptschichten zusammengefasst, die es im Bewusstsein zu durchdringen gilt. Der Denker vermittelte dir heute aber nur fünf Vokale, die mit fünf Schichten in deinem Bewusstsein übereinstimmen – die Zwischenvokale Ä, Ü und Ö hat er ausgelassen. Diese Zwischenvokale können immer etwas höher im Körper gefühlt werden als der ihnen zugrunde liegende Vokal.

Nun kann jeder Vokal durch seine Vibration eine Schicht anregen, im Idealfall vollständig beleuchten. Daneben beseitigen die Vibrationen der Vokale auch Energieblockaden, machen deinen Körper offener und bringen die Energie zum Fliessen. Deshalb solltest du dies üben.«

Ich wollte von Nestor wissen, ob ich die Vokale in derselben Reihenfolge aussprechen solle, wie sie mir der Denker vermittelt hatte. Er erwiderte darauf, die ideale Reihenfolge verlaufe von unten, vom

U, nach oben zum I. Allerdings bewunderte er den Einfallsreichtum des Denkers, der mit seinem Spruch und der sich daraus ergebenden Reihenfolge der Vokale auf etwas Elementares hingewiesen hatte: Der Denker habe in meinem Körper zuerst die Vibrationen der beiden extremsten Vokale, dann die zwei inneren und schliesslich den Vokal in der Mitte, beim Herz, erzeugt.

»Aufgrund seines Sehens weiss der Denker, dass all unser Streben auf unsere eigene Mitte hinausläuft, auf unser Herz«, erklärte Nestor. »Aber diese Mitte erreicht nur, wer die Extreme kennt. Im Sehen bedeutet dies, die Bewusstseinsschichten zu durchdringen und die Gegenstände im Bild in ihren Extremen wahrnehmen zu können, also sehr gross und sehr klein. Und auf dem Weg in der Grundstruktur bedeutet es, die eigenen tiefsten Abgründe sowie die höchsten Höhen des Bewusstseins zu erfahren. Dann erst findet der Seher die Ruhe in der Mitte seines Herzens.«

Im Laufe des Sommers versuchte ich weiterhin, die beschädigte Einlegearbeit an der unteren rechten Schublade des Sekretärs zu restaurieren. Die Arbeit war frustrierend: Obwohl ich häufig daran werkte, kam ich keinen Schritt weiter. Das Möbel nahm nach wie vor Einfluss auf mich, und das obwohl ich regelmässig mit den verschiedenen Übungen experimentierte, die ich bei Nestor erlernt hatte. Aber weder die Wahrnehmung des Nachbildes, noch diejenige der Punkte und Fäden, noch neuerdings die Erzeugung der Vibrationen durch das Aussprechen oder Singen der Vokale und auch nicht eine Kombination von all dem brachten den erhofften Erfolg. Und so hartnäckig mich das Möbel am Fortschreiten hinderte, so hartnäckig ermutigte mich Nestor, nur nicht aufzugeben.

In dieser Zeit waren meine Träume ungewöhnlich lebhaft. Interessant wurde es immer dann, wenn ich mir meines Träumens bewusst wurde und einen Einfluss darauf nehmen konnte. Typischerweise waren solche Träume zunächst Angstträume, in denen ich bewusst genug war, um die üblichen schwächenden Gefühle der Ohnmacht nicht zuzulassen. Wann immer es mir gelang, genügend Kraft aufzubringen und angesichts der vermeintlichen Gefahren ruhig zu bleiben, wurde mein Gefühlskörper wacher.

Es war schliesslich auch ein besonderer Traum, welcher mir Aufschluss über die weitere Vorgehensweise der Restauration an der unteren rechten Schublade gab. Der Traum begann damit, dass ich mir gewahr wurde, in einem Höhlenkomplex zu stecken – jener Traum, der sich bisweilen wiederholte. Diesmal hatte die Höhle allerdings an klaustrophobischem Schrecken eingebüsst: Der Gang, in welchem ich mich befand, schien nicht mehr so eng wie in früheren Träumen. Die Wände standen nicht mehr so nahe beieinander, und die Decke war höher als sonst – ich konnte beinahe aufrecht stehen.

Leicht gebückt begann ich dem Gang zu folgen. Das Bewegen fiel mir leicht. Und ich stellte fest, dass die sonst eher kühle und feuchte Höhle allmählich trockener und wärmer wurde, was ich als angenehm empfand. Erstmals fiel mir auch auf, dass es keine Verzweigungen gab, nur Seitengänge, die in meinen Gang mündeten.

Bald gelangte ich an eine Stelle, wo eine Wand den weiteren Weg versperrte. Bei genauem Hinschauen bemerkte ich, dass diese Wand ein wenig heller war als die Wände des Ganges um mich herum. Und nicht nur das: Je länger ich sie anschaute, desto heller wurde sie. Erschrocken wandte ich meinen Blick davon ab, nur um wenig später das faszinierende Geschehen erneut zu provozieren. Tatsächlich glühte die Wand diesmal geradezu auf: Ich blickte in ein gelbliches Licht, das eine immer grössere Wärme abstrahlte.

Nachdem ich eine ungewisse Zeit in dieses Licht gestarrt hatte, verlor es plötzlich seine Intensität und Gleichmässigkeit und verdichtete sich zu einer unregelmässigen Struktur. Diese Struktur schimmerte in einer gelblichen Tönung, die gegen die eine Seite hin dunkler wurde und sich ins Grünliche verfärbte; am anderen rechten Rand ging das Gelb dagegen in eine orange, dann rötliche Tönung über.

Als ich meinen Kopf etwas zur Seite neigte, veränderten sich die Farben schlagartig: Nun verfärbte sich die Struktur rötlich. Bei genauerer Betrachtung erkannte ich, dass dieses Rot nicht einfach eine statische Fläche war, sondern sich aus unzähligen kleinsten Pünktchen zusammensetzte, die sich gleichmässig in den Bahnen der Struktur fortbewegten. Meinen Kopf wieder zurückgedreht, sah ich, dass auch die gelbe Tönung aus eben solchen fliessenden Pünktchen bestand, die wie insektenartige Wesen anmuteten. Hier im gelblichen Ton schienen sie sich aber schneller zu bewegen. Dieselbe Beobachtung machte ich bei den anderen Farben, die eintraten, sobald ich meinen Kopf weiter nach links bewegte: Die grünen Pünktchen jagten einander noch schneller nach und die blauen und violetten rasten, so dass ich sie nur noch flüchtig wahrnehmen konnte.

Was mich dabei irritierte, ja beinahe zur Verzweiflung brachte, waren die Übergänge von der einen Farbe in die Nächste: Sie verliefen nicht harmonisch ineinander, sondern es gab eine Art Schnittstelle, ein dünner schwarzer Streifen, der die Farbverläufe voneinander trennte. Die Bahnen der einen Farbe waren auf diese Weise nicht mit denjenigen der anderen verbunden. Die flitzenden Pünktchen beider Seiten verschwanden an den Schnittstellen einfach im Nichts, anstatt dass sie flüssig in das Geflecht der jeweils anderen Farbe übergingen.

Dagegen wehrte ich mich, und dieser Drang, alles möge harmonisch ineinander fliessen, war in mir so stark wie das Bedürfnis nach Atem. Das ging so weit, dass ich tatsächlich nach Luft japste und im nächsten Moment erwachte – um festzustellen, dass ich die gemaserte Holzdecke meines Zimmers bei Nestor anstarrte und die ganze Zeit mit offenen Augen geträumt hatte.

Erhitzt und ausgetrocknet stieg ich aus dem Bett. Draussen war heller Tag, und die Morgensonne schien durch das Fenster in das Zimmer. Als ich meine Decke zurechtrücken wollte, erblickte ich auf dem Kopfkissen einen in die Spektralfarben zerlegten Lichtstrahl, der vom Fenster herzukommen schien. Dies prüfend erkannte ich, dass er von dem Quarzkristall des stämmigen Bauern herrührte, den ich vor Jahren auf die Kommode vor dem Fenster gestellt hatte: Das Sonnenlicht, das auf den Quarz traf, wurde in die Spektralfarben aufgespaltet und genau auf mein Kopfkissen geworfen.

So wie es aussah, hatten die Spektralfarben während dem Träumen mit offenen Augen auf mich gewirkt. Die Erkenntnis, dass der Traum als solcher nur unter der Mitwirkung des Quarzes möglich war, dass jener vielleicht sogar die Ursache dafür war, liess mich an die Worte des Bauern denken: Er hatte nämlich behauptet, dass die Klarheit dieses Steins mir helfen werde, selbst Klarheit zu gewinnen – was ich damals als esoterisches Geschwafel abtat.

Beim Frühstück erzählte ich Nestor von diesem Traum. Als Fortschritt auf dem Weg in der Grundstruktur wertete er die Tatsache, dass ich mich in der Höhle freier bewegen konnte; der Fortschritt bestehe darin, dass ich kleiner geworden sei – eine Interpretation, auf die Nestor anscheinend Wert legte. Denn er wies meinen Einwand, die Höhle könnte ja grösser geworden sein anstatt ich kleiner, bestimmt zurück.

»Wenn du davon träumst, dass du in einem Raum viel Platz hast, oder mehr Platz als früher, dann bedeutet das, dass du nicht mehr so gross bist«, erklärte er. »Das heisst, dass du dich nicht mehr so wichtig nimmst wie früher noch. Je mehr wir unsere kleine Welt und damit auch unsere Persönlichkeit im Bild auflösen, desto kleiner werden wir. Und wenn wir klein sind, stossen und ecken wir nicht überall an – so wie es sich in den Träumen eben direkt ausdrücken kann.«

Nestor zeigte dann reges Interesse an den bewegten farbigen Pünktchen und fragte mich nach deren Bewegungen und Grösse. Er interpretierte sie schliesslich als *dynamischen Effekt* des Sehens – nur dass er in meinem Fall von einem Traum überlagert gewesen sei.

»Den *statischen Effekt* des Sehens kennst du schon«, führte er aus. »Es sind die Kugeln und Fäden, also die Grundstruktur. Der dynamische Effekt tritt dagegen nur in extremen Situationen auf, wo die Intensität in dir sehr hoch ist, wo also die Menge der Energie im Verhältnis zu dem, was du aushalten kannst, aussergewöhnlich gross ist. Dann nehmen wir kleine leuchtende Kügelchen wahr, die sich schnell in alle Richtungen fortbewegen. Im Grunde ist dieser dynamische Effekt nichts anderes als Energie, welche die Bahnen der Grundstruktur erzeugt.«

Was Nestor als ›dynamischen Effekt‹ des Sehens erklärte, kannte ich sowohl aus eigener Erfahrung, als auch durch die Nachforschungen über die Mouches volantes.

Medizinisch gesehen handelt es sich um ein Phänomen, das in körperlichen Extremsituationen auftreten kann, etwa bei Schock, Schwindel und beginnender Ohnmacht. Ein zu niedriger Blutdruck, und speziell die mangelhafte Durchblutung der Sehbahn und der hinteren Augenwand, führt zum so genannten ›Sternchensehen‹, also zur Wahrnehmung jener leuchtenden, sich in gewundenen Bahnen bewegenden Kügelchen. Auch bei übermässiger Reizung der Netzhaut, zum Beispiel durch einen Schlag aufs Auge, treten diese ›Sternchen‹ auf – was etwa in Trickfilmen und Comics als kreisende Sterne um den Kopf k.o. geschlagener Figuren bildhaft dargestellt wird.

Ich machte Nestor mit der medizinischen Erklärung des dynamischen Effekts vertraut. Wie zu erwarten war, mass er dieser Erklärung nichts bei. Dafür versicherte er mir, dass dieser Effekt, obgleich selten wahrnehmbar, bei einem Menschen auf dem Weg in der Grundstruktur vermehrt auftreten könne. Wenn sich mir die bewegten leuchtenden Kugeln also zeigten, dann solle ich sie so genau wie möglich beobachten. Mit zunehmender Entwicklung des inneren Sinns würden sie sich zudem vergrössern: Seher könnten sie zuweilen als riesige rotierende Leuchtkugeln sehen.

Zur Bedeutung meines Traumes wollte Nestor nichts weiter sagen. Stattdessen legte er mir nahe, den Bauern aufzusuchen und ihn danach zu fragen. Seiner Ansicht nach hatte der Bauer mit diesem Quarz etwas Konkretes beabsichtigt, etwas, das nun eingetreten war.

Am frühen Nachmittag erreichte ich die steinige Terrasse. Der stämmige Bauer hatte sich hinter seinem Haus eingerichtet, so dass er eine optimale Aussicht auf das Tal sowie auf den gegenüberliegenden Berg hatte. Als ich mich ihm näherte, sah ich, dass er weder Tal noch Berg betrachtete, sondern in den noch blauen, aber zunehmend bewölkten Himmel blickte.

Sein Empfang war freundlich, aber knapp. Wir wechselten ein paar formelle Worte, danach erzählte ich ihm von meinen Schwierigkeiten mit der Restauration der Einlegearbeit auf Mari Eglis Möbel. Als er nicht recht auf dieses Gesprächsthema eingehen wollte, erwähnte ich schliesslich die Mouches volantes und versuchte damit erstmalig mit dem Bauern über die Seher und die Grundstruktur zu sprechen. Der Bauer aber wollte nichts preisgeben: Er erledigte das Gespräch mit der abwimmelnden Bemerkung, ich müsse die Struktur sehen, um darüber etwas zu erfahren. Sein abweisendes Verhalten irritierte mich, so dass eine peinliche Stille zwischen uns entstand.

»Warum bist du hier?« brachte der Bauer das Gespräch auf den Punkt.

»Der Quarz, den Sie mir gegeben haben, hat gewirkt«, erzählte ich im Sinne Nestors. Er warf mir einen überraschten Blick zu, so als könne er es kaum glauben.

»Und wie hat er gewirkt?«

Ich antwortete, dass ich dies nicht recht beurteilen könne und erzählte ihm von meinem Traum. Der Bauer hörte zu, schien aber unschlüssig, was er mit meiner Erzählung anfangen sollte. Er schwieg etliche Minuten.

Dann, als folgte er einer plötzlichen Eingebung, stand er auf und ging ins Haus. Ich lief ihm hinterher und fand ihn am Herd stehend. Er hob den Deckel eines Topfes, in dem er etwas kochte, warf einen kritischen Blick hinein und bedeckte den Topf wieder. Schliesslich setzte er sich auf den gepolsterten Ledersessel. Ich setzte mich ihm gegenüber an den Tisch und wartete, bis er etwas sagen würde.

»Was willst du denn von mir hören?« fragte er nach einer Weile.

»Ich möchte wissen, ob der Quarzkristall irgendwie mit meinem Traum in Verbindung stand.«

»Das weisst du doch schon. Bestimmt stand er damit in Verbindung. Anscheinend sind die Farben in deinem Traum durch diesen Stein zustande gekommen.«

»Hat dieser Traum etwas mit meiner Restauration von Mari Eglis Sekretär zu tun?«

Der Bauer lachte leise. »Woher soll ich das wissen? Ich konzentriere mich auf das, was vor meinen Augen ist.«

»Können Sie mir denn irgendetwas über die Bedeutung des Traumes sagen?« fragte ich weiter.

»Nein. Es ist nicht meine Sache, deinem Traum eine Bedeutung zu geben.« Er führte aus, dass es ohnehin nicht die Aufgabe von Sehern sei, die Welt mit Sinn und Bedeutung anzureichern. Die Aufgabe der Seher bestehe darin, die Welt in Licht aufzulösen. Einem Traum Bedeutung zu verleihen, würde nur heissen, das Licht von der Struktur des Bewusstseins abzuziehen und die Welt zu verdunkeln.

»Dann soll ich gar nicht nach einer Bedeutung suchen?« schloss ich.

»Du bist kein Seher«, erwiderte er, stand auf und stellte sich erneut vor den Herd. »Nein, du bist kein Seher. Deshalb suchst du sowieso nach Bedeutungen. Die findest du aber niemals ausserhalb von dir selbst.«

Der Stämmige nahm den Topf vom Herd und rührte darin. Verträumt meinte er, ich müsse die Bedeutung aus mir herauslösen, so wie er das Beste aus den Kräutern herauslöse, indem er sie auskoche und den Sud erhalte.

Ungeduldig teilte ich dem Bauer mit, dass ich nicht aus Eigeninitiative hier sei, sondern auf Geheiss von Nestor. Deshalb müsse er irgendwelche handfesten Informationen für mich haben.

»Ich habe keine Ahnung, was Nestor im Schilde führt«, sagte ich. »Ich muss mich vollkommen auf ihn verlassen.«

»Ich weiss auch nicht, was Nestor im Schilde führt. Ich verlasse mich ebenfalls auf ihn.« Der Stämmige verzog seinen Mund zu einem fast unmerklichen Lächeln. Wohl weil er meine Verzagtheit bemerkt hatte, fragte er mich, ob ich zum Essen bleiben wolle, denn nach einem guten Essen sehe alles ganz anders aus. Da ich seine ›Kochkünste‹ auch nach dieser langen Zeit nicht vergessen hatte, lehnte ich freundlich, aber bestimmt ab.

Ich musste ohne die erhofften Antworten zu Nestors Haus zurückkehren. Nestor, dem ich von den Ausführungen des Bauern berichtete, konnte sich keinen Reim darauf bilden. Trotzdem war er nach wie vor überzeugt, dass dieser mir Anweisungen im Umgang mit meinem Traum gegeben hatte. Er liess mich daher die Begegnung mit dem Stämmigen repetieren. Ich sollte mich an alle noch so kleinen und unbedeutenden Details erinnern. Nachdem ich ihm die Gespräche auch noch zum dritten Mal geschildert hatte, schmunzelte Nestor. Er eröffnete mir, er wisse nun, was der Bauer mir eigentlich mitteilen wollte. Und er fand es spassig, dass ich diese tiefsinnigen Worte nur als unnützes Geschwätz gewertet und daher erst jetzt, beim dritten Mal, erwähnt hatte. Damit weckte er meine Neugier, doch er liess sich nichts weiter entlocken, nur dass wir so bald wie möglich in den Wald gehen würden.

Erst eine Woche später war es trocken und sonnig genug, um eine Wanderung zu unternehmen. Auch als wir bereits unterwegs waren, schwieg sich Nestor über die Worte des Bauern aus. Aber seine Zielstrebigkeit im Gehen zeigte, dass er einen bestimmten Ort im Sinn hatte, welchen wir aufsuchen würden.

Wir erreichten schliesslich eine kleine, relativ flache Stelle an einem Waldrand, ganz in der Nähe eines steil abfallenden Abgrundes. Der Platz hier kam mir vertraut vor. Ich blickte zu Nestor, welcher sich auf einen umgestürzten Baumstamm setzte. Genau dieses Bild löste eine unangenehme Erinnerung aus: Hier befand sich dieses Loch, das Nestor makaber den ›Emmentaler Kochtopf‹ nannte.

»Ich werde nicht noch einmal in das Ding hinuntersteigen«, stellte ich sofort klar.

»Es ist der Ratschlag des Bauern. Und den werden wir befolgen müssen, denn es war der Bauer, der dies alles in Bewegung gesetzt hat: So wie er die Essenz aus seinen Kräutern erhält, wirst du die Bedeutung deines Traumes erhalten – nämlich durch das Auskochen. Und was eignet sich dazu besser als der Emmentaler Kochtopf?«

Ich begann zu argumentieren, sagte, dass der Bauer das Wort ›auskochen‹ nicht auf mich bezogen habe, sondern nur auf die Kräuter; zudem habe er dies als eine Metapher gebraucht und keineswegs im konkreten Sinn; und überhaupt würde ich den Kochtopf und seine Wirkung zur Genüge kennen.

»Das ist wohl deine endgültige Antwort?« lachte er. Dass er mich nicht ernst nahm, weckte meinen Unmut umso mehr. Ich blieb bei meinem Nein und rechtfertigte meinen Entscheid damit, dass er die Frechheit hatte, mich hierher zu führen, ohne sich mit mir abzusprechen – so als wäre ich ein unmündiges Kind.

Als ich nichts mehr zu sagen wusste, begann Nestor zu sprechen. »Träume zu deuten ist keine einfache Sache«, sagte er. »Denn Träume spielen sich in der Gefühlswelt ab, in einer Schicht also, wo du nicht an materielle Bedingungen gebunden bist. Du kannst in Träumen viel intensiver sein und mit deinem Gefühlskörper Erstaunliches leisten. Aber wenn du aufwachst und in die Schicht deines Tagesbewusstseins zurückkehrst, fehlt dir diese Intensität, die zum Verständnis des Traumes notwendig wäre.«

Nestor erklärte weiter, ich könne nun auf bereits vorhandene Traumdeutungssysteme zurückgreifen oder diesen Traum selbst in irgendeinen möglichst einleuchtenden Zusammenhang mit meinem Alltagsleben bringen. Ein solches Vorgehen sei zwar nicht falsch, führe aber nur zu einem interpretierten Wissen. Denn Träume zu deuten sei für einen Seher keine Frage des Intellekts und der mehr oder weniger originellen Verknüpfungen von Erlebnissen der äusseren und inneren Leinwand; sondern was ich brauche, sei eben dieselbe Intensität wie im Traum, also die Verlagerung meines Bewusstseins in die Gefühlswelt, ohne aber den Bezug zur äusseren Leinwand zu verlieren.

»Wenn du in deinem Gefühlskörper handelst und mit dieser Intensität umgehen kannst, dann wird ein viel unmittelbareres und umfassenderes Wissen über die Dinge möglich, mit denen du dich beschäftigst. Heute wird dir der Kochtopf helfen, die benötigte Intensität herbeizuführen.«

»Diese Art von ›Intensität‹ kenne ich«, wehrte ich mich. »Als ich das letzte Mal aus dem Topf hinauskroch, war ich noch tagelang depressiv.«

»Heute ist es anders«, versicherte er. »Heute wird das Feuer das Wasser im Kessel verdampfen, und zwar im unteren Raum. Auf diese Weise wird sich die Wirkung des Emmentaler Kochtopfs umkehren; du wirst also erfahren, wie die Umwandlung der sexuellen Kraft über einen längeren Zeitraum eine zusätzliche Erhöhung des inneren Drucks bewirkt. Du selbst wirst dabei intensiver und belebst dein Bild. Und das bringt auch die Intuition, die du beispielsweise brauchst, um deine Träume zu interpretieren.«

Ich wusste nicht, was sagen. Nestor hatte es wieder verstanden, mich von der Notwendigkeit einer Unannehmlichkeit zu überzeugen. Vielleicht war es der bittere Beigeschmack der Niederlage, der mich kleinmütig einwenden liess, dass dieser Traum doch eigentlich zu unwichtig sei, als dass er einer Interpretation bedürfe.

Nestor lachte laut und nannte mich einen Drückeberger. Seine Herzlichkeit bewirkte letztendlich, dass ich einlenkte. Gemeinsam bereiteten wir den Emmentaler Kochtopf für die Benützung vor: Wir legten den Holzdeckel des Lochs beiseite; anschliessend begann ich den Kanal, der dem Topf das Wasser zuführte, von Blättern, Ästen und Schutt zu reinigen, während Nestor im kleinen Raum unter der Glasscheibe das Feuer im Kupferkegel entfachte. Schon bald konnte ich den Rauch des Feuers aus vier Öffnungen rund um das Loch aufsteigen sehen; diese unscheinbaren Öffnungen waren ähnlich wie der Zuleitungskanal mit feinen Metallgittern versehen um ein Eindringen von Laub und Erde zu verhindern. Die Vorbereitung verlief so schnell und reibungslos, dass mir der alberne Gedanke durch den Kopf ging, wir hätten bereits Routine im Umgang mit dem Kochtopf.

Schliesslich stieg ich in den Kochtopf hinunter, und Nestor bedeckte die Öffnung mit dem Holzdeckel. Dann entfernte er sich um die Schleuse zu öffnen. Eingeengt in diesem kühlen, feuchten und finsteren Loch wartete ich. Mir fiel auf, dass ich praktisch nichts von dem Rauch des Feuers zu riechen bekam. Wer immer diesen Apparat gebaut hatte – er verstand viel von seinem Handwerk.

Wenig später hörte ich das Wasser durch die Steinrinnen plätschern. Es umrundete mich und floss unter mir in den Kupferkessel, wo es bald zu kochen begann. Der dabei entstehende Dampf beschlug nicht nur die Glasscheibe, sondern drang über die Kanäle zu mir in den Kochtopf. Als die Temperatur anstieg und ich zu schwitzen anfing, dämmerte mir, wie zutreffend der Name ›Kochtopf‹ für dieses Gerät war.

Nach einiger Zeit spürte ich einen Druck in mir, der meinen Bauch aufblähte und meine Nervosität noch steigerte. Ich hatte das starke Bedürfnis, mich zu bewegen, meine Arme und Beine richtig auszustrecken. Doch das war in diesem engen Loch kaum möglich. Um mich abzukühlen und abzulenken wusch ich mir mit dem kalten Wasser in den Steinrinnen einige Male das Gesicht. Der Druck wurde stärker und verlagerte sich von meinem Bauch auf den ganzen Körper. Bald darauf raste mein Herz, und ich fühlte mich, als ob jede Zelle meines Körpers aufgeblasen und kurz vor dem Zerbersten wäre.

Im nächsten Moment verspürte ich ein heftiges Prickeln an meinem Rücken, das sich schliesslich bis in meine Beine und Arme erstreckte. Diese befreiende Sensation dauerte länger als alle, die ich bisher erlebt hatte. Unmittelbar darauf stellte ich fest, dass sich meine Empfindungen verändert hatten: Die Hitze schien plötzlich verschwunden zu sein, und der Druck in meinem Körper war ebenfalls weg. Das Prickeln wiederholte sich noch einige Male und bewirkte, dass ich mich entspannen konnte und mich in meiner Haut wohl fühlte. Es störte mich nicht mehr, in einem stickigen Loch eingeengt zu sein; es spielte keine Rolle mehr, dass meine Kleider unangenehm feucht an mir klebten. Und in dem Moment, wo ich dachte, dass ich es hier unten noch lange aushalten könnte, schaffte Nestor den Holzdeckel beiseite.

Gewandt kletterte ich aus dem Emmentaler Kochtopf, und als ich oben stand, fühlte ich mich so erfrischt und stark, dass mir nach Feiern und Lachen zumute war.

»Und was tun wir jetzt?« fragte Nestor.

Ich war übermütig und voller Tatendrang. Sofort kamen mir viele Dinge in den Sinn, die ich gerne getan hätte. Ich begann aufzuzählen, aber während ich sprach, fielen mir weitere Möglichkeiten ein, die ich sofort aufgriff. So endeten meine Vorschläge in unverständlichem Geplapper. Nestor lachte. Und dieses Lachen, das ich häufig fürchtete, weil es mich oft genug vor den Kopf stiess, machte mir jetzt nichts aus. Im Gegenteil: Ich lachte mit.

Nestor ergriff darauf die Initiative und ging voran. Ich folgte ihm und staunte über die gewandten Bewegungen meines Körpers. Spielerisch, fast tänzerisch schritt ich über den Waldboden und wich Hindernissen aus. Das Bewegen machte mir grossen Spass. Trotzdem kamen wir kaum vorwärts, denn immer wieder fiel mir etwas auf, das ich länger betrachten musste. Viele kleine, aber faszinierende Dinge stachen mir ins Auge – Tiere, Pflanzen oder Steine, die mir früher nicht aufgefallen wären, über die ich früher hinweggesehen hätte.

Dabei fiel mir auf, dass sich die Umgebung verändert hatte. Dominierte vor dem Hinuntersteigen in den Kochtopf das für diese Gegend übliche grau-braun durchmischte Grün, so schillerten jetzt die verschiedensten Farben in meinem Bild. Es zeigten sich etwa in einer Wiese neben hellerem und dunklerem Grün hie und da kräftige rote, gelbe und braune Töne in den einzelnen Grashalmen und in den Spitzen einiger Blätter. Glänzendes tiefgrünes und goldgelbes Moos wuchs zwischen den Gräsern, und zusammen mit den welkenden, von grün über gelb, orange, rot bis ins Braune verlaufenden Farnpflanzen verliehen sie der Wiese ein märchenhaftes Aussehen. Und das Licht, das Sonnenlicht, das in den unzähligen Wassertröpfchen glitzerte und auf den langen weissen Wildgräserstängel glänzte; oder die an den Ästen der älteren Tannen wuchernden Flechten, die den Bäumen einen geheimnisvollen bläulichen Ton bescherten; oder das warme bräunlich-rötliche Laub, das die Kronen krönte und bereits den Herbst erahnen liess – das alles enthüllte die ungeahnte Pracht des Bildes.

Wir schritten weiter, vorbei an grossen Wurzeln umgestürzter Bäume, die wie dunkle bedrohliche Fangarme auf der Lauer lagen, um aus einem Geflecht von Erde und Schutt nach allem zu greifen, das in ihre Nähe kam; vorbei an tiefen, alles verschlingenden Gräben und wildem, alles durchdringendem Wasser; vorbei an fantastischen Blumen, skurrilen Pilzen, faszinierenden Insekten – es gab so viel zu sehen, so viel zu entdecken. Einen Augenblick war ich darüber betrübt, dass mir die Zeit fehlte, um jede einzelne Schönheit wahrzunehmen, dann aber wurde meine Aufmerksamkeit erneut von der ungewöhnlichen Klarheit, Schärfe und Fantastik des Bildes gefesselt.

In meinem Körper tat sich etwas. Die ganze Zeit über spürte ich ein Rumoren in meinem Bauch. Mein Magen begann sich zu blähen und ich musste mehrmals Wind lassen. Ebenso musste ich ab und zu rülpsen. Nestor, der mittlerweile hinter mir ging, war dies offenbar nicht entgangen. Er hiess mich anzuhalten.

»Furzen und Rülpsen«, erklärte er mit der Stimme eines Lehrers, »ist eine gute Sache. Es bedeutet, dass sich dein Körper reinigt. Und es bedeutet auch, dass du dabei schrumpfst: Du bist dann nicht mehr so aufgeblasen wie vorhin.« Ich fand seinen Spruch spassig, doch Nestor rümpfte die Nase und verlautete, dass er jetzt wieder vor mir gehe.

An einem hellen Ort, wo wir Aussicht auf das Tal hatten, setzten wir uns unter die Laubbäume. Nestor wusste, dass dieser Platz zum Sehen der Grundstruktur um diese Tageszeit ideal sei. Tatsächlich war hier viel Himmel zu sehen, und die Sonne blendete nicht, da sie vom Laub der Bäume verdeckt war.

Das Sehen der Punkte und Fäden fiel mir leicht, ich spürte förmlich, dass ich darin viel aufmerksamer war als sonst. Ohne Mühe konnte ich meine Struktur längere Zeit konzentriert halten. Und mehrere Male entdeckte ich neue Gebilde: Ich blickte plötzlich auf Punkte und Fäden, die ich nie richtig zur Kenntnis genommen hatte, einfach weil es nicht die üblichen waren, auf die ich mich konzentrierte. Auch wurde mir mein Verhalten gegenüber bekannten Fäden bewusst: Oft genug erzwang ich die Wahrnehmung von Fäden in den

Randregionen meines Blickfeldes, indem ich sie immer wieder mechanisch ins Zentrum schleuderte. Jetzt aber richtete ich meine Konzentration bewusst auf Punkte und Fäden näher beim Zentrum – diese liessen sich mit weit geringerem Aufwand sehen: Sie flossen nicht nach links oder rechts, nur nach unten.

Ich fixierte einen vertrauten Faden. Eine längere Zeit spielte ich damit, hielt ihn so gut als möglich in der Mitte des Bildes oder schob ihn horizontal über den leicht dunstigen hellen Himmel. Je länger ich dies aber tat, desto mehr veränderte er sich: Zu meinem Erstaunen wurde der eigentlich transparente Faden nicht nur kleiner und schärfer – er begann auch zu leuchten.

Ich merkte schnell, dass das Sehen des Fadens in diesem leuchtenden Zustand nichts Dauerhaftes war: Eine falsche, zu heftige oder zu lasche Augenbewegung oder ein Blick auf die Umgebung genügte, damit er auf einen Schlag wieder grösser wurde und seine Leuchtkraft verlor. Mehrmals konzentrierte ich mich darauf, und jedes Mal stellte sich das Leuchten nach einiger Zeit erneut ein. Bei längerer Konzentration leuchtete der Faden intensiver, heller als die Umgebung; gleichzeitig erkannte ich dasselbe Leuchten aber auch in den Punkten und Fäden um diesen herum.

Aufgeregt erzählte ich Nestor von meiner Wahrnehmung.

»Was du gesehen hast, ist das *Licht des Bewusstseins*«, sagte er wie selbstverständlich. »Du kannst es sehen, weil du die Bewusstseinsschichten zusammengedrückt und verdichtet hast, ohne dich aber körperlich zu bewegen.«

Ich fragte ihn, was das bedeute. Anstatt zu antworten zeigte Nestor auf einen hellen grossen Stein zu unserer Rechten und forderte mich auf, meinen Faden über diesem Stein zu sehen. Als ich den Faden einigermassen darüber halten konnte, hiess er mich, auf den Stein zuzugehen, ohne meinen Blick vom Faden abzuwenden. Erst nach etlichen Anläufen gelang es mir, den Faden auf der Höhe zu halten und gleichzeitig so nahe an den Stein zu gelangen, dass ich ihn beinahe mit meiner Nasenspitze berührte. Verwundert stellte ich fest, dass der Faden beim Näherkommen genauso verkleinert und leuchtend wurde, wie ich es vorhin am Himmel beobachtet hatte.

Dann forderte mich Nestor auf, meinen Arm auszustrecken und den Faden auf meiner Handfläche zu sehen. Ich sollte nun die Handfläche dicht vor mein Gesicht halten, meinen Blick noch immer auf den Faden gerichtet. Auch hier passierte wieder dasselbe: je näher ich die Hand vor mein Gesicht hielt, desto kleiner und leuchtender wurde der Faden.

»Das ist Konzentration«, erklärte Nestor schliesslich. »Das Licht des Bewusstseins wird durch deine Konzentration besser sichtbar. Im Sehen kannst du direkt erfahren, was Konzentration eigentlich ist: Es ist ein Kleinermachen des Ausschnitts, den du siehst. Und dabei verteilst du das Licht im Bild auf kleinerem Raum. Oder mit anderen Worten: Du komprimierst deine Bewusstseinsschichten.

Wenn du auf einen Gegenstand zugehst oder ihn an dich heranziehst, so bedeutet das auf der äusseren Leinwand, dass du einen kleineren Ausschnitt des Gegenstandes grösser, detailreicher und schärfer betrachten kannst. Dasselbe hast du gemacht, als wir über die Schichten des Bewusstseins sprachen und du dir deine Tasse an die Stirn gepresst hast – damals konntest du aber nicht sehen, was gleichzeitig auf der inneren Leinwand mit deiner Grundstruktur passiert. Jetzt siehst du direkt, dass die Kugeln und Fäden kleiner, aber konzentrierter, intensiver, leuchtender werden – das ist Konzentration.«

Nestor nannte es einen Fortschritt, dass ich jetzt nicht mehr auf die äussere Leinwand schauen müsse, um mich zu konzentrieren. Konzentration komme unabhängig von der materiellen Welt, durch das Sehen der Grundstruktur zustande. Ich wandte ein, ich könne mich auch auf Dinge konzentrieren, Gedanken, Vorstellungen, Erinnerungen etwa, ebenfalls ohne die materielle Welt direkt wahrnehmen zu müssen.

»Das ist keine echte Konzentration«, sagte Nestor bestimmt. »Die Menschen glauben, es sei Konzentration, wenn sie über etwas nachsinnen. Aber was macht ihre Aufmerksamkeit dabei? Sie richtet sich dauernd neu aus. Denkende Menschen entspannen sich immer wieder neu, wenn sie mit den Augen nichts fixieren und das Bild nicht festhalten. Vollständige Konzentration dagegen ist, wenn du deine Fäden und Kugeln so festhalten und zum Leuchten bringen kannst, dass sie nicht mehr fliessen.

Heute hast du das Leuchten zum ersten Mal gesehen. Und ab heute solltest du dich beim Sehen jedes Mal so weit konzentrieren, dass deine Grundstruktur aufleuchtet. Das Sehen deiner Kugeln und Fäden wird dir also stets von neuem zeigen, wie gross deine Konzentration wirklich ist.«

Als der Nachmittag fortgeschritten war, kehrten wir zu Nestors Haus zurück. Da ich noch immer voller Energie und Optimismus war, lenkte ich meine Aufmerksamkeit auf Mari Eglis Sekretär. Es war an der Zeit, die Schublade unten rechts fertig zu stellen.

Rituell setzte ich mich zunächst vor das Möbel hin und breitete die Holzblättchen, die ich hineinzukleben trachtete, vor mir aus. Dann richtete ich meinen Blick auf die Möbelmitte, mit der Absicht, dessen Nachbild wahrzunehmen um damit für die Restauration gerüstet zu sein.

Konzentration wollte aber keine aufkommen. Meine Gedanken kreisten um das Licht in der Grundstruktur. Was mich nachdenklich stimmte, war die Tatsache, dass ich einen Einfluss auf meine Struktur hatte, der über das mechanische Bewegen der Punkte und Fäden hinausging: Während ich das Bewegen noch mit meinen physischen Augen in Zusammenhang bringen konnte, war das Erzeugen dieses Lichts durch Konzentration ein subtilerer Vorgang. Ich zog in Erwägung, dass es tatsächlich einen in der Grundstruktur feststellbaren Austausch zwischen mir und meinem Bild gab, und entsprechend leuchtete mir Nestors Forderung nach einem offenen, von Blockaden befreiten Körper ein.

Diese Gedanken weckten in mir die Erinnerung an den Traum vom dynamischen Effekt des Sehens. Ich glaubte unmittelbar zu erfassen, wie wichtig, ja wie lebensnotwendig ein ungehindertes Fliessen von Energie war, um einen kreativen Austausch mit dem ganzen Bild, oder mit einzelnen Menschen oder Gegenständen darin aufrechtzuerhalten. Allerdings musste ich mir eingestehen, dass solche Momente des Fliessens und des Austauschs bei mir recht selten waren. Zweifellos hätte ich mehr dafür tun können, um Hindernisse und Blockaden in meinem Körper zu beseitigen. Noch immer schottete ich mich gerne ab und hemmte so den Energiefluss zwischen mir und meinem Bild – dies zeigten mir nicht nur meine Gefühle im Alltag, sondern auch jener Traum von den unterbrochenen Energiebahnen.

Und dies zeigte mir auch das, was sich direkt vor meinen Augen abspielte: In einem Moment absoluter Gewissheit erkannte ich die Maserung der Einlegearbeit auf dem Möbel als jene Energiebahnen, die einen Fluss der Energie gewährleisteten. Die ›Energiebahnen‹ waren ununterbrochen – bis auf wenige Löcher in der Einlegearbeit, darunter dasjenige an der unteren rechten Schublade. Ich hielt die kleinen Holzblätter, die ich vorbereitet hatte, probeweise an die entsprechenden Stellen am Loch – und sah, dass die Maserung der Blättchen nicht mit derjenigen der übrigen Einlegearbeit übereinstimmte: Die einzelnen Verläufe endeten an den Schnittstellen, ohne harmonisch ineinander überzugehen. Mir dämmerte, dass ich dem Möbel etwas aufzuzwingen versuchte, was seine Struktur verletzte und dadurch den Energiefluss behinderte.

Beim Gedanken aber, dass ich die richtigen Holzblätter finden musste, deren Maserung sich perfekt in die ganze Einlegearbeit hineinfügen liesse, erwachte ich wie aus einem Traum: Wie hätte die Maserung von zwei verschiedenen Hölzern überhaupt hundertprozentig übereinstimmen können? Das Muster auf einem Stück Holz war so einmalig, dass dessen Verlauf bei einer Restauration, wo verschieden geschnittenes Holz aufeinander traf, nun einmal unterbrochen wurde. Bestenfalls konnte man die verschiedenen Hölzer so ausrichten, dass sich die Verläufe der Maserung einander annäherten. Die Suche nach dem richtigen Holz wäre verrückt gewesen, hätte länger als ein Leben gedauert.

Um meine Einsicht zu widerlegen, suchte ich das Möbel nach Stellen ab, wo die Maserung einfach infolge des Aufeinandertreffens verschiedener Holzarten unterbrochen war. Es stellte sich aber heraus, dass das verflixte Muster tatsächlich wie ein einziges Netz war, das sich über das ganze Möbel hinzog: Es verlief in alle Richtungen ununterbrochen weiter, über alle Schubladen und eingelegten Linien und Ringe hinweg – das Möbel war einfach perfekt. In diesem Moment zweifelte ich nicht daran, dass sein Erbauer übermenschliche Fähigkeiten besass.

Entgegen aller Vernunft begann ich auf den Holzblättern, aus denen ich die kleinen, neu einzulegenden Teile ausgeschnitten hatte, nach Stellen zu suchen, die exakt in das Loch gepasst hätten. Doch die Suche war völlig aussichtslos. Eine Maserung war wie ein Fingerabdruck: Ein durch seine Zusammensetzung bestimmtes Holzmuster kommt nur bei einem bestimmten Baum vor, dessen Holz an einer bestimmten Stelle in einer bestimmten Richtung durchgeschnitten wurde. Für mich war klar, dass hier die vollkommene Restauration endete.

Am Abend sprach ich mit Nestor über dieses Problem. Er freute sich über die Art, wie ich meinem Traum doch noch eine für die vollkommene Restauration günstige Bedeutung abringen konnte. Erhöhte Intensität, sagte er, beschere mir zwar noch nicht das direkte Wissen eines Sehers, aber doch die Intuitionen, die mich auf dem Weg in der Grundstruktur weiterbringen würden.

Als ich ihn aber auf die Unmöglichkeit der weiteren Restauration hinwies, wurde er ungehalten. Er schärfte mir ein, über meinen Schatten zu springen und nicht gleich einen Rückzieher zu machen, wenn es schwierig werde. Das richtige Holz könne ich nur finden, wenn ich suchen würde – unermüdlich suchen, so lange, bis ich gefunden hätte.

»Nimm dir diesen Käfer als Beispiel«, sagte er und wies auf einen kleinen Käfer am Fusse der einzigen Lampe, die das Zimmer spärlich beleuchtete. Er versuchte, möglichst nahe zum Licht der Glühbirne zu gelangen, was recht unbeholfen anmutete. Denn so sehr er sich auch bemühte: Er scheiterte immer wieder am glatten Stiel der Lampe, die ihm keinen Halt bot.

»Wir haben da einen kleinen Käfer«, kommentierte Nestor das Geschehen. »Er hat nicht das Bewusstsein eines Menschen. Und doch gibt er sich mehr Mühe, das Licht zu erreichen, als die meisten Menschen es tun.«

Auf meinen Einwand, dass die wahnwitzige Suche nach einem passenden Stück Holz wohl aussichtsloser sei als die Suche nach dem Bewusstseinslicht, erwiderte Nestor, dass es keinen eigentlichen Unterschied zwischen den beiden gebe: Wir würden letztlich nichts anderes suchen als dieses Licht, egal, was wir anzustreben glaubten. Denn alle Dinge und Gegenstände, so könne ein Seher sehen, seien aus dem Licht des Bewusstseins erzeugt. Im Grunde versuchten die Menschen mit jeder Tätigkeit möglichst viel von diesem Licht zu ergattern – natürlich ihrer jeweiligen Bewusstseinsschicht entsprechend. Für die meisten Menschen bedeute dies das Streben nach dem Licht in seinen verdichteten Formen: nach den richtigen Gedanken, nach den erwünschten Gefühlen und nach glänzenden Gegenständen.

»Ein Seher sieht, woher das Licht kommt, wie es sich unendlich viele Male aufspaltet und verdichtet, bis wir es als kleine Welt erkennen können«, sprach er weiter. »Ein Seher ist daher nicht mehr diesen Verdichtungen des Lichts verhaftet, im Gegensatz zu den Menschen, die sich um die Bedeutungen der Worte, um die Gefühle und die Materie zanken – wie die Fliegen um die Scheisse.«

Er lachte, dann blickte er mich an und fuhr fort: »Da du kein Seher bist und dein Bewusstseinslicht erst spärlich leuchtet, ist die äussere Leinwand noch immer der Hauptbereich, wo du arbeiten musst. Finde also die passenden Stücke für die vollkommene Restauration.

Dabei solltest du aber nicht vergessen, dass du in Wirklichkeit nach dem Bewusstseinslicht suchst.«

Nestor sagte dies mit einer solchen Autorität, dass ich ihm nicht zu widersprechen wagte. Ich konnte ihm aber auch nicht zustimmen. Seine Forderung war eindeutig vermessen und realitätsfern. Ich glaubte, ja hoffte, dass es sich hier um eine Art Test oder um einen Witz handelte, den er sogleich auflösen würde. Er aber schwieg, und es entstand eine unangenehme Stille.

Um diese Stille auszufüllen, wechselte ich das Thema und mutmasste laut über eine denkbare wissenschaftliche Erklärung für dieses angebliche ›Bewusstseinslicht‹ in der Grundstruktur. Ich spekulierte über lumineszierende Stoffe, die im Glaskörper durch Mechanik, biochemische Vorgänge oder energiereiche Strahlung eine wahrnehmbare Lichtemission verursachen könnten.

Nestor ging nicht direkt darauf ein. »Wenn ein Mensch sein Bewusstsein entwickelt, dann ist es gut möglich, dass seine Augen oder auch sein ganzer Körper sich verändern«, sagte er. »Vielleicht produziert der Körper von den einen Stoffen plötzlich mehr, während er die Produktion anderer Substanzen verringert oder einstellt. Vielleicht könnte ein Wissenschaftler mit den entsprechenden Apparaten sogar feststellen, wann ein Seher eine Ekstase hat, und er könnte die Vorgänge im Körper beschreiben, die eine Ekstase auslösen.

Aber was soll das? Wir müssen so weit kommen, eine Ekstase zu erleben und zu sehen, wie die Grundstruktur dabei aufleuchtet. Alles andere ist kein befreiendes direktes Wissen und macht auch keinen Spass, ist also nur Blabla.«

Nestor meinte, es sei gut, wenn ich das Leuchten der Struktur nun sehen könne. Und lachend fügte er an, dass ich mir ab jetzt keine Bücher mehr dicht vor die Nase halten müsse, damit mir ein Licht aufgehe.

Durch seine Worte wurde ich auf einen Widerspruch aufmerksam: Ich sagte zu Nestor, dass ein Buch subjektiv grösser werde, je näher ich es zu mir hinzog. Gleichzeitig werden aber, wie ich mich selbst hatte überzeugen können, die Punkte und Fäden in der Struktur kleiner. Nestor sprach in beiden Fällen von Konzentration. Ich fragte ihn, wie es möglich sei, dass Konzentration den betrachteten Gegenstand im einen Fall vergrössere, im anderen Fall verkleinere.

»Im Fall des materiellen Gegenstandes ist es nicht die Konzentration allein, die hier wirkt«, antwortete er. »Wenn du einen materiellen Gegenstand detailliert sehen willst, musst du darauf zugehen oder ihn zu dir hinziehen, um ihn grösser und deutlicher zu machen – du musst also zusätzlich zur Konzentration körperliche Energie investieren. Wenn du dich dagegen sitzend auf die Grundstruktur konzentrierst, dann gibst du keine zusätzliche Energie in das Bild. Du komprimierst die Bewusstseinsschichten und verdichtest dieselbe Energie auf kleinerem Raum. Daher werden die Kugeln und Fäden intensiver, das heisst sie beginnen zu leuchten – aber sie werden eben kleiner, nicht grösser.

Für einen Seher geht es aber tatsächlich darum, die Kugeln und Fäden auf der inneren Leinwand näher und grösser zu sehen, und dabei gibt er eben zusätzliche Energie in seine Leuchtstruktur – nicht körperliche Energie, aber Bewusstseinsenergie. Diese setzt sich aus den umgewandelten Energien der sexuellen Kraft, der Körperbewegungen, der Gefühle und Gedanken zusammen und strömt als Ekstase in das ganze Bild. Auf diese Weise werden die Kugeln und Fäden der Leuchtstruktur grösser.«

Ich wandte ein, mir sei bei meinen Sensationen nie dergleichen aufgefallen. Nestor lächelte darauf und gab mir zu verstehen, dass bei einem Prickeln, wie ich es gegenwärtig erleben würde, so wenig Energie in das Bild fliesse, dass ich den Unterschied nicht feststellen könne. Um dies überhaupt zu erleben, erklärte er, müsse ich ungeheuer viel Energie in das Bild als ein Ganzes geben.

»Aber genau das ist es, worum es mir geht«, sagte er schliesslich. »Ein Seher bewegt das Bild mit seiner überschüssigen Energie. Er gibt sie durch seinen offenen Körper in das Bild als ein Ganzes, also in die Grundstruktur. Dabei durchdringt er die Bewusstseinsschichten und sieht unmittelbar, was bei einem solchen ekstatischen Erlebnis immer wieder geschieht: Die Kugeln und Fäden der Struktur, und damit auch die Gegenstände unserer sinnlich-materiellen Welt, leuchten auf, kommen näher und werden grösser. Gleichzeitig erhält der Seher das direkte Wissen. Dies ist der Grund, weshalb ich von der *Leuchtstruktur des Bewusstseins* spreche.«

4

Die rechte Seite des Bewusstseins

Die Brücke mit dem Doppelbogen

Lange Zeit waren Bern und das hintere Emmental für mich zwei radikal verschiedene Welten, völlig unvereinbar miteinander. Ich begegnete diesem Zwiespalt, in dem ich mich an die Umstände anpasste und zwei gegensätzliche Verhaltensweisen oder Rollen entwickelte: In Bern war ich ein Mensch mit bestimmten Ansichten, Vorlieben, Freuden und Sorgen. Im Emmental war ich ein Lernender, der versuchte, diese bestimmten Ansichten, Vorlieben, Freuden und Sorgen als kleine Welt zu entlarven und dadurch zu einer erweiterten Wahrnehmung des Bildes zu gelangen – nicht zuletzt, um Mari Eglis Möbel zu restaurieren.

Anfangs spielte ich den Lehrling, wissend, dass ich jederzeit nach Bern in die ›Wirklichkeit‹ zurückkehren konnte. Mit der Zeit aber bewirkte der beinahe allwöchentliche Wechsel von Rollen und Idealen, dass ich beide Rollen, beide Überzeugungen und Denkweisen besser kennen und auch akzeptieren lernte. Und irgendwann musste ich mir eingestehen, dass die Vorstellung von mir als einer festen, immer gleichen Persönlichkeit mit ganz bestimmten Ansichten und Idealen eine Illusion war.

Damit begann aber die Grenze, die ich von Anfang an zwischen Bern und dem Emmental gezogen hatte, schwammig zu werden. Beispielsweise passierte es mir regelmässig, dass ich, mehr noch als in der Anfangszeit, im hinteren Emmental mit den Werten und Idealen unserer Gesellschaft übereinstimmte und sie vor Nestor und den Sehern verbissen zu verteidigen suchte; während ich in Bern jene falsche Selbstzufriedenheit und ›heile Welt‹ immer lauter kritisierte, hinter denen sich viel zu viele Menschen versteckten, um jeder Anstrengung der eigenen gezielten Bewusstseinsentwicklung konsequent aus dem Weg zu gehen – ob sie dies nun wissentlich taten oder nicht.

Die beiden Welten flossen immer tiefer ineinander ein, zuletzt so extrem, dass ich dies sogar an meinem Körper erfahren musste. Es war die Zeit des kommenden Herbstes, in welcher ich immer wieder unerwartet auftretende und unangenehme Symptome wie nervöses Zittern, Schwindelanfälle und Herzklopfen erlebte. Es waren Schübe, plötzliche Erhöhungen des Energieumsatzes in meinem Körper. Sie hielten nur kurz an, waren aber so extrem, dass sie mich jedes Mal in Panik versetzten. Nach diesen unangenehmen Augenblicken jedoch konnte zweierlei passieren: Manchmal prickelten mir Beine, Arme oder Rücken und ein angenehmes, beglückendes Körpergefühl stellte sich ein. Ich war dann für den Rest des Tages entspannter, konnte aber auch aufmerksamer, präsenter sein. Mehrheitlich war das Prickeln jedoch nur von kurzer Dauer und von einem nervösen Frösteln begleitet.

Ich erkannte darin dieselben körperlichen Zustände, die ich im Emmental manchmal erlebte. Das Gebiet um Nestors Haus hatte sich längst als Ort enthüllt, wo Derartiges jederzeit geschehen konnte – ein Ort, den ich daher fürchten und respektieren lernte. Das Beruhigende dabei war jedoch, dass ich jene linke Seite der Emme geografisch begrenzt wusste und die Ursachen dieser Zustände kannte oder zu kennen glaubte: die Arbeit am Möbel und die Inszenierungen der Seher.

Jetzt aber überfielen mich in Bern solche Zustände, und zwar in so verschiedenen Situationen, dass ich die Schübe nicht auf ganz bestimmte Umstände zurückführen konnte. Ein Ort, wo ich mich bisher vor unerwarteten Intensitätssteigerungen in Sicherheit wähnte, wurde plötzlich zur körperlichen und psychischen Herausforderung. Und ich sah keine Möglichkeit, irgendeinen Einfluss darauf nehmen zu können. Ich beschloss, Nestor um Rat zu fragen.

Ich besuchte ihn Ende Oktober. Kaum war ich angekommen, erzählte ich ihm von meinen unangenehmen körperlichen Veränderungen. Er liess sich nicht sofort dazu bewegen, über das Thema zu sprechen. Stattdessen sollte ich ihm helfen, einen Teil der Mirabellen, Äpfel und Birnen, die er geerntet und erhalten hatte, einzumachen.

Am Abend, nach getaner Arbeit, kam Nestor von sich aus auf die Intensitätssteigerungen zu sprechen. Er sagte, ich hätte nun so viel Energie umgewandelt, um ohne grössere Anstrengungen meine Stabilität innerhalb einer Schicht zu lockern.

»Seit Jahren behauptest du dich auf dem Weg in der Leuchtstruktur«, erklärte er. »Und dies bedeutet, dass du dich langsam durch die Schichten der rechten Seite bewegt hast – so langsam, dass du deine Fortschritte nicht durch dein Sehen, sondern höchstens durch einen Blick in deine Vergangenheit beurteilen kannst. Dein Fortschreiten auf dem Weg in der Grundstruktur verlief deshalb so zögerlich, weil du eben so stabil in deinen Schichten warst. Jetzt aber vermagst du deine Stabilität in einer Schicht auf einen Schlag zu lockern. Das bewirkt diese plötzlichen Intensitätssteigerungen. Offensichtlich schaffst du dir immer wieder die entsprechenden Umstände, damit dies gelingt.«

»Ich schaffe mir gar nichts«, protestierte ich. »Diese Schübe passieren von alleine.«

»Es scheint nur, dass sie von alleine passieren. Natürlich hast du keinen direkten Einfluss auf die Intensitätserhöhungen, so wie ein Seher seine Ekstasen nicht direkt hervorrufen kann. Aber wir locken sie hervor, indem wir bewusst an uns arbeiten, und indem wir durch unsere Tätigkeiten die Umstände dafür schaffen.«

Darauf berichtete ich ihm, wie erschreckend die Momente des Schubs für mich seien, wie ich dabei jeweils glaubte, ich würde mich selbst auflösen.

»Es ist deine kleine Welt, die sich jedes Mal ein wenig auflöst. Und dagegen wehrst du dich natürlich. Denn deine kleine Welt gibt dir Sicherheit. Sie ist dir ein Massstab zur Beurteilung der Menschen, Gegenstände oder Ansichten im Bild. Und das willst du natürlich nicht aufgeben.

Gerade dort blockierst du dich aber. Und diese Blockaden verhindern, dass du die Energie im Moment des Schubs direkt ins Bild als ein Ganzes geben kannst um deine Fixation in der rechten Hälfte des Bewusstseins zu lösen und dabei das Gefühl der Ekstase zu geniessen. Stattdessen beschleunigen sich bei dir noch immer Herzschlag, Puls und Atem.«

»Was soll ich denn jetzt tun?« fragte ich ihn.

»Das, was du auch sonst tun solltest: deinen Körper öffnen«, erwiderte er. »Ich habe dir gezeigt, wie du leben musst, um Blockaden in deinem Körper zu beseitigen und die Energie zum Fliessen zu bringen.«

Nach einer längeren Pause begann Nestor über ein einmaliges und extremes Ereignis zu sprechen, welches durch die Bemühungen um einen offenen Körper herbeigeführt werde. Er nannte dieses Ereignis den *Sprung in die linke Seite des Bewusstseins.* Dieser Sprung ereigne sich zwangsläufig bei Menschen, die mit ganzem Herzen auf dem Weg in der Leuchtstruktur vorwärts strebten. Im Zustand grösstmöglicher Energie, führte er aus, öffne sich der Körper plötzlich und lasse die ganze Energie explosionsartig in das Bild entweichen. Diese erste Ekstase löse die Fixation in der rechten Bewusstseinshälfte und lasse die Energie im Körper nach oben fliessen.

»Was heisst das: die Energie fliesst nach oben?« fragte ich.

»Deine Energie, die du aus dem Bild erhältst, kann nach unten oder nach oben fliessen; ich könnte auch sagen: die Energie fliesst nach innen oder nach aussen – es ist beides dasselbe. Wenn sie nach unten oder nach innen fliesst, dann bedeutet dies, dass du die meiste Energie im Bild bindest; dass du sie also brauchst, um dein Bild zu strukturieren, materiell zu machen und deine Persönlichkeit aufzubauen. Fliesst sie hingegen nach oben oder aussen, so gibst du die meiste Energie als Bewusstseinslicht direkt in das Bild als ein Ganzes. In welche Richtung deine Energie mehrheitlich fliesst, hängt von deinem Bewusstseinszustand ab.

Bei rechtsseitigen Menschen strömt die Energie normalerweise nach unten – nur wenn sie einschlafen und dabei tief in die linke Seite, also in den Tiefschlaf fallen, fliesst ihre Energie nach oben. Bei diesem Vorgang können sie aber nicht bewusst bleiben. Dasselbe geschieht auch im Augenblick des Todes: Der Tod ist eine Umkehrung des Energieflusses und eine gewaltsame Öffnung des Körpers. Dabei entweicht alle Energie auf einmal und der Sterbende fällt in die linke Seite, in die eine Kugel hinein. Aber wenn ein Mensch sein Bewusstsein nicht vollkommen entwickelt hat, so dass sehr viel Energie ungehindert durch seinen Körper fliessen kann, dann hält er das nicht aus: Er fällt in Visionen, wird unbewusst und stirbt.

Der Seher dagegen ist bereits während des Lebens in die linke Seite des Bewusstseins gesprungen – ohne sein Bewusstsein dabei verloren zu haben. Im Grunde heisst das nichts anderes, als dass sein Tagesbewusstsein dem Tiefschlafzustand normaler Menschen entspricht. Die Energie eines Sehers fliesst also häufiger nach oben als nach unten.« Nestor schloss die Erklärung mit der Bemerkung, dass die einzige Entscheidung, die wir als Menschen hätten, darin liege, ob wir die Umkehrung des Energieflusses und damit die Öffnung unseres Körpers vorziehen und bewusst erleben wollten oder nicht.

Dass die Körperöffnung und die Entweichung von Energie mit dem Tod verbunden waren, leuchtete mir zwar unmittelbar ein, erschreckte mich aber zutiefst.

»Demnach wäre jedes schöne prickelnde Körpergefühl eine Art Sterben«, folgerte ich.

»Deine kleine Welt stirbt«, gab er zurück. »Du selbst wirst bewusster und lebendiger. Es ist so: Im Augenblick des Sterbens wird jeder von uns abgeben müssen, und zwar alles. Ein Seher aber, der schon während des Lebens alles abgegeben, beziehungsweise in Bewusstseinslicht umgewandelt hat, kann vollkommen bewusst in das

Bild als ein Ganzes eingehen. Damit überwindet sein Bewusstsein den körperlichen Tod. Das ist es, was die Seher anstreben.«

Am nächsten Tag kündigte Nestor an, dass er mit mir über den Sprung in die linke Seite des Bewusstseins sprechen wolle. Eine Weile schwieg er, dann schien er es sich anders überlegt zu haben: Er fragte mich, wie ich mit meiner Suche nach den Holzblättern für die Einlegearbeit der untersten rechten Schublade zurechtkäme. Ich musste ihm gestehen, dass ich die Suche gar nicht erst begonnen hatte. Die Aufgabe, drei verschiedenartige Holzblätter zu finden, deren Maserungsverlauf exakt in das Loch an der Schublade passen würden, schien mir zu aussichtslos, zu sinnlos. Und ausserdem war ich der Ansicht, dass dazu auch keine Notwendigkeit mehr bestand, dass das Möbel seinen Zweck erfüllt hatte und ich es deshalb nicht mehr restaurieren musste.

»Schau, ich habe mich geändert«, legte ich meine Gedanken dar. »Die Arbeit an Mari Eglis Möbel war bestimmt nötig, denn sie hat mich zum Sehen der Leuchtstruktur veranlasst. Mittlerweile habe ich aber Fortschritte gemacht: Du sagtest selbst, dass sich meine Stabilität in den Schichten der rechten Bewusstseinshälfte allmählich aufhebt. Ich glaube nicht, dass ich das Möbel noch brauche. Ich will die linke Seite des Bewusstseins erreichen und selbst sehen, ob die Dinge so sind, wie du sagst.«

Nestor hob überrascht die Brauen. »Das kommt ja alles noch«, versprach er. »Den Willen dazu hast du. Nur: der eisernste Wille nützt dir nichts, wenn dir die Knie schlottern, sobald mehr Energie fliesst.«

Seine Worte versetzten mich in all jene Situationen, wo mein Körper nicht offen genug war, wo die Energie stockte und ich in Panik geriet. Allein die Erinnerung an diese Grenzerlebnisse bewirkte, dass ich nervös wurde und mein Herz zu pochen anfing.

»Mari Eglis Möbel ist nach wie vor eine Herausforderung für dich«, setzte Nestor das Gespräch fort, nachdem ich geschwiegen hatte. »Du hast viel in das Möbel investiert, du bist mit dem Möbel gewachsen – aber du bist noch nicht darüber hinausgewachsen. Für dich ist der Weg in die linke Seite untrennbar mit diesem Möbel verbunden.«

Auf Nestors Wunsch wechselten wir in den Stall um den Sekretär zu betrachten. Nestor deutete auf die Schublade unten rechts und sagte, ich würde jetzt genau dort stecken – sowohl bei der Restauration als auch im Sehen der Leuchtstruktur.

»Du wolltest immer wissen, was es genau ist, das Mari Eglis Möbel zu etwas ganz Besonderem macht«, erläuterte er. »Heute kann ich dir sagen, was es ist: Das Möbel ist eine Abbildung des Weges in der Leuchtstruktur. Wer auch immer der Erbauer war – er war ein Seher, und er ist den Weg in der Struktur bis zuletzt gegangen.«

»Wie kannst du dir da so sicher sein?« fragte ich überrascht.

»Ich weiss das aufgrund von meinem eigenen Sehen. Der Künstler bringt mit dem Aufbau des Möbels genau den Weg zum Ausdruck, wie er eben verläuft: von unten nach oben, von rechts nach links und von vorne nach hinten in die Tiefe. Und vor allem stellt er in seiner Einlegearbeit jene wichtigen Fäden und Kugelkonstellationen dar, die ich selbst auf dem Weg in der Leuchtstruktur sehen kann.«

Jetzt fiel es mir wie Schuppen von den Augen. Tatsächlich erkannte ich in diesem Moment die kreisartigen Gebilde auf der Einlegearbeit als Mouches volantes, die die Künstlerin oder der Künstler nachgebildet hatte. Es war so offensichtlich, dass ich mich wunderte, nicht selbst darauf gekommen zu sein.

Nestor wiederholte, dass ich mich in meinem Sehen auf der untersten rechten Schublade befände, genau dort, wo der Henkel fehle und ich mit dem Loch in der Einlegearbeit zu kämpfen hätte. Dann wies er auf den eingelegten Zickzackfaden, der sich über die beiden untersten Schubladen erstreckte.

»Auch dies ist ein Faden in der Leuchtstruktur«, erklärte er. »Ein ganz bestimmter und wichtiger Faden. Er verbindet die rechte mit der linken Seite des Bewusstseins. Es ist also eine Art *Brücke*.«

»Heisst das, dass ich diesen Faden in meiner Struktur jetzt sehen müsste?«

»Ja.«

»Aber sehen wir denn nicht alle unsere individuellen Gebilde von Kugeln und Fäden?« wandte ich erstaunt ein.

»Nein, so einfach ist es nicht«, widersprach er. »Zwar beleuchtet jeder Mensch die Kugeln und Fäden in dieser Struktur auf eine individuelle Weise; und jeder Mensch hat seine eigene Kugel, in welche er eingeht. Es gibt aber nur eine einzige Struktur, und wir teilen die Wahrnehmung der Kugeln und Fäden darin – so wie wir auch die Wahrnehmung der Gegenstände in der sinnlich-materiellen Welt teilen, obwohl jeder eine andere Betrachtung der Dinge hat. Wir teilen aber auch das Prinzip, nach welchem der Weg in der Leuchtstruktur aufgebaut ist: Bei jedem wird dieser Weg von unten vorne rechts nach oben hinten links führen; und er wird mit der Wahrnehmung vieler kleinen Punkte und Fäden beginnen und schliesslich bei einer einzigen, alles ausfüllenden Kugel enden – und dazwischen gibt es bestimmte Konstellationen von Kugeln und Fäden in den einzelnen Schichten, die für einen Seher so prägend sind, dass er sie als *Wegmarken* erkennt. Diese Brücke ist eine solche Wegmarke, sie repräsentiert die Schicht des Menschen.«

Das alles kam überraschend für mich. Nestors Behauptungen waren brisant, denn er beanspruchte damit so etwas wie Einheitlichkeit und Gemeinsamkeit, kurz: objektive Gültigkeit für ein Phänomen, welches der Inbegriff der Subjektivität selbst war. Ob es tatsächlich ein und dieselbe Leuchtstruktur war, die wir in unserem Sehen beleuchteten und erforschten, war eine Frage, die meiner Ansicht nach gar nicht beantwortet werden konnte. Doch ich war sicher, dass sich die Seher über ihr Sehen der Leuchtstruktur und die damit verknüpften Interpretationen genauso ›geeinigt‹ hatten, wie wir Menschen uns über die Wahrnehmung und Interpretation unserer Alltagswelt immer wieder ›einigen‹.

Nestor, den ich mit diesen Überlegungen konfrontierte, beharrte auf seinen Ansichten. Er sagte, es gebe letztendlich nur ein einziges Bewusstsein. Und dieses Bewusstsein bilde eine einzige Struktur, mit welcher die Vielfalt beginne. Durch diese Leuchtstruktur spalte sich das Bewusstsein in Licht und Materie auf, bringe die kleine Welt hervor und ordne das Bild, so dass wir es als sinnvoll erkennen könnten. Wir Menschen seien Teil dieser einen Struktur, so wie die Früchte eines Baumes Teil von diesem sind. Der Aufbau der Struktur, wiederholte Nestor, folge einem ganz bestimmten Prinzip. Dieses Prinzip, das ein Seher in der Struktur sehen könne, sei immer dasselbe und bestimme unser Leben in der uns bekannten Welt bis in die kleinsten Details.

Ich schwieg. Nestor imitierte mein ratloses Zucken mit den Schultern.

»Für einen Seher ist das alles direktes Wissen, das durch das Sehen kommt«, bekräftigte er. »Im Moment des Sehens braucht es keine weiteren Erklärungen. Nur in der Vielfalt der kleinen Welt wird die Suche nach dem Prinzip des Lebens so verdammt kompliziert, dass die Menschen Rechenmaschinen und Unmengen Energie verschlingende Teilchenbeschleuniger brauchen, nur um sich wie Blinde langsam an den Ursprung des Daseins vorzutasten.«

Ich sagte nichts, fühlte aber, wie ich mich gegen den Gedanken einer mit allen andern Lebewesen geteilten Leuchtstruktur wehrte. Denn irgendwie hatte ich mich an die Vorstellung gewöhnt, mit meinen Punkten und Fäden etwas Eigenes zu haben, eigene Punkte und Fäden, einmalig und individuell in ihren Formen, Grössen und Konstellationen.

»Dann muss ich also damit rechnen«, schloss ich ernüchtert, »dass die Punkte in meinem Bild dieselben sind, die, sagen wir, auch meine Zimmernachbarin in Bern sieht?«

Nestor lachte, bestätigte dies und fügte spassig hinzu, dass ich meiner Nachbarin bei dieser Gelegenheit einen Dienst erweisen solle, indem ich ihre Punkte zum Leuchten brächte. Danach wandte er sich wieder dem Möbel zu und begann, die Eigenschaften der ›Brücke‹ zu erklären.

»Diesen Faden findest du in der rechten Seite des Bewusstseins. Du siehst, dass er zwei Spitzen oder Bögen aufweist, die aber nicht ganz symmetrisch sind. Wenn du den Faden sehen und konzentriert festhalten kannst, bedeutet dies, dass du dich in der Schicht des Menschen befindest.«

Dann zeigte er auf das rechte Ende des Verbindungsfadens. »Die Brücke ist nur am rechten Ende festgemacht, das linke Ende dagegen ist frei schwebend. Wenn du also in die linke Seite des Bewusstseins gelangen willst, reicht es nicht, über die Brücke zu gehen: Du wirst fliegen müssen.« Nestor lachte. Schliesslich wies er mich auf den vertikalen Faden hin, welcher sich zwischen den Schubladen längs über die ganze Vorderseite des Möbels erstreckte und jene in eine linke und eine rechte Hälfte teilte.

»Auch diesen Faden wirst du im Zusammenhang mit der Brücke sehen lernen. Es ist die Emme«, sagte er verschmitzt, »der Energiefluss, der von oben nach unten verläuft, und der von den Sehern beim Sprung in die linke Seite umgekehrt wird. Diesem Faden wanderst du auf dem Weg in der Grundstruktur entlang, so lange, bis du die Brücke erreichst und in die andere Seite wechselst.«

Ich mochte mich seiner Symbolik nicht anschliessen; für mich war sie willkürlich und nichts sagend. Nestor dagegen war zuversichtlich, dass ich die Einlegearbeit auf dem Möbel besser verstehen würde, sobald ich dies alles selbst gesehen und erlebt hätte.

»Finde die Brücke mit dem Doppelbogen in deiner Struktur«, forderte er mich auf. »Es ist der wichtigste Orientierungsfaden für rechtsseitige Menschen, die in die linke Bewusstseinshälfte hinüberwechseln wollen.«

Noch am selben Tag versuchte ich, diese Brücke in meiner Struktur zu finden. Rein aus dem Gedächtnis hätte ich nicht sagen können, ob es einen Faden dieser Art gab oder nicht. Dadurch aber, dass ich danach suchte, sah ich kurz darauf eine Vielzahl solcher Fäden, die, wenigstens annähernd, als Brücke in Frage gekommen wären. Allerdings gab es nicht einen Einzigen unter ihnen, der alle Eigenschaften der Brücke, wie Nestor sie beschrieben hatte, aufwies. Die Suche schien mir schon bald sinnlos, doch Nestor hielt mich an, weiterzusuchen. Als ich aber auch tags darauf keinen Erfolg hatte, begann ich die Existenz der Brücke zu bezweifeln.

Bevor ich abends nach Bern zurückfuhr, sprach ich mit Nestor darüber. Er pochte unbeirrt auf die Wichtigkeit des Verbindungsfadens.

»Und was ist, wenn ich diesen Faden noch gar nicht sehen kann? Vielleicht ist er in meiner Struktur noch nicht beleuchtet«, mutmasste ich.

»Vielleicht kannst du ihn nicht erkennen, weil er dir dauernd vor der Nase herumtanzt. Vielleicht siehst du vor lauter Mouches volantes diesen Faden nicht«, scherzte er. Dann versicherte er mir mit einer provozierenden Gewissheit, dass ich die Brücke in meiner Struktur bereits sehen und beleuchten würde. »Die Brücke ist da. Es ist derjenige Faden, auf den du dich am häufigsten konzentrierst.«

In diesem Jahr war der Herbst ungewöhnlich warm und milde, schliesslich fielen die Temperaturen aber so tief, dass ich wie die Jahre zuvor von längeren Aufenthalten im Emmental absah. Die Suche nach dem Brückenfaden in meiner Leuchtstruktur war für mich längst irrelevant geworden: Wenn es unter meinen Punkten und Fäden diese Brücke geben sollte, dann konnte ich sie nicht als solche erkennen.

Gegen Ende des Jahres, als die Schaufensterläden in Bern blitzend und blinkend die bevorstehende Zeit der Ruhe und Besinnung ankündigten, hatte ich mehrere Begegnungen, die für die vollkommene Restauration bestimmend sein sollten. Ich wurde in der Stadt von einer jungen Ausländerin angesprochen. In gebrochenem Deutsch erzählte sie mir von ihrer Flucht vor Krieg, Vertreibung und

Vergewaltigung. Hier in Bern arbeite sie nun zu einem lächerlichen Lohn in einem Restaurant, wobei ihr Chef gerade verreist sei, ohne ihr die drei Monatslöhne, die er ihr schuldete, ausbezahlt zu haben. Die Frau, die mit ihren zwei kleinen Kindern in einer Zweizimmerwohnung lebte, brauchte Geld, um ihre rückständige Miete zu bezahlen, andernfalls würde man ihr kündigen.

Vielleicht aus einem naiven Glauben an das Gute im Menschen oder aus einem stillen Protest wider die Gleichgültigkeit und den Mangel an Vertrauen in dieser Gesellschaft, mochte ich Gedanken an Schwindel und Betrug gar nicht aufkommen lassen. Lieber gab ich mich einem grenzenlosen Mitleid hin, und überhaupt konnte ich dieser Frau eine gewisse Attraktivität nicht absprechen. Ich war bereit, ihr einen grösseren Geldbetrag auszuleihen, damit sie die Miete bezahlen konnte. Unsere Wege trennten sich glücklich: Sie ging mit meinem Geld, ich mit ihrer Anschrift und dem stolzen Gefühl, etwas Gutes getan zu haben.

Nach einer Woche war der Fall klar: Die Anschrift war falsch, die Frau eine Schwindlerin und mein Geld verloren. Ich fühlte mich elend. Doch nur kurze Zeit darauf erfuhr ich, dass dieser Schwindel eine organisierte Sache war. Ich wurde nämlich erneut von einer Frau aus demselben Krisengebiet angesprochen, welche dieselbe Kleidung trug und mich in demselben gebrochenen weinerlichen Deutsch um Geld anbettelte. Ihre Leidensgeschichte variierte zwar ein bisschen, doch die Nummer war unverkennbar. Ich konnte mich in meiner Wut nicht zurückhalten und beschimpfte die Frau auf offener Strasse, bis sie weinend davonlief – was wieder bewirkte, dass ich mich elend fühlte.

Nestor, dem ich während eines Besuchs im November von diesen Begegnungen erzählte, war der Ansicht, dass ich zwei Chancen vergeudet hätte, den Umgang mit Kobolden zu üben. Auf meine Frage, was er damit meine, erklärte er, dass Menschen in der rechten Seite des Bewusstseins gerne von den emotionalen Energien anderer Menschen lebten. Solche Menschen nannte er *Kobolde.*

»Was zwischen dir und dieser Frau lief, war eine einzige Koboldꞏerie«, führte er aus. »Du musstest dir dein schlechtes Gewissen freikaufen, das dir die Bettlerin eingejagt hatte. Und bei der zweiten Begegnung hast du genauso überstürzt gehandelt, nur diesmal mit den gegenteiligen Emotionen. Stattdessen hättest du die Begegnung mit diesen Kobolden als Herausforderung annehmen können.«

Es war mir unangenehm, dass Nestor mein Handeln so bar aller Ideale in seiner ganzen Nüchternheit und Hässlichkeit freilegte. Ich versuchte mich zu rechtfertigen und sagte ihm, ich hätte die Frauen nicht wie ein Übungsobjekt benutzen wollen, sondern es sei mir darum gegangen, ihnen zu helfen.

»Du kannst den Leuten nicht helfen, wenn du dich von ihren emotionalen Energien einlullen lässt«, erwiderte er scharf. »Du musst merken, wann der Kobold wirkt. Wenn es darum geht, Energie von anderen zu gewinnen, dann setzen sich die Kobolde in einen höheren, energiereicheren Zustand – in diesem Fall steigerte sich die Bettlerin in ihre Misere hinein und glaubte womöglich selbst daran, wie schlecht es ihr ginge.«

Nestor hiess mich, auf verschiedene Typen von Kobolden zu achten, von denen jeder seine eigene Strategie verfolgte. Zum einen gebe es denjenigen Kobold, der mit seiner Meinung, seinen Gedanken und Systemen beeindrucken könne. Nestor nannte ihn den *Lehrer*, welcher seine Kraft aus der Aufmerksamkeit und aus dem Respekt der anderen schöpfe; oder er erzeuge bei anderen Menschen Skepsis, Wut und Abscheu gegen seine Lehren und erfreue sich daran.

Als Zweites nannte Nestor den *Zyniker*. Dieser Kobold wecke Emotionen durch seinen beissenden Spott über alles, was die Menschen irgendwie berühre. Der Zyniker könne bei anderen Begeisterung auslösen oder aber Unmut und Betroffenheit erzeugen. Beides sei für ihn ein gefundenes Fressen.

Einen weiteren Kobold charakterisierte Nestor als stets gut gelaunt und lebensfroh. Diesem *Lebensfrohen* gelinge alles, er sei optimistisch, motiviert und siegessicher. Viele Menschen möchten mit ihm zusammen sein, und ihnen entlocke er Bewunderung. Bei den anderen, die ihn meiden, wecke er Neid.

Das *Kind* schliesslich übertreffe die anderen Kobolde an Raffinesse. Seine Unschuld, Unbeholfenheit und Hilflosigkeit könne tiefes Mitempfinden und Muttergefühle, letztlich also Hilfsbereitschaft auslösen. Anderseits strapaziere ein trotzig-kindisches Gemüt die Geduld der Menschen aufs Äusserste.

»Der Lehrer ist derjenige, der die meiste Kraft in seinem System gebunden hat, deshalb muss er sich am meisten ins Zeug legen, um den anderen die Energie abzuziehen«, fuhr er fort. »Das Kind anderseits hat die meiste Energie ungebunden im Bild. Es weckt mit wenig Aufwand sehr viele Gefühle.

Für uns geht es nun darum, in den entsprechenden Situationen zu merken, dass dieses Koboldspiel abläuft. Können wir in einem solchen Gefühlsrausch bewusst innehalten und genau beobachten, was wirklich passiert, dann werden wir erfahren, dass eigentlich erhöhte Energie fliesst. Allerdings ist diese Energie in diesem Moment zweckgebunden und persönlichkeitsgefärbt, und sie schafft Abhängigkeiten. Wenn wir aber aufmerksam genug sind und einen offenen Körper haben, wird es uns gelingen, die erhöhte Energie in ebensolchen Momenten von den äusseren Umständen abzukoppeln und als Prickeln in das Bild als ein Ganzes zu geben – und damit unsere Rollen- und Koboldspiele aufzulösen.«

»Sind alle Menschen Kobolde?« fragte ich.

»Jeder versucht seinen Mitmenschen in der einen oder anderen Weise immer wieder Energie abzujagen. Und jeder wird auch immer wieder zum Opfer, das seine Energie abgeben muss. In diesem Spiel gibt es letztlich keine Gewinner.«

»Dann sind auch Seher Kobolde?«

»Seher sind keine Kobolde mehr«, erwiderte er. »Sie brauchen nicht mehr die persönlichkeitsgefärbte und zweckgebundene Energie der anderen. Seher sind selbst zur Quelle geworden. Sie erleuchten mit ihrer umgewandelten emotionalen Energie das ganze Bild.«

»Seher haben es gut«, murmelte ich neidisch. »Ich möchte auch der linken Seite des Bewusstseins angehören, dann müsste ich mich nicht mehr wie ein Kobold verhalten und auf Kobolde hereinfallen.«

»Hör auf, dich wie ein Kobold zu verhalten«, sagte er lächelnd. »Dann schaffst du den Sprung in die linke Seite.«

Ich sollte meine Chance erhalten. Nicht lange darauf traf ich mit einer dritten Frau zusammen, die unverkennbar mit denselben Techniken um Geld warb. Die Begegnung fand in einem Bastelzentrum in Bern statt, das ich in dieser Zeit regelmässig besuchte, um nach geeigneten Holzblättern für die Schublade Ausschau zu halten. Mein Entschluss, die ›Nadel im Heuhaufen‹ doch noch zu suchen, rührte nicht nur von Nestors gutem Zureden her, sondern ich fühlte mich je länger je mehr durch die Künstlerin oder den Künstler herausgefordert. Das Möbel selbst zeugte ja davon, dass es möglich war, die Maserung der verschiedenen Holzarten in Einklang zu bringen.

Ich hielt mich im Keller dieses Zentrums auf, hatte einige grossflächige Holzblätter vor mir auf einem Tisch ausgebreitet, als mir jene junge Frau auffiel. Gleichzeitig hatte sie mich erblickt und steuerte geradewegs auf mich zu, langsam zwar, aber bestimmt.

Während sie auf mich zuschlenderte, wurde ich nervös und begann leicht zu zittern. Als sie vor mir stand, blickte sie mich mit grossen traurigen Augen an und begann zu betteln. Auch sie erzählte verzagt von Schicksalsschlägen, Miseren und Geldproblemen. Sie zeigte mir Fotos von ihrem Kleinkind und den Ring ihres verstorbenen Mannes. Die eine Hand hatte sie auf meine Hand gelegt. Mit der anderen spielte sie mit einem von drei kleinen Stücken durchsichtiger Folie, an deren Rändern ich den gesuchten Maserungsverlauf aufgezeichnet hatte, und mit denen ich systematisch nach einer übereinstimmenden Stelle auf den Holzblättern suchte.

Während die Frau sprach, steigerte sich meine Nervosität, bis mein Körper schliesslich bebte und mein Herz klopfte. Ich fühlte einen erhöhten Druck in meinem Brustkorb, der mich zwang, tiefer zu atmen. Ich hatte den merkwürdigen Eindruck, dass ihre Geschichte spektakulärer und überzeugter wurde, sie selbst ärmer und verzweifelter, je mehr der Druck in mir anstieg.

Die innere Spannung löste sich plötzlich in einem heftigen Prickeln an meinen Beinen auf, was mich umgehend beruhigte. Im selben Moment wurde die junge Frau sichtlich nervös und zappelte herum. Ich selbst begann die Situation dieser Frau zu fühlen, mitzufühlen, wie sie in einem Umfeld der Angst und der Unsicherheit lebte, wo sie Menschen belügen musste, um überleben zu können. Ich bot ihr meine Unterstützung an, wenn sie mir ihre Wohnung, ihr Kind und ihre finanziellen Verhältnisse aufzeigen würde.

Sie blickte mich überrascht an, versuchte sich mit dem Verweis auf die schwierige Vermieterin herauszureden und flehte erneut um Geld. Als ich auf meinem Standpunkt beharrte, machte sie eine abschätzige Bewegung, schmiss meine Folie auf den Boden und entfernte sich verärgert.

Die Folie war auf ein grosses Holzblatt gefallen, welches ich bereits untersucht und neben den Tisch gelegt hatte. Als ich sie aufheben wollte, erkannte ich, dass sie auf einer Stelle lag, wo die Maserung beinahe mit den Markierungen auf der Folie übereinstimmte. Und ich war mehr als erstaunt, als ich durch nur leichtes Zurechtrücken der Folie eine exakte Identität des Maserungsverlaufs mit den Markierungen feststellen konnte.

Am Wochenende darauf, dem ersten in den Weihnachtsferien, fuhr ich mit dem passenden Holzblatt ins Emmental. Ich hatte einige Tage Zeit, die ich bei Nestor verbringen wollte.

Als ich nachmittags das von einer dicken Schneeschicht bedeckte Haus erreicht hatte und eingetreten war, rief mich Nestor zu sich in die wohltuende Wärme seiner Stube. Er zeigte mir ein Naturschauspiel, das gerade eingesetzt hatte: Die Sonne war im Begriff, hinter der Westspitze des Hohgant zu verschwinden, nur um zehn Minuten später hinter dem abfallenden Hang wieder aufzutauchen. Nestor erklärte, dass die Zeit der Wintersonnenwende begonnen habe, und dass die Schattendauer während zwölf Tagen zu- und wieder abnehme.

Für mich war dies ein nettes Naturphänomen, für Nestor aber mehr. Er wusste, dass Zeiten des Übergangs, in denen sich Zyklen vollendeten und Tendenzen umkehrten, eine besondere Kraft innehatten. Diese Zeit solle ich nutzen, um nach der Brücke zu suchen. Und er gab sich zuversichtlich, dass ich sie in dieser Zeit finden würde – schliesslich sei die Brücke selbst auch ein Übergang.

Nachdem ich noch am selben Abend siegessicher und ohne jede Schwierigkeit das eine Holzblättchen an der entsprechenden Stelle hineingeklebt hatte – es war ein Teil des Brückenfadens – machte ich mich in den folgenden, vorwiegend sonnigen Tagen erneut daran, die Brücke in meiner Struktur zu suchen. Jeweils am späten Nachmittag sass ich in Nestors Stube und blickte durch die grosse Fensterscheibe in den Himmel über dem Hohgant. Diese Zeit eignete sich für das Sehen besonders gut, denn die Sonne, die vom Westgipfel des Berges verdeckt war, blendete nicht, doch ihre Helligkeit liess die Punkte und Fäden deutlich aus dem Bild hervorstechen.

Nestors Aufforderung folgend, zeichnete ich jeweils die Fäden in meinem Blickfeld auf. Manchmal hiess er mich aufgrund meiner Zeichnungen, einen Faden nochmals genauer zu sehen und ihn wenn möglich auch in seinen weiteren Formen darzustellen.

Der Faden, den Nestor schliesslich als Brücke in Betracht zog, war tatsächlich einer der vertrautesten Fäden in meiner Leuchtstruktur. Nur: dieser Faden war extrem beweglich, veränderte praktisch mit jeder Augenbewegung seine Form – es brauchte also viel guten Willen, um ihn als ›Brücke‹ zu beschreiben.

Zunächst fand ich die Symmetrie des Fadens zu wenig ausgeprägt: Der rechte Teil verlief etwas länger und flacher. Er war schnell konzentriert und leuchtend, er hatte Substanz. Der linke dickere und matte Bogen dagegen war kürzer, enger aber höher. Dieser Verschiedenheit in der Form entsprach auch eine Verschiedenheit in der Bewegung: Wenn ich die Brücke mit meinen Augen bewegte, so veränderte sich der rechte Bogen kaum, er war fest. Ganz anders verhielt sich der linke Bogen. Der war so flexibel, dass er bei jeder Augenbewegung hin- und hergeworfen wurde. Hinzu kam, dass dieser Faden nicht horizontal war, wie es sich für eine Brücke gehörte; er zeigte im besten Fall nach unten links, aufgrund der Beweglichkeit der linken Hälfte aber auch häufig nach unten rechts oder in der dritten Dimension gegen mich selbst. Nur selten drehten sich beide Teile auf eine Weise, die dem Faden das Aussehen einer Brücke verlieh.

Ich sprach Nestor auf diese Ungereimtheiten an, doch er riet mir nur, diesen Faden aufmerksamer zu sehen und sein Verhalten zu beobachten.

Im weiteren Sehen des Fadens stellte ich fest, dass sich seine brückenähnliche Form nicht zufällig einstellte, sondern der Faden wurde immer dann zur Brücke, wenn ich ihn lange und konzentriert genug sehen konnte, mit anderen Worten: wenn er klein und leuchtend war.

Alle diese Beobachtungen festigten Nestor in der Ansicht, dass ich in diesem Faden die Brücke gefunden hätte. Dabei betonte er die Übereinstimmungen mit der Brücke, die er selbst sehen konnte: die Asymmetrie, speziell der längere rechte und der kürzere linke Teil sowie die Zugehörigkeit zur rechten Bewusstseinshälfte.

»Aber dieser Faden zeigt häufiger nach unten als dass er horizontal wäre«, wandte ich ein.

»Auch das ist richtig«, gab Nestor zur Antwort. »Die Richtung, in die er sich dreht, hängt von deinem inneren Druck ab. Dadurch zeigt er dir an, wohin deine Energie fliesst. Zuerst ist er nach unten gerichtet; er zeigt in deine Richtung und sieht aus wie eine verkehrte Drei. Deine Energie fliesst also nach unten, das heisst, du saugst mehr aus der Struktur ab, als du hineingibst.

Nach dem Sprung aber, wenn du genügend Druck in dir hast, wird sich dein Energiefluss umkehren – und damit auch die Richtung deiner Brücke. Sie zeigt dann nach oben links, in die Richtung, wo du deine eigene Kugel finden wirst. Auf diese Weise wird auch der weitere Weg in der linken Bewusstseinshälfte sichtbar.«

Durch die Beschäftigung mit dem Brückenfaden begann ich allmählich vertraute Formen darin zu sehen. Je nach Ausrichtung konnte er eine Schlange sein, ein Fötus im Mutterleib oder Auge und Schnabel eines Adlers. Als ich den Faden in weiteren Gesprächen mit

Nestor entsprechend zu charakterisieren begann, forderte er mich auf, dies zu unterlassen.

»Du kannst unzählige Dinge in diesem Faden erkennen«, sagte er. »Es ist natürlich, dass wir bekannte Formen der äusseren Leinwand in der Grundstruktur entdecken wollen. Letztlich sind das aber Spielereien. Wenn wir die Punkte und Fäden aufleuchten lassen, so bedeutet dies eine Auflösung und Verminderung unserer Tagträume, Ideen und Gedanken. Es geht also nicht darum, neue Vorstellungen in die Leuchtstruktur hineinzutragen.«

Auf meinen Einwand, er habe dasselbe getan, als er diesen Faden die ›Brücke‹ nannte, zuckte er mit der Schulter. Seher, so räumte er ein, würden den Wegmarken in der Struktur symbolische Bezeichnungen geben. Dies seien sehr einfache alltägliche Bilder, welche die Form der Wegmarken treffend widerspiegeln würden. Solche einfachen Assoziationen könnten anderen Menschen helfen, sich weiterzuentwickeln, war er überzeugt. Trotzdem ändere dies nichts an der Tatsache, dass alle Vorstellungen, die wir in die Leuchtstruktur hineintragen würden, letztlich nichts als kleine Welt an den Rändern der Struktur seien, die wir früher oder später in Bewusstseinslicht umwandeln müssten.

Am letzten Tag, den ich bei Nestor verbringen wollte, fiel mir beim erneuten Sehen der Brücke auf, dass der alte Henkel an Mari Eglis Möbel eine ähnliche Form hatte. Der zierliche Messinggriff wies ebenfalls zwei ungleiche Bögen auf und war an seinem oberen beziehungsweise rechten Ende an der Schublade befestigt. In diesem Augenblick realisierte ich unmittelbar, was an dieser Schublade hing: Es war nicht irgendein ausgefallener Henkel, sondern es war die Brücke, wie sie der Erbauer des Möbels gesehen hatte.

Mir kam zu Bewusstsein, was ich vor drei Jahren getan hatte, als ich versuchte, den Henkel nach dem Vorbild des alten zu schmieden: Ich hatte das Sehen des Künstlers imitiert, ohne selbst sehen zu können. Jetzt zweifelte ich nicht daran, dass diese unbewusste Imitation der Grund war, weshalb ich den Henkel nicht am Möbel anzubringen vermochte. Für mich bedeutete dies nichts anderes, als dass ich den Henkel nach meinem eigenen Sehen formen musste. Ich fertigte eine genaue Zeichnung von meiner Brücke an, und zwar in der Position, in welcher sie beinahe waagrecht war und ich sie lange konzentriert halten konnte.

Anstatt am nächsten Tag wie geplant zurückzufahren, suchte ich den Bauern auf. Die Aufregung und die Neugier trieben mich dermassen an, dass ich nicht einmal davor zurückschreckte, mich fast doppelt so lange als üblich durch den Schnee zu kämpfen – mit Tourenskiern von Nestors Dachboden.

Als am frühen Abend die Dunkelheit einbrach, war ich mit dem neu geschmiedeten Henkel zurück. Überzeugt und voller Zuversicht montierte ich diesen im Beisein von Nestor an Mari Eglis Sekretär. Die Prozedur verlief kurz und problemlos – nicht einmal mein Puls beschleunigte sich, dafür wurde ich ungewohnt euphorisch.

Nach getaner Arbeit stellte ich mich vor das Möbel und griff nach dem neuen doppelbogigen Henkel um daran zu ziehen. Durch meinen Erfolg übermütig geworden, glaubte ich, dass mir alles möglich wäre, dass ich die Schublade öffnen könnte. Bestimmt zog ich am Henkel, doch die Schublade blieb geschlossen. Ernüchtert zog ich wieder und wieder, aber sie liess sich nicht öffnen.

»Lass es«, hiess mich Nestor sanft. »Es genügt, dass du heute die Bedeutung dieser Brücke erfahren hast. Sie wird eine grosse Rolle auf deinem weiteren Weg in der Leuchtstruktur spielen. Eines Tages wirst du sie überqueren müssen. Und dann erst, wenn du dich vollständig geöffnet hast, wird sich auch diese Schublade öffnen lassen.«

Ich liess vom Möbel ab und setzte mich Nestor gegenüber. »Du sagst, ich soll die Brücke in meiner Struktur überqueren?« fragte ich.

»Die Brücke überqueren heisst, die beiden Bögen überwinden. Bei dir ist der rechte grössere Bogen bei Konzentration fest und leuchtend. Das bedeutet, dass du dort deine Energie hineinzugeben vermagst, dass dir dieser Bogen vertraut ist. Er steht für die äussere Leinwand, und mit der Überschreitung des rechten Teils der Brücke wird die Materie entsprechend weniger Anziehungskraft auf dich ausüben. Ein Mensch, der diesen ersten Teil überwinden will, hat es nicht besonders schwer: er wird dabei laufen können.

Über das Ende des zweiten Bogens dagegen musst du fliegen. Dieser Bogen, der bei dir noch nicht leuchtet, symbolisiert die Gefühlswelt. Wenn du das andere Ende der Brücke erreichst, hast du dein Tagesbewusstsein tief in die Gefühlswelt verlagert und deinen Gefühlskörper vollständig entwickelt. Du wirst somit fähig sein, deine umgewandelten Gefühle direkt als ungefärbte Energie, als Ekstase, in das Bild zu geben.«

»Ich verstehe immer noch nicht, wie das Überqueren der Brücke konkret geschehen soll: Du sprichst so, als handle es sich dabei um eine körperliche Sache.«

»Es handelt sich tatsächlich um eine körperliche Sache: Wenn die Zeit reif ist, wirst du die Brücke in allen drei Körpern überqueren«, antwortete er hintergründig.

Vielleicht war es die noch immer wirkende Ernüchterung, die auf meine Euphorie folgte; vielleicht auch ein Widerstreben gegen Nestors unverständliche und verabsolutierende Vorbestimmung meines angeblichen Weges – jedenfalls zweifelte ich plötzlich daran, überhaupt so weit zu kommen um diese Brücke zu ›überqueren‹.

Nestor erwiderte darauf, ich solle mir keine Sorgen machen. Er rief mir in Erinnerung, dass ich die Kugeln und Fäden nicht sehen konnte, als ich zum ersten Mal auf diese Seite der Emme kam. Jetzt aber würde ich die Brücke sehen. Und die werde mich irgendwann in die linke Hälfte des Bewusstseins führen, so wie sie auch ihn vor vielen Jahren in diese Hälfte geführt habe.

Ich wollte mich nicht von seinen Ermunterungen vereinnahmen lassen und überlegte laut, dass vielleicht nur gewisse Menschen dazu imstande seien, Seher zu werden, andere aber nicht; dass es vielleicht eines bestimmten Charakters dazu bedürfe, bestimmter Talente, eines bestimmen Schicksals oder was auch immer.

»Hör auf«, lachte Nestor. »Suchst du etwa nach Rechtfertigungen für deine Trägheit? Das Überqueren der Brücke ist nicht eine Frage des Charakters und schon gar nicht des Schicksals. Es ist eine Entscheidung. Eine Entscheidung für jeden, der auf dem Weg in der Grundstruktur geht. Es ist der Punkt, an dem sich ein Mensch entscheiden muss, ob er Mensch bleiben und weiterhin die kleinen Freuden und kleinen Leiden dieser Welt erleben will. Oder ob er in die linke Seite fliegen will, um auf eine ekstatische Weise über sich selbst hinauszuwachsen und die Welt fortan mit den Augen eines Sehers zu sehen.«

Iris die Seherin

Als ich an einem warmen und sonnigen Tag im Mai zu Nestor fuhr, kam ich nicht von Bern, sondern von Langnau her, wo ich vormittags an einem Seminar teilgenommen hatte. Auf dieser Route legte ich einen Zwischenhalt in einer kleinen Ortschaft ein, unweit vom Tal der Emme, aber auf der Nordseite der Schrattenfluh. Dort setzte ich mich auf die Terrasse eines Gasthofes um zu Mittag zu essen.

Bei dieser Gelegenheit konnte ich immer wieder Leute beobachten, die auf der anderen Strassenseite vor einer Art Steinsäule mit einem kleinen Holzdach stehen blieben und sie aufmerksam betrachteten, bevor sie der schmalen Strasse weiter in die bewaldeten Hügel folgten. Die Kellnerin erzählte mir, dass es sich um die erste Station eines Kreuzweges handelte, welcher zu einem Pilgerort hier ganz in der Nähe führte. Da ich nicht in Eile war, beschloss ich mir diesen Ort anzusehen.

Alle vierzehn Schreine abgeschritten, erreichte ich den reizenden Pilgerort im Wald, am Ufer eines Baches. Es handelte sich um einen relativ kleinen gepflasterten Platz am Fusse eines mit Efeu bewachsenen hohen Felsens, der zur Grotte ausgehöhlt wurde. Der Zugang zur Grotte und zum Altar darin war durch ein solides Eisengitter versperrt. In den Felsnischen über dem mit frischen Blumen geschmückten Altar thronten zwei grosse Statuen: Die Mutter Gottes und eine vor ihr kniende Heilige, nach deren Name der Ort benannt wurde.

Die Holzbänke auf dem Platz, die auf den Altar ausgerichtet waren, sowie die etwas erhöhte steinerne Kanzel auf der rechten Seite wiesen darauf hin, dass hier hin und wieder Gottesdienste abgehalten wurden. Im hintersten Teil des Platzes hingen, geschützt unter einem Dach, eine beachtliche Anzahl von Marienbilder sowie an die Gottesmutter gerichtete Fürbitten und Danksagungen in mehreren Sprachen, daneben einige Bilder von Jesus, Gebetsketten und Kruzifixe aus Gips, Holz und Metall.

Ich setzte mich auf einen der hinteren Bänke und beobachtete die wenigen, vorwiegend älteren Besucher. Die Bise wehte mir plötzlich so hartnäckig an meine linke Hals- und Gesichtshälfte, dass ich mich nach rechts wandte und meinen Jackenkragen aufstellte. Als der Wind nachliess, bemerkte ich, dass sich jemand neben mich gesetzt hatte. Ich vermied es, die Person anzusehen, ärgerte mich nur darüber, dass sie sich ausgerechnet neben mich setzen musste, so als gäbe es nicht genügend freie Bänke an diesem Ort. Als ich aber mit ›Floco‹ angesprochen wurde, erblickte ich die junge Seherin neben mir.

Ihre grünen Augen leuchteten. Ihr junges, mit Sommersprossen gesprenkeltes Gesicht glänzte im Sonnenlicht. Ihr gewelltes rotes Haar passte hervorragend zum dunklen Blau ihrer Jeansjacke, und mir fiel auf, dass sie es kürzer trug, als das letzte Mal. Sie sah einfach bezaubernd aus.

Nachdem ich vor Überraschung stumm geblieben war, ergriff sie das Wort. Sie fragte, was ich hier tun würde. Ich erzählte ihr von meinem Seminar und sagte, dass ich eigentlich auf dem Weg sei, Nestor zu besuchen. Dann erkundigte ich mich nach ihrem Namen, worauf sie lächelte, aber nichts erwiderte. Stattdessen wies sie auf die Marienbilder, und erklärte, sie sei als Malerin hier, um Gesichtsausdruck, Gebärden und Körperhaltungen einer als heilig verehrten Person zu studieren. Wenn ich Lust hätte, sagte sie, könnten wir uns die Bilder gemeinsam anschauen. Ich hatte Lust, fand es eine tolle Idee.

Die junge Frau führte mich von einem Bild zum Nächsten und referierte dabei über die Idealvorstellungen der Künstler, wie sie ›heilig‹, ›andächtig‹ und ›demütig‹ zu ihrer jeweiligen Zeit verstanden und bildlich umgesetzt hätten. Eine besondere Freude zeigte die Seherin an den Symbolen, vor allem an den Darstellungen des Herzens in Jesu Brust, welches inmitten eines Dornenkranzes schlug und nach oben hin in lodernden Flammen brannte, über denen das Kreuz thronte.

Schliesslich setzten wir uns wieder hin und sprachen weiter über Malerei, Heilige und andere Dinge. Ich genoss das Zusammensein mit ihr. Gerade als mir danach war, alles um uns herum zu vergessen, machte mich die Seherin auf eine ältere Pilgerin aufmerksam, die vor einer Marienstatue niedergekniet war und mit weinerlicher Stimme unverständliche Formeln vor sich hin murmelte. Ich sah, dass das Gesicht der Betenden tränenüberströmt war.

»Ich konnte noch nie begreifen, wie jemand nur so viele Emotionen gegenüber einer kitschigen Gipsfigur entwickeln kann«, kommentierte ich spöttisch das Geschehen.

»Ihr Herz ist gross, und sie kann sehr tief empfinden«, fand die Seherin. »Aber ihre Liebe ist eine emotionale Liebe; sie beschränkt sich auf einzelne Gegenstände, Personen oder Ideen, die sie anzuziehen versucht. Wäre sie eine Seherin, dann wäre ihre Anziehungskraft so gross, dass sie alles im Bild gleichermassen anziehen würde.«

Ich wunderte mich über ihren Gebrauch des Ausdrucks ›Anziehungskraft‹. Nestor hatte mit ›Anziehungskraft‹ immer eine Kraft bezeichnet, die in einem negativen Sinn auf uns wirkt und gegen die wir ankämpfen müssen.

Die Seherin erklärte darauf, dass die Anziehungskraft nichts anderes sei als Liebe, die in jeder Bewusstseinsschicht verschieden wirke. Jemand, der weit entfernt von seiner einen Kugel lebe, der sei eben stark von der Materie angezogen – seine Liebe beschränke sich auf materielle Dinge. Menschen, die ihrer Kugel schon näher seien, würden entsprechend mehr auf Herzensliebe achten, die aber noch leidenschaftlich sei und daher in gegenteilige Emotionen wie Ärger, Hass und Eifersucht umschlagen könne. Doch wenn Nestor sage, ich müsse die Anziehungskraft überwinden, dann bedeute dies, dass ich mich nicht mehr von den Dingen dieser Welt anziehen lassen solle; stattdessen müsse ich selbst so liebend werden, dass alles um mich herum mitsamt der Leuchtstruktur durch mich angezogen werde.

»Diese Pilgerin hat nie sehen gelernt«, wiederholte sie, »sonst würde sie mit ihrer Liebe die Struktur aufleuchten lassen und anziehen – und sie könnte ihr eigenes Herz darin finden und zum Glühen bringen.«

Auf meine Frage hin, wie man das eigene Herz zum Glühen bringen könne, beschrieb mir die junge Frau einen speziellen Faden in der Grundstruktur, der bei jedem früher oder später sichtbar werde und bei Konzentration aufleuchte. Ihrer Beschreibung nach handelte es sich um denselben Faden, den Nestor als ›Verbindungsfaden‹ charakterisierte und ›die Brücke‹ nannte.

»Dieser Faden kann vieles sein«, erwiderte sie auf meinen Hinweis. »Eine Sense, ein Pfeilbogen, eine Brücke. Was du darin erkennst, hängt von deinem Charakter ab – und davon, wie du in die linke Seite des Bewusstseins gelangst. Für mich ist dieser Faden ein Herz.«

Ich erinnerte mich an Nestors Standpunkt, wonach der Verbindungsfaden am besten durch symbolhafte Bilder aus unserer alltäglichen Wirklichkeit beschrieben werden sollte, welche seine Form so einfach und gleichzeitig so genau wie möglich widerspiegelten. Das Bild des Herzens, konfrontierte ich die junge Seherin mit Nestors Worten, erfülle diese Kriterien nicht; dieser Faden könne höchstens der obere Teil eines Herzens darstellen, nicht aber ein ganzes Herz.

Sie meinte, ich sei vielleicht zu korrekt, um ein Herz darin zu erkennen. »Die allzu korrekten Menschen sind zu sehr an ihre exakten Vorstellungen gebunden und es fehlt ihnen die Fantasie um dem Bild Leben und inneren Sinn zu verleihen. Solchen Menschen fällt es schwerer, auf dem Weg in der Leuchtstruktur zu gehen.« Dann drehte sie sich zu mir und blickte mich mit ihren grünen Augen herausfordernd an.

Durch ihren Blick betroffen fragte ich sie ernüchtert, ob sie wirklich glaube, dass ich allzu korrekt sei. Die junge Frau begann kindlich zu lachen und gab mir einen freundschaftlichen Klaps aufs Knie, was in meinem ganzen Körper elektrisierend wirkte und ein angenehmes Prickeln an meinen Beinen auslöste.

Sie sagte, dass ich mich nicht um meine Bewusstseinsentwicklung sorgen solle. Allerdings müsse ich mich damit abfinden, dass mein Weg mehr Zeit beanspruche, weil ich ein Mann sei. Damit hatte sie meine Grübelei auf einen Schlag vertrieben.

»Männer«, behauptete sie auf mein Nachfragen, »müssen viel mehr kämpfen, bis sie ihren Körper ganz öffnen und mit der ausströmenden Energie alle Dinge im Bild gleichermassen anziehen können. Frauen hingegen sind von ihrem Wesen her offener und können sich eher entspannen als Männer, auch wenn sie keine Seherinnen sind. Deshalb haben sie auch dieses Gefühl des Prickelns viel öfter als Männer. Und das Erlernen des Sehens fällt ihnen entsprechend leichter.«

»Aber das trifft doch sicher nicht auf jeden Mann und auf jede Frau zu, oder?« versuchte ich zu relativieren.

»Doch«, widersprach sie kühn, kam nahe an mich heran und senkte ihre Stimme. »Schon nur die Körper von Frauen und Männern bestätigen das. Nehmen wir doch mal die männlichen und weiblichen Geschlechtszellen als Beispiel: Der Körper der Frau stellt nur wenige Eizellen her, und die sind gross, rund wie eine Kugel und ruhen die meiste Zeit am Ort. Bei Männern dagegen spaltet sich die Kraft in unzählige Spermien auf, die winzig klein und dauernd in Bewegung sind. Deshalb sind Männer viel mehr gespalten, müssen immer konkurrieren und werden so ständig vorangetrieben. Diese armen Teufel müssen viel mehr herumrennen, bis sie sich endlich entspannen können – und wenn es soweit ist, dann schlafen sie meistens ein.«

Mit ihrem Vergleich brachte sie uns beide zum Lachen. Ich musste einräumen, dass es sich in meiner letzten Beziehung tatsächlich so verhalten hatte: Meine Partnerin war ein ruhender Pol und hatte eine beneidenswerte Ausstrahlung, die ich nur mit Aktivität und Leistung wettmachen konnte.

Irgendwie war es mir ein Bedürfnis, der jungen Seherin ausführlicher von dieser Beziehung zu erzählen, wie sie begonnen hatte, wie sehr meine Partnerin und ich das Zusammensein genossen, aber auch wo die Probleme lagen. Ich schilderte ihr, wie die Beziehung letztlich daran gescheitert war, dass ich meiner Freundin fast zwanghaft meinen Wert beweisen musste. Dies, fand ich, war nicht zu vermeiden, da sie eine so aufgestellte, umgängliche und beliebte Frau war, dass es ihr nie an männlicher Gesellschaft fehlte – und die genoss sie sichtlich. Ich dagegen wurde immer mehr zum blossen Anhängsel degradiert, das bei Bedarf ausgewechselt werden konnte, nämlich sobald irgendein ›Romeo‹ vorbeikam. Ich schloss meine Erzählung mit der Bemerkung, dass meine jetzige Lebensweise, wo sexuelle Freuden nicht vorgesehen waren, der Koholderie einer Liebesbeziehung viel überlegener sei.

»Wenn wir unsere Liebe höher entwickeln und direkt durch den Körper an alle verschenken wollen, dann müssen wir soweit wie möglich auf den körperlichen Orgasmus verzichten – egal ob Mann oder Frau«, pflichtete sie mir mit ernster Stimme bei. »Aber dieser Weg sollte nicht eine Flucht vor Zweierbeziehungen sein. Wir verzichten auf den kleinen sexuellen Genuss um den inneren Sinn zu entwickeln und unser Bild zu beleben und glänzend zu machen – nicht aus Angst vor dem Kontakt mit dem anderen Geschlecht.«

Meine erste Reaktion war, dass ich mich gegen ihre Ermahnungen zur Wehr setzte und mich rechtfertigte. Schliesslich, so war ich der Ansicht, war der Grund meiner Bemühungen um ein kraftvolles Leben im Sinne der Seher nicht die Ablehnung des anderen Geschlechts, sondern die Faszination, das Bild auf eine ganz andere Weise wahrnehmen zu können.

Allerdings musste ich zugeben, dass sich mein Urteil über Zweierbeziehungen stark verändert hatte, seit ich die vollkommene Restauration ausübte. Waren für mich die Herzensliebe und der sexuelle Genuss einst die höchsten anzustrebenden Gefühle, so wertete ich sie wohl infolge meines Verzichts auf Beziehungen ab. Nun betrachtete ich die Liebe zwischen zwei Menschen nur noch unter dem Gesichtspunkt der Investition: Man gibt absichtsgeladene Energie in Form von Interesse, Aufmerksamkeit, Redekunst und gezielten Handlungen in einen Menschen seiner Wahl. Wenn die Werbung bei diesem Menschen auf fruchtbaren Boden gefallen ist und die Investition mit Zins und Zinseszins als Ertrag zurückfliesst, dann hat sich die Investition gelohnt. Nun muss natürlich ständig ein Teil des Energiekapitals für die Instandhaltung der Beziehung aufgewendet werden, was sich jedoch im Laufe der Zeit dank Erfahrungswerten und Abschreibungen auf ein Minimum reduzieren lässt – einzig in Krisensituationen muss zugezahlt werden, weshalb es immer ratsam wäre, Rückstellungen zu bilden. Krisen wird es immer dann geben, wenn die Bilanz nicht aufgeht, das heisst, wenn der Ertrag den Aufwand nicht zu decken vermag, oder umgekehrt, wenn zu sehr vom Kapital des Partners gelebt wird – was relativ häufig geschieht, denn welches angehende Liebespärchen ist schon bereit, vor der Investition eine aussagekräftige Nutzen-Kosten-Analyse durchzuführen?

»Widerspricht denn eine Beziehung nicht dem Weg in der Grundstruktur?« wollte ich von der Seherin wissen.

»Natürlich nicht. Wenn die liebende Beziehung zwischen zwei Menschen vollkommen ist, wird sie ebenso in die linke Seite des Bewusstseins führen.«

»Mit ›vollkommen‹ meinst du bestimmt eine platonische Liebe«, spottete ich.

»Nein«, erwiderte sie. »Die Körperlichkeit hat in einer vollkommenen Liebesbeziehung genauso ihren Platz wie alles andere.«

»Aber du sagtest vorhin selbst, dass wir auf den Liebesakt verzichten müssen, wenn wir den Weg in der Leuchtstruktur gehen wollen.«

»Wir müssen nicht auf das Liebemachen selbst verzichten; aber wir müssen den körperlichen Orgasmus so weit wie möglich zurückhalten, umwandeln und die Kraft daraus höher leiten.«

»Du meinst Sex ohne Spass«, entfuhr es mir. Die junge Seherin lachte herzlich. Dann erwiderte sie, dass wir dabei nichts verlieren würden, sondern im Gegenteil den kleinen Spass des sexuellen Höhepunktes in den grossen Spass des Prickelns und schlussendlich der Ekstase umwandeln.

Die Seherin begann darauf diese ideale Beziehung zu erklären, die sie die *erotische Vereinigung* nannte. Sie verstand darunter eine Liebesbeziehung zwischen einem Mann und einer Frau, die auch körperlich ausgelebt wird – aber immer im Hinblick auf den Aufbau der Kraft im eigenen Körper sowie dessen Öffnung.

Die junge Frau hatte noch nicht lange über die erotische Vereinigung gesprochen, als mehrere Familien mit Kindern auftauchten und sich unter lautem Tumult einrichteten. Bald erfreuten sich alle an ihren mitgebrachten Sandwiches, Süssigkeiten und Getränken, die Kinder spielten Fussball, Säuglinge kreischten, Erwachsene schwatzten lautstark und lachten.

Die Seherin fand, dass es Zeit sei zu gehen. Am Eingang des Wallfahrtsortes fragte ich sie, wo sie wohne und ob ich sie nach Hause fahren könne. Sie komme schon zurecht, meinte sie und zeigte in die Richtung des ansteigenden Hügels.

»Wenn du über den Kreuzweg hinausgehst, weiter der Strasse entlang bis an deren Ende, wirst du mein Haus finden«, erklärte sie und versicherte mir, dass wir uns wieder sehen würden. Bei dieser Gelegenheit fragte ich sie nochmals nach ihrem Namen.

»Persönlichkeiten haben Namen«, erwiderte sie. »Eine Seherin hat keine bestimmte Persönlichkeit mehr, also braucht sie auch keinen bestimmten Namen.« Sie lächelte und ihre grünen Augen strahlten.

Zwar fand ich diese Geheimnistuerei um die Namen kindisch. Doch die Art, wie sie es sagte, liess mich in diesem Moment eine tiefe Verbundenheit mit ihr fühlen. Mein Körper entspannte sich unwillkürlich und ein Prickeln durchströmte meine Brust. Ich war drauf und dran ihr zu sagen, dass ich sie mochte. Sie kam mir aber zuvor, wünschte mir alles Gute und trug mir auf, ›Nestorius‹ lieb von ihr grüssen zu lassen. Dann begann sie die Strasse aufwärts zu gehen.

Nestorius! Dieser Name begleitete mich auf dem ganzen Weg zu Nestors Haus. Abgesehen davon, dass sich Nestor auch ohne körperliche Präsenz im ungünstigsten Moment dazwischenschob, bereitete mir die Nestor-Variante der Seherin Kopfzerbrechen. Sie sprach diesen Namen mit so viel Bewunderung aus, dass ich dazu tendierte, mehr in ihm zu sehen als eine reine Wortspielerei. Ich war plötzlich überzeugt, dass er Aufschluss darüber geben konnte, wie Nestor im Kreis der Seher wahrgenommen wurde und was seine Funktion war. Für eine besondere Stellung Nestors unter den Sehern sprach ja auch, dass er der Einzige war, dessen Namen ich kannte. Wenn nichts von dem, was die Seher hier taten, Zufall war, so galt es, die Bedeutung dieses Sachverhalts zu klären.

Bevor ich über die Brücke auf die linke Seite der Emme fuhr, hielt ich vor dem Gasthof. Ich wollte mir nochmals die Bilder der jungen Seherin anschauen, besonders die Initialen darauf. Wenn die Frau mir ihren Namen nicht verraten wollte, würde ich ihn eben erraten.

An der Wand im Toilettengang hingen vier Farbstiftzeichnungen von langweiligen Blumen, Gänseblümchen, Stiefmütterchen und dergleichen, alle schön nebeneinander aufgehängt, über die ganze

Wandbreite verteilt, wie es sich gehörte. Aber von den Bildern der Seherin fehlte jede Spur – auch in allen anderen Stuben und Räumen des Gasthofes.

Aufgebracht fragte ich an der Theke nach deren Verbleib. Die beleibte Kellnerin wusste natürlich von nichts, verwies mich dafür an den beleibten Chef des Hauses. Dieser wiederum wollte sich auch bei zweimaliger Beschreibung nicht mehr an die betreffenden Bilder erinnern. Er erklärte mir, dass er ab und zu Bilder direkt von Künstlern kaufe oder sie teilweise auch auf dem Flohmarkt erwerbe. Jedenfalls kämen sie schliesslich alle *uf d'Gant* oder direkt in den Abfall.

Ich versuchte mir die Initialen der Künstlerin ins Gedächtnis zu rufen. Der erste der beiden Buchstaben auf all ihren Bildern war, so fiel mir ein, ein kleines i. An dieses i konnte ich mich deshalb erinnern, weil es recht lange und auch ein wenig kurvig gezogen war, so dass es den Eindruck eines Wasserstromes machte, der aus einer Quelle, dem Punkt auf dem i, floss. Der zweite Buchstabe hingegen wollte mir nicht mehr einfallen. Ich wählte den klangvollen und passenden Namen ›Iris‹ für die Seherin.

Nestor, dem ich von meinem Zusammentreffen mit Iris erzählte, fand nur lobende Worte für die junge Frau. Er nannte sie liebevoll *die Herzliche*.

»Sie ist eine faszinierende Frau, nicht wahr?« fragte er verschmitzt.

Ich stimmte ihm zu und erzählte, dass ich mehrmals ein Prickeln an meinem Körper verspürte, etwas, das ich zusammen mit anderen Menschen nie so oft und so intensiv erlebt hatte.

»Das ist ihre Spezialität«, meinte Nestor. »Sie strahlt so viel Energie ab, dass du nur hoffen kannst, offen genug zu sein um diese Energie zurückzugeben. Sonst nämlich beginnen dir das Herz zu flattern und die Knie zu schlottern.« In einer gelungenen Geste imitierte er einen liebestollen, aber schwächlichen Verehrer, der zitternd und nach Luft japsend den Anblick seiner Angebeteten auszuhalten versucht. Wir lachten beide.

»Es ist gut, dass du offen genug warst«, sagte Nestor weiter. »Wenn du offen bist und deine Energie in das ganze Bild strömt, bedeutet dies, dass du lieben kannst – das war es, das dir die Herzliche vermitteln wollte. Und sie hat Recht, wenn sie die ausströmende Energie als ›Liebe‹ bezeichnet. Denn eine Sensation bedeutet stets, dass du deine Kraft nicht mehr dazu gebrauchst, dich selbst zu vergrössern und herauszustellen, sondern du vergrösserst damit die Inhalte im Bild und machst sie lebendiger und farbiger, lustiger und friedvoller. Dieser Energiefluss erzeugt ein Gefühl von tiefer beglückender Verbundenheit – das ist Liebe.«

Nestors Worte erzeugten in mir eine Sehnsucht nach Iris. Ich begann von ihr zu schwärmen, aber Nestor mahnte mich, dieses schöne prickelnde Gefühl nicht allein auf bestimmte Menschen oder Gegenstände im Bild zu beziehen. Zwar seien es die Umstände, die ein Prickeln auslösen würden. Doch letztlich komme meine Fähigkeit, ekstatisch zu sein, durch die Bemühungen in der vollkommenen Restauration. Die Liebe einer Seherin oder eines Sehers sei entsprechend eine unpersönliche Liebe – eine, die sich nicht nur auf einzelne Personen beschränke.

In meinen Ohren klang das ganz so, als wollte er mich von Iris fernhalten. Ich protestierte gegen seine Andeutungen und führte dabei an, dass sie es selbst gewesen sei, die mir eine Liebesbeziehung ans Herz gelegt habe, welche durch die erotische Vereinigung in die linke Seite des Bewusstseins führe. Eine Seherin als Partnerin, fand ich, sei bestimmt ein grosser Vorteil.

»Du hattest eine gute Zeit mit der Herzlichen. Und nun schmerzt dir dein Herz.« Er lächelte. »Du musst dir einfach bewusst sein, dass ihre Liebe dich zwar erreicht, aber dich bei weitem übersteigt. Und wenn sie dir zur erotischen Vereinigung rät, so meint sie für dich die Beziehung zu einer Frau. Die Herzliche ist eine Seherin. Sie ist nicht das, was du dir unter einer Frau vorstellst.«

»Dann haben Seher und Seherinnen keine Vorlieben mehr, keine Wünsche mehr, was Menschen anbelangt? Wenn sie alles lieben, können sie doch umso mehr einen bestimmten Menschen lieben, oder?«

Nestor schwieg eine Weile. »Solange ein Seher die Dualität nicht überwunden hat, ist er nicht gänzlich frei von Verlangen und Wünschen«, führte er schliesslich aus. »Trotzdem ist die Liebe eines Sehers mehr unpersönlich als persönlich. Er gibt den grössten Teil seiner Energie in das Bild als ein Ganzes – somit kann er nicht mehr seine ganze Kraft und Aufmerksamkeit einer einzelnen Person entgegenbringen. Dazu müsste er seine Energie wieder nach unten fliessen lassen, seine Energie also in vielen einzelnen Dingen binden.

Aber welcher Seher würde das freiwillig tun? Ein Seher hat sich um die Umkehrung seines Energieflusses, um die Offenheit seines Körpers und um seine Ekstasen bemühen müssen. Es macht keinen Sinn, auf diese tiefe Freude und Liebe allem gegenüber zu verzichten, um die Energie nur einem einzelnen Menschen zukommen zu lassen.«

An diesem Abend fiel es mir schwer, mich auf irgendetwas zu konzentrieren. Iris hinterliess einen so lebendigen Eindruck, dass ich nicht anders konnte, als mir das Geschehene immer wieder zu vergegenwärtigen: Gespräche, Situationen, meine Gefühle in diesen Momenten – ganze Szenen liess ich mir nochmals durch den Kopf gehen, nicht ohne sie meinen Idealvorstellungen entsprechend zu verändern. Und wenn ich mich hinsetzte, um mich auf den Verbindungsfaden in meiner Leuchtstruktur zu konzentrieren, dann versuchte ich, den Doppelbogen des Herzens zu sehen.

Schliesslich aber riss mich der Gedanke an ›Nestorius‹ aus meinen Träumereien. Ich wollte endlich klären, was es mit diesem Namen auf sich hatte. Hierfür konsultierte ich das Nachschlagewerk auf meinem tragbaren Computer, den ich für die Lehrveranstaltung vormittags mitgeführt hatte.

Der einzige eingetragene ›Nestorius‹ war der Patriarch von Konstantinopel, der im 5. Jahrhundert lebte. Er war in die frühchristliche Debatte verstrickt, die um die Frage kreiste, ob Jesus Gott und Mensch gleichzeitig war, oder ob die göttliche und menschliche Natur in ihm verschieden und getrennt wirkten. Da Nestorius und seine Anhänger letztere Auffassung vertraten, welche der Orthodoxie sauer aufstiess, wurden sie letzten Endes verketzert und verfolgt. Trotzdem hat sich die nestorianische Kirche vor allem in Teilen Asiens bis heute halten können.

Unter ›Nestor‹ selbst fand ich weitere Einträge. Nestor ist beispielsweise der Name eines Helden aus der griechischen Mythologie. Er war ein König und ein grosser Krieger, der gegen die Kentauren kämpfte, sich an der Suche nach dem sagenhaften Goldenen Vlies beteiligte und schliesslich gegen Troja in den Krieg zog – wo er den Griechen als kluger Ratgeber diente. Interessant war auch, dass ›Nestor‹ im Griechischen ›der Wiederkehrende‹ oder ›Wiedergeborene‹ bedeutet.

Dann gab es einen Kiewer Mönch mit dem Namen Nestor, welchem die Nestorchronik zugeschrieben wird. Diese anfangs des 12. Jahrhunderts entstandene Chronik erzählt die Geschichte des Kiewer Reichs von der Frühzeit der slawischen Stämme bis zur Gegenwart Nestors. Sie ist die Hauptquelle für die Rekonstruktion der Frühgeschichte Russlands.

›Nestor‹ ist aber nicht nur ein Name, sondern auch die Bezeichnung für einen Vorsteher oder Vorsprecher einer Gruppe. Die Autorität eines Nestors rührt von seiner Erfahrung und seinen herausragenden Qualitäten her. Man spricht beispielsweise vom ›Nestor der Physik‹ oder vom ›Nestor der Literaturwissenschaft‹ und so weiter.

Schliesslich gibt es eine neuseeländische Papageiengattung mit dem wissenschaftlichen Namen *Nestor*, besser bekannt unter den Maori Namen *Kea* und *Kaka*, die ich der Vollständigkeit halber auf die Liste setzte.

Nun boten sich mehrere Möglichkeiten, die Sache anzuschauen: Entweder hielten die Seher Nestor für die tatsächliche Inkarnation eines dieser Nestor-Helden, was ich jedoch unwahrscheinlich fand. Eher war der Name ›Nestor‹ symbolisch gemeint, als Zuweisung von Charaktereigenschaften der Tapferkeit, Heldenhaftigkeit und Stärke. Es konnte aber auch sein, dass ›Nestor‹ einfach als Bezeichnung für den ›Vorsteher‹ der Seher auf der linken Seite der Emme gebraucht wurde. Ich tendierte zu dieser letzteren Auffassung. Dafür sprach erstens die Tatsache, dass alle anderen Seher keine Bezeichnungen als Namen hatten, sondern nach ihren Tätigkeiten benannt wurden; dies unterstrich die besondere Rolle Nestors. Und zweitens machte auch die geografische Lage von Nestors Haus, welches laut Karte in der Mitte aller anderen Häuser stand, wahrscheinlich, dass er buchstäblich eine Mittlerrolle oder vermittelnde Stellung innehatte.

Nach dem Abendessen versuchte ich, mit Nestor darüber zu sprechen. Ich richtete ihm nachträglich den Gruss von Iris aus, den Gruss an ›Nestorius‹. Er schmunzelte, sagte aber nichts dazu.

»Warum nennt sie dich Nestorius?« fragte ich.

»Warum nicht? Klingt doch auch gut«, fand er.

»Weisst du denn überhaupt, wer Nestorius war?«

Er zuckte defensiv mit der Schulter.

»Er war ein grosser Kirchenpatriarch«, klärte ich ihn auf.

Nestor zuckte mit der anderen Schulter. »Was willst du damit sagen?« fragte er.

»Ich möchte in Erfahrung bringen, warum dich alle anderen Nestor nennen, während sie selbst keinen eigentlichen Namen haben. Ich vermute, dass du so etwas wie ihr Anführer bist. Der Name ›Nestor‹ wird nämlich oft mit grossen Persönlichkeiten verbunden.«

Ich gab ihm meine Liste. Er warf einen flüchtigen Blick darauf.

»Du denkst jetzt, dass wir Seher alle das Gefühl haben, ich sei die Wiedergeburt von einem dieser Nestor-Typen hier?«

»Bist du es?«

Nestor studierte die Liste und erwiderte zu meiner grössten Überraschung, er sei tatsächlich einer dieser Nestors gewesen.

»Und welcher Nestor warst du?« fragte ich vorsichtig. »Nestorius der Patriarch?«

»Mit anderen ernsthaft darüber streiten, ob die zwei Naturen von Jesus getrennt oder ungetrennt waren? Das hätte ich nicht fertig gebracht – ich hätte wohl mitten im Gespräch laut herauslachen müssen. Ausserdem stimmt ja der Name nicht einmal.«

»Dann also Nestor der griechische Held?«

»In den Krieg ziehen? Da wäre ich gar nicht hingegangen. Da starre ich lieber ins Blaue.«

»Nestor der Mönch?«

»Die Geschichte Russlands aufschreiben? Ich wäre an Langeweile gestorben.«

Ich blickte Nestor fragend an.

»Nestor, Nestor, Nestor«, imitierte er einen Papagei und gab mir meine Notizen zurück. »Ich war der Papagei«, lächelte er. »In meinem letzten Leben habe ich zu viel nachgeplappert und bin deshalb kein Seher geworden.« Ich schüttelte verlegen den Kopf. Ich hatte mich einfangen lassen wie ein Anfänger.

»Dann gibt es für Seher also keine Wiedergeburt?« schloss ich daraus.

»Die einzige Wiedergeburt, die es für Seher gibt, kommt durch den Sprung in die linke Seite zustande. Wenn du über die Brücke fliegst, löst sich deine Fixation in der rechten Bewusstseinshälfte, und damit stirbt deine Persönlichkeit. Denn eine Person zu sein, heisst fixiert zu sein. Wenn sich deine Fixation gelöst hat, wirst du als Seher in der linken Seite des Bewusstseins wieder geboren, als freier Mensch, der seine Energie fortan durch Ekstase in das Bild als ein Ganzes gibt. In dieser linken Seite sieht ein Seher den Weg zum absoluten Dasein – für ihn wird damit jede Frage nach einer Wiedergeburt überflüssig.«

Am nächsten Tag machte ich mich auf, um Iris zu besuchen. Laut Karte stand ihr Haus zwei Gräben weiter und oberhalb desjenigen des Denkers, weiter in der Richtung, wo die Emme entsprang. Um aber sicher zu ihrem Haus zu gelangen, fuhr ich zum Pilgerort und von dort weiter den Weg hinauf.

Ihr Anwesen stand am Ende dieses Weges, so wie Iris es beschrieben hatte. Sie wohnte in einem doppelstöckigen Holzhaus mit einer Veranda. Der Anblick der kleinen Herzen, die jeweils in der Mitte der weit offen stehenden, grün angestrichenen Fensterläden ausgefräst waren, liess mein eigenes Herz höher schlagen.

Gerade als ich an die Tür klopfen wollte, hörte ich Iris' Stimme. Sie stand vor einem Gebäude etwas oberhalb ihres Hauses. Ich folgte ihrem Winken und erreichte das Gebäude über einen kleinen mit Stechpalmen gesäumten Pfad. Iris trat mir entgegen und meinte, dass sie mich nicht so bald erwartet hätte. Dann führte sie mich in den mit grossen Fensterscheiben versehenen Holzbau, den sie ihr Atelier nannte.

Ich blickte mich um. Die Seherin hatte hier eine Menge an natürlichen Materialien angehäuft. Was auf den ersten Blick wie ganz normale Rinde, Äste, Laub aussah, liess sich seine Besonderheit bei genauerem Hinschauen entlocken: die Ränder der getrockneten und gepressten grünen Blätter glänzten violett; die Rinde, wovon stapelweise herumlag, zeichnete sich durch Borkenkäfermuster aus; da steckten grosse schwarze Vogelfedern, vermutlich von Greifvögeln, sowie kleinere farbige Federn in einer Knetmasse; da lagen geringelte Wurzeln, verwachsene und verknotete Äste sowie Tannzapfen und Flechten in allen Farben und Grössen auf ihrem gigantischen Arbeitstisch.

Iris erklärte, sie lasse sich in ihrem Kunstschaffen vom Aufbau der Leuchtstruktur inspirieren. Entweder nehme sie die Leuchtstruktur direkt als Vorlage, oder sie finde deren Prinzip in der Natur, in den natürlichen Mustern und Strukturen der Pflanzen und Steine. Dies sei auch der Grund, fand sie, dass natürliche Muster den menschlichen Augensinn am meisten ansprechen würden.

Als wir aus dem Atelier heraustraten und zu ihrem Haus hinunterliefen, fragte sie mich, welches mein Begehren sei. Ich bat sie, mir von der erotischen Vereinigung zu erzählen. Denn, so legte ich dar, wenn es die Möglichkeit geben sollte, die linke Seite des Bewusstseins durch die körperliche Vereinigung von Mann und Frau zu erreichen, so wollte ich sie in jedem Fall kennen lernen.

Iris schien im Begriff zu antworten, doch in diesem Moment verliess ein jüngerer Mann ihr Haus. Er trug Wanderschuhe, eine schwarze Lederjacke und über der Schulter einen Rucksack. Es schien, als wolle er verreisen. Iris ging auf ihn zu. Die beiden unterhielten sich kurz, dann umarmten sie sich – etwas gar lange. Der Anblick jener beiden erzeugte nicht nur eine Hitze in meinem Körper, sondern schmälerte auch mein Interesse, mir die erotische Vereinigung erklären zu lassen. Zweifel beschlichen mich: Konnte sexueller Kontakt wirklich zur Bewusstseinsentwicklung beitragen? Vermochte Iris diese Frage richtig zu beurteilen? War sie überhaupt eine Seherin?

Die beiden riefen mich zu sich. Mit jedem Schritt in Richtung Haus wurde die Hitze in mir grösser. Der junge Mann stellte sich mir als Romeo vor! Er strahlte über das ganze Gesicht und plapperte freimütig und in gebrochenem Romand-Deutsch über sich selbst, beispielsweise dass er oft hierher zurückkehre, um die ›Schön'aiten‹ dieser Landschaft zu geniessen. Ich glaubte gesehen zu haben, wie er beim Wort ›Schönheiten‹ zu Iris hinüberschielte.

Schliesslich, endlich, verabschiedete er sich von uns und lief pfeifend den Weg entlang in der Richtung, aus welcher ich herkam. Ich blickte ihm eine Weile nach: Er war grösser als ich, schlank, aber kräftig gebaut. Dafür fand ich, dass sein Gesicht aussah wie eine verbeulte Autotür. Und der Abstand zwischen seinen Augen war so gross, dass ich mich fragte, ob er überhaupt ein dreidimensionales Bild zusammenbrachte. Und musikalisch schien er auch nicht zu sein: Ich sah, wie die Vögel auf sein schräges Pfeifen hin auf weiter entfernte Bäume flüchteten.

Iris holte mich aus meinen Fantastereien heraus, indem sie mich in ihr Haus hineinbat.

»Ist er ein Seher?« fragte ich sie, als wir uns in die Stube setzten.

»Er ist ein Wanderer auf dem Weg in der Leuchtstruktur. So wie du.«

»Sieht er den Doppelbogen des Herzens in seiner Struktur?« wollte ich weiter wissen, um ihn einschätzen zu können.

»Wie ich dir gestern gesagt habe«, gab sie kühl zurück. »Männer müssen auf dem Weg in der Leuchtstruktur mehr kämpfen als Frauen.«

Eine Weile sassen wir uns schweigend gegenüber. Iris hatte sich bequem auf dem weichen Sofa eingerichtet, die Beine angewinkelt.

Um die unangenehme Stille zu füllen, erzählte ich ihr von meinen Nestor-Namensforschungen, und wie ich bei Nestor wieder einmal den Kürzeren gezogen hatte. Es gelang mir aber nicht, sie dafür zu erwärmen. Ich fühlte dieselbe unangenehme Distanz zu ihr, die ich bei unserer Begegnung im Gasthof gefühlt hatte. Gegen mein besseres Wissen unternahm ich das aussichtslose Unterfangen, ein Prickeln zu erzeugen und Iris etwas Energie von mir zu schenken. Es gelang mir nicht.

Schliesslich entsprach die Seherin meinem Wunsch und begann über die erotische Vereinigung zu reden. Sie wiederholte, dass dies ein Weg sei, der in die linke Seite des Bewusstseins führen könne. Es sei aber auch ein Weg, der eine grosse Disziplin voraussetze, weil es ja darum gehe, den entspannenden Orgasmus zu verhindern – denn mit einem Orgasmus würde sehr viel Energie materiell gebunden werden. Stattdessen sollten sich die Liebenden mit dieser Kraft in immer höheren Bewusstseinsschichten austauschen, bis die Entspannung als Ekstase erfolge, die den Körper dauerhaft öffne und alles im Bild gleichermassen anziehe und glänzend mache.

Ich drückte mein Erstaunen über diese Möglichkeit aus. »Nestor hat mir vom Sprung in die linke Seite des Bewusstseins und von der Ekstase erzählt«, sagte ich. »Aber die erotische Vereinigung hat er nie erwähnt. Bevor ich dich traf, wusste ich nicht, dass ein Mensch auch durch eine Liebesbeziehung zum Seher werden kann.«

»Auf dem Weg in der Leuchtstruktur zu gehen bedeutet, die Energie in dir zu vermehren«, gab Iris zur Antwort. »Zur Erlangung dieser Energie und durch diese Energie hast du gearbeitet, hast du getanzt, deine Gefühle kennen gelernt und über dich und die Welt nachgedacht. Die erotische Vereinigung ist nun eine weitere Möglichkeit. Um sie aber auszuführen, braucht es bereits einen grossen Willen und eine Menge Energie. Nestor war der Ansicht, dass du deine sexuellen Tätigkeiten erst einmal einschränken solltest um die sexuelle Kraft umzuwandeln und Energie anzusammeln. Er hat dir die Übungen gegeben, die ein Mann oder eine Frau zu diesem Zweck alleine ausführen kann.«

Darauf begann Iris die Praxis der erotischen Vereinigung näher zu erläutern. »Die Umarmung oder schon nur die Nähe zweier sich liebender Menschen erhöht den Druck in ihnen«, sagte sie. »Noch mehr gilt dies für die erotische Vereinigung: Sie wird die Kraft, in diesem Fall die sexuelle Kraft, in dir und deiner Partnerin massiv erhöhen. Diese Kraft ist ungestüm, du und deine Partnerin müsst sie also spüren und leiten lernen um sie für die Bewusstseinsentwicklung nutzbar zu machen. Das Grundprinzip ist einfach: Während der Vereinigung zieht ihr abwechselnd die sexuelle Kraft – zunächst durch den Gebrauch der entsprechenden Muskeln, später durch reines Fühlen – von den Geschlechtsorganen durch die Wirbelsäule in den Kopf: Während deine Partnerin langsam ausatmet und ihre Energie durch diese Entspannung auf dich strömen lässt, atmest du tief ein und ziehst die sexuelle Kraft hoch. Danach entspannst du dich und lässt die Energie auf deine Partnerin strömen, während sie einatmet und ihre Kraft hochzieht.«

Von diesem Energieaustausch, fügte Iris an, würden beide Partner profitieren, nicht zuletzt aufgrund des qualitativen Unterschieds der sexuellen Kraft von Mann und Frau: Die weibliche Kraft sei kühler, die männliche heisser. Deshalb könne die Frau den Mann mit ihrer Kraft kühlen, während der Mann die Frau erwärme. Das Austauschen von Kraft helfe darüber hinaus, Ungleichgewichte aufzuheben, Blockaden im Körper zu lösen und sich zu entspannen.

»Diese Art des Energieaustausches wird so lange praktiziert, bis deine Partnerin und du es für genug befinden, oder aber bis sich eure Körper öffnen und die Energien direkt als höchste Liebe in das ganze Bild fliessen – als Prickeln oder als Ekstase«, erklärte sie weiter. »Wie gesagt, der Weg der erotischen Vereinigung setzt eine grosse Disziplin und einen starken Willen voraus: Orgasmen müssen dabei vermieden werden, zunächst durch Muskelkontraktionen im Genitalbereich, später durch reines Emporfühlen der sexuellen Kraft. In der erotischen Vereinigung geht es bildlich gesprochen darum, die sexuelle Kraft nicht als Wasser ausfliessen zu lassen, sondern sie hochzuziehen und durch das zusätzlich entstandene Feuer in euren Körpern zu verdampfen. Der Wind, der dabei entsteht, belebt schliesslich das Bild.«

Iris setzte das Gespräch eine Weile fort, doch plötzlich verstummte sie und legte eine längere Pause ein. Vielleicht hatte sie bemerkt, dass ich nicht mehr konzentriert zuhörte. Tatsächlich war mir das Thema unangenehm, obwohl ich selbst danach gefragt hatte. Ausserdem spukte Romeo in meinem Kopf herum. Ich wunderte mich über die Einfältigkeit seiner Namensgebung: Wer tauchte wohl als Nächstes hier bei Iris auf? Don Juan oder Casanova?

Iris lehnte sich zurück, dann sprach sie über das veränderte Körperempfinden, das aus der Umwandlung der sexuellen Kraft resultiere: Die Übenden würden präsenter, wacher, bewusster und eleganter in ihren Bewegungen. Dies wirke sich wiederum auf die erotische Vereinigung aus: Je energiereicher und offener zwei sich liebende Menschen seien, desto weniger Bewegung bräuchten sie um einander fühlen zu können. Die Mechanik werde der Zärtlichkeit weichen, und anstelle des orgastischen Luststöhnens trete die ruhige, beglückende Ekstase. Sie lachte.

»Leider kennen viele junge Menschen diese Möglichkeit, Liebe zu machen, nicht«, bedauerte sie. »Obwohl sie die Energie dazu hätten, wissen sie selten darum. Und selbst wenn sie es wüssten, fehlt ihnen die Einsicht oder der Wille. Wenn sie älter werden, verspüren sie manchmal den Wunsch, ihr Bewusstsein gezielt weiterzuentwickeln. Und obwohl sie noch immer genügend Energie zur Verfügung hätten, lassen sie sich dermassen von ihren gesellschaftlichen Rollen beanspruchen, dass ihnen die Zeit dafür fehlt. Im hohen Alter dagegen hätten sie die Zeit, aber meistens nicht mehr die Energie.«

Erneut unterbrach Iris ihre Erläuterungen. Ich fühlte eine tiefe Sehnsucht in mir. Ich wollte unbedingt das Prickeln wieder erleben, wie ich es am Tag zuvor im Beisein von ihr gefühlt hatte. Ich versuchte, tiefer zu atmen und mich zu entspannen – aber das Prickeln blieb aus. Um die beklemmende Stille zu füllen, wiederholte ich, es falle mir schwer zu glauben, dass der Sprung in die linke Seite des Bewusstseins allein durch die erotische Vereinigung gelingen könne.

»Natürlich nicht allein dadurch«, lächelte sie, als hätte ich eine Torheit von mir gegeben. »Natürlich gehört auch eine gesunde Lebensweise und all die Übungen dazu, die du schon kennst. Aber bei mir passierte der Sprung während der erotischen Vereinigung mit meinem langjährigen Freund.«

»Hat dein Freund die erotische Vereinigung auch angewandt?« fragte ich.

»Hat er«, strahlte sie. »Er hat mich unterstützt wie er nur konnte. Er ist ein wunderbarer Mensch.« Sie erinnerte sich daran, wie sie sich stets mehr abverlangt habe, um ihren Freund auf eine höhere, geistigere Weise zu lieben. Die beiden hätten Übungen gemacht, um ihr Bewusstsein zu entwickeln. Und dies sei auch der Grund gewesen, weshalb sie nach Lösungen gesucht hätten um die körperliche Liebe mit einer geistigeren zu vereinbaren. So seien sie auf diese sexuellen Praktiken gestossen, die Iris nun die ›erotische Vereinigung‹ nannte.

Nach jahrelangem Üben, setzte Iris ihre Erzählung freimütig fort, sei sie bei einer sehr intensiven erotischen Vereinigung plötzlich riesengross geworden. Sie habe sich wie ein alles verschlingendes Monster gefühlt und ihren Partner als jämmerliches kleines Männlein erlebt. Im nächsten Moment aber sei ihre ganze Energie schlagartig ins Bild geflossen und ihr Partner sei darauf riesenhaft geworden – dies habe sie so erschreckt, dass sie aus dem Bett gesprungen sei und ihren Freund mehrere Tage gemieden habe. Dann, bei einer weiteren erotischen Vereinigung sei wieder dasselbe passiert, doch diesmal sei sie stattdessen in die linke Seite des Bewusstseins gesprungen.

»Was passierte bei diesem Sprung?« wollte ich wissen.

»Ich erlebte die ekstatische Energie zum ersten Mal an meinem ganzen Körper – das war dieses beglückende Gefühl der Liebe, nach dem ich mich gesehnt hatte. Anfangs erlebte ich dieses Gefühl nur im Zusammensein mit meinem Partner. Doch ich merkte bald, dass diese Energie zu jeder Zeit an jedem Ort in das Bild fliessen kann. Aber das Verrückteste ist, dass bei jeder Ekstase die Gegenstände im Bild aufleuchten und durch mich angezogen werden – und mit ihnen auch diese schwebenden Punkte und Fäden, die mir Nestor später als Leuchtstruktur des Bewusstseins erklärt hat.

Damit war meine Liebe unpersönlich geworden, und dies veränderte natürlich die Beziehung zu meinem Freund. Es machte mir immer mehr Mühe, die Liebe meines Lebens, das Eine, ausschliesslich in ihm zu sehen. Und er konnte diese ekstatische Energie, die auch auf ihn ausströmte, nicht richtig verstehen und nichts damit anfangen. Wir lebten uns auseinander bis zu dem Punkt, an dem es keinen Sinn mehr machte, weiterhin zusammenzubleiben. Wir trennten uns, und ich zog hierhin.«

»Was ist aus deinem Freund geworden?«

»Er konnte lange nicht verstehen, was mit mir passiert war. Es folgte eine Zeit, die sehr schwierig für ihn war. Er sah keinen Sinn mehr darin, für die Entwicklung seines Bewusstseins zu leben – schliesslich hat diese ihm sein Liebstes genommen. Stattdessen schmiedete er Pläne ...« Sie verstummte plötzlich, als wollte sie nicht weiter darüber sprechen. »Er besann sich wieder«, sagte sie dann. »Heute versucht er, durch selbstloses Arbeiten in die linke Seite zu gelangen. Dieser wunderbare Mensch kommt mich gelegentlich besuchen.«

Am liebsten hätte ich Iris gefragt, ob Romeo dieser ach so wunderbare Mensch sei. Stattdessen sprach ich sie auf ihre Art zu erzählen an: Obwohl sie ihre Liebe zu einem einzelnen Menschen aufgeben musste, hörte sich ihre Geschichte so an, als wäre ihr etwas Amüsantes passiert. Sie erwiderte, sie habe gefunden, was sie suchte. Auch wenn dies schliesslich anders abgelaufen sei, als sie es sich vorgestellt habe.

»Jetzt bist du an der Reihe«, meinte sie lächelnd und zwinkerte mir zu. »Wenn du die erotische Vereinigung mit deiner Partnerin übst, dann wird sie die Erste sein, die du zum Glänzen bringst.«

Ich mochte die Vorstellung, dass ich jemanden zum Glänzen bringen konnte. Als hätte sie um meine Gefühle gewusst, sagte Iris, dies sei nicht nur ein schöner Gedanke, sondern etwas, das ich direkt sehen könne.

»Du bist es, der die Welt mit deiner Kraft zum Glänzen und Leuchten bringt«, erklärte sie. »Und wenn du die Welt zum Glänzen bringst, wirst du ebenfalls einen natürlichen Glanz im Gesicht und in den Augen erhalten. Dieser Glanz entsteht durch deine umgewandelte sexuelle Kraft.«

Die Seherin sprach weiter über den Glanz: Obwohl die meisten Menschen ihrem Glanz aus Unwissenheit allmählich verlustig gingen, indem sie ihre Energie in materiellen Gegenständen und gesellschaftlichen Rollen binden würden und damit ihr Bild trübten, wüssten sie dennoch instinktiv um die Bedeutung des Glanzes: Glanz zu haben bedeute, viel auszustrahlen – jeder wolle sich gerne so darstellen, fand die junge Seherin.

»Die Menschen versuchen also den Glanz in der materiellen Welt nachzuahmen: Sie tragen glänzenden Schmuck, setzen sich glänzende Sonnenbrillen auf, waschen ihre Haare mit Extra-Glanz-Shampoo und reiben ihr Gesicht mit Extra-Glanz-Gesichtscreme ein« – sie blickte mich schelmisch an – »weil sie es sich wert sind. Aber die Menschen polieren nicht nur sich selbst auf, sondern sie versuchen auch ihr materielles Umfeld immer auf Hochglanz zu halten: ihre Wohnungen, ihre Schuhe, ihre Autos.

Diese Armen!« rief Iris. »Eine Seherin weiss, dass der wahre Glanz nicht künstlich herpoliert werden kann, sondern das Resultat von beständiger Arbeit an sich selbst ist; sie hat ihre Persönlichkeit in Licht umgewandelt und reflektiert wie ein Spiegel alles, was andere in sie hineinlegen.«

Sie senkte ihre Stimme und blickte nachdenklich aus dem Fenster. »Die Welt kann fantastisch sein«, fuhr sie fort. »Aber wir müssen lernen, sie fantastisch zu sehen. Anstatt die Energie darauf zu verwenden, uns selbst äusserlich schön und glänzend zu machen, sollten wir üben, unsere Energie in das Bild als ein Ganzes zu geben. So wird alles um uns herum schön und glänzend, nicht bloss einzelne bevorzugte Gegenstände. Was möchte der Mensch denn anderes, als in einer schönen und glänzenden Welt zu leben?«

Iris verstummte. Ihr Schweigen weckte in mir das Bedürfnis, irgendetwas zu sagen, sie wissen zu lassen, dass ich sie bewunderte, dass ich mehr mit ihr zusammen sein wollte. Doch in meinem Körper herrschte noch immer jene beklemmende Angespanntheit, die ein offenes Gespräch verhinderte. Verzweifelt suchte ich nach geistreichen Einwürfen, doch alles Sinnieren lief letztlich auf Romeo hinaus, dem ich mehrmals meine Verstocktheit anlasten wollte. Ich versuchte nochmals offen zu sein, mich zu entspannen und ein Prickeln in meiner Brust zu fühlen, um Iris Energie zu schenken – vergebens.

Ich sagte ihr schliesslich, dass ich sie sympathisch fände und sie gut mochte.

Sie lachte. Anscheinend fand sie dies lustig. »Vergeude deine Energie nicht«, mahnte sie mich. »Sammle sie an und wandle sie um. Dann wirst du sie durch deine Ekstasen an das ganze Bild verschenken können. Dein Bild wird leuchtend und klar, und du wirst verstehen, was es ist, das du siehst und bewunderst.« Mit einer Überzeugung, die ich von Nestor her kannte, fügte sie an, dass ich die richtige Partnerin noch fände, mit welcher eine erotische Vereinigung Wirklichkeit werde.

Iris stand auf und ging in die Küche, um Teewasser aufzusetzen.

Als ich verlassen und unwohl im Wohnzimmer herumsass, hörte ich, wie die Haustür geöffnet wurde. Meine Laune verschlechterte sich sogleich – ich glaubte, Romeo sei zurückgekehrt um einen weiteren Blick auf die ›Schön'aiten‹ der Gegend zu werfen. In einer plötzlichen Nervosität erhob ich mich, vielleicht um nicht den Schein des Untätigen zu erwecken. Als ich mich aber umdrehte, stand die alte Tänzerin vor mir. Ihre Anwesenheit war so unerwartet, dass ich heftig erschrak – doch der Schrecken öffnete meinen Körper und entlud sich in einem starken Prickeln.

»Aha, der Bube!« rief die Alte, ging zum Tisch und stellte ihre Stofftasche hin. Dann blickte sie mich prüfend an. »Was steht er denn so verloren herum?« fragte sie und imitierte mein ratloses Dastehen.

Meine natürliche Reaktion hätte vorgesehen, dass ich ärgerlich geworden wäre. Aber das Prickeln hatte mich so entspannt, dass mir die Anspielungen der Tänzerin nichts mehr ausmachten.

»Sie haben mich erschreckt«, sagte ich ihr.

»Das ist genau richtig«, hörte ich eine Stimme vom Gang. Es war Nestor, der in die Stube trat. »In Schreckensmomenten erhöht sich die Intensität. Genau dann lernen die Menschen am meisten.«

»So wie's aussieht glaubt das Büblein aber auf erhöhten Energiefluss verzichten zu können – wohl weil er die Weisheit mit Löffeln gefressen hat«, fügte die Tänzerin zynisch hinzu. »Das wird ihn schnell alt und senil machen.« Dann blickte sie mich misstrauisch an. »Was sucht er denn überhaupt hier bei dem jungen Fräulein, hä?«

Ich packte die Chance um ihre spöttischen Äusserungen zu parieren: Ich sei hier um noch weiser zu werden, erklärte ich. Iris setze mich über die erotische Vereinigung in Kenntnis.

»Ah, die erotische Vereinigung«, kicherte sie. »Jaja, es ist ein Mordsunterschied, ob das Schwänzlein am Büblein hängt, oder das Büblein am Schwänzlein.« Nestor und die Alte lachten aus vollem Hals.

Iris brachte Tee in die Stube. Wir tranken und tauschten Beiläufigkeiten aus. Die drei Seher kamen aber schnell auf eine besondere Kugel in der linken Seite der Leuchtstruktur zu sprechen, die Nestor angeblich vor noch nicht allzu langer Zeit entdeckt hatte. Er nannte sie die *Quelle* oder den *Ursprung* und wies ihr damit den zentralen Platz in der Leuchtstruktur zu. Dies hatte anscheinend zur Neuinterpretation einer anderen Wegmarke in der Struktur geführt: Die Alte sprach in diesem Zusammenhang immer wieder von einer *letzten Hürde*, die dank der neuen Entdeckung ins richtige Licht gerückt worden sei.

Als Nestor auf meinen fragenden Blick aufmerksam wurde, schlug er den Frauen vor, mir diese ›letzte und grösste Hürde‹ eines Sehers zu zeigen. Ich glaubte, Nestor wolle sich auf meine Kosten vor den Frauen aufspielen; da die ›letzte Hürde‹ eine Wegmarke in der linken Seite der Struktur war, konnte er sie mir unmöglich zeigen. Doch die Seher erhoben sich und machten sich anscheinend in völliger Einigkeit reisefertig.

Wir verliessen das Haus und wanderten in Richtung des sich erhebenden Hügels. Diesen erklommen, setzten wir uns auf einen umgestürzten Baumstamm, in Blickrichtung des sich erhebenden Berges der linken Seite der Emme.

Für eine kurze Zeit sprach niemand. Die drei Seher richteten ihren Blick auf den Berg, vielleicht sahen sie ihre Leuchtstruktur. Ich versuchte mich ebenfalls auf die Struktur zu konzentrieren, doch meine Aufmerksamkeit wurde stattdessen durch die bizarren ausgewaschenen Steine und canyonartigen Felspartien gefesselt, welche die zum Teil noch von Schnee bedeckte Gegend hier auszeichneten.

»Der Wind kommt«, verkündete Iris plötzlich. Die anderen stimmten zu. Nestor forderte mich auf, genau auf den Wind zu achten. Im nächsten Moment wehte es tatsächlich ein wenig.

»Vorhin, als wir uns bewegten, war es windstill«, erklärte er. »Jetzt aber, wo wir uns hingesetzt, uns beruhigt und entspannt haben, ist der Wind zu uns gekommen.«

Ich zuckte mit den Achseln. Ich konnte Nestors Rede nicht bestätigen, da ich nicht auf den Wind geachtet hatte.

Nestor schlug vor, dass wir es nochmals versuchen sollten. Wir standen also auf und liefen während vielleicht zehn Minuten zurück, dann kehrten wir um und setzten uns anschliessend erneut auf den Baumstamm. Die ganze Zeit über war es relativ windstill gewesen. Ich wartete gespannt, was nun passieren würde. Die drei Seher spähten aufmerksam.

»Der Wind wird gleich zu uns kommen«, versicherte mir die Tänzerin. »Sieht er? Jetzt ist er schon dort unten bei den Bäumen.« Ich sah den Wind durch die Blätter dieser Baumgruppe fahren.

»Jetzt ...«, sagte Iris leise. In diesem Moment umspielte eine mässige Brise meinen Körper.

Die Seher lachten und fassten dies als Bestätigung ihrer Behauptungen auf. Ich selbst konnte diesem Windspiel keine besondere Bedeutung zumessen – manchmal wehte es eben mehr, manchmal weniger.

»Wenn Seher sich entspannen und damit ihre Energie in das Bild als ein Ganzes geben«, erläuterte Iris darauf, »dann verändern sie das Bild. Sie machen es intensiver und bewegen alles darin. In dem Masse, wie die Gegenstände näher kommen und grösser werden, werden auch die Elemente bewegt. Es beginnt mehr zu regnen, oder das Feuer flammt mehr auf, oder der Wind bläst stärker. Gleichzeitig bewegen Seher mit ihrer Kraft auch die Elemente in den Menschen und provozieren damit Bewegungen, Gefühle und Gedanken in ihnen.«

Iris behauptete damit dasselbe, das ich bereits von Nestor her kannte: nämlich dass die Seher durch ihre Energieabgabe einen direkten Einfluss auf die physische, messbare Welt hätten, sowohl auf die Natur wie auf die Menschen. Nestor, der hin und wieder solches äusserte, weckte bei mir stets den Eindruck, als wolle er mir klar machen, dass ich nur deshalb auf eine gewisse Weise fühlte oder dachte oder handelte, weil seine Kraft dies bei mir ausgelöst hatte. Mein ganzes Sein sollte also in diesem Moment von seiner Kraft herrühren. Gegen derartige Äusserungen wehrte ich mich immer wieder und verteidigte meine Eigenständigkeit.

»Vielleicht ist es so, dass nur Seher die Elemente im Bild intensiver erleben, andere aber nicht«, schlug ich vor. »Wenn ein Seher es mehr regnen sieht, dann ist dies wohl nur für den Seher so.«

»Wenn eine Seherin es mehr regnen sieht, dann regnet es wirklich mehr«, hielt Iris bestimmt entgegen, doch ich glaubte gesehen zu haben, wie sie sich ein Lachen verkniff.

»Ich meine: fällt dann auch wirklich objektiv messbar mehr Wasser vom Himmel?« fragte ich weiter.

»Also, wenn es mehr regnet, dann ja, dann fällt wirklich mehr Wasser vom Himmel«, imitierte sie meine nüchterne Sachlichkeit. Nestor und die Alte kicherten.

»Damit behauptest du also, dass die Seher so etwas wie Zauberer sind, die nur ihren Regentanz ausführen müssen – und schon regnet es?«

»Seher zaubern nicht Regen aus dem Nichts«, antwortete Nestor. »Aber sie verstärken die Tendenzen im Bild. Wenn im Bild die Tendenz zum Regnen besteht, so wird sie durch den Seher verstärkt – aber der Seher tut dies nicht, indem er herumhüpft und tanzt, sondern indem er sich entspannt und seine Energie als Ekstase an das Bild verschenkt.«

Ich witzelte, dass wir diesen Sachverhalt vielleicht einmal statistisch untersuchen sollten, um zuverlässige Aussagen über die ›Magie‹ der Seher im Bild machen zu können.

Iris lächelte und schüttelte den Kopf. Die Alte blickte mich stechend an. Nestor zog seine Brauen zusammen und erwiderte, diese Art zu wissen zu gelangen sei diejenige von Menschen, die glaubten, von ihrem Bild getrennt zu sein.

»Es sind die Egoisten, die glauben, dass sie keinen direkten Einfluss auf das Bild haben, dass sie nichts damit am Hut haben«, führte er aus. »Sie versuchen sich auf diese Weise abzuschotten und sich ihrer Verantwortung gegenüber ihrem eigenen Bild zu entziehen. Die armen Irren wollen nicht begreifen, dass sie unmittelbar mit dem Bild verbunden sind.«

»Nur wenn der Bube weiss, wie es um das Bild steht, wird er die letzte Hürde erreichen«, ergänzte die Alte und erinnerte mich damit an den Grund unseres Ausflugs.

»Was ist denn nun diese letzte Hürde?« wollte ich wissen. Sie wies auf den Berg vor uns.

»Dieser Berg ist die letzte Hürde?« fragte ich überrascht.

»Er ist das letzte Hindernis der Seher«, erwiderte sie. »Was die Seher hier tun, ist warten, warten bis sie genug Kraft haben, um diesen Berg zu besteigen und zur Quelle zu gelangen. Es ist die letzte Wanderung der Seher.«

»Wo liegt das Problem mit diesem Berg?« wandte ich ein. »Mit der richtigen Ausrüstung ...«

»Die Tänzerin kann dir die letzte Hürde in ihrer Leuchtstruktur nicht zeigen«, erklärte Iris. »Deshalb spricht sie über den Berg als letzte Hürde: Auf der linken Seite der Emme, die mit der linken Seite der Struktur übereinstimmt, symbolisiert dieser Berg die letzte grosse Hürde.«

»Die letzte Hürde in der Leuchtstruktur ist eine besondere Kugel«, sagte Nestor weiter. »An dieser Kugel bist du angenabelt. Wenn du deine Energie selbstlos in das Bild gibst, das heisst: in diese Kugel gibst, dann wird sie näher kommen und grösser werden – so lange, bis du mit ihr eins wirst.«

»Um den Berg zu besteigen wird eine Seherin alles geben müssen, ihre ganze *cheibe chliini Wäut*«, fuhr die Alte fort. »Wer nicht bereit ist, sie herzugeben, wird die letzte Hürde nie überwinden.«

»Sind denn Menschen überhaupt fähig, diese letzte Hürde zu überwinden?« fragte ich.

»Da kann der Bube Gift drauf nehmen«, versicherte mir die Alte. »Mari Egli hat das gemacht. Nachdem sie den Schreibtisch gebaut hatte, hat sie *die Hingere vüre gnoo*, den Berg bestiegen und damit die letzte Hürde überwunden. Sie ist jetzt *über e Bärg*.«

4

Die linke Seite des Bewusstseins

Auf der Brücke

»Floco«, hörte ich eine erwartungsvolle Stimme.

Dann begann ich mich unbeschwert und mit grosser Geschwindigkeit durch den Höhlengang zu bewegen, begleitet von einem prickelnden Gefühl an meinem Körper. Dieses Gefühl bescherte mir nicht nur eine tiefe beglückende Ruhe, sondern schien auch die Wände der Höhle zu verändern: Um mich herum wurde alles heller und transparenter – bis ich erkannte, dass ich mich in einer Art gläsernen Röhre bewegte. Durch die durchsichtigen Wände sah ich, wie weit verzweigt und dicht das Glasgefüge war: Es handelte sich um eine riesige Struktur, die den ganzen Raum ausfüllte, soweit mein Auge reichte.

Nicht weit vor mir schwebte eine gigantische Röhre, deren zwei ungleiche Bögen sich horizontal über mein ganzes Blickfeld hinzogen. Dieses majestätische Gebilde liess sich durch meinen Blick langsame und geschmeidige Bewegungen entlocken, um bald darauf in hellem Licht zu erstrahlen. Der Anblick der leuchtenden Röhre war so überwältigend und euphorisierend, dass ich mich beinahe selbst vergass, wäre da nicht jenes heftige Prickeln in meinem Kopf gewesen, das mich ruhig und gefasst machte.

Als diese Sensation abflaute, erfuhr ich einen Widerstand, einen Druck von vorn, der meine Geschwindigkeit verlangsamte. Gleichzeitig veränderte sich die Innenwand der Röhre, in der ich mich vorwärts bewegte: Links und rechts verfestigte sie sich, es bildeten sich Gesteinsformationen, aus denen vielerorts Wasser sickerte und plätschernd in die Tiefe einer Schlucht stürzte. Dort floss ein kleiner Fluss, gegen dessen Strom ich mich bewegte.

Schliesslich erblickte ich in einiger Entfernung vor mir das vorläufige Ende dieser Schlucht: Ein massiver Felsen verhinderte jedes Voranschreiten. Und je mehr ich mich diesem näherte, desto grösser wurde der auf mich wirkende Druck. Mit einer letzten Anstrengung erreichte ich das Gestein und kam zum Stillstand.

Ich befand mich mitten auf einer natürlichen Felsbrücke, die über die enge Schlucht führte. Die Brücke verlief nicht schnurgerade ans andere linke Ufer, sondern wand sich in zwei horizontalen Bögen über das Wasser, so dass jeder, der sie überqueren wollte, zweimal einen nach rechts gerichteten Halbkreis gehen musste. Aber ich konnte weder das andere Ufer erkennen, noch das Ende der Brücke: Der zweite, unmittelbar vor mir liegende Bogen verschwand irgendwo im Nichts.

Ich tat einen Schritt in Richtung des zweiten Bogens und wurde mir meines liegenden Körpers bewusst. Im nächsten Moment erwachte ich.

Noch am selben Tag setzte ich mich zu Nestor vor das Haus um mit ihm über diesen Traum zu sprechen, da er mich früher schon ermutigt hatte, ihm von diesen sich ständig wiederholenden Höhlenträumen zu berichten.

Nestor war der Ansicht, dass ich einen wichtigen Traum geträumt hatte. Dass ich die Höhle als transparente Leuchtstruktur wahrnehmen konnte, sei ein Anzeichen für die fortschreitende Auflösung meiner kleinen Welt im Bild. Als ich ihm darauf von der Felsbrücke berichtete, schwieg er einen Moment. Ich glaubte, dass er die Gemeinsamkeiten mit dem Brückenfaden in der Leuchtstruktur erkannt hatte: Eine Brücke mit zwei Bögen und einem frei schwebenden linken Ende. Ich selbst hatte die Brücke im Traum als eine Projektion des Verbindungsfadens in der Leuchtstruktur interpretiert. Zu meiner Überraschung aber eröffnete mir Nestor, dass mein Traum ein Hinweis auf eine tatsächlich existierende Naturbrücke mit dieser Form sei.

»Diese Brücke gibt es wirklich?« fragte ich.

»Es gibt sie nicht nur in der Struktur, sondern auch in den drei Welten«, erklärte er. »Es gibt sie in den Gedanken als Vorstellung des Übergangs in die linke Seite, als Traumbrücke in der Gefühlswelt sowie als Naturbrücke in der sinnlich-materiellen Welt.«

»Und wo befindet sich diese Naturbrücke?« wollte ich wissen.

»Sie befindet sich dort, wo die junge Emme das erste Mal durch eine tiefe und enge Schlucht fliesst. Wir können zu ihr gelangen, wenn wir den Fluss noch weiter aufwärts wandern, weiter, als wir es bisher getan haben.«

»Werden wir sie aufsuchen?«

Nestor schwieg etliche Minuten, scheinbar war er unschlüssig. Ich fragte ihn nochmals, worauf er sagte, dies sei eine Entscheidung, die er mir überlasse.

»Seit du hier mit der vollkommenen Restauration angefangen hast«, führte er aus, »hast du einen doppelten Weg zurückgelegt: Du bist den Weg in deiner Leuchtstruktur gegangen, der dich bis zu diesem Verbindungsfaden geführt hat; und bei unseren Wanderungen hast du dich der Emme entlang stromaufwärts bewegt, beinahe schon bis zu dieser Brücke – es ist beides dasselbe, es gibt keinen Unterschied zwischen innen und aussen: Was du auf der äusseren Leinwand leistest, entspricht deiner inneren Entwicklung; und auf der inneren Leinwand kannst du nur das sehen, was du auf der äusseren Leinwand schon in Bewusstseinslicht umgewandelt hast.«

Ich blickte ihn fragend an.

»In dem Augenblick, wo wir zur Brücke gehen«, erläuterte er, »gibt es für dich kein Zurück mehr. Du wirst auf die andere Seite wechseln müssen.«

»Ist es denn gefährlich, über die Brücke auf die linke Seite zu gehen?«

»Ich sagte dir schon, dass es nicht genügt, über die Brücke zu gehen«, erwiderte er ernst. »Du wirst fliegen müssen. Bei diesem Wechsel löst sich deine Fixation in der rechten Bewusstseinsseite. Dabei wird eine enorme Energie frei, die dir buchstäblich den Boden unter den Füssen auflöst. Alles Weitere hängt von deiner Offenheit ab: Wenn du offen genug bist, wirst du in die linke Seite fliegen; sonst wirst du in die linke Seite fallen.«

Ich sagte Nestor, dies klinge nicht gerade ermutigend. Er liess mich wissen, dass meine Zweifel berechtigt seien: Zwar könne ich die Brücke in meiner Leuchtstruktur sehen und hätte über sie nachgedacht und von ihr geträumt. Dies seien gute Voraussetzungen um zur Brücke in der Emmenschlucht zu gehen. Anderseits sei ich in der rechten Bewusstseinshälfte noch immer in einem unvollkommenen Zustand. Noch immer würde ich zu stark trennen zwischen aussen und innen, zwischen dem, was ich mit meinen äusseren Sinnen erfassen könne und deshalb für real hielte; und dem, wo meine Ordnung nicht mehr greife, so dass ich mich immer wieder dagegen zu verschliessen versuchte. Und dieser Konflikt hindere mich an der bewussten Freisetzung meiner gesamten Energie.

Ich war der Ansicht, dass Nestor übertrieb, dass er mir einfach irgendwelche Dinge andichtete. Doch er erinnerte mich daran, dass ich meinen Zustand und meinen Konflikt direkt an Mari Eglis Möbel ablesen könne: Noch immer gebe es dort eine unbearbeitete Stelle auf der untersten rechten Schublade; noch immer fehlten zwei Teile um das Loch in der Einlegearbeit zu restaurieren.

»Wenn du dich entscheidest, zur Brücke zu gehen, darf es keinen Zweifel, keine Unsicherheit oder Widerstand in dir geben«, sagte er.

»Du musst entschlossen sein bis zum Äussersten zu gehen um zu erkennen, was das Bild im Grunde ist.«

In jenem Sommer träumte ich diesen Traum einige Male. Aber Nestor verweigerte jedes weitere Gespräch über die Naturbrücke. Er machte mir klar, dass Gespräche nichts bringen würden, ehe ich mich nicht in aller Entschlossenheit für die Wanderung zur Brücke entschieden hätte. Nestor drängte mich jedoch nicht zu dieser Entscheidung, er kam auch nicht von sich aus darauf zu sprechen. Dies und die ständigen Zweifel an meiner Bereitschaft bewirkten schliesslich, dass ich die angeblich folgenreiche Bedeutung dieses Traumes relativierte. Und dass ich ihn gemäss solcher Umstände interpretierte, die mich zu jener Zeit am meisten beschäftigten: zum Beispiel meine illusorische Beziehung zu Iris.

Egal, wie oft ich die junge Seherin besuchte und wie nahe ich ihr war, sie blieb für mich so unerkennbar und unerreichbar wie das andere Ufer in meinem Traum. Die Brücke, die dorthin geführt hätte, löste sich vor dem Ziel auf – und genau so lösten sich meine Hoffnungen und Vorstellungen auf, Iris könnte mehr für mich sein als eine wegweisende Seherin. Umso mehr, je näher ich ihr kommen wollte.

Ihre herzliche Mädchenhaftigkeit, aber gleichzeitig ihr immenser Wille und ihre verflixte Perfektion bewirkten regelmässig, dass ich mir mit meinen vergleichsweise primitiven und naiven Absichten blöd vorkam. Alle meine Bemühungen, ihr meinen Wert zu beweisen, schlugen fehl. Sie mussten fehlschlagen, denn letztlich versuchte ich einer Seherin beizubringen, dass ich allein für sie das Eine war, das sie suchte – einer Seherin, die von sich behauptete, dass sie das Eine bereits gefunden habe: nämlich ihre eine Leuchtkugel, die sie überall dort sehe, wo immer sie hinblicke.

Die Liebe, die ich für sie empfand, wandelte sich allmählich in Enttäuschung, Abneigung und Verachtung – mit derselben Intensität. Da ich mich in ihrer Gegenwart für derartige Gefühle schämte, beschloss ich für eine Weile von ihr fernzubleiben. Mein einziger Trost: Iris hatte auch an Romeo, dem Rosen duftenden romantischen Romand, kein Interesse, das über eine Lehrer-Schüler-Beziehung hinausgegangen wäre – was ihn offenbar nicht sonderlich beeindruckte. Vielleicht hatte der Typ ja wirklich lautere Absichten? Oder war er einfach nur zu doof um zu kapieren, dass sie härter war als Granit?

Meine Verbitterung bewirkte jedenfalls, dass ich immer wieder über die beiden lästerte – und ich erschrak darüber, wie leicht mir dies fiel, und wie viel Energie ich in solche zynischen Ausschweifungen stecken konnte. Ich musste dann jeweils an Nestors Worte und Ermahnungen denken, nämlich dass ein Mensch auf dem Weg in der Leuchtstruktur mit der Zeit über sehr viel Energie verfüge; und dass er entsprechend vorsichtiger werden müsse, was er mit dieser Energie anstelle. Denn solange ein Mensch der rechten Seite des Bewusstseins angehöre, sei es verlockend einfach, sich zu Gefühlsausbrüchen hinreissen zu lassen und die Energie als Kobold auszuleben.

Natürlich konnte ich mein gebrochenes Herz nicht vor Nestor verbergen. Einfühlsam, aber unmissverständlich gab er mir zu verstehen, dass meine schlechten Gefühle von einem Versuch herrührten, der von vornherein zum Scheitern verurteilt war.

»Du versuchst, die Herzliche auf deine eigenen Vorstellungen und Ideale festzulegen und sie dadurch festzuhalten«, sagte er bei dieser Gelegenheit. »Das geht nicht. Die Herzliche ist eine Seherin und das bedeutet, dass sie von Moment zu Moment lebt und sich nicht um irgendwelche Vorstellungen über sich selbst kümmert. Sie wird keines von den Idealbildern, die du an sie heranträgst, bestätigen. Sie ist frei von Idealen und Absichten, sie handelt nur um zu sehen.«

Die erneute Erinnerung daran, dass Iris Welten von mir entfernt war, schmerzte mich. Ich wollte das Gespräch in eine andere Richtung lenken, doch Nestor liess sich nicht beirren. Er wies auf meine Verzagtheit hin und schärfte mir ein, dass ich die Energie, die in diesem Gefühl gebunden sei, in das ganze Bild geben solle um davon frei zu werden; wenn das nicht gelinge, so solle ich damit tanzen oder sonst etwas Kreatives tun.

»Und wenn das auch nicht gelingt, muss ich wohl in den Emmentaler Kochtopf«, maulte ich. Doch was als Polemik beabsichtigt war, leuchtete mir im nächsten Augenblick unmittelbar ein: Tatsächlich hätte ich den Emmentaler Kochtopf jetzt brauchen können – mit der Kombination Feuer unten, Wasser oben, um die Welt auf eine fantastische Weise wahrnehmen zu können, fern von Sorgen und Niedergeschlagenheit. Nestor, dem gegenüber ich solches andeutete, lachte und erwiderte, dies komme überhaupt nicht in Frage, sonst würde ich letzten Endes noch im Kochtopf wohnen wollen. Sein Humor war so wohltuend und befreiend, dass ich schliesslich lachen musste.

»Was dir widerfährt, widerfährt allen leidenschaftlichen Menschen«, sagte Nestor weiter. »Für solche Menschen ist es selbstverständlich, dass sie Gegenstände, liebe Personen und gefühlvolle Erlebnisse festzuhalten versuchen. Das ist aber ein Irrtum, denn es ist der Versuch, Dinge festzuhalten und damit zeitlos zu machen, die sich in dauernder Veränderung befinden.«

»Denkst du, es ist möglich, diesen Versuch vollkommen zu unterlassen?«

»Natürlich nicht. Es liegt in der Natur des Menschen, die Dinge, mit denen er sich beschäftigt, festhalten zu wollen. Es geht nicht darum, nichts mehr festhalten zu wollen – ein solcher Mensch wäre nur wie das Blatt im Wind; sondern die Lösung ist, das festzuhalten, was sich nicht verändert: eben die Kugeln und Fäden der Leuchtstruktur.«

»Aber die Leuchtstruktur verändert sich auch«, argumentierte ich und erzählte ihm, wie sich das Bild meiner Struktur zu diesem Zeitpunkt gewandelt hatte: Ich sah neue Fäden und Punkte, die sich an den Rändern meines Blickfeldes sowie um die Brücke herum gebildet hatten, teils nur schwach beleuchtet, aber doch klar wahrnehmbar.

»Deine Leuchtstruktur verändert sich in dem Masse, wie du dich veränderst«, antwortete er. »Du selbst machst sie klar und leuchtend, oder eben verschwommen und dunkel. Aber ein Seher, der seine letzte Kugel vollständig festhalten kann, erfährt den Moment: Dadurch, dass er seine Aufmerksamkeit nicht mehr neu ausrichtet, dehnt er bewusst den Augenblick ins Ewige, in die Zeitlosigkeit. Es gibt keine Veränderung in der Zeitlosigkeit.«

Die Wanderung zur Brücke sollte sich wenige Wochen darauf ereignen. Bevor ich an jenem strahlend sonnigen Sommertag, einem Donnerstag, früh morgens zu Nestor hinauffuhr, hielt ich vor dem kleinen Einkaufsladen im Dorf um Lebensmittel zu besorgen.

Im Laden kam ich mit einem sympathisch wirkenden Mann mittleren Alters ins Gespräch. Eine Weile sprachen wir ungezwungen über das Wetter und das Emmental. Es zeigte sich bald, dass der Mann ein bemerkenswertes Wissen über Emmentaler Sagen und mythische Orte der Gegend besass. Ihm zufolge sollen hier magische Praktiken an der Tagesordnung gewesen sein, und zwar zu einer Zeit, als die Menschen noch Lug, Belenus und Teutates verehrten – keltische Gottheiten.

Der Mann, der Esus genannt werden wollte, weckte schliesslich mein Interesse, indem er beteuerte, dass er die Techniken der alten keltischen Seher und Druiden studiere, die letztlich auf Astralreisen, also auf die Verschiebung ihres Bewusstseins hinausliefen. Er lud mich in sein Haus ein und bot mir an, mich über diese Dinge aufzuklären. Ich willigte ein.

Sein Haus stand ausserhalb des Dorfes, an einem auffallend schattigen Platz am rechten Ufer der Emme, versteckt zwischen Bäumen. Es war offensichtlich ein Neubau: das helle Holz und die unverbrauchten knallroten Ziegeln auf dem Dach zeugten davon. Um das Haus herum belebte eine bunte Ansammlung von allerlei religiösen, mythischen und esoterischen Gegenständen und Symbolen den Ort: Tibetanische Gebetsfahnen fanden hier ebenso ihren Platz wie Steintürme, Miniaturlabyrinthe, bizarre Formen aufweisende Heckenbüsche und ein riesiger, an einer Holzlatte aufgehängter Kupferkessel, verziert mit Runen sowie menschlichen und tierischen Gestalten. Esus verkündete stolz, er habe sein Haus selbst entworfen, und es stehe an einem Energieort: einem Ort früherer Zusammenkünfte helvetischer Druiden.

Die Räume des Hauses erschienen gepflegt. Bronzestatuen von griechischen und römischen Göttern und Helden waren fein säuberlich aufgereiht. Auf einem Tisch standen Glaskugeln, kleine goldene Pyramiden und eine Menge schillernder Edelsteine. An den Wänden fanden sich Setzkästen mit allerlei Figürchen, Amuletten, Stoffpüppchen und anderen Dingen.

Nachdem er uns beiden ayurvedischen Tee gekocht hatte, holte er aus einem Glaskasten eine kleine Truhe, die mit einem goldenen Schloss versehen war. Er öffnete sie mit einem Schlüssel, den er in einem Babuschkafigürchen versteckt hatte. Dann nahm er ein Bündel Spielkarten aus der Truhe, Karten mit seltsamen Bildern, die ich nicht kannte.

Esus verkündete, dass ich, um Druide zu werden, erst meine positiven und negativen Astralenergien ins Gleichgewicht bringen müsse. Diese Karten würden mir dabei helfen – wenn man sie nur richtig auslegen könne.

Ich wurde unruhig. Esus war offensichtlich einer naiven Esoterik verpflichtet, und solchen Menschen gegenüber hatte ich ein zwiespältiges Verhältnis: Meine Erfahrungen auf der linken Seite der Emme liess mich ihnen grundsätzlich zustimmen, dass sich die Welt weder im sinnlich Wahrnehmbaren noch in der Rationalität erschöpfte, sondern Geheimnisse barg, zu deren Erkenntnis wir Menschen fähig waren. Anderseits artete die esoterische Erkenntnissuche in der Regel schnell zum Konsum von Wochenendkursen sowie der Spielerei mit irgendwelchen angeblich energetischen Gegenständen aus.

Der Mann fragte mich ohne Umschweife nach meinem Namen und errechnete aufgrund der Buchstaben irgendeine Zahl. Von dieser nahm er die Quersumme und zählte die Karten ab. Das alles erklärte er mir mit der grössten Feierlichkeit. Die abgezählte Karte legte er mit dem Bild nach unten auf den Tisch, mischte die Restlichen und breitete sie ebenfalls schön ordentlich auf seinem Tisch aus. Er forderte mich auf, meine ›Glückshand‹ darüber zu halten und diejenige Karte zu wählen, die ich ›spürte‹.

Ich sagte ihm, ich hätte kein Interesse an derartigen Dingen. Er beharrte jedoch darauf, dass ich eine Karte wählte, damit sich mein Schicksal erfüllen könne. Ich tat ihm den Gefallen.

Er nahm schliesslich die beiden Karten – die abgezählte und die von mir ›erspürte‹ – und legte sie mir in die Hände. Auf der einen Karte war eine Art Fabelwesen zu sehen, ein Tier mit Ekel erregenden Klauen, Hörnern und einem sabbernden Maul. Das Bild der anderen Karte zeigte eine kleine zarte Pflanze, die in einem Gehege gedieh.

Esus verhielt sich so, als habe er dies erwartet. Seiner Interpretation zufolge hätte ich zwar die Kräfte, die auch in ihm wirkten, in mir drin. Allerdings müsse ich sie noch entwickeln. Er bot mir an, mich diese Dinge zu lehren, denn ich würde die Voraussetzungen dafür erfüllen.

Ich legte seine Karten hin und versuchte ihm erneut meinen Standpunkt zu erläutern, nämlich dass ich keinen Nutzen in solchen Praktiken sähe. Ich versuchte höflich zu bleiben, aber der Mann redete mir dauernd drein, wollte mich unbedingt überzeugen. Schlussendlich drohte er sogar mit Unheil, falls ich mich meiner Bestimmung widersetzen würde. Zur Bekräftigung zeigte er auf meine Hand, nahm sie und fuhr mit seinem Finger meinen Handlinien entlang. Er las, dass ich in meinem Leben nie glücklich werden könne.

In mir hatte sich der Ärger aufgestaut. In dem Moment, wo ich ihm gehörig die Meinung sagen wollte, spürte ich ein befreiendes Prickeln im Kopf.

Mit grosser Verwunderung stellte ich fest, wie leicht es mir plötzlich fiel, ihm meine Sichtweise der Dinge darzulegen, und wie ruhig und gefasst ich dies tat, aber auch wie nachdrücklich und bestimmt. Ich erklärte ihm, echte Bewusstseinsentwicklung stelle sich nicht durch Buchstabenzählen und auch nicht durch Kartenspielen ein. Sondern sie lasse sich nur durch ständige Arbeit am eigenen Körper sowie den eigenen Gefühlen und Gedanken verwirklichen.

Esus blickte mich fassungslos an. Dann senkte er seinen Blick und schwieg. Er spielte nervös mit seinen Händen. Als mir bewusst wurde, was ich getan hatte, empfand ich beinahe Mitleid mit ihm. Darauf räumte Esus die Karten weg und murmelte dabei, dass wohl jeder seinen eigenen Weg gehen müsse. Ich verabschiedete mich und liess ihn allein – ich wusste, dass ich in seinem Haus nichts mehr verloren hatte.

Wenig später traf ich bei Nestor ein. Ich setzte mich zu ihm vor das Haus und erzählte von Esus. Nestor hörte sich die Geschichte aufmerksam an und lachte dabei, als wäre mein Erlebnis ein einziger Witz gewesen.

Dann sagte er, dass selbstverständlich auch die Menschen der rechten Seite ihre Lehrsysteme aufziehen und an ihre Schüler weitergeben würden. Meistens ginge es diesen Lehrern und Meistern jedoch nicht darum, die Schüler zu Selbstbewusstsein und Selbständigkeit zu führen und ihnen damit den Weg zur Freiheit aufzuzeigen; sondern sie hielten die Schüler in Abhängigkeit von ihnen und ihren Lehren.

»Das klingt sehr pessimistisch«, fand ich. »Jeder Lehrer oder Meister, auf welchem Gebiet auch immer, ist doch überzeugt, dass er seinen Schülern richtige und brauchbare Ansichten über die Welt vermittelt, oder?«

»Natürlich sind sie von sich selbst überzeugt«, erwiderte Nestor. »Aber sie sind sich meistens nicht bewusst, was sie mit ihren Schülern tun: Sie jagen ihnen nämlich gebundene Energie ab, und zwar durch den Respekt und die Bewunderung, die sie ihnen abverlangen – es sind also Kobolde. Und genau dagegen hast du dich heute gewehrt, als du ein Prickeln im Kopf spürtest.«

Ich blickte ihn fragend an.

»Was da aus deinem Kopf gekommen ist, war umgewandelte Aggressivität«, erklärte er. »Diese Aggressivität ist auf eine gute Weise herausgekommen: nicht mehr als Emotion, sondern als Sensation, als Prickeln. Dank diesem Prickeln musstest du nicht mehr aggressiv handeln, sondern konntest ruhig bleiben und deinen Standpunkt mit Nachdruck vermitteln.

Genau durch solche Sensationen gelingt es den Sehern, ihre emotionale Energie in das ganze Bild zu geben, ohne sich darin zu verstricken. Wärst du ein Seher, dann hättest du zudem das schöne Gefühl der Ekstase geniessen können, und du hättest gesehen, wie dabei die Leuchtstruktur und das Bild aufleuchten.«

Heute hätte ich erfahren, sagte Nestor weiter, dass bestimmte emotionale Zustände, die sehr intensiv sind, Sensationen an bestimmten Körperstellen auslösen könnten. Ich wisse jetzt, dass ein ausschliessliches Prickeln im Kopf das Umwandeln der eigenen Aggression oder Wut bedeute, und dass es darüber hinaus andere Menschen zur Einsicht bewegen könne. Mit einer Sensation am Rumpf dagegen fliesse die Energie von Emotionen wie Liebe, Freude und Frieden ins Bild. Spürte ich dagegen die Sensation einzig im unteren Teil des Körpers, so sei der Ausgleich auf die unteren Schichten ausgerichtet, auf materielle und sexuelle Aspekte wie Gier und Neid, oder auch Wollust und Eifersucht.

»Durch diese lokal begrenzten Sensationen wirst du direkt verstehen können, warum die Menschen die Liebe mit dem Herzen und der Herzregion in Verbindung bringen, und warum eine Umarmung so herzlich sein kann. Du wirst auch immer wieder erleben, dass Aggressivität, Wille und Belehrung durch den Kopf wirken, und du wirst begreifen, warum wütende Menschen einen roten Kopf kriegen.«

Nestor fand dies sehr bezeichnend für unsere Existenz als Menschen und meinte lachend, die guten Geister würden eben im Herzen sitzen, die bösen dagegen im Hirn. Darauf erklärte er weiter, dass die Ekstasen, die ein Seher in einzelnen seiner Körperregionen fühle, ihm erlaubten, die Energiedefizite von Menschen festzustellen. Je nach Lokalität der Ekstase habe ein Gesprächspartner einen Bedarf an materieller und sexueller Kraft, an Energie in Form von leidenschaftlichen Gefühlen und Herzensliebe oder an gedanklichen Einsichten und neuen Ideen, um in der eigenen Entwicklung weiterzukommen.

»Dann könnte man also aufgrund der Lokalität der Ekstasen eine Lehre von den verschiedenen Menschentypen erstellen«, stellte ich interessiert fest.

»Das würde wieder zu weit greifen«, antwortete Nestor. »Seher sind nicht an solchen Lehren interessiert. Es ist genug, dass wir unsere Energie als Ekstase abgeben, dabei das direkte Wissen erhalten und die Struktur zum Aufleuchten bringen – das allein bringt das bewusste Dasein, nach welchem die Menschen sich letztlich sehnen.«

Wir verstummten. Als Nestor aufstand und ins Haus ging, begann ich mich auf meine Punkte und Fäden zu konzentrieren.

Der Brückenfaden bewegte sich praktisch nicht, und das war etwas, das nur selten vorkam. Es dauerte nicht lange, bis ich ihn in seiner horizontalen Lage leuchten sah – und dabei fiel mir auf, dass er genauso langsam und anmutig schwebte wie die gigantische Röhre in meinem Traum.

Der Gedanke an den Traum weckte umgehend die Erinnerung an das Prickeln in meinem Kopf: Jenes hatte ich nicht nur im Traum gespürt, sondern an diesem Tag erstmals auch im Tagesbewusstsein, während der Auseinandersetzung mit Esus.

Von diesem Moment an kreisten meine Gedanken nur noch um die Naturbrücke: Es beschlich mich die Ahnung, dass das Schweben des Verbindungsfadens und das Prickeln in meinem Kopf auf den richtigen Zeitpunkt für die Wanderung zur Brücke in der Emmenschlucht hindeuteten.

»Floco«, rief mir Nestor aus dem Haus zu, bevor ich weitere Überlegungen anstellen konnte. Ich glaubte in seiner Stimme denselben Klang der Erwartung zu vernehmen, den ich ebenfalls aus meinem Traum kannte.

Nestor fragte mich irgendetwas, aber ich hörte ihm nicht zu. Jetzt wusste ich, dass diese Hinweise auf meinem Traum kein Zufall waren. Ich stand auf und ging zu Nestor ins Haus.

»Wir gehen zur Brücke«, sagte ich ihm mit felsenfester Stimme.

Eine Weile, die mir wie Ewigkeiten erschien, blickte mich Nestor prüfend an. Sein Zögern rief umgehend Zweifel in mir wach, und ich war drauf und dran das Vorhaben abzubrechen, als er schliesslich zustimmend nickte. Von da an ging alles sehr schnell und ohne viele Worte: Nestor gab mir einige Dinge, die ich einpacken sollte, Decken, Proviant für mehrere Mahlzeiten, Papier und einen leeren Kehrichtsack. Wir packten unsere Sachen und fuhren los.

Es war beinahe Mittag, als wir das flache seichte Emmenbett erreichten. Nestor hiess mich von Anfang an, barfuss zu gehen. Das Steinelaufen bereitete mir keine Schwierigkeiten mehr, hatte ich meine Füsse doch in all den Jahren an den rauen Boden um Nestors Haus und an die Steine des Emmenufers gewöhnt.

Schon bald erhoben sich links und rechts die Hügel, und die Emme wurde schmaler und tiefer. Wir gelangten an eine Stelle, wo der Fluss den ganzen Platz zwischen zwei engen Felswänden einnahm. Das Wasser war hier zu tief, als dass wir hindurchwaten konnten. Wir packten unser Gepäck in die wasserdichten Kehrichtsäcke und schwammen während einigen Minuten gegen den Strom.

Nachdem ich aus dem angenehm kühlen Wasser gestiegen war, fühlte ich mich erfrischt und stark. Einen Moment lang blieb ich stehen und liess mich trocknen, als plötzlich ein lauter Knall ertönte. Vor Schreck reagierte mein Körper mit einem Hüpfer nach links – im nächsten Moment erfasste ich die Situation: Ein fussballgrosser Steinbrocken hatte sich aus der Nagelfluhwand gelöst und war rechts neben mir auf den Boden aufgeschlagen. Erschüttert blickte ich zu Nestor, aber dieser lachte über meinen Schrecken und fand, ich solle mir das Fliegen für die Brücke aufsparen.

Als wir weitergingen, richtete ich meinen Blick vorsichtshalber vermehrt in die Höhe. Dann aber wurde meine Aufmerksamkeit durch die Hitze beeinträchtigt: Die Sonne stand nun so hoch, dass ihre Strahlen direkt in die Schlucht fielen; diese verwandelte sich dadurch in einen einzigen grossen Backofen. Schatten suchte ich vergeblich, und die Steine brannten so heiss, dass ich im Wasser gehen musste. Doch da mich die Hitze unkonzentriert machte, fiel es mir immer schwerer, über die mit Algen besetzten, glitschigen Steine zu gehen, ohne hin und wieder auszurutschen.

Am Nachmittag erreichten wir schliesslich den Platz unmittelbar vor der Brücke. Die Nagelfluhwände erhoben sich hier vielleicht dreissig Meter in die Höhe. Entlang der linken Wand floss gemächlich die Emme aus einer schmalen, aber hohen Höhle in der vorderen, quer zur Schlucht liegenden Felswand. Diese Wand aus massivem Gestein, die links und rechts je eine Einbuchtung aufwies, während sich die Mitte gegen uns wölbte, türmte sich zu einer Art Naturbrücke auf, welche das rechte Ufer mit dem linken verband.

Nestor hatte sich inzwischen auf die Steine gesetzt. Ich gesellte mich zu ihm und drückte mein Erstaunen aus, wie sehr diese Naturbrücke derjenigen in meinem Traum ähnelte.

»Es ist eine besondere Brücke an einem besonderen Ort«, erwiderte er. »Dieser Ort ist eine Wegmarke auf dem Weg in der Leuchtstruktur; es ist ein Ort des Übergangs und der Umkehrung des Energieflusses. Nur wenige Menschen gelangen hierhin. Denn es wissen nur wenige davon, und noch weniger bemühen sich, ihr Bewusstsein so weit zu entwickeln.«

Nur kurz darauf hörten wir lautstarke Stimmen und Gejohle von der Felswand her. Mehrere junge Erwachsene traten aus dem Dunkel der Höhle, durch die die Emme fliesst. Die drei Frauen und drei Männer, die diese Höhle anscheinend von der anderen Seite durchschwommen hatten, waren in voller Ausrüstung gekleidet und mit Rücksäcken bepackt unterwegs – und sie waren klatschnass. In einiger Entfernung von uns rasteten sie. Sie winkten uns zu, lachten und waren in ausgelassener Stimmung, als sie das Wasser aus ihren Rucksäcken leerten und ihre nassen Sachen auswanden. Dann assen sie vergnügt die von Wasser durchtränkten belegten Brote. Einer blies einen Wasserball auf, worauf alle damit spielten, einander nachjagten und dabei vergnügt kreischten. Nach einer Weile packten sie ihre Sachen und wanderten weiter in die Richtung, aus welcher wir gekommen waren.

Nestor und ich, die wir stumm das Geschehen mitverfolgt hatten, mussten beide lachen: Von wegen besonderer, unberührter und unbekannter Ort. Nestor liess sich aber nicht davon beeindrucken, sondern wies darauf hin, dass diese Leute dem Strom bewusstseinsabwärts folgten. Derart bepackt zu sein, fand er, könne sich nur jemand leisten, der sich mit der trägen Masse mitreissen liess. Wolle ich aber gegen den Strom ankämpfen und über die Brücke fliegen, so müsse ich leicht und beweglich sein.

Ich erwiderte nichts auf seine Worte, blickte mich stattdessen nach einem Aufstieg zur Brücke um. Doch ich konnte keinen entdecken.

»Wie komme ich überhaupt auf die Brücke?« fragte ich.

»Für dieses Problem musst du selbst eine Lösung finden.«

»Gibt es so etwas wie einen versteckten Weg?«

Nestor schwieg und gab mir damit zu verstehen, dass ich mich auf die Suche machen sollte.

Ich blickte mich um. Viel gab es nicht in dieser engen Schlucht. Wenn es irgendwo einen Geheimweg nach oben gäbe, dann hätte ich ihn bestimmt bald gefunden. Ich untersuchte zunächst die rechte, darauf die linke Nagelfluhwand. Dort liessen sich aber keine Anzeichen von Treppen, Höhlen oder Gängen, die nach oben geführt hätten, erkennen.

Als ich mich daraufhin der vorderen Felswand zuwandte, glaubte ich das Rätsel gelöst zu haben: In der rechten Einbuchtung erkannte ich, versteckt hinter niederen Büschen, eine Öffnung im Fels. Anscheinend handelte es sich um einen Gang. Ich zwängte mich durch die schmale Öffnung, doch der Gang verengte sich schon nach wenigen Metern, so dass jedes Fortschreiten unmöglich wurde.

Die einzige verbleibende Möglichkeit, von hier auf die Brücke zu gelangen, war, eine der beiden Nagelfluhwände hochzuklettern. Diese Möglichkeit jedoch bestand höchstens für einen erfahrenen und trainierten Kletterer – aber sicher nicht für mich.

Ich teilte Nestor meine Erkenntnisse mit. »Es muss einen anderen Weg auf die Brücke geben«, mutmasste ich. »Vielleicht müssen wir der Emme entlang zurücklaufen und dort irgendwo nach oben klettern.«

»Es gibt keinen anderen Weg. Du musst an diesem Platz eine Möglichkeit finden, um auf die Brücke zu gelangen«, wiederholte er.

»Dann sag mir, wo der Weg hindurch geht. Du hast ja dasselbe erlebt, oder?«

»Mein Sprung in die linke Seite hat sich nicht hier ereignet – und selbst wenn: bei diesem Sprung bist du ganz auf dich gestellt.«

»Himmel, soll ich etwa eine Felswand raufklettern?« rief ich verzweifelt.

Nestor mahnte mich, auf meine Gefühle zu achten. Zweifel könne ich mir nicht leisten. Dann stand er auf und begann, Steine zu verrücken und eine Feuerstelle zu bauen. Er holte sich von einem Baum, der anscheinend während eines grossen Sturms entwurzelt wurde und in die Schlucht gestürzt war, Holz für ein Feuer.

Als er zurückkam und mich noch immer an derselben Stelle vorfand, blickte er mich streng an. Er sagte, ich solle mich besser auf die Suche machen. Denn wir würden so lange hier bleiben, bis ich die Brücke überquert hätte.

Ich sprang auf und suchte den Platz nochmals auf irgendwelche Treppen oder Gänge ab. Aber es gab nichts dergleichen. In meiner Verzweiflung erwog ich ernsthaft, eine der beiden Nagelfluhwände hochzuklettern. Die linke Seite kam von vornherein nicht in Frage, da sie nass und glitschig war. Ich wandte mich der rechten Seite zu. Die runden Geröllsteine, die aus der Sandsteinmasse ragten, boten sich geradezu als Treppen und Griffe an. Doch als sich in einem Versuch schon der zweite Stein, den ich als Trittbrett benutzte, aus der Masse löste, waren meine Zweifel an der Haftung des Gerölls bestätigt.

Nestor lachte über meine unbeholfenen Versuche, und das erzürnte mich. Ich warf ihm vor, dass er mich vor eine unlösbare Aufgabe stellte um sich dann über mich lustig zu machen. Ich sagte ihm, ich hätte das Ganze von Anfang an nicht ernst nehmen dürfen, und ich würde nun zurück zum Haus gehen – worauf er nur noch mehr lachte.

»Setz dich hin und beruhige dich«, verlangte er schliesslich. »Du kannst dir solche Gefühle nicht leisten.«

Ich setzte mich, doch der Ärger in mir wuchs und erhitzte meinen ganzen Körper. Schon nur dass ich seine Worte befolgte, widerstrebte mir zutiefst. Ich befand mich in einem Zustand der Ohnmacht, der mich in meine Gedanken flüchten liess: Ich stellte mir vor, wie es wäre, einfach wegzugehen und damit seine Autorität zu untergraben. Alles, was ich dafür hätte tun müssen, war, meine Sachen zusammenzupacken und abzuhauen.

Nestor quakte als wollte er mich damit beruhigen.

»Dein Kobold erwacht«, begründete er seinen tierischen Laut. »Lass den Kobold in dir nicht die Oberhand gewinnen.«

»Lass die Kobolde aus dem Spiel, Nestor. Es geht hier nicht um Kobolde, du weisst das.«

Er quakte ein zweites Mal. Ich ignorierte ihn, aber dann forderte er mich auf, ebenfalls zu quaken, um den Kobold zu vertreiben, wie er sagte.

Dies war der Tropfen, der das Fass zum Überlaufen brachte. Ich fuhr ihn an, er solle mit dem Blödsinn aufhören.

»Es gibt keine Kobolde, und ich werde ganz sicher nicht quaken«, zischte ich.

»Wo liegt dein Problem?« gab er im selben harschen Ton zurück. »Kurz mal quaken kann doch nicht so schwierig sein.« Er quakte einige Male vor.

Meine Wut war grenzenlos. Ich wagte nicht, ihn anzuschreien, wollte ihn aber doch die Mächtigkeit meines Zornes spüren lassen. Wenn er mein Quaken wollte, dann sollte er es haben: Ich nahm meine ganze Aggressivität zusammen und brachte damit einen einzigen Quaklaut hervor – aber der misslang total: Mein Quaken klang eher wie ein verhunztes Krähen.

Nestor lachte laut heraus. Er lachte so sehr, dass er sich den Bauch halten musste. Die Situation war tatsächlich so komisch, dass ich nicht anders konnte, als in sein Lachen einzustimmen. Es dauerte eine Weile, bis wir uns erholten. Immer wieder versuchte einer von uns, mein Quaken nachzuahmen – natürlich ohne Erfolg, aber zur erneuten Belustigung beider.

Der frische Mut, den ich aus diesem Zwischenfall schöpfte, bewirkte, dass ich nicht aufgab, sondern weiterhin nach Möglichkeiten suchte, um auf die Brücke zu gelangen. Nachdem wir etwas gegessen hatten, ging ich erneut von einem Ende des Platzes zum anderen, setzte mich an verschiedenen Stellen hin und beobachtete alles im

Bild peinlich genau. Dazwischen führte ich Leibes- und Atemübungen aus.

Als die Dunkelheit einbrach, kannte ich jede Ecke, jeden Stein und jede verflixte Pflanze an diesem Ort – aber einen Weg nach oben kannte ich noch immer nicht. Nestor sagte, dass ich mich nicht entmutigen lassen dürfe. Ansonsten schwieg er. Es hatte den Anschein, als ob ich am nächsten Tag weitersuchen musste.

Es wurde schnell dunkel, kühl und feucht. Nestor hatte sich auf sein Lager gelegt. Ich konnte nicht erkennen, ob er schlief oder nicht. Ich selbst sass in eine Decke gehüllt der Emme zugewandt und versuchte, alles im Bild zu erfassen.

Es war eine klare Sommernacht. Die Emme floss recht ruhig; das schwache Rauschen, das von ihr zu vernehmen war, stammte von weiter unten. Hier war einzig das Plätschern eines kleinen Wasserfalls in der Nähe sowie das von der linken Wand in die Emme tropfende Wasser zu hören. Die einzelnen Tropfen erzeugten unterschiedliche Töne, welche in der engen Schlucht geräuschvoll widerhallten.

Ich spürte die Müdigkeit in meinen Gliedern, aber meine Gedanken waren kristallklar. Je länger ich über meine Aufgabe nachdachte, desto mehr kam ich zum Schluss, dass es keine konkrete Lösung dafür gab. Es gab keinen Weg nach oben, sonst hätte ich ihn längst gefunden. Der Sinn der Übung musste tiefer liegen: Sollte die Unlösbarkeit in dieser Aufgabe auf etwas Aussichtsloses in meinem Leben hinweisen? Aber was hätte das sein können? Oder wollte Nestor, dass ich meiner eigenen Ohnmacht begegnete? Dass ich wider alle bessere Erkenntnis nicht aufgab und weitersuchte? Oder hatte ich im Gegenteil noch nicht genug aufgegeben?

Allmählich wurde der Platz vor der Brücke heller. Der Mond – ich erkannte, dass Vollmond war – schob sich langsam über die Schlucht und brachte zunächst die linke feuchte Wand, dann auch die Emme selbst zum Glänzen.

Mich begannen die Umstände zu beschäftigen, die mich in diese absurde Situation geführt hatten. In einem Anflug von Narzissmus staunte ich schon bald über meinen Mut, das undankbare Los der eigenen Bewusstseinsentwicklung auf mich genommen zu haben; und ich bewunderte meine Konsequenz, mit welcher ich dieses Ziel verfolgte. Ich spekulierte, ob es eher meine Liebe zu den Menschen war oder die Verpflichtung gegenüber einer höheren Macht, die mich antrieb und mich selbst in den aussichtslosesten Situationen ausharren liess.

»Warum tue ich das bloss?« seufzte ich in die sternenklare Nacht hinaus.

»Weil du gut sein willst«, erwiderte Nestor von seinem Lager aus. Er rollte sich auf den Bauch und stützte sich auf seine Ellbogen. Seine Augen blickten aufmerksam. Es war, als hätte er die ganze Zeit auf diesen Augenblick gewartet.

Seine Antwort traf mich unerwartet, und die Kritik, die ich aus seinen Worten heraushörte, machte mich verbittert. Ich widersprach.

»Warum wehrst du dich dagegen?« fragte er. »Es ist doch so: Du willst gut sein, nein: du willst im Grunde der Beste sein – und dir damit Streicheleinheiten verdienen.«

Ich fühlte den Unmut in mir wachsen. Ich wollte irgendetwas dagegen einwenden, war aber blockiert.

»Deshalb war es auch nicht schwierig, dich von der vollkommenen Restauration zu überzeugen und dich immer wieder zum Üben zu motivieren«, fuhr er fort. »Ich brauchte bloss deinen Ehrgeiz zu wecken – und davon hast du mehr als genug. Ich brauchte dich einfach zu überzeugen, dass Seher wahnsinnstolle Kerle sind, um damit deine Eitelkeit wach zu kitzeln.«

Mein Herz begann zu pochen. Ich konnte nicht glauben, was Nestor zu mir sagte.

»Du hast mich manipuliert?« fragte ich fassungslos.

»Du hast einen riesengrossen Antrieb in dir«, gab er zur Antwort. »Du willst einfach wahnsinnstoll sein. Du würdest weit gehen, um den Schein deiner perfekten, idealen Persönlichkeit aufrechtzuerhalten. Und ich habe dafür gesorgt, dass dir genau diese Kraft zugänglich wird. Ich habe dich nicht manipuliert, sondern deiner Eitelkeit neue Massstäbe gesetzt: die vollkommene Restauration. Dabei habe ich dir die Botschaft vermittelt: Übe die vollkommene Restauration, und du bist wahnsinnstoll.«

Nestor lächelte. Seine Worte waren frei von Polemik oder Besserwisserei. Er erklärte das alles, als würde er jemandem eine mathematische Aufgabe erklären.

»Und du hast den Ehrgeiz und den Willen, wahnsinnstoll zu sein«, sagte er weiter. »Das Problem bei dir ist einfach, dass es dir im Grunde gar nicht so wichtig ist, was es genau bedeutet, wahnsinnstoll zu sein; es ist dir nicht so wichtig, was du dafür tun musst. Hauptsache, es wird von denjenigen, die du erreichen und überflügeln willst, anerkannt. Ich glaube, mit deinem Willen hättest du genauso gut Nationalrat oder Manager oder Oberst oder auch Professor werden können. Jetzt wirst du halt Seher.« Er lachte herzlich.

Ich wusste augenblicklich, wovon er sprach. Er hatte unglaublich treffsicher einen wunden Punkt in mir freigelegt, der mir jetzt mit aller Deutlichkeit zu Bewusstsein kam: den wirklichen Grund für meine Bemühungen auf dem Weg in der Leuchtstruktur.

Natürlich war das Möbel längst nicht mehr der wahre Grund, dass ich Nestor regelmässig aufsuchte. Ich war fasziniert von seinem Wissen und seiner Art zu leben. Und ich wollte den Weg in der Leuchtstruktur unbedingt gehen und zu denjenigen Einsichten und derjenigen Kraft gelangen, über die Nestor verfügte. Und genau darauf zielte die vollkommene Restauration letztlich ja auch ab.

Woher aber dieser Wunsch kam, auf dem Weg in der Leuchtstruktur zu gehen, darüber hatte ich immer nur oberflächlich nachgedacht. Ich rechtfertigte mir meine Bemühungen um ein Leben im Sinne der Seher damit, dass mich diese perverse, Leiden verursachende Welt masslos enttäuscht hatte: Heuchelei und Kriegstreiberei; Hunger und hemmungslose Fresserei; bitterste Armut und Konsumwahn; Artensterben, globale Erwärmung und arrogante Gleichgültigkeit; dazu meine eigene Ohnmacht, die ich gegenüber diesem kranken Treiben verspürte – keinesfalls wollte ich zum Fortbestehen einer solchen Welt beitragen.

Wenn ich jetzt aber ehrlich zu mir selbst war, musste ich mir eingestehen, dass ich genauso meine Rolle als Rädchen im Weltgetriebe spielte – nicht aus Überzeugung, aber aus naivem Geltungsdrang: Tatsächlich war die Erfüllung von Pflichten und Einhaltung von Regeln Zweck meiner Bemühungen und Quelle meiner Befriedigung. Ich war Soldat: Ich gab mir Mühe, Ranghöhere zufrieden zu stellen und erhielt dafür Lob. Darin bestand mein Selbstwertgefühl. Dieses Handeln brachte ich stets mit Werten wie Disziplin, Treue, Zuverlässigkeit und Bescheidenheit in Zusammenhang und betrachtete es selbstverständlich als eine Stärke.

Genau dieser Geltungsdrang, der zum Selbstzweck wurde und sich darin äusserte, dass ich unkritisch vieles mitmachte, nur weil es von denjenigen an der Spitze der jeweiligen Regel- und Gesetzeshierarchie gewürdigt wurde – dieser Geltungsdrang spielte, wie Nestor richtig erkannt hatte, immer wieder eine ausschlaggebende Rolle für meine Handlungen und Entscheidungen. Es war eine Ironie, dass ich eben auch durch meine Eitelkeit, meine Naivität und meine unkritische Haltung zum Weg in der Leuchtstruktur gefunden hatte, zu einem Weg, wo das Fortschreiten nur durch die radikale Infragestellung meiner selbst, der Welt und ihrer Werte möglich war. Mit anderen Worten: Dank meiner stets konsequent angewandten Idiotie stolperte ich heute der Freiheit entgegen.

»Im Grunde spielt es überhaupt keine Rolle, warum jemand den Weg in der Grundstruktur beschreitet«, sagte Nestor weiter, der zweifellos wusste, wie ich mich fühlte. »Die einen hat das Schicksal so arg gebeutelt, dass sie versuchen, ihr Leiden mit dem Gehen auf diesem Weg zu beenden oder wenigstens gelassener zu ertragen. Andere werden von ihrer Wissbegierde getrieben und können nicht eher ruhen, bis sie genau wissen, was es mit der Welt auf sich hat. Du wiederum gehörst zu denen, die das Höchste erreichen wollen, einfach weil es das Höchste ist; und weil du mit dem Erreichen des Höchsten, so glaubst du, der Beste und Grösste wirst.«

Es sei nicht wichtig, welche Gründe und Absichten uns zum Gehen auf dem Weg in der Leuchtstruktur bewegten, wiederholte Nestor. Wichtig sei einzig, dass wir es täten, und dass wir dabei all unsere Energie dafür hergeben würden. Denn auf dem Weg in die linke Seite des Bewusstseins würden ohnehin alle Motive, Gründe, Absichten in Energie umgewandelt und die Grundstruktur damit zum Leuchten gebracht.

»Übrigens: Weisst du, warum Seher so wahnsinnstolle Kerle sind?« Nestor blickte mich mit glänzenden Augen an. »Weil sie nicht mehr ums Verrecken wahnsinnstoll sein müssen.«

Ich erfasste seinen Humor, doch es gelang mir nicht mehr, mich zu entspannen und mitzulachen. Die Scham, dass Nestor mich besser kannte als ich mich selbst, dass er mich durchschaut hatte und mir wieder einmal die Illusion einer perfekten und unfehlbaren Persönlichkeit zerstörte – all das bewirkte Hitze und Herzklopfen in mir und blockierte mich.

Dann aber griff die Kraft meiner Gefühle vollends auf meinen Körper über: Das Herzklopfen verstärkte sich zu einem Rasen und mein Körper begann zu zittern und zu zucken. Ich versuchte, ruhig zu bleiben und mir nichts anmerken zu lassen. Doch schon bald zwang mich der immense innere Druck zu unkontrollierten, scheinbar sinnlosen Handlungen: Dauernd klopfte ich meinen Körper ab, spielte nervös mit meinen Haaren, machte flüchtige Gebärden und Bewegungen. Als ich fürchtete, die Kontrolle über meinen Körper gänzlich zu verlieren, sprang ich reflexartig auf und begann mich zu bewegen.

Von Panik getrieben hüpfte ich von einem Fuss auf den anderen und fuchtelte mit meinen Armen umher. Es gelang mir nicht, mich zu konzentrieren, bis ich, einer Eingebung folgend, tief zu atmen begann. Dies hatte einen ungeheuren Effekt: Mein Körperbewusstsein erhöhte sich und liess das Zittern weichen.

Ich vermochte nun meine ganze Aufmerksamkeit auf die Bewegungen zu richten. Diese wurden bald sehr kraftvoll und so wohl koordiniert, dass mein Körper sich in perfekter Harmonie und vollkommenem Gleichgewicht bewegte. Ich war voller Aktivität und gleichzeitig in tiefster Ruhe. Ich empfand dies als ein beglückendes unmittelbares Tanzen.

Meine Bewegungen wurden schneller, aber nicht weniger kraftvoll. Mühelos und mit einer absoluten Sicherheit glitt ich über die Steine am Ufer, von einem Ende des Platzes zum anderen und wieder zurück. Ich merkte, wie ich diese grösseren Distanzen ohne weiteres überwinden konnte, wie ich mit jedem Schritt eine grössere Entfernung zurücklegte – weil ich gross war und grösser wurde.

Dagegen wurde der Platz unter mir immer kleiner – und ferner. Was ich anschaute, schien sich mehr und mehr in die Länge zu ziehen. Und wie durch einen Tunnel sah ich den Platz vor der Brücke jetzt in weiter Ferne. Ich blickte nach unten und erkannte, dass ich mich der Emme entlang zurückbewegte. Das schmale Flüsslein, die kleinen Bäume und winzigen Steine brachten mich zum Lachen. Alles im Bild war lächerlich klein und ich thronte über allen bedeutungslos gewordenen Dingen und Gesetzen darin, selbst über der Anziehungskraft.

Dann erblickte ich die Stelle, wo der Fluss den ganzen Platz zwischen zwei engen Felswänden einnahm. Nachdem ich hier aus dem angenehm kühlen Wasser gestiegen war, fühlte ich mich erfrischt und stark. Einen Moment lang blieb ich stehen und liess mich trocknen, als plötzlich ein lauter Knall ertönte. Während Bruchteilen einer Sekunde zog sich der Tunnel zusammen und die Gegenstände schnellten mir mit einer ungeheuren Wucht entgegen. Dabei hatte ich das Gefühl, ich würde irgendwohin gezogen werden.

Als das Bild wieder klare Formen annahm und der Knall verhallt war, stand ich mitten auf einer natürlichen Felsbrücke, die über die enge Schlucht führte. Die Brücke verlief nicht schnurgerade ans andere linke Ufer, sondern wand sich in zwei horizontalen Bögen über das Wasser, so dass jeder, der sie überqueren wollte, zweimal einen nach rechts gerichteten Halbkreis gehen musste. Aber ich konnte weder das andere Ufer erkennen, noch das Ende der Brücke: Der zweite, unmittelbar vor mir liegende Bogen verschwand irgendwo im Nichts.

Ich tat einen Schritt in Richtung des zweiten Bogens und fühlte in diesem Moment eine sanfte Brise, die über mein Gesicht strich. Ich blieb stehen und horchte. Der Wind liess nach und es war wieder still. Ich ging noch einen Schritt und sah den Wind in den Bäumen wehen, spürte ihn im nächsten Moment heftig meinen Körper umspielen. Ich begann zu zittern, mein Herz zu klopfen.

Ich beherrschte mich und ging zügig voran. Aber jeder weitere Schritt wurde mühsamer als der vorherige: Ich musste immer mehr Kraft aufwenden um immer langsamer vorwärts zu kommen. Und der Wind wurde kräftiger und aggressiver, blies mir schonungslos vom anderen unsichtbaren Ufer und von oberhalb der Brücke entgegen.

Als ich mich der Stelle näherte, wo sich die Brücke auflöste, stieg der Druck in mir sprunghaft an und ich stiess an die Grenzen des Ertragbaren. Hier wurde ich von der Wirklichkeit des Bildes überwältigt. Was ich wahrnahm, wurde zum einzigen hier und jetzt Existierenden, und ich verstand, dass ich es war, der dieses Bild in jedem Moment neu erzeugte: Mit jedem Herzschlag floss neues Leben hinein und jedes Hinblicken stärkte seine Wirklichkeit.

Erschrocken blieb ich stehen, doch die Wirklichkeit des Bildes wurde unmittelbarer – und bedrohlicher: Im selben Masse, wie es sich in die Unendlichkeit und Ewigkeit des Hier und Jetzt erstreckte, verdrängte es meine Vorstellungen von Welt und Person. Das überwältigende Hier und Jetzt widerstrebte meinem Drang, an die vergangenen Augenblicke anzuknüpfen und meine Identität aufrecht zu erhalten. Das Bild liess keinen Platz für meine Persönlichkeit.

Ich fühlte, wie ich die Kontrolle zu verlieren begann. Sofort spannte ich meinen Körper an und wehrte mich mit aller Kraft gegen die klaustrophobische Eingrenzung meiner selbst, gegen den gnadenlosen Zwang zum unerträglichen Hier und Jetzt, gegen das alles ausfüllende Bild, das zu wirklich war. Meine panische Reaktion erhöhte aber den Druck in meinem Körper zusätzlich, und eine übermächtige Kraft begann mich nach unten zu ziehen – ich fühlte, dass ich mein Bewusstsein verlieren würde. Reflexartig wollte ich umkehren und zum anderen Ufer zurücklaufen. Doch bevor ich mich in Bewegung setzen konnte, ertönte ein zweiter, ohrenbetäubender Knall.

Der Nabel

Auf einer Bergkuppe stand ein seltsames Paar, nachts, im Lichte des Vollmonds. Der Mann, der eine lange schwarze Nonnenkutte, ein weisses Schultertuch und eine Haube unter einem schwarzen Kopftuch trug, blickte wild und entschlossen zur Frau. Diese wich seinem Blick aus und spielte verträumt mit ihrer Hutfeder. Ihre glänzend neue und saubere Kleidung verriet, dass sie eine Jägerin ist, ausgestattet mit Hut, Horn und poliertem Jagdgewehr.

Einander zugewandt begannen sich die beiden zu bewegen, der Mann rechts, die Frau links. Letztere liess ihren Körper über die Bergwiese gleiten, geschmeidig und vornehm, als kenne sie die Bürde massiger Stiefel, korrekt sitzender Bekleidung und eines schweren Gewehrs auf ihrem Rücken nicht. Darauf antwortete der Mann mit präzisen und kraftvollen Bewegungen seiner Arme und Beine.

Eine ganze Weile bewegten sie sich auf diese seltsame Art, die irgendwo zwischen Tanz und Kampf lag. Beide versuchten die Oberhand zu gewinnen, ohne gegeneinander feindselig oder freundlich zu sein. Und ohne sich je zu berühren: Denn der Mond, die grosse runde leuchtende Kugel, trennte Mann und Frau: Sie war vom durchlässigen Mond verdeckt, er dagegen stolzierte vor ihm. Es schien also, als ob keiner der beiden den Sieg davontragen würde, sie lösten sich höchstens in ihrer Dominanz ab. Dies hielt aber weder den Hellen noch die Dunkle davon ab, jene letzte Gültigkeit durch immer ausgefallenere und tollere Bewegungen doch noch erringen zu wollen.

Schon bald wuchs die Kraft in den beiden immens an. Immer wieder staute sie sich in ihnen auf, um sich Augenblicke später ruckartig zu entladen. So erschienen die Bewegungen der Tanzenden oder Kämpfenden nicht mehr flüssig, sondern sprunghaft – bis offenbar wurde, dass es nicht nur einen Mann und nicht nur eine Frau gab, sondern mehrere davon, die sich in transparenten Schichten hintereinander bewegten; in den hinteren Schichten schienen sie klein und scharf, in den vorderen grösser und weniger konzentriert. Die Akteure waren jeweils nur innerhalb einer Schicht aktiv, während sie in allen anderen ruhten. Und wie von unsichtbarer Hand bewegt, sprang das lebendige Treiben regelmässig von einer Schicht in die Nächste.

Die beiden mehrschichtigen Gestalten enthüllten nun ihre ganze Macht, indem sie das Bild zu verziehen begannen, und zwar in der

Form zweier riesiger Wirbel: Wo das Bild im Gegenuhrzeigersinn um die Frau kreiste und in einem Strudel in ihr wie in einem schwarzen Loch zu verschwinden drohte, stiess der Mann es in gleicher Manier, aber im Sinne der Uhrzeiger, weit von sich. Das Bild, so hatte es den Anschein, war mit den beiden Gestalten direkt verbunden, oder besser: es wurde durch sie erschaffen und vernichtet. Wer immer sich diesen Gestalten näherte, wurde auf der einen Seite angezogen, auf der anderen abgestossen, mit einer Intensität wie nirgends sonst.

Als sich der Abstossende und die Anziehende selbst gegenläufig zu drehen begannen und sich die beiden Wirbel von mir entfernten, erkannte ich, dass es sich bei den Wirbeln um die beiden Augen eines mir wohlbekannten Gesichtes handelte. Diese gegenläufig drehenden Augen erzeugten eine Strömung, die jenes Gesicht in zwei Hälften verzerrte. Die rechte erwärmende Hälfte stiess mich ab; die linke zog mich an und liess mich vor Kälte zittern.

Das Gesicht verselbständigte sich und wurde zusammen mit dem Mond nach oben links und in die Tiefe gezogen. Von unten schob sich ein ähnlich zweigeteiltes Gesicht in mein Blickfeld, dann noch eines und schliesslich ein letztes. Ich sah, wie sich diese Gesichter mit ihren gegenläufig drehenden Augen gleichmässig um den unterdessen geschrumpften Mond gruppierten, das Kinn jeweils zur Mitte gerichtet. Die Rotationen der Augen generierten vier Ströme, die nun überdeutlich wurden. Zwei vertikale Ströme flossen von der Mitte aus nach oben und unten, und zwei horizontale bewegten sich von links und rechts nach innen zur Mondscheibe hin: Diese imposanten glühenden Ströme erzeugten das Bild eines riesigen Kreuzes.

Genauso schnell wie dieses lebendige Kreuz entstanden war, so schnell glühte es aus, kühlte es ab, verhärtete und erstarrte es. In gleichem Masse verdunkelte sich auch das Bild, bis ich nur noch die Umrisse dessen sah, was den Anschein eines Kreuzes erweckt hatte. In Wirklichkeit stand da ein Mensch, ein Mann, die Füsse stramm nebeneinander, die Arme horizontal ausgestreckt.

Wie versteinert verharrte er in der Mitte eines grossen Strandes mit zwei halbmondförmigen Buchten. Sein Blick schweifte in die Ferne des Landesinneren, vorbei an einfachsten, mit geflochtenen Palmblättern gedeckten Holzbauten, vorbei an riesigen, von Luftwurzeln umschlungenen Bäumen, hin zu den unberührten bewaldeten Hügel. Der volle Mond spiegelte sich im Meerwasser und erhellte die Nacht. Doch es war nicht der Mond, der die leichte helle Kleidung des jungen Mannes beleuchtete, sondern farbiges Licht.

Als dumpfe unfassbare Klänge die Stille der Nacht auszufüllen begannen, löste dieser die Kreuz-Stellung. Er liess sämtliche seiner Glieder bewegen, langsam und weich und stetig wie rinnendes Wasser. So floss er mitten unter anderen Tanzenden, bis plötzlich die Rhythmik nie enden wollender Musik einsetzte. Der Tänzer begann nun impulsiv über den weissen Sand zu tanzen, kräftig und sanft zugleich, als wäre er die Musik selbst.

Dann packte ihn das Feuer vollends. Selbstvergessen wirbelte und hüpfte er immer schneller und höher, fühlte sich dabei immer leichter und beschwingter. Den Grenzen Grenzen gesetzt, wurde er leicht wie der Wind, streckte seine Hand aus und flog über die Köpfe der anderen Tanzenden hinweg zum Ende des Strandes. Und von dort wieder zurück. Und immer wieder hin und her. Dabei betrachtete er die Menschen unter sich, die winzigen, sich abmühenden Menschen.

In dem Moment aber, wo er aufhörte zu fliegen und seine Bewegungen in Ruhe übergingen, knallte es ohrenbetäubend. Dreimal. Der Tänzer war verwirrt. Er dachte an Feuerwerk, bemerkte jedoch keine bunten Lichter am Himmel. Stattdessen sah er, dass die Menschen um ihn herum mit jedem Knall viel grösser geworden waren. Gleichzeitig begannen sich die Gewachsenen wie von Sinnen zu bewegen und zu toben, wild zu kreischen und vergnügt zu lachen.

Natürlich habe er sich dagegen gewehrt, sagte Nestor. Er habe ja nicht gewollt, dass die anderen gross waren und sich elegant und schnell bewegen konnten, während er selbst klein war und kaum noch Kraft hatte. Also habe er erneut zu tanzen begonnen und die Kraft zurück in seinen Körper gezogen. Wieder sei er gross geworden und die anderen klein, und wieder sei er über die Köpfe der anderen hinweggeflogen. Aber als er sich beruhigte, habe er zum zweiten Mal jene drei Knalle gehört: Seine Kraft sei in drei Schüben aus ihm hinausgeflossen und habe alle anderen riesengross gemacht, ihn dagegen klein und kraftlos.

»In jener Nacht verliess ich den Ort mit gemischten Gefühlen. Zwar verlor ich meine Grösse, dafür belebte ich das Bild und die Menschen um mich herum.« Nestor lächelte breit.

»Was redest du da?« murmelte ich verwirrt. »Ich verstehe ja kein Wort.«

Er schien unschlüssig, was er mit meiner Bemerkung anfangen sollte.

»Ich erzähle dir die Geschichte von meinem Sprung in die linke Seite«, erklärte er, »weil du danach gefragt hast.«

Ich sagte ihm, dass ich mich nicht erinnern könne, ihn gefragt zu haben. Ich lag und wollte mich aufsetzen, aber mein Kopf schmerzte, so dass ich jede Anstrengung sein liess.

»Zwölf Tage ruhte ich«, erzählte Nestor weiter. »Am dreizehnten Tag betrat ich erneut die Tanzfläche. Es geschah am gleichen Ort, am *Om-Beach* an der Südwestküste Indiens; es war der sechste Januar, ziemlich genau vor zwölf Jahren. Ich war ganz vom Wunsch erfüllt, in dieser Nacht nochmals zu fliegen. Auf der Tanzfläche begann ich mich energiegeladen und voller Spannung zu bewegen. Und es funktionierte: Ich wurde grösser und schwebte über allen anderen. Und ich überwand augenblicklich grosse Distanzen allein durch meinen Willen.

Dann landete ich am linken Ende des Strandes und hörte auf zu tanzen, doch es gab keinen Knall, wie ich es erwartet hatte. Dafür erlebte ich ein wundervolles Gefühl von Energie, die aus meinem Körper strömte. Diese ekstatische Erfahrung beschränkte sich nicht auf mich selbst: Die Bäume und Felsen um mich herum wurden dabei grösser, farbiger, intensiver, die ganze Umgebung sprang näher. Ich selbst schrumpfte dabei wie ein offener Ballon.«

Nestor sagte, dass dies das erste Mal gewesen sei, bei dem er seinen Energiefluss vollkommen umgekehrt und seine Energie als Ekstase in das Bild als ein Ganzes gegeben habe. Sein Körper sei daraufhin offen geblieben. Im Gegenzug hätte er aber akzeptieren müssen, dass er mit jeder Ekstase seine körperliche Bewegung gegen die Entspannung, und seine eigene Herrlichkeit gegen die Schönheit des Bildes eintauschen würde.

»Ich bin in der linken Bewusstseinshälfte geblieben«, berichtete er. »Die Offenheit meines Körpers und die nach oben fliessende Energie bewirken, dass ich die Ekstasen überall erlebe, und dass ich das direkte Wissen über den Aufbau des Bildes erhalte. Ich bin nun ein Seher, und ich sehe, was passiert, wenn ich meine Energie in das Bild als ein Ganzes gebe: Ich fliege nicht mehr auf die Gegenstände im Bild zu, sondern die Gegenstände und damit die Leuchtkugeln werden durch mich angezogen. So bin ich selbst zum Mittelpunkt geworden.«

Er verstummte. Ich war noch immer verwirrt und versuchte mich zu orientieren. Es war früher Morgen, kühl und feucht. Ich fror leicht, obwohl bereits die ersten Sonnenstrahlen durch die Bäume schienen.

Durch die Bäume? Ich setzte mich auf, sah mich um – und realisierte, dass ich mich nicht mehr unten in der Emmenschlucht befand, sondern auf der Brücke selbst, in unmittelbarer Nähe des linken Ufers!

Ungläubig blickte ich zu Nestor, der meinen Blick schelmisch erwiderte. Dann aber wurde ich von Zweifeln gepackt: War die Träumerei vorbei oder war ich noch immer mittendrin? Und wie konnte ich das überhaupt beurteilen? Ich begann, meinen Kopf heftig zu schütteln, etwas, das ich mir angewöhnt hatte, wenn ich unbedingt aus einem Traum aufwachen wollte. Meine unwillige Geste brachte Nestor zum Lachen.

»Wie komme ich auf diese Brücke?« rief ich.

Nestor blickte mich an, als sollte ich die Antwort selbst kennen. Ich versuchte mich an meine traumartigen Erlebnisse zu erinnern, konnte aber keine Hinweise darauf finden, wie ich hier heraufgekommen war.

»Du bist geflogen«, sagte er wie selbstverständlich.

Ich ignorierte seine Antwort – wenn ich jetzt etwas nicht brauchen konnte, dann waren es mystische Verklärungen. Stattdessen konfrontierte ich Nestor mit der plausibelsten Erklärung, die mir einfiel: In meinem aussergewöhnlichen Zustand letzte Nacht folgte ich dem Strom der Emme zurück bis an eine Stelle, wo ich das Flussbett auf der rechten Seite mühelos verlassen konnte und einen Weg durch den Wald bis zur Brücke fand.

Nestor zog die Brauen zusammen und widersprach. »Lass deine kleine Welt beiseite«, forderte er mich auf. »Letzte Nacht hattest du sehr viel Energie. Und mit dieser Energie warst du fähig, Erstaunliches zu leisten. Du hast enorme Distanzen überwunden – einfach so.«

Ich hielt inne. Zwar traf es zu, dass ich das Gefühl hatte, ungewöhnlich grosse Distanzen mit ein paar wenigen Schritten zu überwinden und hoch über allen Dingen zu schweben. Doch diese subjektiv verzerrte Wahrnehmung konnte noch nicht die Überwindung der vertikalen Distanz von der Schlucht auf die Brücke erklären – die ja physisch tatsächlich stattgefunden hatte. Ich teilte dies Nestor mit und nannte ihm ein Dutzend vernünftige Gründe, weshalb ein Mensch unmöglich fliegen könne.

Nestor amüsierte sich anscheinend köstlich: Bei jedem meiner Einwände musste er mir Recht geben, aber schlussendlich blieb er dabei, dass ich doch geflogen sei.

»Ich bin wirklich nicht für solche Spielchen aufgelegt«, sagte ich ihm gereizt.

»Ich weiss«, antwortete er, plötzlich ernst geworden. »Du hast auch keinen Grund, gut aufgelegt zu sein. Schau, wo du zu dir gekommen bist: noch immer auf der Brücke. Du hast es nicht geschafft, in die linke Seite des Bewusstseins zu wechseln. Darüber solltest du nachdenken, nicht über das Fliegen.«

Als ich sah, wie lächerlich klein die Distanz zwischen mir und dem linken Ufer war, begann ich demonstrativ zu lachen. »Ich bin also mühelos hier heraufgeflogen, schaffte es dann aber nicht, die letzten vier Schritte zu gehen«, spottete ich. »Was versuchst du mir eigentlich zu sagen, Nestor?«

Er schwieg. Schliesslich fand er, es sei besser, zu seinem Haus zurückzukehren. Er übergab mir meinen Rucksack, den er aus der Schlucht mitgebracht hatte, und begann seine Sachen zusammenzupacken. Ich beklagte mich, dass er mich nicht ernst nehme. Weil ich mich stark fühlte und mich im Recht wähnte, versuchte ich ihn zu einer Antwort zu bewegen.

Nestor erwiderte mein Verhalten mit einem mahnenden Blick, der mir durch und durch ging. Die Fassade aus Stärke und Selbstgerechtigkeit zerfiel augenblicklich zu Staub, und sofort drangen Zweifel und Reue in mich ein. Mir kam zu Bewusstsein, dass ich mich aussergewöhnlich stark von meinen Gefühlen mitreissen liess. Um mich wieder zu fangen, tat ich, was Nestor verlangte. Schweigend verliessen wir den Platz.

Gegen Mittag erreichten wir das Haus. Auf dem ganzen Rückweg hatte ich mich mit meinen Fragen zurückgehalten, und auch Nestor hatte geschwiegen. Jetzt aber, da ich ihn hätte fragen können, fühlte ich mich von den Strapazen so erschöpft, dass ich mich hinlegte und bis zum Abend schlief.

Am Abend suchte ich Nestor auf. Er befand sich in der Küche, wo er grüne Bohnen und mit Käse überbackene Kartoffeln für uns beide zubereitet hatte. Nach dem Essen wollte er alles von mir hören, was ich im Anschluss an mein Tanzen erlebt hätte. Ich schilderte ihm, woran ich mich noch erinnern konnte.

»Du warst eindeutig tief in der linken Seite«, interpretierte Nestor meine Visionen. »Du hattest die Intensität eines Sehers, aber nicht die Offenheit und das Bewusstsein. Sonst hättest du keine Menschen und Kreuze gesehen, sondern einige grosse Leuchtkugeln in bestimmten Konstellationen.«

»Warum sah ich dann all diese Dinge?«

»Weil du den Bezug zur äusseren Leinwand verloren hast und deine kleine Welt auf der inneren Leinwand noch immer zu stark wirkt. Sie hat dir Formen und Farben vorgegaukelt, wo eigentlich leuchtende Kugeln wären.«

Von einem plötzlichen Widerwillen gepackt, zog ich Nestors Erklärungen in Zweifel. Ich fragte ihn, warum es gerade Kugeln sein mussten, und warum meine Wahrnehmungen falsch seien. Ich wollte von ihm wissen, woher er überhaupt das Recht nehme, über so subjektive Erlebnisse zu urteilen, als wäre er die einzig Wahrheit gebende Instanz weit und breit.

»Ich bin ein Seher«, erwiderte er ruhig. »Ich sehe jeden Tag, wie das Bild im linksseitigen Bewusstsein aussieht: Innere wie äussere Leinwand sind intensiv und unmittelbar, aber frei von allen Arten von Visionen und Tagträumen – die habe ich in Bewusstseinslicht umgewandelt. Und alles, was geblieben ist, sind diese riesigen leuchtenden Kugeln, die das Prinzip der Leuchtstruktur erkennen lassen, an deren Rändern die kleine Welt entsteht und vergeht.

Du dagegen warst nur kurz in der linken Seite. Du hast die enorme Energie dort nicht als Bewusstseinslicht gesehen, sondern du hast sie als Gegenstände und Gestalten interpretiert, die du aus deinem Alltag kennst. Deshalb bist du auch nicht auf der linken Seite der Emme aufgewacht, sondern noch immer auf der Brücke.«

»Ganze vier Schritte vom linken Ufer entfernt«, belächelte ich seine sture Haltung.

»Es geht um mehr als um vier Schritte«, entgegnete er ernst. »Du konntest dich selbst nicht überwinden. Du bist noch nicht bereit für die linke Seite des Bewusstseins.«

Nachdem wir eine Weile geschwiegen hatten, empfahl mir Nestor dringend, noch einige Tage hier bei ihm zu verbringen. Denn auch wenn mein Sprung missraten sei, befände ich mich noch immer in einem höchst energiereichen Zustand. Dies sei sowohl eine Chance als auch eine Gefahr.

»Die linke Seite des Bewusstseins ist nah wie nie zuvor«, sagte er geheimnisvoll. »Wenn es dir in den nächsten Tagen gelingt, in deinem Gefühlskörper vollständig aufzuwachen, dann bist und bleibst du hier in der linken Seite. Achte auf alles, was du mit dieser Energie tust: Wenn du dich gehen lässt, wirst du dich als Kobold selbst zerfleischen.«

Zwei Tage und zwei Nächte verbrachte ich in Nestors Haus. Er hatte insofern Recht, als ich tatsächlich in einem aussergewöhnlich energiereichen und klaren Zustand war. Und es gelang mir auch aufzuwachen – allerdings nicht auf jene Art, wie Nestor es erwartete.

Der ›missratene‹ Sprung hatte mir in aller Deutlichkeit gezeigt, dass die Verheissungen von einer linken Seite, wo angeblich alles schön und leuchtend sein soll, Unsinn waren. Nestors Ansicht, ich hätte anstelle der Visionen leuchtende Kugeln sehen sollen, war für mich nichts weiter als eine Ausflucht um mich bei der Stange zu halten.

Ich zweifelte ja nicht daran, dass ich in dieser Nacht in einem aussergewöhnlichen Bewusstseinszustand verweilte, in dem ein Mensch viele mit dem Verstand schwer zugängliche Erlebnisse haben kann. Ich zweifelte auch nicht an der Möglichkeit körperlicher Höchstleistungen in solchen Zuständen, wie beispielsweise ausgiebiges Tanzen und weite Sprünge. Ich war jedoch der Ansicht, dass diese verbesserten, in jedem Fall aber durch die Naturgesetze begrenzten Fähigkeiten sowie die Visionen, die anschliessend auftraten, das Äusserste war, zu dem ein Mensch fähig sein konnte.

Aber was brachten denn derartige Fähigkeiten? Alle diese schöneren und höheren Zustände waren auch schnell wieder zu Ende. Und sie gaukelten mir höchstens ein illusorisches Wunderland vor, in dem keine bleibenden Werte zu finden waren. Dafür wirkten sie desintegrierend auf meine Persönlichkeit und sehr wahrscheinlich auch schädlich auf meinen Körper.

Mit dieser neu gewonnenen Klarheit und autorisiert durch meine eigene langjährige Erfahrung begann ich, die vollkommene Restauration in ihren Fundamenten in Zweifel zu ziehen. Nicht gegen die Möglichkeit der Bewusstseinsentwicklung an sich wehrte ich mich, aber gegen die Vorgehensweise der vollkommenen Restauration, die ich als bedenklich, ja vermessen erachtete.

Denn Bewusstseinsentwicklung hatte in meinen Augen mit Loslassen und Aufgeben zu tun. Die Seher um Nestor jedoch beliessen es eben nicht beim ruhigen Hinsetzen, Abschalten, Meditieren, Augenschliessen und bei der Konzentration auf das Innere. Ihr Weg war eben nicht nur ein Zur-Ruhe-Kommen, eine Entspannung. Sondern Nestor machte mir immer wieder klar, dass diese Aspekte erst die Frucht von beständiger Arbeit seien. Vorher müsse die Intensität gesteigert, also der Energieumsatz erhöht und der innere Druck aufgebaut werden. Zu diesem Zweck musste der Übende viel und qualitativ hochwertige Energie aufnehmen, durch die richtige Ernährung, das Atmen und das Sonnenlicht.

Aber genau hier ging die vollkommene Restauration für mich nicht auf: Denn das Nehmen von Energie war mit Wünschen verbunden, mit Egoismus; der Übende musste die Energie von der Welt abziehen und für sich selbst, für den eigenen Körper beanspruchen. Auch wenn Nestor mehr als einmal betonte, dass die Seher diese Energie nicht selbstsüchtig verwendeten, sondern umwandelten und damit das Bild und die Grundstruktur zum Leuchten bringen würden, so musste doch erst die eigene Person in die Mitte gerückt werden. Man musste, mit anderen Worten, erst richtig selbstsüchtig sein um überhaupt selbstlos sein zu können.

Und apropos ›Selbstlosigkeit‹: Die Ekstase als ›selbstlose‹, weil ›absichtsfreie‹ Abgabe von Energie in das Bild als ein Ganzes verschönerte und belebte höchstens das Bild des jeweiligen Sehers – aber was hatten andere davon? Was hatte die Gesellschaft davon? Umgekehrt musste die Gesellschaft die Produkte bereitstellen, die den gehobenen Ansprüchen der Seher genügen konnten. Denn die waren keine Asketen. Sie waren wählerisch, was ihre Nahrung, ihr Wohnen und überhaupt ihre materielle Lebensgrundlage anbelangte: Zu ihren Mahlzeiten gehörten hochwertige Nahrungsmittel in ausreichenden Mengen; sie lebten in schönen Holzhäusern im Grünen, fernab von Stress, Lärm und Gestank; und manche von ihnen hatten sogar Autos zur Verfügung.

Auch in ihren ›geistigen‹ Ansprüchen waren die Seher alles andere als bescheiden und genügsam: Sie durchdrangen ›Bewusstseinsschichten‹, lösten ganze ›kleine Welten‹ auf und entwickelten durch ihre immense Willenskraft ›innere Sinne‹, die ihnen erlaubten, das ›Grundgerüst des Bildes‹ und somit den ›Ursprung‹ unserer alltäglichen Welt in ihrem ›Sehen‹ immer wieder direkt zu erkennen – alles in allem massten sie sich also an, die ›Wahrheit‹ in sich und durch sich allein gefunden zu haben. Ich vermisste in der Haltung der Seher eine gewisse Genügsamkeit sowie Zugeständnisse an die Realität.

Nestor, den ich mit meinen Einsichten konfrontierte, liess sich nicht auf ein Gespräch über die Vorgehensweise der vollkommenen Restauration ein. Stattdessen machte er mich darauf aufmerksam, dass ich mit diesen Werten der Zurückhaltung und Bescheidenheit, die ich jetzt plötzlich der vollkommenen Restauration vorzog, zurück in das alte Muster meiner Erziehung fallen würde: Sowohl meine ausgeprägte christliche Erziehung als auch meine wissenschaftliche Ausbildung förderten solche Werte – denn beides seien Systeme, die der Selbstständigkeit und unmittelbaren Erkenntnisfähigkeit eines einzelnen Menschen Grenzen setzen würden. Wenn ich also in einer bescheidenen, genügsamen und demütigen Haltung auf die Grenzen menschlicher Erkenntnis pochen wolle, sagte Nestor, dann solle ich Abt oder Professor werden.

Dass er meinen Versuch, den anmassenden Ansprüchen seherischer Erkenntnisfähigkeit ein wirklichkeitsnäheres Ideal der Bewusstseinsentwicklung gegenüberzustellen, nicht gelten liess, entfremdete mich weiter von ihm und verbitterte mich. Ich fand, dass die Zeit reif war um auf Distanz zu gehen und dem Emmental für eine Weile den Rücken zu kehren – oder auch für immer.

Am dritten Tag wollte ich daher nach Bern zurückfahren, legte aber einen Zwischenhalt ein, um mir die Naturbrücke nochmals anzusehen. Meine Absicht war es, mir das Geschehene in aller Ruhe zu vergegenwärtigen, in der Hoffnung, ein etwas realistischeres Bild vom ›Sprung in die linke Seite‹ zu erhalten.

Dabei ging ich nicht der Emme entlang, sondern bahnte mir meinen Weg quer durch den Wald, wo ich viel schneller zur Naturbrücke gelangte. Dort angekommen, setzte ich mich in die Mitte des Felsen und genoss meinen Triumph über Nestor, der behauptet hatte, es gebe keinen anderen, direkteren Weg hierhin.

Durch das gute Gefühl der Genugtuung liess ich mich dazu hinreissen, weitere Beispiele für Situationen und Ereignisse zu finden, die Nestor mystifizierte um damit seine vollkommene Restauration zu bestätigen, die jedoch nicht den realen Umständen entsprachen. Es waren Erklärungen und Interpretationen, auf die kein vernünftiger Mensch etwas geben konnte.

Beispielsweise setzte Nestor die innere und äussere Welt in fantasievolle Wechselbeziehungen: Der Weg in der Leuchtstruktur etwa sei analog zum Weg der Emme entlang; oder die Intensität der Nachbilder könne Aufschluss über die Intensität des betrachteten Gegenstandes geben; oder die Energie im eigenen Körper mache auch die Umwelt energiereicher, ja die Energie der Seher bewege sogar die Elemente im Bild – alles subjektive Empfindungen und Behauptungen, die genauerer Herleitung und Begründung entbehrten.

Der Gipfel war aber, dass Nestor kühn genug war, um das Augenleiden Mouches volantes zum Meditationsgegenstand und Indikator der Bewusstseinsentwicklung zu machen. Dies widersprach nicht nur sämtlichen medizinischen Studien über die Mouches nur sämtlichen medizinischen Studien über die Mouches volantes, sondern schlicht dem gesunden Menschenverstand. Nestor negierte damit die materielle Wirklichkeit, aber weit schlimmer war, dass er sich über tausende Betroffene lustig machte, dass er sie regelrecht verhöhnte: Je getrübter der Glaskörper, desto bewusster der Mensch. Und konsequent zu Ende gedacht: Je kranker und blinder der Mensch, desto erleuchteter und vollkommener ist er!

Ich genoss es, mit einem realistisch kritischen Blick die Unvollkommenheiten in Nestors ›vollkommener Restauration‹ aufzudecken; es bereitete mir Vergnügen, seiner ›Leuchtstruktur‹ durch vernünftige Reflexion das Leuchten zu nehmen. Und es fühlte sich gut an, nicht nur die ›kleine Welt‹ im ›Bild‹, sondern das ›Bild als ein Ganzes‹ gleichfalls im Feuer der Rationalität aufzulösen. Es war wie eine kleine Befreiung.

Je mehr ich dies tat, desto stärker, selbständiger und mündiger fühlte ich mich. Denn ich merkte, wie sehr ich mich in all den Jahren an Nestors Gequatsche gewöhnt hatte, wie sehr ich seine Erklärungen nicht nur geduldet, sondern mir zu eigen gemacht hatte. Dabei war er nichts als ein Vollzeitesoteriker. Er konnte es sich anscheinend leisten, sich fernab von den realen Problemen unserer Gesellschaft mit abgehobenen und jenseitigen Themen auseinander zu setzen, die bestenfalls die gesellschaftlich utopischen Fantasien einer kleinen Minderheit von Friede-Freude-Eierkuchen-Typen beflügelten.

Ich war frei. Ich sass nicht auf einem materialisierten mystischen Verbindungsfaden, welcher die zwei Seiten des Bewusstseins miteinander verband; sondern ich sass auf einem Felsen, einer Naturbrücke, die sich durch den natürlichen und Jahrtausende währenden Vorgang der Erosion gebildet hatte. Und ich konnte dieses Gestein überqueren wann ich wollte und wie ich wollte, denn es gab überhaupt keinen substantiellen Unterschied zwischen dem rechten und dem linken Ufer.

Mit dem Ziel, den Gedanken Taten folgen zu lassen und auch die letzten vier Schritte noch zu gehen, stand ich auf und lief dem linken Ufer entgegen. Noch bevor ich es aber erreicht hatte, wurde mir die Paradoxie in meinem Vorhaben schlagartig bewusst: War denn nicht schon der aktive und zwanghafte Versuch, Nestors Mythen zu entkräften, der Beweis dafür, dass ich ebenda tief drin steckte? Zeugte mein Verhalten nicht von einer noch immer grossen Unsicherheit gegenüber dem, was ich doch eben mit meinem Verstand durchschaut hatte? War ich denn nicht frei?

Voller Zweifel blieb ich stehen. Als ich bemerkte, dass ich schon wieder vier Schritte vor dem linken Ufer zum Stillstand kam, wurde ich fassungslos. Zwar versuchte ich, diese Tatsache als purer Zufall abzutun; doch der Versuch wurde überschattet von der Gewissheit, dass diese andere, mystische Wirklichkeit, die ich während Jahren kultiviert hatte, tief in mir wirkte: Sie bestimmte nicht nur meine Gedanken und Gefühle, sondern selbst meine körperlichen Bewegungen.

Die Zwänge und Grenzen und Unfreiheiten, die an mir hafteten, traten nun überdeutlich in mein Bewusstsein – nicht nur diejenigen Zwänge und Grenzen und Unfreiheiten, die ich mir selbst aufgebürdet hatte um eine mystische Welt zu schaffen; sondern auch die alltäglichen, die mich stets von neuem antrieben, diese mystische Welt zu schaffen, um damit einer zu rationalen, zu selbstgefälligen und zu abgestumpften Welt ohne höheren Sinn zu entgehen. Ich begriff, dass ich auf dieser Brücke festgenagelt war – genau an der Stelle, wo ich jetzt stand. Es war mir unmöglich, einfach zurückzugehen, zurück in jene perverse mechanische Welt, die ich zu fliehen suchte. Aber ich war auch nicht fähig, die vier Schritte zum anderen Ufer zu gehen, denn sie waren, wie Nestor gesagt hatte, mehr als ich in diesem Moment überwinden konnte. Ich verstand, dass ich unterwegs war, und dass ich keine andere Möglichkeit mehr hatte, als das linke Ufer, jene linke Seite des Bewusstseins, zu erreichen.

Diese Ironie rang mir ein spöttisches Lachen ab: Alles, was das Streben nach Freiheit zu erzeugen vermochte, war Zwang, Unfreiheit und Ohnmacht; alles, was die vollkommene Restauration bieten konnte, war vollkommene Restriktion. Ich fühlte, wie sich der bittere Hohn in meinem Körper ausbreitete und eine unerträgliche Spannung in mir erzeugte. Mit einer abstrusen Freude suhlte ich mich in diesem Spott, und der Druck wuchs – bis ich merkte, dass er nicht nur innerhalb meines Körpers wirkte, sondern mich auch von aussen erreichte. Tatsächlich wurde ich regelrecht abgestossen, und zwar von einer Kraft, die von oberhalb der Brücke zu kommen schien.

Ich blickte flussaufwärts und spürte den Druck nun von vorn. Er war so stark, dass ich mich dagegenstemmen musste, um nicht von der Brücke geworfen zu werden. In dem Moment aber, als ich fühlte, wie sich der innere Druck direkt unter meiner Haut aufstaute und sie schmerzhaft spannte, so als wäre etwas kurz davor aus mir herauszutreten, erfasste mich eine immense Druckwelle von oberhalb der Brücke und schleuderte mich in hohem Bogen rücklings zurück.

In den kurzen Momenten, in denen mich die Wucht in die Höhe hob, erkannte ich die Emmenschlucht und die Brücke vor mir als zwei riesige leuchtend transparente Röhren, die sich vertikal und horizontal über das ganze Blickfeld zogen. Dieser Anblick war verbunden mit einer letzten vagen Ahnung von Klarheit und Freiheit.

Dann aber, als ich, noch immer rückwärts geschleudert, an Höhe verlor, riss meine Haut an tausend Stellen, und überall sprossen büschelweise Haare aus meinem Körper. Meine Hände und Füsse verkrümmten sich, meine Nägel wurden spitz und messerscharf. Meine Ohren begannen sich zu verformen und schmerzten. Meine Lippen trockneten aus und sprangen. Meine Zunge wurde rau und klebrig. Vor Panik wollte ich schreien, vermochte aber nur unfassbare unmenschliche Laute hervorzubringen.

Im selben Masse, wie der Druck von vorn nachliess, veränderte sich das Bild: Die lichten Röhren erstarrten und wurden trüb. Ich fand mich in einem Höhlengang wieder, in dem ich noch immer rückwärts gestossen wurde. Der Druck nahm weiter ab, und der Gang wurde dunkler und enger. Als ich schliesslich zum Stillstand kam, kauerte ich in einer feuchtwarmen, schlecht beleuchteten und niederen Höhle.

»Floco«, hörte ich eine erwartungsvolle Stimme und wurde mir meines liegenden Körpers bewusst. Im nächsten Moment erwachte ich.

»Floco«, sagte Nestor erneut. Er stand an meinem Bett und blickte mich fragend an.

»Was?« fragte ich verwirrt. Ich schaute zum Fenster und erkannte, dass die Morgendämmerung bereits eingesetzt hatte.

»Ist alles in Ordnung mit dir?« fragte er.

»Ja, warum?«

»Du hast die ganze Zeit laut gequakt. Wie eine Ente.« Er unterdrückte ein Lachen und verliess mein Zimmer.

Noch am selben Tag setzte ich mich zu Nestor vor das Haus um mit ihm über diesen Traum zu sprechen, da er mich früher schon ermutigt hatte, ihm von diesen sich ständig wiederholenden Höhlenträumen zu berichten.

Nestor war der Ansicht, dass ich einen wichtigen Traum geträumt hatte. Dass ich die Höhle als transparente Leuchtstruktur wahrnehmen konnte, sei ein Anzeichen für die fortschreitende Auflösung meiner kleinen Welt im Bild. Als ich ihm darauf von der Felsbrücke berichtete, schwieg er einen Moment. Ich glaubte, dass er die Gemeinsamkeiten mit dem Brückenfaden in der Leuchtstruktur erkannt hatte: Eine Brücke mit zwei Bögen und einem frei schwebenden linken Ende. Ich selbst hatte die Brücke im Traum als eine Projektion des Verbindungsfadens in der Leuchtstruktur interpretiert. Zu meiner Überraschung aber eröffnete mir Nestor, dass mein Traum ein Hinweis auf eine tatsächlich existierende Naturbrücke mit dieser Form sei.

»Diese Brücke gibt es wirklich?« fragte ich.

»Es gibt sie nicht nur in der Struktur, sondern auch in den drei Welten«, erklärte er. »Es gibt sie in den Gedanken als Vorstellung des Übergangs in die linke Seite, als Traumbrücke in der Gefühlswelt sowie als Naturbrücke in der sinnlich-materiellen Welt.«

»Und wo befindet sich diese Naturbrücke?« wollte ich wissen.

»Sie befindet sich dort, wo die junge Emme das erste Mal durch eine tiefe und enge Schlucht fliesst. Wir können zu ihr gelangen, wenn wir den Fluss noch weiter aufwärts wandern, weiter, als wir es bisher getan haben.«

»Werden wir sie aufsuchen?«

Nestor lachte laut heraus, so dass ich glaubte, ich hätte etwas völlig Verkehrtes gesagt.

»Nein«, erwiderte er dann. »Das wiederholen wir vorläufig nicht noch einmal. Du hast es nicht geschafft, in die linke Seite zu gelangen. Zudem hat dich die Brücke abgestossen, und du hast dich dabei in einen Kobold verwandelt. Das sind Hinweise darauf, dass es für dich noch nicht an der Zeit ist.«

Seine Worte verwirrten mich. Ich wusste, dass er sich auf meinen Traum bezog. Aber in diesem Augenblick glaubte ich, er spreche von einem tatsächlich stattgefundenen Ereignis. Er nahm mir die Gelegenheit, dieses Gefühl zu ergründen, denn er begann über die Bedeutung der Brücke zu sprechen.

»Seit du hier mit der vollkommenen Restauration angefangen hast«, führte er aus, »hast du einen doppelten Weg zurückgelegt: Du bist den Weg in deiner Leuchtstruktur gegangen, der dich bis zu diesem Verbindungsfaden geführt hat; und bei unseren Wanderungen hast du dich der Emme entlang stromaufwärts bewegt, bis zu dieser Brücke – es ist beides dasselbe, es gibt keinen Unterschied zwischen innen und aussen: Was du auf der äusseren Leinwand leistest, entspricht deiner inneren Entwicklung; und auf der inneren Leinwand kannst du nur das sehen, was du auf der äusseren Leinwand schon in Bewusstseinslicht umgewandelt hast.«

Ich blickte ihn fragend an.

»In dem Augenblick, wo wir zur Brücke gehen«, erläuterte er, »gibt es für dich kein Zurück mehr. Du wirst auf die andere Seite wechseln müssen.«

»Ist es denn gefährlich, über die Brücke auf die linke Seite zu gehen?«

»Ich sagte dir schon, dass es nicht genügt, über die Brücke zu gehen«, erwiderte er ernst. »Du wirst fliegen müssen. Bei diesem Wechsel löst sich deine Fixation in der rechten Bewusstseinshälfte. Dabei wird eine enorme Energie frei, die dir buchstäblich den Boden unter den Füssen auflöst. Alles Weitere hängt von deiner Offenheit ab: Wenn du offen genug bist, wirst du in die linke Seite fliegen; sonst wirst du in die linke Seite fallen.«

Ich sagte Nestor, dies klinge nicht gerade ermutigend. Er liess mich wissen, dass meine Zweifel berechtigt seien: Das Erlebte habe mir gezeigt, dass ich noch immer zu stabil auf meiner Bewusstseinsschicht sei. Bei einem Versuch, in die linke Seite des Bewusstseins zu gelangen, würde ich daher nur Visionen erleben, anstatt das zu sehen, was dort als Einziges von Bedeutung sei: eine bestimmte Konstellation von riesigen Leuchtkugeln.

Als er mein ernüchtertes Gesicht sah, lächelte er. »Mach dir keine Sorgen. Du wirst deine Chance noch erhalten. Immer wieder.« Erneut erweckte er mein Misstrauen, indem er lange und ausgiebig lachte.

»Was hat es denn mit diesen Kugeln in der linken Seite auf sich?« fragte ich ihn schliesslich.

»Diese Kugeln befinden sich nahe am Ursprung der Leuchtstruktur. Sie erzeugen eine Aufspaltung der Urkraft in vier Energieflüsse, die unser Denken und Fühlen und unser körperliches Dasein bestimmen. Durch sie können wir Menschen das Bild überhaupt erkennen und die Dinge darin ordnen. Jene Kugeln unmittelbar zu sehen bedeutet für einen Seher, das direkte Wissen über den Aufbau und das Wesen des Bildes zu erlangen.«

Nestor nahm seinen alten Hut ab und fuhr sich durch das Haar. »Vor allem aber wirst du tief in der linken Seite des Bewusstseins den *Nabel* der Leuchtstruktur finden. Es ist die eine Kugel, mit welcher du direkt verbunden bist. Die Tänzerin hat dir diese Kugel als *letzte*

Hürde beschrieben – als Berg, den du überwinden musst, um zur Quelle der Emme zu gelangen.«

Er erklärte, dass die Seher versuchen würden, die letzte Hürde zu überwinden, das heisst, bewusst mit ihrem Nabel eins zu werden. Dafür müssten die körperliche Kraft, die Gefühle und Gedanken, also die gesamte Persönlichkeit, in Energie umgewandelt und in das Bild als ein Ganzes gegeben werden. Bei diesem jahrelangen Prozess würden wir immer kleiner, wir schrumpften, und der Nabel der Leuchtstruktur komme näher und werde grösser – so lange, bis wir Platz in dieser Kugel hätten.

»Was passiert, wenn wir unseren Nabel erreichen?« fragte ich.

»Wenn du mit dieser Kugel eins geworden bist, dann wird es für dich keine Dualität mehr geben. Du wirst das Bild als ein Ganzes sehen und die Freiheit eines Sehers erfahren: das bewusste Dasein, die Ekstase und das damit verbundene direkte Wissen.«

Ich fand, diese Freiheit eines Sehers klinge zwar verlockend, doch der Preis dafür sei extrem hoch. Wenn wir uns selbst, unsere eigene Persönlichkeit, gegen diesen Nabel und diese Freiheit eintauschen müssten, dann sei dies gleichzeitig ein sehr unattraktiver Weg.

»Es geht nicht um attraktiv oder unattraktiv«, erwiderte Nestor. »Der Punkt ist, dass wir in dieser Welt gar keine Alternativen haben. Wir werden alle von unserem Nabel angezogen wie von einem schwarzen Loch. Ich kann sehen, dass es immer dieselbe Kugel ist, die auf mich zukommt, sobald ich mich entspanne und meine Energie in das Bild fliesst. So sehr ich mich auf andere Kugeln zu konzentrieren versuche – es ist doch jedes Mal diese Kugel, mein Nabel, der sich in die Mitte des Blickfeldes bewegt.«

Nestor führte aus, dass der Nabel ohnehin das Ziel aller menschlichen Anstrengung sei. Denn wohin wir auch blicken würden, immer sei es diese Kugel, die wir vor Augen hätten. Und wenn Physiker ihre Weltformel, Liebestolle ihre Angebeteten und Modebewusste den letzten Schrei suchten, dann sehnten sich diese Menschen in Wahrheit nach der Vereinigung mit ihrem Nabel. Allein die Tatsache, dass rechtsseitige Menschen in der Vielfalt des Bildes leben und ihren Nabel auf grosser Distanz halten, erzeuge in ihnen die Illusion, dass sie Gegenständen und Menschen nachjagen.

»Der Nabel ist die Pforte zur Ewigkeit«, sagte er weiter. »Wenn wir diese Kugel erreicht haben, werden wir sehen, was es ist, in das wir immer wieder hineinfallen, wenn wir schlafen gehen, aber auch wenn wir sterben. Während aber gewöhnliche Menschen beim Einschlafen oder beim Sterben unbewusst werden, versuchen die Seher schon zu Lebzeiten den Nabel zu erreichen und von dort bewusst in das Bild als ein Ganzes einzugehen. Gelingt es einem Menschen auch nur einmal, mit seinem Nabel eins zu werden und einen Blick auf das zu werfen, was dahinter liegt, so hat er, sage ich, seinen Lebenszweck erfüllt.«

Nestor verstummte und begann mit seinem Hut zu spielen. Ich bewunderte die Selbstverständlichkeit und die Ruhe, mit welcher er über dieses letzte Ziel der Seher sprach. In mir dagegen hatten seine Worte eine tiefe Sehnsucht ausgelöst, die mich veranlasste, meine kleinen Punkte in der linken Seite zu sehen und den Nabel zu suchen.

Dieser Tag eignete sich hervorragend für das Sehen: Der Himmel war von einer gleichmässigen zarten Nebelschicht durchzogen, welche die Helligkeit der Sonne diffus durchscheinen liess. Nur über dem Hohgant verdichtete sich der Dunst und griff nach der Spitze des Berges; und um den Grat ballten sich tief schwebend erste dunkle Gewitterwolken. Es hatte den Anschein, als wären sich Himmel und Erde ein Stück weit entgegengekommen um sich dort zu berühren.

Für mich selbst ergab sich keine Verbindung des Diesseitigen mit dem Höheren: Nachdem ich die Punkte und Fäden der linken Seite soweit als möglich nach unten fliessen gelassen hatte, sah ich die obersten und hintersten Punkte in der linken Seite. Es war eine Ansammlung einer für mich unbestimmbaren Zahl von kleinsten Punkten, die ohne jede erkennbare Ordnung im Bild schwebten. Sie flossen kaum noch, waren aber trotzdem schwierig zu sehen, da ich sie nur mit minimsten Augenbewegungen hin- und herschieben durfte um sie im Bild zu behalten. Auf diese Weise konnte ich ihr schwächliches Leuchten jeweils erneuern, bevor sie wieder in der Undeutlichkeit versanken. Auf die Dauer scheiterte meine Konzentration auf diese Pünktchen.

Nach einer Weile ergriff Nestor das Wort. Als hätte er um meine Schwierigkeiten gewusst, räumte er ein, dass der Versuch, mit dem eigenen Nabel eins zu werden, tatsächlich das Schwierigste sei, das ein Mensch überhaupt vollbringen könne. Denn auf dem Weg dorthin würden wir unsere Fixation in der rechten Bewusstseinshälfte und damit auch unsere Persönlichkeit verlieren. Einerseits würden wir dabei frei, so dass wir unser Bild je nach Intensität auf verschiedene Bewusstseinsschichten projizieren könnten. Dies bedeute aber auch, dass es keine feste und klare Welt mehr geben werde, in welcher wir Halt finden könnten, dass wir von verschiedensten, widersprüchlichsten Gedanken und Gefühlen erfasst werden, ohne ihnen je anhängen zu dürfen. Und je grösser unsere Intensität sei, beziehungsweise je näher wir der Dualität im Sehen kämen, desto extremer würden auch die Gegensätze in unseren Gedanken, Gefühlen und Handlungen.

»Der Preis für die absolute Freiheit unseres Bewusstseins ist, diese selbst verursachte Dualität bewusst zu leben und im Gleichgewicht zu halten. Nur so können wir hoffen, den Nabel der Leuchtstruktur zu erreichen. Wenn wir mit dieser Kugel aber eins geworden sind und das Bild als ein Ganzes sehen, dann haben wir die Dualität in unserem Bewusstsein überwunden. Dann werden wir durch die Welt gehen und uns an ihrer Vielfalt erfreuen, ohne ihr emotional oder gedanklich verhaftet zu sein – weil wir sehen, dass letztlich alles unter denselben Hut geht. Und genau das ist es, was die Seher im Grunde tun: sie bringen alles, die ganze Welt, unter einen Hut.«

Er lachte, setzte schwungvoll seinen Hut auf, hatte ihn aber so tief ins Gesicht gezogen, dass er den Kopf etwas heben musste, um mich anzublicken. Dabei strahlte er wie ein kleines Kind.

»Den Hut hab ich schon.«